讼棍传奇

中国第一部描写讼师职业的长篇历史小说

冯精志 / 著

远方出版社

图书在版编目（CIP）数据

讼棍传奇/冯精志著．－呼和浩特：远方出版社，2009.1
ISBN 978-7-80723-394-7

I.讼… II.冯… III.长篇小说-中国-当代 IV.I247.5

中国版本图书馆CIP数据核字（2009）第011984号

讼棍传奇   冯精志/著

策　　划：	张　明
责任编辑：	李　静
特约编辑：	文　欢
装帧设计：	齐物秋水·梁　雷
出版发行：	远方出版社
社　　址：	呼和浩特市乌兰察布东路666号
电　　话：	0471-4919981（发行部）
邮政编码：	010010
经　　销：	新华书店
印　　刷：	北京中印联印务有限公司
开　　本：	720毫米×1000毫米　1/16
字　　数：	380千字
印　　张：	23
版　　次：	2009年3月第1版
印　　次：	2009年3月第1次印刷
标准书号：	ISBN 978-7-80723-394-7
定　　价：	36.00元

远方版图书，印装错误请与印刷厂退换

目 录

第一章　天王府旧马厩
1、四道有讲头的下酒菜 …………………… 1
2、去过一把"学子瘾" …………………… 5
3、在夫子庙里背诵一首词 ………………… 7
4、找个红颜知己倾诉愁肠 ………………… 10
5、洒家可否成为如意郎君 ………………… 14
6、寻找一样唐朝以前的物件 ……………… 17
7、城隍庙里有个鎏金佛像 ………………… 19
8、黑衣黑裤制服了蓝衣蓝裤 ……………… 22

第二章　北魏鎏金佛像
1、当面锣对面鼓说定了 …………………… 27
2、把古诗古韵用到了极致 ………………… 29
3、原来是个"苏造" ……………………… 31
4、猛然间悟出了门道 ……………………… 34
5、身子顿时酥倒了半边 …………………… 36
6、不过是现炒现卖 ………………………… 41
7、院落里泛着一股尿臊味儿 ……………… 44

第三章　钟山别业
1、"失恋"和"心肝粉粉碎" …………… 50
2、每个歌伎都要过的一关 ………………… 54
3、敢玩儿却不敢留个名 …………………… 58
4、瞄准她的双唇叮过去 …………………… 61
5、博古架上摆着真东西 …………………… 64
6、托一只蚊子亲亲你 ……………………… 67
7、跟原先那个长得不一样了 ……………… 69

8、布包大约有一尺多长 …………………… 71
9、绿营马车绝尘而去 ……………………… 74

第四章　县衙监狱

1、笞刑后现编了一首小诗 …………………… 77
2、只有一个人能够说清楚 …………………… 82
3、江南特产的小零嘴儿 ……………………… 85
4、所说的证人一个也找不到 ………………… 89
5、还有一个可以举证的人 …………………… 92
6、凑出了事情的来龙去脉 …………………… 97
7、原来这是你们的套路 ……………………… 102
8、让新铜器锈蚀斑斑的秘诀 ………………… 105
9、谁说甘蔗不能两头甜 ……………………… 109

第五章　贞节牌坊

1、讼学师傅送上门 …………………………… 112
2、乌篷船上飘荡着《多瑙河之波》………… 115
3、三十多只叫化鸡 …………………………… 117
4、把一个龙洋送出去 ………………………… 118
5、半间米铺改讼馆 …………………………… 122
6、"敕建石"掉了下来 ……………………… 125

第六章　洞房花烛

1、不是"胖乎乎"而是"丰满" …………… 132
2、稍有残缺的金童玉女 ……………………… 135
3、洞房新床下面躺着一个贼 ………………… 138
4、女师爷自以为是的暗示 …………………… 142
5、"让他看看我是不是姑娘身子"………… 145
6、县衙大堂："黄浦江之恋" ……………… 149
7、关于笞刑和"四折除零" ………………… 153
8、新婚夫妇办正事 …………………………… 155

第七章　"二必居"酱菜园

1、轻易到手二十两银子 ……………………… 158

2、有一伙人先行了一步 …………… 160
3、酸枣巷里的开打 …………………… 164
4、来不及穿鞋就跑了出去 ………… 168
5、赛府喽罗们兵败如山倒 ………… 172
6、老爷子的最后心愿 ……………… 174
7、招聘讼师的告示张贴之后 ……… 176
8、人间不都是轻薄的游戏 ………… 181
9、好汉做事好汉当 ………………… 184

第八章　通达钱庄

1、闯进来一个"孤独孩子" ……… 186
2、比照原印鉴刻了一枚萝卜章 …… 189
3、人力车遭遇"碰瓷" …………… 190
4、痛打松江来的小赤佬 …………… 194
5、一两纹银出让房间 ……………… 198
6、换得了行头换不了嘴脸 ………… 200
7、收了三百条橡胶轮胎 …………… 206
8、月夜中朗诵无名氏词作 ………… 209
9、徒罪、流罪和"折杖" ………… 212

第九章　储物库房

1、保险库收存了八幅"明四家" … 215
2、比撒泡尿的时间都短 …………… 218
3、有可能在同业中传为笑柄 ……… 221
4、小银锞子套出的"桂花白"往事 … 225
5、一把薅到了根子上 ……………… 228
6、"玩儿的时候悠着点儿" ……… 231
7、"给老佛爷买画，没价儿" …… 235
8、如此简单的小手段 ……………… 238
9、"还他妈成真事了" …………… 241

第十章　青鹅小籍

1、洋人铺子裁剪的洋装 …………… 243

2、他刚解开自己的腰带 …………………… 246

　　3、非妻非妾非婢非伎 …………………… 249

　　4、就像铁夹子一样箍住了他 …………………… 253

　　5、他是很会钻空子的 …………………… 255

　　6、让街头无赖们吃个双份 …………………… 258

　　7、妻与妾都是她一人 …………………… 261

第十一章　豆腐西施

　　1、骁骑营五品大员被杀害 …………………… 268

　　2、像是情杀，凶手是个女人 …………………… 269

　　3、打着骁骑营巡夜的灯笼赶路 …………………… 273

　　4、将刀柄放在捕快眼皮底下 …………………… 277

　　5、世界上最最最卑鄙的人 …………………… 282

　　6、好一个愁煞煞的病美人儿 …………………… 287

　　7、《大清律例》的律和例 …………………… 292

第十二章　老码头

　　1、一位诡秘的船老大找上了门 …………………… 298

　　2、通达钱庄：一、二、三、四、五 …………………… 302

　　3、木箱上有个大大的"赛"字 …………………… 305

　　4、"上诉"是一个新鲜词儿 …………………… 310

　　5、"归隐"的渔翁 …………………… 316

　　6、射出一个燃烧着的箭簇 …………………… 323

　　7、一个小遗憾和一个大遗憾 …………………… 327

第十三章　小油菜客栈

　　1、猪八戒、沙和尚、傻唐僧 …………………… 329

　　2、"三牛喂了马吃"及其他 …………………… 333

　　3、朝廷要员是否到江宁微服私访 …………………… 339

　　4、关乎身家性命的消息 …………………… 345

　　5、绑票者摘掉了面巾 …………………… 349

　　6、原来是一只糊涂鸭子 …………………… 352

　　7、共同呢喃出一个字眼 …………………… 357

第一章

天王府旧马厩

1、四道有讲头的下酒菜

苏州位于太湖三角洲中心，春秋为吴国都城，历经秦汉晋南北诸朝，经过盛唐的积蓄，至宋渐入佳境。元明以至清中期之前，北方时局透着杀机，苏州成为富绅躲避战乱的安乐窝。道光三十年（1850年）爆发太平天国起义，咸丰十年（1860年）春，忠王李秀成相继攻陷杭州、丹阳、镇江、常州、苏州。城市是娇嫩的，经不起战火，况且是风情万种的苏州。这座人口超百万的古城在战争中摧花折柳，战乱过后仅存二十余万人。经过清廷几十年的拾缀，才逐渐恢复粉墙黛瓦、石板街道、前街后河、错落有致的古朴风貌。

光绪三十二年（1906年）初秋，苏州文衙弄叫化鸡酒楼雅间。

一张大圆桌，满满登登坐了一圈人，多穿马褂。马褂是罩在长衫外的对襟短衣，只不过袖子将及上臂，比长衫的袖子短一大块。

主座上是个四十多岁的胖子，旁边是个二十岁出头的小伙子，俩人的脸盘一看就是父子俩，不过年轻的块头大，比年长的大了一圈儿。爷儿俩笑嘻嘻的，两个脸庞笑纹绽开，像俩倭瓜。

除了这爷儿俩，所有人都纳闷地看着空荡荡的桌面，既没有酒也没有菜，不知道爷儿俩要搞什么名堂。

主座的胖子笑眯眯地站起来，双手抱拳行"罗圈揖"，即双拳不放下，对行礼对象绕一圈,"鄙人潘光宗,难得请到诸位老哥老弟来给犬子饯行。"他推推身边的儿子,"起来起来,别傻坐着,睁大眼睛认识认识,在座的长辈都是苏州名流。"

他的儿子腾地站起来,牛高马大的,像立起一尊塔。他双手抱拳行着"罗圈揖",道:"诸位长辈,潘光宗是晚生潘耀祖的爸爸,晚生潘耀祖是我爸爸潘光宗的儿子。晚生乃是个不成器的秀才,过几天就要去江宁参加乡试,感谢诸位长辈来给晚生饯行。"

一个花白胡子摇头晃脑地说:"你们爷儿俩一口一个'饯行'。老朽若咬文嚼字地细推起来,饯字本意为蜂蜜浸的水果,故称蜜饯;饯字的另一意是以酒送行,始见于《诗·大雅》,所谓'显父饯之,清酒百壶'。听到啦,古人饯行要一百壶酒。可是如今,这个桌面上空空如也,连一壶酒都没有。"

潘光宗的脸上绽出神秘的笑纹,"上酒上酒。"

堂倌这才出来,在每人面前放小酒壶和小酒杯。一位客人指着桌面,"菜呢?喝酒要有下酒菜呀。"

潘光宗和潘耀祖的头攒在了一起,故弄玄虚地咬了咬耳朵。潘光宗忽地站起,重重地咳了两声,方神秘地说:"今日宴席,下酒菜之所以迟迟没有端上来,是为了给诸位一个意外的惊喜。等等将要端上来的几道下酒菜,均为犬子亲自杜撰。现请犬子吩咐上菜,并逐一讲解今日四道下酒菜之奥妙。"

众人来了兴趣,挪动着身子,等待着。

潘耀祖站起来,扬头竖脑地叫道:"店家,上菜!"

堂倌倒腾着小碎步上来,用大托盘托上几盘菜放在桌子中间。

众人凑近一看,共有四盘下酒菜:一盘凉拌藕片,一盘煮熟的玉米粒,一盘炖烂的猪蹄,最后一盘是炒豆芽。

潘耀祖兴致盎然地用筷子指点着说:"这四道下酒菜虽然不甚精致,连在一起却有讲。我们横塘镇的丁举人说了,科考不过是考四书五经的经义,考题不出四书五经句子。秀才们为参加乡试早就押题,如果考题碰巧是押中的熟题,就能轻车熟路,考得差不多。我就是根据丁举人所说,想了这四道下酒菜。"

潘光宗说:"快给长辈们逐一说说四道下酒菜的奥妙。"

潘耀祖指着其中一盘菜,"这道菜是不过是区区凉拌藕片。而按照丁举人的说法,'藕'字,谐音'偶',偶然的'偶';这盘煮熟的玉米粒,玉米的'玉'

字嘛，谐音'遇'，遇见的遇；这盘炖熟的猪蹄，可以简称为'熟题'。'偶'字、'玉'字，'熟题'连在一起读，就是'偶遇熟题'。考生上了考场，打开试卷一看，乖乖笼地咚！主考大人所出的题目恰是押中的熟题，做起来当然得心应手啦！"

众人讪笑起来，其中一位追问："藕片、玉米、熟猪蹄，可以凑出'偶遇熟题'，可是加了个炒豆芽，放在一起怎么讲？"

潘耀祖兴致勃勃地解释："注意啦，这也是丁举人的主意。豆芽的'芽'字谐音'呀'。哎呀的'呀'，哎呀呀的'呀'。'偶遇熟题'加上盘炒豆芽，连在一起读，就是'偶遇熟题呀'！这样一来，代我上考场的丁举人就更有把握了。"

在座的人相互看看，不置可否地干笑了几声。

潘耀祖满脸放光，清清喉咙，高举酒杯，"诸位诸位，为了祝贺犬子潘耀祖中举，来，咱们干了这杯。你们怎么不喝呀？来来来，干了这杯。祝贺我儿子潘耀祖中举。"

花白胡子把酒杯端到唇边停住了，"祝贺你儿子中举？乡试还没有开始呢，你怎么知道你儿子能中举？"

潘光宗把一杯酒一饮而尽，抹着嘴唇，"喝喝喝，这小子肯定能中举。老哥儿几个，干了这杯酒。我说他能中举他就能中举。"

花白胡子用胳膊肘碰碰潘光宗，"你一口一个你儿子中举，恕老夫直言，我反复观察你儿子，他的脑瓜子可算不得灵光。"

潘光宗说："知子莫如父，我当然知道我儿子是块什么料，他的脑瓜是不大好使。在我们潘家，父子两代是隔若天渊，我这当爹的脑瓜是特别的灵光，而他这当儿子的脑瓜，是特别的不灵光。"

花白胡子问："那你还肯定他能中举？"

潘光宗颇有把握地说："放心好啦，我有法子我有法子。"

花白胡子问："什么法子？是不是替你儿子找枪手啦？"

潘光宗的眼珠子刹那间瞪圆了，指着花白胡子的鼻头，"你……你……你你你，你怎么知道我替儿子找枪手啦？"

满桌子的人哄地笑了。黄豪强是潘耀祖的生意伙伴，对老伙计说话特别随意："潘光宗，你别不认帐，你儿子都说出来了。他三番五次提丁举人，无意说漏嘴，说丁举人代他上考场。"

潘耀祖一听这话，头上的汗刷地流下来，"老爹老爹，我刚才是说了不少次丁举人，说丁举人代我上考场了吗？"

潘光宗悻悻地说："傻儿子，你说了，全说了。我们父子两代，真的是隔若天渊呀！我，'一片宋玉情怀，十分卫郎清瘦'；而你，连科考都要找枪手。事已至此，向诸位老哥老弟挑明了吧。犬子自幼习武，论起拳脚，放倒三五个人不在话下，按说是块武举料，可是他不知中了哪门子的邪，非要考举人走仕途。明明没有进考场的底子，又非要去凑热闹，我只好把丁举人请出来代考。"

一个客人探过身子，"你挂在嘴上的这位丁举人是何方神圣？怎么他一出场，你儿子就肯定能中举？"

潘光宗的眉毛一挑，"丁举人名三甲，天生就是金榜题名的好材料，他没有辜负父母的一片苦心，十四岁中秀才，十八岁中举。但是中举之后，好像把科场看透了，连进士都不考了。"

潘耀祖插嘴："丁三甲的父母头些年辞世，老爸收他为义子。别看他只比我年长两岁，学问可厉害啦。当年我是童生的时候……"

潘光宗急忙捂他的嘴，"儿子儿子，别说啦别说啦。"

潘耀祖不管不顾，"当年我是童生的时候……"

潘光宗再次捂他的嘴，"儿子儿子，别说啦别说啦！"

潘耀祖使劲把爹的手拿开，大喘气地说："当年，我是童生的时候，就是他代我参加的县学考试，帮我拿了个秀才。"

潘光宗火了，"瞧你那张臭嘴，不叫你说你偏说，偏说偏说，拦都拦不住，把自己那点臭底子全给抖搂出来了。"

潘耀祖说："说了怎么啦！又不是白用丁举人，事后，你不是酬谢了他二十两银子吗？二十两银子换个秀才，这笔买卖挺划算的。"

潘光宗气的一拨拉他的脑袋，"还越说越多了你。"

潘耀祖却欲罢不能，"头些日子科考，也是丁举人给我当枪手，一把过关。事后老爹给了他三十两银子。"

潘光宗气的一顿脚，"你个小混球能不能管好自己那张臭嘴，少说两句没人会把你当哑巴。"

花白胡子说："三十两银子买个乡试名额，也很划算呀。"

潘光宗说："嗨！那就索性全说了吧。这次我答应了丁举人，他的枪手要是当好了，潘耀祖这小子只要中举，我给他一百两银子。"

潘耀祖插话："老爹，你还悄悄跟我说，一百两银子不过是随便说说的。到时候给丁举人五六十两，他就很知足了。"

潘光宗气的一擂桌子，"你怎么老是给我扒口子，当着我的老兄老弟的面，把咱爷儿俩的私房话也撂到桌面上了。"

黄豪强说："你们爷儿俩一口一个丁举人，是不是叫来，让我们也见识见识这位丁大枪手。"

潘光宗："今天是不行了，改日吧。丁三甲回横塘镇安排安排家里的事，明天赶来与耀祖一起上路。"

2、去过一把"学子瘾"

秋高气爽，明晃晃的太阳当头照着，晴空万里无云。

横塘镇外，一伙人簇拥着一位青年男子走来。他身着长衫，斜背着一个布包袱，约莫有个二十几岁，中等身材，单眼皮，相貌平平，不大的眼睛里总噙着一丝讥讽的笑意，只有间或眼珠子一骨碌，透着几分机警，有几分贼溜溜的神采。

丁三甲眉眼含笑地看着他们，慢慢悠悠地拉长了声音："众位乡邻，丁某这就要上路了，尔等找我有何事呀？"

一位矮墩墩的妇人啪地一拍他的脑瓜，"'尔等'个屁，跟乡邻还拽什么文。你一去南京多日，四邻八舍有事要问你，你老实回答。"

丁三甲被斥打了一下，原有的张狂一扫而空，"潘伯母，三甲言听计从。众乡邻，说吧说吧，三甲这厢洗耳恭听。"

一个年轻女子扭扭捏捏地说："是这样的，最近有张家和李家两户到我家提亲。张家有钱，但那儿子瘦小干巴；李家穷兮兮的，儿子却高大魁梧，一表人才。父母亲有意让我嫁给张家的干巴小子，而我喜欢李家的魁梧小子，现在不知该怎么办。"

丁三甲张嘴就来："好办好办。张家不是有钱吗，白天到张家过日子，吃香的喝辣的，晚上到李家睡觉，尽享那威猛男儿温存呵护。"

女子满脸通红，"哎呀，人家正经讨教，你却说不堪入耳的话。"

丁三甲沉下脸来："既然你不想像我说的那样过，那就别把钱财看得太重了，认真挑挑人品。甘蔗不能两头甜，挑你喜欢的人嫁。"

一个中年人说："我家的小子太不听话，父母的话一句也听不进去，傻瓜的话反倒听得进去。你从南京回来后，好好劝劝他吧。"

丁三甲连忙摆手，"不妥不妥，你家小子既然只有傻瓜的话才听的进去，让我劝说他，我不就成了傻瓜啦。"

一个年轻人说："丁举人，按照你教给我的推拿术，我招揽了几个需要正骨的病人，可是才推了几下，病人就跑了。"

丁三甲眉眼带笑说："不用着慌。等我从南京回来，再教你几招擒拿术，病人跑了，你再用擒拿术降服，接着正骨就是了。"

一个男子又说："我媳妇快过生日了，我想送件礼物。我的家境不宽裕，这件礼物既得让她高兴，又不花什么钱，你帮我拿个主意吧。"

丁三甲手做握笔之状，"好办好办。你写一封匿名情书，写得酸溜溜甜丝丝的，在你媳妇过生日那天想个法子交到她手里。你不用花钱，她还保准瞎猜是什么人写的，而且越猜越高兴。"

一个中年人接话说："丁举人，我再讨教一件事，你那么大的学问，怎么不去考进士，反而给潘老板的儿子当枪手？"

丁三甲向前一指，"这件事，我正要求教唐伯虎先生。"

不远处有一墓园，是明朝画家唐寅的墓。唐寅字伯虎，举弘治十一年乡试第一，后受程敏政泄露试题牵连下狱，出狱后谪贬为吏，耻不就职，自筑桃花坞，致力绘画。墓地原在苏州桃花坞，明朝嘉靖年间移葬于苏州城外横塘镇的东北。

四周很安静，一阵风掠过，树叶飒飒有声。丁三甲支愣着耳朵听了听，对墓碑磕头，抬头自语："老前辈是知道弟子来了。弟子自幼苦读，自考取举人后，深感八股文义不出四书五经，才智之士在卜题中耗竭精力，随题敷衍，于国于民无益，于是不再应考。但弟子总要挣碗饭钱，不得不当枪手。圣贤教诲'己所不欲勿施与人'。我已放弃科场，又为人赴科场，实在不知如何是好。请老前辈明示。"

他聆听响动。附近传来笃笃的声音，他搜寻着声音来源，原来是一只啄木鸟在啄树干。他站起来说："老前辈，弟子明白啦。啄木鸟为填饱肚子而啄木取虫，如果为衣食所困，去当枪手也未尝不可。"

当日，丁三甲到苏州与潘耀祖会合，前往南京。

南京是数代封建王朝的江南统治中心。光绪末年，沪宁铁路在规划之中，还没有通车。从苏州去南京，乘驿车杂以舟船。两个人风尘仆仆地一路行来，他们都是短打扮，手持竹篾漆布雨伞，斜背着包袱，脚上蹬的都是矮帮圆短口的皂鞋。在路上奔波了两天，他们的脸庞被日头和风尘染的黑红。

为赴乡试，江南、江西、安徽三省秀才都涌到南京，贡院街一带的客栈爆满。一条僻巷里，丁三甲和潘耀祖拖着疲惫的步子走来。潘耀祖掏出手巾，擦着脖子上的汗，"真没想到，各客栈都住满了，连个落脚的地方都找不到。"丁三甲边走边张望，说："到那个客栈看看。"

前面不远处挂着个店幌，上面歪歪斜斜写着"小油菜客栈"五个字，为了吸引行人的眼球，店幌下面挂着一把小油菜。和多数旅舍一样，客栈进门是个小厅堂，髹着土红漆的柜台占了大半。柜台后面站着个身体已发福的中年人。

他笑吟吟地问："二位住店？"他叫钱顺堂，是这家客栈掌柜的。

自打入了南京，潘耀祖胸中就翻卷着"学子"之情，说话也咬文嚼字的。"吾等乃非寻常人等，乃应考学子也。学子乃在意于养精蓄锐，不能和臭烘烘的力笨儿挤在一起。大通铺不要，乃要单间。"

钱顺堂说："赶得早乃不如赶得巧。小店乃剩一间空房，乃是间耳房，但是我劝二位乃住进去。再晚一会儿，乃连这间也没了。"丁三甲右手往前一让，"带我们看房间。"钱顺堂绕过柜台，前面带路。向后出了门庭，是个四合院。钱顺堂打开东耳房房门，里面正好摆下两张床，四壁黑黢黢的。

潘耀祖连看都不看，就势倒在床上，"横竖就是它了。"

"二位歇着，我招呼别的客人去了。"钱顺堂说完就走了。

钱掌柜刚离开，潘耀祖就从床上蹦起来，喊道："读书人应考怎能不拜孔夫子。走！去夫子庙拜孔夫子，过一把学子瘾。"

3、在夫子庙里背诵一首词

南京的乡试考场在贡院街。应天府学附设的贡院，面积超过京师顺天府学考场，为全国试举场所之最。乡试之年，贡院街上的秀才很多，熙熙攘攘的。秀才自视甚高，不少人功名未成，只会做些八股文，就认为才学出人头地，走到哪儿都喜欢高谈阔论。这时三个一群、五个一伙，都在高声说话。

潘耀祖从人丛中走出。潘家陈年老辈子出过个把举人，后来买卖越做越大，书香气则日渐飘散。潘耀祖每天的功课是早起举石担，出一身臭汗，而后练练长拳套路，再出一身臭汗，与学问或应举一类事向来不着边。他此前来过贡院街，自认是圈外人，而这次是来应考的，尽管进考场的是枪手，毕竟是顶着他的名，于是也把自己当回事。行人不慎蹭着他，他还嫌弃地拍拍衣服。

满街沸腾着话语声，从人丛中穿过，也像在声浪中穿行。丁三甲蹙着眉头，边走边听四周传来的话音。咦？秀才们议论的事情与学问无关，更不是在炫耀学问，而是在议论一件大事。

潘耀祖带着无尽的遐想，"我想了，这次你给我当枪手，我中举之后，还要参加会试，你还给我当枪手，我中了进士，也捞个知州知县知府的干干。到了那时，你就在我手下当个师爷。"

丁三甲全然没有听进去，而是踮起脚尖，看看前面。前面有一张告示，告示前面围着一大群人。他对潘耀祖说："站着别动，我去去就来。"说完就往告示那儿去。他挤到告示前看了看，不由古怪地笑了。待回到潘耀祖身边，轻叹了一声。

潘耀祖说："三甲，你也会长吁短叹了？看到什么啦，说来给我听听，我虽不才，或许可以解解你的忧愁。"

丁三甲苦笑了一下，"耀祖，恐怕得反过来，是由我来解解你的忧愁。街上太乱了，走，到夫子庙里说去。"

贡院街上有座夫子庙，内有聚星亭、思乐亭、棂星门、大成门、大成殿、明德堂、尊经阁、崇圣祠、奎星阁诸处。他们进入夫子庙，空无一人，寂寞如雏鸟飞尽的空巢。花期刚过，美人蕉的残瓣铺了一地，邻家的炊烟袅袅拂过，更显此间的寂寥。

丁三甲说："往年临考之前，秀才都来拜孔夫子，夫子庙里乌漾乌漾的，现在却没有人来拜孔夫子。知道为什么吗？我给你解释解释。乾隆年间有个叫袁枚的诗人，留下一本《随园诗话》，其中有一首小词，我背给你听听，是一首骂科举的词。"

潘耀祖说："骂科举的？咱们读书人怎么能听这种东西。"

丁三甲不管不顾，摇头晃脑地背诵起来："读书人，最不济，滥诗文，烂如泥。国家本为求才计，谁知道变成了欺人技。三句承题，两句破题，摆尾摇头，便是圣门高第。可知道三通四史,是何等文章?汉祖唐宗,是哪一朝皇帝?案头放高头讲章,店里买新科利器;读得来肩背高低,口角唏嘘,甘蔗渣儿,嚼了又嚼,有何滋味?辜负光阴,白日昏迷,就教骗得高官,也是百姓朝廷的晦气!"

潘耀祖说:"你怎么背诵起这种东西了。科举流弊,维新人士嚷嚷多年了,与我等正经八百的学子有何干系?"

丁三甲说:"科举流弊与每个大清子民切切相关。近年大清江河日下,道光间败于英军,咸丰间败于英法联军,光绪间再败于东洋鬼子,数年前八国联军陷京师。有识之士反躬自省,认为大清衰微,是科举拔不出有真才实学的官吏,因而废除科举之声日高。我近来看了不少维新人士的书,从大势看,科举到了寿终正寝的时候,否则读书人对中第总抱幻想,不愿尝试新学堂,先进教育没有发展余地……我刚才看到告示了,从本年起废除科考。"

潘耀祖一震,"什么?今年不举行乡试啦?"

丁三甲说:"往后也不会有了。秀才们很实惠,参加科考来夫子庙烧香,请孔老夫子在天之灵保佑他们中举。现在好了,朝廷颁旨罢了科举,秀才们实现不了功名,也不来拜夫子庙了。"

潘耀祖说:"那……那那那,那我们白跑了一趟?哇呀呀!"他抱头忽地蹲下,"完了完了,洒家人生之路跌宕起伏,偏这时罢科举。从此潘家不能光宗耀祖了,洒家的壮怀激烈无以施展了。"

丁三甲说:"好笑好笑。不当举人就不能光宗耀祖啦?不走仕途就不能实现大志啦?想开些,不仅是你,乡试学子们何止千万,都不能通过科考当官了。别生闷气了,找个地方散散心去。"

潘耀祖蹲在地上不起身,只是一抬头,"去哪儿?"

丁三甲征询地说:"找个地方好好吃一顿,明天回苏州。"

潘耀祖的头又耷拉下来,"没胃口。"

丁三甲说:"找条画舫,看看秦淮河景,要不去听昆曲去。"

潘耀祖说:"秦淮河景还不如苏州河景呢。昆曲,我听不懂。"

丁三甲没招了,举目四顾,"要不……要不……要不……"

潘耀祖一撑而起,"哈,丁大呆子,你也学会吞吞吐吐啦。我明白你憋的是什么坏,跟我还有什么可吞吞吐吐的。走!"

丁三甲有点发蒙,"去哪儿?"

潘耀祖说:"咱们读书人,一辈子就指着科举出人头地,朝廷罢科举,给了吾等兜头一记闷棍,还能去哪儿消除愁闷,青楼啊!"

丁三甲说:"我从来不去那种地方,简直有辱门风。"

潘耀祖说:"不妨去尝口鲜儿。妓女不都是操皮肉生涯的,其中的佼佼者称词史,知书达理,用琴棋书画和陪酒唱和娱乐客人,有的词史学问比举人都大,我等去找词史倾诉倾诉愁肠,有何不可?"

丁三甲说:"你呀,平时笨嘴拙舌,这种时候倒是巧舌如簧的。去吧去吧,把你送到地方,我长长见识就走。"

4、找个红颜知己倾诉愁肠

从唐朝始,参加科举几乎是士子追求功名的惟一选择。每当开科取士之年,八方士子纷至沓来,应天府贡院所在的秦淮河畔,众多青楼应运而生,形成"桨声灯影连十里,歌女花船戏浊波"的景象。乡试前,学子来此放松;乡试后,有望中第的,在轻薄间勾勒着锦绣前程。大部分科考失意的举子,一如北宋词人柳永在《鹤冲天》中所吟诵的:"忍把浮名,换了浅斟低唱。"醇酒佳人,成为落榜的安慰剂。所谓"黄金白璧买歌喉,一醉累月轻王侯"是也。

秋季天黑得早。在黑色的天幕下,河岸街上张挂着一个接一个的红灯笼。这个夜晚,青楼的客人中既无中举者亦无失意者,一纸罢科举的告示把应考秀才的功名之心打入十八层地狱。身在异乡异地,他们无处倾泻愁肠,青楼成为他们发泄的惟一场所。

来往人丛中闪出丁三甲和潘耀祖。丁三甲有脱不去的才子状,他当枪手的资费一风吹了,却依旧迈着四方步,眉眼间怡然自得。潘耀祖则大不一样,罢科举令他懊恼,言行举止比平日更糙,边走边嚷:"既然去青楼,就要到顶尖的青楼泡顶尖的妞。我在苏州就听说秦淮河畔有一家'欢喜冤家书寓',里面都是安徽女子。'欢喜冤家'、'欢喜冤家',你在哪儿呢?洒家找你来了!"

潘耀祖是苏州横塘镇人,苏州话的第一人称中没有"洒家"呀"俺"呀之类称谓,他头些年看公案武侠小说,强人多以"俺"或"洒家"自称,他学这种江湖叫法,人前人后动辄自称"洒家",回到家里或在熟人面前则收敛得多,还是说"我"。

第一章 天王府旧马厩

大红灯笼间,"欢喜冤家"的商幌在风中摆动。潘耀祖凑近一看,二话不说,拽着丁三甲衣襟,横着膀子进门。丁三甲第一次来这种地方,进来后,懵懵懂懂地看着。

中国自古笑贫不笑娼。梅毒等性病从西洋传入东土之后,妓女之所以遭辱骂,不是因为她们的行当,而是因为她们是性病的宿主。合理的假设是,高档妓院相对干净,那儿的妓女一般不会沾染性病,于是促成高档妓院的蓬勃势头。光绪年间,高档妓院称书寓,沿袭曲部教坊官伎遗制,专为客人弹唱、献艺、陪酒的妓女称"词史"。女孩取得词史资格不易,自幼拜师学艺,能操管乐、琵琶,会京剧、昆曲、开篇,通过带考核性的汇演。她们还得有一定文学素养,能跟有品味的客人吟诗作画。客人打茶围、叫花头多次,才能得手。只缘她们是妓女队中的尖子,吹拉弹唱样样精通,琴棋书画拿得起来,床上功夫经秘术调教,因此客人即便大把抛洒银子,也算物有所值。

书寓内部大差小不差。进门是前厅,后面用木隔扇隔成雅间。客人在雅间点艺妓陪酒、唱评弹等名堂,苟合则要上楼。从书寓管理看,钱主要挣在陪酒、打茶围以及听花头上,客人能与词史发生性交易的很少,性交易这一块上反倒不大挣钱。雅间里都在轻吟浅娟,十几个轻吟浅唱搅和在一起,泛成混乱的丝竹之声,就不动听了。出入贡院街青楼的多是士子,士子是读书人的泛称,是中国封建社会的一个不大的群体,却是向朝廷输送官僚的母体。前来消愁的失意秀才很多,喝多了,就要搂着歌伎撒欢儿倾泻烦闷,雅间里不时地传出叫骂声,间杂着嗷嗷的怪叫声。

前厅里响起嗲兮兮的吴语喊声:"先生来哉!先生来哉!"声音悠长婉转。一个上了年纪的女人过来。她穿着青衣青裤,一看就是照顾词史并为词史拉客的阿姨,青楼的专用术语称之为"厅跫"。

这位厅跫姓顾。她甜丝丝地说:"二位先生来哉,里面请,先进去点些什么吧。吃啊喝呀,弹啊唱呀,'欢喜冤家'的打茶围、叫花头,在南京是第一流的。"

由于腰包里有银子,遇到花钱的事,潘耀祖的气特别粗,加之心绪不佳,一股子邪火到处撒。他颇为在行地说:"厅跫,逛你们这种地方,就是来给你们送钱的。吃啊喝呀弹啊唱呀,让你们宰够了再上楼打一炮,洒家不干那种傻事。洒家不进雅间,更不在雅间里吃喝听唱,找个最好的来,直接领进上面的小房间。"

顾厅夏说："没看出来，公子倒是位书寓常客。"

丁三甲说："潘公子是苏州有名的富家子，在苏州那个花花世界里，他什么场面没见过，什么样的女子没有逍遥过。你们呀，跟这种油条别来花活，直截了当把顶尖的词史找来！"

这番话唤醒了两个人。他们坐在前厅的墙角里，耷拉着脑袋昏昏欲睡，这时不约而同地睁开眼睛抬起头。其中的一个，脸上有让人留意的地方，他的眉心上方有一片黑色胎记，如同指甲盖大小。

顾厅夏说："二位来得不巧，今天的客人多，顶尖的姑娘让先来的客人包了。来个姿色稍逊一筹的吧，也是宛若天仙的。"

潘耀祖扯着脖子一挥手，"去去去，什么稍逊一筹的，洒家有的是银子，差一点的都不行，要玩儿就要那顶尖的。什么今日客人多，谁不知道，朝廷刚刚诏令罢科考，秀才们纷纷找地方排遣苦闷，今天来这里的都是憋着一肚子气的秀才。十个秀才十一个穷，谁也没有包顶尖词史的银子，顶尖的你们还没出手呢！"

顾厅夏说："你说的不错，顶尖的是没有出手。但顶尖词史可价格不菲呀，没有几十两银子别想见面。"

潘耀祖啪啪拍拍腰间，"洒家或许缺才情，不缺的就是银子。"

他没有注意到，墙角里的那两个男子正在打量着他。这两个男子都二十几岁，长得有几分相似，相貌平平，穿着平平，不显山不露水的，眼睛里却闪烁着几分贼光，反正一看就不像正经人。

顾厅夏的目光在他身上转了一遍，拍拍巴掌唤道："大主顾来了，不用金屋藏娇了。把梅先生叫下来吧。"

潘耀祖赶忙问："梅先生系何人？"

顾厅夏说："见了就知道了。她今年二十一岁。姓梅名宛，京师来的客人取其姓名谐音，称为'没挑儿'，说她通身上下该长得地方全长，不该长得地方一点都不长，愣是挑不出毛病来。"

潘耀祖一听这话，眼巴巴地盯着楼梯口。

顾厅夏一戳他的脑门："瞧你那馋样。既然你号称是明事理的书生，说话可要算数。词史是卖艺不卖身的，用时兴话说，你进了屋子后，即便到了嘴对嘴的程度，也要保持手牵手的距离。"

说话间，一个女子从楼梯上袅袅婷婷地下来，轻移莲步，款款走来。这女子果真长得秀丽，鹅蛋脸，大眼睛，小嘴巴，端正的鼻梁，皮肤白里透红，身条细细溜溜的，像是从画里走出来的。

潘耀祖嘴巴咧得老大，半晌才说出话来："哇呀呀，真的是'没挑儿'！古诗说美人飘然而至说得何等之好啊！'不敢高声语，恐惊天上人'，你从楼梯下来，洒家连大气都不敢喘，怕把你吓着。"

梅宛冲着他嫣然一笑，"公子张嘴就是诗，真有才赋。"

潘耀祖素来吃荤不吃素，通常妓院那些调情花色对他不大起作用，今天却有所不同。刚闻罢科举，找枪手代考的他也莫名其妙地产生了"落第"之慨，也想在温柔乡里倾诉倾诉。他倏忽长叹，道："现如今，洒家好是惆怅，好是怅惘呀。"

梅宛的眼睛一忽闪，"公子因何惆怅？又是因何怅惘？"

潘耀祖轻轻拍打额头，"唉！依洒家的底子，乡试中举当易如反掌，但偏赶上朝廷罢科举。十年寒窗转眼付诸东流，学问再大又有何用，胸怀壮志，报国无门，不得不惆怅复加怅惘了。"

梅宛说："所以公子就来'欢喜冤家'了。"

潘耀祖说："梅姑娘不仅长相'没挑儿'，聪明也'没挑儿'。洒家只想在红粉堆里找个红颜知己，倾诉一番衷肠，排遣惆怅。"

梅宛说："奴家愿意为公子解解愁肠。不知公子是否中意？"

这一问像把小刷子，在他心底轻拂，轻薄底子立即显露出来。"你？嘿嘿，嘿嘿，洒家当然中意啦！洒家找的就是你这号的小美人儿。那词怎么说来着？'众里寻他千百度，蓦然回首，那人却在灯火阑珊处。'知否知否，你就在那'灯火阑珊处'哇！咱俩来个才子会佳人，也为'欢喜冤家'平添一段佳话。"

丁三甲转身要走，顾厅趸唤住他，"相公不挑一个吗？我们这儿的词史班底齐整。告你个悄悄话，梅宛还有个妹妹梅德妁，今年十八。京师客人根据梅德妁的谐音，也给她起了个绰号，叫'没得说'。'没挑儿'让你朋友挑走了，我把'没得说'喊来怎样？你们聊聊。"

丁三甲轻叹一声，"梅德妁，名字就起得香艳。和'没得说'的姑娘相见，叙叙情怀，这等好事谁人不想，只是囊中羞涩。"

顾厅趸露出鄙夷之色，"那就没法子了。"

丁三甲转身走，临出门前，随意看了看坐在墙角的那两个人，其中一位眉心上方有一块胎记，远看像是第三只眼。他一推门，像是逃离了险境，扬长而去。坐在墙角的两个人对视一眼，随即出门。

这是一个不平静的夜晚。罢科举的消息传出，准备参加乡试的学子大哗。大哗之后，他们就各忙各的去了。有钱的去灯红酒绿处发泄郁闷，没钱的缩在客栈里长吁短叹。夜晚，街上看不到太多秀才，弄堂里黑乎乎的，只有小油菜客栈门口亮着一盏小风灯。

丁三甲拖着脚步往小风灯走去。他不知道，身后有两个人鬼鬼祟祟地跟着。他进了客栈，跟着的人看了看客栈字号。眉心上方有胎记的那位看到牌匾下吊着一捆小油菜。"晚上正好用它炒盘菜"，他抽出小刀把细麻绳嗖地切断，提着小油菜走了。

5、酒家可否成为如意郎君

梅宛端坐在椅子上，清亮的小手在琵琶上熟练地一滚，如同一阵急雨，沁人肺腑。她亮开歌喉唱起开篇，声音婉转圆润，那种旷古的美感仿佛挟着梅花的苦香气。汉语中有很多词是很传神的，比如贱业的"贱"字。妓院属贱业，只是"贱"得特殊，古往今来的名妓如朝云、苏小卿、闫惜娇、李师师、李慧娘、寇白门、柳如是、陈圆圆、董小宛、李香君倚楼卷帘，用明眸张望着喧闹的人间，抬手举足挠着历史的痒痒筋。有那矫情者黯然回眸，道出："妾家道中落，幼失怙恃，奈何操此贱业，幸勿官人厌弃则个。"此语一出，兀自梨花带雨，娇啼微喘，不知酥倒了多少男人的骨头。

一曲罢，潘耀祖听了个似懂非懂，也装模作样的大声击节叫好。

梅宛说："潘公子如若不嫌弃，奴家再给你唱一首别的。"

潘耀祖哪有闲心接着听开篇。如花似玉的词史低眉垂眼地哼了一曲，他原先准备的"愁肠"早就烟消云散了，根子上的玩意儿全都回来了。以往他逛这种地方，进门就图实在，这会儿只剩下一门心思，把所说的"花头"尽快走完，然后硬邦邦地办正事。

潘耀祖说："唱了这一曲，洒家听够了，再来个新花头吧。"

梅宛说："公子如果不嫌弃，就与奴家唱和，就是你我二人共同作诗，你吟头一句，我接上一句，直至把一首诗做完。先来个简单的七言绝句，四句，每句七个字。你满腹经纶，这种小事难不住你。"

潘耀祖拍拍肉墩墩的后脖颈，"洒家满腹经纶，吟诗固然是难不倒的。但是万事开头难，这第一句可怎么说呢？"

梅宛说："吟诗嘛，往往是触景生情，因情生句。如果一时想不起来，不妨想想自己正在做什么，第一句也就出来了。"

潘耀祖："想想自己正在做什么……洒家正和你脸对脸坐着呀。第一句可怎么说呢？有了！听好了，七言绝句，洒家的第一句诗是：'兔子不吃窝边草'。一二三四五六七，哈，七个字。"

梅宛噘起嘴，"'兔子不吃窝边草'，这叫什么诗啊！"

潘耀祖嬉皮笑脸的说："洒家的诗句虽然不甚美妙，却称得上平实可爱，堪称'触景生情'。没挑儿，你想啊，洒家来自苏州，苏州那鬼地方有的是妓院，洒家却跑到南京泡妞，此举算不算'兔子不吃窝边草'？你要是嫌俗，也可以跟上一句俗语嘛。"

梅宛说："好吧，那我也来一句：'好马不吃回头草'。"

潘耀祖直拍巴掌，"好好好，好好好。'好马不吃回头草'。梅姑娘果然有满腹文章，这句吟得好，有文采有文采，而且文采不在洒家那句以下。且听洒家再吟第三句诗，听好了，第三句诗仍然是一句俗语，'老牛偏爱吃嫩草'。七个字，该你了。"

梅宛笑道："天涯何处无芳草。"

潘耀祖高声叫道："苏州横塘镇潘秀才耀祖和江宁欢喜冤家书寓的梅词史'唱和'了一首佳作。全诗美不胜收，有道是：兔子不吃窝边草，好马不吃回头草，老牛偏爱吃嫩草，天涯何处无芳草！"

梅宛笑弯了腰，"潘公子，你可真会逗乐。"

潘耀祖揉揉肚子，"梅姑娘，洒家今天才抵达南京，肚子着实有些饿了，咱俩的唱和就到此为止吧。该吃点什么了。"

梅宛说："潘公子旅途劳顿，奴家给你准备了南京名肴'炖全鳖'。其实就是你们苏州的清炖团鱼，也就是俗称的炖王八。"

潘耀祖拍拍肚子，"有什么菜就全端上来，一口气干掉！"

词史先生不大讲究吃，而是讲究补，大厨很会拾掇鱼呀虾呀鳖呀，间或加些中药，对身体有好处。堂倌把一壶小酒和几道小菜端上来。没过多大会儿，又把"炖全鳖"端上来。一只大鳖炖了整整一锅，热气腾腾的，虽然大卸八块了，但在锅里还保持着完整形体。

潘耀祖的肚子早就饿得叫唤了，大吃大嚼起来。

梅宛把一条黄澄澄的东西夹到潘耀祖盘中，"鳖的通身最好吃的就是裙边儿。公子是不是喝点酒？书寓里有一种花头，客人吃饭时还要饮酒作诗呢。你是应考学子，饮酒作诗不是拿手好戏吗。"

潘耀祖拿起一杯酒，一饮而尽，把酒杯往桌子上一顿，嬉皮笑脸的劲头上来了，"嘿嘿嘿。饮酒吃饭不就是调调情嘛，嘿嘿嘿，情哥哥蜜姐姐的热乎热乎，嘿嘿嘿。还要作诗？作什么诗？"

梅宛："作即兴诗呀，看见什么就为什么作一首诗。比如'红蓼渡头秋正雨，印沙鸥迹自成行'，都是即兴诗的名句。古人即兴诗的佳作可多啦，书寓也把与客人作即兴诗作为一种花头。"

潘耀祖听懂了。他随意一挥手，"看到什么就作什么诗，这个我也会，小菜一碟。那么，洒家就来一首即兴诗吧。"

梅宛放下筷子，手托着腮，安静地等待着。

潘耀祖皱着眉头看着"炖全鳖"，蓦然间冒出了"灵感"。"看见什么就为什么作诗。就说这盆'炖全鳖'吧，老鳖这东西，在不同的地方有不同的叫法。有的地方叫'甲鱼'，有的地方叫'团鱼'，还有的地方叫'王八'的。听好喽，洒家的即兴诗来了！诗曰：'远看是甲鱼，近看是团鱼，放在眼前看，是只炖王八。'"

梅宛高声笑了，"这就是你的'即兴诗'呀。"

潘耀祖拉起桌布，粗粗拉拉地擦擦嘴，"行啦行啦，开篇唱和作诗吃些喝些，花头都走完了，咱们该办正事了。"

梅宛眉毛微蹙，"你说的正事是什么？朝廷罢科举，你不是要来找个红颜知己倾诉愁肠吗！饭饱酒足，你可以倾诉了。"

潘耀祖方想起这茬儿，"那就倾诉倾诉吧。要说洒家的'愁肠'啊，有一大堆，朝廷罢科举，洒家通过考场进官场的美梦破灭了，好不惆怅。行啦，洒家的'愁肠'倾诉完毕。咱们，该办正事了！"

梅宛脸上变色了，"不妨明着说出来，你指的正事是什么？"

潘耀祖指指床铺,"还需要洒家挑明吗?朝廷罢科举,洒家的宏图伟业泡汤了,只好来泡妞了。'泡',就是正事。"

梅窕正色道:"你作为书寓的常客应当懂得,词史先生不同于通常的妓女,是卖艺不卖身的,不能让你随意'泡'。"

潘耀祖说:"洒家哪能不知道。可洒家也知道,只要银子……"

梅窕扳起脸来,"错,你给的银子再多我也不会卖。"

潘耀祖毛了,"那……那你什么时候才卖呢?"

梅窕说:"别说傻话!我什么时候也不卖。除了被权势强逼,客人是不可能得到我的。而如果是郎君,我会心甘情愿的都给他。"

潘耀祖挠挠腮帮子,忽地站起来,摆了个丁字步,"梅窕姑娘,请问洒家使一把劲,能不能当你的郎君?"

梅窕抬头看着他那雄赳赳气昂昂的样子,"你能不能成为奴家的郎君?可怎么说呢?奴家喜欢后唐诗人王衍的一首《甘州曲》:'画罗裙,能解束,称腰身。柳眉桃脸不胜春,薄媚足精神,可惜沦落在风尘。'你得想清楚了,正如这首《甘州曲》所说的,美女的服饰、容貌、神态、风韵都是最好的,底里却是可怜的风尘女子。"

潘耀祖说:"哟哟哟,你还顾影自怜起来?依洒家之见,只要卖艺不卖身,就不算沦落风尘。"

梅窕凄惨地说:"青楼这个行当就是沦落风尘呐!'一簇青烟锁玉楼,半垂栏畔半垂钩。明年更有新条在,恼乱春风卒未休。'我不能再烦乱如麻地一年年地混下去了。"

6、寻找一样唐朝以前的物件

这一夜,丁三甲睡得很香,直到日上三竿才睁眼。他从床上坐起,使足力气伸了长长的懒腰。好爽好爽!他披上衣服,大把摩挲面庞,脚伸到床下找鞋时,门忽地打开了。

潘耀祖搓着巴掌,欢天喜地的进来。别看他泡了一夜妞,这会儿的精神头却特别足。他身子一歪,咕咚倒在床上,瞭过去一眼,"丁大呆子,俺这一夜艳福不浅呐。梅窕词史那个好玩儿呀,那个会玩儿呀,不辱芳名!小娘子真的'没挑儿'。啧啧，真是个'没挑儿'！"

丁三甲说："既然你的兴致那么大，怎么呆了一夜就回来了？"

潘耀祖从床上翻过身来，拳头支在下巴颏上，细细地回味着，"不瞒你说，虽然只是一夜，我却交了桃花运。"

丁三甲说："那种不干不净的地方有什么桃花运可交。"

潘耀祖说："讲点实在的，我和梅窕没干那事，但甜头比干那事还大。我和她上楼后，按照书寓规矩，先听开篇再吟诗唱和吃点喝点。我听了吃了喝了，吟诗唱和就不顶了。我哪会即兴作诗，要你在就好了，能对付几句。可惜，泡妞这种事不能找枪手代劳，再说枪手代我打炮，我也不干。不能唱和，我胡乱对付了几句，就要和她上床。她不干，说只有我为她办妥件事，才答应我的要求。"

丁三甲淡撒撒地问："梅窕要你办什么事？"

潘耀祖眉开眼笑地说："定情。她要和我定情！定情之后，我为她脱籍，她脱出自由身就嫁给我。"

丁三甲急了，"梅窕嫁给你？你娶个从良的歌伎当老婆还好意思说出口。就你这样的，还想光宗耀祖呢。"

潘耀祖满不在乎地说："乡试不成，我不能臊眉打眼的回去，那样非得被乡邻耻笑。我把个南京名花采回家了，也算是荣归故里嘛。"

丁三甲一撇嘴，"还荣归故里呢。我知道你家老爷子的脾气，他要是知道你把秦淮河名歌伎娶进家门，非得打断你的腿。"

潘耀祖赌气地说："是我娶媳妇，又不是我爹娶媳妇，他管得着吗！当年我爹娶我娘我就没拦着。到我娶妻的时候，他也管不着。"

丁三甲说："废话，你爹娶你娘的时候还没你呢。"

潘耀祖说："我要开明结婚，追求人身自由，谁也管不着。"

丁三甲说："你若硬要'开明'一把，潘老爷子或许管不了。但是，你不要忘了，你是先给歌伎脱籍，然后才能迎娶的，而歌伎脱籍是要花大钱的，更别说享誉南京的名歌伎了。你家老爷子硬是不给你掏大把银子，你就无法给她脱籍，迎娶更无从谈起。"

潘耀祖笑了，"不用花太多钱。梅窕的老鸨嗜好古董，只要拿出一件唐朝以前的古董，老板就让她脱籍。南京六朝古都，有的是宝物，悉心找出一件就行。咱们既然来到南京，就在地面上寻摸古董，你枪手没当成，在这件事上助我一臂之力。你看如何？"

丁三甲迟疑，"唐朝以前的古董？那是什么价钱，怕是比脱籍的资费还要高呢。看在你的面子上，那就试试吧。从明天起咱俩分头转，摸摸南京的古玩行情，没有合适的就马上回苏州。"

7、城隍庙里有个鎏金佛像

当年太平军在南京立都，将两江总督衙门扩为天朝宫室，有城两重，内宫八进，天京被攻陷时焚毁。至光绪朝，就像荒芜的殿宇坟场。官家不治理的地方，百姓会乘虚而入。天王府遗址边缘，陆续建起民房，有个大螃蟹酒家。字号挺亮堂，其实只有四五桌。

门帘忽地撩开，潘耀祖甩着膀子进来。他指着一张桌子说："擦干净了。"堂倌过来，用抹布把桌凳擦了一通。潘耀祖临坐时，卟地放了个响屁。堂倌乐了，"壮士可真够干净的，我把桌椅板凳擦得这么干净，您临坐下时，还要再吹一口气。"

潘耀祖没有听出来拐弯骂人话，坐下喊道："上菜！"

堂倌殷勤地问："客官要点什么？秋季正是吃螃蟹的季节。我们这儿的母蟹，蟹黄可满啦。来点小酒，再来只大蟹，吃得可舒服了。"

潘耀祖懒散地一挥手，看看四周，半吊子"落第"之情翻涌出来，"罢科举，莘莘学子集体大落第，十年寒窗付诸东流。你这酒家能不能做些对胃口菜肴，连缀我们落第学子那颗破碎的心？"

堂倌说："有哇！小店有正对路的菜肴。"言毕转身跑了。

潘耀祖百无聊赖地东张西望。

门帘撩开，进来两个人，二十多岁，眉眼有些相似，像亲哥儿俩。年长的那位，眉心上方有一片指甲盖大小的黑色胎记。

他们在靠近窗户的一张桌子坐下，与潘耀祖的桌子挨着，年长的客气地说："相公，坐在您的旁边，不会妨碍吧？"

潘耀祖懒散地扫过去一眼，"不碍事。哎，你这家伙的胎记长在眉心上头，远远看去，就像长了三只眼的'二郎神'。"

年长的那位说："爷们儿，你还真说对了。我叫麻五，这位是我弟弟，叫麻六。在家乡，就有人因为这个胎记称我为'二郎神'。"

身后响起堂倌悠长的声音："'偶遇熟蹄'来啦。"堂倌捣着小碎步跑来，把托盘放到桌上，一个个碟子往外拿，兴致盎然地介绍："凉拌藕片，'藕'谐音'偶'；熟玉米，'玉'谐音'遇'；熟猪蹄简称'熟题'。连在一起就是'偶遇熟题'。上了考场，打开试卷，考题恰巧是熟悉的题目。'偶遇熟题'，您做起来当然就得心应手啦！"

潘耀祖一拍桌子，"胡闹！什么时候了还'偶遇熟蹄'！"

堂倌愕然，"本店照顾不周，客官多多海涵。本酒家哪点不妥啦？不过是想'连缀'客官您的……那颗破碎的心。"

潘耀祖低头，大巴掌托住额头，做出伤心之状。

麻五站起，指着堂倌："你咋整不明白事理呢！菜就做糊涂，又越说越糊涂。朝廷罢科考，学子的一大堆学问都泡汤了，考场都没有了，还怎么'偶遇熟蹄'？你倒好，莲藕玉米棒子猪蹄子一块往上端，不是哪儿疼往哪儿踹吗！"

堂倌顿悟，"我听懂了，这几个菜做的跑题了。"

麻五一拳砸到桌子上，"听懂就完啦？怎么找补？莘莘学子那颗破碎的心让你们撕扯了一把，这事怎么找补？我看这样吧，白饶这位客官一只大螃蟹，个头不能少于四寸！"说完回到了座位上。

堂倌看看麻五转身走了。潘耀祖揩揩脑门，向那边点点头。

麻五和麻六却仿佛没有看见，正对着窗户外面指指点点的。他们的声音不轻不重，外人也能听清几个字眼。

他们偏着面庞，看着窗外。窗外有个小城隍，浅浅一进。旁边是眼井，青石光溜溜的，辘轳都要散架子了，分明是眼老井。

麻五警觉地四下看看，"就是这里。城隍庙建于乾隆年间，旁边是一眼古井，太平天国用作马厩。湘军打进天京时，爷爷把天王府金佛像埋在城隍庙里，临终前把这个地点告诉了我。"

麻六说："今天夜里三更挖出来，带到京师去卖出个好价钱。"

麻五仰起脖子"吱儿"地把酒喝干，"不是哪个金佛像都能卖出好价的，明代金佛像值不了几个钱，非得唐朝以前的才值银子。"

听到这儿，潘耀祖一激灵，"唐朝以前！"

那边，麻六接着问："爷爷说金佛像是哪个朝代的？"

麻五说："爷爷说是北魏的。北魏人喜欢造佛，洛阳龙门石窟、大同云冈石窟都是北魏时开凿的，他们造的金佛像也错不了。行了，不说那么多了，留神隔墙有耳。今天夜里就都明细了。"

麻五、麻六哥儿俩警觉地左右看看，同时站立起来，往桌子上扔了几个铜板，而后抄起东西，一言不发地走了出去。

看着他们出了门，潘耀祖手托腮帮子，出神地想了想，忽而振奋地一挥右拳，左拳砸在桌面上。堂倌托着木盘过来，叫道："大螃蟹来啦！白饶的啦——"他看都不看，站起就走。

当日傍晚，丁三甲疲惫地进入小油菜客栈东耳房，吓了一跳。

潘耀祖手忙脚乱地穿上一身黑衣，再套上一条黑裤子，完全换了个样子。丁三甲匆匆问："你这是干什么？"

潘耀祖不回答，把一条黑布手巾捆在面颊上，只露两只眼睛，随手扔过来一件黑上衣和一条黑裤子，"这是从市面上刚买来的黑衣黑裤，你也马上换上。不要多问，快快穿上，等等再对你细说。"

丁三甲稀里糊涂地穿上黑衣黑裤，潘耀祖把一条黑色面巾捆在他的面颊上。他低头看看自己那身打扮，"到底是怎么回事？"

潘耀祖说："两个太平军后裔今天夜里到天王府遗址挖宝。好像是个唐朝以前的金佛像，我要把它弄到手，用它给梅宛赎身。"

丁三甲急了，忽地拉下蒙面黑布，"潘耀祖！你让个歌伎弄得五迷三道昏了头。你买了这身行头，想去抢，还想拉着我一起抢。明着告你，这种事我不干，也不准你干！你口口声声称自己是什么读书人，怎么？读书人为了一个歌伎就要改行去当强盗？！"

潘耀祖急得直跺脚，"你看你你看你，我真的不是去抢，更不会当强盗，而是要从他们手里把金佛像买下来。"

丁三甲说："去买为什么要穿上这身盗贼夜行的衣服？"

潘耀祖说："我们出门赶考，不是出门做生意的，身上本来就没带几个钱，装出这个样子，还不是为了交易时吓唬对方，压压价嘛。"

丁三甲说："如果是这样还情有可原。但是我得告诉你，你要是仗着膀大腰圆和有点三脚猫的功夫犯粗，我饶不了你！"

潘耀祖又把黑布给他蒙上，连连作揖，"就这样就这样，我的好哥哥，弟弟保证不会动手。这总行了吧！"

入夜，钱顺堂坐在柜台后面，哈欠连天的。门吱呀一叫，两个人进了门厅。他俩穿黑衣黑裤蒙黑面巾，扎着黑头巾。彻头彻尾的夜行装扮。钱顺堂吓得一哆嗦，拳头赶紧堵住嘴巴，才没叫出来。

两个蒙面人看了看他，穿过门厅，出了大门。他赶紧举着煤油灯，翻开旅客登记簿，"闹了半天，他们不是应考学子……"

8、黑衣黑裤制服了蓝衣蓝裤

深夜，二更梆子敲响时，麻五、麻六兄弟溜进城隍庙。他们夜行打扮，蓝衣蓝裤，头扎蓝头巾。皎洁的月光从破窗铺洒进来，地上白漫漫的。城隍彩塑早就没了，只是供台还在。

麻六悄声问："爷爷说金佛像埋在哪儿了？"

麻五说："爷爷说埋在供台西边，离供台一尺远近。从这儿挖。"

哥儿俩下铲挖了片刻，麻五用洛阳铲往下一杵，轻叫："下面有个硬家伙。"他们风快地铲了一阵，只听咯噔一声，碰到金属器件了，赶忙蹲下把土刨出，一个铁箱箱面露出来。麻五用洛阳铲对准锁头一磕，箱子盖开了一条缝。麻六打开箱子盖，麻五从铁箱子里举起一个物件，在月光下看，是一尊斑驳脱落的佛像。

麻六把地上的碎纸破板子拢了拢，划着火柴，一小堆火跳跃起来。哥儿俩蹲下，就着火光细看。佛像斑驳脱落，一尺多高，主像是释迦牟尼青年时的形象，下有个莲花宝座，宝座外围是四个佛坐像，每个有一拳多高。大佛造像端庄自若，大耳垂轮；小佛造像神态各异，栩栩如生。大小佛像的组合浑然一体，容止端详。

麻五说："是个鎏金物件，别看不是真金的，但只要是北魏的东西，就是无价之宝，比同大的金疙瘩还贵。年头在那儿呢，清宫兴许都见不着。拿到京师琉璃厂，就尽管张嘴开价吧。"

麻六说："哥，你看能值多少银子？"

麻五皱着眉头想了片刻，"不好说。咱拿到京师琉璃厂去卖，照着一万两银子开价，估计最少得七千两银子。咱兄弟发了！"

门外传出一个声音："洒家看你们发不了。"从门外飘进来一个高大黑影，鼻梁以下用黑布蒙着。

麻五紧抱着鎏金佛像张皇地向后退,"你是谁?"

蒙面人说:"洒家和你们一样,喜欢唐朝以前的玩意儿。"

麻六抄起洛阳铲,"怎么着,你要犯抢?"

蒙面人说:"洒家乃是学子。学子不会犯抢,但你们也别想动家伙,否则吃亏的只能是你们。"说完疾迅地一把抢过洛阳铲,往膝盖上一磕,喀嚓一声,洛阳铲就被撅断了。

麻五牙齿打战,"大侠,你想怎么样?"

蒙面人说:"洒家要跟你们做买卖,把鎏金佛像让给我。"

麻五平定了一点,"我们是穷人,既没闲钱也没有闲心收藏,夜间偷偷挖出来的东西本来就是要卖的,你既然想要,可以商量。"

蒙面人说:"既然是商量,洒家不明白的事得先问问你。"

麻五说:"大侠尽管发问,凡小的知道的,保准全盘托出。"

蒙面人说:"洒家躲到暗处,听见了你们的每句话,既然这件东西是北魏的,那么洒家要问的就是件大事。龌龊贼人,听好喽。"

麻五把夸张地把耳朵凑过去,"臭毛贼这厢听着呐。"

"洒家要问的是个大事。那就是……"蒙面人一字一顿地说,"从北魏到现在有多少年了?从实招来,不得隐瞒!"

麻五眨巴眨巴眼,"北魏到现在有多少年了?真没有想到,蒙面大侠兼莘莘学子,问的问题竟然如此简单。"

蒙面人低声吼道:"少他娘的跟洒家扯废话,尔等从实招来,不得隐瞒,一个字眼不得有误!北魏到现在多少年了?"

麻五说:"本来就没有什么可隐瞒的。臭毛贼据实回答,北魏拓跋氏建国于一千五百年前,这东西往少里说也有一千四百年。"

蒙面人声色俱厉地说:"下面的问题听好喽。那么唐朝呢?唐朝到现在有多少年了?从实招来,不得有半点隐瞒!"

麻五说:"蒙面大侠怎么尽问些小儿科?要说唐朝嘛,从唐太宗的爸爸李渊算起,前后有二十个皇帝,经历了小三百年的。如果从唐朝灭亡到现在,等我算算,巧了,到现在正好一千年。"

蒙面人说:"唐朝在前头还是北魏在前头?"

麻五愣了愣，"您还是个莘莘学子呢，怎么连这个都不知道，当然北魏在唐朝之前啦，北魏比唐朝早二百年呢。"

蒙面人高兴地搓了搓巴掌，"既然北魏在唐朝的前头，这个鎏金佛像就是唐朝之前的东西，洒家要定了。"

麻六说："可以。但是，你给多少银子呀？"

蒙面人说："洒家随身带多少就给多少。不多，五百两银子。"

麻五顺着唇边吹出一口气，"蒙面大侠兄弟，看得出来，你是有功夫在身的，我们哥儿俩情知打不过你，即便跟你抢家伙，也得被你放倒。这样吧，你要愿意的话，就把这东西抢走。"

蒙面人拍拍胸膛，"读书人不干那有辱斯文的事。"

麻五说："既然读书人不想犯抢，我就告诉你，你报的五百两银子还真不少，但这个价钱我不卖。你也不想想，我们哥儿俩把它拿到京师琉璃厂，轻飘儿就卖万把两银子，干嘛五百两银子卖给你呀。"

蒙面人说："可是可是……可是洒家身上就带了这么多。"

麻五说："蒙面大侠，看样子您对古董不摸门。古董没实价，价高价低的，买卖双方都可以商量。但是，不能您随身带了多少银子我就得卖你多少银子。您说是不是这么个理儿？"

蒙面人说："理儿是这么个理儿，可是可是……"

麻五说："别'可是'了。还是那话，我们打不过你，要不然你就抢走，要不你就再加些。不多要，两千两银子，这东西你拿走。"

蒙面人说："两千两？想得还怪美，洒家没有那么多银子。"

麻五说："这就有点麻烦了。你开的那个价，我们不答应；我们开的价，你又说你没有那么多银子；我们让你把东西抢走，你又说读书人不干有辱斯文的事。咱们两下怎么也谈不拢了，怎么办呢？谁也别瞎耽误功夫了，蒙面大侠只有放我们走了。"

蒙面人拦上一步，"不准走！洒家看你们谁敢离开。"

麻五说："你看你你看你，就没有一点江湖上的爽快劲儿。你既没有两千两银子，又不准我们走，你到底要干什么？"

蒙面人挠挠后脑勺，不知该怎么办了。

麻六撩了一句，"您快拿个准主意吧。"

第一章 天王府旧马厩

蒙面人吼了一嗓子:"洒家也不知道该咋办!"

麻五近乎要笑,"蒙面大侠,恕小的直言,别看您穿的黑衣黑裤的,可是我怎么觉得,您还没有出道呢,着实嫩了点。"

就在这时,另一个蒙面人进来了,个子比前头的蒙面人稍矮。

这位进门就说:"五百两银子你们不打算卖,是吧?既然你们倔头巴脑的,我也只好跟你们说实在话了。想听实话吗?"

麻五说:"嚯,又冒出一位蒙面大侠。你就说吧!"

个头稍矮的蒙面人说:"实话说,五百两银子是太便宜你们了,信不信?如果你们再这么死扛着,我就出狠招了。我只要愿意,无须动一根指头,不出一两银子,这个鎏金佛像也得归我。"

麻五说:"你不动手也不出钱,这个宝贝疙瘩就能归你。我不知道你是何方神圣,能有这么大的本事。说给我听听,行吗?"

个头稍矮的蒙面人说:"先说你们是什么人,你们自称是太平军的后代,大清对你们这种人见一个杀一个;再说你们来干什么,你们来找太平天国天王府遗物的,大清对这种事见一个办一个。我兄弟的本事想必你们掂量出来了,他要绑你们见官,易如反掌。他要是把你们绑到官府,你们不仅一两银子见不到,脑袋还得搬家!"

麻五和麻六一听这话,顿时慌了神儿。麻六慌里慌张地说:"哥,这回碰到厉害的主了,他点到咱的命门上了。"

个头稍矮的蒙面人说:"相比之下,我们为了得到鎏金佛像,不仅对你们不打不杀,还给你们五百两银子,是不是便宜你们啦?"

麻五和麻六惊惶地对视着,月光下,面色惨白。

个头稍矮的蒙面人说:"一个知府全年饷银才八十两纹银,你们这一把就捞了知府七八年的饷银,知足吧!再说我们只看了个影子,品相都没看,就答应一把给你们五百两银子,你们还想怎么样?"

麻五一咬牙,甩出巴掌,"拿五百两银子来!"

大个蒙面人拿出张银票,"这是贡院街大有钱庄的庄票,上面是五百两银子,自己拿去兑钱。把东西放在这儿,滚!"

麻五接过庄票,蹲下就着火光仔细看了看,"不对。这上面写的是四百五十两银子,还差着五十两呢。"

大个蒙面人一听，拍了拍脑门，"老丁，瞧我这记性。会了梅宛后，欢喜冤家书寓从这张银票上划走了几十两银子。"

个头稍矮的蒙面人说："麻五麻六，就给这么多，多的没有了。"

麻五说："五百两是你们开的价，我们被你们压出血了才答应这个价。你们还想再压五十两，打死我们也不答应。"

大个蒙面人："不是压价，而是洒家身上没带多余的银子。"

麻五说："好办。你们回'小油菜'取去，我们去'小油菜'拿。"

丁三甲和潘耀祖对视了一眼，点了点头。

他们扭脸就走，麻五和麻六紧紧跟上。

下半夜，小油菜客栈门口，钱顺堂打开门，吓了一跳。后半夜进来两个黑衣黑裤，他扑通跪下，叫道："好汉饶命好汉饶命。小店本小利微，实在没有值钱的东西。"两个蒙面人顾不上说话，径直进店。

潘耀祖出来，把一张纸和一个布包递过去，急吼吼地说："庄票和剩下的银子都在这儿了。"麻六接过布包掂了掂，把银票叠起来掖到兜里，把一个尺把长的布包递过去。"拿着，这是北魏年间的鎏金佛像。"麻五一拽他，两个人一溜烟跑了。

对这一幕，躲在客栈门口阴影中的钱顺堂看得真切亦听得真切。

丁三甲站在大门外，叉着腰微微喘息。夜风吹拂，有个东西在他的头上蹭了蹭。他抬头看，是店幌下吊着的一捆小油菜。

他开始完全不在意，刚转身往回走时，突然间心头像是让什么东西拂了一下，蓦然间想起了麻五在城隍庙时说的一句话："好办。你们回'小油菜'取去，我们去'小油菜'拿。"

他愣了愣，再次抬头看看那捆小油菜，不由自语："怪了，他们怎么知道我们住在'小油菜'？"

第二章

北魏鎏金佛像

1、当面锣对面鼓说定了

小油菜客栈东耳房。床上胡乱扔着黑衣黑裤黑手巾。

潘耀祖笑得翻到在床上,"咱哥儿俩扮成蒙面大侠,去的不早不晚,堵住他们,连软带硬、连蒙带唬,你还搬出太平军旧茬儿,愣是用五百两银子把个老宝贝拿到手了。"

丁三甲坐在床边,把佛像翻过来,底座上镌刻着铭文:景明元年。他微合双目,"景明是北魏年号,那时魏孝文帝已迁都洛阳。这个鎏金佛像当出自洛阳工匠之手,有一千四百年了。"

潘耀祖:"不管一千多少年,反正北魏在唐朝之前就行了!"

丁三甲躺下来,"你打算拿它怎么办?"

潘耀祖堕入了幻想,"那还不简单,给梅宛赎身,然后双双把家还。爹娘傻眼了,咦?从哪儿捡来个天姿国色?乡人奔走相告,潘某没有考成举人,倒把南京词史女状元带回家了。啧啧!"

丁三甲带着倦意,"梅宛急着脱籍,但凡接待有钱人,都会絮叨赎身的事。她前几天跟你说的话现在是不是还作数?难说!最好问清楚了,只有当面锣对面鼓砸死,才能为她赎身。天快亮了,天大的事睡醒了再说。现在,闷头大睡!"

这一觉睡至天光大亮。潘耀祖猛睁眼,呆呆望着顶棚,突然光着脚丫跳下床，着急地说："坏了坏了，坏事了坏事了。"

丁三甲睁开眼，"你可真烦人。"随即又合上眼，翻身接着睡。

潘耀祖说："欢喜冤家书寓进门就要花钱，没有足够银两带在身上，见不到人。买了北魏鎏金佛像，银票和碎银子都付出去了，身上没有多少钱了，可怎么见梅宛。你倒是出个主意呀！"

丁三甲睁开眼，"傻瓜。见词史花钱是书寓规矩。反过来，让词史上咱这儿不用花钱。我去通知梅宛，潘公子要为她赎身，请她到小油菜客栈面谈，她肯定来。这样既不用花钱，又能和她商量。"

潘耀祖叫道："好好好，就这么干！你去找梅宛，我去买点酒菜，请厨子加工，花不了几个钱。梅宛来了后一起吃顿便饭。"

丁三甲说："你平日大手大脚惯了，现在非同往日，身上没多少钱了，又得办大事，所以花钱手要特别紧。告诉你个办法，不管卖家开什么价，你上来就先杀一半的价，然后再慢慢商量。听明白没有？"

潘耀祖回答："听明白了。不管卖家开出什么价，我都先杀一半。比如他说卖两个大子儿，我就说一个，然后再慢慢还价。"

潘光宗提着个大竹篮来到街上菜市。他经过几番讨价还价，买了一堆东西，大竹篮里面放着鸡蛋和几种蔬菜，还有一只活鸭子，伸出长脖子，嘎嘎嘎嘎一个劲地叫唤着。

他信步走着，闻到了一股酒香味，耸耸鼻子，发现香味是从当街的小酒铺传出来的。柜台后面是个架子，上面搁着大小不等的酒罐子。他循着酒香，来到小酒铺面前，嗅了嗅，"嗯，这酒不错。"

掌柜的是个上岁数的胖子，招呼道："当然不错啦。这是南通有名的'一里香'，隔着一里远就能闻到香味。"

他指着一个不大的酒罐子，"来一罐子'一里香'。"

"好嘞！"掌柜的把个酒罐子放到柜台上，"一百个大子儿。"

他把耳朵凑过去，说："多少？一百个大子儿？你可真敢开牙。这么贵，不行。"他伸出巴掌，炸开五个指头，"五十个大子儿。"

掌柜的说："客官，你可真会杀价，上来就杀价一半。行了，让你十个大子儿，九十个大子儿一罐'一里香'。"

他掰着手指头算了算，"不行不行，四十五个大子儿。"

掌柜的无奈说:"我让你十个大子儿了,你怎么还杀价一半。得了得了,我再让你十个大子儿,八十个大子儿你拿走一罐子酒。"

他愈发来劲,"不行,四十个大子儿。"

掌柜的急了,"你是怎么回事?赶上掌柜我今天心里高兴,不想跟你过多计较。再让你十个大子儿,七十个大子儿。"

"七十个大子儿、七十个大子儿。"他飞快地掰着指头,刹那间两眼瞪圆,"不行,三十五个大子儿。"

掌柜的歪着脑袋看看他,"我卖了几十年酒了,从来没有见过你这么杀价的。得!六十个大子儿,不能再少了。"

他放下竹篮子,叉着腰,"三十个大子儿。"

掌柜的更奇怪了,说:"你这种人真少见。得了得了,图个开张,我赔本赚吆喝,三十个大子儿就三十个大子儿吧!"

他不依不饶的,"十五个大子儿。"

掌柜的更急了,"还有这么侃价的。你让我白送你一罐酒不成?"

他把双手抱在胸前,"不行,要送就得送半罐。"

2、把古诗古韵用到了极致

通常书寓白天没有客人,丁三甲找到顾厅冤,说明了来意。

顾厅冤说:"要是在平时,你不拿出银子晃晃,我不可能叫梅宛下来见你。既然你口口声声说要和她谈赎身的事,这是她一辈子的大事情,破例让她下楼见见你。"

顾厅冤说话的功夫,梅宛袅袅婷婷的下了楼,"你是……"

丁三甲说:"是潘公子叫我来找你的。"

梅宛吃力地搜索着记忆:"潘公子、潘公子,哪个潘公子?"

顾厅冤说:"在左近方圆,梅先生的名气很大,慕名而来的客人很多,每天都迎来送往的。你不说清楚,她哪能记得那么多人。"

丁三甲模仿着潘耀祖,扎出一个丁字步的威武造型。

梅宛捂着嘴吃吃笑了,"想起来了想起来了。'兔子不吃窝边草',还有'远看是甲鱼',就是会作即兴诗的那个潘公子。"

丁三甲说："梅词史，你几日前接待了潘公子，让潘公子搞来一件唐朝以前的古玩为你脱籍。他近日凭着大智大勇，一鼓作气搞来个唐朝以前的大物件，今天晚上要和你谈谈赎身的事。"

"呀！"梅宛欣喜地把双手捧在胸前，"真的呀？"

小油菜客栈附设的小饭厅里，一张不大的圆桌，梅宛低眉垂眼地端坐着的。潘耀祖看着她，搓着巴掌，不知该说什么好。

丁三甲打开酒罐子，给二人倒了两杯酒，"请品尝'一里香'，这种酒隔着一里远就能闻到香味。另外，今天的下酒菜是潘公子亲自杜撰的，潘公子对古诗烂熟于心，连设计菜肴也透着诗情诗韵。"

梅宛来了兴致："奴家倒要看看是什么样的下酒菜。"

钱顺堂托着木托盘，喊着"来啦——"，踏着小碎步过来。他把木托盘放在桌子上，"这是潘公子根据古诗诗意设计的四个下酒菜，请潘公子给梅先生亲自讲解其中的奥妙。"

梅宛翘起二郎腿，身体前倾，右手支着下巴颏。

潘耀祖拿出一个盘子，不无得意地说："梅宛姑娘，这道菜的菜名是'两个黄鹂鸣翠柳'。且看，两个鸡蛋黄外加几根小葱。两个鸡蛋黄是'两个黄鹂'，小葱代表着'翠柳'。"

梅宛仿佛恍然大悟，点了点头，矜持地笑了笑。

潘耀祖又拿出一盘菜，"梅宛姑娘，这道菜的菜名是'一行白鹭上青天'。白鹭是白色的，酒家用两个鸡蛋青来表示，下面铺着白菜叶子，与'上青天'的意境是多么的相吻呀！"

梅宛轻轻拍了拍巴掌。潘耀祖再拿出一盘，"这一盘都是白花花的鸡蛋青，好像没有吃头，其实是'窗含西岭千秋雪'之意。"

梅宛看了看最后一个盘子，惑然问道："这个盘子里怎么没有菜呀？只有水上飘着几个空蛋壳。"

潘耀祖一脸子正经，"这就是'门泊东吴万里船'呀。"

丁三甲说："这四道下酒菜的菜名连在一起，即是：两个黄鹂鸣翠柳，一行白鹭上青天，窗含西岭千秋雪，门泊东吴万里船。"

潘耀祖兴奋地问："梅宛姑娘，你看如何？"

梅宛说："好一个诗情菜意，潘公子真的是富有想像力。这四道下酒菜未必好吃，却把古诗古韵在菜肴上用到了极致。"

潘耀祖乐不可支，大声说："承蒙夸奖，承蒙梅词史夸奖。"

旁边的钱顺堂实在忍俊不住，捂着嘴跑了出去。

酒至半酣，钱顺堂把主菜端上，"这是潘公子点的'全鸭汤'。"

潘耀祖站起盛汤，"'全鸭汤'就是把鸭子每个部位挑出最好的肉，混在一起加独特的香料炖烂。你看，这块是鸭胸，这块取自鸭的脊背，这块取自鸭子腿，这是鸭脖子，这块取自鸭子的胃，这是鸭心，这是鸭肠，嗯？这是鸭子的什么？"他捞出来一个鸡冠。

丁三甲赶忙解释说："这是鸭子的一个朋友。"

梅宛扑哧笑了，随即站起来，"潘公子，谢谢你的款待，干我们这行的外出时间不能太久了，书寓里有客人等着呢。"

丁三甲："梅宛姑娘，到现在还没有接触正题呢。你看看，唐朝以前的东西，潘公子已经搞到了……"

梅宛含羞地低下了头，"那就找我们老板去吧。找到书寓的老板后，说明缘由，把你们搞来的那件唐朝前的大物件给他。他要是满意了，就立个文书，奴家……奴家就算脱籍从良了。"

潘耀祖问："你脱籍从良之后呢？"

梅宛的脸蛋红彤彤的，垂下了头，"那还不简单。奴家取得了自由身，谁是我的恩人，我就嫁给谁呗。"

潘耀祖高兴的手舞足蹈，"你们书寓的老鸨姓什么？"

梅宛说："姓袁，单名源，字远渊。袁源字远渊，读起来够绕嘴的。他住在'欢喜冤家'附近，你们到梅花弄一打听就问到了。"

3、原来是个"苏造"

一条典型的江南弄堂，一幢幢房舍俱是青砖青瓦，绿荫遮掩，修竹伸出墙头，在蒙蒙细雨中显得清清爽爽的。

雨丝拂面，好不惬意。丁三甲头前走，潘耀祖跟在后面，夹着个布包。丁三甲说："敲门吧，就是这里了。"潘耀祖嘭嘭嘭嘭拍打门扇。门开了一条缝，一个精壮后生探出头来，问道："你们找谁？"丁三甲答："袁老板。"那后生不再说话，把门忽啦大开，他们进去了。

院子里十分安静，屋檐下的一个鸟笼，一只画眉叫了几声。

潘耀祖大呼小叫："袁老板，洒家带着唐朝以前的玩意儿来啦！"

后生小声叮嘱："你们带着个古旧物件，是不是要请老板辨伪？老板做账有些累了，轻手轻脚些，不要久留。"说完就离去了。

袁老板家的正房敞亮宽敞，两边都是宽大齐整的博古架，上面错落有致地放着些瓶瓶罐罐，还有几件铜器。

檀木字台的后面坐着一位瘦骨伶仃的老人，戴着个老花镜。他仿佛没有看见来人，一边翻着账本，一边拨拉着算盘珠子。

潘耀祖兜不住劲了，"您就是'欢喜冤家'的袁老板吧？"

袁老板抬起头来，不咸不淡地问道："何事？"

丁三甲不说话，只是把布包打开，把鎏金佛像推过去。

潘耀祖兴奋地说："请您看看这玩意儿怎么样。"

袁老板先不看，而是掂了掂份量，而后颠过来倒过去的看。他看得很仔细，还拿起放大镜看细节，接着拿起一块试金石擦了几下，看看印痕。最后把它推开，继续埋头整账。

丁三甲急切地问："您看这件北魏鎏金佛像怎么样？"

袁老板像是没有听见，继续拨拉算盘珠子。

丁三甲追问："您看这东西怎么样？"

袁老板难得地吐出两个字："苏造。"

丁三甲急忙问："什么？你说什么？'苏造'？"

袁老板啪地合上账本，直起身子，道："所谓'苏造'，就是'苏州造'。自元朝以来，最擅长制造假古董的当属开封人。开封人仰仗着北宋国都汴梁的底子，仿造的古董惟妙惟肖，是为'汴造'。大量'汴造'留存至今，令古玩业界莫辨真伪。入清之后，'汴造'衰落了，最会仿造古董就数苏州人了。苏州自古出能工巧匠，清宫造办处招了很多苏州工匠入宫制造器物。他们把宫里的好玩意儿都见识了，回乡之后就仿造，是为'苏造'的滥觞。时下，收藏古玩的对'苏造'器物最头疼，它们以假乱真，难以辨识，经常让行家看走眼。"

丁三甲发了阵呆，"您看这件'苏造'值多少钱？"

袁老板想都不想，脱口而出："也就是二三十两银子。"

潘耀祖一听就头大了，"二三十两银子？也太便宜了。"

袁老板说："二三十两就不算少了。这样说吧，即便是在'苏造'器物中，这件也算不上精品，瑕疵很多。你们打算用它干什么？"

丁三甲如实说："这物件，我们并没有打算出手。"

袁老板推开算盘，"那你们干什么来了？。"

丁三甲把涌到嘴边的话咽回去，吞了口唾液。

潘耀祖口无遮拦，急急火火地说："我们是拿它来赎人的。"

袁老板抬起头来，"哦？赎人？你们打算赎什么人？"

潘耀祖急忙说："您旗下的头牌词史先生。"

袁老板思忖了片刻，"头牌词史……你指的可是梅宛？"

丁三甲和潘耀祖相互看看，默认了。

袁老板笑了笑，有板有眼地说："词史是干不久的，到岁数就得脱籍从良嫁人。要说梅宛，老大不小的，二十一岁了，一直想让人给她赎身，她说过数次，我也答应放她。可是……这么说吧，你们打算拿个'苏造'来给梅宛赎身，是断断不可能的。"

丁三甲郑重其事地朝袁老板鞠了一个躬，"谢谢您老费心啦。"说完，把鎏金佛像重新包起来，捧着就要走。

袁老板唤住他们，"这件东西你们是多少钱弄到手的？"

丁三甲回过身，苦笑着说："吃亏吃大发了，五百两银子。"

袁老板摇了摇头，"啧啧。这个数差不多，那些用'苏造'蒙事的人，索价一般掌握在这个火候上，几百两银子，不多不少。他们捞足了，被骗的不至于倾家荡产，也不会想方设法找他们拼命。"

丁三甲再次鞠躬，"谢谢您啦。"

袁老板一抬手，"慢走，老夫不妨再罗嗦几句。在'苏造'的器物里，有的器型是坊间工匠自己琢磨出来的，而你们这件鎏金佛像的器型精美，不是坊间能琢磨出来的。我吃古玩这碗饭多年，摸'苏造'工匠的底子，他们没有多大脓水儿，筹划不出如此复杂精美的东西，这个鎏金佛像只能是比照着原物仿制的。"

4、猛然间悟出了门道

出了袁老板家,丁三甲不说话,埋头走路。潘耀祖后面追,"袁老板怎么说的,佛像值多少银子?二三十两?胡说八道!怎么能是假的呢,我亲眼看见他们从城隍庙刨出来的,怎么假得了呢?"

丁三甲停下,"我和你一样,也亲眼看到他们从地里刨出来。既然从地里刨出来的是假的,就肯定有个为什么,让我慢慢想想。"他苦思冥想了一阵子,一拍脑门,"我明白了。"

潘耀祖急急火火地问:"你明白什么啦,是怎么回事?"

丁三甲茫然抬起头,"咱们被骗子盯上了。那天在夜里在城隍庙,你身上带的银子不足数,麻五说'你们回小油菜取去。我们去小油菜拿。'他怎么知道咱们住在小油菜客栈?"

潘耀祖说:"你这么一说我想起来了。在城隍庙,麻五是说了,到'小油菜'去取银子。是啊,他们怎么知道咱们住在那儿?"

丁三甲捻着指头,"只有一个答案,麻五在跟踪你,知道你住在哪儿。他说去'小油菜'拿银子是说突噜了嘴。他们在客栈门口蹲守,你出客栈后,一路跟着,你去哪里他们就跟到哪里,一直跟到大螃蟹酒家。你进去后他们随之进去,往后会出现什么情景?现在说不清了……走,到那个酒家看看去。"

他俩到了大螃蟹酒家,坐在靠窗的桌旁,窗外就是残破的城隍庙。潘耀祖挥指着,"当时麻五和麻六就坐在这里。我坐在那里,两个毛贼说话声音不大,这个位置离他们近,还是可以听到。"

丁三甲悉心体验着环境,"可疑之处正在这里。盗宝人踩点通常极隐蔽,说的话不能让外人听见。麻五麻六说的那些话既然能让你听见,而且让你听懂,那就是故意说给你听的。"

潘耀祖说:"麻五麻六是故意说给我听的?"

丁三甲愈发肯定,"是故意说给你听的。你平日大大乎乎的,对别人的话是这个耳朵进那个耳朵出,怎么留意他俩说话了?"

潘耀祖说:"原先我没有看见他俩,是麻五过来搭讪。堂倌以为我是罢科举后来喝闷酒的秀才,上的菜是'偶遇熟题',我跟堂倌发了脾气,麻五过来帮我说话,让堂倌白饶我一只螃蟹,我还以为是好意呢。现在看来,麻五这么做,是让我留意到他们。"

丁三甲说："我没有白费口舌，你总算开窍了。"

潘耀祖一拍桌子，"开窍又能怎么样？开窍也晚了。古人那词是怎么说来着？嗨！'这次第，怎一个愁字了得！'"

丁三甲看着窗外，"事情越掰扯越清楚了，麻五麻六认准了，你只要听见他们的话，就有可能顺着竿子上。于是事先把一个'苏造'器物埋到城隍庙里，很可能就是当天下午埋的。局设好后，他们夜里出动，假装挖掘，等着我们出现。而咱俩果真来了，对他俩一通连蒙带唬，用我们认为最低的价格把东西拿了过来。"

潘耀祖咬着指头想了一阵，恍然大悟，"原来，在咱们以为占了大便宜时，其实已经像傻瓜一样被骗子开涮了一把。"

丁三甲呼哧带喘地说："你是像傻瓜一样被玩儿了，真正恼人的是，连我这聪明人也跟着你这傻瓜一块上当了！"

潘耀祖咚地一擂桌子，盘子碗哐啷啷的跳了起来。酒家里的人都扭过脸来看着他们。他一擂脑袋蹲了下去，"哇呀呀……"

丁三甲一把把他拽起来，"走走走，这儿的人都看着你呢，读书人得顾点脸面，咱们到外面'哇呀呀'去。"

刚走出大螃蟹酒家，潘耀祖一擂脑袋蹲了下去，"哇呀呀，五百两银子呀，白花花的五百两银子呀，就这么让两个贼人骗走了。"

丁三甲说："别着急，我们想办法找到那两个贼人。"

潘耀祖一扬脖子吼起来："茫茫人海里，到哪儿找两个贼人去。"

丁三甲四处张望，"别着急别着急，我再想想办法。即便咱们找不到他俩，也得让官府出个告示，在热闹地方张贴他们的画像，不要让其他人上当了。哎，他们长得什么样的？"

潘耀祖说："那麻五眉心上面有一片胎记，远看像长了三只眼。二郎神不是三只眼吗，我就叫他'二郎神'。"

丁三甲一愣，"等等等等……眉心上面有一片黑色胎记，长得像二郎神……这人我好像在哪儿见过。"他搜寻着回忆。不大会儿，他的表情开朗了，"走吧，去欢喜冤家书寓，找梅宛聊聊。"

潘耀祖说："你打算和梅宛聊聊，需要我做什么？"

丁三甲郑重其事地说:"你进门之后,只说一句话就行了。记住,你只是说,你马上就要回苏州了。"

潘耀祖重复:"洒家马上就要回苏州了。"

5、身子顿时酥倒了半边

丁三甲和潘耀祖晃晃荡荡地进了欢喜冤家的门厅。

书寓里仍然是老一套,顿时响起哆兮兮的喊声:"先生来哉!先生来哉!先生来哉!"几个女子一起喊,声音悠长婉转。

潘耀祖低着头,反复嘟囔着丁三甲要他配合的话:"洒家马上就要回苏州了,洒家马上就要回苏州了,洒家马上就要回苏州了……"

顾厅叾甜丝丝地说:"二位先生,我们这里的打茶围、叫花头在南京是……哎哟哟,瞧我这记性,你们是回头客了。"

潘耀祖指指上面,"洒家马上就要回苏州了。听清楚没有?洒家马上就要回苏州了,临行前再看梅宛一眼。洒家这位朋友原先是吃素的,今天也来开开荤,会会梅宛,尝尝人间烟火。"

丁三甲一反常态,显得分外开通,大呼小叫的:"把梅宛喊来,让她陪我喝酒聊天,吟诗唱和,把花头都使出来。"

顾厅叾转向潘耀祖,"那么,先生您呢?"

潘耀祖说:"不是跟你说了嘛,洒家马上就要回苏州了。可是江宁的小丫头还没玩儿够,你再给洒家找个顶尖的来。"

顾厅叾说:"你这个人呀,还是书寓常客呢,怎么连常识都不懂,一个书寓只有一个顶尖的,都是顶尖的就没有顶尖的了。顶尖的梅宛让你的朋友包了,我再到哪儿找顶尖的去。"

丁三甲说:"怎么没有哇,你上次说梅宛还有个妹妹梅德妁,绰号'没得说'。'没挑儿'我包了,你把'没得说'喊下来。"

顾厅叾说:"梅德妁可以出来伺候你们,但是只能唱开篇,不能动真格的。她年龄小,到现在还没有开苞呢,是姑娘身子。她慌里慌张地四下看看,"而且,小梅先生的开苞让一个大官儿包了,只不过还没到日子口。你们要是抢先下手,日后一旦露馅了,'欢喜冤家'就真他妈冤家路窄了,能被那个大官儿折腾的死

第二章 北魏鎏金佛像

去活来。"

潘耀祖拍着巴掌笑了,"瞧把你吓的,洒家在逗你玩儿呢。洒家马上要回苏州了。听清楚没有?洒家马上要回苏州了。回苏州之前,没心气眠花宿柳了,你把我这位举人朋友伺候好就行了。"

顾厅戺拍拍巴掌,朝楼上喊道:"请梅先生下来吧。"

潘耀祖看到梅宛从楼梯上袅袅婷婷下来,张嘴嚷嚷:"洒家马上要回苏州了。回苏州前有幸再次见到你。唐诗说美人说得好啊,'曲罢常教善才服,妆成每被秋娘妒'。"

梅宛冲着潘耀祖嫣然一笑,潘耀祖忙摆手,"使不得使不得。"

梅宛启动芳唇:"潘公子,本词史冲着你笑笑,本来是表示欢迎,为什么使不得呢?能够告诉我吗?"

潘耀祖说:"梅宛,你这一笑算不算'嫣然一笑'?如果算的话,你认错人了。洒家马上要回苏州了,因此不是洒家点你,而是这位丁举人点的你,你应该朝着丁举人嫣然一笑才对。"

梅宛说:"噢,原来是这样。"

潘耀祖说:"梅宛姑娘朝着洒家的嫣然一笑,笑错了。既然如此,你得补上,冲着丁举人再'嫣然'一次,行不行?"

梅宛说:"当然可以啦,我们本来就是卖笑的嘛。"

丁三甲说:"潘公子,行啦行啦,别胡闹了。"

潘耀祖推开他,"洒家马上就要回苏州了,此一别,不知猴年马月才能再见梅宛姑娘了。临分手前,得让她再'嫣然'一次。梅姑娘,现在你面对这位丁举人三甲先生,酝酿酝酿情绪,准备再'嫣然'一次。准备的怎么样?可以啦,听口令,笑!"

梅宛又朝着丁三甲嫣然一笑。

自打出了娘胎,丁三甲哪里承受过这种媚态,立马被美女的"嫣然一笑"弄毛了,面红耳赤的,不知道该怎么对应了。

对女人,潘耀祖自来熟,"梅宛,你把他领进房间,你们好好聊聊。别的我就不管。洒家马上就要回苏州了,明天早晨的船。洒家马上就要回苏州了。"说完,他三步并两步离开了。

丁三甲没有经历过这种阵仗,潘耀祖一走,就无所措手足了。

梅窕细声细语地：" 丁举人，随奴家上楼吧。"

他恍如梦醒，"什么？上楼？好好好，上楼上楼。"

梅窕的房间一如本人，阡尘无染，温馨而淡雅。墙角花架上有个甜白釉梅瓶，约一尺多高，通身刻暗花牡丹纹饰，釉色光莹而润。

丁三甲规规矩矩地坐在椅子上，素来伶牙俐齿的他哑火了。在这种极其生疏的场合，他也不知道该说什么才好。

梅窕从茶桶里挑出几颗洁白圆润的茉莉花，加上蜂蜜、枸杞、小红枣，冲了一杯茉莉茶，款款端来，"丁举人没来过这种地方吧？"

丁三甲捧起茶杯，看着花瓣愣神，"是，第一次来。"

梅窕说："那奴家唱点什么，要不一起来几个酒菜。"

他腼腆地说："唱免了吧，酒菜也免了吧。"

梅窕看看四周，"那咱们干点什么呢？只能说说话了。"

他干巴巴地说："那就说吧，你先找个话题。"

梅窕笑了，"刚才潘公子说了《琵琶行》中的两句：'曲罢常教善才服，妆成每被秋娘妒'。所说的'秋娘'当是指的我们这行，也就是歌伎。可见在唐朝'秋娘'就是歌伎。但是，同在唐朝，歌伎又被称为'商女'。唐朝诗人杜牧的《泊秦淮》，分明写的就是我们这里。'烟笼寒水月笼沙，夜泊秦淮近酒家。商女不知亡国恨，隔江犹唱后庭花。'脍炙人口，传唱数朝。其中，'商女'分明说的是歌女。唐朝歌女既然称为'秋娘'，为什么又称为'商女'呢？"

丁三甲轻咳一声，娓娓道来："唐代歌女无非是歌伎和女伶，统称'秋娘'。至于'秋娘'为什么又称为'商女'，是因为古人把宫商角徵羽五音与四季相配。商音凄厉，与秋天的肃杀之气相配，故以商配秋，称商秋。古代以商指秋的词汇较为多见，商信、商风、商吹、商飙，指的是秋风；商日指的是秋天；商意、商气，指的是秋意、秋气；商云指的是秋云；商葩指的是秋花；商叶指秋叶；商暮指的是秋末。由此可见，商女也就是秋女、秋娘，也就是歌伎了。"

梅窕叹道："哎呀，我想了好久想不明白的，你几句话就点拨清楚了。你的学问真扎实呀，肚子里尽是干货。"

丁三甲苦笑了一下，"肚子里有点干货又有什么用，还不是个穷困潦倒的破举子，跟那些大官儿大商贾的没法子比。"

梅窕面露不悦之色，"丁举人是不是在暗讽歌伎嫌贫爱富？其实你错了。'鸨儿爱钞姐儿爱俏'。老鸨爱钱，歌伎却不乏爱才的，对满腹锦绣文章的才子多怀一帘春梦，间或做做才子会佳人的美梦。不妨说，歌伎脱籍从良的愿望，往往在才子身上押宝呢。"

丁三甲探过身子，"那么，梅先生你呢？"

梅宛沉静下来，像在编制一个绮丽的梦，"不瞒你说，我就是这么打算的。'秋娘'这行是干不了几年的，人老色衰就没人要了。我呀，想趁着年轻，就像个在江边垂钓的渔翁，把鱼钩抛出去，等着钓上来一个才子，然后我们共度余生，白头偕老。"

他苦笑道："你见过的潘公子是我的朋友，他是真心实意要赎你的。可惜呀，他上当了，买了件假古董，不仅赎不了你，而且钱也花光了。他对你是死了心了，明天就回苏州了。"

梅宛轻叹了一声，"其实潘公子身材魁伟，憨直率真，人挺好的。你呢，学问深藏不露，也挺好的。"她不由对他嫣然一笑。

这次嫣然一笑与上次不同，是自然流露的，实打实的。他吸溜了一口凉气，"梅先生这一笑厉害，果真摄人魂魄。"

梅宛笑道："奴家笑一笑，哪有那么大的力量。"

他琢磨了片刻，"梅先生知否，'嫣'字乃是美貌之意。战国宋玉的名篇《登徒子好色赋》云：'嫣然一笑，惑阳城，迷下蔡。'可见美人一笑有多厉害，愣是镇翻了两个小城。你刚才冲着我嫣然一笑，用明代小说的话来说，我的身子顿时酥倒了半边。"

两人一同朗声大笑起来。笑毕，他趁着气氛轻松，试探说："梅先生，我在苏州也是个小才子，如果不嫌弃，你钓上我这条鱼好了。"

梅宛的眉毛好看地一挑，"你？"

丁三甲不笑了，"我想方设法凑点银子，给你脱籍从良……"他感到话说得早了，"我或许冒昧了，要不，就当我什么都没说。"

梅宛道："说了就是说了，奴家也听清楚了。没有什么冒昧不冒昧的，你真的这么想吗，出银子帮我脱籍从良？"

他耸了耸肩，"只是苦于手边没那么多银子。就你们姐妹俩这样的，'没挑儿'加'没得说'，多好的一对姊妹花，老鸨还不得当成摇钱树。要是给你们脱籍从良，没有一大堆银子是办不成的。"

梅宛抿嘴一笑，"丁举人想远了。其实呢，如果真有心给奴家赎身，用不着一大堆银子，我们东家开通，有品味，不大稀罕银子，而是嗜好古玩。如果给他一件好古玩，他立刻会给答应我脱籍从良。"

他摇了摇头，"说的轻巧，吃根灯草。陈年老辈子的东西，价格都高的吓人，哪样好古玩也得一大堆银子。"

梅宛说："倒不见得非得是陈年老辈子的东西。大清往前的朝代是明朝，明朝离这会儿近不近？告诉你个小秘密，明朝成化年到现在不过几百年，我们袁老板最近迷上成化瓷了。"

他有些惊讶，"你可是'欢喜冤家'的台柱子，袁老板的摇钱树哇！一件明朝成化年间的瓷器就能赎出你来？"

梅宛低下头来，捻着衣梢，"差不多吧。袁老板知书达理，有情有意，不像别的老鸨就认钱。我给袁老板挣的钱不算少了，到了这个岁数该嫁人了。袁老板有心放我一马，但凡有样像样的古董就能让我脱籍。他既然迷上成化瓷器了，给他搞来一件就是了。不过得是成化年间的官窑斗彩，而且得是真的。"

他面呈难色，"跟唐宋间的那些大物件相比，成化斗彩倒是便宜了许多。不过，古玩得经年累月的慢慢淘换，才能遇到好东西。猛然一说成化斗彩，我还真不知道到哪里找去。"

梅宛抬眼看了看他，"丁举人真的有心赎我吗？"

他微笑着一挥手，"那还用说吗？用一个了无生气的明朝的瓷瓶子去换一个活生生的天香国色，谁人不想！"

梅宛低眉垂眼沉吟片刻，"那我就跟你说个去处，或许能成。"

他顿时来了兴趣，"就说说那个去处吧。"

梅宛面带羞色，"前不久我跟随袁老板去鸡鸣寺，出了鸡鸣寺后，袁老板在集萃斋看上件成化斗彩的酒杯。店家开价一千两银子，袁老板怎么也杀不下价来。相公如果巧用心计，能用低价把那个斗彩酒杯买来，我拿去跟袁老板说说，奴家就是你的人了。"

丁三甲仿佛浑身发热，抓耳挠腮的想了一阵子，一拍桌子站起来，"那样东西是成化斗彩酒杯，在鸡鸣寺外面的集萃斋，是不是？"

梅宛正色："对。就是那个地方，就是那个东西。"

他站起走到门边，"梅先生，你就等着吧。"说完拉开门出去。

6、不过是现炒现卖

一间书坊，几个店员怒目而视，却没有一个人敢于上前。

丁三甲坐在地上，身边摆着一大堆线装书。他一目十行，聚精会神地看书，不大会儿就看完一本，又换另一本。潘耀祖在他旁边溜跶，像个保镖。

一个店员上前，"先生，我们这里是卖书的。您在这里看，一时半会儿还能说是在挑书，可您看了快一天了。"

丁三甲抬头看店员，恍如梦醒，"是在跟我说话吗？谢谢了。这批书翻完了，再换批书来。凡是扯到瓷器的书全要，去找吧。"

那个店员说："你八成是把我们这里当成官办图书馆了。我们这里不伺候光看书不买书的。行了行了，你快点出去吧。"

潘耀祖从怀里掏出个瓷酒壶，一使劲，咔巴一声撅断了。

店员面面相觑，有人小声嘀咕："这家伙有神力。"

潘耀祖把撅断的酒壶随手扔到地上，伸出小蒲扇一般的手，招呼道："麻烦几位，去，免得洒家亲自动手了，你们把那些说明朝的和说瓷器的书统统找出来，丁举人全要翻。"

丁三甲说："诸位，这里是南京最大的书坊，藏书多。我们是应考学子，身上没有几多钱，碰到急茬儿要从书里找依据，买不起书，才来你们这里翻的。请诸位担待一下吧。"

店员无奈地看看他们，不大会儿，又一罗线装书搬了出来。

鸡鸣寺是南京古寺之一，北临玄武湖，东对紫金山，水光潋滟，山色空蒙。寺外的集萃斋，门脸古香古色的。

丁三甲进来，天微凉，依然拿着折扇，溜溜跶跶。他不时地刷地打开折扇，接着又刷地合拢，装出倨才傲物的才子模样。

潘耀祖背着个牡丹花图案的布包袱，寸步不离地跟着。

当面主位上放着个小酒杯，拳头大小，造型轻灵，口稍外敞，底稍内缩，胎质细腻，白釉如脂。上有松鼠偷葡萄图案，松鼠简直跟活的一样，紫葡萄果枝并茂，与真葡萄一样的色气。

丁三甲认真观赏着，嘟囔了一句："好活儿。"

一个着长衫的老者跟过来，"我是本店掌柜，姓费名松涛。客官好眼力，这件成化斗彩酒杯乃是本店的镇店之宝。"

潘耀祖把耳朵凑过去,"丁举人,什么叫'成化斗彩'?"

丁三甲把折扇刷地打开,又刷地合拢,背手踱开说:"斗彩又叫填彩,是明成化年间开创的釉下青花和釉上黄、绿、紫、矾红等多种彩色拼凑而成的彩瓷。这东西是怎么来的呢?明宪宗专宠万贵妃,万贵妃喜欢小巧玲珑的玩意儿,朱见深投其所好,让工匠烧制了鸡缸杯和松鼠偷葡萄画面的小杯。这就是斗彩的来由。"

潘耀祖点头哈腰地问:"成化斗彩与别的彩瓷有不同之处吗?"

丁三甲说:"当然有啦。斗彩的烧制过程是,先用青料在胚胎上画花鸟半体,上敷白釉,入窑烧成;再用彩料,凑全花鸟整体,再次入窑烧制,最后出成品。这种烧制方式的令人叫绝之处是,白釉细润微微闪牙黄,衬托起各种彩色则鲜艳无比。"

潘耀祖说:"丁举人满嘴行话,老先生您听明白了吗?"

费松涛说:"卖家一般不琢磨瓷器的烧制工艺。不过这位行家所说的对路,句句都透着学问。"

丁三甲问:"可以这么说吧。这件松鼠偷葡萄杯多少钱呀?"

费松涛说:"恕本掌柜直言,少了一千两银子免谈。"

潘耀祖说:"嚯!一千两银子?这么贵。"

费松涛说:"一千两还贵?明朝《万历野获篇》有云:'成窑酒杯,每对至博银百金。'远在万历年间,这东西就能开出天价。《唐氏肆考》有云:'御前有成杯一对,值钱十万。'十万钱!吓死人呀。成化斗彩中最名贵为鸡缸杯,郭子章的《豫章陶冶》云:'成窑有鸡缸杯,为酒器之最。'乾隆爷还为鸡缸杯写了首诗。"

丁三甲却摇头晃脑地背诵起来:"'朱明去此弗甚遥,宣成雅具时犹见,寒芒秀采总称奇,就中鸡缸最为冠。'和乾隆爷的其他诗一样,这首《鸡缸诗》写得也不怎么样,却也道出了成化斗彩的名贵。"

费松涛服贴了,"果真是个行家,就没有你不知道的。"

丁三甲把扇子忽啦合上,"该酒杯固然有个成化斗彩的样子,却不是鸡缸杯,而是下了一等的松鼠偷葡萄杯。"

费松涛说:"这件的确不是鸡缸杯,如果是鸡缸杯,价格就翻几倍,正由于

第二章　北魏鎏金佛像

不是鸡缸杯，所以才开价一千两。你是行家，应该知道，只要是成窑酒器就价格不菲，而这件是成窑酒器的上品。"

丁三甲拿起小杯翻过来看看，摆回原处，"如果真是成窑的松鼠偷葡萄画小杯，要一千两银子没得说。但这件不是成窑斗彩。"

费松涛有些恼怒，"你说本店这件不是成化斗彩？"

丁三甲说："从明末以降，仿造成化斗彩的大有人在。在雍正年间，官窑甚至公开仿造成化斗彩。但是一个朝代有一个朝代的气势和韵味，后朝仿造前朝器物，样式可以仿，而前朝的韵味无法复原。约略而论，凡后世仿造的成化斗彩逃不脱几种弊病：从釉色看，厚而不表里如一；从光泽看，强亮而不润；从色泽看，鲜艳而不古朴；从胎质看，质坚密而不细腻；从画工看，纤秀而少粗旷之笔。这件东西的釉色、胎质、颜色、画工，都与真器有些微差别。"

费松涛明显软了："仗着那点学问，你可真会糟蹋人家的东西。"

丁三甲说："言之差矣。不是在糟蹋，而是在品鉴。本行家可以断定，这件东西不是太早仿制的，既不是明朝末年仿制的，也不是康熙年间仿制的，当出自雍正年间的官窑。"

费松涛说："你还越说越来劲了，明朝成化年间的东西硬是让你说成是大清雍正年间的。你有什么根据胡诌八扯的？"

丁三甲翻过杯子，杯底有"大明成化年制"的青色双蓝圈楷书款。他自信地说："看看落款，'大明成化年制'六字。这东西出自雍正官窑，是清宫用品。宫廷做事有宫廷的雍容气度，非凡间可比。雍正官窑仿造成化斗彩，固守着一条底线，那就是不能跟真品太像，如果太像，好事者会拿到世间蒙骗，所以落款有意与真品区别开来。不妨细看'大明成化年'六字，字形、笔画与真品的落款是有区别的。高人还为此编了口诀：'大'字尖圆，'明'字日窄，'成'字撇硬，'化'字撇平，'年'字竖短，'制'字最明显，下面的'衣'字旁没有越刀。看看，雍正官窑的特征全都在落款上浮着呢，所以本行家才断定它是雍正官窑的东西。"

费松涛丧气了，"你说这东西值多少钱？"

丁三甲说："如果现世仿造，顶多值二十两银子。由于是雍正年间仿造的，到现在小二百年了，顶破天了，二百两银子。"

费松涛吸了口气，"二百两银子？也太少啦。"

潘耀祖说:"掌柜的,不少啦不少啦!二百两银子,我家公子出高价了,卖不卖?要卖现在就成交,不卖就拉倒。"

费松涛说:"这是别人放在这里寄卖的。我得问问物主去。"

丁三甲说:"那好,你今天晚上问去,明天这个时候我们还来。"

费松涛沉吟了一会儿:"那就明天这个时辰来吧。物主要是答应了你们开的价,明天我就二百两银子卖给你们。"

丁三甲撞了潘耀祖一肩膀,俩人向外走。

出得集萃斋,潘耀祖就像是刚认识丁三甲,"你怎么一夜间成化斗彩大家了。对明朝瓷器门儿清,把那老头儿说的一愣一愣的。"

丁三甲说:"昨天在书坊里翻了一天书,死记硬背了一堆东西,今天现炒现卖。我说的那些不过是武林的花拳绣腿,拿不住行家。好在那掌柜的不是行家,不过是卖东西时耳朵上挂了点零七八碎,略知皮毛而已,所以我放胆蒙他,一蒙一个准。"

潘耀祖说:"你这一蒙,一千两银子杀价成二百两银子。明天我找老爸的朋友借几个钱,拿到个松鼠偷葡萄杯子,往衷老板那儿一送,哇!二百两银子就把个江宁词史女状元娶进家门啦!"

丁三甲从大树后望着集萃斋门口,厉声说:"潘耀祖,你就别自作多情了,给我老实呆在这儿,哪里都不准去。"

潘耀祖茫然,"呆在这里干什么?咱们回去吧。"

丁三甲说:"费掌柜的说他晚上要到物主那里,问问二百两银子卖不卖那件货。我们在这里等他出门,跟过去,摸到物主家。"

潘耀祖:"摸到物主家里干什么?"

丁三甲说:"我也说不准,可能会看到点稀罕事。"

7、院落里泛着一股尿臊味儿

暮色四合。费松涛从集萃斋出来,锁好门离开。

丁三甲与潘耀祖跟上。费松涛没有察觉,径直往玄武湖走。

费松涛拐向一条小径。他俩不远不近跟着,钻出一片树林,拨拉开一片叶障。暮色中,一个幽暗的大湖罩着如烟的薄雾,蓦然出现在眼前。湖边有一幢孤独的小院落。费松涛向院落走去,他敲敲院落门,片刻进去了。他俩随即来到小院落门前,停住脚步。

丁三甲正在犹豫是不是进去,看看远处,一拽潘耀祖,"有人来了。"他们急忙躲到附近的大树后。

小径上,一乘双人小轿吱呀吱呀地过来,在院门口停下,一个细细溜溜的女人下轿,敲敲小院落的门。四周很安静,开门的声音特别真切。门开了条缝,那女人一侧身子进去,小轿随即离去。

大树后,丁三甲揉揉眼睛悄声问:"看清是谁了吗?"

潘耀祖懵懵懂懂地说:"你问的可是洒家?"

丁三甲一把揪过他的耳朵,"什么'洒家洒家'的,都什么时候啦,就别胡拽了。下轿子的那人是谁,你看清楚没有?"

潘耀祖眨巴眨巴眼,"没看清。"

丁三甲严正下来:"潘耀祖,听着,从现在起我让你干什么你就得干什么,我说东你就得东,我说西你就得西,一点也不得差池,知道不?现在你翻墙跳进院子,从里面把院门打开,我们进去。"

潘耀祖说:"身为莘莘学子,可跳墙进入人家家乎?"

丁三甲的鼻子一拧,低声吼道:"潘耀祖,别废话,到什么时候了,还装着酸文假醋的。跳进去!"

潘耀祖愣了愣,嗖的窜到院墙边,搭上墙头,三两下就翻过墙。随即院门打开,丁三甲一侧身子进了院门。

院子里只有一排房子,里面亮着烛光。他俩猫着腰,悄悄地潜伏到了窗下。潘耀祖蹙蹙鼻子,小声说:"院子里怎么臊烘烘的。"

丁三甲向四下嗅了嗅,的确有一股子很重的尿味。他循着气味的方向看了看,臊味是从院子西南角传来的。

里面传出费松涛说话的声音,"今天集萃斋来了位举人,十分厉害,十分在行,把成化斗彩的内囊摸的十分透彻,把那个松鼠偷葡萄杯看得十分明白,所说十分有理,驳斥的我十分狼狈。"

一个男子的声音说:"费老爷子,别'十分十分'的啦。长人家志气灭自家威风,就说那位举人是怎么说的吧。"

费松涛的声音又起:"那举人一眼就看出来,你们在本店寄卖的斗彩不是明朝成化年间的，而是仿造的。他还说是雍正年间官窑仿造的。"

男子说："雍正年间的官窑仿造的？谢谢啦，这位举人还挺抬举我。行啦，就算是雍正年间仿造的，他给多少银子呀？"

费松涛说："二百两银子，还说只要我和物主说定了，他们明天就送钱来。我不知道你们接不接受这个价格，所以来问问。"

男子说："二百两银子……就不能多点啦？"

费松涛说："人家说的十分在理，二百两都顶破天了。"

男子说："二百两银子？你说呢？"

一个女子的声音响起："依我看呀，别那么较真了，二百两就二百两吧。一个'苏造'能蒙来二百两银子就不错了。"

男子说："好吧，就二百两银子和他成交。你扣除寄卖费，明天成交后，送一百八十两银子过来。"

费松涛答道："知道啦。那我走啦。"

听到这儿，丁三甲站起来，扭脸说："进去！"

他们和开门出来的费松涛正走个对脸，没等费松涛反应过来，丁三甲拨拉开他，一侧肩膀进了门，潘耀祖随即进去。

房间里，方桌上是些酒菜，桌旁边坐着麻氏兄弟和梅宛。他们全都愣住了，一动不动的，像是三个咧着嘴的石像。

丁三甲说："看看吧，你要找的人找到了。这三位都是熟人。"

潘耀祖就着烛光，依次扳着脑袋，看着念叨着："哎？这位是麻五。这位，噢，你是麻六。哟喝，梅宛姑娘，你怎么也在这儿？"

麻五和麻六都在筛糠。

梅宛牙齿打着战，"你们怎么摸来了？"

丁三甲一指，"该怎么收拾他们，我不说话，你自己看着来。"

潘耀祖一时没反应过来，"收拾他们？"

丁三甲吼道："五百两银子！忘啦？！"

一想起这茬儿，潘耀祖就撞火。他并起剑指，指着麻五麻六的面孔，"两个王八蛋居然骗到洒家头上来了。看打！"他照着麻五的门面就是一拳，麻五登时满脸开花飞出去。麻六像只小耗子，逮空子要往外跑，潘耀祖拽着后领一把提回来，照着门面又是一拳，那麻六的身子就像个车轱辘，在地上翻滚了几下。

第二章　北魏鎏金佛像

梅宛吓得惨叫一声，扑通跪倒在地上。

潘耀祖撸胳膊挽袖口的，"你们吃了熊心豹子胆啦，居然骗到洒家头上来了，你们要是不老实，洒家就把你们往死里打！"

丁三甲说："光打麻五麻六还不够，倘若梅宛不老实，就抽她几个嘴巴，让她尝尝大巴掌的厉害，今生今世长点教训。"

潘耀祖说："怎么？连梅宛也要打？"

丁三甲一脚踹飞一张凳子，"潘耀祖！什么时候了，你还在怜香惜玉。该打的时候就得打！"

潘耀祖说："让洒家打一个如此秀美的女子？"

丁三甲火了，"还在傻还在傻，到这时候还看不出来，梅宛和麻五麻六兄弟是一伙的，搭帮结伙的坑害了咱们！"

潘耀祖问："他们是一伙的？怎么回事？到底是怎么回事？"

丁三甲一指墙角，"你们几个老老实实在那里蹲着，谁也不许站起来。谁要想溜，谁要嘀嘀咕咕，马上就绑你们去见官！"

麻五、麻六和梅宛乖乖到墙角蹲下来。

丁三甲拿起鸡腿啃起来，"你被骗走五百两银子，固然沮丧，知道吗？我比你还沮丧。你家有钱，骗走几百两银子没啥大不了，而我跟你不一样！你一口一个'洒家'长'洒家'短的，'洒家'个屁。俺才是'洒家'！洒家才气过人，聪明绝顶，受不得丝毫窝囊气，却和你这傻瓜一样，栽在两个江湖骗子手中。几天以来，洒家自觉颜面丧尽，连跳江的心都有。那时我就一个念头，找到麻五麻六，把银子要回来。可是茫茫人海，到哪儿去找呢？"

潘耀祖拿起个馒头，一口咬掉半个，大口喝了一碗汤，抹抹嘴唇，"是啊，茫茫人海，到哪儿去找呢？"

丁三甲说："我没法子了，只有回想你上钩的经过，越琢磨越觉得不对头，里面有一个很大的巧合。至于是什么巧合，我就直话直说了，你听着别恼。"

潘耀祖说："你就说吧，说什么我也不会恼。"

丁三甲说："自古青楼就有才子会佳人的承传，还留下不少传奇故事。扯到眼前这事，梅宛，大书寓头牌词史，堪称佳人，而你呢，五大三粗、糙了巴几的，除了会粗胳膊大拳头的揍人，还会文不对题的乱背几句古人名句，而肚子里是一堆糠。所谓风流倜傥，你是既不风流也不倜傥，绝非秦淮名妓渴慕的那种才子!"

潘耀祖不由自主地低头看看自己的身板。

丁三甲说:"蹊跷就在这里。梅窕初次见你,还没怎么着呢,就表示看上你了,要你用一件唐朝以前的古董为她赎身。当时我就纳闷儿,你有什么地方能让一位秦淮名妓看上?随后,麻五麻六出现在大螃蟹酒家,有意让你听见他们要盗宝,而且把时间和地点交代的清清楚楚。把这两件事串起来想想,梅窕刚要你找一件唐朝以前的古董为她赎身,转眼麻氏兄弟就用一种独特方式告你,城隍庙里埋着一件唐朝以前的古董。回想起来,是不是太巧啦?"

潘耀祖狼吞虎咽,噎得说不出话来,只顾频频点头。

丁三甲说:"所以,我冷不丁就冒出来一个想法,觉得是梅窕挑逗你去找古董,而麻五麻六引诱你把假古董买走,他们是一伙的。"

潘耀祖大惊,说:"乖乖,你为什么不早点告诉我。"

丁三甲说:"那会儿毕竟是猜测嘛,一时没法对你说。直到你无意说出麻五像'二郎神',我才模模糊糊想起来,咱们第一次去'欢喜冤家'时,我在那里就见过一个人,眉心上方有片胎记,乍看像长了三只眼的二郎神。'二郎神'和梅窕既然出现在同一个书寓里,我就愈发觉得他们是一伙的,麻五麻六哥儿俩蹲在书寓里物色下手对象,而他们要找的,就是你这种有银子没脑子的人。"

潘耀祖摸摸自己的面颊,"'有银子没脑子'……闹了半天,我在别人眼中就是这副样子。"他恼怒地回过头,朝着蹲在角落里的人火爆爆地喊道:"洒家是这个样子的吗?"

不约而同,蹲在角落里的两男一女含蓄地合上了眼皮。

丁三甲说:"那时,我固然揣测到两男一女在结伙行骗,但只是猜测,没当场抓住。不妨想想,我们就是拿下了梅窕,她会认帐吗?她不可能认帐;去找麻五麻六,找得到吗?他们在捞了一把后,短期内不会露面了。没办法了,我就只有顺藤摸瓜了。"

潘耀祖说:"顺藤摸瓜?"

丁三甲:"对。我装着没事,到'欢喜冤家'去会梅窕,同时让你在那里放风,说你马上要回苏州了。果真,梅窕刚骗了你几百两银子,看到你没反应,而且听说你要回苏州了,认为你认栽了,于是又想从我这儿接着骗一把。她故伎重演,编出一套谎话,也让我给她赎身,引诱着我去买一件成化斗彩。我将计就

第二章　北魏鎏金佛像

计,到了她所说的鸡鸣寺古玩铺,现炒现卖,把价格压到二百两银子,让不知情的费先生找后面的人商议,而后一路追踪摸到这里。我本来只想堵住麻五麻六,把五百两银子要回来,没想到梅宛也来了,这样就把他们一窝全部捂住了。"

潘耀祖放下手里的肉骨头,抱住丁三甲,感慨地拍他的后背。

丁三甲推开他,"别别别,手拿开,你两手油全蹭到我身上了。"

潘耀祖在衣服上揩揩手,猛回头,瞪着一对铜铃般的眼睛,把包袱摊在桌上,一把撕扯开,露出鎏金佛像,喊道:"这是你们的'苏造',拿回去。把洒家的银子一个不少地吐出来!"

丁三甲说:"我到钱庄打听过,这几天没人去取过四百五十两银子,银票还在你们身上,拿出来,还有几十两碎银子。"

潘耀祖说:"不拿出来,洒家这就绑你们去见官。"

麻五老大不情愿地从身上掏出银票,麻六极不情愿地把一包碎银子递过去。丁三甲拿过银票看看,"没错,还是原来那张。咱们走!"

潘耀祖把银票掖到怀里,那包碎银子夹在腋下,跟着丁三甲往外走,到了门口停住脚,回过身来看着墙角,他是在看梅宛。

梅宛依旧蹲着,迎着他的目光,表情迟钝。

潘耀祖盯着梅宛,"你说过我有才赋。我是实心眼,真以为在你眼里我是个才子呢,也真心打算为你赎身,而后迎娶佳人。闹了半天,在你眼里,我不过是'有银子没脑子'的二竿子。"

梅宛站起来,木然说道:"潘公子,我骗了你,你怎么怪罪我都可以。但是我要告诉你,我梅宛从来没有想过什么才子,更不会做才子佳人的傻梦。我心里另有他人,他是个穷人。"

对这番话,潘耀祖并没有听懂,失魂落魄的站在那儿。

丁三甲勾住他的脖子,"五百两银子找回来就是万幸。事情闹到这步了,你就别做情郎梦了。走吧。"说完把他往外一带。

两个人走了。潘耀祖的步子有些打晃,丁三甲搀扶着他。

梅宛快步走出房间,倚着院门,张望着他们的背影。

在月光下,他们相依相傍,摇摇晃晃地走着。他们越走越远,直至消失在玄武湖畔迷茫的夜色中。

第三章

钟山别业

1、"失恋"和"心肝粉粉碎"

回到小油菜客栈东耳房，潘耀祖倒头就睡。次日醒来，他就像丢了魂，躺在床上，俩眼发直，看着顶棚。晚饭时分，丁三甲拽他的胳膊，叫他起来吃饭。潘耀祖啪地打掉他的手。

丁三甲在床边坐下，"看来我不挑破你的心思，你是无心吃喝了。明着说吧，别看梅宛把你骗成这样了，你还在想她，是不是？"

潘耀祖对着顶棚长啸一声："整整一天，古人的名句在我的头脑里盘旋，好一个'白发三千丈，缘愁似个长'！"

丁三甲说："别糟蹋古人了。回答我，你是不是还在想梅宛？"

潘耀祖仍然躺着，痴痴地说："知我者，还是我的枪手也。原以为，在她的心目里，我是个秀才，结果却是个蠢材；原以为，在她的心目中，我是个大才子，闹了半天，却是个二傻子……"

丁三甲喊了起来："潘耀祖！我看你昏了头！梅宛都把你骗成那样了，你却还在昏头昏脑地迷恋着她。"

潘耀祖一骨碌坐起来，"我没有昏头。我这是，我我我……我忘了那个词儿是怎么说的了。是前不久在一本时兴小说里看来的一个词，那个词儿是怎么说来着？想起来了，叫……'失恋'。对了，就是'失恋'。洒家失恋了！"他像发了癔症，捧着胸口念叨："洒家失恋了，洒家失恋了，洒家失恋了，洒家的心肝粉粉碎了。"

丁三甲揪住他耳朵往外带，"听我一句实心实意的话，这种女人纵然长得像朵花也不能要。走，吃饭去，填饱肚子，明天回苏州。"

这时，响起了轻轻的敲门声。他俩听着，惊异地相互看看。丁三甲说："江宁这地方，咱们无亲无故的，谁会来找咱们？"

潘耀祖忽地拉开门，愣住。一个女子轻移莲步进来。她衣着俭朴，长相秀丽，身条细溜溜的，那长相和身条，仿佛是梅窕。

丁三甲问："小姐，你是……"

女子轻声说："我是从'欢喜冤家'来的，我叫梅德妁。"

潘耀祖立即大呼小叫的："哟喝，你就是如雷贯耳的'没得说'呀。我说怎么看着眼熟呢，你是'没挑儿'的亲妹子！"

梅德妁道了个万福："正是小女。姐姐蒙骗你们五百两银子的事，姐姐一五一十的告诉我了，我带着姐姐来给二位相公赔罪来了。"她回过身轻声唤道："姐姐，进来吧。"

梅窕面带羞涩，低着头，款款地走了进来。

丁三甲和潘耀祖一时无所措手足，不知该怎么办。

丁三甲四下看看，"五百两银子一文不少地都找回来了，还赔什么罪呀。我们这陋舍连把椅子都没有，你们将就坐在床上吧。"

潘耀祖瓮声瓮气地说："梅窕姑娘、梅德妁姑娘，请坐吧。"

扑通一声，梅窕双膝跪到了地上。

潘耀祖心里酸溜溜的，咽了一大口唾液，用食指挑起她的下巴。看样子，她进门前已恸哭了很长时间，俩眼泡子都哭肿了。她的面颊上，泪痕和离乱的头发相缠相绕，愈发楚楚动人。

丁三甲说："梅窕，我们不再跟你计较了，你回去吧。"

梅窕抬起头来看着他，"但是我有话要跟你们说。"她是被他擒获的盗贼，是被他当场揭穿的骗子，她是上门谢罪求饶的。但是，她看着他，眼神里带有几分不服，带有几分倔强，还带有几分挑衅。

梅德妁说："我姐姐来你们这里，不仅要赔罪，也想跟你们说明她骗你们的原委，让你们不要把她看成坏女人，不要忌恨她。"

丁三甲说："那好，走吧，这里不是说话的地方。我们正好要去吃饭，一块去吧，在饭桌上慢慢说。"

小油菜客栈小饭厅经济实惠，厨子随时备着料，甭管客人什么时候来，都能吃上饭。一桌酒菜，丁三甲、潘耀祖和梅氏姐妹各把一边。大盘子大碗，挺实惠，丁三甲和潘耀大口吃着。

梅宛无心吃饭，吃了几口就把碗筷放下，用茶漱了漱口，掏出小手绢擦擦嘴，凄楚地看看两个相公，轻咳一声。

她转动着雪白的脖子，凄迷散淡地看看顶棚，"我们姐妹来自安徽庐江，家在巢湖畔的白山。爹爹是个穷塾师，把我们托付给袁老板。袁老板出资，我从五岁开始学艺，琴棋书画，歌伎那一大套都得学，学的那个苦哇，不知挨了多少板子。有个八竿子够不着的亲戚，我叫他表哥。'郎骑竹马来，翘首弄青梅'，我和这位表哥且算是青梅竹马吧。他年长我五岁，我十三岁那年到江宁，开始在青楼卖笑。他那年十八，考中了秀才，以后在巢湖打渔，没再参加科考。他不是我的，我也不是他的，但是他想赎我，我也想让他赎。一旦这件事情办妥了，我就嫁给他，一起到巢湖打渔为生。"

丁三甲问："你说的那位表哥可是麻五？"

梅宛点点头，"对，就是麻五。其貌不扬，眉上方有块黑色胎记，熟人叫他'二郎神'。我的这位二郎神不是《封神榜》中的天神，而是个一文不名的穷光蛋。可是，我自幼就喜欢他，直到现在。"

丁三甲说："我明白了，你卖笑挣的钱不足以赎身，而麻五又没有给你赎身的钱，于是你们俩就合计着骗赎身的钱。"

梅宛点点头，"对，说的很对。我是秦淮河畔大书寓的头牌词史先生，接客的开价是很高的。能包得起我的，不是富家子就是大商贾，要不就是京师或江宁地面上的大官儿，反正是有大把闲钱的人。骗富人的闲钱办穷人的正事，我心里还有几分坦然。"

丁三甲说："结果骗到了潘公子头上了。"

梅宛说："对，是这样的。为了骗你们，我们动了不少脑子，局也设得不错，没想到，那么快就被你们抓住了。平心而论，我们骗你们的手法比较罗嗦，而你们抓我们的手法比较轻灵。"

丁三甲自负地微微一笑，"手法上的事情就无须评论了。我倒是在想，你和麻五这一把没有干成，以后怎么办？"

梅窕的表情开朗了，"还没有想过，反正我是不能没完没了地卖笑了，不能再淌青楼这道浑水了。麻五要是有能耐的话，就再想想办法；如果麻五实在想不出任何法子，我们可能还会联手，再找个有钱的傻蛋，再这么干一把，挣出赎身的钱。"

丁三甲把饭碗推开，"谢谢你的坦率。"

梅窕说："谢谢二位公子耐着性子听完了我的事，挺脏的是不是？好啦，底托给你们了，你们只要不把我看成个坏女人就成。"

丁三甲说："你这么干，也是为了脱籍从良迫不得已。"

梅窕转向潘耀祖说："潘公子，我和麻五、麻六骗的是你的银子，我现在真心诚意地向你赔罪。你能原谅我吗？"

潘耀祖没有说话，站起来，走到窗前，望着外面的夜空。

丁三甲说："嘿嘿，人家梅窕向你赔罪呢，你倒是说话呀。"

潘耀祖望着窗外，"洒家经过深思熟虑，还是不说为好吧。"

梅窕问："为什么不说呢？"

潘耀祖没有回身，"古诗说得何等之好哇！'别有幽愁暗恨生，此时无声胜有声。'既然'无声胜有声'，洒家也就'无声'了。"

对他的话，梅氏姐妹安静地想了片刻，不约而同地扑哧笑了。

潘耀祖被笑了个大红脸，扭回身，冲着姐妹俩火爆爆地喊道："还笑、还笑，还笑还笑！知道人家心里有多乱吗，人家憋着一肚子的'幽愁暗恨'，你们还在嘻嘻哈哈的。"

梅德妠和梅窕笑成了一团。梅德妠笑够了才有些奇怪地问："潘公子口口声声心里乱？你有什么心事吗？"

潘耀祖说："不是学贯中西的大才子就不能有心事啦？洒家当然有心事，刚才还引用古诗呢，'白发三千丈，缘愁似个长。'"

梅德妠问："潘公子家境富裕，身材威武雄壮，衣食无忧的，又有一身武功，有什么事会愁得'白发三千丈'呢？"

潘耀祖故作深沉地望着夜幕，"还是古诗说得好，'抽刀断水水更流，举杯消愁愁更愁。'洒家的心事，在这个场合不便说。"

梅德妠转向丁三甲，"丁举人，他不说，你能告诉我吗？"

丁三甲说："有什么不便说的，他不说我说。小梅姑娘，潘公子看上你姐姐了，动真的了。我们是从小一起长大的，我知道他有点花花草草的事，都是逢场作戏，我第一次看到他这么认真。但是，你姐姐另有所爱，他觉得自己'失恋'了，心肝粉粉碎了。"

潘耀祖猛回身，像孩子一般哭丧着脸，说："对了，就是这么回事。洒家就是失恋了，洒家的心肝就是粉粉碎了。"

梅德妁低下头，捂着嘴悄悄笑了。

潘耀祖的话刹不住了，"梅窕，不错，洒家并非才子，有时还缺心眼儿。可是你怎么就不想想，缺心眼儿的人就没有坏心眼儿，而没有坏心眼儿就不会跟人斗心眼儿，日子就过得踏实。我们家乡有幅对子，上联是'鲜花插上牛粪又怎的？有钱难买愿意'，下联忘了。如此想想，你这朵香鲜花难道就不能插到洒家这堆臭牛粪上？"

梅德妁终于抑制不住地笑出了声。

梅窕的脸却阴郁下来，"潘公子，谢谢你瞧得起我，真的，谢谢你挺把我当回事的。但这件事，不行。不说我是不是另有所爱，即便我心里没有麻五，也不行。别看你牛高马大的，别看你一拳就能把麻五打出八丈远，你却还是个憨直率真的大孩子。你是在金窝银窝里长大的，而我是从烂泥坑滚出来的，不是一半天的，而是几年了，我们不是一个笼的鸟，不是一个窝的耗子，不是一路货色！知道吗，我干过的那些事要是都告诉你，能把你这座塔整个压垮！"

窗前，潘耀祖的头垂下来。丁三甲不由走到窗前，从后头搂住了潘耀祖宽阔的肩膀，两个人一起看着挂在天幕上的一弯月牙。

梅德妁久久地看着这两个人的背影。

2、每个歌伎都要过的一关

次日，丁三甲和潘耀祖走出客栈，他们手持竹篾漆布雨伞，脚上蹬的都是矮帮圆短口的皂鞋，看样子是要回苏州了。

潘耀祖整个人蔫儿不鳅鳅，"来南京，科考没有考成，宏图伟业泡汤了；看上个可人儿，又让可人儿耍了一场。这趟跑得真晦气。"

丁三甲说："别着急，回到苏州后，咱们好好谋划谋划，约上三五知己，干出一番大事，完成你的宏图伟业。"

顾厅趸急匆匆赶来，叫道："丁举人，丁举人。"他们停下，顾厅趸气喘吁吁地说："丁举人，是梅德妫姑娘叫我来找你的。她很着急，请你去'欢喜冤家'，她想见你。"

丁三甲问："她见我干什么？"

顾厅趸说："唉！小梅先生今天晚上就要'梳拢'了。她心里空落落的，有些害怕，想找个既有主意心眼儿又好的男人陪陪她。小梅先生上次见到你后，觉得你正是她要的那种人。"

潘耀祖凑上前，指着自己鼻子，"梅德妫也见过洒家，觉得洒家如何？是不是那种既有主意心眼儿又好的男人？"

顾厅趸说："潘公子，小梅先生也提到你了，说你心眼儿不错，但是有些浮躁。尽管财大气粗的，也很难成为女人的依靠。"

潘耀祖一听，登时泄气了。

丁三甲挺为难，"你也看到了，我出来的日子不短了，家里还有一大堆事呢，现在正要回苏州去。"

顾厅趸拽住他，"你家的事，潘公子回去帮你打理就是了。"

潘耀祖掏出个小皮囊，"梅德妫既然作难了，你就再在南京呆上几日，这堆碎银子你拿着花。我先回苏州了，需要的话，我再赶过来就是了。"他把小皮囊啪地拍到丁三甲手中。

丁三甲无奈地摇了摇头，"我送送你吧。"

潘耀祖说："'桃花潭水深千尺，不及汪伦送我情'。你的'送我情'，我领了。你去安慰梅德妫吧。"说完没精打采地离去。

丁三甲看着他的背影，转身对顾厅趸发急，"你让我在这种时候抛下朋友，去安慰一个几乎不相识的女子。嗨，这叫什么事儿！"

欢喜冤家书寓里，丁三甲进入梅德妫的房间，只见房间里贴着大红喜字，两旁是红烛，床上红缎子被面，鸳鸯枕头，简直就是间洞房。梅德妫两颊绯红，不安地绞着手坐在床边。

顾厅趸断了根长线，两头各打个结，绕了几个交叉，形成"剪"状，两手食指和拇指绷紧。绞脸的时候用牙齿咬着线的一端，把线贴着梅德妫的脸，两手和嘴同时向外撑开，就把脸上的汗毛绞下来了。顾厅趸说："在普通人家，闺女出嫁之前要开脸，把脸上的汗毛绞下来。唉！在书寓这种地方，姑娘'梳拢'之前也要开脸。但是，'梳拢'跟出嫁又不一样。新婚之夜，新娘子把身体交给郎君，而在'梳拢'之夜，姑娘把身子交给一个他妈畜生！"说完她就走了。

丁三甲如坐针毡，"小梅姑娘，你'梳拢'之前为什么叫我来？"

梅德妁的眼圈红红的，"姐姐说了，你很有才气；姐姐说了，你很聪明；姐姐还说，她骗你们骗得不轻，而你们抓住她后，对她的惩罚算得上宽宏厚重，通情达理，适可而止。"

丁三甲说："这些跟你今晚的'梳拢'有何干系？"

梅德妁哭起来，"今晚我就要被一个大官'梳拢'了，这是歌伎都要过的一关，躲不过去。除了姐姐，我在南京无亲无故，而姐姐也是歌伎，抚慰不了我。我心里又悲又苦，挺害怕。叫你来，只是想找个靠得住的男子，让我在他身上靠一靠，心里踏实点。"

丁三甲抓耳挠腮的，"谢谢你看得起我。其实，我是个手无缚鸡之力的穷举人，不过仗着点小聪明，来南京给潘公子当枪手，图的是挣一把碎银子。像我这样的人，你未必靠得住。"

梅德妁说："别说你是干什么的，女人是跟着感觉走的，只要我觉得你靠得住，就不会在意你是干什么的。过来，抱抱我。"

丁三甲愣住，"什么？你说什么？让我……抱抱你？"

梅德妁满脸泪水，向他伸开双臂，"过来，抱抱我！"她抱住双肩站起来，"我心里寒凉，身上发冷。"

怜香惜玉是男人的天性，看着弱不胜娇的女人那可怜兮兮的样子，一股热血骤然冲顶，他两步窜过来，一把抱住了她。当他把她搂入怀中时，感到她像是被烫着般抖动了一下，接着便抑制不住地瑟瑟发抖起来。他的姿势很笨拙，很不到位，含混不清地安慰着她，"别怕别怕。不会有事的。"他抚摸她的头发，像在抚弄一只刚出壳的毛茸茸的小鸡，一遍遍地重复干涩的话。

干涩的话起了作用，她缩在他怀里嘤嘤哭泣。不大会儿，她哭累了，他也抱累了，胳膊酸胀，想活动筋骨，又不敢动弹。这时他感到有一股芳香气息弥漫在四周，眼睛悄悄向下一溜，她的头发在他的鼻子下面，芳香是从她的头发和身体散发出来的。他闭上眼睛，深深吸进一口气。这个极微小的动作，让她体察到了。她微微抖动一下，抬眼羞涩地看看他，迅速脱离他的怀抱。一般说来，男子到这时应该想点招，把刚开始的温存保持下去。可他是货真价实的大外行，极没有眼力架。由于长久搂抱而胳膊发木，这下解脱了。他揉揉胳膊，双臂如风车般转了几圈，大幅度活动手腕，再叉腰来回活动腰肢。

她看着他，有些失望，嘟囔着："瞧你那笨样。"

他出于好奇心问："笨样？我怎么笨了？"

她的脸红了，"阿姨把时辰告诉你了，你是掐着时辰溜进我的房间的。本来，本来是……偷香窃玉的，而你却像是在出工干活。"

他不由自主地看看自己的胳膊，还是不大明白。

她娇嗔地说："怎么？让你抱抱我，你就抱累啦？"

他忙说："累？对了，是有点累，不当紧，我把身体活动开了再接着抱。"接着又风车般抡起了胳膊，像是在准备干重活。

她"哼"了一声，"尽说大实话，你以为让你抱根木头呐。"

他看看她，"你是个大活人，你不是一根木头。"

她懊恼的一顿脚，"大活人有你这么抱的吗？傻了巴几的。"

他开始反省自己。聪明人就是聪明人，他很快悟出自己笨在哪里傻在何处。他拉住她的手坐下来，把她扳过来，后背贴着自己的前胸，这个动作不傻不笨，她的身体向后倾倒，依靠着他，他的双臂搂着她，一只胳膊搭在他的肩膀上，另一只手抓住她的手。

这个姿势挺惬意的，他说："我发现搂着你挺舒服的。"

她一撇嘴："真不知道你是怎么考上举人的，只要张嘴就是傻话。怎么还用'发现'呢？能搂着我，你当然舒服啦。"

他不知道该说什么了，反正俩人都挺自在，不时地鬓发厮摩。

他逐渐感到一种从来未有过的愉悦，周身充溢心荡神怡的感觉。对着她的耳畔小声说："君家何处住？"

她的眼睛闪了闪，"妾住在横塘。"

他续下去："停船暂借问，"

她温存地接完："或恐是同乡。"

他们就这么坐着，坐了不知有多久，直至窗外渐渐地昏暗下来。门外传来厅叟的喊声："小梅先生，收拾收拾，等等就该出来了。"她背一挺，脱离了他的怀抱，咬着嘴唇向他点了点头。

3、敢玩儿却不敢留个名

清末妓院中，处女隐语"清倌人"，"清倌人"第一次接客称"梳拢"。雏妓梳拢跟平常人家嫁闺女差不离儿，老鸨开列一大堆彩礼。除此而外，还得散给男仆女佣喜金若干，各项条件谈妥，才能操办。其时除了不用花轿，一切类同于平常人家闺女过门成亲。

欢喜冤家书寓的雅间是用木隔扇隔开的，除去木隔扇就是大厅。红灯高悬，正中贴着大红喜字，两旁是红烛，一派喜气盈门景象。

丁三甲从楼上下来，缩到大厅的一个角落里，蔫蔫地呆着。他只是想看看"梳拢"梅姑娘的那位是什么人。

袁老板穿一身崭新蓝布长衫，戴着缎面瓜皮帽，不管见了谁都笑吟吟的。作为老鸨，他是以"老丈人"的名目到场的。梅宛和几个姐妹缩在一个角落里，一边嗑着瓜子，一边说着悄悄话。麻五和麻六在另一个角落呆着，表情仍然那么阴郁。

一个军汉分开众人过来。他脖子与脑瓜一样粗、罗圈腿，显然是长期骑马所至。他在大红喜字下站定高喊了："全体立正！"

到场的人都并拢脚跟站直，多数人不知军中所说的"立正"是怎么个站法，更不明白一个大官儿梳拢歌伎，前来助兴的人为什么要站直了。乱了片刻，厅里安静下来。等了一会儿，却没人进来。来宾议论，"今儿的主角怎么还不亮相？""该到了，他的参将都来了，他也该到了。""他人在哪儿呢？怎么不露面呀？"

人群中突然炸响一个声音："兄弟我在这儿呢！"

人们东张西望，只见一个留八字胡的人摘掉墨镜，趾高气扬、挺胸收腹地站着。他约莫四十大几岁，长的歪瓜裂枣的，瓦刀脸颇有几分愚蛮。此人的装扮很别扭，头上是顶黑色呢子礼帽，脚上是双新潮白色皮鞋，身上却是绿营下级军官喜欢穿的马甲。

瓦刀脸不知有什么神威，大厅里刹那间静如一潭秋水。

在这个场合，他的名字不能说。毕竟，梳拢歌伎不光彩，《大清律例》有律，朝廷命官一经发现嫖娼，即刻免职。但是上有政策下有对策，坏官员照玩儿不误，只不过要悠着点，能不暴露姓名就不暴露。瓦刀脸眉开眼笑地看看众人，"兄弟乃带兵老粗，嗨嗨，丘八兵一个。丘八讲究人不知鬼不觉，乘其不备,攻其不意。兵贵神速哇!兄弟突然出现,嗨嗨,是不是给了你们兜头一记闷棍呀?"

人群中响起献媚的干笑声。

瓦刀脸像京剧花脸叫板般"嗨"了一声,"诸位,今日助兴来宾不少咧,屈指数来,有五分之八啦。抬头一望,哇呀呀,乌乌漾漾的乌合之众,都来溜兄弟的沟子。兄弟实在感之冒之感冒之。这样吧,来的人就不说啦,那些没有来的人请举手。嗯?没有来的为什么不举手呀?噢,明白啦,有些不好意思咧。"

来人中有人喝彩,那喝彩声也像是京剧演出中的碰头彩。

瓦刀脸高举双拳,向在场的作"罗圈揖",嚷嚷着:"谢谢诸位前来助兴,兄弟我日后是不会亏待你们的,涌泉之恩当滴水以报嘛。"

罗圈腿小声纠正他:"说反了。当为滴水之恩涌泉以报。"

"嗯?"瓦刀脸掰着指头,"滴水?涌泉?涌泉?滴水?反正谁跟谁兄弟闹不明白……管逑!把梅小娘子叫出来!"

梅德妁盖着红盖头,被两个厅趸搀扶进来。

袁老板拿着一杆箭过来,双手作揖,"大官人,你好,身体可是安康?按照我们这行的规矩,大官人算是我的'女婿'咧。"

瓦刀脸瞥过去一眼,"不过是野女婿罢了。咱俩没交情,你也不要攀高迎贵。天知地知你知我知,为了今日事我破费了不少银子。"

袁老板把那杆箭递过去,说:"按照满洲习惯,揭盖头不能用手,得用箭杆。请大官员用箭杆挑开梳拢女子的盖头。"

瓦刀脸大模大样地说:"绿营非满洲。"他从罗圈腿腰间刷地抽出刀,一挑。红盖头被挑飞,露出梅德妁张皇失措的脸。他挑起她的下巴,眯着小眼看,响屋震瓦地笑了,"'欢喜冤家'又送来个小冤家。瞅瞅她的长相,你们是不是馋得流哈拉子啦?娘的,兄弟我都等不及了,上楼上楼。"说完朝后面挥了下手,径直就往楼上走。

罗圈腿从厅趸手中接过梅德妁,丁三甲眼睁睁看着梅德妁被架上楼,听着陈旧的楼梯吱呀吱呀叫唤,心里觉得被剜了一刀。身边传来一声深叹,他扭脸一看,是梅宛泪涟涟地看着妹妹上楼。

深秋的夜晚,丁三甲坐在欢喜冤家书寓的门外。他有点冷,抱起肩膀瑟抖着。一件夹袄披到了他肩上。他抬头一看,是顾厅趸。

顾厅趸在他的身边坐下来，叹了口气，"爷们儿群里不走，娘们儿堆里蹭痒痒。那些当官儿的没有几个是好东西。"

丁三甲问："瓦刀脸叫什么？是个什么官儿？"

顾厅趸说："袁老板不说，我们也不敢问。反正是个大官儿。"

丁三甲冷笑了一声，"这些当官儿的，敢玩儿却不敢留个名。"

厅趸仰首望着星空，"不是头一回了。几年前梅窕就是被他梳拢的，还有别的姐妹，这混帐眼力不错，满世界挑，专挑最水灵的。"

丁三甲一哆嗦，"怎么？梅窕也是被他梳拢的。先是姐姐，后是妹妹，姊妹花的初夜都被这个畜生霸占了。他玩儿得够大的。"

顾厅趸说："他呀，玩儿得越大心里就越怕，就会捂得越紧。反正呀，袁老板要是把他的名字漏了出去，袁老板吃不了兜着走；朝廷要是知道这位敢这么干，这位也得吃不了兜着走。"

丁三甲站起来，"这种大清渣滓，不提他了。我得回去了。"

顾厅趸依旧坐着，"她让你一两天的再来。她说别看你不算壮实，瘦瘦巴巴的没几两骨头，可是靠着你坐着，她心里挺踏实的。"

丁三甲蹙起眉头，"家里有一大堆事呢，哪有闲功夫。为了让小梅姑娘靠着我坐坐，我就泡在南京，一趟趟往你们这里跑？"

顾厅趸说："丁举人，你说的对。但是我觉得，你还是听阿姨一句，多留两天。我觉得这丫头是喜欢上你了。"

丁三甲扫兴地一挥手，"结不了果的花，别说没用的话。我既没有银子给她赎身，也不打算给她赎身，她喜欢我什么？"

顾厅趸站起来，刮了他鼻子一下，"臭举人，就知道个嘴硬。干我们这行的眼睛特别毒，别跟我嘴硬，你就不喜欢她？说实话！"

丁三甲愣住了。这是一个他来不及考虑的问题，可是平心而论，这些日子，她的倩影总在眼皮底下晃过来晃过去的，那长长的睫毛像一把柔柔顺顺的小刷子，在他的心田里拂过来拂过去的。

顾厅趸老练地瞥了瞥他，一戳他的脑门，"小样儿，让我说着了。听着，阿姨不许你回苏州。梅德妈的活儿都是我给接的，这几天我不给她安排活儿，让她闲着。你后天未时到她那儿去。"

他小声重复着这个时间："后天，未时。"

4、瞄准她的双唇叼过去

西装刚传入中国时，称为"洋装"。清末已有人穿洋装，洋人欺负大清是一回事，洋人的好东西照样拿来。衣服就是这样，跟长衫、马褂相比，洋装穿着方便，有所浸染。不幸大清男人脑后垂着根"猪尾巴"，与洋装难以搭配，所以洋装一时无法流行。

鼓楼左近成衣店不少，丁三甲抬头看商幌，读出声："弗朗西·芳丹"。这是"弗朗西"（法国）开的名为"芳丹"的成衣店，他进去看看价位，吓的又出来了。街边木牌上有两个大字："洋装"，有经营头脑的商家，只要看到有人喜欢，就能把产品对付出来。他在这家成衣店里买了身洋装，由于是国人缝制的，跟正经八百的洋装相比，粗制滥造。中国裁缝做惯了宽襟大袖，这身洋装穿起来松松垮垮，尤其是袖子，制衣这位像制作过戏装，洋装袖口都快成"水袖"了。

他穿着这身方格呢洋装，照照镜子：头顶"猪尾巴"，下是挽裆裤，脚蹬矮帮圆短口的皂鞋，怎么看怎么别扭。他就这么出了门，臊答答的，像小老鼠贴着街边，捣着小碎步。

欢喜冤家书寓里，梅德妞对着梳妆镜发呆。梳妆台上有一个自鸣钟，自鸣钟响了四声。她站起来，走到窗口，向外张望着。

丁三甲轻轻推门进来，蹑手蹑脚过去，从后面蒙住她的眼睛，叫道："猜猜我是谁。猜三次，猜不出来，就让我抱一下。"

她欣喜地扳住他的手："好吧好吧，我猜。"她摸着他的手背，"我猜着了！你是孙悟空……不对不对，孙悟空是个猴子，手背上有毛。而你的手背上没有毛，我猜错了。"

他拖着长音说："一次了。再猜。"

她又假装在想，"嗯……我猜着了，你是关云长！"

他加重语气说："小梅姑娘，你可猜两次了。"

她背过手去，摸索着他的面颊，"我是不是又猜错了？关羽是三国时人，刘备和张飞的结义兄弟，使一把青龙偃月刀，有一把老长老长的大胡子，号称'美髯公'，而你没有留胡子。"

他咧嘴笑着，"还有最后一次机会，你再猜。"

她叫唤起来："猜着了猜着了，我猜着了！你是玉皇大帝！"

他笑了,"玉皇大帝是神话里的人,现世根本就没有。"

她扳开他的手,"好啦好啦,三次都猜错了。快点抱我吧。"

他松开手,倒有些犹豫了。她却猛转身,一把抱住了他。

他在她耳边小声说:"想我吗?"

她的热气喷到他的脸上,一个字:"想!"

他心里热乎乎的,"为什么会想我?"

她垂下头,"不知怎么啦,梳拢的那一夜……不管他忙忙叨叨地做什么,我满心满肺满腹的想着你。"

他急了,"别提梳拢,更别提他。就当没有那个畜生。"

她小声说:"可那畜生是个活物,欢势着呢……"

他喊道:"别再提他行不行!"

她噤言时,突然注意到他的穿着,不由退后几步,惊讶地细细地看了看,"你穿的是什么呀?"

他有些窘迫,低头看看,一抬头,"我觉得这身挺开明的。"

她朗声笑起来,"开明个屁。你穿的是什么破洋装呀,和你那条裤子那双鞋配起来,什么都不是,一个活生生的四不象。"

他臊了个大红脸,"真的吗?"

她戏虐地看着他,"真的,你穿的这身真不好看。傻书生,我姐姐说你什么都懂。可是我看呀,你就是不懂得收拾自己。"

他看看镜子里的他,的确有些非驴非马的,不好意思地挠了挠头,"其实……其实,我是为了见你才置办这一身的。"

她的眼睛忽闪了几下,"你为了见我而置办行头?"

他低头看着不合体的洋装,"我从来不在意穿戴,昨天也不知是怎么啦,总惦着今天的未时。为了今天未时见你,我头一遭修饰了自己,结果弄个不伦不类非驴非马的,让你见笑了。"

她走过来,头俯在他的胸口上,轻轻摩挲着,"为了我?用不着。真的,用不着。我喜欢的是你这个人,而不是你的穿着打扮。只要你人在我的跟前,你无论穿什么衣服我都不在意。"

在这一刻,一股胆量冲天而起,他的脸猛地俯下去,瞄准了她的双唇,一口叼过去。没人教过他亲吻,男女间的卿卿我我,他是一知半解地从书上看来的。

第三章 钟山别业

明清小说描述的亲吻是吸吮对方的津液，是养生口腔体操。现世生活中，男女爱恋是在追求销魂的感觉，陶然其中，从来不考虑养生问题。他慌里慌张叮住她的双唇，她没有躲闪，却也不懂得配合，只会默默地承受。他随即做了调整，对脆弱的鲜花，他的动作轻柔，像大鸟给小鸟喂食，连续啄她丰满的嘴唇。

男女嘴唇相碰，连同村人所说的"咬脸"，充其量只能算通常所说的"亲嘴儿"，严格说起来，还不能算是亲吻。没有多大会儿，他们就从慌里慌张的亲嘴儿过渡到了唇、齿、舌三者的密切接触，到了这一步就晕菜了，俩人的嘴唇交合在一起，来了个长吻。深吻会唤醒深层的意识，她有些消受不起了，忽地推开他，懊恼地坐到床边，扭脸看着窗外，"我的第一次给了个畜生。"

他抹了抹嘴唇，"谁也别抱怨，老天爷就是这么安排的。"

她沉吟了片刻，柔柔地说："跟你说个事儿，你听了别气恼，也算是老天爷的安排吧……明天我得去那畜生的别业。"

他心里别扭，"怎么？还要送上门供他糟蹋。"

她柔柔地说："不是那样的，不是你想像的那样脏。我是被他梳拢的，他算我的野夫君，也是我们书寓的野女婿。他毕竟花了大把银子，按照这行的规矩，梳拢之后，我还得上门走动走动，算是走一趟'夫门'。这趟走动，按照行规是推不掉的。"

他没好气地说："你按照你们的行规办事，跟我说个什么。"

她好看地扭了扭身子，"我想让你跟我们一起去。"

他好笑地说："跟你去？我算什么名分？"

她搂住他的脖子，左摇右晃的，"名分还不好说，你就算是我的娘家人吧，要不，算是我的拎包小厮。我自己去挺害怕的，不知道那畜生会干什么。有你在，我心里踏实点。"

他心里乱了，"唉，你可真会将人家的军，回回把人家逼迫到墙角上，一点退路都没有。你要说这话，我就推托不掉了。"

她撒娇地说："什么推托推托的，这不是你应该做的嘛。"

他有些发毛，"我应该做的？我是……我是你的什么人？"

她搂着他的脖子，嗲嗲地"嗯"了一声，尾音拖的长长的。

他干咽了一口唾液，"就算我没出息，被你这声叫的发软。就这样，我去我去，不是说我是'娘家人'吗，行，就说我是你哥。"

她热热乎乎地叫了声"哥。"
他脆脆生生地应了声"哎。"

5、博古架上摆着真东西

南京有钟山，因在阳光照耀下远眺呈紫色，而叫紫金山。主峰不过四十几丈高，因蜿蜒如龙而为形胜。天上飘着牛毛细雨，去钟山的石板路上几乎没有行人，只有两乘小轿孤单单地走着。

小轿来到一个门前，梅德妁和丁三甲分别提着大包小包下轿，敲门。门开了一条缝，一个瘦老头打量着他们，问："你们是哪儿的？"梅德妁说："书寓。"瘦老头把门打开，他俩一前一后的进去。

一个玲珑剔透的庭院，几柱太湖石，一个小池塘，对面是座厅堂。秋风渐冷，池静，荷叶漂浮，盖满半个池面，大颗水珠在荷叶上滚来滚去。荷花早败了，莲蓬摘采了，水波疲惫地拍打着池岸，像是在心绪不宁地等待着严冬。瘦老头领着他们绕过池塘，进入一个飞檐斗拱的屋宇，正堂空荡荡的。一幅中堂，几把太师椅，显眼的是一个博古架。由于跑了几天古玩铺，丁三甲对博古架上的摆设有了点门道，有了点兴致，不由背着手，溜跶过去看了看。

瘦老头没有走开，指着一个蓝中透紫的瓷瓶说："这件东西夜深人静时总闹鬼。"丁三甲凑近看，"身上有小麻点，釉直漫足底，犯了'钧不过足'之忌，是钧中次品。出窑年头不长，看见了吗，釉下有一道道蜿蜒曲折的裂纹，是'开片'。所说的夜里闹鬼，发出'咔咔'轻微脆响，不过是这件钧器继续开片的声音。"

瘦老头："你可真是行家。还有，这个铜疙瘩在这儿摆放了多年，没人知道是哪个朝代的，你知道吗？"

瓶瓶罐罐中有一样东西分外打眼。一尊鎏金佛像，主像是释迦牟尼，有莲花宝座，外围是四个佛坐像，造像栩栩如生，跟麻五骗人的那个鎏金佛像小差大不差，但比"苏造"强多了，整体透着北魏那种大气和凝重，各组件比例关系对头，看着顺眼、舒服。

古董鉴定不完全凭经验，还要凭感觉。丁三甲小声对自己说："看来，这是一件真家伙。麻五那件是比照这件仿制的。"

第三章 钟山别业

瘦老头竖起耳朵一听，忙说："裴营总睡午觉起来了。"

"裴营总。"他耳朵一支愣，敏锐地捕捉到了这三个字。

飞扬跋扈之辈总是人没到声音先到，"啊呀！梅小娘子上门啦。有失远迎，有失远迎。"瓦刀脸趿拉着鞋伸着懒腰从里间出来。

梅德妁上前，道了个万福，"奴家请安了。"

丁三甲放下大包小包，上前鞠了一个躬，"大官人，袁老板和欢喜冤家书寓的诸位同仁给您带了些安徽土特产。"

瓦刀脸直眉瞪眼地看了看他，"你是什么人？"

梅德妁抢话："他是我哥。"

瓦刀脸说："哥？你还有个哥？不管怎么说，哥就是娘家人。按照妓院行规排辈分，你是本官的大舅哥。大舅哥端的哪碗饭呀？"

丁三甲挠挠太阳穴，"游游荡荡，无所事事，每个月关点俸禄。"

瓦刀脸坐下来，"关点俸禄？你是官家的人？"

丁三甲说："不曾走仕途，不过是点举人俸禄。"

瓦刀脸凑过身子看了看，"哟喝，大舅哥居然是举人。"

丁三甲说："光绪二十五年江南贡院乡试第十七名举人。"

瓦刀脸一拍大腿，"嘿！大舅哥原来是笔杆子里钻出来的。兄弟我是从炮筒子里爬出来的。笔杆子到了炮筒子门上，真使兄弟我唏哩喀嚓，蓬荜生辉；叮里咣当，感恩戴德。"

丁三甲淡然一笑，"以微薄的俸禄为生，也实在是潦倒了。"

瓦刀脸一挥手，"喊！别提啦别提啦。本营总知道，那点举子俸禄啥也不是，也就是半瓶子醋钱，刚够糊口的。"

丁三甲探过身子，用巴掌护着嘴，"不瞒营总大人说，由于银子太少，不得温饱，所以本举子读书闲暇下来，间或也干些蝇蝇苟苟、蚁蚁虫虫的勾当，挣点碎银子，接济接济生活。"

瓦刀脸捻着八字胡诡秘地笑了，当胸捅了他一拳。

梅德妁品着香茗，打量着四周，"大官人怎么住得这么偏僻呀，离南京那么远，来一趟真不容易。"

瓦刀脸泛起坏笑，"是为了接待你嘛。你有所不知，我府里的三妻四妾的都是醋坛子。我去书寓梳拢个把小妞，她们眼不见心不烦的，就蔫儿忍了。我要是在府里接待如花似玉的梅小娘子，妻们妾们看见了，还不得闹翻了天，还不得把你撕碎了。"

梅德妁脸一绷站起来，"大官人见谅，奴家得走了。"

瓦刀脸说："哎？怎么屁股还没坐热呢就要走哇？"

梅德妁说："奴家好生害怕。大官人三妻四妾的，不管哪个妻哪个妾的过来，奴家都是罪人，还不得被她们撕碎。"

瓦刀脸满不在乎地一摆手，"她们哪个也摸不到这里。你不知道，今天本官在这里等你，心里头还真有点'小鹿乱撞'。你这么快就要走，我心里头还当真泛起'蒙蒙胧胧的失落感'。"

梅德妁说："大官人不要拦。我这次上门是行青楼礼节，土特产送到了，奴家也算到'夫婿'的门上看了，该走了。"

瓦刀脸扳起面孔，"本官可不管青楼礼节，本官意欲已决。既然是在别业等你，就没打算放你回去。等会儿你哥走，接着当他的举子去；你今天不走了，夜晚给老子陪酒、唱曲儿，而后，上床！"

梅德妁惊惶了。瓦刀脸上泛起淫笑，"梅小娘子害羞啦。你姐姐是'欢喜冤家'的头牌词史先生，谱大不大？你姐姐就来过这里好几次，每次都在这里过夜，你得学学你的姐姐嘛。"

梅德妁无助地低垂着头，侧脸投过去求援的一瞥。

丁三甲站起来，"大官人，小梅姑娘今天必须回去。"

瓦刀脸腾地站起，吹胡子瞪眼的，"嗯？你们敢不从命？"

丁三甲说："营总大人言之差矣。梅姑娘不是卖身的娼妓，而是词史先生，按照行规，梳拢之后就得照规矩行事了，客人不把银子使足，不磨蹭三几个月甚至一年半载的，是得不到词史先生身子的。按照行规，她们在书寓都难得接客，更不能外出接客了。"

瓦刀脸坐下，一拍椅子把，"行规行规，窑姐儿也配讲个鸡巴'行规'。出了江宁地面的事情老子管不着，只要在江宁地面上，老子说了算！当初我留梅大娘子过夜，老袁他屁都没敢放一个，这会儿我留梅小娘子过夜，老袁他还是一个屁也不敢放！"

丁三甲正色说："营总大人，你非要留梅姑娘在别业过夜，袁老板可能不敢吱声，但是，还是有人会说话的。"

瓦刀脸说："在江宁地面上，我干的事谁敢说个不字！"

丁三甲说："这种人还是有的。比如，今天晚上，两江总督府有人点名要听小梅姑娘的开篇，酒局之后还要与小梅姑娘唱合。"

瓦刀脸咕咚一声坐下，"两江总督府来的是谁？"

丁三甲点了点头，"跟你一样，他的官职和姓名我们不能问。"

瓦刀脸急速站起，在原地打了一个转，紧张地思索着。

丁三甲说："今天晚上，两江总督府的那位如果见不到小梅姑娘，肯定会问小梅姑娘到哪儿去了，你让我们怎么说？"

瓦刀脸急忙出手阻拦，"你们可不能说到我这儿来了。"

丁三甲说："说不说得看情况，如果把客人逼急了，一定要问个水落石出，我们也只好说梅姑娘在裴营总的别业留夜了。"

裴莴笋的身子往后一仰，"噢，你这个举人可真有本事，不但知道本官是营总，还知道本官姓裴。那本官就不留了不留了，也他妈不敢留了。别把两江总督府的要员得罪了，快走快走。"

梅德妁道了个万福，和丁三甲疾步出门。临出门，丁三甲又回头看了看，博古架上的那个北魏鎏金佛像闪烁着幽暗的光。

6、托一只蚊子亲亲你

傍晚，梅德妁和丁三甲疲惫地回到欢喜冤家书寓。

烛光下，他们坐到床上默默对视。她把头俯在他的胸口上，"谢谢你。"他摸着她的头发，"有什么可谢的。"她眼睛发潮，"那畜生让我去钟山别业，就是为了犯混，但是你在那里，他不便造次。他想发淫威，没承想你灵机一动，编了个瞎话把他唬住了，老老实实地放我走了。谢谢你，让我躲过畜生的糟蹋。"

他站起来，"不说这些了，不说了。天不早了，我该走了。"

他向门口走去，身后传来一声："不要走！"他回转身，愣住了。

她把发髻打开，一甩头，细密的头发如溅起的水花一般飘飞。

她站起来，"你留下来。今天晚上给你，都给你。"

古代没有性教育，丁三甲只是从道家书上了解性行为的大轮廓。中国文化从阴阳学说起步，从阴阳转化为男女的说教很多，道家书中关于男女交合都是"采阴补阳"那套，悬悬乎乎的哲学道理讲得太多，偏重养生。他看过《金瓶梅》、《肉蒲团》什么的，书里所描述的男贪女爱，动作孟浪，操作性不甚强。眼下，突然间就要动真的了。他不知所措地站在屋子中间，那个尴尬劲儿就甭提了。

梅德妁让他背过脸去，飞快地脱去衣服。待到他被允许转过身时，她已钻到被窝里，满含希冀地看着他。他不傻，看到了她鼓励的神情，当断不断，反受其乱。他飞快地脱去衣服，蹴溜钻进被窝。两个光溜溜的身体蓦然间接触了，充满渴望的年轻肌体如此禁不住诱惑，在肌肤与肌肤的似躲非躲间，两团欲望的火被腾地点燃了。

几天之后，小油菜客栈。阳光照进东耳房不大的窗户，床上的褥子掀起来，铺板上摊着笔墨纸砚。丁三甲跪在地上奋笔疾书，写了没俩字，扔下笔站起来，嘴里哼叽着，脚踩踏歌步点。据说踏歌是从唐宫里传出，后盛行于民间，人们手拉手，以足踏地为节奏，边歌边舞。踏歌老幼咸宜，动作与爱尔兰人手拉手跳的踢踏舞有点类似。他一边踏一边唱唐朝诗人刘禹锡的《踏歌词》："新词宛转递相传，振袖倾鬟风露前。月落乌啼云雨散，游童陌上拾花钿。"跳完，他又扑到床上，托着腮帮子，出神地想了想，又接着那几行字写下去。写了没俩字，他又扔下笔，在屋子里跳起了踏歌。

没有敲门，门开了，探进来两个倭瓜脑袋。潘氏父子本想用突然抵达吓丁三甲一跳，轻手轻脚进门，却无意中见到了令他们惊愕的情景。他们站在门边，愣喝喝地看着手舞足蹈的丁三甲。

丁三甲的动作骤然收住，闭着眼睛，紧攥的双拳在胸前抖动着，忘情地喊道："春宵苦短，春宵苦短，好一个春宵苦短哇！"

潘光宗揉了揉眼睛，"你是丁三甲吗？你这是怎么啦？"

丁三甲猛回头看到潘氏父子，窘迫之极，恨不得找个地缝钻下去，"我是三甲。潘伯、耀祖，你们……你们怎么来了？"

潘耀祖惊愕地眨巴眼说："我们怎么不能来？老爹到南京谈生意，我就陪着来了。我挺喜欢小油菜客栈的，就来这里投宿了。先别说我们，先说说你自己。你、你这是怎么啦？"

丁三甲无地自容，也无言以对。

潘耀祖走向床铺抄起纸，皱着眉头读起来："'昨晚我托一只蚊子去找你，让它告诉你，我很想去找你，并请它替替我亲亲你，因为我现在无法接近你。你不要点起蚊香把它赶跑,因为他会告诉你,我有多想你。'这是写给谁的?你托蚊子去找谁?"

丁三甲的脸胀得通红,坐到床上,抱着脑袋,一言不发。

潘耀祖看到床上有个信封,拿起了看了看,读出声来:"梅德妠先生亲启。梅德妠?不就是'欢喜冤家'的'没得说'吗?"

丁三甲站起来往外溜。潘耀祖愣了会儿,恍然大悟,"好你个虚头巴脑的臭小子,酸文假醋的装正经,不让洒家迎娶名伎,你倒捷足先登了。姐姐'没挑儿'我没到手,你到和妹妹'没得说'上床了。瞧洒家怎么收拾你!"丁三甲忽地拉开门,一溜烟跑了。

"臭小子,你给我站住!"潘耀祖连喊带叫地追了出去

7、跟原先那个长得不一样了

钟山,远离浮华的南京,月夜很安静,除了秋虫鸣叫,没有其他声音。一个黑影静摸过来,到围墙附近窜了几步,利落地攀上围墙,在围墙那边无声地落地。黑影熟悉别业地形,悄无声息地绕过池塘,接近水轩,在门那里蹲下鼓捣几下锁,悄悄推门进去。片刻,黑影出来,顺原路绕过池塘,窜上围墙,随即消失了。

黑影一来一去不是没有人看见,别业值夜老头缩在被窝里发抖。次日晨,他进入正堂检查,看着鎏金佛像自语:"几年了,我隔三岔五给这玩意儿掸掸土,今儿个看着……哎?我怎么觉得这玩意儿跟原先那个长得不大一样了。"耽搁不得,他当天就去裴营总家。

清季,南京设将军衙门,满打满算,满洲官兵六千三百人,承担不了三省防务。作为补充的是汉军绿营,官兵过万,不算清室嫡系部队,待遇差一大截子。用后世眼光看,满洲旗营相当于野战军,绿营是卫戍部队,不受将军衙门制约,受命于总督府。裴营总为正五品,手下有数千官兵,相当于南京卫戍司令。

裴营总名芮笋,这名是他爷爷起的,谐音"我孙"。他是直隶围场人,早先是猎户,打野兔练出好枪法,皇室年年去围场打猎,他跟着掺乎,被王爷看上领回京师看家护院。他背着众福晋,帮王爷干偷鸡摸狗的事,王爷香艳了数把,为犒劳出力的人,把他举荐到绿营当了个半大不小的官儿。他办事不循大格,京师

俚语称这种人为"半彪子"。按照清室的说法，江南老泥鳅溜溜的，有心眼儿，治理两江子民，甭斗心眼儿，只有玩儿混的，用刁蛮之人对付刁顽之民，这手屡试不爽。清廷选拔江宁绿营营总，多在混人堆里挑选。王爷使使暗劲，裴茵笋这大混球三窜两蹦，到江宁当上了绿营营总。

这天，裴茵笋从绿营回来，居家无事，和妻妾打麻将。他咧开大嘴，露出黄板牙，"诸妻妾，知道'三顾茅庐'是怎么来的吗？因为刘备、关羽、张飞老哥儿仨打麻将三缺一，而诸葛亮是河南南阳的麻将高手，'三顾茅庐'捣到根子上，是请诸葛亮出山搓麻呀。"他扔出一张牌，晃动着身子念叨着："抓一万来一万，一万一万又一万；摸发财就发财，发财发财就发财。横批：白板起家。碰。"

看守别业的老头匆忙赶来，气喘吁吁地说："别业被盗了！"

裴茵笋不抬眼，"别业遇盗，你是干什么吃的？"

瘦老头说："那贼人功夫十分了得，会飞檐走壁，来去悄无声息，我不敢造次，能保住性命就是万幸。"

裴茵笋不慌不忙地扔出一张牌，"西风。丢什么啦？"

瘦老头说："贼人走了后，我查了几遍，没发现丢东西。"

裴茵笋收回一张牌，"废话废话。什么都没丢，怎么就叫'被盗'啦。再说啦，别业里本来就没放值钱东西。"

老头说："就是……就是有样东西长得和原先不大一样了。"

裴茵笋把一排牌推倒："哈！哈哈！哈哈哈！诸位妻妾，对不住啦，这把你们的爷们儿又糊了。拿钱，拿钱来，谁也不许耍赖。嗯？你说什么？什么东西和原先长得不大一样了？"

瘦老头把鎏金佛像拿出来，"就是这个。我左看右看，好像不是原先那个，看着没原先那个顺眼。"

裴茵笋漫不经心地瞥了一眼，"这铜疙瘩是头些年从明故宫遗址挖出来的，手下孝敬我，说是个值钱玩意儿。我以为是金子呢，后来一问，是铜的。铜疙瘩值不了几个钱，没把它当回事，顺手摆到别业去了。哟嚯，如果让飞贼盯上了，可就是个值钱的玩意儿啦。"

瘦老头说："营总老爷，您看，是不是没原先那个顺眼了？"

裴茵笋挠了挠头，"妈了个巴子。原先那个我就没正眼瞧过，长得什么样的也说不上来。现在让我说，我可说不准了。"

瘦老头说："营总还是认真点好。别小瞧这铜疙瘩，那天来的举人围着它看了半天。他还告诉我说，这东西是什么'北魏'的，是'鎏金'的。当时我就站在那举人身边，听得真真的。"

裴崫笋眉头一皱，"有这事儿？"他拍案而起，"不提那鸡巴举人也就罢了，提起我就一脑门子气。公孙茂参将打听清楚了，那天晚上根本没有两江总督府的人去欢喜冤家书寓，小浪货梅小娘子也没有接客，而是把那举人留了一宿。那杂碎举人骗了我！"

瘦老头凑到裴崫笋耳边小声说："营总老爷料事如神。我也琢磨来着，您的别业平日没人去，也没几个人知道，可是那举子造访了没几天，贼人就上门了，随后铜疙瘩长得就跟先前不一样了。"

裴崫笋的眉毛蹙成两条毛毛虫，拿"铜疙瘩"翻来覆去看，凑到眼前看，鼻翼一蹙，鼻孔抽了抽，嚷嚷起来："这不是原先那个！"

瘦老头说："您是怎么看出来的？"

裴崫笋把它凑到鼻子上迅速地来回闻了闻，"不是看出来的，是闻出来的！不是原先那个了。那东西陪我几年了，有股熟悉的铜锈气味。这件有股子尿骚味。掉包了！肯定让贼给掉包了！"

瘦老头把鎏金佛像拿过来闻了闻，随即厌恶地把头扭开，"是有老大一股子尿臊味儿，直呛鼻子。掉包了，让人掉包了！"

裴崫笋在原地转了一圈，梳理着八字胡吼道："把公孙茂叫来！"

8、布包大约有一尺多长

袁远渊戴着一副老花镜，拨拉着算盘珠。门哐当一声撞开，后生滚过门槛摔到地上。他吓了一跳，"怎么啦？走路不小心摔着啦。"

一条壮汉撇着罗圈腿，大模大样地进来，"袁老板，不是他走路不小心，他走路很小心，是我很不小心。他说你在整账，让我轻手轻脚的。我就告诉他，我爹我妈还没有教会我轻手轻脚的。"

袁老板知道来的不是个善茬儿，"你是谁？"

罗圈腿说："复姓公孙，名茂，绿营的参将。袁老鸹，忘啦？咱们见过面，裴营总梳拢梅德妁那天，是我去你们书寓主持的。"

袁老板站起来，"敢情是绿营的公孙参将，请坐请坐。"

公孙茂坐下，"裴营总派我来的，让我问个事。你们书寓有个叫梅德妁的词史，头些日子被裴营总梳拢了。梅德妁有哥哥没有？"

袁老板说："没有。她上面只有个姐姐，叫梅窕。"

公孙茂说："梅德妁没有哥哥？当真？"

袁老板说："那还假的了。我家和梅家都是安徽庐江县齐白嘴子的，算世交。梅氏姐妹的爹和我过去都是教书的，我到南京干娼业，发了点财，而老梅没发起来，仍然穷困潦倒，把女儿托付给了我。姐儿俩是在我眼皮底下长大的，对梅家的事情，我了如指掌。梅氏姐妹没有哥哥，倒是有个远房表哥，但是和梅德妁没有来往。"

公孙茂说："梅德妁最近和男子有勾扯吗？"

袁老板说："照顾她的厅趸说，她近日和一个年轻举人有来往。"

公孙茂忽地站起来，迅即出手揪住袁老板的领子，一把拽过来，恶声恶气地问："你说什么？举人？"

袁老板慌乱地说："是啊，小梅姑娘最近结识的举人。"

公孙茂一把把他扔回去，"前前后后是怎么回事。"

袁老板咕咚坐下，思前想后，叹了口气，"对这种事，我向来睁一只眼闭一只眼。说了官人别不爱听，你想啊，梅德妁是年轻貌美的词史，而你们那位老裴呢？粗粗拉拉的一个脏丘八。她被老裴那号的开了苞，心里苦不苦，烦乱不烦乱？忍不住就要找个年龄相当的俊才会会，排遣排遣，及至那个那个。在我们这行，是常事。"

公孙茂问："你见过那个举人吗？"

袁老板说："见过，而且不止一次。那天夜里，就是梅德妁从裴营总别业回来的那天晚上，丁举人在梅德妁房间留宿，早上出来时，厅趸指给我看了。我看到他才想起来，此前这个举人来过我家一次。"

公孙茂问："他姓啥名甚，到你家来干什么？"

袁老板说："他姓丁，好像叫什么丁三甲。丁举人曾经拿来一个鎏金佛像让我辨伪。我一看是个'苏造'，就把他打发走了。"

公孙茂再次忽地站起来，迅即出手揪住袁老板的领子，一把拽过来，"你再说一遍，他拿来个什么？鎏金佛像？"

袁老板忙说，"是啊是啊，不过那是个'苏造'。"

公孙茂一把扔开他，"丁举人住在哪里？"

袁老板咕咚一声坐下，"我怎么会知道。照顾小梅姑娘的顾厅跶好像说过，她去过丁举人的住处。你不妨去问问顾厅跶。"

次日，公孙茂又来到小油菜客栈，找这儿的掌柜的。

钱顺堂本来就胆小怕事，这时有些紧张，看着来人。

公孙茂伸出指头点着他的脑门，"我问你的事，你要老老实实回答，要是蒙事儿，小心你的脑袋。明白不？还有，我问你的事情，你要是漏出去，让不该知道的人知道了，小心你的脑袋。明白不？"

钱顺堂的额头开始冒汗了，"小的明白。"

公孙茂问："丁三甲在你这里住了有多久了？平日怎样？"

钱顺堂说："前后算下来将近一个月了。平日还算安生，进进出出的，没什么事……小的斗胆问一句，官人是哪里的？"

公孙茂说："刚才对你说过了，本官是绿营参将。"

钱顺堂又问："绿营是巡逻值勤治安的，从来不管案子。你问我的话，和你问话的口气，我怎么听着像是官家在办案。"

公孙茂一把拧住他的领子拽过来，"绿营缉拿盗贼，怎么能不办案子？丁三甲有什么异常，不说我就拧下你的脑袋来！"

钱顺堂被扔回椅子，又说："他夜里出去过一次，是穿着黑衣黑裤出去的。回来的时候，我看到他的脸上蒙着一块黑手巾。"

公孙茂不动声色地问："他拿回来什么东西没有？"

钱顺堂抚了抚胸口，"有两个穿蓝衣蓝裤的人交给他一样东西。这是我从门缝里亲眼看到的。"

公孙茂轻描淡写地问："是什么东西？"

钱顺堂说："我记得，好像说的是什么'北魏鎏金佛像'。"

公孙茂再次揪住钱顺堂的领子，一把拽过来又推回去，"你慢慢说，你从门缝里亲眼看到了什么东西？北魏鎏金佛像？多大？"

钱顺堂咕咚一声坐下，抚了抚胸口，一边想着一边伸出两手比划着，"不大，也就是一尺多长吧。"

公孙茂站起来，"就先问到这里。再说一遍，我问你的事情，你要是漏出去，让不该知道的人知道了，小心你的脑袋！"

9、马车绝尘而去

丁三甲兴奋地进入欢喜冤家书寓。他近日找了个裁缝，改了改洋装，稍微合身点了，穿在身上不那么咣当了。

顾厅趸过来，表情不大自然，"丁举人，在等小梅姑娘？"

丁三甲说："她今天休息，我约她去雨花台转转。"

顾厅趸问："丁举人，人家小梅姑娘对你一片痴心，你就拿逛形胜打发人家，就没点长远想法？"

这事儿不能提，正戳到他的肺叶上，"你以为我愿意看着她在这种地方混。我不是穷嘛，要是银子凑手，早就赎她了。"

他的话止住，楼梯上有东西抓住了他的视线。

梅宛和麻五热乎乎地并肩下来。梅宛一改素日容颜，铅华尽洗，素面朝天，穿一身青衣，脑后挽了个发髻。麻五的打扮正好相反，原先的他，是处处不得志的倒霉蛋。而这时狼狈相一扫而空，穿的也人五人六的，倒是有几分江南士人的模样。

他们看见丁三甲，欣然一笑。麻五脸上呈现出从来未有过的开朗，"我带梅宛去灵谷寺转转。她来南京多年，形胜都没有去过。"

丁三甲应付着，"好好好，二位好好去玩儿玩儿。"

麻五和梅宛肩并肩出去，一出门，麻五就挽住了梅宛的手。

梅德妁从楼梯上快步下来，"丁举人，今天带我去哪儿？"

他笑了，"不是说好的吗，雨花台。"

她着意看看他，"嗯，洋装改了，勉强看得过去，原来穿的那叫什么呀。哎呀，改得怎么这么糙哇，活儿做得粗针大线的，还不够寒碜人的呢，根本就穿不出去！今天不去雨花台了，找那家裁缝铺去，让他们改改好。什么时候改的满意了什么时候再说。"

顾厅趸看着他俩出去，眼睛向旁边一瞥，公孙茂从角落出来。

小油菜客栈附近有家"冯记裁缝铺"。一个中年裁缝趴在柜台上，眯着眼享受着秋日的阳光。丁三甲指着说:"洋装就是在这里改的。"

梅德妁不由分说,当街扒下了他的洋装,向柜台走去。

冯裁缝睁开眼睛,"女客官,有事吗?"

梅德妁把洋装往柜台上一扔,没好气地说:"睁大眼看看,这就是你们干的活。这是人穿的衣服吗?"

冯裁缝拿过洋装,"这件洋装是我们这里改的,那位客官原来穿的太大,不合身,我们照着他的身量重新改了。"

梅德妁数落着,"光改身量就完啦?你看看袖口、肩头,再看看前襟、后身,有这么走线的吗,有你们这么干活的吗?"

深秋时节,外衣被扒掉了,丁三甲身上发寒。可是,听到梅德妁数落,心中泛起暖流。那声音、那口气,不像是萍水相逢的女子在为萍水相逢的男子伸张什么,倒像两口子居家过日子的一幕。

冯裁缝被数落的够呛,"那你要怎么样?"

梅德妁斩钉截铁地说:"改!告诉你,我们今天就在这里等着,直到你改得我们满意为止。"

"好厉害的小娘子。"冯裁缝摇摇头,拿起洋装向后走。

梅德妁喊道:"先别走,好厉害的小娘子话还没说完呢。"

冯裁缝转过身来,"还有什么没有说完的,你说你说。"

梅德妁:"我男人的洋装脱了,就让他冻着?你们不心疼我还心疼呢。拿件外衣来,给他临时披一披。"

冯裁缝:"真知冷知热。二位稍候,我这就找件衣服。"

梅德妁追着冯裁缝的背影,高声说:"要新的,没有新的就要干净的,有一点脏就不能穿。听到啦?要干净的、厚实的。"

这时,她身后响起一个声音:"裁缝,把洋装拿回来,不改啦。"

她一回头,身后站着个陌生人,便问:"你是什么人?"

公孙茂笑了,把洋装从裁缝手里拿过来,不急不噪地说:"我是江宁绿营的公孙参将。再说明白一点,我是裴营总的部下。你总不会忘记裴营总吧,就是梳拢你的那位大官人。对上号啦?"

梅德妁倔强地说:"没有对上号,也不可能对上号。你的主子梳拢我是一码事,我在这儿给我男人改衣服是另外一码事。不能因为你的主子糟蹋了我一把,就不让我再有男人。"

公孙茂说："你要是喜欢这个男人，你就接茬儿喜欢，我们不管。但是我们现在要把你的男人带走，所以洋装就没有必要改了。"

丁三甲意识到事情不对了，"你们要带走我？怎么回事？"

公孙茂说："天知地知你知我知，还用我说吗？"

丁三甲问："天知什么地知什么你知什么我知什么？当然要说清楚。你一个绿营的参将，凭什么在大街上带走我呀？咱俩谁跟谁呀。"

梅德妁上前，"公孙茂，你看清楚了，这里是大街。绿营在光天化日之下抓人，连个子丑寅卯都不说，哪有这样的事。"

"好，我就接着你这个'光天化日'的话茬儿说。"公孙茂把洋装扔回去，"窑姐儿，你给我听好了，为什么在光天化日之下抓的你的野男人，你的野男人倒不在光天化日之下干事，他专门在月黑风高时干事。这位丁举人，其实是个蒙面大盗！"

梅德妁像躲避瘟疫一样，痴呆呆地倒退了几步。

丁三甲喊起来，"我一介举子怎么成蒙面大盗了？"

公孙茂说："丁三甲，我们绿营不会冤枉你，已经明察暗访多日，证据充足。识相些，别在大街上找别扭。跟我走。"

梅德妁的眼里蹿出了火星子，低声问道："他说的是真的？"

丁三甲说："不是他们搞错了就是我被人栽赃了。"

"词史梅德妁先生，好自为之吧。"公孙茂淡淡地看了看她，随即一甩脖子，喝道："把丁三甲捆起来！"

当着梅德妁的面，几个绿营兵麻溜地捆起了丁三甲。公孙茂喝道："带走！"绿营兵把丁三甲扔上了一辆马车，马车走了。

梅德妁突然想起什么，"洋装！你的洋装！"她追了几步，把洋装扔到车上。洋装落下来，正好落到丁三甲身上。他挣扎着坐起来，声嘶力竭地喊："我不是盗贼，不是蒙面大盗！"

梅德妁使劲追，直到跑不动了，一个屁股墩儿坐到地上，蹬踹着双腿，放声哭嚎起来。

第四章

县衙监狱

1、笞刑后现编了一首小诗

　　清季，除京师刑部有监狱，外省衙门不管受理多大案子，案犯都羁押在县监狱。县监狱分两种，内监囚死囚，外监囚流徒以下。流徒以上锁收，笞杖以下散禁。规定囚犯日给米一升，寒给絮衣一件。夏天，为了避免天热出现疫情，将杖罪以下的犯人释放、减等或暂时保释，待立秋之后再发落。例虽如此，实不然。胥役籍端虐诈，弊端丛滋，铁窗滋味，人所难堪。虽屡经参奏，不能革也。

　　牢房很高，门是个木栅，快到房顶处开了个一尺多见方的小窗户。窗户上有几根铁栅，风忽忽地往里灌。

　　木栅打开，两个狱卒一操，丁三甲一轱辘滚进来。木栅在他身后哗啦锁上。他爬起来，惶惶然然地打量着四周。靠墙紧紧巴巴地坐着囚徒，每个人的表情都是呆呆的，好像没有看见他。

　　大白天的，这里安静的就像个坟墓。他不敢说话，找个角落蹲下。边上有人说了一声："进来个穿洋装的。""洋装……"他想起这茬儿，摸摸身上的洋装，大约一个时辰前，梅德妁姑娘还闹着要改这件衣服。他歪着脖子闻了闻洋装，仿佛上面仍然残留着她的气息。

　　一个苍老的声音飘来："犯了哪宗罪？"牢房很暗，他顺着声音的方向看去，角落里有一堆稻草，一个老者蜷缩在稻草里。

他对着那个方向说："是在问我吗？"稻草堆里半晌没有声音，后来才"嗯"了一声。他的思绪乱成一团麻，可是在这伙人中丝毫不敢造次，于是脆快地说："这么说吧，有人说我是蒙面大盗。"

牢房里一阵骚动，几个人往他这里凑了凑。稻草堆里又传出声音："穿洋装的蒙面大盗，盗什么啦？"他的头重重地靠在墙上，"我自己也不知道。"他真的不知道自己盗了什么。

夜晚，囚犯蜷缩在稻草里睡觉。稻草又潮又霉，老鼠窜来窜去的。老鼠怕人，可这小东西天生势利眼，不怕进号子的人。

一大早，狱卒提进两只又脏又烂的木桶。两只桶的样子几乎完全一样，一只桶里盛的是一天的饭，是往肚子里进的；另一只桶是用来拉、撒的，装肚子里排出去的东西。

丁三甲体会到了什么是度日如年。他每时每刻只盼着一件事：过堂。只有过堂，才能知道指控自己的是什么事。

五天了，没人理他。第六天早上，狱卒打开木栅，往外一甩头，"丁三甲，过堂。"他一骨碌从地上起来，匆忙往外跑。

狱卒押着他东拐西绕，来到县衙大堂。清季县衙大堂差不多，当面是幅江海屏风，屏风前是书案，案子垂下遮挡的布，图案是"暗八仙"，即传说中的八仙的八种法宝：吕洞宾的宝剑，汉钟离的蒲扇，曹国舅的檀板，张果老的鱼鼓，蓝采和的花篮，韩湘子的笛子，李铁拐的葫芦，何仙姑的莲花。

书案前是一块青砖铺就的空地，皂隶手执法棍站立在两旁。皂为黑色之意，皂隶清一色穿黑衣黑裤，蹬黑色短靴，戴红帽子。

大堂角落里还有一张书案，后面坐着的是师爷。这位师爷身材瘦小，脸尖尖的，他姓桂名世镛，办了半辈子案，是个中老手。

丁三甲被狱卒扔到空地上，昏头昏脑地跪着。

一个官员提着袍子从堂后出来，坐到书案后。四十多岁，长相平庸。他是江宁知县陶成章，邯郸人，在江宁干了十几年。

陶成章吊着嘴角，颇有点看破红尘的意味，"本官到江南学政史那里查过档案，名册赫然在目：丁三甲，光绪二十五年江南贡院乡试第十七名举人。本官办的案子不少，你这样的着实罕见。举人着洋装就够稀罕了，着洋装的举人成了蒙面大盗，闻所未闻。"

第四章　县衙监狱

丁三甲喊起来："大人，小的冤枉啊！小的冤枉啊！"

陶成章不耐烦地挥挥手，"别喊别喊。你是举人，本官也是，光绪十六年顺天府贡院三十一名。举人对举人，都知道对方是什么蒜。倘若办别的案子，本官得多罗嗦几句，跟你用不着。咱俩都知书达理，今天利索点，摊开了谈，三五句话结案，行不？"

丁三甲支起身子，"行！我一定通力配合！"

陶成章说："隔壁就是刑具，堂上亦可行杖，哪样也够你一戗。但只要你认投，看在都是举人的份上，本官不会给你用刑。"

丁三甲磕了个头，"千恩万谢。"

陶成章虎下脸，一拍惊堂木，"知道为什么抓你来吗？"

丁三甲惑然答道："不知道。小的苦思冥想，实实不知缘由。"

陶成章说："滑头一个！居然谎称不知为什么抓你。是真不知还是假不知？本官提示你，本年十月初九夜里，你干什么去啦？"

丁三甲的脑瓜里一团浆糊，"十月初九夜里，我干什么去了？"

陶成章并起剑指，"本官提示你，听清楚了：不久前，你和一个歌伎去过江宁绿营裴营总的别业？在那里看见什么啦？花草树木房子池塘的都别说，你在那里看见什么古董啦？"

丁三甲说："古董？在那别业里看见了一个博古架，上面有个北魏鎏金佛像。但我不是干这行的，不知道是真是假。"

陶成章问："你当时认为是真的还是假的？"

丁三甲说："小的以为是真的。我不是行家，细说说不来，只是见过'苏造'鎏金佛像，而裴营总别业里的那件，是'苏造'不可望其项背的。它通身的韵味，一看就是个真东西。"

陶成章问："后来呢？"

丁三甲有些迷登，"后来？后来我就走啦。"

陶成章问："走了之后呢？就没有再回来过？"

丁三甲惑然，"不知道大人问这话为何意。"

陶成章一拍惊堂木，"不要演戏啦！据别业看门人说，你在北魏鎏金佛像前流连既久。三天后的夜间，你回来了，把它盗走，为了遮人耳目，把一个'苏造'摆放到原处。你的胆子可够大的，太岁头上动土，你偷到江宁绿营营总的别业里去了！"

丁三甲恍然大悟，"你们认为我偷了那个北魏鎏金佛像？"他站起来，掸了掸衣服，"蹲了几天大牢，原来就这事。谁偷的你们抓谁去，这事不是我干的。你们搞错了，错得一塌糊涂。本举子不陪你们这些昏官玩儿了，回苏州读书去啦。"

陶成章重重地一拍惊堂木，"跪下！"两个皂隶上前，揪住他的两只胳膊向后一扭，他痛苦地大喊了一声，扑通跪倒。

陶成章绕过书案，"本官开始就对你说了，举人对举人别罗嗦。既然你一直装糊涂，本官只好把话给你说透了。你这个案子是江宁绿营交过来的，事前江宁绿营派出干员摸了，而且摸得很透，已是板上钉钉了，过几天就可以结案了。"

丁三甲大吃一惊："我干什么啦，你们就快要结案了？"

陶成章绷着脸回到书案，"为什么要结案了，不妨给你说个明白。你来到南京后，住在小油菜客栈。该客栈掌柜钱顺堂称，你在住店期间曾经着黑衣黑裤蒙面夜行，当夜拿回来一个鎏金佛像。你与欢喜冤家书寓梅词史有染，据该书寓老板袁远渊称，你曾向他出示了这个鎏金佛像。你于十月初九去江宁绿营营总裴莴笋别业，在那里看到北魏鎏金佛像。而三天后，该别业遇盗，北魏鎏金佛像被掉包，而掉包的赝品，正是你拿到袁老板家的那件'苏造'鎏金佛像。所有的证据都对上了，严丝合缝，你还有什么可说的。"

丁三甲吃惊地咧开嘴，半晌才说："听你这么一说，证据确实严丝合缝，连我听了都觉得是自己偷盗了那尊佛像。"

陶成章怜悯地看着他，"丁举人，可惜了你的学问。据本官的阅历，案子能办到这步，就翻不过来了。"

桂世镛插话："丁三甲，奉劝你一句，你没有别的出路，只有老老实实招供画押。你要是交代透彻，看在都是举人的份上，陶知县会少判你几年。依本师爷之见，不就是偷盗了一件古董吗，价值几千两银子，弄个徒三年就算了。"

丁三甲喊起来："徒一天也不行。我从来没有盗窃！"

陶成章说："桂师爷对你所说的，都是托底的大实话。既然苦口婆心的规劝你听不进去，休得怪本官不顾同门之谊了，本官只有对你动刑了。"说完从笔筒里抽出一根竹签扔下去，"十二下。"

一个皂隶旋即从身后搬出一条长凳，另外两个皂隶把丁三甲按到长凳上，麻溜地退去半截裤子，露出屁股。

笞杖即俗称的"打屁股"。综合有关史料，清季州县衙门大堂笞杖分为两种：一种是审讯过程中施加的，作为促使人犯招供的手段，打的数目不定，由主审官员依据现场情况掌握；另一种是刑罚手段，在结案时打，根据罪行轻重，打的数目不同。后一种笞杖的数目有规定，根据"四折除零"的相关规定，该打几下就几下。

行杖，皂隶要唱《刑杖歌》，有的是打时现编歌词，有的有固定歌词。丁三甲半边脸贴在长凳上，咬紧牙关等着。两个皂隶来到身边，每人拿一根法棍。法棍是用竹片制成的，一拳宽，六尺长。法棍举起来，《刑杖歌》响起，居然是硬朗的梆子。领头的皂隶甩出个高腔后，其他皂隶有板有眼地跟上。头两句的歌词是："一二三四五，你先吃点苦。"歌声落地，皂隶挥起板子打下去，连着五下。

丁三甲的屁股蛋哪里禁得住板子，顿时喊叫起来。

稍住，领头的皂隶甩再出一个高腔，其他皂隶跟上。后两句歌词是："六七八九十，打完招供也不迟。"

歌声落地，皂隶挥起板子打五下。后五下见血了，屁股蛋血忽啦的。丁三甲像杀猪般嗥叫了五声，领头的皂隶甩再出一个高腔，其他皂隶跟上。最后两句歌词是："再打两大板，郎中抢饭碗。"

前面的十板子，杖丁们不是很认真，最后这两板子，皂隶是抡圆了打的，每一板都特别重。每挨一下，他就撕心裂肺地惨叫一声。

打完了，他的面颊贴在长凳上，呼哧呼哧地喘着粗气。一双靴子踢踢沓沓过来，陶成章弯下腰看着他的脸，"还能喘气儿吧？要不再挨几下，要不签字画押，两样，由你挑。"

皂隶三两下把裤子拉上去，丁三甲疼的直吸溜凉气。他粗喘了一阵子，别看疼的龇牙咧嘴的，一丝笑意却泛上面颊，"知县大人，你就是打死我，我也不会认投。小的想跟您商量一件事，行吗？"

"这种话本官听得太多了。"陶成章干脆盘腿在他眼前坐下。

丁三甲吃力地抬起脖子，"不是吓唬你。我死了，你的案子也办得窝窝囊囊的。同僚会怎么说呢？噢，光绪十六年顺天府贡院第三十一名举人在大堂上活活打死了光绪二十五年江南贡院第十七名举人，后者致死也没有认投。真要闹到这一步，你面上有光吗？"

陶成章把脸探过去,"那你说该怎么办?"

丁三甲的头俯在地上,"你给我些日子,我要是不能把自己摘出来,让我怎么办我就怎么办,让画押招供就画押招供。这样,于我有个洗冤的机会,于你也就是结案拖几天,一点也不影响前程。"

陶成章思忖着,有些迟疑。

丁三甲支起身子,"读书人讲究即兴之作。我在挨打时现编了个小令,念给你听听。知县大人听好喽:一二三四五,我去捉老鼠。六七八九十,捉不到认投也不迟。要不给我缓,知县丢饭碗。"

陶成章站起来,"真是个酸举子。法棍底下还没忘了吟诗,屁股蛋子打成那样了,还没忘了犯酸。就这样吧。"

2、只有一个人能够说清楚

黑地金字大匾,上面是"替天行道"四个字。这是南京慈利大街的一家讼馆,在左近方圆名气很大。

梅德妁坐在椅子上,哭哭啼啼的。潘光宗在一边捶胸顿足,"太冤了太冤了。三甲无论如何也不会干那种事,太冤了太冤了。"

梅德妁擦着眼泪,"耀祖,三甲是你最好的朋友,他是为了给你当枪手才来南京的。他到了这步,你可不能不管呀。"

潘耀祖扎出个丁字步造型,"有道是山不转水转,这回轮到洒家给丁举人当枪手了。天就是塌下来,也有洒家顶天立地扛着!"

潘光宗喝道:"别说那些上不着天下不着地的话!"

两个伙计进来,像进来两只麻雀。一个说:"别急别急,王大讼师到江宁县衙摸底去了。知县陶成章是王大讼师的铁哥们儿,什么底都会透给王大讼师。"另一个说:"王大讼师是南京有名的大讼师,器宇轩昂,口若悬河。只要他出场,再难办的案子也能打赢。"一个说:"王大讼师名声远播,有时京师大官儿遇到麻烦,都南下南京搬他北上。"另一个说:"在南京官场,上至两江总督府,下至小小知县,哪个不让他几分。再不好说话的官儿,他出手就能摆平。"

两个人一唱一和地一煽呼,潘氏父子和梅德妁见到一点亮光。他们眼巴巴地张望着门口,急于见到所说的王大讼师。

第四章 县衙监狱

不大会儿，所说的王大讼师来了。他年富力强，眉毛飞扬，满面红光，挺着胸脯走路，步子噔噔噔噔的，显得特别有劲。

潘氏父子立即迎上去，忙不迭地问："王大讼师，怎么样了？县衙是怎么说的？到底为什么抓丁三甲？他得罪谁了？"

王讼师瞪着俩大眼儿看看这爷儿俩，"你们想听什么话？要是想听虚话，我就告诉你们，丁三甲还有戏；要是想听实话，我就托个底，丁三甲没戏了，就是天王老子也救不了他。"

梅德妫眼前一黑，身子往后仰倒，潘氏父子急忙托住。

潘光宗："王大讼师，你是不是缺钱花了，把事情说得血淋淋的吓唬我们。没关系，我这儿有银子，只要能救出三甲，你说个数。"

王讼师眉毛一挑："行讼，其实是一门钻空子的学问。案子要想翻过来，得有空子可钻。可是陶知县对我托底了，本案没有一丁点空子。那个丁三甲在南京曾经蒙面夜行，搞来个'苏造'鎏金佛像，而且让袁老板鉴定过。裴营总别业有个北魏鎏金佛像，没有几个人知道，而偏偏丁三甲去过别业，见到了那样东西，而且见到别业就俩糟老头看守。丁三甲离开没几天，北魏鎏金佛像被盗窃，而掉包的物件恰恰是丁三甲给袁老板鉴定过的那个'苏造'鎏金佛像。所有证据严丝合缝！你们说，这事不是丁三甲干的又能是谁？"

潘光宗的右拳猛砸左掌，"坏了坏了，坏了坏了。王大讼师，案子是麻烦，但是你不能不出场，老潘求你啦，救救丁举人。"

王天道说："我想救丁举人，更想狠宰你这大财主。但是左思右念，这是一场打不赢的官司，接了案子硬打不仅会输掉官司，而且将名声扫地，在江宁官场这么些年联络的关系，也成残花败柳了。"

潘光宗说："你要是不出场，丁三甲就是浑身是嘴也说不清了。"

潘耀祖挺身而出，"谁说说不清楚，我就说得清楚！"

在场的人大惊，不约而同地吐出一个字："你？"

潘耀祖骤然成了焦点，得瑟起来，把胸脯拍得啪啪响，"丁三甲的什么'蒙面夜盗'是我撺掇的，也是我俩一同去的。对这事的内情，我最清楚。古诗说得何等之好哇，'浪打轻船雨打篷，遥看篷下有渔翁'。这回，轮到洒家出场了。"

梅德妫不由抬头看看他，"没想到，你这两句倒用的是地方。"

潘耀祖受到鼓舞，信心大增，叫道："古诗说得好哇！'浪打轻船雨打篷，遥看篷下有渔翁'。王大讼师既然不管这个案子,洒家出堂当讼师!'蒙面大盗'的事我最清楚,我不出场谁出场。'浪打轻船雨打篷',洒家就是那出入浪里雨里的'渔翁'!"

号子里,囚犯蹲在地上吃饭。虽说叫饭,与猪食无异。丁三甲蜷缩在稻草堆里,屁股疼,没心思吃饭。那老者过来,蜷缩在旁边,平静地看着他。他这才注意到,老者的目光竟如此睿智。

他首先开腔:"鄙人姓丁。丁三甲。"几天了,他没有理过号里的人,觉得他们都是作奸犯科之流。知道了县衙对他的指控,突然觉得自己那么孤独,能给点慰籍的也就是同号的人了。再者,同号的人或许不都是乌龟王八蛋,而是有跟自己差不多的委屈。

老者说:"我姓雷,雷懿昌。穿洋服的蒙面大盗,你那点子事,狱卒对我说了。"说完拍拍他的肩。

几下友善的拍打,逗出他的委屈之情,泪水在眼眶里打转。

雷懿昌说:"且不说什么'蒙面大盗',本案的关键在掉包。掉包得有掉包的东西,你蒙面夜行搞来个'苏造'鎏金佛像,这东西后来到哪儿去了,你要是说不清楚,就是跳进黄河也洗不清了。"

丁三甲听着有道理,"雷先生过去是做什么的?"

有人喊起来:"雷老先生是名气很大的讼师。"

丁三甲大感不解,"讼师也会进来?"

雷懿昌苦笑,"我为一个杀人者行讼。结果那人越狱了,没有地方去,东躲西藏的跑到我家来了。我正在劝他回去自首时,捕快冲了进来。他被抓回去了,给我定了个窝藏。"

丁三甲叹道:"弄得您也说不清了。"

雷懿昌说:"过不了多久我就出去了,出去之前是想帮帮你,我从骨子里觉得你不像盗贼。不是说小白脸儿就不会当盗贼,而是凡盗贼就有隐讳,晦涩的内心掖藏不住,言行中会流露出来。在你身上我倒没看到这种影子,于是认为你是阴差阳错走到这步了。"

狱卒搁着木栅喊:"丁三甲!有个叫潘耀祖的人,要当你的讼师,同意就在这儿签个字。"

丁三甲脑袋大了,"潘耀祖?他怎么能行,能管好自己就不错啦。"

雷懿昌凑过来，"潘耀祖是什么人？"

丁三甲撇撇嘴，"我最好的朋友，从小一起长大。他武艺高强，家里有钱，但是整天游游荡荡的，脑瓜子还有点二二糊糊的。"

雷懿昌说："且慢且慢，不要仓促拒绝。你得好好想想，潘家既然有钱，为什么不出大钱请大讼师？为什么非得让自家的傻小子亲自出马？这里肯定另有缘由。"

丁三甲受到启发，"哎，雷老先生，你说得对。潘耀祖是和我一起当的所谓'蒙面大盗'的，我这个'蒙面大盗'是怎么回事，只有他能够说明真相，换了任何大讼师都说不明白。"

3、江南特产的小零嘴儿

执刑的皂隶手执法棍站立在两旁，丁三甲紧张不安地跪着。

陶成章提着袍子出来，坐到书案后，"丁三甲，今天之所以过堂，是有人在外面为你请了个叫潘耀祖的讼师。本官从未听说南京有这个讼师……噢，潘耀祖是从苏州来的……你朋友倒是舍得破费，从苏州搬来位大讼师。请大讼师潘耀祖上堂吧。"

皂隶走到堂口高喊："传讼师潘耀祖先生上堂。"

丁三甲忐忑不安地回身看着堂口。

皂隶再次高喊："传讼师潘耀祖先生上堂。"

他回头看着，紧张的几乎透不过气来。

堂口外面传来高喉咙大嗓门："来也来也。洒家来也！"

"洒家？怎么来了个'洒家'？"陶成章皱着眉头念叨。

"洒家来也，洒家来也。"潘耀祖大步流星走上大堂。

丁三甲疑惑地看着他，几乎不认识他了。

潘耀祖穿了一身崭新的苏格兰大方格呢的洋装，还打了一条花花绿绿的领带。脚上却不般配，是一双双梁布鞋。引人注意的是他提着个大大的竹篮，竹篮上面盖着一块花花绿绿的绣品。

潘耀祖站住，摆个丁字步造型，朗朗说道："行不更名，坐不改姓。洒家乃丁举人三甲先生的讼师，苏州横塘镇潘耀祖秀才是也！"

陶成章皱着眉头看着他。

师爷桂世镛低下了头，捂住了嘴。

潘耀祖一扭脸，正和丁三甲相对。一看丁三甲那狼狈样子，心里发酸，扑过去，搂着他大叫起来："三甲兄三甲兄，弟弟好想你呀！"

丁三甲凑到他耳畔急速说："别这样别这样，松开我，松开！你现在是我的讼师，正在过堂呢，要像个讼师的样子。"

潘耀祖好像没听见，一把撩去竹篮子上的刺绣，指着说："都说牢饭极差，猪食狗食不如。这里是糖豆、柿饼、杏干、藕片、铁蚕豆、酸枣、冰糖葫芦、花生仁，还有酱肉、咸菜和茶叶。还有，每天让狱卒给你烧些开水，冲杯茶喝。这是好茶叶，信阳毛尖！"

陶成章一拍惊堂木喝道："胡闹够了！"皂隶齐声喊："肃静。"

潘耀祖吓了一跳，扭脸看看，"大人，本讼师有哪点不妥吗？"

陶成章并起剑指，"潘耀祖，你看看你自己，周身上下，所作所为，抬手举足，丝毫不懂大堂规矩，哪有一丝一毫讼师的样子。"

潘耀祖倒也没乱了方寸，而是慢慢直起腰来，"请问大人，讼师应该是什么样子？什么样子才算是讼师的样子？"

陶成章被问住了，"讼师的样子……"

潘耀祖顿时来劲了，"丁举人在大街上无故被抓，至今惊魂未定。洒家作为他的讼师，带来一点江南小零嘴儿，到堂前抚慰几句，连缀连缀他那颗破碎的心，难道也错了不成？"

"呃！"陶成章倒被噎得说不出话了。

潘耀祖愈发振振有词，"洒家的周身上下怎么啦？洒家的抬手举足又怎么啦？西学东渐，西风日炽，朝廷推行回銮新政，新政倡导开明，开明之际着洋装上堂有何不可？开明之际，见到吾兄有难，为弟者流露出真情实感又有何不妥？根据新政，大堂规矩不管如何严正，也得以政为宽。加之，还有法律面前人人平等嘛。"

陶成章的身子往后一仰，"没想到你还一套一套的。"

丁三甲惊讶，"你还知道个法律面前人人平等，哪儿听来的？"

潘耀祖弯下腰，捂着嘴对丁三甲小声说："跟你学的，昨天买了本维新派的书，翻了翻，今天就拿到大堂上现炒现卖来了。"

陶成章被噎得一时无话可答，沉默了半晌，才想起话由，"潘耀祖，你不是丁三甲的讼师吗，知道讼师的规矩吗？讼师上堂，首务是递陈诉状，然后才能言及其他。你的陈诉状呢？"

"有，有有有有有。"潘耀祖在洋装口袋和裤子口袋里手忙脚乱地摸了一阵子，才掏出个折叠的纸片递过去。

陶成章皱着眉头打开纸片，"嗯，你这个陈诉状的标题是：《为丁三甲所谓'蒙面大盗'正名一事》。桂师爷，你读正文。"

桂世镛接过那张纸，喝口茶润喉咙，戴起老花镜，抑扬顿挫地读起来："洒家素来不记日子（这叫什么话？陈诉状首先得把日子写清楚）。具体哪天忘了，约莫十来天前吧，吾友丁三甲在冯记裁缝铺改洋装，嘿（嘿……怎么连这种字眼都出来了？）嘿，不知从哪儿钻出来个绿营的……王八蛋（岂有此理，这种骂人话怎么上得了陈诉状），该王八犊子硬说俺三甲兄是'蒙面大盗'。此乃大胆狂徒血口喷人，真真气杀洒家也……"他气得把那张纸一团，扔了。

潘耀祖眨巴眨巴眼睛，"师爷，洒家的陈诉状怎么啦？"

桂世镛从老花镜下打量着他，"潘讼师，你在跟谁唠嗑拉家常呢？这里是大堂，知道不？好好看明白了，是大堂！"

陶成章一拍惊堂木，"潘耀祖！你是打哪儿冒出来的讼师。你懂得陈诉状的规矩吗？陈诉状要求文字简约周正，时间、地点、事由表述得明明白白，你写得什么乱七八糟的，这东西能叫陈诉状吗！"

潘耀祖却不惊慌，作了个长揖，"大人，这是洒家昨天晚上现赶写的。大人要是嫌洒家写得不好，洒家说说总行了吧。"

陶成章撩了撩手，不耐烦地说："说吧说吧。"

潘耀祖轻咳一声，挺胸抬头，迈着八字步，"有道是，'溪云初起日沉阁，山雨欲来风满楼'。九月初，洒家来南京赴考，不承想朝廷罢科举。眼看大好前程泡汤，洒家心中好生烦闷，遂到欢喜冤家书寓解闷。当晚，词史梅窕向洒家表示爱慕之意，请洒家用一件唐朝以前的上好古董为之赎身，而后结百年之好。洒家满心喜欢，殊不知，与梅窕暗中勾结的麻五麻六兄弟利用洒家的急切心情，诱称原太平天国天王府旧马厩藏有古董。洒家急于搞到上好古董，约上丁举人，换上夜行服，当夜到天王府旧马厩处堵住麻五麻六，商量用五百两银子将他们的鎏金佛像买下。由于银票上只有四百五十两银子，故而回到小油菜客栈再取几十两碎银子，打发了麻五麻六。"

陶成章听得很认真，"后来呢？"

潘耀祖顿时稀了，"后来可就惨喽、惨喽！洒家拿到鎏金佛像之后，欣喜若狂，去找袁老板，打算用它为梅宛赎身。袁老板是此中行家，一眼就看出那东西是件'苏造'，洒家这才知道上当了。那几天，洒家是十分惆怅，十分怅惘，十分郁闷啊。真是个'前不见古人，后不见来者，念天地之悠悠，独沧然而涕下'。"

陶成章连忙摆手，"快住嘴快住嘴，就不要卖弄了。本官问你，你们蒙面夜行买来的'苏造'鎏金佛像后来到哪里去了？"

潘耀祖一脸子正经，"退还给麻五麻六了。"

"退还麻五麻六了？"陶成章不由看了眼桂师爷。

桂世镛问："你们是怎么退还的？"

潘耀祖伸出钵子大的拳头晃着，"哼！能骗了我三甲哥的家伙还没生出来呢。三甲哥略施小计，就在玄武湖畔一个小院儿把那两男一女捂住，洒家当下让他们受以老拳，而后退还'苏造'鎏金佛像，拿回被骗的五百两银子，随即在清朗的月光下扬长而去也。"

陶成章与桂世镛意味深长地对视了一眼。显而易见，丁三甲如果已将"苏造"鎏金佛像退还麻五，他就不可能再拿去掉包。那么，在裴营总别业盗窃北魏鎏金佛像的就另有他人。

陶成章啪地一拍惊堂木，喝道："潘耀祖，你身为讼师，要对所说的话负责。你说的这些何人可以作证？"

潘耀祖赶忙说："现成，太现成了。'欢喜冤家'的梅宛，问问她，是不是让洒家为她赎身来着；再问'欢喜冤家'的袁老板，是他辨识鎏金佛像后告知是'苏造'，我们才知道上当了。还有麻五麻六，问问他们，我们是不是将鎏金佛像退还了。这些弄明白了，丁举人是不是'蒙面大盗'就不攻自破了。说的是啊，丁举人和洒家尽管曾夜间蒙面出行，却不抢不盗，不过是读书人在玩儿，游戏人生而已。我们哥儿俩被骗，买了个假货，随后又把假货退还，索回被骗银两，反倒成了'蒙面大盗'。天下哪有那么八宗事！"

丁三甲抬头，惊喜地看着潘耀祖，"哈！真没想到，你还有这两下子，事情全都说明白了，句句说到我心里去了。"

潘耀祖得意了，"古人说得好哇，男人嘴大吃四方，女人嘴大情嚣张。被两男一女骗了一把，我天天琢磨这事，来回都想烂了，所以才能张嘴就来，以至有今日的尚、佳、表、现。"

陶成章合上案卷，"讼师潘耀祖，对你今日所说，本官已了然于胸，不过还要调查核实。你先回去，随时听传唤。"

桂世镛师爷过来，碰了碰他，向竹篮子努了努嘴。

陶成章会意，闭目沉吟片刻，一睁眼，"丁三甲。"

丁三甲说："丁三甲在。"

陶成章指指竹篮，"小零嘴儿本是不可以打进号子的。念你是举人……还有这位潘讼师，尽管他的陈诉状写得稀松二五眼，口才却尚佳，说得算清楚，于本案有助益，因此本官破例准你带入号子。"

丁三甲磕了一个头，高声说："谢大人恩典！"

潘耀祖俯在他耳畔悄悄说："小零嘴儿你可以分给号子里的人，而这块绣品，是梅德妁连夜给你绣的。"

丁三甲把绣品一把攥在手里，点了点头。

4、所说的证人一个也找不到

欢喜冤家书寓的雅间都在轻吟浅唱。

顾厅戽扭着腰肢过来，甜丝丝地说："哎呀呀，先生来哉先生来哉，里面请里面请，先进去点些什么吧。吃啊喝呀，弹啊唱呀，我们'欢喜冤家'的打茶围、叫花头，在南京是第一流的。"

桂世镛笑笑说："厅戽，你也不看看，我这把子岁数了，可不是来玩儿的。我来找人。"他四下看看，轻声说："不要声张，我是江宁县衙的桂师爷，来找你们这里的头牌词史先生，她叫梅宛。"

顾厅戽的脸沉下来，"梅宛前几天在袁老板那里承办了脱籍文书，业已从良，回安徽庐江去了，不会回来了。"

桂世镛的食指和中指捻动着，一时不知该怎么办了。

顾厅戽说："你既然是江宁县衙的，想必是为丁举人那案子来的。不用瞒我，瞒也瞒不住，干我们这行的眼睛特别毒。"

桂世镛警觉地看了看她,"我本来想先找到梅宛,再通过她找麻五麻六。现在找不到梅宛了,麻五麻六也就不大容易找了。"

顾厅茇说:"听我一句,到'小油菜'找潘耀祖去。那小子看着笨点儿,但现在是他在主持朝政。他如果能找到麻五,没准儿就能通过麻五找到梅宛。我总觉得,梅宛或许还没有离开南京。"

几天后,集萃斋。费松涛正拿鸡毛掸子清扫货架,门推开了。

潘耀祖进来,后面跟着桂世镛。大冷天,潘耀祖依然拿着折扇,装模作样的,不时刷地打开折扇,又刷地合拢,打开时扇扇胸前,合拢后,放在背后,装出个倨才傲物的江南才子模样。他每扇一下扇子,就冷的哆嗦一下,却又不能不拿派。

费松涛过来,"鄙人是这儿的掌柜费松涛。客官想买点什么?"

桂世镛小声说:"潘讼师,这么冷的天儿,你就别拿派了。你的块头在那儿摆着呢,把扇子收了也一样有派头。"

潘耀祖对他咬耳朵,"上次丁举人就是拿着一把扇子镇住他的,我一招一式都得照着来。交给你的事忘啦?快点请教于我。"

进门之前,潘耀祖和桂世镛约定,桂世镛以跟班的身份,时时处处要吹喇叭抬轿子。他抖擞起精神,把耳朵凑过去高声说:"潘大秀才,小的愚昧,不知道什么叫成化斗彩?不妨说与小的听听。"

潘耀祖把折扇刷地打开,又刷地合拢,冻得鼻涕哈拉的,却迈着四方步说:"斗彩嘛,是通常的叫法。除此而外还有两种叫法,一种叫什么什么彩,另一种也叫什么什么彩。明朝有个什么什么皇上,专宠个什么什么贵妃。那个什么什么贵妃呢,喜欢什么什么样的小玩意儿,那个什么什么皇上呢,就让人给那个什么什么贵妃烧制了些瓶瓶罐罐的。哎!这,就是成化斗彩的由来。"

费松涛露出嘲讽之意,"没看出来,你还是个行家。"

潘耀祖对桂世镛咬耳朵,"叫我行家,请教我。"

桂世镛问:"潘行家知道成化斗彩酒器吗?"

潘耀祖翘起大拇哥,"哇呀,成化斗彩酒器可是价值连城。明朝一本书上说成化斗彩酒杯每对卖'百金',可见那时就开出天价。乾隆爷最喜欢成化斗彩的鸡缸杯,还写了首《鸡缸诗》呢。"

费松涛不由对他另眼相看,"你也知道乾隆爷的《鸡缸诗》?"

潘耀祖接着说:"不能要求皇上有太高的文采,乾隆爷的《鸡缸诗》嘛,洒家无须背诵了,反正这首诗和乾隆爷的其他诗一样,写得也不怎么样,却也道出成化斗彩的名贵。"

费松涛赞道:"客官是越说越有板眼了,句句都透着学问。"

潘耀祖一扭脸,"掌柜的,你这里有成化斗彩酒器吗?"

费松涛说:"原先摆了一件,是个松鼠偷葡萄杯。是别人放在这里寄卖的,一直没有卖出去。头些日子,主人拿走了。"

桂世镛问:"那件东西放在这儿的时候卖多少钱?"

费松涛说:"当时的价钱嘛,恕我直言,少了一千两银子免谈。"

桂世镛说:"嚯!一千两银子?这么贵。"

费松涛一听这话,来了精神,"一千两银子还嫌贵?那件东西不是一般的成化斗彩,而是个成化斗彩酒杯。酒杯!懂吗?"

桂世镛说:"潘行家,一千两银子买个小酒杯,这买卖不能做。"

潘耀祖不屑地说:"桂跟班,你怎么不长脑筋呢。店家是要挣钱的,贵就贵一点嘛,洒家在乎这点钱吗。这年头,成化斗彩不大好找,成化斗彩中的酒器更没地方摸去,发现了一件就要抓住,价格高一点低一点的,洒家就不予计较了。"

费松涛说:"你真想要那个松鼠偷葡萄杯?可惜晚来了一步。"

潘耀祖说:"只要东西还在,就不晚。在洒家看来,这样吧,你带我们去找找那个松鼠偷葡萄杯的主人,我们和他们当面谈个价钱。谈妥了,你该抽多少头就抽多少头。如果按照五百两银子成交,扣除寄卖费,你过手就捞了五十两银子。"

费松涛喜上眉梢,"好好好,我这就带你们去。"

桂世镛问:"他们住在哪里?"

费松涛说:"离这里不远,玄武湖畔的一个小院。"

费松涛前面带路,潘耀祖和桂世镛紧随。仍然是那天的情景,拨拉开一片叶障,晨光中,一个幽暗的大湖罩着一层如烟的薄雾,蓦然出现在眼前。湖边有一幢孤独的小院落。

费松涛敲敲院落的门,却没有人开门。桂世镛上前一推,门却是虚掩的,吱呀一声开了。他们进入院子,空无一人。迎面挂着一根绳子,上面晾晒着一件男人的破旧外衣，在微风中摆动着。

潘耀祖抬头抽动鼻子嗅了嗅，骂道："小破院儿，臊烘烘的。"

费松涛跟上一句："我来这院子多次了，每次都闻到股骚味儿。不像是人尿味，像是牲畜的尿味。"

说话的功夫，把院子看了一遭，推门进屋。屋里空无一人，床上扔了条破褥子，没有被子和枕头。桂世镛进入灶间，低头看看灶台，灶眼里没有一点火星子。锅里是几个没有刷洗的碗，水缸里有半缸水。他再打开灶台旁边的厨柜，里面有一把蔫了的蔬菜。

潘耀祖说："这把蔬菜放了七八天。往少里说，麻五麻六走了五六天了。我就纳闷儿，这么个臊烘烘的地方，怎么就过得下去。"

5、还有一个可以举证的人

丁三甲躺在稻草堆里，拿起那块绣品看看。上面绣着一对蝴蝶在花间翩翩飞舞，当中绣着两个字："一生"。他左思右念，不觉得这两个字有什么特殊含义，只是一种朦胧的祝愿，也就不大想了。

他把绣品放在鼻子底下嗅一嗅，上面并没有特殊气味，但既然是梅德妁点名带给他的，他就觉得带有梅德妁留下的芳香。

狱卒隔着木栅喊："丁三甲！有人找。"

丁三甲来到木栅旁。一个五十岁出头的瘦瘦巴巴的小个子从阴影里出来，好像在哪儿见过，他想起来了，此人是桂师爷。

中国封建社会的权势人物多养幕僚。明末，幕僚中分化出职掌相对明确的部分，即师爷。师爷是官府主官聘请的佐治，分主管判案的刑名师爷，催收钱粮的钱谷师爷，书写信札文稿、代拆代行的是书启师爷。府县两级的师爷多为秀才，凭家传秘术端上师爷饭碗，有筹划机谋的心计与撰写官方文书的功底。师爷几乎包办了基层所有政务，却不在编，从主官那儿拿薪水。而薪水是象征性的，行政机关运转起来，自然按行规收取自己该得的那份，这一块比固定薪水多得多。知县年薪平均五六十两银子，大牌师爷年收入超过两千两。

丁三甲忐忑不安地问："桂师爷，找我有事吗？"

桂世镛说："潘讼师提出的可以调查取证的人，一个都找不到了。梅宛脱籍

第四章 县衙监狱

从良了，麻五麻六兄弟去向不详。潘讼师在大堂陈诉已将'苏造'鎏金佛像退还麻五，如果确实如此，'蒙面大盗'之嫌就可以拿掉，因为没有掉包的物件了。而现在潘讼师所提出的证人一个都找不到了，委实麻烦。你能不能找到其他证人？"

丁三甲的头脑中浮现出一个人，"其实，只要她出面作证就都明白了。可是我实在不忍心让她走上森严大堂。男人不慎陷入掉到坑里，就够糟心的了，怎么能把一个弱女子再给拽进来。"

桂世镛说："这是一辈子的事，就别瞻前顾后了。只要能解脱自己，不管是谁，需要出场就得出场。那位弱女子是谁？"

丁三甲展开巴掌，"她。"他的手掌上托着那块绣品。

几天后，江宁县衙大堂。丁三甲被狱卒按到空地上跪着。

陶成章一边看着案卷一边说："丁三甲，上次过堂，潘讼师力图为指控你的'蒙面大盗'正名。但是潘讼师所提出的几个主要证人，目前一个也找不到。你在号子里又提出新证人，本官传唤了你要求到堂的证人。现在，请潘讼师带证人过堂。"

皂隶走到堂口，大声喊："传潘讼师携证人上堂——"

丁三甲回身看着堂口，望眼欲穿。

堂口外面潘耀祖的大嗓门："来啦来啦！洒家领着'欢喜冤家'的小丫头片子来啦-"那声调就像堂倌在上菜。

片刻，潘耀祖穿了崭新的苏格兰大方格呢的洋装，大步流星走上大堂。紧跟在他身后的是风情万种的梅德妁。

丁三甲直起身子，扭脸看着梅德妁。自进入大牢，她几乎每天都出现在他的梦境中。现在她近在咫尺，他饥渴地看着她，知道自己这样做有些失态，会招致皂隶笑话，却不管不顾。

梅德妁的表情平静，上身挺的直溜溜的，目视前方，只是偶尔瞥过来一眼，嘴角微微一撇，且算对他笑了笑。

陶成章一拍惊堂木："证人梅德妁已到堂，开始吧。"

桂世镛拿起毛笔，蘸了蘸墨汁，准备记录。他问道："梅德妁，你姐姐梅宛已脱籍从良，离开书寓，你知道她现在哪里吗？"

梅德妁嗫嚅："姐姐走时没说。可能回庐江了，也可能到朋友家暂住一时。

她在书寓结识了很多朋友，我真的摸不到她的行踪。"

桂世铺说："你姐姐和麻五麻六一时找不到，你的证言就非同小可了。听说抓丁三甲时，你哭着喊着跟着囚车跑，可见你对丁举人是有情有意的。既然你来到堂上，就说说吧。比如，丁三甲蒙面夜行，搞来个'苏造'鎏金佛像，这个物件后来到哪里去了。"

梅德奶有些慌："师爷，您的话我听不懂……我、我和丁三甲确有过从，但是他什么'蒙面'什么'夜行'的，我哪里知道。"

潘耀祖说："就算你不知道蒙面夜行事，后面的事你总该知道。你姐姐和麻五串通，把一个'苏造'鎏金佛像当真货卖给我们，后来我们捂住了你姐姐和麻五，退还了'苏造'鎏金佛像，讨回被骗银子。本讼师请你上堂，就是想请你说说这事。"

梅德奶的双眸忽闪了几下，"潘讼师，你说的是什么呀，我姐姐和什么麻五串通骗你们啦？没有哇。姐姐的人品在南京青楼业界尽人皆知，根本不可能干骗人的事。还有你说的什么麻五的，谁是麻五？我没有见过，不知道是什么人。"

丁三甲惊异地看着梅德奶，梅德奶则回避着他的目光。

潘耀祖傻了，"你！你……你姐姐和麻五麻六在玄武湖小院儿被我们一窝捂住了，这事你是知道的。事后，你带着你姐姐到小油菜客栈赔罪。你姐姐哭，你也跟着掉泪。你忘啦？"

梅德奶惊讶地说："我带着姐姐去小油菜客栈？还是上门向你们赔罪？潘讼师，这好像不大可能吧。"

潘耀祖："这是真事呀，怎么不可能呢。那天晚上，洒家给你开的门，你进门后说的话我记得清清楚楚。你一扭一扭的进来了。"他一边回忆一边模仿女人道了个万福，而后吊着嗓门说："姐姐骗你们的事，姐姐都一五一十的告诉我了，我带着姐姐给二位相公赔罪来了。我姐姐来你们这里，不仅是要赔罪，也想跟你们说明她骗你们的原委，让你们不要把她看成坏女人，不要那么忌恨她。"

皂隶们叽叽嘎嘎地笑了。

潘耀祖一拍胸脯，"洒家一点都没有夸张，你当时就是这么说的这么做的。才几天呀，你怎么转脸就不认帐了？"

梅德奶看看他，突然捂着嘴咯咯咯咯笑了。

潘耀祖被笑毛了，"你还笑，有什么可笑的！"

梅德妠好笑地说:"可笑,当然可笑。我是带着姐姐去了趟小油菜客栈,但是去赔罪的吗?对你这样的,姐姐有什么罪可赔的?姐姐是去安抚你的。你在书寓见了姐姐就走火入魔,非得让姐姐嫁给你。姐姐不答应,你就引用古诗,什么'白发三千丈,缘愁似个长'。姐姐请你吃顿便饭,不过是劝你死了心,别再死缠烂打。而你在饭桌上还咧着嘴说,洒家'失恋'了,洒家的'心肝粉粉碎了'。"

皂隶们抑制不住地笑出了声。

惊堂木在陶成章的手里,拿起又放下,放下又拿起。

丁三甲不断地拍打着脑门,他的脑瓜子乱了。

潘耀祖跳着脚喊:"你胡说,你胡扯八道!洒家那天是说'失恋'来着,但是根本就没有说'心肝粉粉碎'。"

梅德妠说:"我没一句是胡说。'失恋'说了,'心肝粉粉碎'也说了。你后来说的更热闹,每句话我都记得清清楚楚。"

潘耀祖说:"小丫头片子,你不要胡吣。我后来说什么了?"

梅德妠模仿着潘耀祖说话,噎着嗓门,粗声粗气地说:"洒家并非才子,可是我们家乡有付对子说得何等之好哇!上联是:鲜花插上牛粪又能怎的?有钱难买愿意,下联洒家忘了。梅宛好姐姐,你这朵盛开的香鲜花,难道就不能插到洒家这堆臭牛粪上吗?"

皂隶们哄然大笑。潘耀祖臊了个大红脸,完全乱了方寸。

梅德妠像个凯旋的将军,得意地瞟着在场的每一个人。

陶成章忍无可忍了,啪地一拍惊堂木,并起剑指:"梅德妠!"

梅德妠的笑容顿时收了,"小女子在。"

陶成章说:"你是本案的重要涉案人,本来就是要传你到堂的。你既然作为证人来了,本官就势问你几个问题,都是与本案有关的。你要老老实实地回答,不许嘻嘻哈哈的。知道吗?"

梅德妠垂下眼皮,"奴家知道,知县大人请问吧。"

陶成章一指丁三甲,"你和丁三甲是什么来往?"

梅德妠斜睨着跪在地上的丁三甲说:"我和他有什么来往,出了这个大堂,没有女人会回答这种问题。但是,干这行的无所谓。窑姐儿嘛,本来就是让男人上的。一句话,我和他睡过几夜。如果想知道那个点的,本窑姐儿还可以告你,他被我迷住了,差点发疯,还给我写了些酸溜溜的东西,居然托一只蚊子来亲亲我。"

陶成章说:"本官对你那些风流勾当没有兴趣,只是与本案有关的不得不问。你和丁三甲的勾扯是怎么发生的?"

梅德妁说:"那就得从裴莴笋说起了。老东西在'欢喜冤家'扔了大把银子,买梳拢我。我嫌他又老又丑又粗又蛮,还有三妻四妾的,再想到姐姐就是被他梳拢的,现在轮到了我这当妹妹的,心里受不了,痛苦的直想上吊!可是端歌伎饭碗的躲不开这种事。实在实在没有办法了,只好找个小白脸儿调剂调剂。我的想头不高,长相要马马虎虎说得过去,还要有点学问。在我所认识的人中,拨拉来拨拉去,也就丁三甲还合适,就挑上他了。他的艳福不浅,是奴家让他知道了人间还有个温香软玉,还有个春宵苦短!"

丁三甲垂着头听着,卯足了全身的劲忍耐着。

潘耀祖刚才受的嘲弄,此刻已无足轻重,他只是心疼地看着三甲兄,仿佛看穿了三甲兄的五腹六脏,看到了那里在汩汩的流血。

陶成章说:"你如果仅仅拿丁三甲调剂调剂,为什么特意把丁三甲带到裴莴笋的别业去。你是怎么打算的?"

丁三甲依然垂着头,而这个问题却让他抖动了一下。

一派静默中,梅德妁从容想了想,慢悠悠地说:"按照行规,裴莴笋梳拢了我,就是我的野男人了,我就是他的野老婆了,老婆总得去男人家走动走动。我知道,只要进了他的别业,老色鬼就不会放了我,会强迫我留下过夜。我心里腻味透顶了,找个男人陪我去,气气那老东西,捎带当保镖使唤。就这样带上了丁三甲。"

陶成章说:"你们进入别业之后呢?"

梅德妁带出戏虐口吻,"到了别业后,那个老王八想犯混,三甲编瞎话打消了他的邪念。从别业回来,我由于对丁三甲心存感激,留他过夜,进了被窝才发现,他居然是个童男子。掉过头想想,挺好玩儿的,我刚被个大官儿梳拢,掉脸又'梳拢'了个举人。一个词史给一个举人开苞,这算不算青楼奇闻?"

皂隶们叽叽嘎嘎地笑了起来。

陶成章问:"你那些风流勾当别在大堂上胡扯!本官问你,丁三甲在裴莴笋的别业看到北魏鎏金佛像了吗?看过后说了什么没有?"

梅德妁说:"看到了,他在博古架前看了老半天。他没说什么,只说是个真东西。但是，还用多说吗？除了裴莴笋那不识货的老傻瓜，凡是识货的，谁见了北魏鎏金佛像不喜欢，包括他丁三甲。那么好的东西，他看在眼里就拔不出来了。"

陶成章郁闷地想了想，啪地一拍惊堂木，喊了声："退堂！"接着气冲冲地拂袖而去。桂世镛不满地摇了摇头，也随之出去。

皂隶把昏沉沉的丁三甲架起来。他转身盯住梅德妁，眼睛里没有愤怒，更多的是疑惑，"为什么？你为什么把我往烂泥里踩？"

梅德妁并不张皇说："我绣的字你应该看到了。"

丁三甲说："'一生'，我不知道你绣那俩字打算说明什么。"

梅德妁说："事到如今，一个无依靠的女人只能顾一头了，要保护可怜的姐姐势必伤害你。你要接受这种伤害就把罪名顶下来，作为报答的是'一生'，不是别人的一生，是我的一生，我将一生一世服伺你。"她捂着脸转身，越走越快及至嚎啕大哭地跑出大堂。

6、凑出了事情的来龙去脉

丁三甲躺在草堆上，盯着黑乎乎的屋顶，发愣发傻。

雷懿昌说："一天一夜了，你不吃不喝的，想什么呢？"

丁三甲的两眼发直，"我把事情的来龙去脉想透了。"

雷懿昌挪挪屁股，"想透了就好，说来听听。"

丁三甲双手垫在脑后，悠悠地说："青楼行当是皮肉交易，卖的是做人之根本，所以很实惠，卖身卖艺，都奔着最实惠之处。梅德妁为什么那么不实惠，会看上我一个穷举人？"

雷懿昌说："问得好。是啊，从当下挣银子到日后脱籍从良，你都不会给她帮上忙，她为什么会粘乎上你？"

丁三甲说："她要粘乎出个'蒙面大盗'来，或者说要拼凑出一个'蒙面大盗'。这么说你或许不懂，那从头说起吧。"

不知不觉地，同号的人聚拢过来，盘腿坐在他俩的周围，谁也不抻茬儿。一张张黧黑的面孔，几乎每一个人都牙口不全，个把人犯长得歪瓜裂枣的，而每个人却都凝神默默地听。

丁三甲说:"当初袁老板看了我们从麻五手里买的鎏金佛像后,叮嘱了我几句,说在'苏造'器物里,有的器型是坊间工匠琢磨的,而这件鎏金佛像器型精美,不是坊间能琢磨出来的,只能是比照原物仿制的。那天,我在裴芮笋别业见到北魏鎏金佛像原物,冒出的第一个念头就是,麻五的鎏金佛像仿造的就是这个原物。但是,麻五没有来过裴芮笋的别业,看不到这件原物,他从何仿造呢?"

雷懿昌的唇边绽出老辣的笑纹,"是不是从梅宛那儿来的呀?"

丁三甲:"不愧是老讼师,一语中的。那次在裴芮笋的别业,裴芮笋为了留梅德妁过夜,对她说:'梅宛姑娘来过好几次,每次都在这里过夜。你得学学你姐姐嘛。'我听了这话就全明细了。梅宛经常住在这里,她受过严格歌伎训练,能诗善画,看到了北魏鎏金佛像后动了心,把器型和尺寸逼真临摹下来,回去交给麻五仿造,仿造的赝品是用来当做真品蒙着卖的,为的是卖出一笔赎身的银子。"

雷懿昌说:"梅宛也曾设想过,把赝品当真品交给袁老板,从而赎身。但是她没有想到,你拿着'苏造'鎏金佛像去袁老板那里时,很快就被袁老板识破了,可见这条路走不通。"

丁三甲说:"既然假东西不好使,而梅宛又急着脱籍从良,于是她想到了盗窃真品。梅宛经常出入裴芮笋别业,对那里摸得很透。知道别业只有个昏吃闷睡的老头看着,盗窃容易得手。梅宛还知道,裴芮笋不识货,没把'铜疙瘩'当回事,无所用心,用赝品掉包,摆放在那里,裴芮笋那老傻瓜短期内不会察觉。"

雷懿昌说:"梅宛把一切都筹划妥贴了,却有个死结。俗话说,不怕一万,只怕万一。万一……"

丁三甲说:"万一裴芮笋发现佛像失窃,首先怀疑的就是梅宛,认为是梅宛勾结外人干的。梅宛的死结是,她是要拿这件东西赎身的。裴芮笋追查时,只要发现她赎身脱籍了,必然追到准她脱籍的袁老板那里,那时不知情的袁老板就会把她用以赎身的物品拿出来,是谁盗窃了北魏鎏金佛像就一目了然了。结果是,梅宛一辈子都躲不过追捕,而且她的恩公袁老板也会受到株连。"

雷懿昌说:"于是梅宛要找个垫背的。"

丁三甲说:"那就是我,普天下没有比我更合适的了。我曾经蒙面夜行搞来个'苏造'鎏金佛像,还给袁老板看过,梅宛相中我的就是这件事。但是,我没去过裴芮笋别业,没见过北魏鎏金佛像,情理上不可能去盗窃。为了凑出完整的'蒙面大盗'，梅窕启用了妹妹。我没有近过女色，禁不起诱惑，梅德妫抛来个绣球，我一把接住了，还有点受宠若惊，结果越陷越深，跟她去了趟裴苪笋的别业。"

雷懿昌叹了一口气，"不妨说，梅德妫跟你的那一腿儿，终点就在裴苪笋的别业，让你见识到那个北魏鎏金佛像。"

丁三甲说："姐儿俩的局做的很圆。我陷入了这样一种局面：我见过北魏鎏金佛像，有下手的可能。而跟北魏鎏金佛像掉包的，又是我曾经到手的'苏造'鎏金佛像。那么，掉包的就只能是我了。"

雷懿昌说："对这种局面，梅窕早已成竹在胸，她知道你深陷其中跳不出来了，官家认定是你干的，只能对你穷追猛打，而不会去怀疑任何别人了。所以她从容不迫地用盗窃来的北魏鎏金佛像赎身，脱籍从良，和麻五一起回安徽庐江过日子去了。"

丁三甲说："梅窕完全达到了目的。事实上，即便梅窕已赎身，却至今也没有人怀疑到这事是她和麻五干的。"

雷懿昌苦笑着摇了摇头，"而你这个垫背的，却垫得十分扎实，至今仍然蹲在大牢里代梅窕和麻五受过。"

丁三甲微微摇着头，"代人受过不会太久了。在大堂上，梅德妫突然翻脸把我往烂泥里踩，把我踩醒了。不错，我和她姐姐，她只能顾一头。她为了保护她姐姐，只能把我打成'蒙面大盗'。"

雷懿昌说："这大概就是'一生'二字的内里。她知道你迟早会把她琢磨透，所以要求你承受下了，如果你接受了这种局面，把她姐姐保下来，在流徒数年之后，她将与你厮守终生。"

丁三甲说："应该就是这个意思。"

雷懿昌侧面躺下，"都说透了，老夫也该迷糊一小觉了。"

围在他们身边的小圈子散去了。在这个人世间最枯燥、最单调的世界里，他们足足过了一把耳朵瘾。

丁三甲没有倦意，往木栅那里看着，木栅外面是幽暗的走廊。他冲着木栅高声说："从袁远渊那里起赃，不过法子要巧。"

有一个人的确在走廊里听，他坐在木栅外面的墙边上。对号子里的人而言，那个地方是一个看不见的死角。

师爷桂世镛下意识地轻轻揪着耳朵，思考着刚听来的话。

县衙管的事很多。县太爷除了是一县之长，还是法院院长、检察院检察长、财政局长、税务局长、工商局长、基建局长。由于领导着一帮捕快，还是公安局长。别看管的杂巴事多，编制却不大。县衙的核心机构是"签押房"，是知县直接控制的办公机构。签押房要人有看门的"门政"、磨墨的"稿签"，下面分别有"发审"、"值堂"、"用印"等，而从业务上安排签押房具体工作的则是师爷。

这天，陶成章把桂世镛师爷叫到书房里头，想碰一碰裴营总别业失窃案。案子办的不算短了，办案人都形成了自己的意见，也到碰的时候了。他的书房挺乱，到处码放着书。

陶成章开门见山："桂师爷，你对这个案子怎么看？"

桂世镛从怀里掏出个算盘，劈里啪啦地边打边说："我把秦淮河畔的几个书寓摸了，凡头牌词史，脱籍费相当高。书寓指着她们挣钱，轻易不放，一定要走，就得花一笔大钱。大致算梅窕这几年的收入，她的收费即便很高，也凑不够赎身的银子。但是，她却于不久前脱籍了。既然能脱籍，肯定有赎身资费，不是银子就是个上好的古董。我找了一圈，找不出她脱籍的大笔银子是从哪里来的，只能认为她搞到个上好的古董，交给袁老板，换了个自由身。"

陶成章抚髯笑了，"好个老奸巨猾的刑席。不要兜圈子啦，你所说的那个上好古董，是不是指的裴莴笋失窃的北魏鎏金佛像？"

桂世镛说："这也是丁三甲的看法。我听了号子，丁三甲和雷讼师在号子里条分缕析，也认定北魏鎏金佛像现在袁远渊的手上。"

陶成章和桂世镛正谈着案子，门房匆匆来报："裴营总带着一名参将上门来了，说是要问问案子办到哪步了。"

裴莴笋和公孙茂快步走进来，飞扬跋扈之人向来不把别人当回事。裴莴笋进了知县书房，知县毕恭毕敬地在一旁候着，他像是没有看见，依旧和公孙茂聊着，好像屋子里没有人。

裴莴笋继续进门前的话："我在干绿营之前干猎户，整天打野兔狍子什么的，还猎熊，取皮取肉然后卖。我别的不知道，就知道皮毛和皮毛不一样。兔子皮、狍子皮、熊皮，都是皮，价儿可差老鼻子啦。一万只兔子也顶不上一头黑瞎子，为啥？黑瞎子是熊！"

公孙茂说："营总的意思是，北魏间的鎏金佛像和现世仿制的鎏金佛像，别

第四章 县衙监狱

看都是铜疙瘩，但是此铜疙瘩和彼铜疙瘩不一样，真家伙是熊的价儿，掉包的假招子就是个兔价儿，二者差着很大行市呢。"

裴蒵笋说："我本来不知道那个破铜疙瘩值钱，不知道'北魏'是谁家姑爷，更不知道'鎏金'是哪盘菜。这两天打听才知道，敢情那个破铜疙瘩是个大宝贝。飞贼可不是放下这个铜疙瘩拿走那个铜疙瘩呀，他愣是牵走只大黑瞎子给我留下只小野兔呀！直令我欲哭无泪肝儿疼肺痒痒。飞贼不是抓住了吗，你马上去江宁县衙，催促陶成章那小老儿快点结案，把黑瞎子给我领回来。"

公孙茂说："营总，咱们现在就在江宁县衙呢。"

裴蒵笋左右看看，"噢？到江宁县衙了。你马上告诉陶成章那小老儿，抓紧审讯飞贼，尽快起赃，把北魏鎏金佛像退还给失主。失主是谁？是我；我是谁？是失主。一句话，退还给我！快呀！"

公孙茂说："营总，陶知县就在这儿呢。"

"嗯？"裴蒵笋直眉瞪眼地转着脖子，一眼看见陶成章，赶忙作揖，"嘿，陶知县，巧遇巧遇，你怎么来了？"

陶成章乐了："小老儿怎么来了？瞧你问的，应该是你怎么来了。老裴，看清楚了，这里是本知县的书房。"

裴蒵笋看了看，"对了，是我走到你的地盘上了。好，我刚才所说你都听见了，也省得我罗嗦了。简而言之，尽快起赃，把黑瞎子给我领回来。涌泉之恩当滴水以报，兄弟我日后不会亏待你。"

公孙茂小声纠正："您又说错了，当为滴水之恩涌泉以报。"

裴营总伸出俩指头来回看着，"滴水？涌泉？涌泉？滴水？人家给我一滴水，我就报答人家一眼咕咕嘟嘟流水的清泉。人家给我只小野兔，我就报答人家一只大狗熊。放屁！这种赔本买卖没人干。陶知县，快把大黑瞎子给兄弟找回来。涌泉之恩当滴水以报，到时候兄弟我赏你一只小野兔。走！"他又风一般卷了出去。

喧闹过去了，书房里恢复了宁静。

桂世镛说："江宁绿营对这个案子催的挺紧，连营总都亲自上门了。知县大人，咱们怎么办？您拿个主意。"

陶成章捻着胡须，微微一笑，"主意是现成的，你我联手干了这么多年了，套路还是有一些的。你就动手吧。"

7、原来这是你们的套路

一个个雅间轻吟浅唱。前厅里响起嗲兮兮的吴语喊声："先生来哉！先生来哉！先生来哉！"几个女子一起喊，声音悠长婉转。

顾厅弨凑上前，"哟，师爷。是玩儿的还是公干？"

桂世镛诡秘地笑了笑，"本师爷是不会来这种地方玩儿的。"

他向后招手，六七个后生进来，高矮胖瘦差不多，长相既不凶也不恶，个个都像训练有素的军汉，有一种内在的震慑力。

嗲兮兮的迎客吴语声顿时消失了，几个在门口接待的女流忐忑不安地看着这一干人。那几位一言不发，只是攥着拳头站在那里。

顾厅弨惴惴不安地问："师爷，你们打算干什么？"

桂世镛看着楼梯口，"不要声张，几个兄弟要上楼搜查，你悄不言声地带他们上楼去。"顾厅弨瞟着上面，"楼上？雅客户正在跟词史吟诗唱和；不雅的正光着腚翻江倒海。你们这干人上去，非闹个鸡飞狗跳，我们以后的买卖就别做啦。"

桂世镛说："动静不会大，我们只到梅宛的房间去搜。"

顾厅弨说："梅宛脱籍从良走了，房间转天就被别的词史先生用了。你们什么也搜出来。再说啦，你们搜查梅宛的房间干什么？"

桂世镛把她拉到一边，"梅宛最近不是赎身走了吗，你们这里有人说了，她根本没有那么多赎身的银子。"

顾厅弨频频点头，"我是照顾她的，了解她的家底，她平时是积攒了几个钱，但是还凑不够赎身的银子。"

桂世镛问："那么梅宛是怎么赎身的呢？"

顾厅弨害怕了，"这我就不知道了。"

桂世镛说："我们要查的就是这事。梅宛是被绿营营总裴葛笋梳拢的，还在裴葛笋别业里住过多次。这你应该知道吧？"

顾厅弨说："我照料梅宛接客，知道她经常被绿营的一个大官人包夜，但是不知道名字，袁老板也不让我们打听。"

桂世镛说："最近那个大官人的别业遇窃，一个贵重的古玩被飞贼盗走了，而梅宛经常出入这个别业。"

顾厅弨说："这事我听说了。梅宛的妹妹叫梅德妁，与梅德妁相好的丁举人

第四章 县衙监狱

不是因为这件事抓进去的吗，梅德妁哭的昏天黑地的。"

桂世镛说："曾经梳拢梅宛的大官人刚丢失大物件，梅宛就赎身了，是不是太巧了？把这两个事连在一起，我们这些办案子的，不得不怀疑，梅宛有可能是用那失窃的大物件赎身的。"

顾厅趸说："你们可别冤枉人家梅宛。"

桂世镛说："我们要是想冤枉梅宛，早就抓她了。别看她脱籍从良了，真想抓她的话，她就是跑到天涯海角也能抓回来。正是由于不想冤枉她，才不声不响地到这里摸一摸。"

顾厅趸说："梅宛的房子是我清理的，你们搜不出什么来。"

桂世镛说："我们不过走个过场。如果梅宛是用盗窃的物件赎身的，那物件肯定在欢喜冤家书寓的老鸨手里。上面对这个案子催得紧，这三两天，我们还要到你们老板家里看看。"

顾厅趸说："你们要搜袁老板的家？"

桂世镛说："大官儿丢了大物件，底下的小萝卜头要是找不回来，就别混了，关着身家性命呢。我跟你说这些，你不能说出去，要是说出去惊动了袁老板，提前转移赃物，我的活儿就算砸了。"

厅趸慌乱地说："那是那是。"

桂世镛回身对那六七个人说："梅宛的房间被别人用了，就是进去也搜不出什么东西了，回去。"他带着人像阵风似地卷出门。顾厅趸呆呆地站了站，眼珠子骨碌一转。

残月如钩，袁远渊家的后门吱呀一声开了。看家护院的精壮后生探出头来，看了看四周。弄堂里静悄悄的，袁老板随后出来，怀里紧紧搂着一个布包，和那精壮后生锁上后门，走了。

弄堂拐角处闪出一个黑影。袁老板一惊，躲到后生身后。

那个黑影说："袁老板，不要怕，我是江宁县衙的桂师爷。在这里等了你一个晚上。怪冷的天，冻得我手脚冰凉。走，我请你去个地方喝碗热茶去。这个地方你不陌生，江宁县衙。"

袁老板向后缩，抱紧怀里的包："我不去。"

桂世镛说："恐怕由不得你了。不会难为你，把布包打开给知县看看，如果不是赃物，我给你三跪九叩，赔礼道歉；如果是你不留心弄来的一件赃物，把赃

103

物留下，再立个什么文字，就可以回家了。"

几个黑影出来，从四面聚拢过来。

袁老板苦笑，"老桂，我中了你设下的圈套。你带着一彪人气势汹汹地来到书寓，拉出要搜查的架势，把厅尪们吓坏了。你放风说这一两天要搜我家，她们马上跑来通风报信。我麻痹了，没有料到这是你们的套路，夜里转移东西，让你捂住了。"

桂世镛说："是这么回事。袁老板，你只有担待了。"

陶成章的书房里，煤油灯的火苗子在风中跳跃着。陶成章披着厚棉袍，在太师椅上闭目养神。

桂世镛进来，后面是灰头土脸的袁老板，他紧抱着那个布包。

陶成章招呼："沏茶，给袁老板压压惊。"

袁老板把布包放在桌子上，捧着热茶杯暖着手。

陶成章歪着头，看着桌子上的布包，指头敲打着桌面。

家人把热茶端上来，袁老板喝干茶，把茶杯一顿，用巴掌擦擦嘴角，指着布包："里面是你们找的北魏鎏金佛像，拿去吧。"

陶成章向前探过身子，"你还有什么要说的吗？"

袁老板掏出手巾擦着鼻涕，"有。这个活计是梅宛送来的，不是仿的，是真的，品相好，我就给她承办了脱籍从良文书。我不知道梅宛是从哪儿搞来的，猜到不会是好来的，可能是偷的。"

陶成章说："只是你们这些收藏古董的人，大都有个毛病，只要是东西好，就不问是哪儿来的，拿过来再说。"

袁老板说："后来绿营一个叫公孙茂的参将到了我家，连蒙带诈的，我才知道绿营老裴的别业失窃，丢的就是这件东西。过了几天，绿营从大街上把梅宛妹妹的男友抓走了。那人我见过，是个举人。我知道你们抓错人了，但是我太喜欢这件北魏景明元年的鎏金佛像了，它是我所有收藏中最好的，舍不得拿出来，也就没有吭气。"

陶成章问："你说我们抓错人了，那么你认为是谁干的？"

袁老板说："麻五。他也是庐江的，和梅宛是娃娃亲。他读过几天书，是个秀才，家里穷，读不下去，打了几天鱼就瞎胡闯荡去了，在江湖上学了不少邪门歪道，轻功不错，飞檐走壁略知皮毛。这几年他一门心思要弄点钱给梅宛脱籍，这件事只能是他干的。"

陶成章说:"袁老板,你今天倒是痛快。"

袁老板说:"痛快后面是有话跟着的。打算抓梅宛和麻五吗?"

陶成章反问:"你说呢?"

袁老板沉吟片刻,"你们把物件退还裴蒻笋,完璧归赵,那老混蛋就别蹦高了。受损害的是我,旗下的头牌词史从良了,却没有收到一文赎身资费。但我不报案,民不举官不究,你们掂量着看吧。"

陶成章起身,"点起我的轿子,送袁老板回家。"

8、让新铜器锈蚀斑斑的秘诀

一缕月光从号子的小窗户溜进来。丁三甲翻来覆去睡不着,每翻动一下,身下的稻草就呲拉呲拉响。他干脆翻转身,看着那缕月光发呆。雷懿昌睁开眼睛,"怎么还不睡,想什么呢?"

丁三甲:"我在想,麻五那件鎏金佛像是怎么来的。我们横塘镇有'苏造'作坊,我去看过,知道个大致过程。工匠比照古铜器器型绘制图样,按照图样做翻砂模具,再将铜、铁、铅、锡配比冶炼,熔化后浇铸,浇铸成形再用刀工修整。修整出来的成品摆在街上卖,都是黄灿灿的新铜器。我不明白,黄灿灿的新铜器到了麻五这样的人手上,怎么就成了出土古铜器的样子,锈蚀斑斑的。"

雷懿昌坐起来,"你问我,还真问对了。我干了几十年讼师,接的案子不计其数,其中有不少假古董案,所以略知这里的道道。让新铜器锈蚀斑斑这道活叫'做假锈',有土洋两种做法。洋办法是从日本传进来的,根据什么化学方法,用酒精浸泡漆皮,调入颜色,反复擦洗铜器,会生出锈蚀。土办法简单,把铜器放盐水里泡,再放到太阳下晒,生出紫锈。然后埋到土里,不断泼尿,人尿、狗尿、马尿都行。马尿最好使,马尿特别臊,劲头大。几个月后从土里挖出来,样子可就变了,铜器表面出现了斑斑如铺翠的绿锈。"

丁三甲说:"敢情是这么回事。"

雷懿昌说:"尿浸出来的仿古铜器不能马上卖,臊烘烘,得晒几个月才能拿到外头蒙人。干这行的收活儿不是先看,而是先闻。土办法弄出来的,比洋办法对付出来的逼真,就是日子太长,没有半年七八个月的拿不出手。夜深了,别扯这些了,睡吧。"

一大早,狱卒隔着木栅喊道:"起来起来,全给我滚起来。"木栅打开,狱卒提进来两大桶热水,嚷嚷着:"每个人都擦洗擦洗身子,脸要洗出个样子来,起码能够认出谁是谁。洗完之后,地面的水要拖干,然后每人穿上干净衣服,靠墙坐着。"

雷懿昌问道:"看这架势,今天有人要来。是不是?"

狱卒说:"太后有旨,各省要建立什么'模范监狱'。"

雷懿昌问:"什么叫'模范监狱'?"

狱卒说:"我一个小嘎崩豆子怎么会知道?为了凑个鸟'模范监狱',今天巡抚府、江宁府和将军衙门、绿营都要来人,看看你们吃的睡的怎么样。到时候你们别胡说八道,不要惹我不高兴。当官儿的随便转转,装模作样说点什么,你们别太当回事,他们转一圈儿一拍屁股就走人了,你们最终还得跟我们这些臭狱卒打交道。"

一个上午,号子里忙活起来,洗了澡,墩地,地面上没有水迹了,每个人就忙着换衣服,而后靠着墙规规矩矩坐着。

中午,木栅打开,狱卒提进两个大桶。一个桶里是米饭,另一个桶里是带肉的菜。牢饭从来是稀汤寡水不见荤腥的,这顿午饭却大为改观,号子里的人吃得那个香啊。正吃着呢,廊子里有了响动。

陶成章打头,后面跟着一帮官员,探头探脑的看看号子。

丁三甲正蹲着吃饭,听见走廊里传来一个粗嘎嘎的声音:

"曜曜曜,曜曜曜。你们还有肉吃咧,还有白米饭吃咧,铁窗里的小日子过得不错嘛。你们这些乌龟王八虾米泥鳅蚯蚓蚂蟥癞蛤蟆,朝廷给你们吃肉吃白米饭,涌泉之恩当滴水以报,懂吗?"

他熟悉这个声音,抬头一看,正好和裴蒻笋那张脸对上。

裴蒻笋冲着木栅走来,"哟喝,哟喝喝。这位不是鄙丘八的大舅哥吗丁举人嘛,难得相见,难得相见。过来过来。"

丁三甲放下饭碗走过去,叫了声:"裴营总。"

裴蒻笋的鼻孔朝天,"大舅哥,号子里的风月怎么样呀?"

丁三甲答道:"谢谢裴营总关心,瞎凑合着过吧。"

裴蒻笋勃然大怒,说道:"你以为俺裴营总真的是嘘寒问暖来了。你好大的一副狗胆,溜进我的别业,拿个臊烘烘的物件掉包。你把我当二傻子啦,你想让老裴我贻笑大方,噤若寒蝉,岂料春江水暖鸭先知。本营总眼高手低,一叶知秋,都没拿正眼瞧它,鼻子一闻就是个假招子。瞧我不捏死你个虱子跳蚤臭虫蟑螂蝎了虎子小蝌蚪!"

陶成章过来规劝说:"行啦行啦,裴营总,北魏鎏金佛像不是已经发还给你了吗,干嘛还发那么大的火。"

在木栅里面,丁三甲一下子蒙住了。消息来得太突然,北魏鎏金佛像找回来了,物归原主了,他出去有望了。

裴芮笋直着脖子喊起来:"偷了东西找回来就完啦,我操了你老婆再把鸡巴抽出来,你能跟我算完吗?那个物件是回来了,但臊烘烘的摆了那么多天,熏臭了整个别业。这事儿没完!"

陶成章说:"你是大官儿,别跟小不拉子计较了。事情都查清楚了,那个飞贼有你的别业水轩钥匙,是打开门进去掉包的。丁三甲于情于理都不是飞贼,北魏鎏金佛像也不是他偷的。"

裴芮笋边说边往外走,"清楚个屁!你以为我不懂案子,绿营一天到晚缉拿盗贼,我办得案子多了。就本案而言,还有个大扣没有解开。北魏鎏金佛像是被'苏造'掉包的,而你们至今找不到麻五,无从证实丁三甲把'苏造'退还麻五,无从证实'苏造'是麻五的。这么大的案子总得有人顶雷,麻五找不到,就让丁三甲顶雷!"

裴芮笋和陶成章的声音渐渐远去,直至消失。丁三甲却仍然没有反应过来,呆呆地站在木栅前。

雷懿昌过来,"裴芮笋混归混,他这番嚷嚷却是在理的。"

桂世镛从暗处出来,"雷讼师说的不错。别看鎏金佛像物归原主了,但案子还是不能结。这桩窃案中,真的是被假的掉包的,假的在谁手里就是谁掉的包。有人证实你有假的,你说你把假的还给了麻五,但麻五找不到,无从证实麻五有假的,而没有假的,就无从掉包真的。办案的老规矩啦,偷到大员家了,这么大的案子却没个在押的说不过去。所以,在麻五归案之前,你大概还得顶雷。"

丁三甲大把摩挲着面孔,而后一笑,"我可以证实麻五有假的。"

桂世镛赶忙问:"你怎么证实?"

丁三甲转身,指头顶着雷懿昌的胸口,"你曾经告诉我土法制古铜器赝品的方法，先晒出紫锈，然后埋到土里，不断泼尿，人尿、狗尿、马尿都行。几个月后挖出来，铜器表面就有了斑斑绿锈，但短期内拿不出来，因为物件是臊烘烘的，有股呛鼻子的味儿。"

雷懿昌顿悟，"我明白了，刚才那个裴莴笋嚷嚷说……"

丁三甲说："刚才那个裴莴笋的那一番瞎嚷嚷，有几句话值得留意。第一句话是'拿了个臊烘烘的物件掉包了'；第二句话是'我都没拿正眼瞧它，鼻子一闻就是个假招子'；第三句话是'臊烘烘的摆了那么多天，熏臭了整个别业'。从他这三句话中，可以判断出，用来掉包的那个物件带着强烈的尿臊味儿，是刚从土里起出来的。"

桂世镛首肯："完全可以这么说。"

丁三甲说："但是，麻五当初骗我们的那件却没有尿臊味儿。"

桂世镛的眼睛一亮，"你的意思是，当初麻五用来骗你们的那件'苏造'和在裴莴笋别业掉包的那件'苏造'，不是同一个物件。"

丁三甲说："对了。从而可以断定，这种'苏造'物件在麻五手上不止一件，有的是刚从地里起出来的，有的则是出土很久了的。因而，麻五很可能在造这东西。在哪里造？我进过他住的院子，院里臊烘烘的，除了人尿味儿，还有更臊臭的马尿味儿。"

桂世镛说："我和潘讼师进过那个院子，也闻到股臊臭味儿。潘讼师还说，他想不明白，这种臊烘烘的院子里怎么能住人。"

丁三甲说："我那次进去时就注意到了，臊臭味儿是从院子的西南角传出来的。桂师爷，我想你知道该怎么办。"

当天，在玄武湖畔的小院儿里，桂世镛和潘耀捂着鼻子看着。

在院子的西南角，几个皂隶脸上蒙着布，吭哧吭哧地挖土。

不大会儿，铲子碰到一个硬物，传来金属相碰的声音。又过了不大会儿，浮土刨开，下面是几个铜器。

这几件铜器拿到坑外，用水一冲，露出面目，都是锈蚀斑斑的，其中有一个是北魏鎏金佛像的器型。

桂世镛说："麻五走得匆忙，这是他没有来得及带走的。"

潘耀祖感慨地蹲下来，看着做了假锈的鎏金佛像。他一撑站起来，"三甲兄啊三甲兄，你好冤呐，冤枉到家了！"

桂世镛说:"潘讼师,你们回去准备准备。明天接丁举人出牢。"

9、谁说甘蔗不能两头甜

次日上午,潘光宗、潘耀祖父子搂着丁三甲走出县衙大门。

在喧闹的街市,三甲有些恍惚。川流不息的人群,久违了。他看着,掺杂着几分伤感。那天是在裁缝铺改洋装时突然被绿营兵带走的,他低头看看,身上还是那件洋装,已经脏的没办法看了。

一辆马车过来,车夫"吁"地一声,停在他们面前。车夫跳下车,"丁举人,有人付过银子了,让我等着你们。几位请上车吧!"

潘耀祖问:"是谁付的车钱?"

车夫说:"付钱的叮嘱不要说,你们也就别问了。"

丁三甲跳上车坐下,潘氏父子也上了车。车夫喊道:"都坐稳当了,这就走啦。"车子一动,丁三甲不由万感交集。

那天的情景恍如昨日,历历在目:梅德妁追着车跑着哭着,她把一件没来得及改的洋装扔上了车。她跑不动了,一个屁股墩儿坐到地上,蹬踹着双腿,放声哭嚎起来。

丁三甲坐在车上,垂着头,下意识地搓揉着巴掌,苦苦思念着那一幕,而经历过了那样的一幕,他谅解她此后的所有绝情。

潘耀祖美滋滋地看着街面,兴高采烈地喊道:"还是古人说得好哇,'闲云潭影日悠悠,物换星移几度秋'。"

丁三甲抬眼看看他,"你又发什么癔症了?"

潘耀祖说:"桂师爷私下给我透了点底。他说,北魏鎏金佛像回来了,裴茵笋也就不蹦高了;梅窕和麻五无影无踪了,费劲巴拉的也不可能找到了。这个案子,也就那么着了。"

丁三甲听罢,直起身子,长长舒了一口气,"桂师爷既然托了这个底,看样子案子即便不结,也跟结案了差不多了。"

潘光宗说:"梅窕和麻五可以安安生生过男耕女织的日子了。"

丁三甲说:"耀祖,我得谢谢你。别看是赶着鸭子上架,你这讼师当的不错,回到苏州有吹牛的本钱了。我帮着你一块吹,且看潘公子大智大勇,舌战群儒,在南京公堂上捞出了蠢材丁三甲。"

潘耀祖扫兴地一摆手，"别提啦，我有什么可吹的，在公堂上由着梅德妁颠倒黑白胡扯乱道，让个小丫头片子戏耍成那样。嗨，我也是不争气，但凡遇到漂亮女子，总是不能正常发挥应有的水准。"

潘光宗说："耀祖，咱们潘家做人历来宽厚。细究起来，梅德妁在大堂上之所以那么绝情，也是有难言苦衷的。她不过是在舍车保帅，舍丁三甲而保梅宛。梅宛是同胞姐妹，丁三甲不过是萍水相逢，孰重孰轻？都算得过帐来。换了我，我也会那么做。"

潘耀祖说："现在好了，她姐姐没啥大事了，三甲也出来了。谁说甘蔗不能两头甜，小丫头片子嚼的这根就是两头甜。"

车夫"吁"了一声，马车停了。

车夫说："到地方了，几位请下车吧。"

潘氏父子四下看看，"这儿不是'小油菜'，怎么不走啦？""这是什么地方？""拉到这儿算怎么回事？"

丁三甲看着这个地方似曾相识。他盯住一个点，愣住了。

"冯记裁缝铺"的店幌在冬风中摇摆。

店幌下，寒溜溜的风中，梅德妁双手拢着披肩，双腿并拢，身体挺得溜直，咬着嘴唇，泪蒙蒙地往这边看着。

潘耀祖向爹做了个鬼脸，"原来是小丫头片子雇的车。"

丁三甲迟疑地走过去，在她前面站定。

她有点惶然，还有点胆怯，躲躲闪闪地看看，目光又转向那件洋装，眉头微蹙，犹豫间轻轻掸了掸，像是怕惊跑了什么，又顺手摘掉根线头，轻叹了一声，"都脏的没样了，还改吗？"

他憋了半天，终于蹦出一个字："改。"

就这一个字眼儿，让她一把活转过来，刹那间变成另外一个活蹦乱跳的大活人。当街，她把他的洋装几把拽下来，跑到柜台前，往柜台上一扔，放开嗓子嚷嚷起来："店家店家，你们睁大眼睛给我好好看看，这就是你们干的活。这是人穿的衣服吗？"

冯裁缝拿过洋装就蒙了，"这这这这，女客官，你拿来的什么东西，是从哪儿捡来的破烂儿，这可真的不是人穿的衣服。"

她神采飞扬,振振有词,无理搅三分,"原来这是件说得过去的洋装,就是稍微肥了点,送到你们这儿来改,你们却粗针大线的胡对付,改了个乱七八糟。店家,看看袖口,看看肩头,看看前襟,看看后片,有这么走线的吗,有这么干活的吗?告诉你,我今天就在这里等着,直到满意为止。还有,我、我……我男人的洋装脱了,在外面冻着呢,快拿件外衣来给他披上。要新的,没有新的就要干净的,有一点脏就不能穿。听到啦?要干净的,要厚实的!"

丁三甲身上发冷,抱着双肩在风中瑟抖着。

在他的记忆中,破除童身之后短短的几天,是金子般灿烂的日子。一个不能自主命运的破落举子,一个不能自主身子的当红歌伎,都动真的了。尽管他住在客栈,她住在书寓,而在野合之后,却像一对新婚燕尔的小夫妻,有了一丁点儿过小日子的感觉。但是,小滋小味的小日子刚开了个头,一辆绿营的马车就疾驰而去,如同横空划出一道冰冷的天河,让他和她凄苦地隔着一道铁窗相望。此时此刻,她不是闹腾要修补一件洋装,而是要在小日子戛然而止的同一地点,毫不走样,原封不动地把拧断的线绳重新接上。

她搞来件大棉袄,披到他身上,嘟囔着:"里外三新的,厚厚实实的……上次没来得及给你披上。"她偷偷看了他一眼,眼中闪烁着泪光,泪光中辉映着一道绿营马车碾过的车辙。

他的鼻子骤然发酸,把她一把拽入紧邻的弄堂,敞开宽大的棉袄,把她揽入怀中,用棉袄的前襟护着她发抖的身躯。

潘氏父子一个动作:挠着后脖颈的厚肉,做着鬼脸走开了。

她的脸蛋温顺地贴在他的胸膛上,听着一颗柔情的心在有力地跳动。"三甲,别记恨我。为了救姐姐,我不得不那样做。我能想像得出,你受的委屈有多大有多深。我对不起你,真的,我对不起你。我觉得你聪明,有头脑、有办法,最终能把自己洗清,而姐姐是跳进黄河洗不清的,因为她做了,她做了呀!"

她缩在男人怀抱中啜泣起来。他摸着她的头发,"说声对不起就完啦?""完不了。后面要付出的还有很多很多。"他抚摩着她的头发,"你还打算付出什么?""我都绣出来了,就是那俩字。""你绣的是哪俩字?"她顺顺溜溜地抬起头来,"你是知道的。"

他们对视着,当她的目光和他的目光暖融融地交融时,不约而同地呢喃出同一个热乎乎的字眼儿:"一生。"

第五章

贞节牌坊

1、讼学师傅送上门

光绪三十三年（1907年）深春的一天。

远有青山含黛，近有小河细语，一方小河坡煞是闭目养神的好地方。丁三甲枕着个小夹袄，斜躺在河边的小坡上，眯着眼睛，似醒还睡，似醉非醉，还不时蜷起身体抠抠脚丫儿。

潘耀祖在不远处钓鱼。他钓鱼也像"玩儿票"，有模有样的披着蓑衣，戴着斗笠，全副蓑翁打扮，坐在马扎上，举着根老长的渔竿。他心不在焉地看着渔漂，嘟囔着："浪打轻船雨打篷，遥看篷下有渔翁……"回苏州后，他挺怀念在江宁当讼师的日子。那些日子有振奋之时也有窝囊之时，大哭和大笑掺和着，多么出彩。在粗胳膊大拳头的生涯之外，他看到了另外一种活法。

丁三甲睁眼忽地坐起，抻腰拉胳膊，伸足了懒腰，吟道："闲来无事不从容，睡觉东方日已红。"下到河边撩起袍子蹲下，用凉水撩了几把脸，用下襟揩揩面庞，刹那间精气神儿又回来了。

渔漂动了。丁三甲指着说："鱼咬钩了还不拽竿。"

潘耀祖看着渔漂一上一下的，却无心理会，"三甲，我心里烦着呢！钓鱼不过是出来走走，释放释放郁闷的心境。"

丁三甲说："你心宽体胖的，有什么可郁闷的？"

第五章　贞节牌坊

潘耀祖说："老爹老娘给我看上个姑娘，叫吴小霞，说那姑娘的人样儿还不错，家境跟我家也算门当户对，就是稍微胖点儿，催着我快点去相她。但是，大丈夫尚未成就大事，何以成家。"

丁三甲说："你想成什么事？朝廷罢科考之后，一窝子一窝子的举贡生员都歇菜了，不得不重新找出路，现在大把大把的举贡生员都闲着没事干，有点事就一窝蜂涌上去，哪有你插脚的地方。"

一群鹅游过来，潘耀祖看着鹅，说："屈指算来，从南京回来几个月了。罢科举堵了仕途，知县知府乃至大学士等是干不成了，大活人不能让尿憋死，英雄豪杰不能闲着没事。鹅鹅鹅鹅鹅鹅鹅，凤凰何少尔何多。你我之辈均为雄才大略、满腹文章的栋梁之材，如果不图谋个大事，可真真是大清江山社稷的损失了。"

丁三甲说："别说不着边的，你想干什么？"

潘耀祖犹豫了片刻，"你看……我当个讼师怎么样？"

丁三甲看看他，"你在江宁大堂上小试牛刀，倒是显示出了几分讼师天分。你的脑瓜不灵便，但是天下没有让你发怵的事，不管什么事你都勇往直前的，这是干讼师的首务。"

潘耀祖兴奋地搓了搓巴掌，"我的天分固然是好，凡事却不想撇下你单练，弟弟带着你当讼师，咱们勇往直前打官司如何？"

丁三甲说："实话说，我也有此心。在大牢里，我总在想，我的确冤枉，但是天底下不知有多少人比我更冤枉，办案的糊涂，得有不糊涂的讼师去为受冤者伸张。我还真想当个讼师。"

潘耀祖说："好哇，咱哥儿俩想到一块去了。过几天咱们就立个讼馆，走遍天下讨伐不公，为冤屈之人打抱不平。"

丁三甲说："大话说早了。咱们这号的差远啦，还得找个师傅好好教教咱们，明白讼师这行的道道，出了师，才能开馆呢。"

潘耀祖挠着腮帮子，"到哪儿找师傅去？"

远处传来一阵呼喊："三甲……三甲……"

丁三甲抬头看，是邻居赶来，后面跟着一个人。

他眯着眼睛看了看，"说曹操曹操到，耀祖，教咱们讼学的师傅来了，快点起来，跟我拜师去。"他大步迎上去，隔得老远就双拳打拱，"雷老先生，雷老先生！欢迎欢迎，真没有想到你来了。"

雷懿昌精神饱满，"你出牢房没有多久，我就出来了。回松江老家静养了一段时日，这次是从松江回南京，路过苏州来看看你。"

潘耀祖上前作揖，高声说："你就是三甲经常提到的雷老讼师呀。同行同行，洒家乃是潘耀祖，即是潘讼师。"

雷懿昌即刻作揖，"哎呀呀，你就是那位为丁举人出堂的潘讼师，久仰久仰！丁举人在号子里可是没少夸你。"

潘耀祖不禁捧，"哪里哪里，不敢当不敢当。雷先生是老讼师了，洒家出道时间不长。既然是同行嘛，彼此不要客气，日后就多切磋吧。洒家一旦有搞不明白的地方，会问问你的；雷先生，你倘若遇到了迈不过去的槛儿了，洒家也可以赐教。"

丁三甲好笑地一搡他，"就你这样的，还'赐教'呢，赐教个屁！大讼师都上门了，咱们还不老老实实拜师。"

雷懿昌诧异问道："拜师？"

丁三甲、潘耀祖单膝下跪，"雷大讼师，学生叩见。"

雷懿昌慌忙扶他们起来，"怎么回事？"

丁三甲说："我和耀祖都想学学行讼，为乡人做点事情。正说着要拜师学习行讼之学呢，您正好来了，我们就拜您为师了。"

雷懿昌说："我那点水儿，怕是教不了二位什么。"

丁三甲说："你肚子里的东西，我一辈子都学不完。"

潘耀祖说："雷老先生先不要急着回江宁，先住在我家，好吃好喝好伺候着，我和三甲日日向您讨教。"

潘家老宅在横塘镇，进入大门后是天井，后是正房；二进院子四面都是楼座，是主人和家眷住处；第三进院落为仆役居住，兼为仓库等。书房兼容并蓄，有些线装书，还有自鸣钟、八音盒什么的。墙上挂着字，并非出于名家之手，是一位生意伙伴顺手划拉的；对面的墙上挂着一幅不大的油画，画着一个飞翔着的小天使。

在书案前面，潘光宗和潘耀祖、丁三甲规规矩矩坐成一排。

潘光宗笑嘻嘻地说："从今天起，小小的横塘镇士人讼学班就算开课，由来自南京的大讼师雷懿昌先生授课。丁举人、潘耀祖和我潘光宗就算是雷大讼师的入室弟子了。"

雷懿昌端坐在太师椅上，捧着一杯茶说："当讼师，首先要有个好胃口，为什么这么说呢？当讼师的什么都可以'吃'。这一行干的活就是吃官司，研读律例要吃苦，为当事人想办法相当吃力，写陈诉状咬文嚼字，还是吃。官司输了，饮泣饮恨，连吃带喝的。当然讼师也有不吃的啦，不吃软，不吃硬，不吃眼前亏。"

2、乌篷船上飘荡着《多瑙河之波》

乌篷船由黑乎乎的苫布蒙顶，有风帆，也有橹，可搭载一二十名旅客。一条从上海去苏州的乌篷船在河汊中行进，船舱里响着咯吱咯吱的摇橹声以及嘹亮流畅的口哨声。

吹口哨的是位身着洋装、面目俊朗的年轻人，吹的是《蓝色多瑙河》。他叫顾大伟，吴县人，家有田产，无心务农，到上海混，当过门僮，后来成了白相人。上海话"白相"是玩耍戏弄之意，白相人以行骗、勒索为谋生手段，有的单干，有的结帮。他混迹街头，无大恶，小恶不断。头些日子玩儿大了，得罪了地头蛇，地头蛇放出话来，要拿他供堂子。他狼狈不堪地滚出上海，回乡暂避。

他半躺半坐，自顾自地吹着，腿伸出去老长。在挤挤巴巴的船舱中，他的腿和脚堵住了通道。一个披袈裟的和尚从他腿上迈过去，不留神鞋蹭到了他的裤管。他抬头叫道："侬这个和尚，没有头发还没有眼睛呀。侬看清楚，这是条洋装裤子，是阿拉从上海洋人铺子买来的，好贵好贵的哟。"

和尚右掌竖在胸前，和善地说："贫僧礼数不周，不留意间冒犯了小师傅，贫僧向小师傅致歉了。"

瘪三向来欺软怕硬。和尚郑重其事地道歉，他反倒来劲了。他直起身子，说："侬致歉一声就完啦？侬知道阿拉是什么人？侬打听打听去，阿拉是上海沙逊洋行的雇员，专作地产的。"

他边上坐着个北方人，听口音像是京师来的，"得得得，多大的事，和尚不就是不留意蹭了一下你的裤管吗，你搬出上海、沙逊洋行干什么。谁跟谁呀？上海怎么啦？沙逊洋行怎么啦？跟和尚蹭你的裤管挨得上吗？"

他啜了个瘪子，嘴头却不软，"和尚致歉一下就算完啦，和尚的脏鞋子蹭脏了阿拉的裤管,这个事体可怎么个了断?"

身边的北方人一下直起了身子,"你打算怎么了断?要和尚赔你条新裤子不成?你个臭丫挺的,找抽呢!"

他缩回去了,却盯着和尚。和尚的红色袈裟分外醒目。

乌篷船很慢,从上海到苏州要一天半,中途要在小码头靠泊一夜。河面上飘拂晓雾,一派迷蒙。乌篷船里的人都还在沉睡,连船老大也在酣睡着。顾大伟醒来,他是被有节奏的敲打声吵醒的。

哚、哚、哚、哚……声音是从河岸上传出的。他欠起身子,从船舱的窗子看出去,透过迷蒙的雾,见到一个女子蹲在岸边的青石板上洗衣服。衣服打上胰子搓,在河水里投一投,捞出来后,用木棒子敲打,把水挤出来。他靠在船帮上若有所思,看看不远处,和尚仍然在安睡,身上盖着那件红色的袈裟。一个主意冒了出来。

他蹑手蹑脚起身,把和尚的袈裟悄悄拿起。清晨有一股沁人的寒意,他披着袈裟,低头钻出船舱,来到船头,距洗衣处也就两三丈远。他解开裤子,掏出家伙,毫不忌讳地朝河里撒尿。

晓雾中,几步之外,一个披着袈裟的和尚冲着自己撒尿。那女子受到了惊吓,慌乱站起来,也顾不上衣服了,惊惶跑了。

他回到船舱里,把袈裟给和尚盖上,和尚巴嗒巴嗒嘴,继续睡着。他回到自己的地方躺下合着眼睛,却没有睡意。他在等。

不大会儿,岸上传来嘈杂声,几个人对着乌篷船指手画脚。一条壮汉指着乌篷船问:"你没有看错?"女子指天说:"就是这条船。"壮汉问:"是个和尚?你没有看错?"那女子说:"披着红袈裟呢,就是个和尚。"壮汉一挥手,带着几个人跑过跳板,上了船。

船老大被惊醒了,慌慌张张地出了船舱,阻止着:"怎么回事怎么回事?有话慢慢说。"壮汉拨拉开船老大,一猫腰钻进船舱,大叫:"和尚,过来!"船舱里的人被惊醒,纷纷起身。和尚披上袈裟,上前,右掌竖在胸前,说:"阿弥陀佛。"壮汉一把拉住和尚的手,"秃驴,别废话,跟我出来。"

和尚懵懵懂懂地被牵出舱外,来到船头。女子跳着脚哭喊着:"就是他就是他,这个和尚看我蹲在河边洗衣服,披着这件红袈裟就出来了,在船头向我……那个。那个那个……哎呀!丢死人啦!"和尚蒙了,"女施主,你说贫僧怎么了?"壮汉一把薅住和尚,"明明是个花和尚,我老婆都把你指认出来了,你还在装蒜!"和尚惊愕地看着壮汉,不知道他在说什么。壮汉说:"刚才我老婆就在那里蹲着洗衣服,就是那块青石板,离这里不过几步远。你这花和尚看黎明河边没有人,色胆包天,出了船舱,对着我老婆掏出家伙撒尿。你这是猥亵我老婆!"和尚愣了愣,喊起来:"这是没有的事!"

壮汉勃然大怒,"和尚,你这话对河里的乌龟王八说去吧!"他不由分说,把和尚扔到河里。和尚在河水里扑腾着,壮汉哪能善罢甘休,他带来的几个人扑通扑通跳到河里,暴打和尚。

不大会儿,同船的七手八脚把和尚扶进船舱,给他换衣服。等到安静下来,顾大伟凑过去,附在和尚耳朵边上小声说:"和尚,你就是算不过来账。要是识趣,早点赔偿阿拉一条裤子,也就没有今天的一通麻烦了。"他一笑,转身钻出船舱。

3、三十多只叫化鸡

顾大伟饿了,肚子咕噜咕噜叫。抬头看,这儿是叫化鸡酒楼。这家酒楼的绝活是,把鸡的五腹六脏除净,填充作料,用荷叶裹扎,再用泥巴包起来放在火里烧。火候差不多了,把烧硬的泥巴团砸开,荷叶包裹的鸡又酥又烂,料味都"憋"到肉里了,有独特香味。

顾大伟正在酒楼前面彷徨,几个人出来了。领头那位像一尊铁塔,后面是俩跟班的。他啃着鸡腿,啃完后把骨头随手向后扔。不偏不斜,鸡骨头正好落在顾大伟的肩膀上。

他扭脸一看,肩膀上留下一丁点油污。头些日子在乌篷船上被蹭上土,现在肩膀头子上又留下点油渍。双重打击,激发了他的"索赔"之心。他想追上去理论理论,刚迈腿走了两步,看看那又高又胖的背影,害怕了。但是,事情不能就这么完了。

当天晚上,潘光宗皱着眉头,看着饭桌。饭桌上摆着二三十个泥巴球,圆溜溜的堆了一桌子。泥巴球里面就是叫化鸡,男仆拨拉来拨拉去的数数,"总共三十一个。"潘光宗气得直拍桌子,"怎么回事。叫化鸡是谁给送来的。"

叫化鸡酒楼的回答:"我们送的。一个穿洋装的高个子说耀祖晚上在家里请客,来几十个朋友,专吃叫化鸡,让我们有多少就送多少。我们都知道你儿子好吃这口，就把做出的全拿来了。"

门砰地撞开，潘耀祖闯进来，看了看桌子上的泥巴球，"老爹，我听说了。我可没让人送叫化鸡，别栽到我头上来。"

潘光宗说："没有说是你，可这人是谁呢？"

叫化鸡酒楼的人说："潘老板，您看这叫化鸡……"

潘耀祖说："怎么？你们想要钱？我们并没有叫你们送呀。"

叫化鸡酒楼的人说："可是那个穿洋装的……"

潘耀祖说："我们不认识那个穿洋装的瘪三，是你们上当了。"

叫化鸡酒楼的人说："我们是上当了。可是那个穿洋装的，是顶着你们潘家的名使我们上当的……"

潘耀祖指着他的鼻子，喊道："你这话我可不爱听。以后他顶着我的名杀了人，我也得替他偿命？"

叫化鸡酒楼的人说："可是可是，可是可是……啧啧。"

潘光宗烦躁地说："通知账房，给钱给钱。通知全家，这两天光烧米饭不做菜了，全家老的少的，统统吃叫化鸡！"

4、把一个龙洋送出去

寒山寺在苏州阊门外的枫桥镇。雷懿昌带着丁三甲、潘耀祖溜跶出山门。丁三甲边走边说："唐朝张继那首脍炙人口的《枫桥夜泊》就是写得这里。'月落乌啼霜满天，江枫渔火对愁眠；姑苏城外寒山寺，夜半钟声到客船。'诗韵钟声，颇有意味。"

雷懿昌说："自读了《枫桥夜泊》，就想来寒山寺看看，今天如愿了。好啦，我陪你们的日子不短了，那点水儿全倒给你们了，出道考题，你们要是在半个时辰内完成，就算是结业了。这是块龙洋，你们到枫桥镇，把它交到一个陌生人手上。不能挑一看就想占便宜的，也不要给乞丐，要交给一个正在干活的正经人。我不管你们编什么理由，反正要让这个完全不认识的人心悦诚服地把龙洋接下来。"

枫桥镇风光不再，青石板铺就的窄窄的街道，人稀稀拉拉的，店铺也是稀稀落落的。雷懿昌找了个茶馆，泡了一壶茶。

丁三甲和潘耀祖在街上走着挑人。一个做黄桥烧饼的后生正把烧饼贴到炉壁

第五章 贞节牌坊

上,潘耀祖过去,把龙洋哐啷一声扔到案板上。

后生看看光绪龙洋,一边干活一边说:"买烧饼?要几个?"

丁三甲和潘耀祖不动声色,只是看着他。

后生低下头接着干活,"黄桥烧饼的价钱很便宜,几个大子儿就能够吃饱了。二位拿出一个龙洋来买烧饼,我没有零头找。我这儿是小本买卖,就是做一天的烧饼也卖不出一个龙洋来。"

潘耀祖说:"洒家不是来买烧饼的。"

后生说:"那你把龙洋放到这里做什么?"

潘耀祖一字一顿地说:"洒家把这个龙洋送给你。"

后生撩了他一眼,"去去去,别捣乱,我正干活呢。"

潘耀祖说:"洒家真的是送给你的,你得心悦诚服地收下。"

后生手不停,"素不相识,你非要送个龙洋,是你有毛病;我不问青红皂白地收下,是我有毛病。如果你我都没毛病,就收起你的龙洋,从我这里走开。不愿意走就在这里看着,不要耽误我干活。"

潘耀祖说:"你真的不要?"

后生说:"我凭力气吃饭,干什么要它。不要。"

丁三甲一拽他,"走吧走吧。"潘耀祖收起龙洋,悻悻而去。

一个老头坐在街边的长凳上,从身边的家伙看,是个剃头匠。

潘耀祖过来搭讪:"老人家,没有活儿呀?"

剃头匠随口答道:"大半天了,还没有开张呢。"

潘耀祖说:"没开张不要紧,好在你今天遇见了洒家。"

他拿着龙洋递过去,"洒家不剃头。拿着,这几天的钱都有了。"

剃头匠瞥过去一眼,"不剃头给我一个龙洋干什么?"

潘耀祖说:"昨天呀,我媳妇儿给我生了个胖儿子,八斤沉。我心里高兴,想散点钱财。拿着吧。"

剃头匠拿过龙洋,"你媳妇儿给你生了个胖儿子,你一高兴就到街上大把撒银子。这一带有这么多人,你身上带了多少龙洋?"

潘耀祖说:"别问那么多了,你就心悦诚服地收下吧。"

剃头匠往龙洋上吹了口气,放在耳朵边上听,"龙洋是个好东西,谁不喜欢。这个龙洋我可以收下,但是你得跟我走一趟。"

119

潘耀祖问:"跟你去哪儿?"

剃头匠站起来,一把拽住他的袖子,"我带你找个郎中看看病去。拐角那里就有一家坐堂的郎中,我看你是半疯了。"

潘耀祖一把甩开,"我一点病也没有,更没有半疯。"

剃头匠把龙洋一把拍回他的手里,"没有半疯就走开,别在我这儿撒癔症。本来就半天没开张,遇到你这种人更没好事。"

丁三甲和潘耀祖又一次吃瘪了,无所事事地在街上瞎跶溜。

不远处,有个秀丽女子当街坐着,支起桌子刺绣。

潘耀祖过去搭讪,"嫂子,刺绣呐。"

女子抬头看了他一眼,笑了笑,又低头干活。

潘耀祖说:"啊呀。据洒家所知,这描龙绣凤的活计,是费眼神又费心计,一天到晚累的够呛,还挣不下几个钱。"

女子一边刺绣一边说:"刺绣这种活儿熬人,全神贯注,一点也马虎不得,一天下来,头晕脑胀的。而且本钱不小呢,除了搭绢,还得搭着几百种彩线,绣出来的东西是不是有人买都难说。"

潘耀祖拳头里攥着龙洋递过去,"拿着吧。"

那女子看看眼前的拳头,疑惑地:"你要我拿什么?"

潘耀祖展开巴掌,里面是一个龙洋,"就是这个。"

女子疑惑地抬眼看了看他,"你们想买我的刺绣?"

潘耀祖说:"我们不要你的刺绣。"

那女子问:"不买刺绣你们给我龙洋干什么?"

潘耀祖笑眯眯地看着她:"别问了,你应该懂。"

那女子困惑起来:"我应该懂什么?我什么东西也没有卖给你们,为什么要收你们的龙洋?"

她突然惊惶地站起来,"你想干什么?"

潘耀祖说:"你收下后洒家再告诉你。"

那女子说:"不行,你现在就得说出来,我才能考虑收不收。"

潘耀祖说:"放心吧,收下吧,洒家没有不良企图。"

那女子说:"你说什么?不良企图?"

潘耀祖说:"是啊,你不用付出任何实物。"

第五章 贞节牌坊

那女子问："不用付出实物？那要我付出什么？"

潘耀祖说："不要你付出别的，只要你对洒家心悦诚服就行了。"

那女子说："我不明不白地收下你的龙洋，还要对你心悦诚服？你把我看成什么人了，我们是规矩人家，可不干那种肮脏事。"

潘耀祖急忙摆手，"不是不是不是，洒家不是那个意思，知道你是规矩人家，一点也没有把你看成暗门子。"

"你说什么？暗门子？！"那女子慌张地扔掉了手里的活儿。

院子传来一个男人的声音："春妮，外面怎么啦？"

那女子喊起来："秋生秋生，这儿有两个人不知道要干什么，非得要给我一个龙洋，你快点出来呀！"

丁三甲和潘耀祖相互看看，吓得掉头就跑，不管后头怎么喊，他们头也不敢回。跑了一阵子，他们气喘吁吁地停下。

潘耀祖汉道："真没想到，送出一个龙洋还挺难的。"

丁三甲却盯着一个地方，那是个书坊，一个粗粗壮壮的后生揣着手坐在门口。丁三甲看着他走过去，像是遇到了多年未见的老熟人。壮后生被看毛了，回身看看是不是有其他东西。

丁三甲走到后生跟前，仿佛认识，"你是……你是……你忘了我啦？我是泥塘村的毛蛋呀。"

粗壮后生说："你搞错了，我不知道泥塘村，也不认识毛蛋。"

丁三甲说："你是没去过泥塘村，但是我常到你们村玩儿去。"

粗壮后生说："我怎么没有见过你？"

丁三甲说："你小时候上树搂榆钱儿，我托过你的屁股。咱们一起到屋檐下面掏鸟蛋，我在你的肩膀上面站过。你小时候就是高个，村里的小孩儿都怕你，你是你们村的孩子王。忘啦？"

粗壮后生说："噢，你还真知道我小时候的事。"

丁三甲说："当然。你在私塾读书，还让先生往手心抽过戒尺。"

粗壮后生半信半疑地说："你还真的认识我。"

丁三甲说："我当然认识你啦，咱们是读私塾的同窗嘛。那位私塾的先生叫什么来着……你瞧我这记性。"

粗壮后生说："王先生。"

丁三甲说:"对了,是王先生。王先生现如今身体怎么样?"

粗壮后生说:"活的挺硬朗,家里正在准备给他过七十大寿呢。"

丁三甲说:"我就记得王先生是这个岁数的人了。这不,我很快要去外省公干,王先生的七十大寿就参加不成了。还好,碰到你了。这样吧,我这儿有一个龙洋,你帮我给王先生带去,就说当年他的学生不能参加他的七十大寿,一个龙洋聊表心意了。"

粗壮后生说:"好好好。哎,我得问问,你叫什么?王先生七十大寿那天,我跟王先生前面也得报个名呀。"

丁三甲说:"你就说是那个能把《百家姓》、《千字文》一口气背下来的学生,你只要一说,王先生立马就能想起来我是谁。"

粗壮后生说:"好,这个龙洋我一定给你带到。"

丁三甲和潘耀祖转身走了。潘耀祖大为惊诧,说:"哎?三甲。你可真神了,和他素不相识的,他的事你怎么知道的那么清楚?"

丁三甲说:"我一看他那张脸,就断定他是从村里出来的。打榆钱儿、掏鸟蛋,村里的孩子都干过。他粗粗壮壮的,小时候像孩子王。还有,他现在既然在书坊卖书,肯定认字,上过私塾,凡上过私塾的,有几个没挨过戒尺。几方面一凑,串起来说,就给他说蒙了。"

潘耀祖说:"你可真行,脑瓜子比我转得都快。雷老先生连日授课,你我受益匪浅,都入门了,咱们可以开个讼馆了。"

丁三甲说:"开个讼馆?说的容易。怎么开?"

潘耀祖说:"潘家在苏州和横塘镇都有买卖,我和老头子说说,拿出间铺面房来,讼馆就可以开张了。"

丁三甲:"跟雷老先生商量这事去。"

他们来到茶馆,雷懿昌刚才的座位空着,桌上有一杯茶。丁三甲摸摸茶杯,"茶是凉的,雷老先生走了好大一会儿了。"

5、半间米铺改讼馆

讼师作为执法者的对立面而生。小民遇有讼事,冤抑莫伸,需要帮手,最早的讼师是农村土秀才,给村人写陈诉状,寥寥数语陈述事情的来龙去脉,加进观

第五章　贞节牌坊

点,以期左右主审官意志。清朝没有讼师考试,凡有文字功底的人都可以干。由于没有资格限制,也没有相应监督机构,乾嘉时冒出一批"恶讼"。集诡智狡谋,舞文弄法、指鹿为马、移花接木,极尽以曲作直、颠倒黑白之能事。罢科举后,大批秀才通过科举当官没戏了,慈禧太后要求制定安排这部分人就业的有关章程,而这是个相当大的社会人群,不可能妥善安置。于是部分秀才转而当讼师,在司法这条大船上扯起风帆,接茬儿弄潮。由于成立讼馆可以解决部分举贡生员和秀才的就业问题,为清廷鼓励。

潘光宗在文衙弄开了个米铺,潘耀祖闹着要当讼师,潘光宗从米铺隔出间房子来,作为讼馆门面。大凡买卖,多要挂牌。那么,谁来题写匾额?潘光宗舍不得掏银子,自己题匾。

开张之日,"潘记米铺"的匾额摘下来,新横匾挂上,"光宗耀祖讼馆"六字写得粗笨。前来恭贺的人很多,多是潘光宗的老兄老弟及生意同仁。潘耀祖在人群中穿梭,喜笑颜开地到处发放名帖。

名帖是社交场合拜谒时所持的名片,前身是名刺,是直接手写衔名于其上的竹签,切削如圭而尖细如刺,故名。清代名帖多是依照亲笔楷书姓名雕成木版印刷在红纸上的。通常,官职或名声越大的越简洁。名帖一般两拳头长,一拳宽,姓名印在正面,反面左下角印着地址。潘耀祖的名帖,正面印着醒目的大字:光宗耀祖讼馆馆主潘耀祖秀才,反面的左下角印着一行小字:苏州文衙弄米铺旁边。

讼馆开张忙豁了一天。晚上,潘光宗回到家里,对潘耀祖说:"儿子呀,你要求老爹办的事,我可都办了,讼馆成立了,今天热闹一下就算开张了。还有,请来丁举人助你一臂之力。我和你娘的事情办完了,我和你娘要求你办的,你也该办了。"

潘耀祖问:"你们要我办什么事?"

潘光宗拉住他的手,"走,你娘在书房里等着你呢。

潘耀祖的爹和娘有夫妻相,他娘潘杨氏矮胖矮胖的,就像个树桩子。此刻,她像皇太后一般端坐在太师椅上,旁边站着二位女眷。三个女人都绷着脸,威风凛凛,拉足了"便殿决断"的架势。

潘杨氏说:"耀祖,从你记事起,我和你爹就对你百依百顺。你想练武,给你请最好的武师上门教习;你想走仕途,又给你请了最好的枪手一关一关代你考;你想当讼师了,你爹又连房子带人的给你拼凑整齐了。现在我和你爹,就要你办一件事。你办不办？"

潘耀祖明知故问："你们要求我办什么？"

潘杨氏说："给我们二老生出个孙子来，传宗接代。"

潘耀祖说："这有何难，以后娶妻生子就是了。"

潘杨氏说："别以后，就得现在。"

潘耀祖说："现在？现在我到哪儿给你们弄个孙子出来？"

潘杨氏说："别装糊涂，到落霞村相吴小霞去。"

潘耀祖老大不乐意，"看她干什么？"

潘光宗插话说："你老大不小的，该成亲了。你不急，我和你娘还急着抱孙子呢。吴小霞是我托人从十里八乡挑出来的，吴家和潘家门当户对。你不是闹腾开明吗？吴小霞在上海新式学堂读书毕业刚回乡，够开明吧。你不是挑长相吗？吴小霞胖乎乎的，煞是可爱。"

潘耀祖一听就急了，"别说啦别说啦！我可不要胖乎乎的。"

潘光宗说："说话嘴上少个把门的。胖乎乎的怎么啦？你参就不在乎，你娘就胖乎乎的……说错了说错了，收回收回。你娘年轻的时候是细溜溜的，最近这二年才稍微有那么一点显露福相。"

潘杨氏一拍椅子把，"说的是潘耀祖的事，扯上我干什么！"

潘光宗说："对对对，不扯你娘了，就说你。挑老婆挑的就是胖乎乎的，大骨架，好下崽儿。你不要胖乎乎的，你想要什么样的？"

潘耀祖说："古词说得好哇，'帘卷西风，人比黄花瘦'。挑媳妇当挑那比黄花还要瘦的嘛，小身材细细溜溜的。"

潘光宗火了，"江宁秦淮河畔青楼的那些名妓个个都是细细溜溜的。你在秦淮河青楼干的那桩傻事，我都给你瞒着族人呢。"

潘耀祖一听这话，口气软了，"那……不过是一个美丽的错误。"

潘光宗说："要不这样办，你先去看看吴小霞，相中了就尽快成亲。先把个胖乎乎的娶进家门，过二年再找个细溜溜的当妾。"

潘耀祖一听这话，捂着嘴偷偷乐了。

潘光宗说："记住，过两天到落霞村相吴小霞去。落霞村离苏州也就是十几里地，你一定要把丁举人拽上，他看人要比你稳当。"

潘耀祖不服气，"丁举人在江宁就瞄上个细溜溜的，隔三岔五的书信不断。

第五章 贞节牌坊

梅德妗就是青楼里的人,你怎么不说?"

潘杨氏说:"人家丁举人是什么本事,人家降得住细溜溜的,就你那两下子,你行吗?你这样的,也就能糊弄住个胖乎乎的。"

潘耀祖赌气地说:"行行行,我知道自己是块什么料,既不是大才子,也不是大情人,找个乡间老婆给你生个孙子就行了。"

潘光宗说:"谁说吴小霞是乡下老婆,不是告诉你了吗,吴小霞是在上海新式学堂读过书的。再说啦,就是找个乡间老婆也要请丁举人看看。科考,他是你的枪手;娶媳妇,他也是你的枪手……"

潘耀祖说:"老爹,你收回你的话。"

潘光宗悟出了不妥,急忙说:"老爹收回老爹收回。娶媳妇不能让枪手代劳,不能不能。丁举人也就是帮着看看。"

6、"敕建石"掉了下来

一大早,丁三甲和潘耀祖前往落霞村相亲。

前面的路上有个石牌坊,很大,也很醒目。贞节牌坊是封建统治者用以表彰忠贞烈女的,有固定建筑形制。这个石制贞节牌坊顶端有个方形石头,上面镌刻着两个大字:敕建。汉语中,"敕"字特指皇帝的诏书。也就是说,这个石牌坊是皇帝下令建造的。

几个孩子在放一个大风筝。风筝个头很大,在蓝天中神气活现地扭动着身子,下面飘着的长长的穗子,好看地翻飞着。

放风筝少年半生不熟地操纵着线绳。风掠过,风筝偏斜到贞节牌坊上方。风筝线绳在贞节牌坊的上方抖动着,不时与贞节牌坊的顶部相碰,与那块镌刻着"敕建"字样的石头磕磕碰碰的。

丁三甲与潘耀祖在一旁看着,远处传来沉闷的锣声。

清季,知府以上官员出行,准"鸣锣开道"。清廷对街市秩序在意,鸣锣开道会扰乱街市。因此大官儿出行,在城市中不敢轻易鸣锣,到农村则是另一回事了,可以汪洋恣意地抖威风。敲锣皂隶后面是一乘蓝布四人抬轿。轿子前后各有两个挎刀者,是捕快。清代州县官署中从事缉捕的差役,称捕役,也叫捕快。清制知府以至州县主官出行,一般由捕快跟随。

观看放风筝的人赶紧规避。放风筝少年来不及规避，使劲拽风筝线绳，往一边靠。一股强劲的风吹过来，风筝线恰恰落在与那块镌刻着"敕建"字样石头的反风向。风筝被风兜着，向远处飞去。少年使劲拽着风筝线，不让风筝被风刮跑。由于风力强，风筝拉着风筝线飞，风筝线把镌刻着"敕建"字样的石头拉动起来，石头从贞节牌坊的顶端掉了下来。

观看的人吓得惊呼起来。时辰不早不晚，方位不偏不斜，石头咕咚一声砸到土路中央，正好落在敲锣的皂隶前面，吓了皂隶一跳。

放风筝少年脸吓白了。敲锣的没有吭气，身后的捕快疾步向前，一把扭住孩子领口，喊道："好个大胆顽童，知县大人过来，不但不规避，反而出此恶招，拽下石头挡住知县大人的路。"

少年吓坏了，忙辩解："我不是故意的，我不是故意的，实在不知知县大人过此地。"一位白发长者出面说："官人息怒，官人切切息怒。老夫亲眼所见，是风筝线被'敕建石'勾住了，这孩子用力过猛，不小心把'敕建石'拽下来，实在不是有意冒犯大人。"旁边的人随声附和："正是正是，我们都亲眼看到了。"

吴县县衙的捕快班头姓刘名江弼，生得虎背熊腰，从十七八岁就吃这碗饭，现年三十四五岁，正是干活的好年纪。那捕快说："胡说！大胆刁民，明明是要骚扰知县大人。否则不会这么巧，大人的轿子刚到，一块大石头就掉了下来。"

轿子中传出一尖细的嗓音："刘班头。"

刘班头赶忙回头，"大人，您是在叫我吗？"

轿子中的尖细嗓音："我看该顽童不是诚心要挡道。"

围观的人赞许道："这就对了，还是知县大人明察秋毫。"

就在乡人议论间，轿帘刷地撩开，轿子中的县太爷蹦出来，身手很是矫健。他长着倒八字眉，眼睛滴滴溜溜转，鼻子尖尖的，嘴唇的两端有两撇不浓不淡的小胡子，平添了几分滑稽。

围观的人立即安静下来。

清末官员不傻不焉，对大局有判断。西风日炽，维新人士终日鼓噪，情知大树将倾，也往往作开明状。这位官员也是这样，向围观的人作揖："诸位乡邻，本官乃吴县知县查良怀，是你们的父母官。查某今日途经此地，有幸与众位乡邻照面，深感万幸。"

围观的人群中，白发长者站了出来，说道："大人难得途经此地，我代表诸位乡邻祝大人身体安康。"

查良怀过去，俯身看看刚掉下来的石头，直起身子说："不用诸位乡邻祝愿，查某自然也想身体安康，但是万万没想到，刚刚踏入你们的地界，就被一块落下的'敕建石'吓了一跳。"

白发长者说："大人息怒，不过是放风筝不慎造成这般局面。"

查良怀说："诸位乡邻，你们亲耳听见本官对手下的捕快班头所说的话，本官认定：该顽童不是诚心挡道，更没有胆量冒犯本官。"

围观的人笑了，纷纷说："知县和衙役就是不一样。""到底是大人有大量。""知县大人果然长着一双慧眼。"

查良怀心怀叵测地笑了笑，"你们认为本官独具慧眼，是不是？好！既然本官长了双慧眼，就把当看见的全看清楚了。"

白发长者说："大人既然看清楚了，就可以为孩子洗冤了。"

查良怀声色俱厉："正由于本官看得清楚，才断定该顽童的罪过不在挡了本官的路，而是要重得多。他犯的是'大不敬'之罪。"

"大不敬？"在场的人听着耳生，议论起来。

查良怀说："诸位乡邻，没想到吧，本官给你们说个明白。本官早就洞悉这贞节牌坊，它是道光皇帝下诏立的，表彰本地贞妇陈氏，石梁上摆放的'敕建石'代表了道光帝旨意。南来北往的旅人路经此牌坊，当毕恭毕敬，你们在这里嬉戏已是'大不敬'，而该顽童变本加厉，将'敕建石'拽下来，是将'大不敬'玩儿到了头。更有甚者，道光皇帝乃是当今光绪皇帝的亲祖父，把当今皇上亲祖父钦立的'敕建石'摔到地上，你们说该当何罪？！"

周围的人没想到事情有这么严重，都愣住了。

那个少年吓坏了，哇地一声哭了。刘班头双目怒张，在他的面前刷地一抽刀，他又吓得立即噤声了。

查良怀有几分得意，拖腔拖调地说："按照《大清律》，大不敬之罪，轻者斩首，重者满门抄斩。鉴于本官亲眼所见，该顽童拽下'敕建石'纯属无意，处置时是会考虑从轻的。把他带走。"

两个捕快上来，一把将少年扭住，查良怀扭身钻进轿子。

眼看查知县一行就要起身，把少年带走，众人无可奈何之际，响起了一个声音："大人，且慢。"

查良怀刷地撩开轿帘："哪个大胆狂徒敢让本官'且慢'。"

丁三甲走上前作揖，"知县大人，是我请您'且慢'的。"

查良怀问："你是什么人？"

丁三甲说："本人不过苏州横塘镇一介破落举子，偶尔路过这里，刚才的事情都看见了，对知县大人所说有点异议。"

查良怀说："'敕建石'在地上，证据确凿，你还有什么异议？"

丁三甲把风筝拿过来，"大人，我琢磨着不对劲。您看，风筝就在这里，线绳如此之细，而'敕建石'如此之重。依我所见，这么细溜的线绳不可能拽下来这么大的石头。"

查良怀说："'敕建石'如果不是被拽下来的，你说是怎么掉下来的？难道是被风吹下来的不成？"

丁三甲仰首看看天，"好像就是被风吹下来的。"

查良怀从轿子里跳出来，"休得无理取闹。从道光年到现在几十年了，这里不知刮过多少大风，'敕建石'纹丝不动。今天万里晴空，只有微风徐徐掠过，怎么能把'敕建石'刮下来？"

丁三甲茫然摸摸后脑勺，"但是……小的看着他放风筝，风筝线绳不可能把这么大的石头拉下来，确实看到是一阵微风把'敕建石'刮下来的。不信你就问问大伙儿。"众人纷纷说："举人说的有道理，刚才是起风了，是一阵风把'敕建石'刮下来的。"

查良怀大为火光，"哈！你们居然成群结伙、明目张胆的欺瞒本官，本官就给你们一点厉害瞧瞧。刘班头，到那边村子里找把梯子来，把'敕建石'重新摆上去。我倒要看看，风能不能把这块大石头刮下来，还要看看风筝线绳能不能把这块大石头拽下来。"

刘江粥："得令！"说完转身跑了。

他很快就从临近村子找了把梯子来。村里有不少人跟着捕快一起过来，一个个都惶惶然的，都知道出事了。

查良怀得意地看着丁三甲，"本官就搭着功夫陪你玩上一把。不过丑话得说在头里，如果风没有把'敕建石'刮下来，而风筝线绳把它拽下来了，那么，不仅该顽童要治罪，你也跑不了，本官一样把你投进大牢！你的罪名是公然包庇'大不敬'者。"

围观的人忐忑不安地议论起来。

潘耀祖拽拽丁三甲的衣襟,"多管闲事多吃屁,少管闲事少拉稀。不让你管闲事你非要管,这下麻烦了。"

丁三甲说:"你就把心放回肚子里吧。"

潘耀祖说:"放什么心。明摆着,风不可能把那块石头刮下来,那块石头明明是让风筝线拽下来的。你惹麻烦上身了。"

刘江弼把梯子靠上石牌坊,围观的人忐忑不安地看着。

查良怀挥指着,说:"刘班头,把'敕建石'抱上去,放回原来的位置上。我看有什么贼风能把它刮下来。"

在众人的目光下,刘班头抱了抱"敕建石",好沉好沉。

潘耀祖站出来,只用了七分力气一把抱起了"敕建石",说:"捕快,你上去,洒家递给你就是了。"

刘江弼顺着梯子上到石牌坊顶端的横梁上,弯下腰来,只见潘耀祖单手一托,就将"敕建石"递给了他。刘江弼将"敕建石"复位,在微风中,"敕建石"纹丝不动。

潘耀祖可怜兮兮地看着丁三甲,"完了完了,这下瞎了。"

丁三甲抓耳挠腮的,似乎也不安起来。

查良怀拿过来风筝,看了看线绳,"诸位乡人,本官是在福建沿海的打渔人家出生的,从小就跟着渔船出过海,知道风帆有多大的力。在空中,这个大风筝就像鼓满了风的船帆,劲头很大,而这根绳子也够结实,拉下来一块石头,本是易如反掌。"

潘耀祖无奈地说:"三甲,你算栽了。但潘某不是那不仁不义之人,你进了吴县县衙大牢后,我会买通那些下三烂狱卒,把苏州众多酒楼的好饭好菜,凡是你爱吃的,全给你送进牢房。"

这话让查良怀听到了,他转而对潘耀祖说:"你们是同路吧?不用买通狱卒,本官准你把酒楼的好饭好菜送进牢房。"

丁三甲稀松了,"耀祖,还是你说得对。多管闲事多吃屁,少管闲事少拉稀。走到这步,不怪别人,只怪我多管闲事了。"

查良怀转而对刘班头说:"你们再上去,把线绳套在'敕建石'上,看看能不能把'敕建石'拉下来。在场的众位乡邻,谁也不准离开,看看我怎么收拾这个敢跟本官叫板的举人。上！"

刘江弼举着大风筝上了梯子，几步就到了石牌坊的顶上，抄起风筝线绳就往"敕建石"上套。

这时，丁三甲说话了："慢来。"

石牌坊顶上，刘江弼不由停了手。

丁三甲复加一句："不要动手嘛。"

石牌坊顶上，刘江弼迟疑不决地看看下面。

查良怀大笑了两声，忽而一扭脸，"你是什么意思呀？为什么不叫动手？是不是怕'敕建石'拽下来后，你得进大牢呀？"

丁三甲笑了，"知县大人，我可不是担心自己进大牢，而是担心'敕建石'拽下来后，知县大人会进大牢。"

查良怀说："可笑可笑，可笑之极。你担心我进大牢？"

丁三甲恢复了从容气度，"当然担心啦。你刚才怎么说的？贞节牌坊是道光皇帝下诏立的，'敕建石'是道光皇帝的旨意所在。无论何人路经此地，当毕恭毕敬。可是转眼间，你却当着众人面，命令将'敕建石'拽下来，这是干什么？当众将'敕建石'拽下来，算不算是'大不敬'呀？是不是将'大不敬'玩儿到头了？"

一听这话，查良怀愣住了。

丁三甲背过手去，说："道光皇帝乃光绪皇帝的亲祖父。你却当着村人的面，下令把当今皇上祖父钦立的'敕建石'拽下来。你为官一方，当众带头轻慢当今皇上的亲祖父，要是让知府大人知道了，把你送进大牢是轻的。你不是口口声声提《大清律》吗，按照《大清律》，犯下'大不敬'罪者，轻者斩首，重者则满门抄斩呀！"

查良怀想了想，急忙抬手招呼："刘班头，快下来快下来。'敕建石'动不得，动不得动不得，万万动不得。"

刘江弼举着大风筝，飞快地下了梯子。

丁三甲看着发愣的查良怀，"大人，你刚才说这孩子将'敕建石'拽了下来，地上的'敕建石'是他犯下'大不敬'罪的证据。可是'敕建石'好端端地在原处摆着，并没有被谁拽下来呀。"

查良怀仍然有些懵懵懂懂的，"不对！本官刚才在轿子中明明看到这孩子放风筝时把'敕建石'给拽下来了。"

第五章　贞节牌坊

丁三甲问众人，"你们看到了吗？谁把'敕建石'拽下来了。"

众人一起摇头，"没有没有。""没有看见。""没有看见谁把'敕建石'给拽下来了。""'敕建石'不是好好地在原处吗？"

丁三甲说："大人，大家都说没看见，而'敕建石'好端端地在原处摆着，并没有拽下来。您八成是忙于公务，一时看走眼了。"

查良这时才醒过闷儿来，"好你个举子，设套让本官把'敕建石'复位，从而消除顽童犯'大不敬'罪的证据。你是在戏耍本官！"

丁三甲正色道："大人息怒，不是举子戏耍你，而是你身为朝廷命官，却置朝廷成命于不顾，抱残守缺肆意胡来，无异于戏耍朝廷。"

查良怀不但没发火，反而有些好奇。他走了过去，"你耍小聪明戏耍了本官，反说本官在戏耍朝廷？本官怎么戏耍朝廷啦？怎么肆意胡来了？我倒是要听听你说出个子午寅卯来。"

顾大伟在后面左顾右盼的，像是在看一台戏。

丁三甲侃侃而谈："穷举子固然穷居乡间，却也关心着时政。庚子之乱后，朝廷实行回銮新政，成立法律馆，参酌各国法律，增删律例，草拟新刑律。待新刑律颁布之日，既有的《大清律》就随风而去了，'大不敬'之类也烟消云散了。时至今日，少年放风筝玩耍，不慎碰掉一块陈年老辈子的石头，何罪之有？你身为县太爷，却如此落伍，依旧抱残守缺地跟草民耍威风，还放出话来，因为这块石头落地而要给无辜少年满门抄斩！睁大眼睛看看，什么年头了，还这么办事，还这么说话，这不是戏耍朝廷对抗朝廷，又是什么？！"

那个少年见状，拿回大风筝，和孩子们一溜烟跑了。

查良怀情知理亏，慢腾腾地回到轿中，片刻又撩开轿帘，火爆爆地说："好你个狡猾举子，跟本官卖弄上了开明学问，论起新刑律本官说不过你。等着瞧，后会有期！"他的轿子走了，扬起一片尘土。

在场的人一片欢腾，顿时将丁三甲和潘耀祖簇拥起来。

顾大伟摸着下巴颏混在人群中。他不知道混着做什么，只是出于"职业习惯"，机会不是从天上掉下来的，是在东游西逛中捕捉的。

第六章

洞房花烛

1、不是"胖乎乎"而是"丰满"

丁三甲和潘耀祖被村人簇拥着走来。

消息传到了村里,多半个村出来迎接。村人们嚷嚷着:"谢谢二位壮士!""二位壮士办了一件大事,把县太爷定了的事情一把推翻了。""你们救了村子里的孩子,我们得杀猪宰羊谢谢你们呐。"

面对着汹涌的赞扬声,潘耀祖高兴的嘴都合不拢,一再谦虚地说:"小事体小事体,有什么可谢的。不过是我们应该做的。"

白发长者说:"二位壮士谦虚了,谦虚啦!你们今天做的事情,绝不是小事体,是一般人所做不来的。没有两下子的人,遇到今天的情景,就是想见义勇为一把,也救不下孩子。而你们如此轻巧,如此在理地就把县太爷驳得体无完肤。依老夫之见,你们好像是学过的,是经过高人指点的。您二位是做什么的?"

潘耀祖"谦让"起来,"洒家的身份还是不说为好吧。"

白发长者说:"就说说吧。磕头也得有个牌位,我们怎么也得知道,是什么人救下了我们的孩子。说吧说吧,村人都等急了。"

潘耀祖说:"唉!在村人澎湃的赞扬声中,让洒家长久地谦虚地保持缄默,实在是一件困难的事情。既然你们一定要知道,洒家就只好说啦,洒家嘛,不过是一家讼馆的馆主而已。"

第六章　洞房花烛

四周传来惊叹，"哎呀，还'而已'呢，壮士居然是讼师。""馆主身材魁伟雄壮，看着像是个武举，真是文武双全呀。"

潘耀祖说："讼师嘛，干的活儿就是争论是非，为人辩冤。所以嘛，今日所为实在算不了什么，的确是洒家份内的事嘛。"

白发长者说："馆主，老夫刚才都看在眼里了，刚才馆主没有怎么说话，倒是这位举人把县太爷捉弄得狼狈不堪。"

丁三甲说："我只是潘馆主的旗下讼师。要说聪明智慧，得属我们这位馆主。我的一举一动，都是馆主在背后指点的。"

潘耀祖说："丁举人所说属实、属实！洒家的聪明智慧装在肚子里，轻易不露，只有非办不可的事，好主意才咕嘟咕嘟向外冒。"

丁三甲附和："用开明辞令说，我们的馆主为人'含蓄'。"

潘耀祖说："洒家一向是很含蓄的。但凡为人含蓄者，大都像洒家这样深藏不露、少言寡语的。本讼馆接到案子，通常是洒家居幕后指挥，前台冲冲杀杀的事情由丁举人代劳。"

白发长者说："按照你这么说，但凡遇到事情，是你在后面掌控，不时对丁举人面授机宜，丁举人才能有所作为。"

潘耀祖说："可以这么说吧。"

一个孩子插话："我刚才听见你对丁举人面授机宜了。"

潘耀祖说："噢，你听见啦。太好了太好了。孩子，洒家是怎么向丁举人面授机宜的？你不妨学给在场人等听听。"

那孩子偏着小脑瓜想了想，"你那话是怎么说来着……对了，你对丁举人说'多管闲事多吃屁，少管闲事少拉稀'。"

潘耀祖冒汗了，"嗯？洒家还会面授这等机宜？"

丁三甲赶忙出面解围，"诸位诸位，孩子年幼不懂事，张嘴就来。其实这是潘馆主的暗语。逢到这种时候，潘馆主都是正话反说的。他的本意是'多管闲事是英雄，少管闲事毛毛虫'。"

厚道的村人顿时信以为真，纷纷说："噢，原来是这样的。"

潘耀祖说："好了好了，乡亲们，我们还有事情要做，我们走啦。"

白发长者说："二位壮士先不要走，我们是要酬谢的。"

潘耀祖说："谢谢你们的挽留，不过洒家真的要走了。我们急着要去落霞村，听说在这附近。你们知道怎么走吗？"

村人捂着嘴笑，"这里就是落霞村。""你们来落霞村做什么？"

丁三甲说："潘馆主是来相亲的，我陪着他一起来。"

白发长者一愣，"潘馆主？噢，你姓潘，要到哪家相亲？"

潘耀祖说："去吴家看刚从上海惠中学堂学成回来的吴小霞。"

一位村民说："你们为之洗冤的孩子就是小霞的弟弟小刚呀。"

丁三甲说："耀祖，听到没有，你还没有见到吴小霞呢，还没成为吴家的女婿呢，就先搭救了一把小舅子。"

一听这话，善良的村民们会心地笑了。

有位老者拽拽潘耀祖，悄悄一指，"跟你们说话的这位长者，是我们吴家的族长吴豫圃先生。吴小霞的父亲吴晟是他的儿子，吴小霞是他的孙女，吴小刚是他的孙子。"

顾大伟在人群中听，吴豫圃、吴晟、吴小霞、吴小刚这些名字及连带关系不妨记住，不知道在日后是否用得上。白相人的习惯是不轻易放过任何线索，对当记住的记得特别清楚。

吴豫圃说："头些日子，潘老板捎来口信，说他儿子潘耀祖要来相亲。这么说，你就是潘耀祖喽。好！等会儿见见吴小霞。你们要是成了，我也有了个威猛的孙女婿了。到家了，进去吧。"

吴豫圃领着丁三甲和潘耀祖进了一幢房子。这幢房子在村北，院落较大。吴豫圃领着二位壮士进去后，村人就散了。顾大伟没能进去，却也没有走开，而是围着院子前前后后看了看。

吴小霞的父母像迎接大恩人，把丁三甲和潘耀祖请进正堂，伺候他们坐下，端茶沏水。潘耀祖端着茶杯东张西望，他在找"胖乎乎"，急于想看到是什么样的。要是模样还行，就多呆一呆；要是模样惨点，坐一会儿就走了，回到苏州回禀老头子，就算完事了。

门口泛起一阵骚动，一个女子领着刚才放风筝的少年过来。少年扑通跪倒，叫道："感谢二位壮士相救。"

姑娘道了个万福，"谢壮士从县太爷手中救下了胞弟。"

这姑娘约莫十八九岁，头发浓密，梳得齐齐整整的泛着光，浓眉大眼高鼻梁，嘴唇略微显厚，颧骨那里红扑扑的。个头儿挺高，身体挺壮实，胸脯挺得高高的,像是快把上衣绷破了。

丁三甲对潘耀祖咬耳朵:"这姑娘就该是吴小霞了,是有点丰满,但是满脸喜兴,招人疼惹人爱的。你小子艳福不浅。"

吴小霞说:"我就这么一个弟弟,吴小刚是我们家的独根独苗,你们救下的不仅是我弟弟,也是救了我们全家呀。"

男女主人一看就是老实人,惶惶然然就要下跪谢恩。

吴豫圃拦住了说:"你们就不用客气了。你们猜这位高大魁梧的是谁?就是潘老板的儿子潘耀祖呀。他俩来相亲,走到贞节牌坊下遇到吴小刚被陷。路见不平,拔刀相助,来了这么一出。"

老实的吴晟惊呼起来:"原来你就是潘耀祖。"

吴小霞看了潘耀祖一眼,含羞地低下了头。

吴晟急忙说:"小霞,快点给耀祖哥哥行礼。"

吴小霞道了个万福,"潘哥,小女吴小霞这厢有礼了。"

潘耀祖一拍大腿,"家父有些糊涂,说你'胖乎乎',见到本人方知家父用词不当。文明辞令那个词怎么说来着?对了,叫'丰满'。你应当叫'丰满'才对。古诗说得好哇,'花开堪折则须折,莫使花落空折枝'。小霞姑娘正是花季,婚嫁一事当抓紧才是。"

吴小霞害羞不过,捂着脸回身跑了。

潘耀祖仰起脖子,毫不掩饰,目光紧紧追随着她的背影。

丁三甲看着他,"耀祖,你就别愣着啦。在落霞村你也出尽风头了,吴小霞你也见到了,对这次相亲,你还满意吗?"

潘耀祖站起来,"还相亲个鬼哟,马上成亲吧。"

2、稍有残缺的金童玉女

苏州城布局"三横四直",河上有联系道路的桥梁,妓馆多建河边。俊雅悠扬的"水磨调"夜夜回荡于大小河汊畔,让嫖客心荡神迷,乐而忘返。由于娼业发达,饮食业与娼业若即若离,不少酒楼灯红酒绿的,评弹开篇不绝于耳,有脱不掉的暧昧色彩。叫化鸡酒楼倒没有沾染这些,是个正经八百的吃饭地方。

雅间里,酒菜简单。吴小霞托着腮帮子,似乎听得挺入迷。

潘耀祖支着膀子，高喉咙大嗓门："洒家今年二十二岁还出一点头。不瞒你说，在苏州这种粉黛之地，男人很难长久保持身心的纯净，洒家不能说没有一点沾花惹草的事，却从来不曾认真，有过三两次也不过是逢场作戏而已。这点，你见过的丁举人可以为证。"

吴小霞说："我在上海读书的时候，听人家说，苏州和杭州是男人天堂。谢谢潘哥，坦率地把自己过去的事情告诉了我。"

潘耀祖说："我的事情就是那样啦，一言以蔽之，过去稍微有一丢丢的放纵，但整体上还算是老实本分之人。小霞姑娘，你呢？你在上海那个花花世界里，是否做到了洁身自好？"

吴小霞坦然地说："我十九岁了，此前没有和男子相处过，我们上海惠中学堂是一所女校，全是女生，平日连校门都很少出。"

潘耀祖说："太好啦！我算得上苏州男人中比较规矩的东西，你则是守身如玉，洒家与你堪称是一对稍有残缺的金童玉女了。"

吴小霞说："我不知道你配不配'金童'，反正我可以说自己是'玉女'。但是，过去的事都过去了，一切都从我们相识之后算起。"

潘耀祖说："谢谢小霞姑娘对洒家的宽宏大度。我曾经见过一副对子，是专门骂那些视婚姻如儿戏者的。上联是：'你为容去，她为财来，一拍即合甚男女；下联是：'萍随水流，絮随风散，了无所挂啥东西'。你我既结百年之好，就不能这么做。你说呢？"

吴小霞落落大方地说："我既然嫁人，就是准备从一而终的。"

潘耀祖高兴地说："好！好好好，咱俩想到一块了。既然是这样的，下面洒家就要跟你说到正题了。咱俩都是开明人士，所以咱俩的婚礼也要开明，不搞'六礼'那一套，开明地把婚礼操办了。你是新式学堂出来的，洒家虽然没有读过新式学堂，但也是个开明秀才，想事都是开明的，看的书也是开明的。"

吴小霞说："我不反对开明结婚。我在上海见过洋人结婚，什么教堂呀唱诗班呀管风琴呀，神甫证婚一下就算完了。新婚夫妇然后就天南地北玩儿去，叫'蜜月旅行'。你打算怎么搞？"

潘耀祖咂巴着嘴，"咱们既不是洋人也没有入教，教堂唱诗班管风琴神甫的不说了，反正不能像土包子那么个搞法。"

吴小霞说："现在是光绪年，按照西历，已进入二十世纪了，我与你都是二十世纪的人，而西方称二十世纪为新世纪。在新世纪，结婚坐花轿太落伍，我是新式学堂出来的，我讨厌坐花轿。"

潘耀祖一擂桌子，"好！有这句话就行，新娘就不坐花轿了。盖头呢？我看红盖头也不要啦。那东西土了巴几的，你既然在上海见过洋人结婚，洋新娘子有头上盖个红绸子的吗？"

吴小霞说："洋新娘子是没有红盖头，可是人家有婚纱呀。"

潘耀祖问："你的意思是还得有红盖头。"

吴小霞垂下头，"一来我觉得挺好玩儿的，二来嘛，我觉得不坐花轿了，再没有个红盖头，就一点结婚的样子都没有了。"

潘耀祖说："好好好，红盖头这条依了你。"

吴小霞说："别的好多好多都依你，你就安排吧，怎么着都行。"

按江南习俗，每逢红白喜事都要请响器班子，响器班以唢呐为主。逢到喜事，那高亢响亮的"嘀哩哇啦"，成为喜庆的主旋律。苏州城里有几个响器班，最好的一个在干将坊，班主姓莫。这天，丁三甲带着朋友阎亮亮来到干将坊响器班，找莫班主。阎亮亮从小学习小提琴和英语，现为苏州新式学堂的英语教师和音乐教师。

莫班主是苏州响器界的一位人物，一听是有钱人办喜事，酬金不低，赶忙让乐手拿出本事露一手。他们吹的是《百鸟朝凤》，嘀哩哇啦震天响。丁三甲刚听了个头，就摆摆手，让他们停了下来。

莫班主问："怎么？不满意？我再换个别的曲子。除《百鸟朝凤》之外，我们还会《大喜庆》、《小放牛》、《大团圆》、《花好月圆》、《梅花笑》、《牡丹花开红彤彤》、《六朝调》、《放风筝》、《十里稻花》、《回娘家》、《好一个俏佳人》，好多好多，里面保准有你们喜欢的。"

丁三甲摇了摇头，"你说的这些没一个我喜欢的。有个曲子不知道你们会不会，叫什么'拉'，'拉'什么来着。等我想想。是'拉'什么'茨'，是一边走路一边吹奏的。"

莫班主说："'拉'什么'茨'？种丝瓜的都得给丝瓜拉秧。是拉丝瓜秧？是《拉丝瓜》？可是没有这曲子呀。"

闫亮亮说："你别胡猜了，是斯特劳斯的《拉德茨基进行曲》。"

莫班主说："老斯特什么斯？苏州吹响器的我都认识，没这一号呀。老斯特什么斯是京师那边的？直隶那边的？"

闫亮亮说："老斯特劳斯根本就不是大清国的人，是奥国人。"

莫班主说："奥国人？闹了半天，拉什么基是洋人曲子。我看过洋人谱子，叫什么'五线谱'。上面爬的都是小蝌蚪，看着就眼晕。"

闫亮亮掏出一个本子递过去，"我把《拉德茨基进行曲》谱子整理出来了，整理成你们看得懂的乐谱，就照着这个练。"

莫班主说："照这个练也不行。洋人曲子都是用号、黑管、萨克斯风的，跟唢呐不是一回事，别麻烦了。得了，我把一首轻易不露的看家绝活拿出来，这曲子是在下亲自写的，属'原创'。曲名听一耳朵就忘不掉，叫《含苞欲放小野花》，这名怎么样？钱我一个大子儿也不多收你们的，在你朋友的婚礼上首演，你看怎么样？"

闫亮亮说："什么'含苞欲放小野花'，土到家了，这名就不能要。"

莫班主不管不顾的，挥手招呼他的人，"弟兄们，操起家伙，拿出精神，给主家演奏唢呐曲《含苞欲放小野花》。"

丁三甲说："不行。这是我朋友的婚礼，是开明婚礼。什么'小野花'，没有一点开明味道，就这么定。老斯特劳斯的《拉德茨基进行曲》，演奏的我们满意了，酬金加倍，但是一定要我满意。"

莫班主回身嚷嚷起来："弟兄们，给你们这个小本子，起早贪黑看看，好好认认谱子，拉什么德什么基的走路曲，尽快练出来。婚礼上要是演奏好了，主家给我加倍的酬金，我也给你们加倍。"

3、洞房新床下面躺着一个贼

潘家张灯结彩，婚仪在第一进院子的天井和正堂举行。

来贺喜的人很多，除了两家亲戚及四邻八舍，还有潘光宗那帮无所不在的老兄弟。潘耀祖的酒肉朋友，也能来的全都来了。

顾大伟也混了进来，像一条鱼一样在人群中游过来游过去。他是在估衣店偶然听说潘耀祖今天成婚的，想来捞一把。

响器班今天非同反响，闫亮亮带着几个会西洋乐器的学生来助兴，和干将坊响器班一道演奏着《含苞欲放小野花》。

第六章　洞房花烛

新郎官潘耀祖出来了。他上身洋装，打了条花领带，交叉着两条红绸子，胸口是绸子扎制的大花，头上戴着一顶瓜皮帽，下面是长衫，外加习武人喜欢的双梁布鞋。

丁三甲在正堂中央高声说："今天是潘耀祖先生和吴小霞女士的婚礼。朝廷实行新政，大清气象更新。潘家也实行新政，潘耀祖婚礼是开明新式婚礼，不抬花轿，不放鞭炮，不摆喜宴也不闹洞房，亲朋好友都来，大家彼此见见面，热闹热闹就算完了。"

人们安静下来。在伴娘的搀扶下，顶着红盖头的新娘子从第二进院落出来，进入第一进院落，直至进入正堂。

新娘子在正堂中站定，伴娘是她从落霞村家里带来的贴身丫鬟，叫吴红莺，也是高高壮壮的，脸蛋红扑扑的，煞是可爱。

人们都屏息静气地等着新郎官揭盖头。顾大伟四下看看，所有人都在等着新郎官揭开红盖头。他乘人不备，悄悄溜进第二进院子。

丁三甲说："本主婚人要着意说明一点，在新郎官看来，坐花轿和红盖头都是老套路，一点也不开明。因而特意叮嘱本主婚人，开明婚礼的路数是新娘子披婚纱以及管风琴、唱诗班、蜜月旅行什么的，但咱们苏州不是英吉利，不是弗朗西，不是美利坚，也不是德意志，婚纱没有地方找，至于蜜月旅行，新郎官的老爹老娘舍不得儿子远离家门，也就不搞了。现在请新郎官给新娘子揭红盖头。"

潘耀祖大模大样来到吴小霞跟前，高声说："在万象更新的二十世纪，揭新娘子盖头实在不新潮，应新娘子吴小霞的要求，洒家就苟且一把吧。"说完刷地拉下了盖头，吴小霞默默含羞地站着。

众人鼓掌。闫亮亮对着乐队使劲一挥手，喊道："开始！"老施特劳斯的《拉德茨基进行曲》回响起来。

潘耀祖上身挺直，右边的膀子扎开，右臂打着弯抬起来，而后抬头前视。吴小霞毕竟是从上海新式学堂出来的，不是没见过场面的村姑，会意地把左臂穿入，左手抓住潘耀祖的右臂上方。在乐声中，这对新人直着身板，迈着端庄的步子绕场一周。

闫亮亮灵机一动，玩儿了一点花活，带着他的学生乐队跟随着新人行进，莫班主是个明白人，干将坊响器班也跟了上去。

作为婚仪主持人，丁三甲现学了初步指挥要领。他的动作夸张而走形，《拉德茨基进行曲》演奏过程中，有一段需要听者有节奏的掌声配合，闫亮亮把这点提前告诉了他。每当响器班演奏到那个地方，他就挥动双手，指挥着来宾鼓掌。

在掌声中，婚仪被推向了高潮。"拉德茨基"陪伴着新人，簇拥着新人，向后面那进院子走去。苏州人不是没有见过世面的土老帽，先于内地品尝到洋东西。但这样既简单又出彩地操办婚礼，绝大多数来宾是头一次见识到。潘光宗兴奋地喊道："好！好好好。开明、开明！"来宾一起叫好，是京剧剧场中的那种喝彩，即从嗓子根上短促而有力咳出一声"好"。在京剧票友界，这是标准的彩声。

顾大伟溜进了洞房，一对粗粗的红烛在静静地发着光。

新床上挂着新的帐幔，床上是崭新的缎面被子，桌面上散落着大小不一的红包。有的包里是小额银票，有的包里是碎银子，都是来宾随喜的礼品。他拉开抽屉，寻摸可以偷的东西。抽屉里有些小零碎，只有一支做工精细的银簪子，他顺手揣进衣袋里，又把抽屉关上。他的手伸向桌子上大小不一的红包，打算席卷了即走。这时，门外传来脚步声。他为之一惊，抓耳挠腮地了一阵，索性钻到床底下。他在床下调整着身子，推开，两双鞋过来。新人入洞房了。他情知很难出去，躺着等待时机。

潘耀祖进门后，解开红绸带，拿下红花，打开窗户，叉着腰，站在窗前。吴小霞坐在床边，等着他说点什么。可是左等右等，那位却一直没有动静，不由问道："耀祖，你在干什么呢？"

这是潘耀祖一直等待的话。他遥望着夜幕，有板有眼地说："洒家在对着寰宇沉思，并且在沉思中冥想着天、地、人。"

吴小霞困惑地说："这是咱俩的洞房花烛夜，你怎么沉思起来了？如果一时没有倦意，不想睡，我们不妨聊一聊，共同谋划一下我们的未来。此时此刻，你大可不必冥想什么天、地、人的。"

潘耀祖依旧面对着夜空，"苍穹，如此高远而且如此神秘，对着黑沉沉的苍穹冥想，是洒家多年养成的的习惯。"

吴小霞的脸蛋红扑扑的，有些心荡神怡，羞涩地说："耀祖，以后再冥想天、地、人吧。现在……好像不是时候。"

顾大伟在床下听得一清二楚，新郎官傻乎乎的玩儿深沉，他几乎要笑出声来。他松弛了下来，而绷着的弦一旦松下来，就感到了一股倦意。毕竟，一天到

第六章　洞房花烛

晚在外面骗吃骗喝的，哪一单都得劳心劳神，人很容易疲乏。不久，他绷不住了，上下眼皮开始打架了。

潘耀祖玩儿的深沉没能拿住新娘子，又拿出另外一套，也是他的老套路。他面对着满天的星斗，轻轻地叹息了一声，"还是古诗说得好哇，'天阶夜色凉如水，坐看牵牛织女星'。"

吴小霞站起来，扑到窗前，看着夜幕，"从小我就听过爷爷讲的牛郎织女的故事。告诉我，哪个是牛郎星，哪个是织女星？"

这下把潘耀祖问二糊了。他往夜幕胡乱挥指着，"你看，那个就是牛郎星，牛郎星那边的，就是织女星。"

吴小霞好奇地睁大了眼睛，搜索着满天的星斗，"你指的是什么呀，哪个是牛郎星，哪个是织女星，你倒是指清楚了。"

潘耀祖又深沉起来，"小霞，星相之学博大精深，不是几句话就能说得明白的，等洒家有空再慢慢叙述。到你把这门博大精深的学问都弄透了，我再指给你看哪颗是牛郎星，哪颗是织女星。"

吴小霞撒娇地说："你都胡说些什么呀。人家就是找找星星好玩儿，谁要知道什么博大精深的星相之学。"

潘耀祖说："好好好，洒家暂且依你，博大精深的学问日后再讲，现在就指给你看。牛郎星与织女星呀，都长在天上，在天的哪儿呢？挺高的，比虎丘高多了。牛郎，你瞧，就是那边的那个，不对，是这边这个，嗯？不对，在那边，还是这边；织女，在这边，不对不对，在那边，还是在这边。"他胡乱指着。

吴小霞突然不做声了，紧张地靠到潘耀祖身上。

潘耀祖感觉到她的身体在微微地颤抖，"怎么啦？"

吴小霞害怕地说："你听，这是什么声音？"

潘耀祖不吭气了，竖起耳朵仔细听。

不知从哪儿传出一阵打呼噜的声音。

潘耀祖猫下腰寻找声音来源，把右手食指放在唇边，轻轻地"吱"了一声，而后举起蜡台，蹲下，往床下照了照。

烛光中，一个男子在床下平躺着酣睡。

吴小霞猛地捂住了嘴，吓得浑身哆嗦，几乎要瘫了。

潘耀祖轻手轻脚地打开门，把吴小霞送出去，指指斜对着的丫鬟吴红莺的房门。吴小霞会意，轻走两步，推开门进去。

潘耀祖关上门，而后来到床边，运了运气，大吼一声："看打！"

顾大伟被猛然惊醒，慌里慌张地往外钻，刚钻出床下，迎面就被狠狠地踢了一脚，顿时晕了过去。

自讼馆成立后，丁三甲就住在潘家了。洞房里一闹腾，把他惊动了，和潘耀祖一起把贼拖到柴房，看着男仆把贼捆起来。

潘宅的后面有一间柴房，柴房里只有一盏小油灯，黑乎乎的。顾大伟被捆得像一口将要杀的猪，两个男仆拎着棒子看着他。

潘光宗披着衣服过来，"好大的胆子，居然偷到洞房里了。你们检查了吗？丢了什么钱财没有？"男仆回答："清点过了，他偷了只银簪子，别的还没有来得及偷。"潘耀祖说："这个蠢货，他想等我和新娘睡熟后再下手。"男仆们议论："不能饶了他。""天亮后捆到县衙去。"潘耀祖弯下腰，对着顾大伟的面孔，"洒家的洞房花烛夜让你给搅了。别人没有吃上喜宴，洒家给你单独备了一桌，这就给你吃，连骨头带肉的，让你一辈子也忘不掉！"说完一拳重重地砸下去。

4、女师爷自以为是的暗示

历史上吴县地界屡有变动，而治所一直在苏州城里。

吴县县衙大堂和江宁县衙大堂差不太多，由于规制和设施都是两江总督府统一制定的，连建筑格局也近似。

门外响起沉重的鼓声。皂隶进来禀报："文衙弄的潘家昨天举行婚礼，有个贼钻到洞房里行窃，让潘家人抓住了，现在扭送来了。"

知县还没有到堂，角落里坐着个师爷，是个女的。她是知县查良怀的妻子，姓郭名香。清代，师爷与雇主的关系无奇不有，父为子幕，兄为弟幕不稀奇，甚至还有女师爷。据清人笔记，乾隆年间，某知府的女儿随父赴任，耳熏目染，以至对衙门里的事无不精通。父亲年老多病，精力不济，她代为主持政务，成为女师爷。知府去世后，这位巾帼幕友随兄赴任，成为哥哥的师爷，直到三十九岁才由兄长做媒嫁给一位新任知县。结婚后，她嘱咐丈夫只需管好"堂上事"，自己则在内院设"内签押房"，以四妾承宸誊抄，两个老妇把门，传递公文，"案无留牍，邑无废事"。

第六章　洞房花烛

郭香头也不抬,"叫知县大人出来,升堂。"站在两侧的皂隶们齐声喊道:"升堂。"查良怀提着袍子匆匆进入大堂,坐下。

不大会儿,潘耀祖进来,后面跟着两个男仆,各架顾大伟一只胳膊,拖进大堂,往大堂中央一扔。

查良怀问:"你是从哪里来的?找本官办什么案子?"

潘耀祖从不怵场,作为受害方更是器宇轩昂。他高声说:"洒家乃横塘镇秀才潘耀祖,现在光宗耀祖讼馆应着馆主。昨日洒家和落霞村吴小霞女士举行婚礼。入得洞房后,洒家和新娘子正准备享受良辰美景,发现该窃贼在床下酣睡,当即抓住,遂让仆人将他关押在柴房里,今晨扭送至公堂,请大人明断。"

查良怀问:"他盗窃什么啦?"

潘耀祖说:"搜出窃取新娘的一只银簪子。这个蠢货想等我们睡熟后再下手,结果自己反倒先睡着了。打着呼噜,睡得怪香"

郭香说:"还打上呼噜了?窃贼入室偷盗,神经向来绷得紧紧的,丝毫不敢懈怠,怎么还能睡着呢?你!抬起头来,让我看看。"

顾大伟缓缓抬起头来,神情像个受了委屈的孩子。

郭香看着他,尽力不动声色,她从来没见过这副模样的贼。

顾大伟面目俊朗,一对像鸽子般温存的眼睛,双眉飞挑,鼻梁笔直,额头和鼻子留着血污,洋装皱巴巴的,却也还算整齐。如果仅看外观,那副样子倒像个失魂落魄的公子哥儿,而不大像个贼。

查良怀一拍惊堂木,喊道:"报出你的姓名!"

顾大伟故作轻松地耸耸肩,""戴维·顾。"

查良怀探过身子,"什么什么?你说清楚了,什么'顾'?"

顾大伟放高声音:"戴维·顾。"

查良怀问:"你姓戴,名维顾。是不是?"

顾大伟说:"不是。本人姓顾,名大伟。"

查良怀喊道:"不就是顾大伟嘛,怎么又冒出个'戴维·顾'?"

顾大伟说:"中国人一般称呼阿拉为顾大伟,阿拉在上海的时候,十里洋场的洋人,称呼都是姓氏在后名字在前的。"

查良怀说:"混!本知县知道洋人的名字姓氏在后名字在前。可是你睁眼看看,你在跟谁说话呢,你在什么地方说话呢,这里是上海十里洋场吗?这里有个'洋人圈子'吗？这里是大清的县衙大堂。你少在这里虚头巴脑的搞假洋鬼子那套！"

顾大伟又耸耸肩，"阿拉久居上海，或许是习惯了。"

查良怀问："你久居上海，怎么到苏州来啦？"

顾大伟说："阿拉是苏州吴县人嘛，近来回家看看。"

查良怀说："说得还怪轻巧。回家看看，你家是在人家床底下吗？你回家看看，怎么钻到人家床底下去了？"

顾大伟说："阿拉之所以钻到人家床下，个中缘由一言难尽。大人，你看阿拉这样的是窃贼吗？别的阿拉不想过多解释，只说一句：在潘馆主的洞房花烛之夜，阿拉钻到那个地方，不是去偷的。"

查良怀一拍惊堂木，"不是去偷东西你干什么去了？"

顾大伟耸了耸肩，"阿拉还是不说为好吧。"

查良怀说："这叫什么话？什么叫'阿拉还是不说为好吧'。你以为这里是茶馆呀，你以为这里是大街呀，这是大堂！'阿拉还是不说为好吧'，放屁！大堂上你不说都不成，叫你说你就得说。说！人家的洞房花烛之夜，你偷偷溜进去想干什么？"

顾大伟说："阿拉左思右念，还是不说为好。"

查良怀一拍惊堂木，"不说就打，看本官用法棍撬开你的嘴！"

顾大伟说："大人要动刑就动刑吧。阿拉之所以不说，只是因为，阿拉实在不想伤害到阿拉最不愿意伤害的人。"

查良怀绕不过弯了，"顾大伟，你知道不知道，这里是大堂。在大堂上，你不要'阿拉'来'阿拉'去的绕弯子。明白说，你这个'阿拉'之所以不愿意说，是不是怕说出来后连累到别人？"

顾大伟说："谢谢大人明断，就是这个意思喽。所以，大人愿意用刑就用刑喽，阿拉挨几棍子也就挨喽，屁股蛋肿胀起来就肿胀起来喽，反正阿拉不愿意看到那个人受到一点点一点点的牵连喽。"

查良怀说："你会不会说人话，什么喽喽喽喽喽的，你'喽'个屁！说！那个不能受到一点点一点点牵连的人是谁？"

顾大伟说："大人就不用费心追究了。阿拉早就对大人说过了，那个人的名字，阿拉是万万不能吐口的。"

潘耀祖越听越不对味，在一边琢磨起来，"那个人……"

第六章 洞房花烛

郭香突然插话:"潘馆主,本师爷请你说说新娘子的来路。"

潘耀祖说:"洒家的新娘子吴小霞是吴县落霞村人。头几年到上海读新式学堂,最近小学堂毕业回到落霞村。洒家就知道这么多。"

郭香问:"你过去认识吴小霞吗?"

潘耀祖说:"不认识,而且在相亲之前从来就没有见过。"

郭香问:"吴小霞在上海读学堂的事情,你知道多少?"

潘耀祖说:"洒家没有去过上海,不知道吴小霞在上海学堂读书的情景。不久前到落霞村相亲,才第一次见到吴小霞。"

郭香问:"吴小霞过去与什么人交往过吗?"

潘耀祖说:"对吴小霞过去的交友,洒家一概不知。"

郭香说:"本师爷再问你,顾大伟在洞房里拿的那只银簪子,是你送给吴小霞的还是吴小霞从娘家带来的。"

潘耀祖说:"洒家乃是习武之人,浑身充溢着阳刚之气,怎么可能为女流之辈买什么银簪子。这个银簪子是吴小霞从娘家带来的。"

郭香若有所思地点了点头。

查良怀审到这步,有些拿不定主意了,不由看看女师爷。

郭香站起来,"知县大人,本师爷以为,这不是一起简单的入室盗窃案,先将顾大伟看押起来,我们回去商量商量,明日再审。"

查良怀说:"潘耀祖,你都听到了。明天你们这个时候来听审,你不是讼馆馆主吗,本官准许你带着讼师上堂。"接着起身走了。

郭香收拾了收拾案卷站起来,走之前,投过来两眼,看看潘耀祖,再看看顾大伟,心照不宣地笑了笑。

潘耀祖读懂了这种眼神。在女人眼中,五大三粗的他远远不是那奶油小生的对手,在吴小霞心中孰重孰轻,不言自明。

两个皂隶将顾大伟架走,皂隶们齐声呼喊:"退堂。"

潘耀祖呆呆地站着,呼哧大喘。

5、"让他看看我是不是姑娘身子"

潘宅正堂,咣当一声,一个茶杯在地上摔得粉碎。潘耀祖气哼哼地背着手,大步来回踱着，潘光宗着急地直嚅牙花子。

潘耀祖停下来大喊："我要是没有上过大堂，那个女师爷说什么暗示什么，我可能听不懂。可我是上过大堂的，又是讼馆馆主，法上的那点事门儿清。女师爷把话都'点'给我了，我听明白了。这件事没办法，谁也不要拦，我只有休妻，休了吴小霞！"

潘光宗捶胸顿足地说："你！你你……吴小霞她胖乎乎的，多喜兴多好看多懂事的女子，她怎么你了，你怎么就要休了她呢！"

潘耀祖说："老爹，你要是不嫌烦，儿子就再给你重复一遍。我们是以入室盗窃抓的顾大伟，顾大伟是入室了，可是他偷什么了？拿了个不值钱的银簪子，可见他入室不是为了偷盗。可为佐证的是，他在床底下居然打着呼噜睡觉，只有心里没鬼的人，才能在那种地方睡着。那么，顾大伟做什么来了？注意！这也是女师爷着意'点'给我的，顾大伟是不久前从上海回来的，而吴小霞也是前不久从上海学堂回来的。这不得不让人想到，他俩过去在上海认识，有一腿儿！因此，在吴小霞的新婚之夜，顾大伟才会钻入洞房，拿了吴小霞的一支旧银簪子留做纪念。我们一来，他吓得钻到床底下了。"

丁三甲插话："顾大伟拿分手纪念品？他可不大像这种人。"

潘耀祖说："我理解顾大伟，他失去了吴小霞，受到了失恋的煎熬，心肝粉粉碎了，才会做这种事。"

潘光宗恍然大悟，"儿子呀，你爹给你挑媳妇光想着门当户对了，没有了解一下她原来怎样，就草率地让你办事了。"

潘耀祖委屈的什么似的，"既然老爹反省了，儿子也有可反省之处。我对吴小霞全然不了解，只是觉得她丰满好看，就迎娶了她。现在想想，我觉得她丰满好看，别人也会觉得她丰满好看。"

潘光宗说："可是可是，你们刚刚开明结婚过。不坐花轿，不放炮仗，不请喜宴，什么劳斯特斯、斯斯特劳的嘀哩哇啦走路曲，新人踩着拉什么德走路曲的步点进了洞房，文明热闹一通，左近方圆肯定会为之轰动。你转脸又要休妻，我这老脸可往哪儿搁呀！"

丁三甲冷冷地说："潘伯伯，你不要跟着耀祖瞎起哄。他要休妻，他休什么妻？他为什么要休了人家吴小霞？他没有抓住吴小霞任何把柄，所说的那些都是推测，没有事实依据。"

第六章　洞房花烛

潘耀祖扒着胸口，激动地喊着："不错，刚才所说是推测。我真想把一颗猛烈跳动着的心扒出来，让你看看我的推测是怎么来的。三甲，你是知道的，我也经历过失恋的煎熬，在江宁青楼，我犯了一个美丽的错误，在那难忘的日日夜夜，我的心也曾经被碾得粉粉碎。将心比心，对那个混蛋王八蛋顾大伟，我给予十二万分的理解！"

吴红莺冲进来，眼圈通红，哭叫着："老爷老爷，少爷少爷，丁举人丁举人，不好啦不好啦，小奶奶她不想活了。"

丁三甲第一个冲出去，来到新房，看着里面的情景。

吴小霞趴在床上哭的昏天黑地，潘耀祖的娘率领一伙子女眷安慰着她。女眷们不无数落，不无抱怨："那家伙明明是想偷东西，一听你们来了，没有地方去，吓得钻床底下了。""可那女师爷想到哪儿去啦，胡思乱想嘛。""耀祖是直肠子，不会曲里拐弯，女师爷胡思乱想可以，不能逗引着直肠子也往那上想。""小霞，我们都知道那女师爷，她叫郭香，一天到晚自作聪明，拨拉着知县团团转。""耀祖是明白人，光宗耀祖讼馆馆主嘛，很快就会回过味来，那时候就会把你当个宝贝哄着，放在手里怕冻了，含在嘴里怕化了。"

潘杨氏坐着，拍打着腿，"哎哟，还是我家老头子说得好哇。潘家父子两代隔若天渊，我家老头子是'一片宋玉情怀，十分卫郎清瘦'，头脑很是活络灵光，而我们的这个儿子呢，脑瓜子是特别的不活络不灵光，科考都要找枪手。这回又一根筋地要休妻，只要是他认准了的事，任凭什么也牵不回头了。耀祖是钻了牛角尖啊！"

吴小霞猛地直起腰，横着一揩眼泪，"潘耀祖钻牛角尖不要紧，他潘耀祖可以休妻嘛，我吴小霞可以投井嘛，但是，在他休妻之前，在我投井之前，事情得有个说法。昨夜是我的洞房花烛夜，女人一辈子就一回，生让贼给搅了，我和潘耀祖什么也没做。现在去把他喊来，我和他上床，让他看看我是不是姑娘身子。如果不是，他潘耀祖休妻，我吴小霞投井；如果我是干干净净的姑娘身子，他潘耀祖得还我吴小霞一个清白呀！"她扑倒在床上，嚎啕大哭起来。

丁三甲一推门框，迅速离开，来到丫鬟吴红莺的房间。

吴红莺坐在床上悄声哭泣着。丁三甲进来，拘谨地看了看，在床边坐下来。他不敢坐得太深，屁股小心翼翼地压着床边。

吴红莺匆匆擦了擦眼泪，等着。

丁三甲说:"红莺,我只问你几个事。"

吴红莺垂着头,捏着衣襟,"你就问吧。"

丁三甲说:"红莺,你过去知道不知道顾大伟?"

吴红莺说:"我不知道顾大伟是谁,从来没听说过,更没见过。"

丁三甲问:"吴小霞提到过顾大伟没有?"

吴红莺说:"没有。别看我是个使唤丫头,霞姐却把我视为妹妹,心里有什么话都告诉我。我从来没听她提起过顾大伟。"

丁三甲说:"那么,婚礼那天,顾大伟见过你没有?"

吴红莺说:"说不来。顾大伟混进潘馆主和霞姐的婚礼,我是霞姐的伴娘,不知道他是否看见我了。但是来的人那么多,婚礼一会儿就结束了。他就是看见我了,也未必会对一个丫鬟留心。"

丁三甲说:"那么,顾大伟见过吴小霞没有?"

吴红莺说:"那我就说不来了。我搀扶着霞姐出来时,霞姐顶着红盖头,顾大伟不可能在那时见到吴小霞。而在红盖头揭开后,响器班吹着拉什么基走路曲,潘馆主和霞姐风光地挽着走了一圈,是很惹眼的,顾大伟那时如果在场,是会见到霞姐的。"

丁三甲说:"但是,吴小霞的红盖头揭开后,就在《拉德茨基进行曲》的乐声中离开回洞房了。而在此之前,顾大伟已潜入洞房。"

吴红莺说:"我明白了。顾大伟只有在霞姐揭红盖头之前离开,才可能在霞姐之前进入洞房。这么说,他那时没有见过霞姐。"

丁三甲说:"对。吴小霞顶着红盖头时,大家都急着看新娘子,没有人会留意到别的事。那个时刻是顾大伟溜进洞房的惟一机会。"

吴红莺说:"那么,顾大伟溜进洞房之后呢?"

丁三甲说:"我问过潘馆主,他和吴小霞进入洞房后,顾大伟一直躲在床底下,从那个位置不可能见到吴小霞的模样。其实,也不用我说,你想想,你要是趴在床底下,能见到屋里人的模样吗?"

吴红莺问:"丁举人,您跟我说这些……"

丁三甲说:"我跟你说这些,是因为明天还要上堂。"

吴红莺又问:"上堂……需要我做什么吗?"

6、县衙大堂:"黄浦江之恋"

郭香翻着案卷,她已成竹在胸,吊着嘴角,显得踌躇满志。

查良怀一拍惊堂木,"把案犯顾大伟押上来!"

两个皂隶一推,顾大伟走进大堂,随后跪下。

皂隶们齐声喊道:"原告升堂。"

潘耀祖进来,身后跟着丁三甲。潘耀祖来到顾大伟一侧跪下,按照县衙大堂的规矩,讼师免跪,丁三甲依然站着。

查良怀一看丁三甲,变了脸,"原来是你!"

丁三甲说:"本讼师前不久偶尔路过贞节牌坊,冒昧地与知县大人顶撞了几句。而这一次,我是原告的讼师。"

查良怀呼出一口长气,"开始吧。"

郭香抢先发问:"顾大伟,你夜里潜入潘耀祖洞房被逮获送交本县衙一事,你考虑得怎么样啦,愿意不愿意当堂供认呀?"

顾大伟顿时陷入了悔恨之状道:"阿拉经过了一夜沉痛的思考,深感阿拉犯下的罪孽是十分,不,是百分、千分、万分深重,给潘馆主一家人带来了无法挽回的伤害,愿意当堂供认。"

郭香说:"那就供认吧。"

顾大伟叹息了一声,"阿拉是吴县人,少小背井离乡,去大上海谋生。远离慈祥的父亲和慈爱的母亲,以及家里可爱的小狗狗,一人飘零在外,漫漫长夜啊,倍感清凄,还有那倍感苦恼,还有那倍感苦闷。一年前,阿拉偶然结识了惠中学堂女生吴小霞,由于双方都是吴县人,在异乡一见如故,常有来往,久而久之产生了浓浓的恋情。阿拉和吴小霞曾在黄浦江畔约会过十数次,皓月当空,江水流淌,呜咽有声,我们双双坠入爱河,及至私定终身。"

潘耀祖紧紧攥着拳头,脸都憋紫了。

顾大伟轻慢地瞥了潘耀祖一眼,"阿拉近日回乡,听说吴家贪慕财势,将吴小霞许配给潘耀祖。此一消息如同晴天霹雳,令阿拉肝肠寸断,几乎痛不欲生。无奈寒门小户,无力与财大气粗的潘家抗衡,只得打掉了牙往肚子里咽。由于痛苦万分,无以排遣,于是在小霞新婚之夜潜入洞房,想拿走一样小霞随身物品留做纪念,不承想,刚拿了一个簪子,小霞和潘耀祖即回洞房。阿拉无处可去,只得钻入床下，想在后半夜悄悄溜走。但是，由于阿拉近日心力憔悴，遂在床下昏睡过去，直至被潘家人擒获。"

查良怀问："说完啦？就这么多？"

顾大伟说："阿拉还有几句结束语。阿拉深知此举搅了潘馆主的洞房花烛之夜，还会给潘馆主的婚后生活带来许多不快，特在此向潘馆主表示深深的歉意，并愿意接受县衙大堂的任何责罚。"

郭香说："顾大伟供认清楚了。讼师，你有什么可说的吗？"

丁三甲说："我们从来没有见过这个人，潘馆主的婚礼也没有邀请这个人参加。本讼师认为，别看他说得天花乱坠，遣词造句还动了点脑筋，他就是个贼，还不是什么大贼，而是个什么都偷的贼娃子。看到人家婚礼，潜入洞房行窃，因愚蠢而被擒获。为了逃避刑罚，他捏造了一段子虚乌有的'黄浦江之恋'，把入室盗窃编排为入室取昔日恋人的信物。这是两种行径，入室盗窃可答杖乃至枷号示众，而入室取昔日恋人的信物，训斥一番撵下大堂就算了。他编造弥天大谎的目的，就是为了受到一番大堂训斥后一走了之。"

查良怀说："顾大伟，讼师所说与你所说的可是南辕北辙，相去甚远。你是不是为了逃避刑罚而欺瞒本官？"

顾大伟说："怎么会呢？大人不妨想想，按常理，贼入室行窃，卷走东西就是了，如果阿拉要偷盗，为什么仅仅拿了一个银簪子？"

丁三甲说："很简单，潘耀祖和吴小霞的文明婚礼费时很短，其他东西你还没有来得及偷，主人就回来了。"

顾大伟说："我如果是贼，为什么会在行窃时睡？"

丁三甲说："犯罪不是轻巧的事情，从偷鸡摸狗到男盗女娼，从谋财害命到杀人越货，哪一样活计都很累，都是心力疲惫的勾当。你每天都在窥测，都在'白相'，你够累的了，所以睡着了。"

郭香插进来，"不要在鸡毛蒜皮上争了。本案的关键是，顾大伟称自己与吴小霞曾经相恋，而讼师认为这段恋情是凭空捏造的。"

顾大伟说："我曾与吴小霞相恋，绝不是凭空说的。照常理，入室盗窃的窃贼，不必了解被窃者的底里，但是我对吴小霞很了解。"

郭香想了想，"顾大伟的这个说法倒是合情入理。贼要是入室偷盗哪个人家，进去后偷盗就是了，没必要了解被盗者的身世。顾大伟，你既然自称曾经与吴小

第六章　洞房花烛

霞相恋，你对吴小霞有多少了解。"

顾大伟一甩头，朗朗说道："大人如果想听，我就说说。吴小霞的娘家在吴县落霞村，宅第在村子偏北，三进院落，院墙是青砖，屋顶是脊瓦。吴小霞的祖父叫吴豫圃，父亲叫吴晟，弟弟叫吴小刚。这些，阿拉相信，新郎官潘耀祖先生都不会说得如此清楚。"

潘耀祖无奈地点了点头，表示默认。

顾大伟愈发抖擞，"还有，最近吴小霞的弟弟吴小刚在附近的贞节牌坊放风筝，不慎将牌坊顶的'敕建石'拉下。这块'敕建石'是道光皇帝诏令放置的，吴小刚此举本当以'大不敬'罪论处，但是过来一个仁慈官员，训斥了几句也就算了。"

查良怀看了看丁三甲，说："贞节牌坊一事倒是属实。"

顾大伟显得分外委屈，"阿拉说的当然会件件属实，这些都是与吴小霞相恋时她亲口相告的。知县大人，师爷大姐，请你们好好地想一想，如果我不曾与吴小霞相恋，能知道这么多吗？"

潘耀祖没有脾气了，头耷拉了下来。

顾大伟愈发得意起来，说："潘馆主，你是吴小霞的夫君，我刚才所说的那些吴小霞的身世，你知道吗？你能说得上来吗？"

潘耀祖散淡地一挥手，"行了，什么都别说了。"

顾大伟说："知县大人，你们听到了，我比吴小霞的夫君都了解吴小霞，怎么能说我与吴小霞的那一场相恋是凭空捏造的呢！"

郭香看看查良怀，点了点头。

查良怀一拍惊堂木，"大堂申辩结束。本官以为事实已相当清楚了，把顾大伟押下去，原告回去静候，本官不迟于明天下判。"

丁三甲说："且慢，讼师还有一事。顾大伟固然在堂上说得振振有词，但吴小霞称不认识顾大伟，拒不承认曾经与顾大伟相恋。"

郭香喊起来："这有什么奇怪的。我是女人我知道，女人到这种时候都不会认帐。噢，洞房花烛之夜，床上躺着今日的夫君，床下却躺着个昔日情人。打死吴小霞，她也不会认帐。"

丁三甲说："道理是这么个道理。但是吴小霞已经来了，在堂外候着呢。是不是让她到堂上走一趟，和顾大伟当面对质。堂审都把事实说明白了，即便吴小霞上堂哭闹一番，也改变不了堂审结果。"

让不让吴小霞上堂对质？郭香有些迟疑，沉吟着。

丁三甲说："顾大伟，你敢不敢让吴小霞与你对质呀？"

顾大伟一挺胸膛，"你以为阿拉不敢呀？让吴小霞来好喽，在大堂上，阿拉倒是很愿意见见小霞，与她重温一下旧情。"

丁三甲俯在郭香耳边，悄声说，"郭师爷，你看顾大伟，理直气壮的，再看看潘耀祖馆主，气得鼓鼓的。下了堂后，潘馆主要是这个样子回到家里，会立即休妻。郭师爷，您不妨成人之美，让吴小霞上堂嚎两嗓子，也是她对潘馆主的一番剖白，否则她和潘馆主今后的日子没法过了。而且，从情理上说，既然顾大伟在大堂上指天指地的说了不少，也应当给吴小霞一个在堂上辩解的机会。"

郭香的唇边泛出笑纹，"那就让吴小霞上堂辩解辩解，给潘耀祖灌点迷魂汤。"她一招手，"传吴小霞上堂。"

皂隶们齐声喊道"传吴小霞上堂。"

片刻，吴红莺气冲冲地走入大堂，谁也不看，直奔顾大伟。

顾大伟看来者不善，身体向后仰着，力图躲闪。

吴红莺冲过来，不由分说，啪地抽了顾大伟一个大耳光子，叫道："顾大伟，你这个骗子，我什么时候跟你相恋过，我什么时候跟你在黄浦江私定终身了。你说！"

顾大伟遮挡着，"小霞，别动手别动手。你忘啦？我们的一次次幽会，在浦江畔的卿卿我我、亲亲热热。"

吴红莺抡起拳头，劈头盖脸地打他，"胡说！胡说！谁跟你在黄浦江畔亲亲热热过，谁跟你卿卿我我过。打死你打死你！"

查良怀和郭香笑嘻嘻地看着。毕竟，这么热闹的事不多见。

潘耀祖则完全蒙了，吴红莺怎么自称起吴小霞啦？好在他知道丁三甲办事素来后发制人，因此不敢声张，只是懵懵懂懂地看着。

吴红莺打累了，一个屁股墩儿坐在大堂上，哭起来。

顾大伟朝着知县和师爷笑着，"我挨打也就挨打了。这种事情本来就是预料之中的，吴小霞本来就是不可能承认的嘛。"

吴红莺哭哭咧咧地说："人家都没有见过你，人家都不认识你，也不知道你是谁，你怎么能胡诌人家与你相恋过嘛。"

第六章　洞房花烛

　　顾大伟站起来，掸了掸衣服，"吴小霞，当着知县、师爷和你的夫君，我可以表明一个态度。听好啦，我顾大伟从此退出，不会再纠缠你了，你和潘馆主今后就好好过日子吧。"

　　吴红莺哭声骤顿，站了起来，正色："顾大伟，你在说谁呢？吴小霞吴小霞的叫着。告诉你，我不是吴小霞。"

　　顾大伟愣住了，"你……你不是吴小霞？你是谁？"

　　吴红莺叉起腰来，"我是吴小霞的贴身丫鬟，我叫吴红莺。"

　　刹那间，不仅顾大伟愣住了，而且查良怀和郭香也傻了。

　　丁三甲看着呆若木鸡的顾大伟，好笑地说："顾大伟，露馅了吧。你把吴小霞的贴身丫鬟吴红莺当成吴小霞了，可见你并不认识吴小霞，也从来没有见过吴小霞。本讼师没有错怪你，你和吴小霞的'黄浦江之恋'，统统是骗人的鬼话，完全是你凭空捏造的。"

　　潘耀祖忽地站起来，指着顾大伟，"你！你！你！"

　　丁三甲搂住他，"耀祖，别说了，什么都别说了。知县大人和郭师爷自然会处置这个骗子，用不着咱们动手。咱们回家，咱们马上回家，你老老实实给弟妹负荆请罪去。走走走。"

　　丁三甲和吴红莺搀着潘耀祖往堂外走。顾大伟倒下了，就像一滩泥巴。查良怀和郭香呆呆地坐着，就像是两个木偶。

7、关于笞刑和"四折除零"

　　清代，对犯人的刑罚分为笞、杖、徒、流、死五种。清圣祖主张以政为宽、尽量为罪犯死中求生，执政间制定"四折除零"杖罪制度，即对轻罪犯人实行杖责时可以"打折"。如果判决应杖责一百，在具体实施时，折为四十板。杖罪分为笞、重杖、满杖三种，其中"笞"是最轻的刑。笞罪又分为五等，从十板至五十板，每十板为一等，笞五十板是笞罪的最高等级。每笞十板折成四板，称为"折责"。折责的板数除去零头，只责"五"板和"十"板。例如，判决笞二十板，按照"四折除零"的杖罪制度，应该折责八板，除去零头"三"之后，实际上只责五板。

　　清代执行笞刑统一使用小竹板，用竹茏削去两头后制成，大头阔一尺五寸，小头阔一寸，长五尺五寸，重量统一为一斤八两。行刑的时候，行刑者手握小头部分，责打犯人的臀部。比笞刑重的是"重杖"，换大竹板，大头二寸，小头一寸五分，重量为二斤，长度也是五尺五寸。杖罪责打的数目是从六十板至一百板，每十板一等，分为五等。执行杖刑时，折责数目也是"四折除零"。杖罪的最高数额为一百板，称为"满杖"。按照"四折除零"，满杖也不过是四十板。对于犯罪情节严重的犯人，需要枷号示众时，必须在枷号期满的当天进行杖罪，而不允许先杖后枷。这样也是为了减轻犯人的痛苦。如果屁股打烂了再枷号，犯人受不了。

对于顾大伟的笞刑数目，查良怀认为，顾大伟编造的谎言不仅骗了潘馆主一家，也把吴县县衙耍得滴溜乱转，打死也不解恨，因此主张"满杖"，而后枷号示众。郭香倒比他的男人来得清醒些，顾大伟那小子混归混，而细数下来，不过偷了个旧银簪子，纵然欺瞒县衙可恶，也不至于"满杖"。两口子争执一番，结果是判顾大伟重杖六十。经过折责为二十四板，除去零头，实打二十板。

当日下午，狱卒把顾大伟从号子里提出来，拽上大堂，如狼似虎的杖丁把他按到长凳上，几把退去裤子。这时，他倒不大珍惜自己的身子，而是珍惜自己的裤子，叫道："侬要小心一点啦。阿拉这条是洋装裤子，是阿拉从上海洋人铺子买来的，好贵好贵的哟。"

重杖用的是大板，顾大伟看到大板就肝儿颤，就筛糠，也就把从上海洋人铺子买来的裤子抛诸九霄云外了。他可怜兮兮地央求行笞刑的："侬知道的，阿拉的小身体弗是租来的。侬看看，阿拉细皮嫩肉的，屁股蛋白净净的，侬打轻点好啦，侬打轻点好啦。"

顾大伟不说倒也好，越说反倒越麻烦了。

从明代起，打屁股就有潜规则，打多少下板子不重要，重要的是使多大力气抡板子。明宫以锦衣卫行杖，锦衣卫指挥的口令有"打"、"实打"和"着实打"三种，杖丁根据口令掌握三种尺度，一种比一种下手重。在行杖中，凡是被打死的官员，都不是挨杖的数目多而致死的，而是死于"着实打"口令之下。锦衣卫的做法承传下来，清代县衙大堂笞刑也有内部掌握尺度。至于如何把握尺度，很大程度上取决于杖丁的心情。挨打的那位长相顺眼不顺眼，所为是不是令人生厌，都是杖丁掂量用多大力气抡板子的参数。县太爷只判打几下，其他事由杖丁掂量着来。由此每每出现咄咄怪事，对月黑风高杀人越货的江洋大盗，杖丁反倒

第六章　洞房花烛

下手不重。从心理上追究原因，包涵着杖丁对强梁的敬畏，对阳刚的赏识，以及对江湖风月那份发自心底的仰慕。而对于众泼皮们猥琐龌龊的小罪小过，杖丁们发自心底蔑视，绝不手软，非打个灵魂出窍不可。

　　从此说开去，顾大伟倒霉就倒霉在他这路货和杖丁们天生就不对付，是针尖对麦芒的。在社会人群的划分上，顾大伟和杖丁们处于社会底层的两头。杖丁有杖丁的毛病，而总起来看，杖丁代表了百姓中蒙胧的正气，他们扬臂抡起板子那一刻，代表的是正气对邪气的压制，终日里大罪没有小过不断的顾大伟，集中了百姓最不入眼的邪性，杖丁只要见到这种货就撞火。一身洋装加一张俊美小脸儿，足以令生活贫寒的杖丁们窝火，油嘴滑舌，加上时不时冒出点娘娘腔，即便没有一星半点过失，糙老爷们儿也想踹两脚；酸了巴几，把名字放在姓前面，人前人后愣充"洋人圈子"里的，让杖丁眼睛里冒火星子，为了逃避刑罚编造瞎话，生把别人往里绕，闹的人家鸡飞狗跳、寻死觅活的，这种晦涩歹毒之徒，更让杖丁们手痒难禁。因此，别看这位"阿拉"充其量只偷了个旧银簪子，是个针头线脑的小小罪过，也令杖丁们憋着劲"着实打"。

　　笞刑二十由四个杖丁轮换，每个杖丁打五板，这是锦衣卫遗制。四个杖丁，个个咬牙切齿，瞪圆眼珠，抡起棍子嗖嗖有声。二十板下来，顾大伟仅存一口气了，屁股蛋整个开了花。捎带说一句，他那条在上海洋人铺子里买的洋装裤子全然撕扯烂了，没法要了。

　　最终没有把顾大伟枷号示众，缘于知县查良怀、师爷郭香自我谴责意识的觉醒。毕竟，郭师爷的主观臆断，逗引着顾大伟在大堂上越发甚嚣尘上。顾大伟的谎话之所以编得如此之圆，知县和师爷两口子有不可推卸的引导责任。郭师爷的纯粹女性思维把顾大伟引入了一个偏门，顾大伟是在这个偏门里临场发挥的。

　　另外，从身体状况看，也不可能把顾大伟枷号示众了。这个油头粉面的家伙虽然只是白净净的屁股蛋挨了板子，却殃及整个身心的稀里哗啦。他如果不落下个终生残疾，就算是今生今世的造化了。

　　对顾大伟行笞刑时，潘家人一个都没有到场。

8、新婚夫妇办正事

　　潘耀祖在新房的门口忙着贴对联，吴小霞漠然看着。潘耀祖边贴边说："上联是'今日拌嘴,明日磕牙,不吵不成两口';下联是'冷时添衣,饭时夹菜,会疼会做夫妻'。嘿嘿嘿。"

潘耀祖贴罢对联,对吴小霞极尽媚态,"嘿嘿嘿。昔有梁鸿、孟光夫妻,每相见必长揖万福,每吃饭必举案齐眉。这么过日子,整日里罗罗嗦嗦的活受罪,我未必做得到。我做得到的是,嘿嘿嘿,今后一定专心致志疼爱'胖乎乎',彻底忘掉'细溜溜'。嘿嘿嘿。"

"你要是真的疼爱吴小霞,也别再提什么'帘卷西风,人比黄花瘦'了。嘿嘿嘿。"丁三甲一边说着一边上楼。

对潘耀祖、丁三甲的插科打诨,对他们俩做戏般的一次又一次的嘿嘿嘿干笑,吴小霞像木头一样毫无反应。她受的委屈太深,还远远没有消气,也不是潘耀祖的低声下气就能通融的。

潘耀祖浑身解数快要使尽了,"嘿嘿嘿,小霞,好媳妇,我,我还有个对子呢。上联是'我隔三岔五扯几句小谎,哄你高兴';下联是'你经年累月操一个闲心,盼我发达'。嘿嘿嘿。"

天幕黯淡下来,这是人心泛起骚动的时辰。

吴小霞忧伤地看看天井上方的天幕,"横批呢?"

潘耀祖一摸后脑勺,"嘿嘿嘿,我还没有想好呢。"

丁三甲凑过来,"我想好了。横批是'洞房花烛'。"

吴小霞回转身来,"洞房花烛?为什么是'洞房花烛'?"

丁三甲说:"还用说吗。你们的洞房花烛夜让那贼给搅黄了,而且随后生出了一场风波,固然挺窝囊。但是,风波过后,二位应该发现,你们每个人都如此珍惜这场婚姻的纯净,都不愿意让里面掺杂一丁点儿污浊,这又是多么美好。"

潘耀祖和吴小霞躲躲闪闪的看看对方。闹了一大场,他们才发现,自己在对方的心里是那么压秤,而这正是做长久夫妻的基石呀。

丁三甲说:"自从入洞房那一刻,你们就算小两口了。现在是婚后的第三天,二位补上洞房花烛之夜,去做那小两口当做的事吧。"他把情意绵绵的一对新人往门里一推,从外面合上了门。

他刚要走开,门里传出吴小霞撕心裂肺的一声哭喊。接着是一阵拳打脚踢的声音,掺杂着潘耀祖的高声告饶。

"没事啦。"丁三甲动情地擦了擦鼻子,朝门里喊道:"吴小霞,给我狠狠地

第六章　洞房花烛

打！打完再狠狠踹几脚，让潘耀祖这家伙长点记性。"

门里传出吴小霞的喊声："他的块头太大了，我打不动他。"

丁三甲朝着里面高喊："那就留着以后慢慢打，以后有的是收拾他的时间。现在，办你们该办的正事！"

片刻，门咣当一声大开，潘耀祖扶着门把手，探出头来，兴奋地大喊大叫："还是古人说得好哇，女人亲吻男人是一种幸福，男人亲吻女人是一种口福！"随即，门又咣当一声关上了。

丁三甲微笑着挠挠头，走开了。

第七章

"二必居"酱菜园

1、轻易到手二十两银子

光宗耀祖讼馆成立，馆主潘耀祖就忙相亲，随后又忙婚事，丁三甲也跟着，裹在里面瞎胡张罗。潘馆主成亲后，家里起了风波，待到风波彻底消停，又是七八天过去了。前后算下来，光宗耀祖讼馆开张一个月后，潘馆主和丁讼师才第一次来讼馆。

这天早晨，丁三甲和潘耀祖刚刚走进文衙弄，远远看见讼馆门口有两个人在转悠着，像是在等人。

一个中年人背着手，不安地来回踱着。他的后面，不远不近地跟着个后生。后生壮壮实实的，不时地左右张望，像是在戒备什么。这两个人都不穿官衣儿，看起来却与官府有点模模糊糊的联系。

中年人身着灰布长衫，瘦高瘦高的，也许个子太高了，稍微有点驼背，就像个大麻竿儿，两只眼睛深陷，黑眼窝很重。

丁三甲过去，热心热肠地问："先生，你在等谁呢？"

中年人说："我在等光宗耀祖讼馆的讼师。有点事情，请他们帮帮忙。来了多次，这里一直没有人，也不知是怎么回事。"

丁三甲好奇地问："这个小讼馆成立才没有几天，而且从来没有对外宣传过，你们为什么不去找别的讼馆，偏偏找我们？"

中年人左右看看，"你们就是光宗耀祖讼馆的吧？进去说。"

光宗耀祖讼馆里只有两张桌子和两把椅子，由于多日没打扫，蒙着尘土。自从瘦高个中年人带着个后生进入房间，光宗耀祖讼馆算是接待了第一拨事主，开始承揽讼馆成立以来的第一个活儿。

潘耀祖拉开椅子，一屁股坐下来，这是他第一次以馆主的身份待客，还找不到感觉，想哼啊哈的说点什么，却想不出恰当的词。他扬起脸，扯着脖子喊："丫鬟，上茶！"半晌没有人吭气。

丁三甲说："馆主，咱的讼馆没有使唤丫头，也没有炉子和开水，连点茶叶都没有准备。我到隔壁米铺弄点茶去。"

中年人说："不用忙活了，以后会有喝茶的时间。我今天来这里，只说三句话就走。就三句，多一句也没有。第一句话，我叫舒梅村，祖籍京师，时下的身份不便说，你们也不要问。第二句话，请你们帮我找一个女子，她叫赛媚媚，现年十九岁，住在苏州，线索是赛媚媚曾经与'严酱瓜'一起生活过。第三句话是，十天之内必须找到，先付你们二十两订金，你们找到人后再付三十两银子。"

跟着的后生二话不说，把一个布包往桌子上一放。

丁三甲看着布包发木，讼馆开张后还没怎么着呢，白花花的银子送上门了。"舒先生，你把订金放在这儿，需要我们打个收据不？"

舒梅村伸出四个指头，"那就是我今天的第四句话了，我不需要收据。"说完疾迅地一甩头，带着后生推门就走了。

丁三甲和潘耀祖打开布包，里面是两个十两重的银锭子。

潘耀祖愣呵呵地看着银子，"洒家的讼馆还没有开始干活儿呢，二十两银子就到手了……哇呀！"他搂着丁三甲，一个劲地拍他的后背，"哇呀呀！讼师挣钱可太容易挣了，银子来得这么快。早知道是这样，我就让老爹把所有买卖都关了，跟咱们一块当讼师算了。"

他俩嘻嘻哈哈一通打闹，丁三甲停下问道："刚才来的那位叫什么来着？对了，叫什么舒梅村。让咱们办什么事来着？找个人。"

潘耀祖放下了银锭子，"对了，找谁来着？"

丁三甲推了他一把，"你收了人家二十两银子，居然不知道找的是谁。找一个十九岁女子，叫赛媚媚。"

潘耀祖说："这么大个苏州，到哪儿找个赛媚媚去。"

丁三甲挠着头,"舒梅村先生倒是说了个地方,说赛媚媚曾经与'严酱瓜'一起生活过,就这么一点线索。所说的'严酱瓜'可能是个人名,也可能是位姓严的师傅,腌制酱瓜出了名,不好说。你以为二十两银子是白拿的呐,咱们得尽快找到'严酱瓜'。"

潘耀祖说:"咱们明天怎么找?从哪儿下手找?"

丁三甲说:"凡是酱瓜街、酱瓜弄、酱瓜园、酱瓜作坊的,统统找遍,然后再从这些地方找个姓严的。我知道有一条酱瓜街,就在苏州织造府附近。明天先去酱瓜街。"

2、有一伙人先行了一步

街上飘着腌咸菜的气味。酱瓜街,一听就是咸菜贩子相对集中的街市,这里隔不几步就是卖咸菜的铺子。在江南,咸菜以腌制的黄瓜为主,称为酱瓜。酱瓜是咸菜的代称,卖咸菜的街又称酱瓜街。酱瓜店多小本经营,门脸不大,沿街柜台上整齐码着咸菜坛子,旁边大都坐着阿嫂。丁三甲和潘耀祖沿街蹓着,一连问了十几家。这十几家卖酱瓜的,有姓赵的,有姓钱的,有姓孙的,有姓李的,《百家姓》头四个姓氏赵钱孙李都凑全了,就是没有一家姓严的。

在酱瓜街的一个背静地方,他们停下来重新合计。

丁三甲说:"这么找不行。舒先生说赛媚媚和'严酱瓜'一起生活,我以为'严酱瓜'是姓严的卖酱瓜的。'严'和'腌'乍听一个音,舒先生所说的'严酱瓜'是不是个'腌酱瓜'的?"

潘耀祖说:"即便是个'腌酱瓜'的又能怎样?"

丁三甲说:"如果是'腌酱瓜'的,就只能是个作坊,卖酱瓜的铺子多,而腌酱瓜的作坊不多。"他向一个酱瓜铺子走去。

卖酱瓜的阿嫂问道:"客官,要什么酱瓜呀?"

丁三甲笑吟吟地问:"阿嫂,向你打听一件事,你们这些酱瓜是自家腌制的,还是从外头趸来的?"

阿嫂说:"当然是趸来的啦。酱瓜行当,腌和卖分得清楚。腌制酱瓜要用几十口大缸,占地大。腌制行的利本薄,苏州地皮贵,酱瓜作坊不可能在城里租大地方摆放大缸。"

第七章 "二必居"酱菜园

丁三甲说:"这么说,腌制酱瓜的作坊都不在苏州城里。"

阿嫂说:"那可不,都在苏州城附近的两三个村子里,什么孙井村、西鱼塘村的,我们断了货,就到那里去趸货。"

丁三甲说:"南甜北咸东辣西酸。各地人的口味不一样,酱瓜也有好几种口味呢。你们的酱瓜都有些什么口味的?"

阿嫂说:"我们铺子的酱瓜口味齐全。有苏味的,口味偏甜;有川味的,主要是泡菜;有赣味的,口味带点辣;还有京味的。"

丁三甲问:"京味的酱菜园是怎么回事?"

阿嫂说:"有一家模仿京师'六必居'的酱菜园,学得还满像。但是人家不敢打'六必居'的旗号,那位酱菜作坊老板说了,京师'六必居'闻名遐迩,他也就学了个三成,就叫了个'二必居'。"

丁三甲问:"'二必居'作坊在哪里?"

阿嫂说:"苏州城以西的西鱼塘村,离城有个四五里地吧。"

丁三甲问:"阿嫂,你好好想想,在苏州左近方圆,除了西鱼塘村这家,还有别的家仿京师'六必居'酱菜吗?"

阿嫂回答的挺利落:"没有了。这条街上的酱瓜铺凡是要卖京师'六必居'风味的酱菜,都是到西鱼塘村的'二必居'趸货。"

丁三甲回身,"耀祖,走。西鱼塘村,找那家酱瓜铺子去。"

潘耀祖说:"到哪儿干什么?'二必居'跟赛媚媚有关吗?"

丁三甲反问:"舒先生说一口地道不过的京师话,他也说自己是京师人。舒姓固然是汉姓,满洲也有个大姓为舒穆鲁氏,很早就陆续改为汉姓,一部分人随徐姓,另一部分人随舒姓。如果舒先生是从舒穆鲁氏改为舒姓的,那他就是京师旗人。我听京师朋友说,京师旗人吃咸菜,只认'六必居'酱菜园。舒先生让咱们找的赛媚媚,如果跟舒先生有较深瓜葛,当是南下的京师旗人后裔。这种人如果跟'腌酱瓜'扯上了,也应该是京师'六必居'的那种腌酱瓜。"

西鱼塘村离苏州城不远,丁三甲和潘耀祖走了半个时辰就到了。

这是个不大不小的村落,拢共几百户人家。绿荫环绕,附近有片大鱼塘,不时有鱼跃出水面,泛起一阵阵涟漪。估计西鱼塘村这个村名就是因在苏州城西,附近有鱼塘而得名。他们还没进村口,就闻到一股子腌酱菜味儿,进了村口,越往里面走,这种气味越重。

前面有辆马车，两匹高头大马，车身宽敞，不像是民间代步的马车，是官府用的。几个人扎着膀子向马车走过去，像是刚打过架，脸上挂着余怒，嘴里骂骂叽叽。几个人中，领头的长相有几分俊，一对丹凤眼，眉毛飞挑。"俊"于男人并非好字眼，男人一旦让人觉得"俊"了，保不齐有些花花草草的因素裹在里头。

丁三甲和潘耀祖经过马车，那几位警惕地打量着他们。丹凤眼跳上驭手座位，一屁股坐下，火火爆爆的一嗓子，"盯着老丫挺的！"

一个村人过来，贴着路边走。潘耀祖迎上去问道："这儿有家'二必居'吗？"村人不敢说话，只朝前面努了努嘴。

丁三甲和潘耀祖顺着村人努嘴的方向走过去。其实也不用问路，越来越浓烈的腌酱菜气味把他们引到了一扇门前。

这是一个占地几亩的院子，院门虚掩着。他们推开门进去，只见几十口大缸，排放的很整齐，两个干活的小伙计蹲在院子里哭。

丁三甲的直觉是出事了，而且与那辆马车有关。他推门进屋，愣住了。一个人躺在床上，身上有血迹。一个瘦巴巴的伙计正用清水给他一点一点地擦拭血迹，一看进来人了，惶恐地停下来。

躺在床上的那位四十大几岁，是个滚圆的胖子，平躺在床上，又短又粗。见到有人进来，奋力从床上支起身子，瞪着俩眼珠子，高喊："打吧！再来打吧！打死我也不会告诉你们！"

丁三甲吓了一跳，"打？谁要打你？你这是怎么啦？"

瘦巴巴的伙计惶惶然说："你们跟他们不是一伙儿的？"

丁三甲说："跟谁一伙儿？我们是来找'二必居'酱菜的。"

瘦巴巴的伙计嗫嚅着："客官，我们这儿就是'二必居'，但顾不上卖酱菜了，出事了。刚才一伙恶徒闯进来，向老板要地址，老板不告诉他们那个地址，他们就动手了，把老板打成了这个样子。"

丁三甲说："老板，请问尊姓大名。"

躺在床上的那位说："姓不尊名不大，于魁胜。"

丁三甲说："于老板，那伙恶徒来找谁？"

于魁胜一听，戒惧地闭住了嘴，满腹狐疑地打量着他们。

潘耀祖"哇呀呀"一声喊，飞起一个旋子腿，而后摆了个骑马蹲裆式，叫

第七章 "二必居"酱菜园

道:"于老板,你尽管说出来,洒家好替你摆平。"

丁三甲说:"那伙恶徒是不是来找赛媚媚的?"

于魁胜看了他半晌,"你是怎么知道的?"

丁三甲说:"我们也是来找赛媚媚的。"

于魁胜紧张起来,"你们也找赛媚媚?十几年了,没人打听没人问的,这些日子怎么啦,都冲着赛媚媚来了。谁让你们来的?"

丁三甲:"我们受舒梅村先生之托来找赛媚媚。"

于魁胜从床上坐起来,"不是我信不着你们,而是事情闹成这样了,说话办事必须稳当。你们自称受舒梅村先生之托,舒梅村长得什么样的?他对你们是怎么说的?"

丁三甲说:"舒梅村先生瘦高,稍微有点驼背,像个大麻竿儿,两只眼睛深陷,黑眼窝很重。他让我们十天之内必须找到赛媚媚。"

于魁胜点了点头,自言自语:"还算靠谱。这么说,跟传的差不离儿,老爷子那儿当真出事了,急着要托付赛媚媚什么。"

丁三甲听了个似懂非懂,"本讼馆以诚信为本。我们收了舒先生的订金,答应了十天内找到赛媚媚,请您告诉我们赛媚媚在哪里。"

于魁胜满腹狐疑地看看他俩。

丁三甲说:"俗话说,受人钱财与人消灾。有人为了找赛媚媚打上门了,可见她现在处境悬乎。我们只有尽快找到她,才能保护她。"

于魁胜看了看窗外,压低声音:"留园斜对着的一条巷子叫酸枣巷,西边数第三个门,赛媚媚就住在那儿。告诉她,赛老大正到处找她,让她找个地方躲躲。最近万万不能露面,更不能来我这里。"

丁三甲说:"我们找到赛媚媚后,怎么交给舒先生?"

于魁胜说:"我了解老舒,老舒到时候会去接她。"

丁三甲和潘耀祖走了之后,那辆马车仍然没有离开村子。

薄暮时分,一辆马车来到"二必居"酱菜园门口,两条壮汉跳下车。二人肤色都是黑鳅鳅的,而且都是大长脸,都有点驴头驴脑的。一位叫孙驴子,另一位也是驴脸,叫那擦黑。

他俩自称要买几坛子酱菜,那个瘦巴巴的伙计把几坛子酱菜搬到马车上,掸掸手,准备离去。一个驴脸说:"麻烦你把坛子码放整齐了。要不然路上一颠簸,坛子会滚下来。"伙计听话，上车码放坛子，两副驴脸不由分说，往他头上忽地罩了一个麻袋，而后死死地压在身下。丹凤眼一挥鞭子，马车随即跑起来，绝尘而去。

马车的后面，留下"二必居"酱菜园伙计不绝于耳的惊叫。

3、酸枣巷里的开打

酸枣巷是一条陋巷，窄窄巴巴的，巷子里的房屋都低矮破旧。巷子名为"酸枣"，却连棵树都没有，更别说枣树了。

丁三甲进入这条陋巷，按照于老板所说，找西边数的第三个门。不大会儿就找到了，他指着一扇破门，"就是这儿了。"

潘耀祖念叨着："十九岁，啧啧。赛媚媚，啧啧。这年纪，啧啧，这名字，啧啧。"他不轻不重地敲着门，酸不溜丢地呼着："赛媚媚，赛媚媚，赛小妹妹，你倒是开门呀。"

院子里面静悄悄的，没有声音。潘耀祖手脚一块上，连砸带踹的，却依旧温情脉脉的，"赛小妹妹，倒是开门呀。"

院门忽地一下从里面打开，一座肉山横亘在门里，恶声恶气地喊道："吃了熊心豹子胆啦，谁敢砸我的门！"

丁三甲和潘耀祖一看开门的女子，吓了一跳。

她又高又胖，猪一般的俩小眼，厚嘴唇像是合不拢，牙口倒整齐，头发没梳理，一绺绺耷拉着，穿着拉沓，大乳房高耸，和肚子间没有过渡，窝窝囊囊的。那女子叉着腰粗声大气地问："你们找谁？"

潘耀祖颇不耐烦，通过女子的身躯向后张望着、嚷嚷着："让开让开，胖婆娘别堵着门口。洒家要进去找赛媚媚小姐。"

那女子问："你们找赛媚媚？你们找赛媚媚干什么？"

潘耀祖向里面继续张望，"这你就管不着了。"

那女子说："我管不着？我还非要问问，你们找赛媚媚什么事？"

潘耀祖说："跟你无关，你不要打听。"

那女子说："与我无关？亏你说得出口，我就是赛媚媚！"

丁三甲和潘耀祖大吃一惊。

第七章 "二必居"酱菜园

赛媚媚咧开厚厚的嘴唇咯儿咯儿傻笑起来,"怎么?你们没想到?你们听了赛媚媚这个名字,以为赛媚媚是个小美人儿呢,是不是?你们以为赛媚媚是朵小鲜花儿呢,是不是?"

潘耀祖愣呵呵的点了点头。

赛媚媚一抹脸,"放屁!我那干爹是个厨子,从小就给我胡吃海塞大鱼大肉的,我还能长成什么样!你们找我干什么?"

潘耀祖说:"让开,到里面说去。"

赛媚媚一步不挪,"哼,想进本小姐的闺房?没门儿。"

潘耀祖说:"就你这样的还有间闺房。"

赛媚媚说:"想说就在这儿说吧,是不是给我找了个男人,让我嫁给他?行啊,只要不聋不瞎不哑不瘸不拐,差不多的就行。"

丁三甲说:"你也不看看什么时候啦,还满脑子想着嫁人。赛媚媚小姐,不是本讼师吓唬你,你先保命吧。"

赛媚媚大惊:"保命?有人要我的命?"

丁三甲说:"究竟是怎么回事,我们也说不清楚。你刚才说你有个干爹,你的干爹是不是叫于魁胜?"

赛媚媚说:"是啊。"

丁三甲说:"昨天一群恶徒到'二必居'酱菜园,把于老板打了个半死,逼着于老板说出你在哪里。"

"啊!"赛媚媚大惊失色。

丁三甲说:"你马上收拾收拾东西,跟我们走。"

赛媚媚惊慌的浑身发抖,"你们要带我去哪儿?"

丁三甲说:"去哪儿还没想好,先离开再说。"

赛媚媚刹那间灵活的像只胖兔子,出溜钻回了房间。

丁三甲和潘耀祖也跟着进去了。

不大会儿,他们仨扛着、抱着、提着大包小包,急急火火地出了院门,没走出两步就站住了。

一彪人气势汹汹地进了酸枣巷。领头的是丹凤眼,他滑稽地穿着夜行服,头上还顶着一顶行者帽,就像是京剧《三岔口》中的戏装。

两伙人相向站住,打量对方。

丁三甲小声说:"他们是昨天去'二必居'的那伙人。"潘耀祖的拳头一收一放的,"看出来了。"

丹凤眼晃着膀子前出一步,并起剑指,指着对方叫板:"呔!万里阳光普照,蓝天白云飘飘,居然有歹徒在光天化日之下抢人。大胆歹徒,看尔等跑往何处!"他的调门完全是京剧道白。

赛媚媚吓得哆哆嗦嗦的,"大哥,他们是不是要抢我上花轿呀?"

潘耀祖说:"放心,没人抢你上花轿,你上了花轿得把花轿压垮。"

丁三甲提着花包袱过去,"你们不要挡道。让开!"

丹凤眼身后闪出两条驴脸壮汉,架着那个瘦巴巴的伙计。孙驴子恶狠狠地问:"那胖娘们儿是不是赛媚媚?"

瘦伙计自打在"二必居"酱菜园门口被绑走,还不足一天,却被整得稀松了。驴脸壮汉答应,只要领到酸枣巷指认出赛媚媚,马上就放他走。他抬起头,说:"她就是于老板的干闺女赛媚媚。"

那擦黑仰仰下巴颏,小声问:"他俩是哪儿的?"

瘦伙计说:"他们说自己是什么光宗耀祖讼馆的。"擦黑和孙驴子同时一撒手,他扑嚓摔到地上,一骨碌爬起来,拼命跑了。

丹凤眼扎着架势,依旧是京剧道白口吻,叫道:"风和日丽,鸟语花香,微风送爽,沁人心脾,展眼望去,好一派锦绣河山。吾等不愿见到青堂瓦舍的太平街巷中来个兵戈铁马,哗啦啦血流成河。吾等让开也可,尔等把那小娘子赛媚媚留下。"

丁三甲说:"有人花钱让我们找到赛媚媚,凭什么要交给你。"

丹凤眼说:"赛媚媚虽然貌不甚佳,乃是我的小妹也。"

赛媚媚喊了起来:"放屁!我根本没有见过你!"

丹凤眼连忙摆手:"说错了说错了,重来重来重来。"接着又道白:"由远及近,洒家细细看来,该赛媚媚虽然貌不甚佳,体态亦无窈窕可言,其人乃是赛府赛横公子的小妹也。"

孙驴子嚷嚷:"赛媚媚是我们赛府的人,你们把人给留下!"

他身后的一伙喽罗吵七八火的,很是助声威。

丹凤眼叫道:"既然尔等不知个好歹,执意不愿把赛媚媚给吾等留下,且让你们看看本武师的手段也!"

第七章 "二必居"酱菜园

为了显摆自己那两下子,他立即做上了京剧武生的"花手",双脚迈着小碎步,手上的动作幅度很小,却很快。

潘耀祖几乎要笑,"就这破花架子,还想吓唬人呢。"

丹凤眼做完"花手",累的气喘吁吁的,却不歇息,随即摆出个大鹏展翅,说道:"尔等歹徒,吾等已告诉尔等,赛媚媚是吾等赛府之人,尔等把赛媚媚给吾等留下,而后走尔等的就是了。"

潘耀祖说:"什么'吾等'、'尔等'的,把洒家都绕晕了。"

赛媚媚喊起来:"二位哥哥,小女子根本不知道什么'赛府',也不知道他们所说的哥哥,你们千万不要把我交给他们。"

潘耀祖把赛媚媚推开,活动着手指头的关节,走上前去。

驴脸壮汉一伙立即拉开了要开打的架势。他们是前京剧武生白展昭手把手教习出来的,就像是京剧舞台上的集体亮相。

潘耀祖差点笑出声来,"看看你们那副德行,一个两个傻了巴几的,外行外行,简直是在糟蹋武林。以后你们再准备打群架,千万别胡乱比划身架,你们放门户的架势,一看就是唱戏的路子。"

丹凤眼说:"嗯?你好大的狗胆,胆敢辱骂我的众门徒。"

潘耀祖摆摆手,"收了收了,不要惹洒家生气。"

丹凤眼放了个门户,招手叫道:"好汉好汉,尔等如若不怕本教头的拳脚,就过来,吾与你过过招,试试你的身手。"

潘耀祖看都不看,一拳出去,势大力沉,那丹凤眼飞了出去。

丹凤眼在地上挣扎着,吃力地爬起来,"汝这一举动堪称无赖手段,汝趁吾没有防备,就先发制人,算得上哪路好汉。"

转眼间,丹凤眼又自顾自地练上了,把个花拳绣腿耍得煞是好看,还来了几个武生标准的"小翻"。

潘耀祖全然不为之所动,低着头,若无其事地捻着下巴颏,像是没看见对方的花哨表演。丹凤眼的小翻刚落地,人还没站稳,潘耀祖上身不动,横着一拳出去,那武生又飞了出去。

潘耀祖走上前去,拎着丹凤眼的领子,一把拽起来,"早就跟你说了,不要惹洒家生气,也不知你是怎么听的。当着你的徒弟,俺给你留点面子,一边凉快去吧。"随即往边上一扔。

丹凤眼只剩下捂着脸,在墙根底下哎哟哎哟的叫唤了。

驴脸壮汉之一孙驴子壮着胆子上前,拉足了架势。

潘耀祖向他勾了勾手指头,"过来,过来,尽管放马过来。"

孙驴子胆怯地叫道:"我怕你的拳头。"

潘耀祖几步逼过去,"好办好办,洒家对你不动拳头,只动脚就是了!"言毕飞起一脚。孙驴子忙出手遮挡,哪能想到飞来的一脚力如千钧,他被震了出去,嗥叫一声倒在地上。

赛媚媚拍着巴掌叫:"大哥打得好!打得好哇!"

潘耀祖素来不禁夸,有人叫好,立马抖擞精神上去,一阵拳打脚踢。几个喽罗发一声喊,架起白展昭和孙驴子逃窜。

赛媚媚喜形于色,放下拎着的大包小包,上前笨笨拙拙地道了个万福,喜滋滋地说:"谢谢二位好汉古道侠肠,于乱军丛中来了个'英雄救美',获救的小美人儿兼小妹妹这厢有礼了。"

丁三甲看看潘耀祖,"'英雄救美'之后……咱们怎么办?"

潘耀祖大口喘息着,想了想,"是啊,还真有人要下大力气抢走小美人,看样子得把该小美人寄存在什么地方。"

丁三甲蹙着眉头,"这位小美人儿兼小妹妹,寄存在哪儿都不放心。这样吧,让她先住在讼馆,隔壁米铺料理她的吃喝就是了。"

4、来不及穿鞋就跑了出去

赛府后院的正房里,丹凤眼低眉顺眼站着,眼皮不时向上翻。此人原是一家京剧戏班子的武生,过去姓啥名甚无从知晓,现名白展昭。这名是从《三侠五义》来的,书里有个白玉堂,还有个展昭,他把俩名捏到一块了。突然,一只巴掌重重抽到他脸上。

打人这位,也就是三十岁出头,身板挺拔,面目有几分清秀,大眼睛,端正的鼻梁,一字嘴,眉宇间透着几分骄横,几分张狂。他叫赛横,是前任江南巡抚赛赫德的独子。

清代以巡抚为省级地方政府长官,总揽一省军事、吏治和刑狱等,位次略低于总督,在职官表中却平行,别称抚台、抚军。赛府在苏州算得上大宅,据清

第七章 "二必居"酱菜园

制,巡抚退休后,应携全家回京师的。江南省巡抚赛赫德退老后,奏了一本,要求在江宁或苏州度过余生。终清一代,这种事情很多,一般是照批不误。

赛横还没有成婚,玩儿心忒大,在枫桥镇把着货运码头,弄些进项。码头得管理,管理就少不了打架,他招募了一帮打群架的喽罗。喽罗得有人管着,他豢养着几个狐群狗党。狐群狗党处铁了,就成了心腹干将,是心腹干将就得出主意,就算入了"幕府",成为他的"幕僚"。这伙人是苏州小官小吏的后代,整天琢磨吃点喝点,再找个小家碧玉玩儿玩儿,白展昭就是这群猫三狗四的"教头"。

赛横指着白展昭的鼻子骂道:"瞧你那孙子样。你原先是个京剧武生,嗓子倒仓没人要了,我收留了你,放在门下当武师,相当于赛府'禁军教头',开封府八十万禁军教头林冲那角儿。可你不但没找回赛媚媚,还让个胖讼师打得满地找牙,简直有辱赛府门风。"

白展昭低着头,"老大息怒,本武师知错。可是,也不能全怨本武师矣!本武师带着众门徒费了九牛二虎之力摸到赛媚媚住处,可是,讼师先行一步带走了赛媚媚。本武师和门徒费了九牛二虎之力堵住讼师,可是,交手之后,本武师费了九牛二虎之力也没能将他打赢。"

赛横说:"'可是可是'个屁!那么多人居然弄不住两个讼师。"

白展昭右拳往左掌一砸,一顿脚。"呀呀呀呀呀呀呀,思前想后,想后思前,本武师之所以未能取胜,个中缘由,乃是由于不在状态。"

赛横怒喝道:"'本武师本武师',你说得还怪溜,扯淡!我还不了解你,我还不知道你有多大浓水儿,你无论在不在状态,就那么大起子了。不说你了,那两个人是哪个讼馆的?打听出来没有?"

白展昭说:"从'二必居'酱菜园绑来的伙计全招了,那两个人是光宗耀祖讼馆的。我打听过了,光宗耀祖讼馆在文衙弄。"

赛横说:"今天夜里到光宗耀祖讼馆摸摸,赛媚媚是不是躲在那里了,要是在那儿,就多出动几个兄弟,把赛媚媚抢回来。"

且不说赛府里如何准备抢人,单说在光宗耀祖讼馆里,两张书案并起来,成了一张床,床上铺着从赛媚媚家拿来的被褥。

赛媚媚刚在潘家大洗大刷了一番,换了一身干干净净、宽宽大大的衣服,头发也梳理整齐了,不那么拉沓了。

潘耀祖瓮声瓮气地说:"赛媚媚,开讼馆的不能把事主放到家里住。你在这里委屈几天，过几天舒梅村先生会来接你的。"

赛媚媚说："人家娇滴滴病怏怏的，就像林黛玉一般，是个弱不禁风的小姑娘嘛。小姑娘一个人住在这儿，好害怕好害怕的哟。"

潘耀祖说："你比林黛玉胖五六圈，没人会劫色。况且赛府那帮人不知道这个地方，你就踏实住着吧。"说完就和丁三甲出去了。

赛媚媚在新地方过夜固然害怕，但胖人睡眠好。不大会儿，她就睡着了，四仰八叉地躺着，打着挺响亮的呼噜。

后半夜，万籁俱寂，月亮挺亮堂。

白展昭穿夜行服摸到光宗耀祖讼馆门前，他扒着门听了听，里面清晰地传来呼噜声。他在门前蹲了下来，掏出一把匕首，插进门缝，轻轻地拨弄了几下，把门闩拨开，推开门进去。

月光从窗户照射进来，一缕月光正投到一位酣睡者身上。

他攥着匕首，弯下腰，半蹲着走路，循着响亮的呼噜声摸去，摸到到书案前，猛地俯到赛媚媚身上，压死了她。

赛媚媚被惊醒了，看见一张人脸，吓得就要大喊。

白展昭的手猛地压在她嘴上，匕首一晃，低声说："胖娘们儿，喊就一刀子捅死你！"赛媚媚看见了匕首，吓得浑身一抖，噤声了。

白展昭压着赛媚媚，胸膛贴在她的大乳房上。赛媚媚抬眼看到攥匕首的人，哎？这不是在酸枣巷拦她的那个英姿勃勃的小武生嘛。

她问道："深更半夜压着一个娇弱的小女子，你想干什么？"

白展昭说："妈的，你以为我想压着胖娘们儿。我深更半夜摸到这里，是要把你带到赛府去。你执意不从，就白刀子进红刀子出。"他怕她喊，不敢贸然退下来，只有举着匕首，在她眼前比划着，她被压着，却渐渐感觉到了一种前所未有的舒适。

白展昭俯在她的耳边小声说："赛媚媚，慢慢起身。你要是不听话，死路一条；你要是听话，我不杀你。听到没有？""嗯。"她咬着嘴唇沉醉地点点头。白展昭说："听话，我就把手慢慢拿开，不许喊。""嗯嗯嗯。"她微眯着眼睛，沉醉地点点头。白展昭小声哄着她："赛媚媚，听话，注意，听话听话，我把手拿开后，你要听我的话，我让你做什么你就做什么。""嗯嗯嗯，嗯嗯嗯。"她瞪着眼睛，急促地点了点头。白展昭身子一动，要从她身上下来。

第七章 "二必居"酱菜园

她却一把抱住了他，不许他离开。他使劲挣挣身子。没想到胖姑娘的力气蛮大，把他的腰身箍得紧紧的，他根本动弹不得。她沉迷地扭动着身子，腰那儿还一起一伏的，发出一阵阵的呻吟。白展昭使足了力气挣扎，额头上冒出了点点汗珠，也脱不开身。

他不由放高声音："赛媚媚，放开本武师！"她陶醉的扭动身子，张着厚嘴唇，"小武师，媚媚听话，没有叫唤。你不是要我吗，要干什么你就快点来吧。"从这时起，白展昭感觉到不对劲了，在她眼前挥动着匕首，"放开放开，快点放开。你再不放开，我就宰了你！"

她享受着男人硬邦邦的身体，在呻吟中说："你才不会呢！刚开始，你怕媚媚不顺从，用刀子吓唬媚媚；现在媚媚顺从了，听你的话了，不喊不叫的，你才舍不得杀了娇娘子呢。"

白展昭终于听懂了，却也没辙了，使足浑身力气挣扎着。没想到的是，他的动作越大，她的反应越强烈，两只有力的大手把他箍得更紧了。她俯在他的耳畔，气喘吁吁地说："赛媚媚谁也没给过，你是头一个。快来吧，小武师，快点快点！媚媚都着急了。"

"嘿！他妈的。"他冲着她的耳朵喊起来，"赛媚媚，你这是干什么呀，你想到哪儿去了。知道不知道，我是来抓你的。"

她心荡神驰地说："知道你是来抓我的。现在你已经把赛媚媚抓住了，赛媚媚是你的人了，你就该处置媚媚了。"

他没招了，惊慌失措，不知该怎么办。她腾地翻过身来，把他压在身下。他傻乎乎地看着她。她两只粗壮的手按住了他的双肩，眼睛夤夤闪光，居高临下地吼道："小武生，我看你还往哪儿跑！"

第二天早上，当丁三甲和潘耀祖推门进来时，呆呆地愣住了。

赛媚媚正搂着一个男人睡觉，睡得怪香，还不住地巴嗒嘴。

那个男人平躺着，咧着嘴，喉了哈拉的打着呼噜，上身仍然穿着一身夜行服，而撩开被子看看，下面却光着。

丁三甲歪着脖子，看了着那个男人的脸，"哎？这不是带人抢赛媚媚的英俊武生吗？他怎么和赛媚媚睡上了？"

白展昭猛地睁开眼，一看见他俩，顿时慌了神，光着腿跳下书案，匆匆忙忙穿上裤子，甚至来不及穿鞋就跑了出去。

白展昭的动静把赛媚媚也惊醒了。她起身，看了看丁三甲和潘耀祖，脸红了，背过身去，咯儿咯儿咯儿地傻笑起来。

5、赛府喽罗们兵败如山倒

赛横有三大心腹，即"幕府"的三大要员：一个是前京剧武生白展昭；一个是前河间府杀驴人孙驴子，这个名字是怎么来的，连他自己都说不清楚；再一个就是前旗兵把总那擦黑，据说他是天擦黑的时候从娘肚子里掉出来的。凡有核心机密，都是他们几个人碰。

孙驴子唉声叹气的："唉！我们赛府在苏州一贯是威风八面，人多势众的，而且知道赛媚媚躲在什么地方，怎么就是弄不回来呢？"

赛横发脾气了，"白展昭昨天夜里到讼馆去捉拿赛媚媚，捉住没有？怎么连个信儿都没有？他人呢？怎么去了一夜都不回来？"

家人来报："白爷回来了。"

白展昭垂头丧气地进了屋子，一屁股坐下来。他面色惨白，那身夜行服穿了个乱七八糟，还光着脚，和平日判若二人。

孙驴子上下打量着他，"白武师，你丫怎么成这个逑样啦？蓬头垢面的不说，还光着脚。你的鞋子呢？赛媚媚呢？"

赛横冷眼看着，"还用问吗？你们的白教头不但没有抓住赛媚媚，看样子还被人家打了，打得不清爽。"

那擦黑问："你见到赛媚媚没有？说说怎么回事儿。"

白展昭痛苦地拍打着脑袋，"没法说，没法说，没法说呀！"

那擦黑问："你今天可不大对劲，到底遇到什么事情了？"

白展昭痛苦地拍打着脑袋，"没法说，没法说，没法说呀！"

赛横说："他看来是难以启齿了。饶了他，别再追问了。后天早上，你们多带几个人，把赛媚媚从讼馆里掏出来，活要见人死要见尸。我就不信，堂堂赛府对付不了俩破讼师！"

两天后，清晨，丁三甲提着一个漆器饭盒走来。看来他昨天夜里没有睡好，起床之后直到这会儿了，还是哈欠连天的。他来到讼馆门口，敲敲门，门开了一条缝，露出赛媚媚睡眼惺忪的脸。

第七章 "二必居"酱菜园

他把漆器饭盒递进去,"这是你的早饭。"赛媚媚完全没有醒过来,接过饭盒,又把门咣当关上,从里面插上。

丁三甲一回头,看见有个人鬼头鬼脑的往这边看。他定睛一看,又是那位京剧武生。白展昭看到被发现了,扭头就跑。

丁三甲大喊一声:"往哪儿跑!"旋即撒丫子追了上去。白展昭拼命跑,一边跑一边回头看。后面传来丁三甲的喊声:"你给我站住,你给我站住!"白展昭跑到一个拐角处,不跑了,回转身来。

丁三甲一看,愣住了,原来有七八口子在拐角处等着。他扭头就跑,一边跑一边回头看。后面传来喊声:"站住,你给我站住!"

丁三甲跑到讼馆门前,大喊:"救命呀!救命呀!"

讼馆的门开了,赛媚媚打着哈欠,伸着长长的懒腰出来了。

丁三甲从赛媚媚前面跑过。

她听到响动,扭脸一看,顿时喜上眉梢。

白展昭正大步向这边跑来,他边跑边喊:"不许跑,不许跑,不许跑!你给我站住,你给我站住,你给我站住!"

赛媚媚展开双臂,向他喊道:"赛媚媚没有跑哇,赛媚媚就在这儿呢。赛媚媚知道小武师想我了。快来吧,我的小心肝儿!"

狂追中的白展昭顿时收住了脚步,他看到一个庞大的身躯向他移动过来,看到张开的双臂向他扑来。他看到一个咧开的血盆大口,以及两只笑得眯成缝的小猪眼睛。他愣怔了一会儿,扭头就跑。

赛媚媚"心肝宝贝"的叫着,一路追下去。

白展昭一辈子也忘不了那一夜的"艳遇",跑的时候只想哭。

赛媚媚像个欲火烧心的母大虫,越追越急。

白展昭跑步间哭了出来,泪水向四下甩着。

赛媚媚边跑边伸出舌头,舌头在嘴唇边大大地一旋。

白展昭气喘吁吁地大喊:"救命啊,救命啊!"

赛媚媚大喊:"我救你来啦,我救你来啦!"

白展昭风一般跑过拐角处,孙驴子带人在那里等候。

一看教头在没命的跑,孙驴子毛了,一挥手,带着喽罗们跑了。

6、老爷子最后的心愿

几天之后，丁三甲和潘耀祖一左一右站在她的两边。一个皮囊放在桌子上，舒梅村把一锭一锭的银子往外掏，而后整整齐齐地码在桌面上，说道："这是尾款，三十两纹银。"

赛媚媚经过精心修饰，比过去顺眼多了。丁三甲把赛媚媚推过去，"这是你托我们找的人。"舒梅村带来的后生护着她出去了。

舒梅村说："潘馆主，丁讼师，咱们两清了。"

丁三甲说："事情，我们小讼馆算办完了。您能不能给我们交点底，满足我俩的好奇心。"

舒梅村坐下来，"二位即便不问，我也要把事情的告诉你们，因为下面还有事要做呢。你们找了几天赛媚媚，找的过程中，东听一耳朵，西听一耳朵的，事情的大轮廓应该看出来一些了。"

丁三甲说："好像模模糊糊猜到一点。"

舒梅村说："事情得从江南省巡抚赛赫德说起。我是赛巡抚的管家，于魁胜是他的厨子，赛老爷从京师调往江南，我和于魁胜追随他到江宁。初时赛巡抚的妻室留在京师，赛巡抚一个人在江宁寂寞，有染丫鬟尤小珍，生下了赛媚媚。赛巡抚的妻子和儿子南下后，知道了这事，死活要把尤小珍和赛媚媚逐出家门。赛巡抚扛不住，请于魁胜把尤小珍和赛媚媚带走，那时赛媚媚刚三岁。于魁胜早年在京师的'六必居'酱菜园当过几天学徒，离开赛巡抚后，去了苏州，在苏州开了家'二必居'酱菜园，挣到的钱用来抚养尤小珍和赛媚媚。头年，尤小珍病逝，赛媚媚也搬出了于家。"

丁三甲听出眉目了，"是不是近来赛老爷子快要不行了？"

舒梅村说："是。赛巡抚近日身体每况愈下，自感来日无多。回首平生，感到这辈子最对不起的是尤小珍、赛媚媚母女，打算将房产和积蓄的钱财给赛媚媚留一些，于是委托我找赛媚媚。赛老爷子的打算让赛横母子察觉了，处处窥测老爷子的一举一动。我是老爷子跟前最贴心的人，于魁胜到了苏州后，我就和他失去联系了，只知道他还在腌制酱瓜。我要是亲自出动寻觅于魁胜，动静太大，迟早会被赛横察觉，所以只能天天呆在府里，委托讼师在府外悄悄找。"

丁三甲问："那么……您为什么会找到我们？"

舒梅村说:"别管是哪儿,凡是大讼馆,都和官场有些不清不楚的勾勾扯扯,里面都串着话。如果找个大讼馆,这件事七拐八绕的,会通过意想不到的渠道传到赛横母子耳朵里,他们闹起来就麻烦了。之所以找你们,是由于你们这个讼馆刚成立,没名气,也就和官场没勾扯。一次和查良怀聊天,他无意中提到你们,说丁举人这小子油头滑脑的,两度弄得他没脾气。所以,我就找来了。"

潘耀祖大为失望,"闹了半天,不是因为我们讼馆鼎鼎大名才把你引来的呀。嗨!洒家可真扫兴。赛横为什么也要找赛媚媚呢?"

丁三甲说:"那还不简单,我都听出来了。赛横的打算是抓住赛媚媚,抓走后,杀是不大可能,或者关起来,或者藏在个没人知道的地方,赛老爷子找不到女儿,也就谈不上给女儿留什么遗产了。"

赛媚媚跟着舒梅村走了。她回家适逢其时,老爷子快不行了。

赛巡抚住在二进院落正房,家眷在外面等候。赛媚媚一身素服,舒梅村和于魁胜站立两边。赛横搀扶着母亲绷着脸,从房里出来。舒梅村和于魁胜搀扶着赛媚媚进去,他们直到天擦黑才出来。赛媚媚出来的时候,哭成泪人,眉宇间却有一种松快下来的感觉。

赛媚媚脸对脸见到了生身父亲。她三岁离开时不记事,对生父没有留下记忆,只记得毛扎扎的胡子刺得稚嫩的小脸蛋生疼。而这次不一样,她见到了父亲,谈了,是两个成年人间的谈话。老爷子谈到动情处老泪纵横,老爷子还有好多话要说,还有好多话要问。虽然话还没有说够,没有说透,但是看得出来,当他们离开时,赛老爷眉宇间平和了,压在心头多年的一块石头挪开了。他对于走在前面的尤小珍和仍然在世的亲闺女有个交代了。

所说的交代,除了与亲生骨肉之间的一次长谈之外,还有一张纸。这张纸叫做遗嘱,上面规定了在他遗留的全部家产中,赛媚媚应该得到的一份,以及于魁胜应该得到的一小块。

当舒梅村和于魁胜搀扶着赛媚媚沉痛而端庄的走出来时,舒梅村那只干枯的右手紧紧攥着一个信封,信封里就是那张纸,也就是那份遗嘱。遗嘱上有赛老爷子最后的签字:赛赫德。

第二天深夜,赛老爷子仙逝了。

按照清制,退休巡抚的丧礼不能办得时间太长了,有个十来天就足够了。家人悲哀,自己关着门嚎去。而给社会看的这一块,必须收场了。时间拖得太久,规格过高,都属于"违制"。

这天,赛府主要成员都集中在正堂,听宣布赛老爷子的遗嘱。赛横母子坐在一侧,于魁胜和赛媚媚坐在另一侧。

舒梅村戴着老花镜,打开信封,说:"巡抚大人仙逝前留有遗嘱,并在病榻上嘱托我,在他的丧事后宣读。我今天就读给你们听:我为官清廉,积蓄无多。现有苏州房子一所,计有三进院落及后罩房,共四亩一分地,房屋四十七间,外带一亩三分地的后花园,内有房屋六间。平生积蓄计八千四百三十三两纹银。将三进院落、后罩房及六千两纹银交予吾妻和子赛横;将一亩三分地的后花园和两千四百三十三两纹银交予吾女赛媚媚。赛媚媚三岁流落在外,由养父于魁胜一手带大,赛媚媚名内房产及纹银与于魁胜共享。"

遗嘱读毕,却没有人说话。

舒梅村说:"老爷子的遗嘱得很快执行,房子怎么分,分了后赛媚媚和于魁胜什么时候搬进来住;银子怎么分,老爷子放在钱庄里的银票怎么交给赛媚媚,这些事情,你们总得商量商量。"

依旧没有人说话,室内出现了难堪的沉默。

舒梅村说:"赛媚媚,你说说吧。在这个家,你是杀出来的程咬金,一下切走个后花园和两千多两银子,你打算怎么着哇?"

赛媚媚嗫嚅:"反正我也不会过日子,反正我名下这些,什么后花园呀纹银呀,都还跟养父伙着使唤。反正我觉得,我们要个后花园也没用,不如在那儿摆些大缸,干爹,咱在后花园里腌酱瓜得了。"

于魁胜额头冒汗,"在这个家里,我就是个厨子。赛老爷子瞧得起我,而我担待不起,还是夫人和少爷说了算吧。"

赛媚媚说:"干爹,干嘛呀,赛老爷子瞧得起咱们,咱们干嘛瞧不起自己呀。我就在那后花园里腌制酱瓜,谁也管不着!"

赛横母子铁青着脸,一言不发,站起来就走。

7、招聘讼师的告示张贴之后

赛横说:"凡事要有两手准备,一手是武的,一手是文的。武的这手,咱们输到家了,到了也没把赛媚媚圈起来。文的这手是打官司,老头子把家产分给赛

第七章 "二必居"酱菜园

媚媚一块,我要把她告上县衙,把我的后花园和两千多两银子追回来。他们想在后花园腌制酱瓜,没门儿!"

白展昭说:"要是打官司,衙门能帮咱们说话吗?"

赛横说:"知县查良怀是我爹的一条狗。他没有出身,早先不过是县衙的狗屁书办,抄抄写写,有一笔好字。我爹爱书法,一次到苏州巡视,看上了他那两笔字,以后就栽培他。我比谁都清楚,老查是我爹一手提拔起来的,我爹是老查的恩师,老查肯定帮着咱们。"

白展昭说:"要是准备打官司,就得备下好讼师。我最近托人摸了光宗耀祖讼馆,馆主潘耀祖是莽夫,丁举人却不大好惹,别看那小子出道的时间不长,有学问根基,小心眼儿贼着呐。咱们要写个告示,晓谕苏州城,赛府要招讼师一名。"

孙驴子说:"告示里得开个价码,您打算怎么开价呀?"

赛横烦恼的一甩手,"什么价儿不价儿的!我打听了,凡田产钱财官司,正经讼馆都是按'百分比'收费,连后花园带银子,赛媚媚承受的遗产拢共三四千两银子,按百分之二,讼费七八十两银子。价码不能写到告示上,就说管吃管住管拉屎管放屁,价格面议。朝廷罢科举,多少举人秀才的没事干,不少人有口饭吃有个地方住就干,咱们专门找这种人。妈的,没人写,我亲自动手写。"

次日,赛横起草的招聘告示就张贴出去了。在草厂一带,一帮子人围着看一个告示。

顾大伟远远看见,也一瘸一拐地凑了过去。他是前不久从县衙监狱里出来的。按说行笞杖后立即放人,可他不干,因为出了狱没有银子给屁股疗伤,他在大牢里死磨硬泡了一段日子,由大牢郎中敷药,伤口结痂后才离开县衙监狱。

告示前,一位老者摇头晃脑的朗朗读道:"本府近日遇到一件财产麻烦事,急需聘讼师一名。凡不上来就提'百分比'的,均可前来试巴试巴。罢科举后,大批举人秀才没地方挣银子,有意者可前往本赛府蒙一把,兴许能淘换点银子。总而言之,本府聘讼师不拘一格,凡有雄辩之才,能说得滔滔江水倒流者,均可前往应聘,一经录用即管吃管喝管住。注意,没两下子的甭瞎凑热闹,一经发现蒙事者,即刻抽嘴巴子继而踹出大门。朗朗乾坤,勿谓言之无预也。"

老者读完后,即刻发表评论:"这个东西嘛,写得倒是不同于常,都是些大实话,确有几分可爱之处。但是,为田产钱财行讼而不提'百分比',正经讼师未必愿意接手这种案子。"

顾大伟最感兴趣的是"管吃管喝管住"那六个字。他时下太难了，过的是食不果腹的日子，于是不由分说，上去一把扯掉告示。

赛府的告示张贴出去后，前来应聘的人足有一二十个。应聘者中，有三四个正经八百的讼师，听了赛横介绍的案情后，都摇头离去，有赛巡抚的遗嘱在，赛横再说什么都是瞎掰。还有十几个举人秀才应聘，个个摩拳擦掌，认为这场官司在他们手里必胜无疑。这种事儿，反正是越有门道的越不想管，越不懂的还越跃跃欲试。

那些日子，赛横和他的"幕僚"们整日权衡比较。今天要来个新的应聘者，赛横和他的核心"幕僚"坐成一排，等着。

赛横说："门房见过他，说这小子特横，既不是讼师，也不是举人秀才的，好像沾点儿洋味儿，是从什么上海英格利西回来的。"

"哈喽！"门口传来一声亮堂的声音。一个穿洋装的高大俊伟的年轻人站在门口，抬起右臂。"哈喽！"他进来时，步子不大稳。原因只有他自己知道，他的结着痂的屁股还有点丝丝拉拉的疼。

赛横蹙着眉头，看看左右，"'哈'什么？'哈'什么'喽'？"

众"幕僚"们面面相觑，谁也不懂是什么意思。

白展昭也不懂，只是由于他过去是唱戏的，无形中成为"幕僚"班子的首席发言人，他站了起来。

顾大伟向白展昭走过去，远远的伸出右手，极力学着真洋人的口吻叫道："哈喽，密斯脱戴维·顾。"而后热烈地握了握手。

白展昭听了个一头雾水，抽出手来，"您这是什么礼儿呀？"

"握手。"顾大伟的嘴唇温存地嚅动着，"洋人和我们洋人圈子里的人见了面，从来是不作揖的，都是行握手礼。"

白展昭问："那么'哈喽'是怎么回事？"

顾大伟说："我们洋人圈子里的人见面，都是这么打招呼的。哈喽，哈喽！哪像京师人见面，您吃了吗？吃了俩窝头加一碗豆汁儿。多么中土俗气，多么萝卜白菜。而我们，哈喽，哈喽！"

白展昭问："那，那'密斯脱戴维·顾'呢？"

顾大伟说："英格利西语言，密斯脱是先生之意。本讼师姓顾，名大伟，洋人圈子里都称呼我为戴维·顾。洋人的姓名是姓氏在后名字在前的，久而久之，我也习惯了戴维·顾。"

由于对假洋鬼子不摸底里，白展昭沉吟了片刻，说："密斯脱戴维·顾，我们现在就算见面了。您要不要听听案子？"

顾大伟不屑一顾地摆摆手，"案子就不用说，到时候翻翻案卷就行了。不过有的话得说在前头。本讼师办案是英格利西方式，和本地土讼师大不一样。在英格利西人看来，苏州当地人为原住民，苏州的讼师嘛，自然也都是原住民讼师，或者叫土著讼师。"

顾大伟属于这样一种人：刚见面，令人眼睛一亮；谈几句，会觉得这小子虚头巴脑的；再往深里走走，就彻底完戏了。他要是老谋深算，会让人防范他，而不会厌恶他，但他偏要要些滑头，让人看穿了，会觉得这小子不是东西，以后少来往就是了。他坏就坏在每每让人轻而易举地看穿，却又固执地将浅薄的油滑进行到底。

赛横俯在那擦黑耳边说："这小子整个的假眉三道，只要一蹶腚，就能从屁眼儿看到嗓子眼儿里去。"

那擦黑小声说："老大，你知道我在想什么吗？"

赛横说："和我想的一样，把他一巴掌扇出去。"

那擦黑说："不大一样，我想把他一脚踹出去。"

赛横说："你找个茬儿，趁丫屁股还没有把板凳捂热乎，一巴掌把臭丫挺的踢出去。"

那擦黑说："我手心儿早就痒痒了。再听他白糊两句，我就上。"

白展昭说："密斯脱戴维·顾，照你这么说来，你压根就没有把什么'原住民讼师'或者说是'土著讼师'放在眼里。"

顾大伟说："也不尽然。苏州嘛，尽管是小地方，也有几个讼师勉勉强强、凑凑合合说得过去。对方的讼师是谁？"

白展昭说："是个小讼馆，叫什么光宗耀祖讼馆。"

顾大伟的眉心不由一跳，"光宗耀祖讼馆？你等我想想。"他轻轻地拍打着脑门，"噢，想起来了，想起来啦！原来就是那个小小不言、无足挂齿、针头线脑的光宗耀祖讼馆呀，那里的讼师嘛，统统的、统统的，清一色的、清一色的是我的手下败将。"

赛横一拍椅子把站起来,"丁三甲是你的手下败将?"

顾大伟笑了,"光宗耀祖讼馆在文衙弄。一间房子,隔壁是米铺。馆主潘耀祖的武功十分了得,但是对打官司一窍不通。潘馆主手下仅有一名讼师,姓丁名三甲,举人出身,有点小聪明,而已而已。"

赛横转向白展昭:"密斯脱戴维·顾说得对吗?"

白展昭说:"嘿!跟我打听得一模一样。我白展昭的武功不能说不好,指东打西,虚虚实实,堪称苏州城里最棒最棒的武师,那次会战却仍然罩不住那潘馆主。就更别提大驴了,大驴丫根本没有招架之功,上来就被潘馆主一脚踹飞了。"

孙驴子闹了个大红脸,"你被潘馆主打趴下了,扯上我干什么。"

白展昭说:"据我们了解,潘馆主前不久才结婚。"

顾大伟说:"老婆小霞,吴县落霞村的,上海惠中学堂毕业。"

白展昭真的惊讶了,"你连这个都知道?"

那擦黑对赛横咬耳朵,"看来他真是打败过丁三甲。"

赛横的脸马上变了,伸出右手,"密斯脱戴维·顾,你刚才说什么来着,洋人圈子里的人见了面不作揖,都是行握手礼节。来来来,我赛横也往洋人圈子里挤一挤,沾点洋气,跟你握握手。"

顾大伟伸出右手,"我们这一握手意味着什么呢?"

赛横说:"成交。我一直在找能在诉讼中打垮丁三甲的人,踏破铁鞋无觅处,得来全不费工夫。你居然送上门了。"

顾大伟说:"这种小官司不过练练手而已。刚才说了,我是英格利西思维方式,讲规则,每个步骤都按规矩来,没人情世故好讲。所以,既然成交了,理所当然地就要付订金喽。"

赛横说:"好说好说。六两一锭的纹银,接着。"他说完就抛过去一个银锭。顾大伟一把接住,随意抛接了一下,放进了衣兜。

白展昭说:"你这种大牌讼师,是不是觉得订金少了点?"

顾大伟耸耸肩,"自从看了你们的告示,我就从来没有想通过这种区区小案子挣钱,只是想通过案子,深入了解中土的民风,好在西方报刊上介绍介绍。怎么样?我可以告辞啦?"

赛横的脸耷拉下来,"恐怕不行。后天就上堂了,既然你收了订金了,就得住在这里,把案子琢磨透,赛府还没有大方到这种地步,给第一次见面的人六两银子，然后就放人走了。"

顾大伟没有流露出惊骇，而是装模作样地耸了耸肩。

赛横说："来人，去把后罩楼收拾出一间屋子来，吃喝用度备好，顾大讼师在那儿住着，直住到官司打完。"

8、人间不都是轻薄的游戏

吴县县衙大堂里，原告赛横和被告赛媚媚分别跪在书案前。

查良怀到堂了，郭香翻着案卷，抬起头来，"请双方讼师。"

丁三甲和顾大伟一起进来。丁三甲好生奇怪，赛横这小子晕头啦，怎么请了这个人当讼师？细想，顾大伟像只嗡嗡的大绿头苍蝇，到处飞也到处下蛆。这种人不管钻营到哪儿，都不足为奇。

原被告双方的讼师居然是顾大伟和丁三甲，查知县和郭师爷也大为奇怪。前不久，顾大伟被丁举人扭送公堂，现在却上堂和丁举人争讼，这家伙怎么活的这么颠三倒四的？

在一片静默中，顾大伟抢先说话。他经历过数次大堂，可谓久经阵仗。他仰起头叫道："人生啊，风云变幻，沧海变桑田。阿拉在人世间的角色屡经变换，固然略略有一些蹊跷，还略微有一点点可悲可叹，可是阿拉要提醒知县大人和师爷大姐，法律面前人人平等。本讼师重申这句至理名言，知县大人当知道深意何在。"

查良怀说："本官明白你的意思。以前不管有什么过失，在法律面前人人平等，本官不会因为往事而歧视任何人。"

郭香说："顾大伟，原告的状子我看过了。原告赛横的父亲赛巡抚留下一份遗嘱，将部分家产给予原告的同父异母妹妹赛媚媚，原告不便于责难业已故去的父亲，于是想请大堂明断，将赛媚媚名下的家产索回。刚才原告提出由你代言，你就说说理由吧。"

顾大伟说："理由，本讼师是要说的。不过，由于本讼师是英格利西行事方式，和土著讼师不一样。因此在进入阐述之前，请允许本讼师对在场聆听的诸位表示诚挚的、由衷、发自肺腑的万分谢意。"

赛横不满地叨咕了一声："出他妈什么幺蛾子。"

顾大伟为了表现"洋人圈子"里的绅士风度，右手按在左胸，分别向知县、师爷、皂隶和被告赛媚媚鞠躬，每鞠躬之后必握手。

鞠躬既毕，顾大伟来到赛横旁边，手搭在他肩上。

赛横把他的手一把拨拉开。

顾大伟固执地把手重新搭在他的肩膀上，继而沉痛地说："在场诸位恐怕有所不知，近一个时期以来，阿拉的当事人赛横公子陷入了无以复加的矛盾与无与伦比的痛苦之中啊。"

赛横不满地回头看了一眼，"别说鸟语，说人话。"

顾大伟做戏般展开双臂，放高音量："赛横公子无以复加的矛盾是，他的父亲留下了一份如此不公平的遗嘱，而他，又不能去责难业已过世的慈爱的父亲；他的无与伦比的痛苦是，他如果接受了这一遗嘱，将为今后的生活罩上巨大的阴影。他，矛盾啊；他，痛苦哇；他，没有地方倾诉自己的苦闷与彷徨。因此，他，只有写状子，要求大堂予以明断。本讼师以为，他这一要求是非常非常之正确的。"

查良怀说："为什么是非常非常之正确的，说出个理由来。"

顾大伟举起右手，拇指和食指连接，伸出三个指头摇晃着，"本讼师长期在洋人圈子里耳熏目染，因此有真知灼见，为此阐述以下三条理由。注意啦，三条理由，三条都是很在理很在理的哟。"

查良怀说："说说你的三条很在理很在理的理由吧。"

顾大伟晃荡着仨指头，"本讼师将阐述的是三个'怎么能'。在场官员和皂隶，且听本讼师的有力阐述吧。注意啦，三个'怎么能'！其一，死人怎么能压活人？赛老爷一时糊涂，见阎王前留下个遗嘱。阿拉就想不明白，遗嘱算什么玩意，人都咽气了，活人就是不照着办，老爷子还能从阎王爷那里回来找后帐不成？真是死脑筋，死人的一张纸怎么能压活人的一张嘴，不照办就是了；其二，野种怎么能和嫡子平起平坐？赛少爷是正妻所出，赛媚媚的来路就可悲喽，她是赛老爷当年耐不住寂寞和一个尤姓丫鬟'凑'出来的。如今让野种和正根分家产，简直是滑天下之大稽啊；其三，后花园怎么能用来腌制酱瓜？赛媚媚提出要和她干爹，也就是当年赛府的一个下贱厨子在玲珑剔透的后花园摆上几十口大缸腌制酱瓜。美丽无比的苏州园林用来干卑贱的事体，纯属奇思怪想，无稽之谈。根据以上三条无可置疑的理由，赛老爷的遗嘱必须改一改喽。"

第七章 "二必居"酱菜园

查良怀问:"顾大伟,你的三个'怎么能'说完啦?"

顾大伟说:"本讼师向来言简意赅。"

赛横站起来,把顾大伟一把拉过来,"密斯脱戴维·顾,我给了你六两银子,你就在大堂上给我说了个这?"

顾大伟说:"这可都是长期在洋人圈子里耳熏目染形成的看法。阿拉概括为精彩的三条,你听了后难道不感到很精彩吗?"

赛横咬牙切齿地说:"别说啦,什么都别说啦。退堂后,我会很精彩地收拾你。就你那三条,只值三个精彩的大嘴巴子!"

"咦?"顾大伟吓得缩到一边去了。

查良怀问:"被告讼师有什么要说的吗?"

丁三甲说:"对顾大伟胡诌的三条,本讼师没什么可说的。本讼师要说的是,尽管原告告得毫无道理,被告赛媚媚仍然委托本讼师在堂上宣布:被告考虑按照原告说的办,放弃赛巡抚留给她的遗产。"

赛横登时惊呆了,"赛媚媚要放弃遗产!"

郭香问:"赛媚媚为什么会考虑放弃遗产?"

丁三甲说:"其实,赛媚媚就一个想法,放弃遗产之后,和哥哥在一起生活。"他在大堂中踱着,悲怆地微微摇头,"赛巡抚生前留下了两个孩子,一个是正妻所出的公子,一个是丫鬟所出的小姐,在走向昌明的二十世纪,不能再说哪个是正根哪个是野种了。赛横和赛媚媚都是赛巡抚的血脉传人,丫鬟所出的赛媚媚,谐音赛妹妹,赛巡抚起这个名字茹苦含辛呐,赛妹妹是谁的妹妹?是你赛横的妹妹,是你同父异母的亲妹妹。但是你不认她,她三岁那年把她逐出家门,由赛府的厨子于魁胜一手拉扯成人。赛巡抚步入晚境后,对此事悔之莫及,托我们这个小讼馆找到了赛妹妹,为的是留给她一份家产,以示追悔之情。赛巡抚走了,赛妹妹拿到了老爷子留给她的家产,却不想要这份家产。为什么?因为天底下有比家产更重要的东西,那就是家呀。真的,赛横,你不用动用那么多人绑她,更不用到大堂上告她,她本来就不在意那一亩三分地的后花园和两千四百三十三两纹银,她都要给你,换取一个血脉亲情,换取一个你对她的收容,换取一个和哥哥在一起过的日子,换取一个有家的日子!赛横,你懂吗?"

大堂里,静如水。赛媚媚呆呆地跪在那里,任凭泪水像小河一样流淌。赛横跪在那里,垂下了头。

查良怀抬起眼来,"赛横、赛媚媚,你们的爸爸是本官的恩师,本官不管怎么判,无论是判哥哥赢妹妹输还是判妹妹赢哥哥输,都势不可免地会伤害到恩师。你们兄妹说说,本官该怎么办?"

赛横看了赛妹妹一眼,却和赛妹妹投过来的一眼碰上了。

苍天作证,这是这对亲兄妹间第一次凝视对方;山河作证,他们都从对方脸上看到了老父心境中的那道创伤。

查良怀说:"本官以为,本官最好的办法是不判。"

赛横说:"不用判了,原告撤诉。"

"这就对喽!"查良怀一拍惊堂木,"退堂!"

皂隶们齐声呼喊:"退堂",却没有人离开,谁都想看到结局。

赛横走到赛媚媚身边,"妹妹,咱们一起回家吧。"

赛媚媚叫了声:"哥哥!"而后扑到了哥哥身上。

往后的大喜和大恸,不消说了。

丁三甲擦了擦鼻子,准备走,一眼看到傻呆呆的顾大伟。

他走过去,"顾大伟,看到啦,人间可不都是轻薄的游戏。提醒你一句,有一通精彩拳脚在等着你呐。你不是蒙了六两银子吗,赶紧揣好喽,还不快溜,别让老大再收回去。"

顾大伟猛地想起这茬儿,一溜烟儿跑了。

9、好汉做事好汉当

数日后,赛横和他的心腹坐成一排。赛横侧着身子坐着,蹙着眉头,在酝酿一件事,就是不知道该怎么启齿。他想了又想,干脆挑明了说:"白展昭,你没有老婆吧?"

白展昭说:"原先有个老婆来着,是戏班子里唱花旦的。我倒仓之后,没戏了,她就嫁给别人了。哎?老大,这段你是知道的。"

赛横说:"江湖上有句话知道吗,好汉做事好汉当。"

白展昭说:"知道哇。老大,怎么想起问这事了?"

赛横掂量着措词:"你打算……好汉做事好汉当吗?"

白展昭站起拍拍胸脯,"咱是个爷们儿,当然有这气节啦。"

第七章 "二必居"酱菜园

赛横说："你既然没有老婆，又知道好汉做事好汉当，而且打算好汉做事好汉当，那么下面的事情你就得应着啦。妹妹，出来吧。"

打扮的花枝招展的赛媚媚出来了，笑吟吟地向白展昭走来。

赛横说："妹妹都告诉我了，你干的好事你自己圆。"

赛媚媚扭扭捏捏地走了几步，一时间不能自抑了，向白展昭扑过去。白展昭一时间无所措手足，愣了愣，大叫一声跑了。赛媚媚欢天喜地紧追不舍，白展昭狼狈不堪地没命狂奔。

赛横、孙驴子和那擦黑发出响屋震瓦的笑声。

一个月后，赛府张灯结彩，举行白展昭和赛媚媚的婚礼。

来了好多人，有潘氏父子和他们的妻子，有查良怀和郭香。当然，还有舒梅村。在人群中，于魁胜地位突出。他是昔日赛府厨子，后来"二必居"酱菜园老板，而今日身份不一般，是响当当的老丈人！

干将坊响器班奋力演奏《拉德茨基进行曲》。自从潘耀祖开明婚礼之后，响器班放弃了《含苞欲放小野花》，老斯特劳斯的曲子成了他们的看家曲目。作为客串指挥，丁三甲的动作夸张而走形。演奏过程中，有一段是需要听者有节奏的掌声配合。他把这个小花活记住了，每当演奏到那个地方，他的动作就特别大，知道的，他是在指挥响器班；不知道的，以为他是在练一套自编自创的功夫。

在高亢刺耳的唢呐声中，赛媚媚美滋滋地依偎着白展昭，走过院落之间的小门。而洞房，就在小门的里边。

小门仿佛是一道阴阳界，当俊俏的前武生白展昭跨过那道小门时，情不自禁地回转身，向欢乐的人间做了个惜别的鬼脸。

第八章

通达钱庄

1、闯进来一个"孤独孩子"

　　自古各地治安力量稀薄，商家向异地支付大宗银两，路上易遇到打劫的，于是镖局应运而生。不仅商家，有时连官家解款也雇佣镖局护送。走镖的强人呼啸过有清一代。但各地的买卖越做越大，不能总用些五大三粗的保镖护着，于是被称为"票号"的金融机构应运而生。票号主营汇兑，按照汇款人的委托，签发汇票，由汇款人持往所汇地点的分号或联号，如数兑取现银。票号按照各地银色高低、路途远近、银根松紧，于汇款数额外另收汇费，术语称为"汇水"。钱庄起源于经营货币兑换的钱摊，最迟在明末已兼营存放款业务。清末，江南有两类钱庄：参加钱业公会的钱庄为汇划钱庄，俗称入园钱庄；不能加入钱业公会参加划汇票据清算的，又分元亨利贞四种庄号，业务范围较小，不能望前者项背。汇划钱庄采用独资或合伙的无限责任制，业务与近代银行相似，依靠发行远期庄票扩大信用，并掌握划汇制度以保持资金的主动划拨，往往能以少许资金进行大量营业。

　　通达钱庄位于苏州阊门，大门处挂着黑地横匾，里面宽敞，柜台后坐着十来个人，安静得只有劈劈啪啪拨拉算盘珠的声音。

　　一个中年人背着手溜跶着。他叫陈牧斋，抑郁的笑容像个宿命论者。他祖籍山西临汾，上世于道光间开票号，咸丰年间发起来，逐渐转向正经钱业，也就

第八章 通达钱庄

是钱庄。他三十岁那年从父亲手里接过通达钱庄，平实敬业，一丝不苟，讲求诚信，与钱业同仁处的很是融洽，加之视野开阔，注意吸收先进理念，钱庄在他手上日渐兴旺。

金融机构都有"头柜"，相当于近代银行的大堂经理，在主营业厅内处理业务中难缠的事。通达钱庄的头柜是陈介休，论辈分算是陈牧斋的表哥。一个长相儒雅，举止温文尔雅的中年人。

陈牧斋走到陈介休身边，小声说："介休，咱们这个地方还是不算宽敞，饭后你随我看看利济大街的那个酒楼，最后敲定。"

陈介休说："利济大街的鸿宾酒楼已经看过多次了，改为钱庄确实不错，事不宜迟，不要再犹豫了。我下午陪你看看，只要差不多，晓谕四方后，立即把整个钱庄挪到利济大街去。"

陈牧斋除了妻妾儿女，还伺奉年过六旬的母亲。他家也在阊门一带，是个挺气派的大宅子，一家人在里面过得安安生生的。在清季社会，家境越富足的老太太多崇信佛教。陈老板之母是虔诚的佛教徒，每天早晚要在佛前念经，午后也要插一柱香默默礼佛。礼佛房在后罩楼，一个佛龛，一张躺椅，一张小桌。桌上有个敞开的小匣子，里面放些小东西。

午后，慈眉善眼的陈老太闭眼无声地与上苍交流，外头传来一阵喧闹。丫鬟进来禀报："奶奶，有个后生闯进来，非要见您。"她的眼睛微微张开，"什么人呐？"

丫鬟说："不认识。是个年轻后生，头被人打破了。他口口声声说，如果不是万不得已、走投无路了，是不会上门来的。"

陈氏缓缓起身，"噢？一个年轻后生被人打了，走投无路了，都到这步了。佛门讲究慈悲为怀，那就叫他进来吧。"

一个年轻后生捂着头，跟跟跄跄地进来。他的个子不高，二十多岁，皮肤白里透红，圆圆的面庞，小翘鼻子，小眯细眼，一副天真无邪的样子，很讨人喜欢。头上有个包，像是刚让人打了。

他进门鞠躬，"奶奶，我叫王卫卫。请您不要问我为什么闯进来，实话说，我没有正当理由打扰您，不过是欠了债，人家追着我打，我没有地方去，听说这里住着一位善良仁慈的奶奶，就进来躲躲。"

陈氏说："噢，是这样的。那就坐坐吧。喝口水不？"

王卫卫哪里坐得住，走到窗前看了看，陈氏也凑到窗前。

后罩楼临街，从窗户望出去，有个胖子带着几个青年男子，往这边指手画脚的，嘴里骂骂咧咧的。

陈氏说："他们等着你？有人追打，你为什么不回家躲躲呢？"

王卫卫苦笑，"你们这些家境富足的老人太善良了，家是能躲债的地方吗？欠债的都是出家门躲债。再说，我也没有家。"

陈氏问："你年纪轻轻的怎么就没个家呢？"

王卫卫坐下，怅惘地看着窗户，"从小我就没有兄弟姐妹，孤独！一个独子就是一个孤独的孩子，你想像不出那份寂寞。"他迷惘地看着前方的一个点，"直到今天，我仍然可以回想起……"他停顿了一会儿，"每天傍晚，坐在台阶上，抑郁地凝望着外面……没有朋友，也没有伙伴……当父亲去世之后，我与妈妈相依为命，后来……妈妈也谢世啦……"他的目光散淡而迷蒙，"每天傍晚，我依旧坐在台阶上，看着脚下的蚂蚁忙忙碌碌地爬。蚂蚁，天地间最小的生灵，连蚂蚁都有个窝。看着燕子在屋檐下低飞，回巢中给小宝宝喂食。暮色四沉，那是万物归巢的时刻呀……而我……"他的声音越来越低沉，他突然全身一震，好像骤然从回忆堕回到现实。

陈氏满眼泪水，摸着他的头发，"孩子，你欠他们多少钱？"

王卫卫身子歪向一边，像是依傍着慈爱的祖母，"本来我只跟他们借了很少一点钱，不过是用来活命的。但那是高利贷啊。利滚利，利滚利，滚呀滚呀，滚呀滚呀……滚到了如今的六两七钱银子。"

陈氏问道："多少？一百多斤的男人被六两七钱压弯了腰？"

王卫卫点头说："这点钱对富人来说算不了什么，而我……"

陈氏转身从桌子上拿起一锭纹银，"孩子，拿去吧，这是十两的银锞子，还了债，剩下三两多用来度日吧。"

王卫卫微微摇着头，"奶奶，我再穷也不能要您的银子。"

陈氏说："孩子，你既然闯到家里来了，既然有求于奶奶，奶奶就不能让你空着手离开。你如果不拿着，奶奶可要生气了。"

王卫卫流泪了，"我今天算遇到好心人了。奶奶，我永远牢记您的恩典。"他拿过那锭银子，深深地鞠躬，而后拉开门走了。

陈氏叹了口气回到佛龛前，合上眼睛，念念有词地与佛祖交流。刚施舍过，她享受到了某种宁静。

丫鬟在窗前嚷嚷起来,"奶奶,奶奶,您来看呐!"

陈氏来到窗前一看,气得差点背过气去。

王卫卫举着银锞子,和那几个拎着棒子的人正在拍手击节,蹦啊跳哇,高声说着笑着。一个胖子还往窗户这边挑衅地挥了挥拳头。

丫鬟喊道:"奶奶,匣子里的庄票不见了,他把庄票偷走了!这可怎么办呀,那上面是七十两银子呢。"

陈氏忙看桌子上的小匣子,哆哆嗦嗦地坐下来,"没事。丫头,没事的。十两银子就算买狗食了,七十两银子他们取不走,那是一张远期庄票,五天之后才能取呢。我们立即挂失就是了。"

2、比照原印鉴刻了一枚萝卜章

别看王卫卫长了张令老年女性疼爱的娃娃脸,却是上海滩某犄角旮旯里令人谈虎色变的人物。他父亲在徐家汇开篆刻社,他还是孩子时,父亲就手把手教他。他学会了篆刻,也被道上人相中,用银子和色相逗引他仿制别家印鉴,从此就掉入泥坑,以至离家出走,混成一伙白相人的首领。至今他"薄相"的年头不短了,一心把"事业"做大,而不是零七八碎的蒙几个小钱儿。

那胖子三十来岁,鼓眼睛、大肚子,像个胖蛤蟆。他叫噶十七,仰仗着是上海道台的亲侄子,想学点"薄相手艺",于是三拐两绕结识了王卫卫。王卫卫这次来苏州是干一件筹划既久的事情,自然要留后手,事情一旦干砸了,噶十七能和官府说上话。毕竟,上海道台和苏州知府是官场上的同僚。

噶十七在苏州有个叫曼翠翠的姘头。刚到苏州,曼翠翠就把走街串巷听到的一个消息告诉了他:通达钱庄大股东陈牧斋的娘是虔诚的佛教徒,每天午后在后罩楼念经。噶十七转脸把这个消息告诉了王卫卫,王卫卫顿时心生一计,闯进陈家后罩楼演了一出戏,不仅蒙来十两银子,而且顺手牵羊拿走了一张庄票。

王卫卫和噶十七一伙来到苏州后,住在一个年久失修的小院里。这个地方原本是上海道台置办的,作为上海官场人物来苏州干苟且勾当的落脚之地。最大的房间是大堂,挤挤巴巴放了一地铺盖。每个铺盖上坐着一位,有五六个人,都是王卫卫的"薄相兄弟"。

当着众门徒的面，王卫卫劈头盖脸地赞扬噶十七："来到苏州后旗开得胜，从陈牧斋家里拿出十两银子。此事噶十七功不可没，不仅给我们找到驻地，而且不吞独食，知道一点事就互通有无。"

噶十七欣然接受赞扬，"其实，这次得手，仰仗于卫哥在陈家那通假装'孤独的孩子'的表演。卫哥既然赞扬我互通有无，咱们是不是也请卫哥互通有无，说说他的成功秘诀。好不好？"

王卫卫走到哪儿都随身带着篆刻工具，噶十七在通达钱庄碰壁是他意料之中的。他一边传授独家秘籍，一边打开工具箱，挑出块石料，比照着庄票上的通达钱庄印鉴刻印。在小兄弟的掌声中，他说："假装'孤独孩子'的招数屡试不爽。在陈家蒙陈老太演出，成功的关键是'每天傍晚坐在台阶上'的那段声情并茂的诉说。"

在王卫卫传授秘籍时，噶十七竖起耳朵聆听垂教，特别对"蚂蚁和燕子"那段表演由衷钦佩，还用心演示了一番，对于话应该在哪里停顿，应该在什么地方加重语气等等，不仅悉心领会，而且向王卫卫悉心求教，表现出对拆白党雕虫小技的好学不倦精神。

王卫卫的印鉴刻出来了，蘸上印泥试盖，惟妙惟肖。哈！大功告成！他把庄票翻过来倒过去看。噶十七说："通达钱庄承认这张庄票是他们的，但是丢失庄票的人家挂失了，时下也就是废纸一张。"

王卫卫把庄票仔细叠好，放进洋装里面的口袋，"不能说是废纸一张，我有办法让它变成七十两纹银。"

3、人力车遭遇"碰瓷"

陈牧斋常年包一辆人力车。通达钱庄在阊门附近，离陈家不远。由于路短，车夫都是一路小跑。这天又是如此，车夫步履轻快地小跑着。这是个正当年的后生，姓李，陈牧斋通常称他为"大李"。

斜刺里突然冲出来一个女子，大李急忙停步，却躲闪不及，与那女子正好撞上。女子摔倒在车前，提篮扔到地上，西红柿滚了一地。大李吓得够呛，陈牧斋慌忙下车，搀扶那女子，那女子在地上挣了几下才勉强站起来，疼的不住地吸溜气。

第八章 通达钱庄

清代没有交通法规，车马行人在路上发生碰撞，由双方协商解决。就这次人力车撞倒行人事件，从常理看车夫大李没有过失，是那女子愣往车前闯所至。但是行人都停了步，众目睽睽，陈牧斋作为苏州钱业名流，哪里顾得上论理，只是连声赔不是。

陈牧斋搀扶着她，忙不迭地说："女士女士，对不起对不起。磕碰到哪儿啦？要不，我陪你找个医生看看，医药费我全部承担；要不然，我给你留些钱。你说你说，怎么着都行。"

那女子有个三十来岁，不算年轻了，残存着几分妖娆。她忍着疼痛说："不全怪车夫，也怪我走路不当心。我住的地方离这里不远，就几步路，我现在行走不便，你把我送回去就行了。"

陈牧斋二话不说，向大李递了个眼色。大李会意，把被撞女士搀扶上车，拉着就走，陈牧斋则在车下步行。

人力车走了半里地，大李把车停在一个院子门口，陈牧斋扶着女子下来。苏州盗窃人力车严重，大李不敢走开，只得由老板搀着女士进了院门。这是个大杂院，房子东一间西一间瞎盖，陈牧斋搀着女士进了一间偏房。独身女人的住处外表破旧寒酸，里面却别有一番洞天。这个房间不大，飘着一股幽香，靠窗的一张小书案上面摆着个精美的"大白菜"玉雕。一张鬃床，上面整齐地码放着被褥，不用躺上去，看着就暄暄乎乎、软软和和的。

被撞女士进了房间就往床上一倒，小声呻吟着。陈牧斋局促地站着，不知如何是好。被撞女士向外撩撩手，"行了，先生，你走吧。"

陈牧斋说："我怎么能这么走开呢，要不给你些钱，用于疗伤。"

被撞女士坐起来，撩起裤腿，一直拉到膝盖以上，心疼地看着。膝盖那里有一片淤血，又红又肿。陈牧斋看着淤血，也看到了白生生的小腿肚子。她平躺下去，眉头微蹙，"你如果真想帮我，就帮我揉揉淤伤，把血化开。"陈牧斋额头上渗出汗珠，无奈，只得搓揉着她的膝盖。她躺在床上，被搓揉的挺惬意，哼哼唧唧的。

就在这时，门开了，进来了几个男子，领头的是王卫卫。

陈牧斋一下站立起来。他是从钱业江湖里拼打出来的，是有经验的。他看得清楚，是那女的冲出愣往车前闯。他那时就想起黑道的一种做法，称为"碰瓷"，以此向富人敲竹杠。进了这个房间觉察到香艳气息，遭遇"碰瓷"的感觉愈发强烈。由此，当几个男子进来后，他头脑里闪过的第一个念头是：坏了。

王卫卫出手稳住他，"陈老板，您不用想远了，我们不是来堵您老的。别看您老的手刚才放在曼翠翠白溜溜的大腿上，我们却知道您老并无歹意，更不是对曼翠翠图谋不轨。"

噶十七则说："您老不用解释，不过是您的车夫不慎撞倒了我的女友，您搀扶她回屋，再捏拿捏拿淤伤而已。"

陈牧斋用手巾点点额头，"知道就好，省得解释了。我正要和这位女士商量赔偿事宜……哎？不对，你怎么知道我是陈老板？"

王卫卫说："而且我们知道您老叫陈牧斋。"

陈牧斋心里咯噔一声，知道自己不慎掉进来了。

噶十七说："您既然答应赔偿，剩下的事就好办了。她叫曼翠翠，不文明的叫法，是我的姘头。姘头的事由野汉子做主，我已经想好了您老的赔偿方式。"他拉开抽屉，掏出笔、墨、纸、砚，放在桌上。

陈牧斋警觉地问："你们打算怎么做？"

王卫卫笑嘻嘻地掏出一张庄票，递过去，"您老只要在这张庄票上写'同意兑银'四个字就行了。当然，还要署上您的大名。"

陈牧斋接过庄票一看，脸变了。

王卫卫说："这是您老的亲娘丢失的那张庄票。"

陈牧斋明白了，"是你们偷走的。"

王卫卫说："不好意思，是我亲自偷的。"

陈牧斋把庄票往桌子上一拍，"这是已挂失的远期庄票，视同废纸。我不能在上面签字。"

王卫卫说："您老再好好想想，好好掂量掂量。"

陈牧斋说："这种事没什么好想的，更没有什么好掂量的。"

王卫卫说："我真是为了您老好，才让您权衡的。"

陈牧斋说："笑话，简直是笑话！你偷窃了我的钱庄庄票，现在又让我破坏行规坑害我的钱庄，怎么还是为了我好？"

王卫卫微笑着摇摇头："陈老板，您老这么说话，口气这么冲，好像还不知道自己现在什么地方。"

陈牧斋说："什么地方？不就是一位女士的住所吗？"

第八章 通达钱庄

王卫卫说:"事情不像你所想的那么简单。该女士非一般人,该房子也不是一般地方。您老有所不知,这间屋子是阊门一带有名的暗门子,而躺在床上的这位曼翠翠,是阊门一带有名的暗娼。"

陈牧斋一惊,茫然四顾。

曼翠翠解开裤带,缓缓退去长裤,露出两条光洁的大腿,斜依在床上,摆出个风骚姿势,媚媚地看着他。

王卫卫慢悠悠地说:"陈老板,如果实在不想签字,也罢。但是,由于您老掉到暗门子里了,我们就要按照我们的行规办事了。"

陈牧斋紧张地问:"你们想干什么?"

噶十七来到曼翠翠跟前,痛苦地把双手捧在胸前,"翠翠,我的可怜的翠翠,通达钱庄的陈老板是不是对你非礼了?"

曼翠翠抹了一把脸,立即哭出声来,"哎哟哟,别看陈老板道貌岸然的,其实是个好坏好坏的伪君子哟。他的车撞伤了我,随后假借要跟我谈赔偿事宜,钻进我的房间,随即就对我非礼呀。"她哭的十分逼真,为了加强效果,两条光洁的腿蹬踹起来。

陈牧斋冷笑了一声,"我陈牧斋的人品,钱业界的同仁皆知,你们这种栽赃陷害的小儿科吓不倒我。你们说的这套有人信吗?这个女人既然是只暗门子野鸡,就是靠出卖身体挣饭钱的,对这样的女人还有什么非礼不非礼的,没人对她非礼她还没饭吃了。"

王卫卫说:"所说于情于理都对,但您老有所不知,我们要折腾您,是不管有没有人信的。咱们这就起身去您老家,一路上,这只暗门子野鸡会哭哭啼啼数落您老,把您老说成老淫棍,引起好多好多行人围观。进入您老家后,野鸡女士再找您老的妻妾以及慈祥的老母哭诉一大番。事后,您老要费很多唇舌向街坊四邻解释,还要费很多很多口舌向妻儿老小解释,大概最终也解释不清楚。"

陈牧斋勉强支撑着,看样子快要崩溃了。

王卫卫从桌子上拿起庄票,"明天,暗门子野鸡曼翠翠女士还会拿着这张偷来的庄票去通达钱庄兑银子。那时,通达钱庄里会出现这样一幕,不妨请噶十七先生和曼翠翠女士给您表演一下。"

曼翠翠的腿立即不疼了,从床上蹦下来,鞋还没穿利索就进入了角色。她拿过庄票,好像当真进入钱庄,随手一扬,说道:"伙计,给这张庄票兑银两。"

噶十七假装伙计，点头哈腰地说："女士，这是一张业已挂失的远期庄票，不可能兑出银子。"

曼翠翠充分进入了戏剧人物内心，就像真的似地，"你们说是已挂失的远期庄票，视同废纸。那么本女士就要问了，是谁挂失的？"

噶十七说："是陈老板家人挂失的。"

曼翠翠义愤填膺地说："笑话。通达钱庄是陈老板开的，陈老板的家人却来挂失庄票？这不是笑话吗！你们知道这笑话是怎么来的吗？陈老板与我多次共度良宵，为此一次支付我七十两纹银。他的妻妾得知后醋性大发，为了不让我得到这笔钱，才来挂失的！"

表演既毕，王卫卫对陈牧斋说："这是我编造的假戏，可是看了他们合情入理的表演，连我都信以为真了。"

陈牧斋面色苍白，咕咚坐了下来。

王卫卫凑过来，"做钱财生意的人最会算帐，我劝您好好算算账。您是要灰头土脸、声名狼藉呢，还是坏一次行规付给我们七十两纹银呢？您要是声名狼藉了，买卖也会折损一大块。您想啊，钱业公会的同仁会怎么看呀？噢，陈老板闯到暗门子里非礼一个野鸡，哎呀呀呀，哎呀呀呀，我都为您丢人呐，还有人愿意和您一起做生意吗？"

陈牧斋喘着粗气，"拿笔来，我签字。"

4、痛打松江来的小赤佬

丁三甲双手向后仰坐在椅子上，垫在脑后，赏心悦目地看着眼前的情景。潘耀祖夫妻和白展昭夫妻交杯换盏，都有些喝高了。

白展昭舌头大了，"在苏州的武林界，我白展昭站起来也是有名有姓的，跺一脚地面也是晃三晃的。可是那日在酸枣巷与你交手，嘿！两下就被你打趴下了。今天我做东，就是要拜你为师。你说，收不收我这个徒弟。说，收不收我这个徒弟。你说你说……收不收？说呀……说呀……"说着就要往桌子底下出溜。

潘耀祖只顾低头喝闷酒，不吭声。吴小霞实在看不过眼了，"耀祖，白武师一遍遍问你呢，教不教他武艺，你倒是吱一声呀。你收不收他当徒弟，人家在一遍遍地问你呢，你倒是吱一声呀。"

第八章 通达钱庄

潘耀祖抿了一口酒,出声了:"吱－"

满桌子人笑了起来。丁三甲说:"耀祖,你还真成耗子了。"

潘耀祖含混不清地说:"白武师,你要拜我为师,我还要拜你为师呢。你过去是个唱戏的下九流,而你老婆却是巡抚的女儿。你这癞蛤蟆是怎么吃上天鹅肉的,能不能教教我其中的绝招。"

白展昭被点到伤心处,"你以为我把赛媚媚娶到手,是癞蛤蟆吃到了天鹅肉。恰恰相反,是一只胖天鹅把癞蛤蟆给吞了。"

赛媚媚和吴小霞笑得直不起腰来。

叫化子酒楼外面的暗夜中,一个灯笼悠悠忽忽的过来。

赛横举着一盏灯笼,满脸肃杀之气,外衣没有系扣,敞着怀,衣襟在夜风中摇摇摆摆的,在他后面,陈牧斋高一脚浅一脚地跟随。

他们直接来到叫化鸡酒楼,一路进入包间。

赛横进门就嚷嚷:"诸位诸位,先不要喝了。我们赛府和老码头的银钱进进出出,都是通达钱庄代理的。这位是通达钱庄的老板陈牧斋,今天在回家的路上生生被一伙恶人讹上了。"

丁三甲酒后微醺,意识到赛横带着陈老板在这种时候造访非同小可,立即精神了。躺在地上的二位也被搀扶起来,众人连灌浓茶带掐人中的,也不知用了啥偏方,不大会儿,他们的酒醒了多半。

陈牧斋坐下,捂着脸,不堪回首地摇着头。他把从丢失庄票以来的事情从头到尾叙述了一遍,说完后耷拉着脑袋,等着。

丁三甲问:"他们是从哪里来的?"

陈牧斋说:"松江口音,听着像是从松江那边来的。"

潘耀祖杀气腾腾比划着身段,端得是英雄了得,"俺说呢,这伙人手法听着生。苏州黑白两道没有俺不知道的,原来是松江来的。"

白展昭一拍胯骨,"师父,不用你动手,我带人收拾他们!"

陈牧斋连忙阻止,"二位好汉,使不得使不得。历来做买卖的都在明处,歹人都在暗处,惹不起呀。明天他们来取钱,你们出手把他们打痛快了,只要不能除根,日后他们会天天来找麻烦。"

或许受了二位糙老爷们儿的影响,丁三甲此刻显得豪情万丈,"陈老板不要拦,让他们好好收拾那伙人。当断不断,反受其乱。那伙骗子如果是苏州本地强梁，潘馆主和白武师或许要费些口舌，用些计谋才能摆平，而松江小赤佬在苏州当地没有根基，打了也就打了，白打！拿句京师话来说，要打得他们满地找牙！"

通达钱庄外面贴着一张大告示，上面书写着二三十个大字：本钱庄近日将迁往利济大街路北原鸿宾酒楼，办理钱业者尽速。

王卫卫被小兄弟簇拥着，一路生风走来，神情嚣张，手里捏着陈老板签过字的庄票。噶十七人前马后地瞎窜，架势像个"师爷"。

王卫卫和小兄弟身着洋装。今天是特殊日子，七十两纹银说话要到手了，王卫卫"薄相"多年，还没有遇到过这么好的"商机"，不能不穿最好的衣服。这样做也有利于兑银，这伙人本来猥猥琐琐、贼眉鼠眼的，如果没有一身好行头，钱庄的人见到更不放心。

王卫卫进门之前，着意看了看告示。不时地有脚夫扛着箱子走出钱庄，装到马车上。钱庄虽然还没有正式搬家，却已呈现出搬家景象。看完告示，王卫卫带着小兄弟摇晃着身子进了钱庄。

王卫卫神气活现地掏出庄票，往柜台上一拍。

噶十七狐假虎威："七十两纹银，一钱不能少，统统拿出来！"

头柜陈介休过来，戴上老花镜，皱着眉头拿起庄票，"噢，是那张业已挂失的庄票。你们怎么又拿来啦？"

王卫卫颐指气使的，"读读上面的字，看看是谁写的。"

陈介休读道："'准予兑银，陈牧斋'。不假，这还真的是陈老板的亲笔。诸位稍候，我得问问这张庄票能不能兑银。"

王卫卫火了，"你们老板都签字了，你还问谁去？"

陈介休说："我们通达钱庄是股份制的，股东都是老板，不止陈牧斋一个老板。凑巧，有一位正好在这里呢。"

王卫卫说："你是那位叫陈介休的头柜吧？你在蒙谁呢？我们都知道，陈牧斋是通达钱庄最大的股东，他签了字就算数。"

高高的柜台后面传出一个声音："谁说陈老板签字就算数？坏了钱业公会的规矩，就是皇上他亲老子签了也不算数。"

王卫卫等面面相觑，不知柜台后面这位是什么人。

柜台后面站起来一位，头上戴着一顶破帽子，向前压得很低。他伸出手，

第八章　通达钱庄

"头柜,把那张庄票拿来我看看。"

陈介休把庄票递过去,那位拿过来,看也不看,几把就撕扯成纸片,随后向上一扬,碎纸片纷纷飞落下来。

转眼间庄票成了碎纸,王卫卫等目瞪口呆。噶十七头一个反应过来,"啊?你敢扯碎阿拉的庄票!"

那人低着头阴沉地说:"小赤佬,阿拉扯碎的是你们偷的庄票。"

仗着人多,也为了在卫哥前面表现一把,噶十七跳了起来,"你们撕了阿拉的庄票,居然还胆敢骂人……"他的话嘎然止住。

他之所以不敢说下去了,是因为那位破帽子起身了,绕出柜台向外走,边走边说:"怎么停了?接着喊呀。"

当着诸位薄相界同仁的面,噶十七被激得没法子,随即又跳起来,仍是原话,"你们撕了阿拉的庄票,居然还胆敢骂人……"

他之所以再次不敢说下去,是因为从柜台里面出来的那位来到了自己跟前,"怎么停了,接着喊呀。"

噶十七可怜兮兮地扭头看看卫哥,随即又跳了起来,仍然是原话,"你们撕了阿拉的庄票,居然还胆敢骂人……"

他之所以再次不敢说下去了,是因为那位摘掉了破帽子。

白展昭把破帽子一把甩开,"你们也太小瞧本武师了,本武师不仅要撕了你们偷的庄票,连你们这伙人都要撕巴撕巴。"

王卫卫一伙的脸吓白了,窥测着大门。

陈介休走出柜台,看看王卫卫,向一侧甩着大拇指,"这位是赛府的'禁军教头'白大侠,手段十分了得,识相些,快溜吧。"

白相人平日里比猴儿还精,而每逢紧要关头,临阵决断能力则比猪都差,王卫卫就是这号的。当他面前的不是笃信佛教的老太太,而是随时准备大打出手的"禁军教头"时,他完全没有主意了。

噶十七急于摘脱自己,转向王卫卫问:"头儿,你看怎么办?"

这招果然见效,白展昭立即转向王卫卫,"原来你是头儿。"

王卫卫指着噶十七喊了起来:"噶大哥,你怎么这么说话,我才不是头儿呢!我是给你拎包的,是你的狗腿子。"

白展昭说:"不要来回推了,我可不管你俩谁是头儿谁是腿子,凡拿着偷来的庄票勒索陈老板的人,都得狠狠地打!"

王卫卫和噶十七拔腿就走,白展昭喊了声:"众门徒!"

那擦黑和孙驴子带着人呼啦一下冲出来,随即摆了个亮堂耀眼的京剧舞台集体大亮相,足见白展昭平日训练下的功夫。

白展昭并起剑指念道:"广阔无垠苍穹,万里晴空之下,好端端一个安静钱庄,活络八方银钱流通,尔等肮脏龌龊小人却出此拙劣技俩栽赃庄主,企图大捞一票。众门徒,给我打!"

那擦黑和孙驴子一拥而上,拳脚交加。

不大会儿,小赤佬们坐在地上,哎哟哎哟的叫唤着,满头满脸血不说,且洋装都被撕扯的不成样子。王卫卫和噶十七的洋装都少了只袖子。地上有两只袖子,他们赶紧捡起来。由于二人洋装颜色相近,哪只袖子是谁的,还得分辨一会儿才能分清楚。

5、一两纹银出让房间

快到中午了,曼翠翠才起床。她慵懒地打了个哈欠,下床,趿拉着鞋子,走到门边拉开门闩,打开门透透气。

门刚打开,呼啦涌进来一伙人。曼翠翠不知道怎么回事,吓得一下子回到床上,蜷着腿,缩在床的角落里,莫名其妙地盯着前面。床前,一伙人也在莫名其妙地看着她。

小屋子里早就挤得没有落脚的地方了,而从窗户看出去,门外也站了不少人,而且仍然有人往这边来。

那伙人张望着屋子议论:"小点,还算干净。""阊门附近,才一两纹银,价钱相当便宜了,全苏州也没有这么便宜的了。"

曼翠翠终于开口了:"你们是哪里来的?来做什么?"

一个人答:"我是来买的。"

其他人随即嚷嚷起来:"我也是来买的。""我也是来买的。"

头一个人掏出颗小银锭,"这是我的一两纹银。"其他的人随即掏出小银锭,嚷嚷起来:"这是我的一两小银锭。""这是我的一两小银锭。""这是我的一两小银锭。"

第八章 通达钱庄

作为从业多年的暗门子野鸡，自从人老珠黄，曼翠翠每次卖身只收百八十个大子儿，少有哪位顾客还没上床就给个小银锭的。她有些窃喜，又觉得不大对头，于是问道："你们要买什么呀？"

那伙人齐声答道："你的房子呀。"

曼翠翠大为疑惑，"我的房子？我从来没有要卖房子呀？"

那伙人大为惊诧："你怎么不是要卖房子呀？我们是看了你的告示才来的。上面明码标价，一两纹银。"

曼翠翠傻了，"我的告示？我没有张贴过告示呀。"

一个人急了，"起来，我带你看去，你的告示就在外面呢。"

曼翠翠急急下床，"我是要看看去，哪儿来的鬼告示？"

她和那伙人出了房门，几步出了院门。果不其然，院子门口一侧张贴着一张一尺见方的告示，位置挺醒目的。

告示上就几个字：院西偏房一间，一两纹银出让。

这是谁搞的鬼？曼翠翠愣住了。那伙人看她没有卖房的意思，不过是一场恶作剧，遂散去。她气得三把两把地撕扯着告示。

身后响起一个声音："你撕扯了，我们还会张贴。"

她猛回头，两个人站在两丈开外，冷冷地看着她。

丁三甲的表情冷峻，"曼翠翠，我们是从文衙弄光宗耀祖讼馆来的。通达钱庄老板陈牧斋先生委托我们找你谈谈。"

她努力稳住神，"你们要谈什么？"

丁三甲说："你昨日'碰瓷'，假意被陈老板的车撞倒在地，把陈老板诱骗进你的房间，而后与白相人勾结勒索。我们就谈这件事。"

她一听，吓得扭头就要跑，却被一只大手一把薅住。

潘耀祖抓住她的后领，凑近她的耳朵，"古人对你这种老帮子早有说辞：秋已无多，早是败荷残柳。败荷残柳女士，你不是诱骗陈老板进你的房间吗？好，洒家每天给你张贴告示，说你要出让房屋，把男人一伙一伙的往你的房间里轰。想不想让我这么做呀？嗯？"

曼翠翠吓得浑身哆嗦，"不敢了不敢了，以后再也不敢了。"

丁三甲问："曼翠翠，你知错不知错呀？"

曼翠翠频频点头，"知错知错，曼翠翠知错。"

199

丁三甲说："既然知错，你就拿着。"说着把一样东西塞给她。

曼翠翠打开手心一看，是个小银锭。她抬起头来，"你们也给我一两纹银？我的房子不卖。"

丁三甲说："不是要买你的房子，是陈老板给你疗伤的。"

曼翠翠垂下头，"陈老板既往不咎，真是大人有海量。麻烦转告陈老板，曼翠翠今生今世感激涕零。"

"我们会代你转告的。"丁三甲说完一甩头，和潘耀祖走了。

6、换得了行头换不了嘴脸

天公不作美，夜里下起了瓢泼大雨。

王卫卫、噶十七和小兄弟们蜷缩在房子里，光着膀子坐着。雷声过后，一个长长的闪电。忽明忽暗的光线中，他们像鬼一样。

王卫卫竖起两个指头，"衣服！每人两身衣服，撕扯坏的洋装要缝补起来，不能自己补，拿到外面找行家干，看不出来是经过缝补的；另外一身长衫，穿的时候要像新的一样。现在躺下休息，睡不着就闭眼眯着，得睡上一阵子。三更出动。成败在此一举。"

三更时分，雨停了。这伙人出动了，每人夹着个小包，包着一身新长衫和新布鞋。噶十七拎着个小锅走在最后，里头是浆糊。

天蒙蒙亮，通达钱庄旧址外面的街道上空无一人。一天之前，这里还叫通达钱庄，现在只能叫通达钱庄旧址了。原因是头天通达钱庄整个搬到利济大街的原鸿宾酒楼，这里已是人去屋空。

王卫卫打开雨布包裹，掏出一张折叠的纸。他把纸打开抹平整，噶十七紧着往墙上刷浆糊，他们一道把这张纸贴在通达钱庄旧址的门口。这是一份"告示"。文字如下：

"本钱庄已迁往利济大街路北原鸿宾酒楼处，为减少客户麻烦，有雇员在此留守数日，凡要办理储蓄款项及赔付事宜者，可在此办理。其余业务到本钱庄新址办理。"

噶十七借着晨曦的微光吃力地看了看，随即拍着屁股跳起来，"高！卫哥的点子真高！通达钱庄昨天刚搬走，咱们充作留守人员在这里呆上一天。如果有存

第八章 通达钱庄

款的，银子交到咱们手里；如果有欠通达钱庄银子的，赔付的银子也交到咱们手里。真高！"

小兄弟把门撬开，他们溜进去。王卫卫进门就把破褂子脱了，打开包袱，小兄弟们照着来。不大会儿功夫，这帮人统一换了装扮，清一色穿着新的长衫，足蹬新布鞋，戴着黑色缎面瓜皮帽。

通达钱庄的雇员办事讲规矩，临走前把房间打扫得十分干净，地面纤尘无染。大柜台撤走了，留下了几张桌子和几把椅子。

王卫卫一指，"把桌子椅子码放成一排，一个个给我老老实实地坐在那里。"桌子和几把椅子立即码成了行，小兄弟们坐了下来。

王卫卫看着他们，"看看你们一个两个，都傻头傻脑的。等等顾客上门了谁也不准说话，钱业有钱业的行话，多嘴多舌的容易露馅。"

像变戏法一样，他从怀里掏出两个算盘，"我自用一把，阿二的桌子上放一把。"被称为阿二的胆怯地说："我不会用算盘。"

王卫卫骂道："混帐！我也不会用算盘。不会用算盘，会不会拨拉算盘珠子？人来了，你把你的狗爪子放到算盘上，把算盘珠子来回拨拉就行了。跟狗不一样的是，你嘴里得念念有词，什么三下五除二，管它三七二十一，七八五十六，七九六十三的。瞎念叨就行了。"

噶十七算不上"道上的人"，只是想看看这里的门道。过去卫哥没有向他托出底牌，直到他往墙上刷浆糊并随后看到告示全文，才发现卫哥计划的核心所在，他万万没想到还有这么玩儿的，顿时热血沸腾。这时，他主动请战，"卫哥，你看我做些什么好。"

王卫卫把手搭到他肩膀上，"十七，这里就属你口才好，你在各张桌子附近转，对客户解难答疑，相当于钱庄头柜的角色。"

噶十七面呈难色，"阿拉的口才尽管堪称一流，但是没有从事过钱业，也说不来钱庄的那些话，如何解难答疑？"

王卫卫说："我坐在最后那张桌子上，你答不上来的，还有我呢。"他随即招呼小兄弟："夜里都没有睡好，现在趴在桌子上小睡一会儿，等等人来了，拿出最大的精神把这单活做好。"

不大会儿，房间里传出此起彼伏的鼾声。

王卫卫却睡不着，而是处于一种亢奋中。

事情缘之于一个多月前的一天。噶十七从苏州回到上海，无意中提到他和苏州鸿宾酒楼老板关系很铁，鸿宾酒楼办不下去了，通达钱庄老板看中了酒楼基址，决定放弃原址，把酒楼买下来，把钱庄迁过去。对大部分人来说，这种消息这个耳朵进那个耳朵出，但在王卫卫不一样，消息从这个耳朵进了后没有从那个耳朵出，而是酝酿出一个计划。十几天前，噶十七说到鸿宾酒楼已破产，老板辞退了伙计，把房产抵给了通达钱庄，通达钱庄快要搬家了。这时他下定了决心，带着几个兄弟来到苏州，目的是利用通达钱庄搬家后的间隙，假冒通达钱庄雇员在原址收取那个短暂时间的储蓄金额。

王卫卫看看外面，天光大亮，招呼说："起来起来，擦擦脸，精神精神，快点吃早饭，等等雇主就上门了。"

小兄弟们起身，用凉水撩撩脸，王卫卫从包里掏出个盒子，里面是小有名气的南通芝麻椒盐烧饼，你三个我两个的分了。

在他们住的那个地方，附近有家烧饼店。店主是南通人，做的芝麻椒盐烧饼十分可口，而且价钱便宜，有零售的，也有成盒出售的。他们吃不起饭馆，经常一顿饭两个芝麻椒盐烧饼的胡对付。这次出动事关重大，他破费买了两盒，权当这伙人的早饭和午饭。

早饭既毕，王卫卫和小兄弟各就其位。规规矩矩坐着。

由于吃的急了，噶十七嘴边到处沾着芝麻粒，自己却不知道。他背着手，在各张桌子前有模有样的溜跶着。他平时喜欢穿洋装，这次周周正正的着长衫，戴瓜皮帽，反倒显得不大像他了。

王卫卫看看他，"别臭美了，擦擦你的嘴角。"

当噶十七抹着嘴边的芝麻粒时，门吱呀一响。这天的头一个雇主推门进来了。这是位中年男子，像是附近学堂的教书匠。

噶十七急忙迎上去，还没顾上说话，旁边响起一个声音。

那是阿二在忙忙叨叨的拨拉算盘珠子，嘴里念叨的声音挺大："三七二十一，四七二十八，五七三十五，六七四十二，七七四十九，七八五十六，七九六十三，七十七十。"

教书匠莫名其妙地看看阿二。噶十七等阿二念叨完了，赶忙抓住中年人的手，使劲摇了摇，说："欢迎来本钱庄存钱。"

教书匠抽回手，"你搞错了，我不是来存钱的，是来取钱的。"

第八章 通达钱庄

噶十七问:"你来取钱?为什么要取钱?"

教书匠好笑地说:"我来取我的钱,还要告诉你原因吗?如果一定要问,可以告诉你,通达钱庄从阊门搬到利济大街去了,那么远,太不方便了,我是来把钱一次提空,存到近些的钱庄去。"

噶十七应付不了这种局面,赶紧说:"原来是这样的,你不是来给阿拉送钱的。先生,你等等,我马上问问头儿去。"

他到了最后一张桌子,"卫哥,人家不是来往咱这儿放钱的,是要从咱这儿把钱拿走,存到别的钱庄,你看怎么办?"

王卫卫眉头一蹙,"瞧你那笨样!让他出门看看张贴的告示,本留守处只办理储蓄款项及赔付事宜,取钱到本钱庄新址办理。"

噶十七明白了,赶回去鹦鹉学舌:"先生,请你出门看看告示,本留守处只办理储蓄款项及赔付事宜,取钱到本钱庄新址办理。"

王卫卫说:"不过今天不行,利济大街的新址还没有收拾利索,得过两三天才能正常营业。"教书匠出门看告示去了,再也没有回来。

在这难得的间隙,王卫卫跑到阿二跟前,吼道:"你这呆瓜,谁让你三七二十一,四七二十八啦,要嘟囔就嘟囔些别的。"

阿二点点头,"卫哥,我懂啦,不嘟囔三七二十一,嘟囔别的。"

说话间又进来一个绅士模样的人。阿二马上拨拉算盘珠子,嘟囔起来:"三八二十四,四八三十二,五八四十,六八四十八,七八五十六,八八六十四,九八七十二。"

噶十七远远地伸出手,"欢迎来存钱。"

绅士拨开他的手,"不是来存钱,通达搬到利济大街了,太不方便了。我是来把钱一次提空。"他的话竟然与前面那位说的一样。

噶十七答复:"请出门看看门外张贴的告示,本留守处只办理储蓄款项及赔付事宜,取钱到本钱庄新址办理。不过今天不行,利济大街的新址还没有收拾利索,得过两三天才能正常营业。"

绅士模样的人刚出门,王卫卫就跑到阿二跟前吼道:"不让你说三七二十一,你就说三八二十四。除了九九表,你就不会别的啦?要嘟囔就嘟囔与珠算有关的话,什么三下五除二呀。懂吗?"

阿二闷声闷气地说:"懂啦,三下五除二。"

说话间进来四五个人，说的都是同一件事：取钱。噶十七的"涵养"飞诸九霄云外，挥手向外撵，"诸位，出门看看告示，本留守处只办理储蓄款项及赔付事宜，取钱到本钱庄新址办理。不过今天不行，利济大街的新址还没有收拾利索，得过两三天才能正常营业。"

一个上午，除了取钱的就没有别的。噶十七很不满意，"侬看看侬看看，除了来取钱的，就没有一个来给阿拉送钱的。"

王卫卫的指头捻着太阳穴，"智者千虑，必有一失，这或许是我疏忽了。掉过头想想，也是，通达钱庄刚搬走一天，没有人会在这种时候到留守处存钱。守株待兔吧，没有其它办法。只要有个傻瓜来存钱，就拿高息拽住，八分息，我就不信没人往这里放钱。"

午后不久，一位黑红脸膛的壮老爷们儿乐呵呵进来了，后面跟着两个跟班的，共同提着个沉甸甸的柳条筐，看样子里面是银锭。

他是黄豪强，潘光宗的铁哥们儿，通达钱庄的常客。

噶十七一看对方的那副样子非常的"中土"。对于"中土"人士他就不握手了，而是抱拳作揖，"欢迎来鄙钱庄存钱。"

黄豪强看看他，"通达钱庄的人我差不离儿都认识，叫不上名也能认张脸。你可是张生脸儿，刚来的？嚯，一水儿的新人，我一个都没有见过。嚯嚯嚯，穿一水儿的新褂子，戴着一水儿的新帽子。老陈这大抠门儿总算开眼了，舍得花钱打扮伙计了。"

噶十七尴尬地陪着笑脸，不知道该说什么。

阿二又拨拉着算盘珠子嘟囔上了："三下五除二、三下五除二、三下五除二、三下五除二、三下五除二。"

黄豪强凑过去，"傻小子，你就会个三下五除二呀。哎？你的指法不对，三下五除二不是你这么拨珠子的。"

王卫卫急忙上前，"欢迎到本钱庄存银子，本钱庄提息了。"他知道这回憋上大户了，而且憨乎乎的。在他的阅历中，天下最容易糊弄的就是这种爱喝几口酒的黑红脸膛，十个有九个傻。

黄豪强回身，厚巴掌一甩，指向柳条筐，"不错，我是来存银子的。你们通达钱庄挪地方了，这四五百两银子要是存到你们新庄址，在哪儿来着？什么利济大街，还得费老大劲运过去。得了，图个省事儿，就由你们这个通达钱庄留守处

第八章 通达钱庄

代收了。"

王卫卫拿出了一杆小秤,"好!我们就代收了,其实也不算代收,我们收了还得运到利济大街库房,我们是一回事。"

黄豪强说:"这就过秤吧。这是四百六十七两纹银,错不了,临出门前我都秤过了。哎?这么小的秤得秤到什么时候。台秤呢?"

王卫卫说:"台秤搬到新址去了。这杆秤是小点儿,您老得多等会儿。虽然过秤耽误点功夫,您还是占大便宜了,陈老板为了吸储出了新招,八分息,够高的吧?这下您老该满意了吧?"

黄豪强一愣,嘟囔起来:"八分息?不是够高,是高到头了。老陈的日子挺好过,犯不上高息吸储呀。出手这么大方,耍钱耍疯了?"

他疑惑地想了想,再次看看左右,一水儿的新面孔,一水儿的新长衫,一水儿的新帽子,一水儿的新布鞋。

王卫卫说:"陈老板的路数,我们底下人就不便揣摩了。"

黄豪强低头想了想,再抬头,看看阿二,招招手,"小子,过来,等等过秤,你在边上用算盘打,把数字加到一块。"

阿二面露难色,畏缩着不敢近前。

跟班的看了很久,早就觉得不对劲。这时一个跟班的凑近,小声说:"哪有钱庄的人不会用算盘的。"另一个小声说:"老板,他们的口音、衣着和举止都不大对头。这么多银子,还是求求稳吧。"

黄豪强静默了片刻,急速地向外一甩头,接着往外走。两个跟班的提着柳条筐紧紧跟着,出了门。

屋子里安静了好大一会儿,连根针落地上都能听到声音。

王卫卫的面孔憋得酱紫,好半天才狠狠一顿脚,说:"柳条筐里装着四百六十七两纹银,煮熟的鸭子飞了。"

噶十七缩着脖子,"他们别不是告发去了吧。"王卫卫说:"不是没有这种可能,此地不能久留了。"噶十七应和:"那咱们就快点溜吧。"王卫卫迟疑着:"溜是可以溜,可是准备了这么久,花费了那么大的心血,两手空空的就开溜了,实在是不甘心。"小兄弟们胆战心惊的,"卫哥,那怎么办呢?"王卫卫:"让我再想想,再想想。"

这时,门外传来大嗓门:"通达钱庄!车轱辘!"

王卫卫和噶十七吓了一大跳，几个小兄弟害怕的直哆嗦。

门哐当一下撞开，一个又高又壮的人进来了，手里拿着一根赶牲口的大鞭子，像是个车老板。

7、收了三百条橡胶轮胎

最早成立的中国通商银行、大清户部银行、交通银行等均由政府拨款或官僚创办，不开展储蓄业务。光绪三十二年（1906）年，信成银行首创储蓄业务，称"一元取存，不论多寡，皆可来行存储生息"，存款方式分为定期和零星两种，定期又分为整存整取、零存整取、整存零取三种。有的注意吸收先进经营理念的钱庄，也开展存储业务，通达钱庄就是其中之一。

这天下午，通达钱庄在新址承办宴席，庆贺乔迁之喜。

陈牧斋像个新郎官，扎着喜绸，兴高采烈地说："大家彼此都是熟人，用不着我罗嗦了。不过请你们看看，新址是不是比旧址气派？这个地方，不仅面积比原来的大了将近一倍，而且敞亮。重要的是，利济大街的人气比原来那个地方要旺。本钱庄托大家的福，一定会日益兴旺。我的话说完了。大家，吃、喝、聊！"

陈牧斋、陈介休举着酒杯，斡旋于人群之中。来的人大部分是钱业公会的同仁。他们三个一拨五个一伙的，边喝酒边说业内的话。

像赛府这样的，算不上大客户，由于影响在那儿，也在被邀请之列，赛横把他的"幕僚"带来了。光宗耀祖讼馆本来与钱业无干系，由于刚为陈牧斋排忧解难，潘馆主和丁讼师也在被邀请之列。

大厅里正在热闹，黄豪强黑着脸进来了。陈牧斋、陈介休见到老客户来了，急忙迎上去。黄豪强顾不上与他们寒暄，上来就是一阵咬耳朵。陈牧斋的脸一下子黑了下来，在人群中东张西望的。

丁三甲碰碰潘耀祖，"你看陈老板那样，八成有事。"

陈牧斋一眼看到了他俩，疾步向这边走来。

丁三甲迎上去，"陈老板，慢慢说，慢慢说。"

陈牧斋说："我们搬家后，阊门的原址并没有派人留守，现在有几个人打着通达钱庄留守处的名义在那里高息吸储和理赔。"

丁三甲一撞潘耀祖，"把你的徒弟叫上，走！"

第八章　通达钱庄

潘耀祖到人群里，揪住白展昭和孙驴子的肩膀，往外带着走，"走！走走走。"白展昭和孙驴子不解，"咱们去哪儿？"潘耀祖说："师父带你们打架去。"两个人顿时喜出望外，摩拳擦掌地跟着走了。

同一时刻，在通达钱庄旧址里，车老板无所事事地晃着马鞭。

王卫卫把噶十七拽到一边，小声说："这位车老板是大舌头，口齿不清，罗七八嗦的说了半天，我才听明白是怎么回事。他是恒万车场的，恒万车场欠通达钱庄三百两银子，还不上，和通达钱庄陈老板商量好了，用三百条新的人力车用橡胶轮胎顶债。这种橡胶轮胎一两二钱一条，三百条价值三百六十两银子。车老板把轮胎拉来了，让我们打个收条，恒万车场和通达钱庄的债务就算两清了。"

噶十七大喜："好哇，留下这些橡胶轮胎，弄不到钱也饶了一堆东西，要不就拉到上海去，要不就放到驻地去，那地方是过去上海道台买的，苏州知府要搜查那里，也要看上海同僚的脸面。"

王卫卫说："放在苏州不保险，还是拉回上海。现在我最担心的是刚才来的那位老板告发，收了轮胎马上就得溜。我去给车老板打收条，你去和车老板商量把这批东西运到上海的价钱。"

此前，王卫卫不仅已比照通达钱庄印鉴刻了枚印鉴，还准备了相应的纸张。收条即刻就写完了，他盖上了伪造的印鉴。

他把收条交给车老板，车老板念了一遍："'今收到恒万车场橡胶轮胎三百条整，与恒万车场欠我钱庄三百两纹银相抵，债务两清。通达钱庄印鉴。'行行行。我拿着这东西回去可以交差了。"

门外的马车上，三百条黑乎乎的橡胶轮胎堆起老高。

噶十七说："卫哥，我和车老板商量妥了，三百条橡胶轮胎不卸车。我们雇这辆车直接拉去上海，我答应他，运资三两银子。"

王卫卫说："这家伙真敢开牙。妈的，三两就三两吧。车老板今天一大早装车赶过来，先找个大车店歇着，我们明早出发。"

阿二说："卫哥，从上海来苏州，忙了那么多天，就弄到了三百条橡胶轮胎，既不当吃也不当穿的，要这些东西有什么用呀。"

王卫卫说："你懂个屁。见过街上跑的人力车吧，那种车新的也就是三两多银子，而两条橡胶轮胎就值二两多银子。整辆车，别的都不值钱，就两条橡胶轮胎值钱。三百条橡胶轮胎全部拉回上海，随便抵给一个人力车场，十拿九稳能够换回三百两银子。"

噶十七说："那好，你们先回驻地，我跟着车找个大车店，和车老板一起住到大车店，明天早上带着车到驻地会合。"

白展昭和孙驴子拍马赶到通达钱庄旧址时，王卫卫和噶十七一伙人刚离开不久。他们和附近的人一打听，这伙人是和一辆马车一起离开的，马车上拉着一堆黑乎乎的东西，像是橡胶轮胎。

过了不大会儿，陈介休带着丁三甲和潘耀祖坐马车赶到。

陈介休下了马车，就看到了张贴在外面的告示，读道："……为减少客户麻烦，有雇员在此留守数日，凡要办理储蓄款项及赔付事宜者，可在此办理。其余业务到本钱庄新址办理。"

丁三甲说："他们要是办理存钱，银子可就进他们腰包了。"

陈介休却不以为然，"按照常理，这种时候，钱庄刚搬走，没人会把钱交给几个留守的。这伙骗子想得太美了。"

丁三甲说："他们顾不上考虑这些了，蒙上一把是一把。"

陈介休说："那可不，黄豪强就差点上当，要不是他们提出'八分息'引起黄老板的怀疑，黄老板差点把四百多两银子交给他们。"

他们进门时，白展昭和孙驴子正看着空荡荡的大屋子发呆。

白展昭说："我刚才问了问附近的人，在我们来之前半个时辰左右，他们走了。一个人跟着马车走，另外五个人步行离开。"

丁三甲说："马车上装的是什么？"

白展昭说："看到的人说黑乎乎的一大堆，好像是橡胶轮胎。"

陈介休说："这就对了。恒万车场跟我们说好了，这一两天，他们把三百条橡胶轮胎从昆山运过来，抵冲欠我们的三百两银子。"

潘耀祖说："这么说，三百条橡胶轮胎落到他们手里啦？"

陈介休说："应该是这样的。这伙骗子既然这么个玩儿法，事先就会备下伪造的钱庄印鉴和文书。赶车的车老板不会辨别什么，也想不到辨别什么，只管把三百条橡胶轮胎运来。到了这里，车老板也不知道谁是谁，只要拿到收条就可以回去交差了。"

丁三甲说："三百条橡胶轮胎……这种东西容易出手吗？"

陈介休说："当然容易。木制车轮快要淘汰了，现在正进入橡胶时代，车场都愿意用橡胶轮胎。他们把三百条橡胶轮胎运到上海，随便就能卖三百两银子，那就是一百五十辆人力车呀！要找到他们。"

潘耀祖浏览着大屋子，叫道："哇呀呀！可怎么找哇？"

暮色四合，屋子里暗了下来。丁三甲看到地上有两个空纸盒，过去拾起来，仔细看看又嗅了嗅。他凑到窗户跟前，仍然能够看清盒子上的一行小字：南通芝麻椒盐烧饼店，初八。

陈介休过来，"这两个纸盒不是我们留下的。我们搬家时，地面上清扫的干干净净，我是最后离开的，那时地面上什么也没有。"

丁三甲说："那么，这两个空盒是那伙骗子留下来的。早饭和午饭，他们吃的是南通芝麻椒盐烧饼。盒上有'初八'两个字，而今天是初九，这两盒烧饼是昨天做的。他们是今天早上赶到这里，呆了将近一天。所以，这两盒烧饼不是今天买的，只能是昨天买的。刚出炉他们就买了。什么人能买到刚出炉的烧饼，而且是盒装的？"

陈介休说："烧饼刚出炉时，正好经过的路人可以买到。"

丁三甲说："除了偶然经过的路人凑巧买到新出炉的烧饼，住在烧饼店附近的最容易买到新鲜烧饼。先找到南通芝麻椒盐烧饼店，再在附近找他们。你们谁吃过南通芝麻椒盐烧饼？"

孙驴子说："我爱吃河间府的驴肉火烧，没吃过这玩意儿。"

白展昭眯缝着眼睛回忆着，一拍脑袋，想起来了，"赛老爷子生前吃过，还挺好这一口，赛横让我去买过。"

丁三甲说："在哪里买的？那地方叫什么？"

白展昭说："我叫不上地名，但是我能摸到那儿。"

丁三甲说："走！这就去南通芝麻椒盐烧饼店。"

8、月夜中朗诵无名氏词作

月明星稀，一轮皓月，几乎见不到星星。四下很安静，两匹马的马蹄在青石板路上发出卡嗒卡嗒的声音。

丁三甲和潘耀祖共骑一匹马，白展昭和孙驴子共骑一匹马。

白展昭指着一个路边店说："我记得，好像就是这里。"

入夜，粉墙青瓦全都变得黑乎乎的，一根粗大的竹竿，上面挑着一个布制的店幌，在夜风中飘动着，上面的字看不清楚。潘耀祖走到竹竿前，双手攥住，右臂夹紧，奋力一拔，把竹竿整个从土里拔了出来，而后放倒，把店幌拿到眼前看了看，隐约可以辨别出是"南通芝麻椒盐烧饼店"数字。

白展昭上去就用拳头砸门，把木门砸得哐当哐当响。里面终于传出一个男人的声音："现在没有烧饼卖了，明天再来吧。"

白展昭说："没有烧饼不当紧，俺找卖烧饼的人。"

里面的声音说："没有烧饼了，你找卖烧饼的人做什么？"

白展昭说："有事要问问。"

里面的声音说："人都睡下，明天再问吧。"

白展昭说："不行，现在就要问。"

里面的声音问："你们是什么人呀？"

白展昭说："歹人溜门撬锁，不会半夜使劲敲门；歹人抢金银不会抢烧饼；歹人抢珠宝店抢皮货店不会抢烧饼店。"

里面的声音说："不管你们是不是好人，深夜我们不敢开门。"

潘耀祖把白展昭拨拉开："卖烧饼的，听好啦，洒家背一首古词'浪打轻船雨打篷，遥看篷下有渔翁。蓑笠不收船不系，任西东。即问渔翁何所有？一壶清酒一竿风。山月与鸥长作伴，五湖中。'"

里面的声音问："你吟诵古词做甚？"

潘耀祖说："知道是什么人写的吗？谅你个卖烧饼的不知道。告诉你吧，是无名氏写的。无名氏，后人连这些诗词是谁写的都不知道，而洒家连无名氏的词都能背诵下来，可见洒家是一位博览群书的读书人。温文尔雅的读书人半夜敲门，你们还怕个什么？"

读书人的吟诵还挺管用，门吱呀一声开了。

一个睡眼惺忪的中年人一手举着个油灯，一手扶着门，戒惧地打量着他们，"诸位客官，我就是卖烧饼的，你们要问什么事？"在他的身后，隐约站着两个拿着木棒的伙计。

丁三甲拿着两个纸盒上前，"这是你们这里卖的吧？"

卖烧饼的低头看了看，"是我们这里卖的。"

丁三甲说："昨天是初八，这两盒是昨天出炉的，也是昨天卖的。有人一次买走两盒,你还想得起来是谁吗?"

卖烧饼的说:"昨天?一次买走两盒的……有那么几个。"

丁三甲说:"我说的不是路人,是住在附近的。"

卖烧饼的说:"住在附近的?噢,那就是他们了。他们平时都是零着买几个,从来不买盒装的。这次一下买走两盒,我还奇怪呢。"

丁三甲说:"他们是什么口音,多大年纪?"

卖烧饼的说:"他们是松江口音,年龄都在二十多岁。"

丁三甲说:"松江口音?他们住在哪里?"

卖烧饼的一指,"他们每次都从那边院子过来,上海有些官员过来住一住,平日没人,只有个看门的。那伙人好像就住在那里。"

由于下了一场暴雨,路上又湿又滑,到处是水洼子。丁三甲和潘耀祖在前面走,白展昭和孙驴子牵着马跟在后面。

没走多远,路边有一个白墙围绕的小院子。

丁三甲说:"看来就是这个地方了,好像有点来头。"

潘耀祖一捅白展昭,"徒儿,给师父露一手。"

白展昭眼睛一亮,嗖地窜出去,从墙边上到屋顶,附在屋瓦上听了听,看得出来,他的轻功是经过苦练的。上海道台修建的这个院子年久失修,到处是窟窿,听房并不太难。他耸身跳下来,向后挑着大拇哥,"丁举人,还有俺的恩师,就是里面的人干的,他们正在商量怎么分红。明天早上有人带着马车过来,橡胶轮胎都在车上。"

丁三甲不再多问,上前轻轻敲了敲门,一个老人家哈欠连天的,举着盏煤油灯打开门。潘耀祖从旁边窜出,把老人家一把拽出来,食指放在唇边"嘘"了一声,老头登时哑巴了。

院子里黑乎乎的,其中有一间房子透出微光。他们放轻脚步,摸到那间房子跟前,丁三甲压低声音:"你们进去把他们制服。"

潘耀祖压低声音:"二位既然拜我为师,洒家就要看看二位的手段了。一块上!"说完冲进去,白展昭和孙驴子也一块冲了进去。

丁三甲倚着墙坐下,听着里面乒乒乓乓的声音,听着里面喊爹叫娘的大呼小叫,听着听着,他耷拉下头睡着了。

后半夜,屋子里的豆油灯发出一点微光,周围鼾声起伏,地上横七竖八的睡满了人。王卫卫一伙被捆着，仰面睡着。潘耀祖、白展昭、孙驴子枕着他们的身子，睡得挺香。习武的人睡眠轻，被枕着的人如果不老实，想跑，身子一动，他们就会醒过来。

天亮了，东边霞光万丈。一屋子的人仍然在酣睡，头一个醒来的是白展昭，他是被尿给憋醒的。他起身出门，对着墙根撒尿。

身后传来清脆的马铃声。在静谧的早晨，声音特别悦耳。

一辆马车过来，车上是一堆黑乎乎的橡胶轮胎。车老板的身边，坐着昏昏欲睡的噶十七。白展昭撒完尿，身上打了个冷战。他一回头，看到了非常愿意看到的一幕，热切地走向马车。

"吁——"车老板停住马车。

噶十七醒了，揉揉眼睛。白展昭向上伸手，一把拽住他，向回狠狠一带。噶十七一轱辘滚到地上。

9、徒罪、流罪和"折杖"

两天后，狱卒把王卫卫、噶十七一伙按倒在吴县县衙大堂。

陈牧斋、陈介休、丁三甲和潘耀祖步入大堂站定。

查良怀说："陈老板，还有光宗耀祖讼馆的讼师，你们把这伙骗子抓来了，交予本官，你们还有什么要说的吗？"

丁三甲说："我问了陈老板，苦主没有什么要说的，人赃俱获，都在这儿呢。事实清楚，请县衙大堂依法惩处就是了。"

查良怀说："知道了。"随即看着跪倒的人，不禁惊讶。

囚犯通常都有些狼狈，衣着乱七八糟的，而眼前跪着的这一排人却是一水儿的新长衫，一水儿的新帽子，一水儿的新布鞋。这哪像一伙小骗子，分明是一家新开张店铺的全班人马。

郭香一边指点，一边对查良怀耳语："那个，就是长得像胖蛤蟆的胖子，叫什么噶十七，自称是满洲镶蓝旗的，是什么上海道台的亲侄子。我听他描述了上海道台，听着像是真的。"

查良怀搭眼一瞅，一拍惊堂木，"噶十七，你自称有来头，是什么满洲镶蓝旗的后裔，有什么要说的吗？"

第八章 通达钱庄

噶十七站了起来，"当然啦，凭着我，搬出上海道台压你一头未必办不到。但是，我先放你一马，只说说我自己。如果大堂允许我发出正义的声音，我憋着的一肚子话当一吐为快。"

查良怀说："那好，噶十七，本官今日成全你，你就说吧。"

噶十七进入角色是很快的，立即"沉痛"起来，"刚才讼师说了，本案人赃俱获，按理是没什么可说的了。可是，我还是有肺腑之言要倾诉一番，那就是阿拉为什么会走到如今这步。"

查良怀说："噶十七，本官让你说，是顾及到你是某要人的亲侄子而给你脸面，可是本官绝不愿意听你漫无边际的胡扯。"

噶十七怅惘地举目找了找，一眼看到了皂隶的法棍，就盯住那个点，呢喃自语："在阿拉上海的家里呀，爹地和妈咪只生育了阿拉一个小宝宝。从那么小那么小的时候，就没有哥哥姐姐弟弟妹妹。直到今天，阿拉仍然可以回想起，每天傍晚，阿拉坐在台阶上，不高兴地望着外面……没有伙伴陪阿拉薄相。爹地和妈咪相继谢世后……"他停顿了片刻，"每天傍晚，阿拉依旧坐在台阶上，低头看小蚂蚁，蚂蚁是那么小那么小，连小蚂蚁都有个窝。再抬起头来，看着燕子在屋檐下低飞，飞呀飞，飞呀飞，回巢中给小宝宝喂食。天快要黑了，活着的东西都回到了各自的家……而阿拉是那么的孤独……"他的声音越来越低沉，突然全身一震，好像骤然从回忆堕回到现实。

查良怀冷冷地问："噶十七，你表演完啦？"

噶十七忧郁地看了看他，沉重地点了点头。

查良怀重重地一拍惊堂木，喊道："打！"

噶十七惊愕了，"知县大人，侬可知'人性'二字？侬可知'人情'二字？阿拉刚刚沉痛诉说了一番孤独幼年的痛苦经历，侬没有受到感动，阿拉也不与侬计较啦。侬怎么还要打呀？"

王卫卫遗憾地摇摇头，"噶十七，阿拉教侬的这手，侬用的不是地方，更不是时候，而且遣词造句过于粗糙，还泛着一股酸味。"

噶十七这时再度表现出孜孜不倦的"好学精神"，"卫哥，侬看阿拉还有需要改进之处吗，请卫哥多多指教。"

王卫卫甩出了地道的京腔："噶十七！还指教个屁！你丫就是欠揍，在县衙大堂上玩儿这手，不是诚心找抽吗！"

查良怀抽出一只竹签,"先打'孤独的孩子',五下。与随后的笞刑无关,罪名是用小儿科轻慢县衙大堂。"随即把竹签扔下去。

皂隶早就按捺不住了,举着法棍扑上来。

在《大清律例》中,笞杖是最轻的一种刑罚。比笞和杖重的刑罚是"徒"和"流"。所谓"徒",就是在监狱里服刑;"流"就是流放到偏僻的边远地区。徒罪中的最高刑期是三年,再高就按照"流"处置了。《大清律例》规定,徒满之后要送回原籍,妥善安置。流放的刑期可就没准儿了,从清初以来,重罪犯人一般流放到黑龙江的宁古塔,在大东北的边边上,那是个鬼不下蛋的苦寒之地。

徒罪和流罪都可以折杖,也就是用打板子来抵冲刑期和流放期。打多少板子顶替多长期限,并没有明确标准,刑期和板子数之间的换算关系,有很大的灵活性。但是,在折杖之后如果超过一百杖的,要减杖数加上流徒的年限,即为"杖流准徒"。

对判处笞、杖的犯人,一般允许用谷子、银钱赎部分罪。如若没有能力缴纳财物的,还允许"以役折银"。如果犯人有残疾而不能执行笞、杖的,依照律例也可以赎免。当然,也有不准用财物赎免的轻罪,仍然要依照判决执行,这要依犯罪的性质而定。一般说来,在这种情况下,笞五十的轻罚就可以全免了。但有一条界限,由杖六十而减至笞刑的,则不能免除。本案案犯腰包都是瘪瘪的,谁也拿不出钱粮折抵笞刑。故而,在堂上都是实在打的。

百姓有云:罚了不打,打了不罚。这句话估计是从《大清律例》中总结出来的。清季刑罚中的一点"人性"表现是,笞杖可折抵部分刑期,首犯王卫卫被打得喊爹叫娘,差点断气,而后判三年刑期。即便如此,这通笞杖对王卫卫是划得来的。因为"徒"的最高年限是三年,没有折抵刑期的几十杖,他就得从"徒"转为"流"了,也就是到关外的冰天雪地里服刑,对于长了一张颇讨中老年妇女喜欢的娃娃脸的他来说,倘若真的走到那一步,跟砍头差不多。噶十七和其他人算从犯,各"徒"一年。之所以判得如此之轻,是由于没有造成损失。他们骗走的三百条橡胶轮胎第二天早上就物归原主了。可怜,对于辛苦猎获的物品,他们甚至都没有摸过一下。

附带说一句,整个清代的案例中,利用钱庄搬家后的简短间隙假冒钱庄雇员在原址蒙骗,仅此一例。

第九章

储物库房

1、保险库收存了八幅"明四家"

钱庄不可望银行之项背。但是,通达钱庄老板陈牧斋注意吸收先进理念,他经常去上海,看看外国在华银行是怎么经营的。他注意到,上海汇丰银行、东方汇理银行、德华银行和道胜银行都开展了保险柜业务,代客储存贵重物品。回来后,他也开了这么一摊。

正经保险柜储物业务,每个顾客长年租用库房保险柜抽屉,存放重要细软。通达钱庄瓜菜代,库房码上角钢焊接的货架,顾客代存的细软就放在货架上。代存有风险,银行租用保险柜代存业务也有风险,顾客敢把值钱的东西放在这儿,而且交纳租金,就得承担风险,一旦顾客的东西丢失了,就得按照原价赔偿。通达钱庄新址大厅正面,是一排办理钱庄正规业务的柜台,代存业务挤到东边角落里,那里有张桌子,一个负责接客及登记的三柜,还有俩保镖。

三柜的年纪约莫三十来岁,姓娄名生财,长相平庸,属于往人群里一扔就找不到的那种人。他的身后是库房厚重的大铁门。

一位顾客提着一个黑皮箱进来,往娄生财前面一放,说了俩字:"储存。"皮箱两尺长一尺多宽,这人年纪三十岁出头,只有一只眼睛动,另一只眼上眼皮耷拉,气管像有毛病,每呼吸一下都呼呼响。

娄生财殷勤地打招呼:"箱子里是什么东西?"

由于气管有毛病，独眼龙每发一个音都挺珍惜："画。"

娄生财问："什么画？"

独眼龙说："没锁，自己看。"

娄生财打开皮箱，里面有七八个纸轴。纸轴一看就是很有些年头的，每一个都显现着灰蒙蒙的浅褐色。

独眼龙说："八幅'明四家'。"

这三个字如雷贯耳，娄生财急忙问："什么？'明四家'？"

独眼龙说："姥姥说的。"

娄生财拿不定主意了，喊道："这位要存八轴'明四家'。"

陈介休赶过来，打开一轴是幅山水，二尺多长，一尺多宽，落款"白石翁"，是沈周的款。再打开一轴是花鸟，落款"六如居士"，画界中人皆知，这是唐伯虎画的数种落款中用得最多的一种。

所谓"明四家"，指的是明朝四位名画家，他们分别为沈周、唐寅、文征明、仇英。后世评沈周为"明世第一"，为"吴门画派"之始祖；唐寅以风流文采、纵酒放荡著称于世，擅山水，工人物花鸟，兼及书法；文征明擅山水，多写江南湖山庭园，亦善花卉、兰竹；仇英善画人物，尤工仕女，毕生以卖画为生。在"明四家"中，除了仇英是江苏太仓人，沈周、唐寅、文征明三位都是苏州人。

陈牧斋和陈介休不是鉴赏书画的行家，却也不完全是外行。他们打开剩下的数轴看了看，花鸟、山水、庭院、仕女、走兽、松鹤全都有，从整个气韵来看，觉得是真迹。

独眼龙指指箱子底，"那里有几封推介。"

箱子底下放着几个信封，抽出信纸看看，都是江宁和苏州名家的鉴定，其中有几位他们还认识。这些大家都首肯是真迹，包括沈周的两幅，唐伯虎的四幅，文征明、仇英各一幅。

陈介休看了看独眼龙，只是觉得此人像半个土匪半个脚夫，无论如何想像不出他怎么会有这般珍品，问："你是从哪儿搞来的？"

独眼龙说："姥姥留下的。"

娄生财问："你姥姥是干什么的？"

独眼龙说："名妓'桂花白'。"

娄生财问："'桂花白'是哪里的名妓？"

第九章　储物库房

独眼龙说:"香香苑。"

陈介休说:"香香苑的名妓……好像不应该有这些名画。"

独眼龙说:"名妓该有什么不该有什么我不知道。姥姥年轻时跟江宁将军都睡过,去过京师,睡过王爷。"

陈介休问:"你是怎么知道这些的?"

独眼龙说:"姥姥说的……我妈好像就是那位王爷的种。"

陈介休说:"这么说你还沾上'龙脉'了。"

独眼龙说:"野路子的。"

陈牧斋问:"这么值钱的东西,你姥姥为什么给了你?"

独眼龙说:"单传。我姥姥就我妈一个,我妈就我一个。"

陈介休问:"你姥姥呢?老人家该有七十岁了吧?"

独眼龙说:"前些年就没了。"

陈牧斋插话:"这些东西你估过价吗?你认为大致值多少钱?"

独眼龙说:"不知道,有个藏古画的欧阳懋昌要买。"

陈牧斋说:"欧阳懋昌先生我认识。他要花多少钱买?"

独眼龙说:"每幅七百两纹银。"

陈介休说:"共八幅画,七八五十六,五千六百两银子。"

独眼龙说:"欧阳懋昌不给这么高的价码,他要五千两银子包圆儿。我听人家说,拿到京师还能卖出高价,所以我没有卖他,存在你们这里,去京师之前拿走。"

陈介休交代,"那就给他办储存手续吧,按照五千两纹银底价储存,也按照这个数收取相应的储存费用。"

独眼龙问:"是不是要签契约?"

娄生财说:"那是一定要签的。我们一旦丢失了,赔偿你五千两银子,没有丢失也没有损坏,你来取时,付二十两纹银。"

独眼龙说:"签约吧。我姓杜名隆冬,全称杜隆冬。"

娄生财和杜隆冬签约的功夫,陈介休亲自把黑皮箱提进库房。

库房里存放的尽是值钱东西,没有窗户,墙壁是加厚的,里面码着几排货架。按照编号,陈介休把箱子放到指定位置上。

2、比撒泡尿的时间都短

一个女子提着一个黄色皮箱进来，她有几分清秀几分白净，算不上美女，却绝对新潮。她上身着洋装，足蹬女靴。

至清末，汉族妇女缠足已有千年之久。十九世纪末，来华西方传教士在《万国公报》发表文章，劝汉族妇女不要缠足。梁启超等维新人士发起成立上海不缠足会。百日维新期间，康有为上的诸多奏折中有一份《请禁妇女缠足折》，光绪帝令各地督抚推行，而中央政府成令禁止缠足，在回銮新政初期，即一九○二年早春。

娄生财迎上前，"女士，你要办理储存？"

黄皮箱挺大，贴了些花绿纸片，是火轮船公司行李票。马靴女士说："我到附近办事，提皮箱不方便，寄存几时辰，下午拿走。"

娄生财陪足笑脸："女士有所不知，钱庄开展的保险柜储物业务，只代客保存重要物品，比如契约、重要文书、精美首饰、传家之宝、庄票、古董等等。随身物品、换洗衣服之类是存不到这种地方的，你就是花钱我们也不会代你保管。"

马靴女士："我是在洋行干活的。皮箱里有些随身物品，而主要是和洋行签署的文书，涉及到几宗交易，万万丢不得。要说价值，比你说的精美首饰、传家之宝、庄票、古董要贵重得多。"

娄生财说："既然这样，就放在这儿吧。"

马靴女士问："需要承办什么手续？"

娄生财说："交些寄存费，我把你的箱子放到库房里就行了。"

马靴女士往桌面上扔了十来个铜钱。娄生财点都不点，拉开抽屉拨拉进去。他颇费周折的打开库房门，把皮箱提进去。从进门到出门也就几秒钟，说糙点，比站在墙根撒泡尿的时间都短。

谁知道，娄生财刚出库房锁上门，马靴女士就变卦了，"对不起，我想了想，不存了。那些洋行文件估计等等还要使用。"

娄生财掏出钥匙，再度颇费周折的打开库房铁门，把黄皮箱拿出库房，交给她。她拿着黄色皮箱，二话不说就走了。

所有这一切，都是在看守库房的两个保镖眼皮底下发生的。

马靴女士离开半个时辰，杜隆冬来了。

第九章 储物库房

他掏出存放凭据,往娄生财的眼前一晃,说:"取画。"

娄生财好生纳闷,"怎么?昨天才存进来,今天就要拿走?"

杜隆冬说:"过两天有个鉴赏古画大家去京师。他答应带着我一起去,直接把'明四家'拿到京师琉璃厂卖。跟着行家走,由行家帮着卖画,我心里踏实,不会吃亏上当。"

娄生财说:"好好好,稍候片刻。"

他掏出钥匙,颇费周折的打开库房的两道大铁门,进入库房,把黑皮箱拿出库房。

他把黑色皮箱放在桌子上,往前一推,"检查一下吧。"

杜隆冬满不在乎地说:"大铁门关着。昨天才存进来的,今天就取走,还会有错吗?不查了。"说着提起箱子就要走。

娄生财说:"你还是检查一下为好,出了钱庄我们可就不管了。"

杜隆冬把箱子放在桌面上,一打开,脸色骤然变了。

娄生财往箱子里一看,脸色也变了。

箱子里是几件衣服和一罗旧报纸,"明四家"无影无踪。

杜隆冬一下急了,"你是不是拿错箱子了?"

娄生财说:"等着。"随后返回库房。

陈介休在不远处,感到这边出事了,急忙赶过来问:"怎么回事?"

杜隆冬说:"箱子里的'明四家'没了,换成了我不认识的东西。"

陈介休脸色变得煞白,急忙进入库房。在库房里,娄生财正像没头苍蝇一样瞎胡找着。陈介休指着货架一个空位置,"那口箱子昨天是我亲自放在这里的,你是不是从这里给她取的?"

娄生财说:"我就是从这里给杜隆冬取的。"

陈介休问:"怎么不是原来那口箱子了呢?"

娄生财说:"还是原来的那口箱子,只不过里面的东西变了。"

陈介休问:"别的地方找了吗?"

娄生财说:"屁股大的一间库房,全都翻遍了。"

陈介休和娄生财又返回库房寻找。

过了好大一会儿,陈介休满头冒汗出来,抱歉地说:"杜先生我们再找找。不会丢。现在急的是我们,丢了'明四家',我们得赔您五千两银子,您不会受损失。"

杜隆冬说："我怎么不会受损失？这东西要是没有丢，明天我就上路拿到京师琉璃厂卖去了，那样怎么也不止五千两银子。"

陈介休的汗水顺着额头往下流淌，"那是那是。"

娄生财出来了，满头满脸是汗，万分沮丧地摇了摇头。

陈介休缩头缩脑地看看杜隆冬，衣服商量的口吻，"要不，杜先生，您先回去，我们再找找，您明天一大早再来？"

杜隆冬满脸怒气，"我可以先回去。记住，到了明天早晨，你们如果是仍然找不到，就跟我一块上县衙大堂。"

娄生财说："怎么？昨天才存的东西，今天丢了，明天就见官。杜先生，你就不能让我们喘口气？"

杜隆冬得理不饶人，"你们还喘什么气呀？契约上明明规定丢了之后赔偿五千两银子，没有什么可商量的。再说，有人等着我去京师呢，见官之后我就能决定是否回绝人家了。"

陈介休频频点头，"行行行，明天找不到就见官。"

当晚，光宗耀祖讼馆里，陈牧斋愁眉不展地坐着。

陈介休耷拉着头，"来来回回地找遍了，也来来回回地想透了，就是弄不明白那八幅'明四家'是怎么丢的。"

丁三甲问："会不会是监守自盗？"

陈牧斋抬起头来，"说起来，看库房的三柜娄生财是我的堂侄，人也算规矩本分，否则我不会把库房钥匙交给他。"

陈介休说："而且，库房的钥匙只是白天交给娄生财，每天傍晚上板之前，娄生财得把钥匙交还给我。"

丁三甲："这么说来，即便有监守自盗的，也只能是白天。"

陈牧斋说："白天更不可能了，都在一个厅里，相互都看着呐。"

丁三甲说："娄生财个人进入库房之后，就没人能看见了。"

陈介休说："装'明四家'的箱子是我亲自存放的，并不是娄生财存放的。退一万步说，即便是监守自盗，娄生财也没有下手的时机。我把'明四家'入库后，娄生财当天再没进过库房。昨天打烊上板时，娄生财把库房钥匙还给了我，今天早上卸板后，我把钥匙重新交给娄生财。今天一天，在发现'明四家'丢失

第九章 储物库房

之前,只有马靴女士存箱子时,娄生财把她的箱子提进库房,随即马靴女士又说不存了,娄生财返回库房,提出箱子交给了马靴女士。"

丁三甲思忖着,"昨天,自杜隆冬存'明四家'后的一白天,没别人储物。今天上午马靴女士来存放一口黄皮箱,娄生财刚把箱子提进库房,她随即又提出不存箱子了,娄生财立即把箱子从库房里提出交还给她。如果要出事的话,也就是这一交一接之间了。"

陈牧斋说:"这一交一接间能出什么事?我反复想过,娄生财即便是监守自盗了,那么短的时间也不可能把八幅'明四家'从杜隆冬的箱子里拿出来,再放到马靴女士的箱子里。"

丁三甲说:"照你们这么说,就找不到症结所在了。"

陈介休说:"所以我们来找你们,请你们拿个主意。"

丁三甲问:"潘馆主,你听了之后有什么想法?"

潘耀祖捻着太阳穴,"这个世界有两种呆人办不成事,一种是像洒家这样的,帅呆了,光想着表现帅气,顾不上干别的;另一种就是像你们这样的,傻呆了,傻的简直没办法,榆木脑袋!"

陈介休说:"潘馆主,我们傻在哪里呆在何处?请指点。"

潘耀祖说:"如果你们二位头头没有监守自盗的话,那么这件事肯定是下面的伙计和外人勾结做的一个局,你们为什么不跟一跟杜隆冬呢?为什么不摸摸杜隆冬所说的是否属实呢?"

陈牧斋说:"我们何尝不想这么做,可是杜隆冬不给我们时间,他明天就要跟我们上县衙大堂。"

丁三甲说:"怪,这件事本来是双方当事人按照既定契约办理就行了,没有必要经过衙门,杜隆冬为什么还要上大堂呢?"

陈牧斋说:"我们也不知道杜隆冬是怎么想的。"

丁三甲说:"我也去大堂看看。潘馆主,你明天不去大堂。我给你安排一个能够充分发挥你的'帅呆'特长的地方。"

3、有可能在同业中传为笑柄

次日清晨,陈介休和娄生财就钻进储物库房。好大一会儿,娄生财满头大汗地从库房出来，一个屁股墩儿坐到地上。

随后陈介休也里出来了，绝望地说："屁股大的地方，能想到的全都找遍了，可以说，彻底找不到了。准备五千两银子吧。"

陈牧斋愁眉不展，"银子不是筹备不出来，但八幅'明四家'在钱庄放了一夜就无影无踪了，事情传出去就成笑柄了，多年建立的诚信一风吹了。我真正心疼的不是银子，而是这块。你知道我想到哪儿了吗？我都想停了保险柜储物业务，不干这摊了，风险太大。"

陈介休说："没有办法，吃一堑长一智吧。现在抓紧调集头寸，看看能不能凑出五千两银子来。杜隆冬说话就要来了。"

"我来了。"杜隆冬说着话推门进来，"状子我递到县衙了，县衙今天有空，可以承接这个案子。走吧，咱们这就去县衙见官。"

陈牧斋挤出个笑脸，"杜先生，我跟你商量一件事。你知道，钱庄是把诚信看得比命还重要的。这件事一旦见了官，就会宣扬出去，通达钱庄的面子就栽得太大了。咱们能不能私了，我们给你五千两银子，这件事就不要嚷嚷的满城风雨了。"

杜隆冬一撇嘴，"你以为这是五千两银子的事吗？五千两银子就打发我啦？想得太美啦。走走走，到县衙去。人家等着呢。"

陈牧斋和陈介休没什么好说的，只得陪着杜隆冬去了县衙大堂。

吴县县衙今天正好清闲，有人来打官司，也就应堂了。

皂隶们齐声呼喊："升堂。"

查良怀和郭香一齐到堂。

作为被告，陈牧斋和陈介休跪着，旁边站着讼师丁三甲。

查良怀说："原告杜隆冬，你就说说吧。"

杜隆冬掏出契约扬了扬，"前天我去通达钱庄储物，将八幅'明四家'交予钱庄代为保管，钱庄与我签了纸契约，一旦丢失八幅'明四家'，赔偿五千两银子。不承想，昨日我去取'明四家'时，被告知'明四家'丢失，因此我将通达钱庄告上县衙，请大人明断。"

查良怀问："被告，是这么回事吗？"

陈牧斋说："是这么回事，我们认投。"

查良怀说："原告，你向被告索赔五千两银子，被告既然认投，这场官司就

第九章 储物库房

没有什么可打得啦,双方回去履约就是了。"

陈牧斋说:"知县大人,我也是这么劝原告的,直到现在我也不明白,本来两家说说就能办的,原告为什么非要拿到县衙来解决。"

查良怀说:"原告,那你就说说吧,这件事本来很简单,两家说说就办了,你为什么非得要拿到县衙大堂来?"

杜隆冬扭过脸去,"陈老板,咱们不妨将心比心。你要是把一样传家宝交给了我,第二天我就告诉你,你的传家宝丢了,我赔你几个钱,你会同意吗?我的'明四家'不是在你们钱庄放了很久,仅仅就放了一夜呀。你一抹脸就告诉我丢了,我不信!"

陈牧斋说:"杜先生的意思是,'明四家'并没有在钱庄丢失,我们说'明四家'丢失了是在骗你?丢了八幅'明四家',我们急得像火烧房一样,能找回来就是万幸,为什么还要骗你说是丢了?"

杜隆冬说:"很简单,八幅'明四家'绝不止五千两银子。五千两只是苏州当地的最低估价,拿到江宁转脸就是六七千两,拿到京师就是七八千两银子。你们把'明四家'迷了,再拿几千两银子打发我。五千两银子到手八幅'明四家',你们就是想占这份大便宜!"

郭香说:"陈老板,杜隆冬告你贪了'明四家'再拿几千两银子打发他,不能说没有道理。平心而论,你如果这么做了,五千两银子买了八幅'明四家',是占便宜了。你到底拿'明四家'怎么着啦?"

陈牧斋疲惫地摇着头,"'明四家'的确是从我们钱庄的库房里遗失了。物主硬说没有遗失而是我们收了,我是说不清了。"

杜隆冬说:"遗失了要能说出遗失的理由,不能刚刚放进库房,掉脸就说遗失了,搁谁谁也不能相信。"

查良怀说:"丁举人,你作为被告的讼师,你怎么看?"

丁三甲说:"本讼师以为,原告所说的有理。五千两是欧阳懋昌先生包圆儿八幅'明四家'的价格,包圆儿价是最低价。八幅'明四家'拿到别的地方,比如近一些的江宁、上海,有可能卖出高于五千两银子的价格,就不用说拿到京师了。据我所知,京师有一批专门泡在琉璃厂高价收购中国古画的洋贩子,要是他们收购,超出五千两银子多少,就不好说了,恐怕会超出许多。"

杜隆冬高兴了,"说得是嘛。"

丁三甲说:"刚才说的都还是包圆儿价。不妨算算账,如果八幅'明四家'拆开了卖,光是那两幅沈周的画就能卖出个两三千两银子。我相信,一幅一幅的出手,肯定要比包圆儿价要高得多。"

查良怀说:"丁举人,难得难得。本官当了数年知县,还是第一次见到这种事,被告的讼师反倒替原告说话了。"

丁三甲说:"话还没有说完呢。本讼师所说的有个大前提,那就是八幅'明四家'一定要是真迹。原告储存到通达钱庄的画是欧阳懋昌先生鉴定的,而据本讼师了解,欧阳懋昌鉴定古董经常看走眼。不要忘了,'明四家'中的沈周、唐寅、文征明三位是苏州当地人,从明末起,苏州仿沈周、唐寅、文征明的就大有人在,假沈周画,假唐寅画,假文征明画比比皆是,因此杜隆冬储存到通达钱庄的所谓八幅'明四家'也有可能是仿冒的,那样就值不了几个钱了。"

杜隆冬说:"讼师,你不要胡说八道,我的'明四家'根本就不是从苏州当地搞来的,是我姥姥从京师的某个王爷府搞来的。"

丁三甲说:"这就更说不通了。据本讼师所知,京师古董界闹笑话最多的就是王爷。他们仗着与皇上沾亲带故,打着皇上恩赐的招牌蒙琉璃厂,或者把什么东西说成是从宫里弄出来的,想方设法蒙骗琉璃厂,到了往往被琉璃厂戳穿。你不说还好,要说到这块,这八幅'明四家'的真伪就更成问题了。另外,就算你姥姥'桂花白'是香香苑的名妓,本讼师以为,京师没有一个王爷会因为和一个北上的苏州名妓有一腿儿,就赠给她八幅'明四家'。"

郭香笑了,"是啊,丁讼师说得有道理。"

丁三甲说:"还是回到老话上来。本讼师以为,被告原本就没打算过堂,打算与原告私了。既然原告提出被告另有企图,不是五千两银子就能打发的,那就请原告再回去商量个数,到底要向通达钱庄索赔多少银子才算完,等他们商量出个数再过堂。"

杜隆冬急了,"不行,通达钱庄现在就得赔偿我八千两银子。"

查良怀一拍惊堂木:"杜隆冬!你以为县衙是为你家开的呐,你说多少就是多少。回去写个状子来,申明要求通达钱庄赔偿你八千两银子的理由。递上来之后,本官视情况择日开堂。"

杜隆冬觉得自己失算了,欲言又止。

查良怀一拍惊堂木,说声"退堂",随即站起就走。

陈牧斋站起来对丁三甲咬耳朵："我明白你的意思。帮原告说几句话，逗着他往高里索赔，你再往低里压，把水搅混沌，让县衙无法下判，从而争取出了几天时间，弄明白是怎么回事。"

丁三甲对他咬耳朵："我就是这个意思。退堂之后，杜隆冬肯定要跟后面的人商量，我已经安排人盯梢了。"

4、小银锞子套出的"桂花白"往事

苏州妓院罕有词史先生一类，香香苑的歌伎卖艺亦卖身。由于妓院过的是夜生活，上午的客人很少。潘耀祖进入香香苑时，歌伎大都没有起床，前厅坐着的几个厅趸也是哈欠连天的。

潘耀祖进入前厅，一个厅趸过来，打量着他，甜丝丝地说："难得有一大早来的客人，又是位魁伟公子。您来点什么？香香苑荟萃国色天香，打茶围、叫花头，还有床上功夫，在苏州是最好的。"

潘耀祖四处观望着，"洒家不点什么，只是来看看。香香苑，名称如此香艳，洒家是旧地重游哇，难免钩起怀旧之情。"

厅趸说："你以前来过我们这里？"

潘耀祖似乎有无限感慨，"那是多年前了，那时洒家还没有成就功名，只是个落魄才子……好了，先不说了。此番来不打茶围，也不是干那等事，仅是来看看，抒发怀旧之幽情。"

厅趸说："那就'怀'吧，是不是找个姑娘陪着你'怀'呀？"

潘耀祖说："洒家不要姑娘，要找个香香苑老人，在这里干的年头最久的。古诗说得好，'十年一觉扬州梦，赢得青楼薄幸名'。我和她一起'怀'，小酒喝着，悠悠然然地扯扯故园旧梦。"

厅趸的目光在他的身上转了一圈，"要说香香苑老人，这里就得数我了。在厅趸中，我是当下香香苑干的年头最久的。"

潘耀祖嚷道："那好，洒家与你开个雅间，在那里小酒喝着，谈谈香香苑旧事。"说着把个小银锞子塞到厅趸手中。

厅趸会意地微微一笑，斜眼看看镜子，按了按头发，"真没想到，到了如今这把年纪，满脸皱纹，还会有客人与我这老帮子小酌小叙。"

潘耀祖说:"洒家并不嫌弃你是个人老珠黄的老帮子,洒家不缺银子,缺的就是情,是对往事的追忆之情。"

不大会儿,潘耀祖和该厅趸已在一个雅间坐下。

潘耀祖没吃早饭,正好小酒好肉来一通。他吃着喝着,目光渐渐深沉起来。"那是一个严冬的早晨,寒风呼号,我无依无靠,流落街头。古诗云:'朱门酒肉臭,路有冻死骨'。我不是冻死骨,也吃不到臭猪肉,饥肠辘辘几将倒毙时,一乘轿子停下,一位慈祥的老妇人下轿说:'孩儿,一看你就是必成伟业之大才子,不过是一时无奈'。而后给了我一锭纹银。正是这锭纹银救了我,使我走过了人生最难的一段路程,以至出落成今日之我。我后来打听到,那老妇人是香香苑的名妓'桂花白'。多年来我一直打算酬谢,可是久居京师,无暇回苏州,未能如愿。今天,我回到了苏州,来香香苑了此心愿。"

厅趸说:"'桂花白'我倒是听说过也见到过,当年确是香香苑名妓,大红大紫了一阵子,还去过京师,在京师富人圈子里也红极一时。听说'桂花白'和一个什么王爷好过,还为那位王爷暗结珠胎,生下个丫头。不过,'桂花白'前几年就辞世了。"

潘耀祖长叹一口气,"'桂花白'老人家既已辞世,洒家不可能酬谢了。有空去看望看望她的后人,也算不虚此行。"

厅趸说:"嗨,'桂花白'的后人就别提了,根本提不起来。'桂花白'和京师那位王爷生的丫头,打小就是病篓子,成人后好不容易结了个婚,生下个儿子又是个独眼。前些年,'桂花白'和她的病女儿前后脚走了,留下些家产,'桂花白'的外孙叫什么杜隆冬,瞎着一只眼还不老实,吃喝嫖赌,无所不为,经常来我们香香苑嫖。他说了,他要在他姥姥当年红极一时的地方,来个混极一时。"

潘耀祖问:"杜隆冬现在怎么样了?"

厅趸一撇嘴:"还能怎么样,他不仅把'桂花白'留下的家产造光了,还欠了一屁股赌债,债主几度三番逼上门,他只好把姥姥留下的八幅'明四家'画抵给一个大钱庄,弄出些银子还债。"

潘耀祖问:"八幅'明四家'让杜隆冬抵给钱庄啦,哪个钱庄?"

厅趸警觉起来,"怎么?你对这事儿挺感兴趣?"

潘耀祖说:"洒家哪会对这种破事感兴趣,不过是听着恩人的后裔可怜,想接济接济就是了。"说着又把个小银锞子塞过去。

第九章　储物库房

厅㞕顺手把小银锞子顺到怀中，"公子问那个钱庄是吧？你等我想想……想起来了，叫什么兴隆钱庄。"

"兴隆钱庄。"潘耀祖起身，"今天到此为止，有空再来。"

厅㞕一戳他的脑门，"以后再来不骗我就行了。"

潘耀祖眨巴眨巴眼，"洒家骗你？洒家何尝骗过你？"

厅㞕说："干我们这行的，什么人是什么料，一眼就能看出来；什么话是真话，什么话是假话，一耳朵就能听出来。"

潘耀祖的脸红了，"你认为我说假话了？"

厅㞕说："什么说假话，你今天从头到尾就没一句真话，你要报恩那些话全是假的。什么'朱门酒肉臭，路有冻死骨'，什么你饥肠辘辘的几乎倒毙在地，什么从轿子上下来一个慈祥老妇人给了你一锭银子，你以为我听不出来，全都是你胡乱编造的。"

潘耀祖说："阿姨，洒家对你胡编乱造这些干什么呢？"

厅㞕诡秘地笑了，一刮他的鼻子，"我估计杜隆冬那小子又在外面惹事了，有人要查他，你就是干这事来的。"

潘耀祖说："洒家根本就不认识杜隆冬。杜隆冬是不是犯事了，洒家管不着，而洒家来来去去打听的是'桂花白'。"

厅㞕一笑，"别以为阿姨什么都不知道，你从'桂花白'那里拐个弯，实里是在在打听那八幅'明四家'呢。"

潘耀祖不置可否，"随你怎么想吧。"他说着出了门，附近传来清脆的脚步声，咯噔、咯噔的。他一看，愣了愣。

一个穿着时髦的清秀女子款款走来。女子上身着洋装，足蹬亮铮铮的高腰马靴，从他前面一摇三晃地经过。

潘耀祖盯着那双马靴，似乎想起了什么。"马靴女士！"他的头脑嗡了一下，随之咽了口唾液，自语道："小娘们儿够时髦的。"

厅㞕说："馋啦？香香苑现在就数佩佩最红。你小子眼馋也没有用，她让兴隆钱庄的老板包了，侯老板玩儿腻了你再上吧。"

潘耀祖猛然间想起什么，喊出声来，"蒋佩佩？兴隆钱庄？就是让杜隆冬用'明四家'抵债的那个钱庄？蒋佩佩在哪儿？"

厅㞕说："过去住在香香苑。现在让兴隆钱庄候老板包了，暂时搬出去住了。"

钱庄老板在什么地方金屋藏娇,我就不知道了。"

潘耀祖匆匆抱拳,回头就跑了。到了门口,他站住了。马靴女士抬腿上一乘两人抬小轿。轿夫起身走了,他不远不近地跟着。

5、一把薅到了根子上

独眼龙杜隆冬一边走着,一边振奋地念叨着:"八千两、八千两、八千两、八千两啊。白花花的雪花银!没有八千两也得七千两。七千两,七千两啊!七千两不行,太少了,无论如何也得七千五百两。不能少于七千五百两了。不能,不能,不能!"

他边走边胡思乱想,完全没想到身后带着一条尾巴。

攀枝巷里有一个新近落成的白墙青瓦的小院子,整整齐齐的,几丛修竹在院墙边亭亭玉立,很是雅静。明白人一看就知,这不是一个人家住的,而是哪位大富者在城里建的一座别业。

在白展昭的注视下,杜隆冬敲敲门,进去了。不大会儿,一乘双人抬小轿过来了。一个足蹬马靴的女子下轿,敲敲门,也进去了。

白展昭正在院子外面无所事事地等着,潘耀祖过来了。

"嚯!师父驾到!"白展昭通身洋溢着盯梢带来的快意,"县衙退堂后我跟着杜隆冬,他刚进去,刚才又有个穿马靴的女的进去了。"

潘耀祖显得挺有城府:"那个穿马靴的女的叫蒋佩佩。蒋佩佩说她是什么洋行的,纯属放屁。师父摸清了,她就是香香苑的妓女。"

白展昭说:"杜隆冬和蒋佩佩进了同一个院子……有戏。"

潘耀祖冷笑一声:"前天提黑皮箱去通达钱庄储物的人和昨天提黄皮箱去通达钱庄储物的人进了同一个院子,事情越来越清楚了,八幅'明四家'就是在黑皮箱和黄皮箱倒腾之间拿走的。"

白展昭问:"师父以为,杜隆冬到这小院子干什么来了?"

潘耀祖说:"无非是把过堂的事给兴隆钱庄老板说说。"

白展昭顿时张牙舞爪的来了通京剧道白:"师父,徒儿虽然是不谙熟讼界事体,但是学得一身拳脚功夫,一直无以展现。但见今天,风和日丽,微风送爽,小桥流水人家,令徒儿热血澎湃。且待徒儿打将进去,将那一对狗男女抓将出

第九章　储物库房

来，师父看如何呀？"

在丁三甲面前，潘耀祖处处显露浮躁之相，而在他的二百五徒弟面前，还有些许稳当，"不得轻举妄动，先摸摸小院儿是谁的。"

白展昭一个京剧舞台上的亮相："得令！"

潘耀祖往旁边的一个院门递了个眼色。白展昭会意，上前敲了敲门。门开了一条缝，露出一张中年人的脸，"你找谁？"

白展昭笑道："不找谁。我是说，你家对过这个小院子真的是雅致，我看着都不想走了。请问，这是谁家的院子？"

门里的中年人说："嗨，一般百姓谁能建起这么精巧的小院儿。"

潘耀祖捅了白展昭一拳头，"肯定是个大官人建的。"

白展昭说："不对，是个状元院子。"

门里的中年人说："你们说得都不对，是兴隆钱庄老板的别业。"

潘耀祖和白展昭等到下午。一辆马车不急不缓进了巷，停在小院子门口。布篷上印有两个字：兴隆。两个小伙先下车，把一个满脸络腮胡子的中年人搀扶下车。

白展昭用巴掌护着嘴，"我认识他，兴隆钱庄的老板侯兆麟。"

潘耀祖问："你是怎么认识他的？"

白展昭不屑地撇撇嘴，"这家伙好赌，豪赌，出手大，一掷千金。可是赌场上那两下子又不怎么样，运气差，我陪着老大去过几次赌场，老大把把赢他，赢了他不少钱。"

不大会儿，杜隆冬出来了，走路轻快，看样子兴致很高。

白展昭问："师父，咱们跟不跟他？"

潘耀祖慵懒地说："跟不跟都无所谓了，杜隆冬大不了回他的狗窝。香香苑的厅跫说了，'桂花白'留下一个说得过去的院子，让杜隆冬在赌场上输光了，只留下一间小偏厦自己住。"

白展昭站起来拍打拍打，"那咱们就不跟了。"

潘耀祖说："回去。晚上陈老板请客，去晚了赶不上了。"

当晚，叫化鸡酒楼的一个雅间，一桌丰盛的菜肴。丁三甲、白展昭、陈牧斋、陈介休坐成一圈，众人共同向潘耀祖举起了酒杯。

丁三甲说："在座的或许有所不知，我们光宗耀祖讼馆办案，潘馆主历来不轻易出动，而一旦出动肯定大有斩获。今天又是如此。潘馆主不但摸清了杜隆冬是香香苑名妓'桂花白'的外孙，而且摸清了'桂花白'的确留给杜隆冬八幅'明四家'。干！"

潘耀祖一口干了，抹着嘴唇："洒家今日的斩获不仅如此，而且发现杜隆冬那八幅'明四家'已抵押给了兴隆钱庄。"

陈牧斋说："这个消息太重要了，兴隆钱庄是通达钱庄在苏州的老对头，兴隆的老板侯兆麟急欲挤垮通达钱庄而后快。"

潘耀祖说："诚如丁举人所说，本馆主不轻易出动，出动必有斩获。除了丁举人刚才所说的之外，洒家还碰巧发现：到通达钱庄寄存箱子的那位马靴女士蒋佩佩，就是香香苑的一名娼妓。"

陈介休说："真是老将出马，一个顶俩；福将出马，一个顶仨。"

白展昭说："不够，说得还远远不够。应该是：老将出马，一个顶俩；福将出马，一个顶仨；馆主出马，一个顶八！干！"

陈牧斋、陈介休一起说："潘馆主出动，一个顶八个。干！"

潘耀祖一口干了，抹抹嘴唇："洒家的确不轻易出动，一旦出动，斩获不仅是丁举人刚才所说的那些。与此同时，洒家还得知，马靴女士也就是蒋佩佩，最近被兴隆钱庄的老板侯兆麟包了。"

丁三甲说："你还发现什么了，一块说，别一点一点往外挤。"

潘耀祖说："还有，马靴女士蒋佩佩去了兴隆钱庄老板别业，那处别业就在攀枝巷。这一发现是不是也相当重要？还有，本馆主发现，县衙退堂后，杜隆冬也去了兴隆钱庄老板别业。当然啦，从不轻易出动的本馆主这一发现，也是相当重要的。"

丁三甲说："说到这会儿，根据潘馆主的好多相当重要的发现，盘子拼出来了，这是一个局，做局的是兴隆钱庄的老板侯兆麟。为什么这么说？因为杜隆冬已把八幅'明四家'抵押给侯兆麟了，而杜隆冬能把八幅'明四家'拿到通达钱庄去储存，只能是侯兆麟交给他的。"

白展昭问："侯兆麟为什么要设这个局？"

陈牧斋说："那还不简单，通达钱庄把'明四家'丢了，侯兆麟就有文章可做了，他要搞臭通达钱庄嘛。"

白展昭问："侯兆麟为什么挑中了杜隆冬呢？"

丁三甲说："很简单。侯兆麟设计这个局时，就怕出台储物的这个人经不起查验。比如说，如果杜隆冬没有八幅'明四家'而是从兴隆钱庄借来的，事发后，会被认为是同业间相互倾轧。杜隆冬把八幅'明四家'抵押给侯兆麟，也把一个合适人选送上了门。香香苑名妓'桂花白'把八幅'明四家'传给杜隆冬是真事，知道这件事的人不少，在香香苑更是尽人皆知。事发后，经得起查验，杜隆冬的确拥有'明四家'，就不会引起同业假手于人栽赃陷害的猜疑。"

"噢，是这样的。"白展昭点了点头。

丁三甲拍拍潘耀祖的肩，"正是在这一点上，显出了潘馆主的能耐。没有两下子的人到香香苑摸底，费尽精神打听出来当年的名妓'桂花白'果真把'明四家'传给了外孙杜隆冬，可见杜隆冬到通达钱庄存'明四家'并非虚话。问到此，也就够了。"

白展昭说："就是就是。比如像我这样的二傻子，问到这一步，觉得就差不多了，拍拍屁股就走人了。"

丁三甲说："可是，潘馆主不是一般人，不是白武师那种浅尝辄止的二傻子，潘馆主不仅打破沙锅问到底，而且以其巨大人格魅力让厅荛交出了实底：杜隆冬固然拥有'明四家'，但是已经抵押给兴隆钱庄了。由此让我们一把薅到了根子——兴隆钱庄！"

白展昭带头拍起了巴掌，"潘馆主干得精彩，十分精彩！"

潘耀祖被捧得昏头昏脑，却不失分寸地咧着嘴，承受着美言。

在香香苑，他也没有想到厅荛会说那么多。其实，女人谈事习惯处于平等交换态势，看着对方没心没肺的假深沉，自己也就口无遮拦的啥都说了，这点跟"巨大的人格魅力"没有太大干系。

陈牧斋说："既然薅到根子了，下一步怎么办？"

丁三甲吐出三个字："捉内鬼。"

6、"玩儿的时候悠着点儿"

每天，通达钱庄到了上板的钟点，陈牧斋即坐上包租的人力车离开，由头柜陈介休和三柜娄生财殿后，安排上板及值夜。今日又是如此，娄生财离开时，天色已黯淡下来，他百无聊赖地沿街走着。

在亲戚中论起辈分，他七拐八绕的算是陈老板的堂侄，一年多前从山西老家来到苏州。妻儿没有随他一起来，他和几个仆役一起住在陈老板家的后罩楼，无聊地打发着平静如水的岁月。

跟江南其他地方相比，苏州堪称是一个花花世界。但是，这个花花世界不是为他这样的人准备的，是为有钱人及钱不多却乐意享受人生的人准备的。他平素生活在狭小的圈子里，从陈老板家到陈老板钱庄，再从陈老板钱庄到陈老板家，无休无止地溜跶来溜跶去，仿佛没有尽头。有一天，他按捺不住地嫖了一回娼，从此变了，心里总是揣着点朦朦胧胧的梦，也就一路朦胧下去了。

这两天，对钱庄发生的事，他表面不过问，实则紧绷着弦，连伙计们瞎聊也竖着耳朵听。八幅"明四家"从库房里不翼而飞，此中秘密只有他知道。从老板所说过堂情形看，钱庄至少要赔偿杜隆冬五六千两银子，他能从中分到多少，他心里有本账。

快到陈老板家了，路边传来吟诵之声。

一个硕壮的大个子靠墙站着，吟诵道："枯藤古树昏鸦，小桥流水人家，古道西风瘦马。夕阳西下，断肠人在天涯。"

娄生财停住脚步，不解地看着胖大个子。

胖大个子过来说："认识我吗？"

娄生财胆怯地摇了摇头。

潘耀祖说："我可认识你，你是通达钱庄的三柜娄生财。至于我是谁吗，一句话，我是兴隆钱庄的。"

娄生财说："噢，兴隆钱庄的。不知有何指教？"

潘耀祖说："侯老板说你干的不错，想犒劳犒劳你。"

娄生财问："犒劳我？拿什么犒劳？"

潘耀祖说："人，女人，漂亮女人。香香苑的蒋佩佩认识吧？侯老板论功行赏，就拿蒋佩佩犒劳你。今天夜里那小娘们儿是你的了。"

娄生财一阵意乱情迷，"蒋佩佩在哪儿呢？"

潘耀祖说："下午从攀枝巷回到香香苑了，就在她的房间里。玩儿的时候悠着点儿。"说完掉头就要走。

娄生财急忙问："资费呢？香香苑可是大把扔银子的地方。"

潘耀祖说："小意思，都记在侯老板的账上。可别胡抡海造的，侯老板的钱

第九章 储物库房

再多也是有数的。去吧。"

娄生财急忙掉转方向走了。

潘耀祖看着他的背影,啐了一口。

娄生财兴冲冲进地入香香苑前厅。一个厅氐扭上前来,"先生来玩儿呀,我带你挑一个吧。"他摆摆手拒绝了,三步并两步跑上楼梯。

他进入走廊,快步走向蒋佩佩的房间。对香香苑,他算得上熟门熟路,此前只来过几次,都是侯老板请客,这个男人逍遥宫让他乐而忘返,这片洞天福地的每一道皱褶已经刻在他的脑子里了。

他停在蒋佩佩房间门口,平息了一阵,接着推开门,"蒋姑娘,我来了。"旋即愣住了。

老板、头柜和一个不认识的人坐在房间里。

他一回头,一座肉塔挡住了退路。潘耀祖掐着他的脖子往前一推,他扑通跪下,接着便无法抑制地颤抖起来。

陈介休说:"没想到吧。蒋姑娘不在这里,而我们在这里。"

陈牧斋铁青着脸说:"你所说的蒋姑娘,想必就是提着黄皮箱盗走八幅'明四家'的马靴女士。原来你们是老相识了。"

陈介休厉声说:"你们是怎么勾结作案的,说出经过!"

陈牧斋气得浑身战抖,"你!你你你!你果真是个内鬼!"

娄生财一边磕头一边叫嚷:"堂叔堂叔,侄儿知罪侄儿知罪!老板老板,侄儿罪该万死罪该万死!堂叔堂叔,您饶了我吧。"

丁三甲说:"娄生财,你磕头哭喊都没用。可笑,你让堂叔饶了你,你不说出作案经过,不想法将功折罪,怎么饶恕你?"

潘耀祖照着他的腔就是一脚,"说出作案经过,要不然,别看洒家是声名遐迩的光宗耀祖讼馆馆主,照样打残了你!"

丁三甲递过一杯水,"稳住神,慢慢说。"

娄生财一口气喝干水,鼻涕一把泪一把的,"我只身来苏州一年多了,有时想家,心里郁闷,无处发泄。数月前头一次来这里嫖娼,遇到兴隆钱庄侯老板。他听说我是通达钱庄的,对我另眼相看,代付嫖娼资费,以后又来过数次,都是侯老板请客。不久前,侯老板介绍我与妓女蒋佩佩相识,让我办件事,答应事成后给我一千两银子,而且能与蒋佩佩姑娘过夜。一千两银子!我三辈子都挣不到这么多银子。但是不知道是什么事，一时没敢贸然答应。"

丁三甲说："随后侯老板就介绍你和杜隆冬认识了。"

娄生财说："杜隆冬告诉我，不过是他到通达钱庄储存一只黑皮箱，随后蒋佩佩再来储存一只黄皮箱，让我在他俩一存一取时做点小手脚。他还拿着一只黄皮箱给我演示了一下，我一看这么简单，就是这个箱子往那个箱子上扣一下，一下子就干完了。"

丁三甲说："撒泡尿的功夫就能挣一千两银子，你就答应了。"

娄生财说："其实，用不了撒泡尿的长时间，放个屁的功夫就能挣出三辈子的银子，我禁不住诱惑，就答应了。"

丁三甲说："你做的时候知道会造成什么吗？"

娄生财说："做的时候不知道，现在知道了。我、杜隆冬和蒋佩佩各自挣几百两，侯老板能挣四五千两，而咱们钱庄损失七八千两。"

陈牧斋厉声说："比这更可怕的是通达钱庄臭啦。通达钱庄赔得起七八千两银子，赔不起名节的损失。把他带回去！"

潘耀祖像拎一只小鸡一样把娄生财一把拽起来，拖了出去。

房间里，陈牧斋仍然愁眉不展，"事情虽然清楚了，但这个样子还得输官司。娄生财是我的堂侄，出面戳穿兴隆钱庄，县衙不予采信，认为是我们为了抵赖五千两银子而内部串通编造的故事。"

陈介休说："'明四家'是从我们钱庄丢的，而我们现在没有东西证明'明四家'回到侯兆麟手上，也没有拿到马靴女士搞鬼的那口黄皮箱。没有这两样，说什么都没用，最后还是得赔偿杜隆冬几千两银子，而且任由侯兆麟在钱业公会给我们造一大堆谣言。"

陈牧斋问："丁举人，你有什么招？"

丁三甲说："我也没有太好的招，想了想去，只有采用没有办法时的办法了。我请出一个人来，不过这个人不是白用的，他如果把事办成了，你们是要酬谢他的，不多，给他一幅'明四家'。"

陈牧斋说："好说。不成问题！你请的是什么人？"

丁三甲说："侯兆麟这家伙好赌。他曾经不止一次放出话来，说在整个苏州赌场，他只服一个人，那就是赛巡抚的儿子赛横。"

陈牧斋说："我也听说赛横赌技很精，最会玩儿沙蟹。对赛横，侯兆麟不过是赌场上服气,而下了赌场就难说了。"

丁三甲说:"下了赌场,侯兆麟依旧服气。赛巡抚原是京官,不管在赌场上还是赌场下,在侯兆麟的眼里,赛府和京师挂着钩的。"

陈牧斋问:"你想用赛横干什么?"

丁三甲说:"我没有十足把握。我反正已经对赛公子交代过了,就看赛公子见了侯兆麟之后,临场发挥的怎么样了。"

7、"给老佛爷买画,没价儿"

香香苑的一间雅间,在两个妓女陪同下,侯兆麟正在和赛横玩儿沙蟹。侯兆麟瞪圆了眼睛看着牌,这局下的赌注很大,而且即将翻最后一张暗牌了,马上就要见分晓了。

赛横坐在对面,心不在焉地把牌往桌面上一扔,"不打啦。"

侯兆麟看了看赛横扔了的牌,再看看自己的牌,叫道:"哎呀!赛公子,怎么不打啦?你手上是一把'同花顺'呀!"

赛横指着侯兆麟的鼻子,"侯老板,你是把把手潮。就你那付臭牌,就你那臭手,我赢你都赢得腻味了。这把牌要是接着打下去,我又得赢你一大票。饶了你吧,我有急茬儿,得办正经事去了。"

侯兆麟正赌到兴头上,急忙拦住,"赛公子,你怎么走啦?"

赛横说:"不是跟你说了嘛,我有急事。"

他俯在侯兆麟的耳边说:"京师,再说准一点,宫里,来人啦。"

侯兆麟说:"清宫里来人啦!他们办什么事呀?"

赛横大为不满,"侯老板,你的嗓门就不能小点吗,一下就嚷嚷出来了,一旦传出去,让我跟宫里的人怎么交代!"

侯兆麟的好奇心被调动起来,"宫里的人来干什么?有没有便宜事?能不能告诉我几句?我保证守口如瓶。"

赛横说:"你可得守口如瓶!他们就是来买点古画。这事儿全他妈怪我,我头些日子在一个朋友家发现一幅阎立本的画,就告诉宫里了。宫里画院的头是我家老爷子当年的学生,得到信儿当真派了俩太监带着银子来了,到了我那个朋友家一看,是假的。得了,不但我跟那俩太监交不了差,那俩太监回宫也交不了差。没法子，二位公公让我在苏州现抓挠几幅，阎立本不敢想了，宋朝或元朝的也行。哪怕再近些，什么'明四家'的也要，他们好回去交差。"

侯兆麟问："宫里连'明四家'也要？什么价儿？"

赛横一撇嘴，"瞧你问的。你以为宫里买东西会像老百姓那样讨价还价呀。给老佛爷买画，他妈没价儿！凡是差不多的东西，只要你这边报得出价，人家那边就给得起钱。行啦，我该走啦。"

侯兆麟说："等等。迄今为止，你有相中的古画吗？"

赛横说："这些日子我跑了几家，相了几幅，都不甚理想。"

侯兆麟说："赛公子，别走，别走别走。"

赛横说："干什么不让我走？噢，宫里来人给老佛爷买画，这么大的事我不去办，在这里陪你玩儿沙蟹，赢你俩臭钱儿，我疯啦？"

侯兆麟说："宫里的不是连'明四家'的画作也要吗？真可谓踏破铁鞋无觅处，得来全不费工夫。"他站起来，抓住赛横的手，"跟我走。我在攀枝巷有一处别业，那儿有八幅'明四家'。真迹！"

赛横一把甩掉他的手，"胡说八道！你这个守财奴能有'明四家'真迹？骗鬼去吧，而且是八幅！你即便有也是他妈假的！"

侯兆麟搔胸顿足的，"谁骗你谁是小狗，我要是骗你我随你的姓，你不是赛横吗，我是赛竖。我的八幅'明四家'是从京师王爷府里弄出来的，七拐八绕的最终落到了我的手里。"

不大会儿，侯兆麟带着赛横乘坐马车到攀枝巷别业，匆匆进入卧室，从床底下拉出一口不大的黑皮箱，随后和赛横一道从院子里出来。夜色中，他们一起上了马车，马车走远了。

三个人影从黑暗里出来，他们是丁三甲、潘耀祖和娄生财。

丁三甲看着马车消失在夜幕中，一努嘴，潘耀祖翻过矮墙，从里面打开门，丁三甲拉着娄生财进了院门。

这是一个素雅的小院子。夜色中也显得树木婆娑。四处都没有亮灯，只有正房有亮。他们悄悄地摸过去，从窗户缝隙往里看了看。

屋子里，蒋佩佩百无聊赖的躺在躺椅上，就着煤油灯翻书。一个丫鬟跪在地上，在给她按摩腿。她烦躁的把书扔到一边。

屋子外面，丁三甲向娄生财努努嘴，娄生财推开门进去。

第九章 储物库房

蒋佩佩吓了一大跳，书掉到了地上。

娄生财稳住她，"蒋姑娘，别怕，是我，通达钱庄的娄生财。"

蒋佩佩惊讶地坐起来，"是你？你怎么没敲门就进来了？"

娄生财说："院门是开着的呀，我一推门就进来了。"

蒋佩佩半信半疑地看看外面，"院门是开着的？噢，可能是刚才侯老板走的时候没有关好。你这么晚来有事吗？"

娄生财说："有事。你那口黄皮箱还在吗？我想看看。"

蒋佩佩说："别看了，留着是个祸害，我正想烧了它呢。"

门外传来一个声音："千万别烧，它还有用呢。"

丁三甲推门进来："蒋佩佩，这口箱子可以作为呈堂物证呢。"

蒋佩佩慌了，"你们是谁？"

娄生财说："他是通达钱庄请来的讼师。"

蒋佩佩说："讼师？讼师这么晚了来干什么。二位讼师，通达钱庄雇了你们，我并没有雇你们，更没有请你们进来。出去！"

潘耀祖往前晃了两步，"蒋佩佩，你是没有请洒家进来，可是通达钱庄也没有请你去骗他们，你不是照样去骗了一把吗！"

蒋佩佩站起来，"我到通达钱庄骗谁了？你拿出证据来！"

娄生财说："我就是证据。杜隆冬、你和我，咱们仨是怎么捏咕的，日后我都要在大堂上说说。我这个证据还不好使吗？"

蒋佩佩愣怔了片刻，瘫软地坐到了躺椅上。

娄生财说："蒋佩佩，我一进门就问你，那口黄皮箱在不在，你说在，还告诉我那口箱子没有烧。现在，是你拿出来还是我翻出来？"

丁三甲说："你拿出来还是我们翻出来，两种不同的做法，也有两种不同的量刑。你自己拿出来，表明你对侯兆麟反戈一击了；要是让我们翻出来，是你和侯兆麟穿一条裤子。你挑哪一样呀？"

蒋佩佩惊慌失措的，不知道怎么办了。

丁三甲趁热打铁，"你是什么人？不过是侯兆麟包月的妓女，是侯兆麟床上的一个玩物，为什么要死保他？"

蒋佩佩迟疑着，六神无主地四下看看。

丁三甲说："蒋姑娘，给你交个底吧。我刚才亲眼所见，侯兆麟已经把八幅

'明四家'拿出了这个院子,他上当了,跑不了了。"

蒋佩佩接近崩溃了,"官府会拿我怎么样?"

潘耀祖说:"古诗说得好哇,'劝君莫作独醒人,醉烂花间应有数'。官府拿你怎么样,就看你此刻做不做明白人了。"

8、如此简单的小手段

马车的车篷遮掩得严严实实的,看不到外面,侯兆麟和赛横挨着坐着。侯兆麟紧紧把着黑皮箱,"咱们这是到哪儿了?"

赛横说:"废话!废话废话。宫里的人到苏州来给老佛爷买画,行踪点水不漏,连苏州知府都不知道。我把你带去见宫里的人,就够意思了,你还要打听宫里的人住在哪儿,这不是找死吗。"

侯兆麟说:"好了好了,就算我没问。你把我带到哪儿算哪儿。"

赛横说:"等会儿见到宫里的人,你打算跟他们要多少钱?"

侯兆麟说:"怎么也得万把两银子吧。我带着的是八幅'明四家'真迹,送到老佛爷案头的东西,要万把两银子不多。"

赛横把车篷撩开一条缝,往外看了看,"差不多了,到了。记住,下车之后,你别问是哪儿,跟着我走就是了。"

他俩下了车,赛横在前面大步走着,侯兆麟紧紧跟着。

侯兆麟把皮箱搂在胸前,进了一个大院子,通过一段甬道,进入下一层院子,上了几级台阶,进入一个很大的厅堂。黑暗中传来赛横的声音:"侯老板,到地方了。"侯兆麟东张西望,黑漆麻乌的,"我怎么觉得这地儿有点熟悉呀!这到底是哪儿呀?宫里的人呢?"

赛横喊道:"点亮火把吧,让侯老板看清这是哪儿。"

周围的火把忽忽地燃烧起来,大堂照得通亮。

举火把的居然是皂隶,这里居然是县衙大堂!

查良怀提着袍子从堂后出来,坐到书案后面。郭香随之出来,在角落里坐下来。查良怀看看堂内,"被告到堂了,传原告吧。"

皂隶们齐声喊道:"原告上堂。"陈牧斋上堂,丁三甲随其后。

查良怀一拍惊堂木:"原告、被告跪下。"

第九章 储物库房

看着陈牧斋跪下，侯兆麟也懵懵懂懂地跪下来。

侯兆麟说："知县大人，这是要过堂吗？我没有告谁呀。"

查良怀说："你是没有告谁，但是人家告你了。通达钱庄老板陈牧斋告兴隆钱庄老板侯兆麟以卑劣手段从通达钱庄储物库房盗走八幅'明四家'画作却反诬通达钱庄遗失八幅'明四家'画作而恶性索赔一案（这么长的一串，读起来真费劲），现在开始审理。"

侯兆麟慌了神儿，"知县大人，我侯兆麟不怵过堂，可您也不看看现在是什么时辰，哪有半夜三更过堂的。"

查良怀巴嗒巴嗒嘴，"嗨嗨，不是这个时辰，你还不会把八幅'明四家'拿出来呢。你既然要把'明四家'卖到老佛爷手里，就让本官先过过目，看看是什么东西，别回头糟蹋了老佛爷的眼睛。"

侯兆麟低头看看抱着的黑皮箱，愣住了。

查良怀说："看样子你是没胆量拿出来，那就让原告说说吧。"

陈牧斋说："数日前，一个叫杜隆冬的人到我通达钱庄储物，将八幅'明四家'交予我们代为保管，我们与杜隆冬签了一纸契约，一旦丢失八幅'明四家'，我们赔偿他五千两银子。不承想，次日他到通达钱庄取'明四家'时，发现'明四家'丢失，因此，杜隆冬将我们告上县衙，不仅要求赔偿五千两银子，而且反诬我们有意将'明四家'收存，不退还他，因此要求加赔数千两银子。"

郭香说："这事已经开堂审理过了，不说了。"

陈牧斋说："而据我们查实，这是一个局，做局人是兴隆钱庄老板侯兆麟。杜隆冬因为赌博欠债，把八幅'明四家'抵押给了兴隆钱庄。侯兆麟了为了搞臭搞垮通达钱庄，把八幅'明四家'交给杜隆冬，拿到通达钱庄去储存，随后通过卑劣手段，由香香苑妓女蒋佩佩从通达钱庄储物库房提走，随后由杜隆冬反诬我通达钱庄。"

查良怀问："你这么说有什么证据？"

陈牧斋一指，"证据就在那口箱子里。杜隆冬存到我钱庄的画都登记在册，有杜隆冬的签字。计有沈周两幅，唐寅四幅，文征明、仇英各一幅。请当堂验证，箱子里面是不是那八幅'明四家'。"

查良怀说："被告，打开箱子，看看里面不是八幅'明四家'。"

侯兆麟颓唐地把箱子往地上一扔，"不用打开了，就是那八幅。"

239

查良怀：" 既然八幅'明四家'在你手上，怎么还反诬是通达钱庄遗失了呢？怎么还向通达钱庄索赔呢？"

侯兆麟说："大人，我实在不知情。画是杜隆冬的，也是杜隆冬去存储的，到县衙大堂告状的还是杜隆冬，我不过被他蒙蔽了。"

查良怀一拍惊堂木，"把杜隆冬带上来！"

刘江弼扭着杜隆冬进来，往地上一推，"这小子正和一帮酒肉朋友喝酒呢，说他要发财了，我是从酒楼硬把他扭来的。"

查良怀说："杜隆冬，兴隆钱庄侯老板说坏事都是你干的。画是你的，也是你去存的，到县衙告状的还是你，是你把他蒙蔽了。"

杜隆冬说："侯兆麟满嘴喷米田共！我因欠着赌债，早就把八幅'明四家'抵押给他了。前不久他问我，想不想拿'明四家'翻本，我说当然想啦，他就教给我一个招。让我把八幅'明四家'存到通达钱庄去，还说事成后给我一千两银子。但有个条件，如果仅仅向通达钱庄索赔了五千两银子，刚够八幅'明四家'的本钱，我分不到钱，只有索赔到七八千两银子，才能给我分一千两银子。"

查良怀说："侯兆麟，不要推三推四了。事情很清楚，你就是主犯，你狡辩什么也没用。本官现在只对一件事纳闷，那就是入库的八幅'明四家'是怎么神不知鬼不觉地出了库房的？"

堂下传来一个声音："我也是刚搞明白的。"

丁三甲和潘耀祖架着蒋佩佩走入大堂。

后面跟着的娄生财提着一口黄皮箱。

丁三甲说："娄生财，你把掉包的经过表演一下吧。"

娄生财把侯兆麟扔在地上的黑皮箱摆正。

丁三甲说："那天，杜隆冬提着这口黑皮箱到通达钱庄，办了储物手续，交给三柜娄生财入库。次日，香香苑妓女蒋佩佩假扮成洋行的雇员，提着这口黄皮箱来了。蒋佩佩谎称皮箱里有洋行的重要文书，需要暂存，遂由娄生财提进库房。娄生财进库房后……"

娄生财迅速从黄皮箱下面抽出个一模一样的黑皮箱，放在地上，再把黄皮箱往原有的黑皮箱上一扣，提了起来。

娄生财说："这个黄皮箱是惯偷加工的，用来偷盗体积较小的皮箱。它的下面是空的，里面安装了几个弹簧卡子，把它往小皮箱上一扣，里面的弹簧卡子就卡住了，提起来就走，外表看不出来。"

丁三甲说："多么简单的小手段。侯兆麟这个局之所以能得逞，是买通了通达钱庄的三柜娄生财。那天，内鬼娄生财入了库房，转瞬间就从黄皮箱里抽出另一个黑皮箱摆在货架上，再用黄皮箱扣住装着八幅'明四家'的黑皮箱出了库房。由于动作快时间短，谁也没有发现，甚至事后都没有想到，居然还有这么玩儿的。"

查良怀捋胳膊挽袖口地指点着："你杜隆冬，你蒋佩佩，你娄生财，你们仨过来，和侯大老板跪成一排。"

杜隆冬、蒋佩佩、娄生财驯顺地跪下来。

查良怀从笔筒里数出四根竹签，往下一扔，喊道："先给我打！"

9、"还他妈成真事了"

叫化鸡酒楼，陈牧斋变成了糙了马哈的大食客。他的面孔涨的通红，大声嚷嚷着："敞开肚皮，可着劲造，吃、吃、吃！喝、喝、喝！不成敬意，不成敬意哇，干个一醉方休呀！"

查良怀、郭香夫妇坐在正中，旁边分别坐着陈牧斋和陈介休。

丁三甲、潘耀祖和赛横以及他的"幕僚"围成一圈。

陈介休也与过去大不一样了，挥动着胳膊，高声喊道："五千两银子没有被坏人讹走，通达钱庄的名声没有受到丝毫损害，今天陈老板高兴，点了最好的菜肴和佳酿，犒劳有关人等！"

查良怀急忙摆手，"陈老板、陈头柜，注意啦注意啦，二位千万别提'犒劳'二字，千千万万不要提这个词。"

郭香说："陈老板打赢这场官司是由于占着理，查知县不过是依法行事。你们这一'犒劳'，好像我偏袒了你们似的。"

众人在兴高采烈的吃吃喝喝，赛横的情绪不太高，好像有心事。丁三甲对他咬耳朵，"你今天怎么啦？蔫儿了巴几的，有心事吗？"

赛横说："你小子别跟我装傻，我有什么心事你最清楚。"

丁三甲不由问："你的心事我最清楚？"

赛横说："这个案子我出了大力。你事先是怎么答应我的，你说只要能让侯兆麟拿着八幅'明四家'出门，陈老板就酬谢我一幅'明四家'。由于你是这么说的，所以我才分外卖力气。没有我哄着侯兆麟把八幅'明四家'拿出来，你们根本揪不住他的尾巴。"

丁三甲连连点头，"我是说过这话，走到哪儿也认帐。而且我跟陈老板说过，陈老板也是满口答应的。"

赛横摊开巴掌，"'明四家'在哪儿呢？拿来吧。"

丁三甲急忙问："查知县，那八幅'明四家'怎么着啦？"

查良怀吃得正香，"它们是侯兆麟行骗的赃物，充公了。"

陈牧斋说："既然充公了，我就买一幅出来。我答应过赛公子，送他一幅'明四家'。案子最后那一下，赛公子功不可没呀。"

查良怀和郭香面面相觑。

丁三甲觉得不对了，"怎么？八幅'明四家'呢，哪儿去了。"

查良怀吞吞吐吐地说："充公之后……如今一幅都没有了。"

赛横高声问："查知县，八幅'明四家'怎么会一幅都没有啦？"

查良怀胆怯地看了看郭香，"夫人，说不说？"

郭香说："这事本来就瞒不住，不就是孝敬了老佛爷吗。"

赛横的眼睛瞪圆了，"什么什么，你说什么？孝敬了老佛爷？"

查良怀的脸红了，"宫里两位太监到了苏州，昨天苏州知府亲自领到了我这儿。二位公公是来给老佛爷找古画的，我……我就手把八幅'明四家'给了他们，他们拿回去孝敬老佛爷啦。"

丁三甲焦急地问："一幅'明四家'都没有留下了？"

查良怀说："二位公公把八幅画全都拿走了，一幅也没能留下。"

"嗨嗨嗨，嗨嗨嗨。"赛横一拍桌子跳了起来，"宫里派人到苏州买古画孝敬老佛爷，本来是我蒙侯兆麟的话，哄着老丫挺的把八幅'明四家'拿出来……嘿，闹了半天，还他妈成真事儿啦！"

满桌子的人哄地笑了。

# 第十章

青鹅小籍

1、洋人铺子裁剪的洋装

苏州十字街,一个老年乞丐蹲在路口,把住乞讨的要冲之地。他那模样不大像个要饭的,脸上的皱纹很多,像一张磨损过度的皮革,脚上居然是一双挺名贵的旧皮鞋。与通常乞丐不同的是,他的面前摆放了两样讨饭的东西:一顶破帽子和一个破铁罐。

来往人丛中,丁三甲和潘耀祖走过来。两个人正聊得投机,叽叽呱呱的嗓门挺大,对身边的人和事都不大在意。

潘耀祖看着满目秋色,大发感慨,"只要到了秋季,洒家就会想起苏轼先生的名篇。"他旁若无人地高声吟诵起来:"西风昨夜过园林,吹落黄花满地金。秋花不比春花落,说与诗人仔细吟。"

丁三甲边走边说,"你就别乱发骚情了,说点正经的。这些日子我总是在想,上了大堂,怎么才能说话有劲。最近看了些书,方知泰西诸国有一门学问,叫'逻辑',附和逻辑才有说服力。"他有边走说,无意间踢倒了摆放在路边的破铁罐,铜钱滚了出来,他急忙弯腰拾捡。老乞丐说:"不碍事不碍事的,我自己来。"

他看看老乞丐,怎么看怎么不像要饭的,是被命运无情作弄而走到了这步。他有些好奇,问:"老人家贵姓?过去是做什么的呀?"

老乞丐说:"要饭的哪有贵姓,老夫贱姓麦。麦子的麦,过去是卖布的。后来儿子不争气，吃喝嫖赌把家产踢腾完了，老妻被活活气死了，全家风云流散。我年老体衰，只好蹲马路混口饭吃。"

潘耀祖掏出一把铜钱扔进破帽子，歪着脑袋看了看，"嘿。你这老头儿还挺贪心，怎么摆了两个要饭的家伙？"

麦乞丐淡然一笑，"过去经商有经商的路数，现在行乞也改不了过去的做法。这顶破帽子是个总店，嗨嗨，破铁罐是个分店。"

丁三甲和潘耀祖想了想，相向笑了。

麦乞丐举目四顾，绷紧了脸，"二位留心，贼来了。"

他俩扭脸看去，只见一个肥壮汉子贼眉鼠眼的四下张望，左耳朵上挂着一枚小铜钱，鞋子豁着口，十个脚趾头有八个露在外头。

丁三甲看着说，"有意思，他不掩饰自己是个贼。"

潘耀祖说："肯定是蹲过几次大牢的，练出来了，啥都不在乎了。"

麦乞丐说："他姓齐，单名瑢，这条街上的人都叫他齐孬。原先是倒腾瓜果梨桃的，后来独生女儿生病死了，老婆跟别人跑了，他落了个半疯半傻。这几年，他就吃这条街，没有他不偷的东西，屡屡被抓，放出来后接着偷。这种人进了大牢反倒有牢饭吃，出了大牢倒会饿肚子。虱子多了不痒，他自己疲了，衙门也拿他没办法。"

潘耀祖呆呆地看着，"贼好像盯上了一位。"

一个挺乍眼的人过来。此人浓眉大眼，鼻梁高耸，目不斜视，像个官人。他穿一身笔挺的洋装，一看就是洋人铺子里加工制作的。

齐孬大声擤擤鼻子，油腻腻的袖口蹭蹭鼻涕，甩打着袖子颠儿颠儿跟了上去。穿洋装的似乎丝毫没有察觉，直到一只黑乎乎的手伸进他的衣兜，掏出个钱夹，他的右手腕才疾迅地一抖，抓住身后伸过来的手，发力一攥，贼疼的哎哟一声，龇牙咧嘴地跪下了。

穿洋装顺手取回钱夹，居高临下地看着，"怎么回事呀？"

别看齐孬是个惯偷，手却很潮，行窃"手艺"极差，行窃中被抓过多次。在一次次被擒获过程中，他磨练出了应对办法，往往临危不乱，尽量采用比较轻松的方式化解被抓获后的窘境。

齐孬半跪着，咧嘴笑了笑，"先生，对不住啦。我把您的衣兜误认为是自己的衣兜了，以为拿的是自己的钱夹呢。"

第十章 青鹅小籍

穿洋装的不动声色地看了看贼，闪电般一抖拳头，只见啪地一声脆响，那贼的脸一歪，整个身子横着摺倒在地上。

穿洋装的拍了拍手，"毛贼，对不住啦，我把你的脸误认为是自己的脸了，以为抽的是自己的脸呢。"

齐孬被打得不轻，在地上挣了几下，爬起来跪着，像在等候发落。穿洋装的双手抱在胸前，捻着下巴颏，看着贼，琢磨着什么。

齐孬居然赖皮赖脸的说上了："爷有本事，我落到爷手上了，如何发落由爷说。要不爷放我一马，我接着去偷别人；要不爷把我扭送到衙门，照顾我进大牢，牢狱有牢饭吃，多少还能遮风挡雨。"

穿洋装的终于想妥当了，"这样吧，你跟我走。"

齐孬眨巴眨巴眼睛，"跟爷走？去哪儿？衙门？"

穿洋装的说："不是衙门。去哪儿你就别问了，跟我走就是了。"

齐孬说："爷，我得问问去哪儿。跟爷走有衣服穿吗有饭吃吗？"

穿洋装的不耐烦了，揪住齐孬的领子，"别东问西问，就算爷雇你一回，办点事情，吃顿饭，再给你置身衣服。"

齐孬说："爷说请我吃顿饭，再给我置身衣服。请问什么衣服什么饭？麻袋片披上身也能算衣服，猪食进了嘴也是饭。"

穿洋装的说："丝绸衣服外加大鱼大肉，办了事还有赏钱。"

齐孬大为诧异，"我偷了爷的钱夹，爷不打不骂不羞辱，还要给我丝绸衣服外加大鱼大肉。我是贼，凭什么穿丝绸衣服，凭什么吃大鱼大肉？你等等，让我想想。"他左思右念了一阵子，越想越不是个事儿，趁着对方不留意，站起来撒丫子就跑。

穿洋装的拔腿就追，仗着步子轻灵，几步就蓐住了齐孬。那齐孬身体肥壮，拼命挣扎。两个人撕扯间，只听嘶啦一声，洋装的右肩撕开一个大口子，右边的袖子几乎要掉下来。穿洋装的火了，使出点真功夫，三拳两脚把齐孬打趴下，躺在地上哼哼唧唧的。

穿洋装的脱去洋装上衣，看着右肩开线了，心疼的皱了皱眉头，心头火起，弯腰揪住贼的领口，一发力拽起来，喊道："跟我走！再不听话就打死你！"齐孬看了看来人，自知再犟下去要吃大亏。他挣扎起身，耷拉着脑袋，乖乖地跟着穿洋装的走了。

2、他刚解开自己的腰带

青鹅巷在苏州尽北头。巷子深处有一片整齐的青砖瓦舍，倚着粉墙的一排修竹把里面遮得严严实实的。

这家只住着一男一女，少与邻居交往。男的是是在县衙做事的官人，每隔十天半月的有穿官衣的送米面油盐柴来。女的偶尔出来买过几次菜，平日连门都不出。青鹅巷安静，隔三岔五的，青砖瓦舍里便传出丝竹之声复加轻吟浅唱，煞是好听。

这天晚上又传出乐声，正堂有一桌酒席，席间有五六个客人。

堂中坐着一位女子，二十岁出头，婀娜有致，刚才陪酒了，两颊泛着桃红。她把古琴置于膝上，拨弄着唱了一曲《苏幕遮》："水调数声持酒听，午醉醒来愁未醒。送青春去几时回？临晚镜，伤流景。往事后期空记有，沙上并禽池上瞑。云破月来花弄影，重得帘幕密遮灯。风不定，人初静，明日落红应满径。"虽是厅堂，琴声宛如落在水面的星光，歌声宛如挂在嫩叶上的晨露，给周围带来湿润清新的气息。一曲既终，众人才自袅袅余音中清醒。

听者为查良怀、郭香夫妇及几个县衙的书吏，书吏是州县衙署的最低等官员，一般没有品序，相当于后世科员或军中的参谋干事。

为这桌酒席做东的是这处青堂瓦舍的主人，也就是那位曾经在十字街捉拿小偷的穿洋装者。他叫姓奚名浅水，举人出身，在吴县县衙任县丞。县丞这一官职产生的年头很久了，始于战国，秦汉沿置，典文书和仓狱，为知县辅佐，历代所置略同。清代县丞为正八品，用后世眼光看，县丞多少有一点"副县长"的意思。

奚浅水与郭香沾亲，论辈分算郭香的远房外甥。他这次把查良怀、郭香夫妇及县衙的几个书吏请来，一来是同僚间小聚小酌，二来是展现他的"家伎"。这位"家伎"才貌双全，同僚间早就有所风闻，却从来没有人见过，于是请到家来见识一下，捎带吃点喝点。

说到"家伎"了，不妨多罗嗦几句。清代，"家伎"已为官场绝大多数人所不知，子民更是闻所未闻，而在两宋时却遍及高层。在中国历史上，这种身份的女子是一种极为尴尬的角色。

诗歌，之所以"诗"与"歌"并称，是由于古诗是可歌的。诗是"原创"，

第十章 青鹅小籍

歌是"传播",二者相辅相成,造成了唐诗的云蒸霞蔚、众星璀璨。唐诗抚育了歌者,副产品则是宫伎兴盛,一茬接一茬唱诗女子招摇入宫,唐宫晕菜了。入宋,宫伎成为家里的玩意儿。大臣府邸蓄家伎,又称女乐,带有宫伎遗风,不同的是,她们不在宫廷讨营生,而是服务于高官府邸。宋朝设家伎的初衷恐怕是安置人口的民政行为,次等女子入瓦子,姣好的放在臣僚家中养起来。家伎社会身份模糊,有的称为"小籍",不事家务,为主人提供艺术享受,比如在宴席上表演声乐歌舞。籍字本意是登记隶属关系的簿册,"小籍"这一暧昧叫法充满辛酸,体现的是那些面容姣好、能歌善舞的家伎对主人彻头彻尾的依附关系。家伎非妻非妾非丫鬟非歌伎,却把几种人的行为集于一身,而自己什么也不是,甚至不如瓦子间的有牌照妓女。娼妓卖身为晚境攒下一笔银子,家伎做不到。没有断后能力的人群在社会上是无法持续存在的,家伎走向消亡十分自然。至元代,家伎逐渐淡出社会视野,明代就绝迹了。

奚浅水既是个读书人,也是个性情中人,从史籍的犄角旮旯发现家伎在两宋活生生的存在,经过一番天马行空的胡思乱想,也想这么玩儿一把。早年在两江总督府混事时,他在常熟县某小镇买来个十五岁的俏丽女子,叫苏小素,是个鞋匠的女儿。他把苏小素送到乐馆学艺了年把,而后领回家来,充为家伎,直至此时。

饭吃了,酒喝了,家伎的容貌和才艺也领教过了,查良怀一行起身告辞,奚浅水和苏小素一直把他们送出大门。

郭香毕竟是女人,懂得女人的思考,理解女人的心境。清风徐来,酒后的燥热消退了几分,人变得理智些了。她看了看苏小素,所有幽怨都写在那张月光下愈显俊美的面庞上,不由有所触动,转身对奚浅水小声说:"大外甥,你俩的事儿怎么着哇?"

清风把细声细语徐徐送来,苏小素敏感地竖起了耳朵。

奚浅水本来没喝多少,一听这话,却假装喝高了,装模作样的打了个酒嗝,脖子前后抖了抖,再打几个酒嗝。

郭香说:"你老大不小的,是往三十岁走的人了,苏小素也不小了,有个二十几了。你们俩不能总这么不明不白地'傍'下去呀。"

"什么?郭师爷说什么?"奚浅水好像舌头大了,含混不清地嘟囔了几句谁也听不明白的话,也就糊弄过去了。

几天后，青鹅巷的那幢青堂瓦舍出事了，一件不大不小的事。

这天下午，苏小素正在厨房摘菜，有人敲门。她跑去开门，进来个肥壮的陌生人，别看穿得还算周正，却有脱之不去的龌龊。而且有些怪异，左耳朵上挂着一枚小铜蹦子儿。

来人自我介绍说："我姓齐，是奚县丞的朋友。他在家吗？"

苏小素说："他没有在家，估计不大会儿就从县衙回来了。你在堂屋坐坐，等等他。我去厨房了。"说完转身走了，进了厨房。

她在厨房蹲着摘菜，感到身后不对劲，一回头，吓了一大跳。姓齐的悄不言声进来了，笑嘻嘻地看着她的后背，眼睛里泛着邪光。她惊恐地站起来，后退了几步，"你进来干什么？"

姓齐的用袖口蹭了蹭流出来的口水，傻呵呵地说："好看，真好看，圆滚滚的屁股蛋，细细的小腰身。好看，真好看。"

她愤怒的向外一指，喊道："你给我滚出去！"

姓齐的却张开双臂扑了上来。这家伙有一身蛮力气，一个弱女子根本无力抵挡。不管她怎么拳打脚踢怎么咬他掐他拧他，他还是挂着狰狞的微笑把她拖进了卧房，按倒在床上，接着就撕扯她的衣服。外衣扯开了，红兜肚扯开了，那时的女子不穿裤子，裙子里只有一件被称为"胫衣"的东西，而且没有裤裆。姓齐的刚解开自己的腰带，就嗷地怪叫了一声，随即一翻白眼，倒在了地上。

奚浅水在最后一刻冲进来把姓齐的打翻。惊恐万状的苏小素哇地大叫一声，继而搂住他的腰身嚎啕大哭起来。过了一会儿，他冷漠地推开她，怀疑的目光在她身上旋转起来。渐渐地，她透过泪光读懂了目光，用巴掌揩揩眼泪，"浅水，你怎么这样看着我？"

奚浅水的胸脯剧烈地起伏着，依旧用怀疑的目光看着她。

她几乎不敢相信，"你在想什么？你怀疑我勾搭男人？"

他没有否认，继续满腹狐疑地看着她，像是要把她看穿。

她承受不了这种目光，惶惶然然地想了想，一指地上，"奚大人，我根本就不认识这个人！"她随即愣住了。

地上空空如也，姓齐的不知什么时候跑了。

3、非妻非妾非婢非伎

苏州人有喝茶洗澡的习惯，有"早上人包水，晚上水包人"之说。"人包水"指把茶水喝到肚子里，"水包人"即泡在水里洗澡。

这天下午，潘耀祖泡在浴池中，听凭热乎乎的水把身体浮荡起来，感到挺快意。浴室里有搓背的，既可以在浴池旁由搓澡工搓，也可在单独的小房间进行。苏州娼业发达，澡堂子和妓馆间没有明确界限，所说的"搓背"十分可疑，随时可以由此一动作过渡到彼一动作，以至于那个。片刻，进来个笑吟吟的女子，齿白唇红，有几分姿色。她进门就说："搓澡呀？客官打算怎么搓呀？"

潘耀祖翻过身去，把脊背亮给女子。那女子两只纤巧小手挺有力道，他闭着眼睛享用，挺舒服的。没过一会儿，女子的手停了下来，"行啦，背搓完了，给一两银子吧。"

潘耀祖不高兴了，回过头来，"小妮子，你干什么啦？搓了几下就要洒家一两银子，你们也太黑啦。这个地方洒家常来，又不是初来乍到，你们要想宰客就宰别人去，不要宰俺这样的熟客。"

对这番话，女子早有应对腹案，不慌不忙地说："按那几下子当然不值一两银子，一两银子指的是全活儿，全活儿，懂吗？搓背之后接着做别的，也是这么多，不会让客官再另外加钱了。"

潘耀祖明白了，却明知故问："那么，洒家还能做什么？"

女子说："那就在客官你喽。反正掏出一两银子，就……这么说吧，奴家不会给你带来幸福，但是会带给你舒服。"

潘耀祖咧着嘴笑了，一骨碌坐起来，"小妮子，洒家也给你搓搓背吧，不说别的，摸摸你的小香身子也挺舒服的。"

女子假装扭捏，扭了扭身子，说了声"好吧。"接着脱去衣服躺下，潘耀祖两只有力的大手在女子背后胡乱按了几下。由于力道太大，女子不舒服的嚷嚷起来："轻点轻点，客官的动作轻一点。"潘耀祖大大咧咧地说："什么轻啊重的，洒家该走了。"女子起身，惊愕地问："客官这就要走？"潘耀祖说："是啊，不走呆在这里做甚。"女子说："客官不要奴家的小香身子啦？"潘耀祖说："洒家有老婆，要你做甚。"女子说："你走是可以，但是那一两银子呢？"潘耀祖说："哪有一两银子，你给洒家胡乱按几下，洒家也给你胡乱按几下。两下相抵，两不相欠了。"女子蹦下床来,"那可不行。"潘耀祖一笑,"行不行就不在你啦。小妮子,记住,洒家不是个随便的人,洒家随便起来就不是人。走啦。"

没等那女子说话,丁三甲一头闯进来,"耀祖,快跟我回去。有个漂亮女子来到讼馆,哭着闹着要见馆主,否则就不走。"

潘耀祖愣了愣,"一个漂亮女子来到讼馆等洒家……洒家身为已婚男子,还能摊上这等好事……啧啧。"他手忙脚乱地穿上衣服,蹬上靴子,一把搡开那个要银子的女子,风一样卷出了门。

到了光宗耀祖讼馆门口,潘耀祖拍打着屁股蛋,没进门就嚷嚷上了,"哪个漂亮妞要找洒家呀?洒家回来啦!哟?"

一个女子正坐在椅子上低声啜泣。她听见有人回来了,止住了啜泣,腼腆地站起来,扭过脖子呆呆地看着来人。

潘耀祖直眉瞪眼的看了看,心里暗自叫绝。这女子果然清丽脱俗,尤其是一对水灵灵的眸子,含着泪花,令人一见生怜。

女子用袖口点点眼角,道了个万福,张嘴犹如莺啼:"苏小素冒昧来光宗耀祖讼馆拜见馆主,这厢有礼啦。"

潘耀祖看着发呆,随便拉过把椅子坐下,"噢,你叫苏小素,何等嫩汪汪的小名字。洒家是光宗耀祖讼馆馆主潘耀祖秀才先生,洒家不认识你,说说你的来由,再说说你找洒家有何事体。"

苏小素说:"奴家是从本县县丞奚浅水家中来的。"

丁三甲说:"知道县衙的奚县丞大人,你是他什么人?妻妾?"

苏小素苦笑了一下,感伤地摇了摇头。

潘耀祖说:"你是奚县丞的使唤丫头?"

苏小素又感伤地摇摇头,"我固然是奚大人的家里人,但是既非妻妾,也非丫鬟,亦非亲戚。我也不知道自己算奚大人的什么人,他说我算是他的'家伎',给我个字号,叫'青鹅小籍'。"

丁三甲和潘耀祖糊涂了,"家伎?青鹅小籍?"

随着苏小素的讲述,丁三甲和潘耀祖终于明白了这里的故事。

苏小素十六岁到奚家,奚大人惬意。可不是吗,在"两人世界"里,有个家伎就啥都有了。奚大人的下半身有了用武之地,床笫之事每每尽欢;奚大人的上半身不耽误,有人给弄饭吃;每天咿咿呀呀的绕梁不绝,奚大人的身心充分受用。家里养个小尤物,奚大人在同僚面前有了吹大牛的本钱,他一把倒退到两宋,两宋豪门在汴梁是怎么玩儿的,他接茬儿怎么玩儿,成了复古名士。但是有一样东西没有,那就是义务。苏小素非妻非妾,奚大人不承担任何义务,家伎有吃有喝再有俩脂粉钱就行了。奚大人合适了,至于对方是不是合适,奚大人没过脑子。他过脑子的是怎么玩儿的更有古风古韵,在南京那会儿,他的驻地离织造局不远,家伎称"织局小籍"。到了苏州住在青鹅巷,苏小素自然成为"青鹅小籍"。

奚浅水的这种做法经不起推敲,不能说此人有多混,只能说在封建社会里,后世不可理喻的法度大窟窿很多,即便是个情种,也是极端自我的。几年下来,奚大人还是个"单身贵族",而且是"钻石王老五"级别的,而苏小素则势不可免地开始走向"黄",人老珠黄的那个"黄"。对此,奚大人竟浑然不觉。

丁三甲听完之后,感慨地说:"我也知道两宋高官蓄家伎,她们的确风光一时,在史籍的边边角角中有所闪烁。但是这种事早就时过境迁了,社会越昌明,文明越进步,家伎就越没有容身之地。而咱们这位奚大人,也不看看都是什么时候了,还在搞这套。"

潘耀祖站起来,叉着腰吼道:"还是古人说得好哇,流氓不可怕,就怕流氓有文化。现如今都是二十世纪了,吾等是追逐时代潮流的新人,断然不能看到有如此糟践人的!"

丁三甲说:"苏小素,如你所说,在奚大人家里,你就是身份不明、后半生没有着落而已,你为什么会来找我们这个讼馆呢?"

苏小素啜泣起来,"几年了,我在奚大人家非婢非妾,心中郁闷就是了,还勉强可度日。但是前几天有个陌生人闯入家中,企图强暴我,幸亏奚大人及时赶回把那家伙打跑。我正为之侥幸,奚大人却诬我勾引野男人在家中行奸,要把我逐出家门。我服伺奚大人数年,身无积蓄。要是被撵出去,除了投入娼门,是没有活路的呀!"

丁三甲说:"所以你就来找我们,让我们帮助你走出困境。"

苏小素咬着嘴唇,紧着点了点头。

潘耀祖说:"你是怎么知道我们讼馆的,还指名道姓找洒家。"

苏小素说:"奚大人和郭师爷沾亲,郭师爷有时来家坐坐,和奚大人聊天时提到过你们这个讼馆。我听到郭师爷说过,丁举人鬼机灵,潘馆主虽然有些愚笨，是个二竿子，但是为人厚道实诚。我就要找靠得住的人，所以才指名道姓来找潘馆主。"

潘耀祖摸了摸头，"妈的，洒家无论走到哪儿，都被人家看成个二竿子。好不容易有个漂亮妞来找，又是因为洒家的愚笨实诚。"

丁三甲笑了，"苏小素，说得好说得好。你要不是这样直言告白，潘馆主还以为他又交了桃花运，美人儿要投怀送抱呢。"

讼馆里已经很久没有打扫过了，挺脏挺乱。苏小素勉强咧嘴笑了笑，看看四周，"你们这儿怎么这么乱呀。"

潘耀祖厚厚的嘴唇上露出微笑，"我们这家讼馆看着凌乱。但是，凌乱能够刺激洒家，给洒家灵感，而整齐只能让洒家窒息。"

丁三甲的语气严峻起来："苏小素，我问你一件事，你要据实回答。陌生人闯进来企图强暴你，奚大人诬你勾引野男人，你认为他真的是这样想呢，还是在找茬子把你逐出家门？"

苏小素回答的挺痛快："奚大人是在找茬子把我逐出家门。"

丁三甲问："你这么说有根据吗？"

苏小素说："奚大人一表人才，仕途顺畅，三十岁了，尚未娶亲。最近有个苏州大盐商看上了他，要把女儿许给他，但是盐商的女儿只能做正房，不会做偏房。奚大人觉得我在他家是累赘，挡了他做盐商乘龙快婿的路，所以想方设法要把我撵出去。"

丁三甲一拍大腿，"推论合理。你知道那个盐商的名字吗？"

苏小素说："知道。奚大人是不会告诉我的，但他在家里接待盐商陈哲元的家人，悄悄嘀咕的那些话，我也听了一星半点。"

丁三甲说："企图强暴你的陌生人，你能说出特征吗？"

苏小素出神地想了想，"他刚进门就说他姓齐，大约有个三四十岁，耳朵上挂着个铜蹦子儿，人长得肥肥壮壮的。"

丁三甲不由看了看潘耀祖，"老潘，那家伙姓齐，肥肥壮壮，耳朵上挂个铜蹦子儿，怎么这么熟悉呀，是谁来着？"

潘耀祖忽啦站起来，"我想起那肥壮的兔崽子了，十字街的臭毛贼。苏小素，你回去等着消息吧，看洒家和丁举人给你摆平。"

苏小素面露喜色，掏出个小布包打开，里面有点银锞子。

潘耀祖说："你要给我们银子？用不着，这次洒家是白干。你不是说洒家是二竿子吗？二竿子就是这么厚道实诚靠得住！"

4、就像铁夹子一样箍住了他

苏州十字街，麦乞丐蹲在那里，破帽子和破铁罐子里有不少铜钱。一个银锞子扔进破帽子，麦乞丐抬头一看，来人似乎面熟，在哪儿见过。哐当一声，又一个银锞子扔进了破铁罐子。

丁三甲蹲下来，与麦乞丐脸对脸，"有了这两个小银锞子，今天你的行乞总号和分号进项就不少啦，可以收摊了。"

麦乞丐拿着破帽子和破铁罐子站起来，"我明白，你们这钱不是白给的。说吧，你要一个老叫化子帮什么忙？"

丁三甲看看左右，小声说："我要找齐孬。"

麦乞丐有些惊讶，"你要找那笨贼？这些日子他不上街了。听说他最近弄到一笔赏钱，够花一阵子的，暂时歇手了。"

潘耀祖插上话："什么人能给贼一笔钱？"

麦乞丐老辣的一笑，"这种人有这种人的用场，某些大户要干那种难以启齿、见不得人的事，就会雇齐孬这种走投无路的人干。"

丁三甲问："知道齐孬住在哪儿吗？"

麦乞丐一指，"好像住在那边的老井巷，他每次行窃，都是从那个巷子口出来，完事之后又钻回那条巷子。"

丁三甲问："除了偷东西，齐孬还会去哪儿？"

麦乞丐说："大不了去找野鸡打炮。那边的藤萝巷有个野鸡，是齐孬的老相好，齐孬弄到俩钱儿通常去那儿。得了，老麦所知道的那点事全都倒出来了，对得起你们的银锞子了。咦？人呢？"

刚才给他银锞子的两个人已经不见了。

当天下午，丁三甲和潘耀祖摸到老井巷。一打听，齐孬算是个"小巷名人"，从老的到小的就没有不知道他的。这家伙无大恶，偷鸡弄狗却从不断线。打听到齐孬的住处，他俩就回去了。

第二天，他们租了辆马车来到老井巷。齐孬不在家，他们又往附近的藤萝巷走,刚来到野鸡院门口,齐孬剔着牙出来了。

丁三甲迎上去,叫道:"齐孬。"

齐孬站住,警觉地看看来人,"你们是谁?"

丁三甲说:"这你就别问了。知道你手黑,找你办事。"

齐孬登时不悦,"胡呲什么呢!我齐孬生活无着落,除了偶尔偷鸡摸狗之外,没有干过别的事,更没有手黑过。"

潘耀祖凑过去,"齐孬,瞎了狗眼。我们和青鹅巷的那位官人是一家的,你瞒得了别人瞒不住我们。"

齐孬抚抚胸口,"你们和青鹅巷那位官人是一家的?这就好说啦。你们要我办什么事?"

丁三甲沉吟着说:"我们要你办得事情嘛,跟在青鹅巷干的那件事差不多,不过给你的银子是上次的两倍。"

齐孬面露喜色,"银子翻番?好哇。不过我在青鹅巷被打了,脑瓜疼了数日。这次还会挨打吗?再挨打也行,不过银子得加点。"

丁三甲说:"这次恐怕还得挨打,不过是打屁股。"

齐孬摸摸屁股,"我不怕打屁股,这地方的肉厚。价钱呢?"

丁三甲说:"价钱都好说。除了翻番之外,如果挨打了,再另外给些钱,我们一起去和主子商量商量,估计主子会答应下来。"

齐孬不安起来,"让我跟你们走?"

丁三甲说:"不跟我们走你怎么知道办什么事。上次要是不给你带到青鹅巷,你知道在哪儿扒人家'小籍'的裙子。"

齐孬摸摸脑袋,揪揪耳朵上挂着的铜蹦子儿,"也是。不过咱们说好了,价码翻番,如果挨打了,银子还得加一块。"

潘耀祖从背后一推齐孬,连拉带拽的把他弄上了马车。

丁三甲一路逗齐孬说话。齐孬到底是几进宫的,和衙役打交道学聪明了,知道什么话当说什么话不当说。有案底的事,官家了如指掌,他说得天花乱坠的,而对青鹅巷的事则缄口不言。

马车到了碧螺春茶馆停下。齐孬下了马车,丁三甲和潘耀祖一左一右夹着他往里走。刚进茶馆,齐孬愣住了,转身想跑。

潘耀祖一发力,就像铁夹子一样箍住了他,他动弹不得了。

不远处，一壶清茶，两个茶杯。苏小素边擦眼抹泪边向郭师爷哭诉。她突然停住，向门口张望了，脸色顿时煞白，惊恐地用手绢堵住了嘴。郭师爷疾回首，看看门口，愣住了。怎么回事？丁三甲打头，潘耀祖紧紧勒住一个不相识的男人向这边走来。

郭师爷迎过去，"潘馆主、丁讼师，苏小素约我到碧螺春茶馆坐坐，聊些女人间的心事。你们怎么来了，带来这个人是谁呀？"

丁三甲说："这个人叫齐孬，我们怀疑是他进入奚县丞家里企图强暴苏小素。把他带来，是要让苏小素指认一下。"

苏小素惊叫起来："就是他！就是他！就是他干的！"

郭师爷说："噢，是这个人干的。那就没什么说的啦，麻烦二位，把这个脏兮兮的东西带到县衙收监。我和你们一起回去。"

5、他是很会钻空子的

静谧的青鹅巷小院儿里起了大风波。

堂屋里，奚浅水背着手，急促地踱步，"今天我听几个书吏说，企图强暴你的人被抓了。再一打听，原来你背着我找讼馆，抓住了齐孬。我不明白，这么大的事怎么不告诉我？闯入我家的人被抓了，我居然不知道，你让我这脸面往哪儿搁，何况我还是县丞。"

苏小素倔强地说："不管什么手段，我就是要让人抓住那家伙。那家伙企图强暴我没有得逞，你明明看到了，却反过来诬陷我和那个大脏人有那种事。不抓住他，我这不白之冤洗不清！"

奚浅水说："抓齐孬我不反对，这种坏人不但当抓，而且当重罚。只是你必须给我解释清楚，你为什么背着我干？"

苏小素说："想听吗？想听我就说。我到你家几年了，只是什么家伎，非妻非妾。近日你打算娶盐商陈哲元的女儿为妻，觉得我是累赘，于是把街头混混引来侮辱我，企图嫁祸于我，再把我撵去。正由于此，我才背着你搞清真相。如果事先告诉你，你会反对。因为齐孬的背后主使不是别人，最大的可能是你！"

奚浅水反应强烈，大喊大叫："苏小素，你满嘴胡说！你信口雌黄！你胡思乱想！你！你你你……"

苏小素喊起来：“齐孬收监后，事情更清楚了。他供认了，他住在大南边的老井巷，从来只在十字街附近行窃。而青鹅巷在北城的边边上，他怎么从苏州大南头偷到苏州大北头来了？”

"好好好好好，你行你行，你可真行。"奚浅水喘着粗气，"既然你认定是这样的，我就只有向你摊牌了。我决定娶苏州盐商陈哲元的二女儿为妻，她将是我的正房。她过门之日，这个家将没有你的任何位置，你就得滚蛋！我什么时候迎娶她呢？就在最近！"

"最近？"苏小素怔住了，"过不了多久，你就是别的女人的男人啦，你夜里就搂着一个盐商的女儿睡觉了……"她完全不敢面对这个前景，终于崩溃了，嚎啕大哭地跑了出去。

几天后，光宗耀祖讼馆。郭香和潘耀祖、丁三甲沉闷地面对面坐着。别看郭香和这家讼馆多次打交道，却是第一次来这里。

郭香忧心忡忡地说："我知道你们好心，不收取任何费用，费劲巴拉地抓住齐孬，为的是洗刷苏小素。但你们的好心捅了娄子，奚县丞和苏小素打翻天了。苏小素怀疑齐孬是奚浅水引来的，奚县丞有口难辩，索性横下一条心，无论如何要把苏小素赶出家门，把陈哲元的二女儿迎娶进来，而且就在最近。"

丁三甲说："苏小素的怀疑不能说没有道理。奚浅水的脑瓜里只有自己，'青鹅小籍'横在那里，的确是挡了他迎娶大盐商女儿的路，他想搬掉石头也不足怪。齐孬在牢里供认了什么？"

郭香撇了撇嘴，"齐孬在牢里的供认的对苏小素不利。他说他根本不认识什么奚浅水，从来没有见过此人。他只是在北城溜跶时，看到青鹅巷的一个院落整齐，想进去偷点东西，见到女主人漂亮水灵，遂起了歹心。仅此而已，没有任何人主使。"

丁三甲说："齐孬满嘴谎言，你们打算怎么处置他？"

郭香说："还能怎么处置。齐孬是个惯偷，县衙大牢进了十来回了。他倒是愿意在大牢里多住些日子，里面管吃管喝管住的，对他来说挺滋润。只是我们不打算让他长住了。"

潘耀祖喊起来："给齐孬定罪，发配到黑龙江去！"

郭香说："齐孬对企图强奸苏小素一事供认不讳，但毕竟行奸未遂，既够不上徒，更够不上流，只有打几板子放出去。"

第十章 青鹅小籍

潘耀祖喘着粗气，"就这么便宜齐孬啦？"

郭香摇了摇头，"没有办法，只有这样了。查知县和本师爷已经定了，齐孬几天后过堂，打二十板子，然后当堂释放。"

潘耀祖问："那奚大人呢？拿奚大人怎么办？"

郭香说："不是本师爷包庇远房外甥，我相信奚浅水不会干那种缺德事。况且只要齐孬坚持没有见过奚浅水，不是奚浅水雇的他，奚浅水即便真这么做了，我们也没脾气。不要忘了，奚浅水在两江总督府和县衙都干过，知道法律的缝隙在哪儿，是很会钻空子的。"

丁三甲说："既然拿奚大人没脾气，郭师爷，往下会怎么着，就不用多说了。往下就是奚大人择吉日明媒正娶苏州盐商陈哲元的二女儿，把苏小素撵出家门。是不是这样？"

郭香说："我们不愿意见到这种情景，事情却只能这样发展下去，这就是我来找你们的原因。我和奚县丞商量过了，只要苏小素不哭不闹不声张，奚县丞同意付给苏小素二百两银子，把这几年家伎的事情了断，今后各走各的，互不相扰。你们要同意这种做法，就去和苏小素商量一下。按本师爷的看法，奚县丞这么做算得上宽宏大度，让步让到底了。毕竟，他对苏小素还是有一份情意的。"

丁三甲和潘耀祖相视了片刻，谁都没有说话。

郭香问："二位，这个法子你们觉得怎么样？"

丁三甲说："不同意，奚浅水的算盘打得太如意了！他将要成为大盐商的乘龙快婿，几千几万两银子说话要到手了，拿出区区二百两银子打发一个把全部感情、全部心血都投到他身上的善良女子。郭师爷，你想过吗？这点银子是作践了半条人命啊！"

郭香登时不高兴了，"我和奚县丞研究出来的万全之策，你们二位讼师再不同意，我就没有办法了。二位讼师，既然我的法子你们不予认可，你们认为应当怎么办呢？能够说给我听听吗？"

潘耀祖啪地一拍桌子，"那还不好办！我老爸也是苏州生意人，不仅认识大盐商陈哲元，而且和老陈过从甚深。我让老爸去找老陈，把底子透过去，人家奚县丞家里养着个'青鹅小籍'呢，一起过了好多年了，等到这件事了断了，您再嫁您的女儿，我就不信老陈他不琢磨这事儿。嚇！洒家一把就能拆散这门亲事。"

郭香注视着丁三甲，"丁举人，你也同意潘馆主这么干？"

丁三甲说："潘馆主说的是下下策，不到万不得已不能走这步。"

郭香说："那就说说你的上上策。"

丁三甲缓慢地说："请郭师爷如实转告奚大人，就说丁举人撺掇苏小素告他。几年来，苏小素与奚浅水事实上成婚了，奚浅水为了迎娶盐商女儿，设计谋诬陷苏小素。身为朝廷命官，该当何罪？！"

郭香说："你们有奚县丞设计谋诬陷苏小素的证据吗？起码我没有。我相信你也没有，一丁点儿也没有。在完全没有证据的情况下告一个朝廷命官，结果只能是你们被定为诬陷。这点你想过吗？"

丁三甲说："想过，但是我不收回，就是要告。"

郭香说："那好，本师爷等着你们来告。经过几年拼打，你们的讼馆弄出些名气来，本师爷就怕你们告奚大人告输了，不仅几年的努力打了水漂，而且会弄得身败名裂。"她言毕站起，拂袖而去。

6、让街头无赖们吃个双份

县衙大堂传出劈劈啪啪的打板子声，与之相伴的是一阵阵的哀嚎声。看样子，这回杖丁是"着实打"的，法棍下得很重。

板子声平息了，哀嚎声也平息了。不大会儿，两个皂隶架着半死不活的齐孬出了县衙大门，把他往地上一扔就走了。

齐孬在地上趴了会儿，粗重地喘息了一阵，吃力地爬起来，向着空旷的街道喊道："哎哟哟，哎哟哟，俺老齐进过那么多次县衙大堂，挨过那么多回板子，哪一次也没有这回打得重哟。"

他小心翼翼地挪动步子，屁股疼的厉害，每迈出一步都疼的龇牙咧嘴。"吁——"一辆马车停在他身边。车夫跳下车，"你是齐孬吧，有人付了车钱，让我来接你去老井巷。"他把齐孬搀扶上车。

齐孬上车就问："那人有没有东西捎给我？"

车夫说："捎给你二十两银子。十两银子你留着疗伤，十两银子，你拿去雇街头无赖，谁把你送进大牢的，就找谁算帐去。"

齐孬说："妈的，我也不知道是哪两个杂碎把我送进大牢的。只知道是俩人，一个是小白脸儿，一个是壮爷们儿。"

第十章　青鹉小籍

车夫说:"那位让我转告,小白脸儿叫丁三甲,那个壮爷们儿叫潘耀祖。他俩都是光宗耀祖讼馆的,光宗耀祖讼馆就在文蔺弄。"

齐孬的后牙槽子一错,"文蔺弄。姓丁的,姓潘的,记住了。"

车夫一甩鞭子,"得儿,驾!"马车疾驰而去。

附近墙根下站着一个人,戴着顶破草帽。那个人撩开草帽,露出面孔,他是白展昭。他翻身上马,跟着马车走了。

两天后,光宗耀祖讼馆。丁三甲和潘耀祖正在商量事,门哐地撞开,一群人气势汹汹地冲了进来。每个人手里都拿着木棒。

领头的那个喊道:"哪个是姓丁的,哪个是姓潘的?"

丁三甲站起来,"这间屋子里就我们两个人,我是姓丁的,这位是姓潘的。姓丁的和姓潘的都没有请你们进来,你们想干什么?"

领头的那个喊道:"弟兄们,看清楚啦,就是这两个,给我打!"

他身后的那群人发一声喊,抡着木棒一拥而上。

潘耀祖不愧是武林高手,眼急手快,忽地冲进人丛,连打带踹放倒几个,一把薅住领头的那个,一翻膀子勒住他的脖子,喊道:"谁敢动我就拧断他的脖子!他入室行凶,死了白死!"接着发力一夹胳膊,那领头的像杀鸡般叫唤起来,那群人登时呆若木鸡。

丁三甲急匆匆发问:"是谁雇你们来的?"

潘耀祖的臂膀松了松,领头的能匀着喘气儿了,"是我大哥叫我们来的,大哥说你们诬陷他,还把他送进了大牢。"

潘耀祖凑近领头的耳朵,"我们送进大牢那位是个惯偷,没有兄弟,也不是你们大哥。他给了多少钱让你们来砸讼馆?不说洒家就要你的命!"说着胳膊夹紧,领头的像被宰的鸡般呻吟起来。

潘耀祖的胳膊略略放松,领头憋出的调门又急又细:"五两银子,多一个子儿也没有。我想多要俩他不干,谁骗谁谁不是人做的。"

丁三甲吼道:"区区五两银子,你们就打上门啦。你们这群有奶就是娘的混帐王八蛋!本举人今天让你们吃个双份儿,给你们六两银子,把齐孬带到这儿来,我们要把他扭送到官府。"

六两银子?诱惑摆着,那群人犹豫着,你看我我看你的。

潘耀祖吼道:"也别六两银子了,十两银子!你们去,把齐孬带来。他就住在南边的老井巷。人只要带到，马上兑现银子！"

随着潘耀祖的胳膊一松，领头的突然憋出急促而尖细的喊声："有十两银子挣，你们还他妈犹豫什么，马上去，老井巷！"

那群人发一声喊，抢着木棒又冲了出去。

丁三甲追出门，对着他们的背影喊道："如果齐孬不在老井巷，就是在附近的藤萝巷打炮。人只要带到，马上兑现银子！十两！"

傍晚时分，那群人把齐孬带来了，是用粗粗的麻绳绑来的。

正如丁举人的真诚提示，齐孬的屁股肿得老高就按捺不住风流去了。他正呼哧带喘的在藤萝巷玩儿野鸡呢，被一群拿着木棒的人从被窝里被揪出来，光着腚捆绑起来，用板子车拉到了文衙弄。

丁三甲和潘耀祖当场兑现十两银子，那群人好不喜悦。为了表示千恩万谢之情，领头的一声令下，那群人随即把齐孬解到县衙。

当晚在县衙值更的是县丞奚浅水。一群街头无赖解来了另一个街头无赖，罪名是出狱后挟私报复，组织人企图砸烂光宗耀祖讼馆。奚大人接待了街头无赖，还得对他们的"见义勇为"赞扬几句。因为解来的齐孬曾经企图强暴他家的"青鹅小籍"，他不得不当众愤怒地表示，要将齐孬收监。那群人走了后，齐孬当真被扔回了大牢。

次日，奚浅水憋着一肚子火回到家中。他娶陈哲元的女儿是认真的，程序一直半明半暗走着。苏小素仍然没有离开奚家，不到万般无奈，她也没有离开之意。为了压迫出"青鹅小籍"的去意，当她往饭桌上布菜时，他有意说些她最不爱听的话。

他手里转动着饭碗，自顾自地说："苏小素，让你明白结婚是怎么回事吧。自古，从议婚到完婚分为六礼。顺序是：男家请媒人至女家提亲，谓纳采；男家请媒人问女家八字占吉凶，谓问名；男家备礼告女家，谓纳吉；男家给女家送聘礼，谓纳徵；男家择定婚期，备礼告女家，谓请期；新郎至女家迎娶，谓亲迎。这套议程只有豪门大户才会一招一式来，民间因陋就简。亲迎是六礼高潮所在，又分为迎轿、下轿、祭拜天地、行合卺礼、入洞房等，挺罗嗦。"

他没有注意到，苏小素居然在听，而且听得很出神。

他接着说："坐花轿有点罗嗦。事先，我得去陈家'铺房'，陈小姐上轿前得'开脸'。上花轿前有个老太婆用镜子'照轿'，持熨斗燃芸香绕花轿两匝，叫

'熨轿'。轿中百烛齐燃,叫'亮轿,轿夫讨到吉利钱才起轿,陈家亲友拿不到吉利钱不准上轿,叫'障车';我家亲友拿不到吉利钱不准下轿,叫'拦门'。陈小姐下轿后,我得向空中撒铜钱,叫做'撒满天星'。你说好玩儿不好玩儿?"

苏小素怔怔坐下,充满憧憬地对着窗外的夜幕说:"你说的铺房、开脸、照轿、熨轿、亮轿、障车、拦门,我都想过。你向空中'撒满天星',就算把我娶进家门……这些事我想了几年,是真切的想啊,每一步都闯进过梦里……直到头些日子还梦见你扬起一把铜钱'撒满天星'、'撒满天星'、'撒满天星'……而一觉醒来,新娘却不是我,而是个大盐商的女儿……"她俯在桌上嚎啕大哭起来。

他原本想气气她,却引出这样一番真情告白,如此无奈柔弱的话语震撼了他,他模模糊糊觉得,他的生活中好象缺失了什么。

他的手抬起,抚摸着她的头,她猛地抬起头,任眼泪横流,"奚浅水,我必须告诉你,我到县衙告你了,明天就得上大堂。"

奚浅水说:"这我知道。苏小素,你为什么非得要告我?"

苏小素答:"我不是为了整你,只是要拿回属于我的那一份。"

7、妻与妾都是她一人

戒石是指皇帝告诫官吏不可贪污腐败、虐政害民的座右铭,因勒于石,故称。据清人赵翼考证,戒石可远溯商周,那时把处置枉法官吏的刑律"儆于有位"。唐玄宗有《赐诸州刺史题座右》五言古诗一首,要求官员当廉洁奉公的好官。五代,后蜀国主孟昶重写一篇,改成四言体韵文,共二十四句。宋太宗赵光义仍觉得长,从中抽出四句:"尔俸尔禄,民膏民脂。下民易虐,上天难欺。"宋徽宗将十六字换成黄庭坚书法,勒石于州县衙署。明清时,南方有的衙署戒石上勒的是另十六字:"天有昭鉴,国有明法。尔畏尔谨,以中刑罚。"

戒石是官署的镇宅之宝。各州县门口蹲着的石狮,形状多不相同,没有一定之规,但戒石的模式和内容有固定制式。两宋时,戒石立在衙门大堂中央,因为妨碍行走,元朝移到大门和二门间的甬道中,还为它盖了个石亭,叫戒石亭。清朝皇帝觉得这十六个字也反映了自己的心境,照着再说一遍,因此戒石亭又叫圣谕牌坊。

州县衙门大门(亦称头门)长开不闭,二门(亦称仪门)时开时关。二门打开时，甬道直通大堂阶下。坐在堂上办案子的官员一抬眼，恰好看见戒石上镌刻的大字。戒石朝南一面勒有"公生明"三字，这仨字出于荀子之口，后来作为官场箴规的代称。清朝有的衙署将"公生明"写在大堂匾额上，吴县县衙就是如此。

吴县县衙大堂，执刑的皂隶手执法棍站立在两旁。知县查良怀和师爷郭香早早到堂了，皂隶齐声呼喊："原告、被告上堂。"

苏小素和奚浅水被皂隶带出，跪在大堂中央。原告带着讼师丁三甲和潘耀祖，而被告没有请讼师。个中缘由是他曾在两江总督府和县衙、州衙任职多年，对司法这块门儿清，讼师于他多余。

奚浅水没有穿官服，按清季规定，官员被告上大堂不准穿官服。他穿着那身笔挺的洋装，当然是有意而为之。县丞被婢妾告上大堂够丢脸的了，他要穿上最好的衣服，多少维护自己的颜面。

查良怀打开陈诉状，"本案原告苏小素是奚县丞家人。原告讼师认为，被告奚浅水称苏小素为'家伎'或'婢妾'，只是奚浅水违背常情的想当然的叫法，事实上奚浅水与苏小素已同居五年，与成婚没有区别。奚浅水近来为了迎娶盐商陈哲元的女儿，极力要将苏小素逐出家门，为此把老井巷无赖齐孬引进家门，图谋强暴苏小素，而后栽赃苏小素与齐孬有奸情，进而把苏小素撵出家门，再迎娶盐商的女儿。丁讼师，是这个意思吧？本官没有说错吧？"

丁三甲说："没错，本讼师就是这个意思。"

郭香说："丁讼师，从你的陈诉状来看，本案的关键是，你认为奚县丞与十字街的无赖齐孬相串通，栽赃苏小素。正好，齐孬在押，把齐孬带上堂，说说他与奚县丞是否认识，是否串通。"

齐孬被狱卒押进来，他双膝刚跪下，就扯着脖子嚷嚷起来："本贼到北边溜跶时，看到青鹅巷一个院落整齐，想进去偷点东西，见到女主人漂亮水灵，遂起了歹心。仅此而已，没有任何人主使。"

郭香一指奚浅水，"齐孬，你认识这个人吗？"

齐孬偏过脸看看奚浅水，"这位是谁呀？长相还怪精神。我不认识他。嘿，这身洋装挺棒的，大人，您是在洋人铺子里买的吧？"

郭香问："你当真不认识你身边这个人？"

齐孬说："什么当真不当真的，不认识就是不认识。"

第十章 青鹅小籍

查良怀一拍惊堂木，"齐孬！你在青鹅巷那幢青堂瓦舍侮辱的女子是奚县丞的家人。看清楚啦，这位就是奚县丞。"

"哟喝！"齐孬仿佛大吃一惊，"敢情您就是奚县丞奚大人奚浅水举人也，罪人齐孬冒犯了您的婢妾。罪该万死，罪该万死，齐孬这厢得给您磕头赔罪了。"说完咚咚咚咚地磕起了响头。

郭香看着丁三甲，"丁举人，看到啦，齐孬此前没有见过奚县丞，两个没有见过面的人怎么能勾结做局陷害苏小素？"

丁三甲说："郭师爷，本讼师认为齐孬与奚大人早就串通一气，现在是在做戏。本讼师有证人，能够证明齐孬与奚大人相识。"

查良怀说："既然有证人，就让证人上堂作证。"

皂隶齐喊："原告证人上堂。"

白展昭使劲拽着马车夫的袖口，一并走入，双双下跪。

白展昭说："知县大人，齐孬出牢房那天，我正好在县衙大门外，看到齐孬出来被一辆马车接走。我跟踪马车到老井巷。齐孬下车后，我找到了车夫，据他说，有人交给他二十两银子，让他转交齐孬疗伤，并且雇人去光宗耀祖讼馆找丁举人和潘馆主算帐。"

郭香说："车夫，你转交给齐孬二十两银子，看来是真事，因为随后齐孬就用这笔钱雇人去报复丁举人、潘馆主。问题是，是谁给了你二十两银子，你还能指认吗？是你身边这个人吗？"

马车夫浑身哆嗦，胆怯地看看身边的奚浅水，低下头，颤颤巍巍地说："不知道不知道，小的什么都不知道。那人给我银子时我就没有看清脸，现在更是想不起来了。不敢指认，不敢不敢。"

查良怀气的高喊："哪儿找来的胡乱蒙事的证人，乱棍打下。"

杖丁拿着法棍一比划，马车夫登时抱头鼠窜，出了大堂。

郭香看着丁三甲，冷笑道："二位讼师，齐孬不认帐，而你们找来的证人不敢出证。头几天我是怎么跟你说，你们没有奚县丞设计诬陷苏小素的任何证据，一丁点也没有。在完全没有证据的情况下，把一个朝廷命官告上大堂，结果只能是你们被定为诬陷。"

丁三甲凑近奚浅水的脸，仔细看了看，"别急别急，郭师爷，本讼师不会诬陷。我刚进大堂就觉得在哪儿见过奚大人，想起来了，前不久我和潘馆主溜跶到十字街，看到齐孬偷一个穿洋装的人。穿洋装的觉察后把齐孬打倒，随后让齐孬跟他走，齐孬不明底细，吓得要跑，穿洋装的追上去与之撕扭，致使洋装右肩撕开，右边袖子几乎掉下来。今天跪在这儿的奚大人就是那位穿洋装的。所以，最迟在那时，奚大人就和齐孬认识了。"

潘耀祖说："丁举人所说属实。洒家当时也在场，可以作证。"

郭香说："丁举人、潘馆主，不用本师爷提醒你们了，鉴于你们都是原告聘请的讼师，因此你们俩的证言是不能作数的。"

丁三甲说："既然我们身为讼师所说不能为证，那就举出实证。奚大人，刚才齐孬说你这身洋装是洋人铺子里买的，我也有同感。你今天是被告，没有穿官服，穿上了这身洋装，一看就是个正路货，是在上海或南京的洋人铺子里买的，是洋裁缝用洋线缝制的。"

查良怀说："丁讼师，不要东拉西扯。你既然口口声声说你有实证，那就抓紧说你的实证，不要离题万里的扯什么洋装。"

丁三甲说："本讼师的实证就是这件洋装。请让皂隶看看这件洋装，它的右肩里肯定有一段线与其他线不一样，用的是苏州土线。"

查良怀点头示意，皂隶上前，把奚浅水的洋装扒开看了看，"右肩有一截是裂开后重新连缀上的，用的是白线，与原先的线不一样。"

查良怀说："丁讼师，果然如你所说。你是怎么知道的？"

丁三甲说："本讼师说了，在十字街奚大人与齐孬撕扭，致使洋装右肩撕开，右边袖子几乎掉下来。奚大人今天穿的是那件洋装，右肩是重新缝补过的。由于这件洋装是在上海或南京的洋人铺子定制的，在苏州缝补，不可能找到原来洋人铺子的线，而且在里面走线，用线不考究，一般用当地土线替代。所以本讼师断定：这件洋装的右肩，肯定有一段线与其他线不一样，用的是苏州土线。"

郭香疑惑地看着奚浅水，"奚浅水，怎么回事？原来你早就在十字街就见过齐孬，而且和齐孬撕扯，把身上的洋装扯坏了。"

奚浅水的脸上红一阵白一阵的，无以作答。

丁三甲说："奚大人早就想找人栽赃苏小素，却一直没有找到合适的人，那天在十字街齐孬偷他的钱包，他制服齐孬后，突然意识到，这种货色是合适人选，于是要把齐孬带走做交易。齐孬要跑，致使扯坏了洋装。我和潘馆主亲眼看到奚大人最终带走了齐孬。而没过几天，齐孬就到青鹅巷企图强暴苏小素。这不

第十章 青鹉小籍

可能是巧合。"

郭香冷冷地甩过去一句，"奚浅水，对此你有什么可说的？"

奚浅水强制自己镇定下来，耸了耸肩，"这位讼师因为我的洋装右肩里有一段土线，就生发出一大段不知所云的话。如果大堂上对此一说法予以采信，就未免太草率了。请问这位讼师，你说来说去，就是你和你的馆主看见我和齐孬撕扯了，还是那句话，鉴于你和你的馆主都是原告的讼师，因此你们俩的证言是不能作数的。"

潘耀祖说："这恐怕不是本馆主和丁举人的证言，能够证明那天你和齐孬撕扯的人不止我俩。知县大人，别的证人可以上来吗？"

查良怀向皂隶点点头，皂隶齐喊："传证人。"

这一喊不要紧，几十个人忽啦拥到了大堂上，吵吵嚷嚷的。

领头的是乞丐老麦，老麦笑呵呵地说："奚大人，您就不要狡赖了，再说您也狡赖不了。那天，一个穿洋装的和一个惯偷当街撕扭起来，是十字街难得一见的稀罕景儿，半条街的人都看到您了，您还怎么赖帐呀？您要是再不承认你和齐孬认识的话，我老麦回去把半条街的人都请到大堂上来，您愿意我这么做吗？"

奚浅水的头耷拉下来。铁证如山，他彻底服软了。

郭香急了，而她一着急，骨子里的老娘们儿禀性就掉了出来。她嘟囔着："奚浅水，你他妈真够可以的。你骗了我，远房外甥骗了远房舅妈。舅妈本来挺喜欢苏小素的，但又想让你娶个大户家的女儿过上富足日子，以至于甘冒偏袒之嫌帮你说话，堂上堂下的护着你，结果你在大堂上被戳穿，傻了巴几的舅妈跟着你出洋相。"

查良怀白过去一眼，"家里的话就拿到家里头说去！这里是县衙大堂，别拉抽屉扯簸箕的抖搂老娘们儿裹脚布。"

郭香沮丧之极，"知县大人，事实清楚了，你就下判吧。"

查良怀说："下判之前，二位讼师，你们还有什么要说的吗？"

潘耀祖上前说："奚县丞，你听着，洒家搜肚搜肠，赠给你几句古往今来的圣贤名言。三句！头一句是'男人爱上女人后会作诗；女人爱上男人后会做梦'。洒家尽管愚笨，却也看出来了，几年来，苏小素爱上你了，早早晚晚沉浸在梦境中。洒家赠与你的第二句是'女人对男人往往朝思暮想，而男人对女人往往朝秦暮楚'。洒家也看出来了，对于苏小素的一片痴情，你视而不见，相反，你玩儿腻她了，觉得穷人家的女孩子没银子，你想吃软饭，想迎娶有钱人家的女儿了。洒家赠与你的第三句是，'女人的看家本领是撒娇，男人的看家本领是撒谎'。你为了甩掉苏小素，把个笨贼引到家中侮辱她，转嫁她勾引男人，还把这个弥天大谎撒到了大堂上。知县大人，本讼师请求打断奚县丞的狗腿！"

查良怀啪地一拍惊堂木，"难！实在是难！《大清律例》和试行的新刑律找不到与本案对应的律例。但是，奚浅水，你身为朝廷命官，为了迎娶大户女儿而企图休掉服侍你几年的'家伎'，做得太出格了，手段太恶劣了。看看大堂悬的'公生明'，那是历朝历代的官场箴规，尔俸尔禄，民膏民脂，你是本官同僚，亦是民脂民膏奉养者，本官尤其不能饶恕你这样的。来人，先打他二十大板！"

"啊！"大堂里发出一声惊叫，惊叫者却是苏小素。

杖丁们把长条板凳拉出来，三五下就把奚浅水按到上面。

苏小素站起来，傻呆呆地挪动着脚步，"知县大人，我到县衙大堂告浅水，不是忌恨他，不是为了羞辱他，更不想让他挨板子，我是心疼他，怕他后半生吃亏，是要跟他接着过日子呀。"

杖丁们仿佛没有听见，三下五除二褪掉了奚浅水的裤子。

苏小素愣怔了一会儿，忽地扑到奚浅水的身上，死死地抱住他的腰，大声哭叫着："知县大人，不要打，不要打呀！"

杖丁们把她拉开，杖丁头甩出《行杖歌》的高腔，杖丁们高高举起法棍。苏小素拼命挣开皂隶，不顾一切地又扑上去，哭嚎的更响了，"知县大人，要打就打我吧，要打就打我吧！二十板，我替浅水挨，我替浅水挨，我替浅水挨，我替浅水挨……"

哭嚎震撼着大堂，揪扯着人心。

查良怀忍不住了，冲着郭香发怒了，"看看人家苏小素，一个'家伎'，一个'青鹅小籍'，对男人是什么情分。你去，马上去，把大盐商的亲事回了，那门亲事咱不要了。"

郭香擦眼抹泪间，如同乖巧的猫咪般点点头，而后突然站起来，捂着脸跑了出去。

皂隶生拉活拽，左左右右地拦着苏小素，她哭喊着，鼻涕一把泪一把的，连滚带爬地一次次扑上前来，任是什么人也拦不住。

奚浅水的下巴颏顶在长凳上，他的脸上无动于衷，泪水却像水一样流淌。他的脑海里闪现的是什么？当是几年间所有恩爱的总和！

丁三甲擤了擤鼻子，在长凳前蹲下，看着奚浅水的脸，"奚大人，请允许原告讼师丁三甲叫你一声奚哥。奚哥，这顿板子你是躲不过去的，挨了板子回家后，把'青鹅小籍'扶正吧。啊？"

这时的奚浅水，已然沉浸到梦幻之中。

他似乎听见一阵高亢的唢呐声响起，喜庆的声浪直薄云霄。

他半醉半醒的呢喃着："苏小素是奚哥的老婆，今生今世的妻与妾都是她一人。今儿个，挨了一通板子回去后，要为她行六礼，铺房、开脸、照轿、熨轿、亮轿、障车、拦门，还有，奚哥抓起铜钱撒向空中，那叫'撒满天星'啊……"

苏小素仍然在哭喊着。

查良怀仍然在作难。

苏小素仍然用身子挡住举起的法棍，

杖丁们仍然在拽她拦她阻止她。

苏小素此番大悲大恸的闹腾会出什么结果，难说。

如何处置这种场面，恐怕是州县衙署中最难的决定。

至于讼师，就不用为这个操心啦，那是当官儿的事。

丁三甲看看苏小素哭得变形、喊得扭曲的脸，重重擤了擤鼻子，而后，他拍拍潘耀祖的肩，两个人一起走出了大堂。

第十一章

豆腐西施

1、骁骑营五品大员被杀害

泥洼村在苏州城北面,距离苏州城四五里地。将开镰收割第二造稻子时,村人在稻田里发现了一具男尸,立即到县衙报案。当天下午,吴县县衙捕快班头刘江弼带着捕快老吕和老张赶来。"班头"是顺嘴叫的,刘江弼的官衔是捕厅,州县官署的佐杂官,因有缉捕之责,故称。在清代职官序列中,捕厅不入流,品级为从九品,是清代国家公务员队伍中最末流的卑微小官儿。

发现男尸的水稻田紧挨驿路,死者约四十岁,硕大的酒糟鼻子,眉毛重的像是毛刷。上身裸露,裤子用蓝色宽布带随意捆扎。身上没有伤痕,左腋下方有个铜钱镚子儿大小的血窟窿,致命的一下就是这里。死者身边有个灯笼,里面有小半截蜡烛。灯笼是白色的,糊的是半透明的油纸,上面有一个大大的"巡"字。

刘江弼站起来,向四周看看,说:"附近没有搏斗痕迹,稻子没有压住多少,死者靴子干净,没有沾上稻田泥土。这里不可能是作案地点,凶手在别的地方杀死了这个人,而后抛尸。"

捕快老吕指着地面,"自从发现男尸后,不少村人来看过,地上的鞋印杂乱,抛尸者的鞋印早就被村人的鞋印掩盖了。"

刘江弼急于弄清死者身份,"像是骁骑营的人,这条裤子和脚上的螳螂肚靴

第十一章 豆腐西施

子都是旗营发的，绿营发的靴子不是这样的。"

个子矬点的捕快老张拿起灯笼，指着上面的"巡"字说："这种白油纸糊的灯笼是旗营巡夜用的，蜡烛也是旗营统一配发的。"

眼看着太阳西斜，刘江弼吩咐同来的泥洼村人，"你们村出一辆牛车，拉回县衙殓房。"村人回去叫车。刘江弼对老吕说："铁匠浜有个骁骑营。铁匠浜离这里约莫六七里，你马上去通知骁骑营，哪家男人不见了到县衙殓房认尸。我和老张随牛车回去。"

第二天一大早，骁骑营营总带着几个前锋校飞马赶到。营总五十岁出头，头发灰白，在县衙门口下马，风一般卷入殓房，撩开草席随便看了几眼，跟扈从左右的骁骑校叨咕几句，扭头就走。事后，看守殓房的老头学话。营总大人看了后，原话是："果真是耿鹰这老小子。他失踪两天了，我琢磨着是出事了。妈的，我早说过，沾花惹草迟早没好果子吃。耿鹰走到这一步也是咎由自取。"

衙门和旗营生活在各自的世界里，不大来往，只是春节团拜时走动走动，照照面。看殓房的老头向查良怀学话，查良怀吓了一跳。他知道骁骑营有个叫耿鹰的副营，在团拜时见过面。他不傻不焉，聪明的脑瓜告诉他，这不是一起普通抛尸案，骁骑营五品大员被人杀了后抛尸，举足轻重，得马上报告苏州知府，再由苏州知府衙门报两江总督府，两江总督府再奏报到宫里老佛爷的龙案上。

2、像是情杀，凶手是个女人

查良怀从来没有遇到过如此扎手的事。他对郭香焦虑地说："最迟明天，得把这事报到知府。照理，行文得说骁骑营副营总耿鹰是怎么死的。而直到现在，对耿鹰的死因若明若暗。"郭香出个点子，"把丁举人找来，让他看看。"查良怀说："丁举人固然脑瓜好使，但都是弄些鸡鸣狗盗之徒，遇到这种事，未必能行。""我也是病急乱投医了。"郭香一扬脖子，"来人。"

刘江弼进来，"郭师爷，有事儿？"

查良怀说："马上去文衙弄的光宗耀祖讼馆，火速把丁举人和潘馆主请来，就说查知县与他们有要事相商。"

半个时辰后，丁三甲和潘耀祖气喘呼呼地赶到了，他们也不知道什么事，懵懵懂懂地被刘班头直接领进知县书房。

丁三甲坐下后，端着盖碗茶杯，抿了一小口，放下茶杯，匆忙问道："查知县、郭师爷，让我们急忙赶来有事吗？"

查良怀说："出了不得了的大事。近日，铁匠浜骁骑营副营总耿鹰让人杀了，抛尸在泥洼村水稻田里。朝廷的五品大员被杀后抛尸，吴县还从来没有出过这种事。朝廷知道了，肯定会怪罪下来，说吴县县衙乃至苏州府缉盗不力。如果本官不能破案，乌纱帽就没了。"

郭香说："鉴于你小子鬼头鬼脑的，请你来看看，出出主意。"

丁三甲说："这么大的事，小讼师可帮不上忙。"

郭香说："丁三甲，别谦三让四的。依本师爷看，你虽然不懂得杀人抛尸这类事，但是一肚子点子，兴许帮得上忙。"

查良怀说："昨天发现抛尸，耿鹰不是被勒死的，也不是用棍子或什么别的打死的，身上有个血窟窿。我正琢磨怎么上报苏州知府呢，骁骑营五品副营总死在本县境内，而本县县衙却连用什么凶器致死都说不清楚，我这县太爷也就算干到头了。"

郭香说："所以，丁举人、潘馆主，你们得进殓房看看去。"

潘耀祖嚷嚷起来："洒家不进那种地方。"

郭香说："看看耿鹰的遗尸，把死因找清楚。"

丁三甲慌忙摆手，"那可不行。我平日耍点小聪明，解决些家长里短的事儿，挣把碎银子吃饭，也就这么大起子了。办五品大员抛尸案，还得进殓房，看那血肉模糊的东西，这种事情办不了。"

潘耀祖说："丁举人说得对。捕快和你们县衙那些懂得医道的人当办这些事，我们小讼馆哪里懂得这些。"

郭香说："就算我们赶着鸭子上架，你们也得管。"

丁三甲说："可我们硬撑都上不了架……哎，对了，查大人、郭师爷，知道个新词吗，叫'民事'。过去办案子，杀人抢劫偷盗财产纠纷两口子打架一葫芦头。正制定的新法，有刑事和民事之分。杀人抢劫偷盗奸淫之类算刑事，财产纠纷两口子打架算民事。我们小讼馆只代理民事，杀人抛尸管不着，也不懂。"

潘耀祖说："丁举人说得太对了。古诗说得何等之好哇，'右手秉遗穗，左臂悬敝筐'。听听，右手干什么，左手干什么，分得清楚着呐。本讼馆也是，刑事案件不管，只代理民事纠纷。"

第十一章 豆腐西施

"就这么定了！"郭香拍案而起，上去揪住丁三甲的一只耳朵，"臭小子，别跟我耍贫嘴，什么刑事民事、右手左臂的。走！跟我进殓房。我一个女人家都不怕，你还怕个什么。"

查良怀拽住潘耀祖，"还有你。你和吴小霞的事，若不是本官给你摆平，你们小两口还不知道会是什么样呢，这点情你得还。"

不由分说，丁三甲和潘耀祖被拽进了殓房。

清代州县衙门的殓房是用来停放与凶杀案件有关的尸首的，有时也停放倒毙街头的无名遗尸。案子上，破草席盖着一具遗尸。

刘班头和一位骁骑营的参将正在商量事情。那位参将生得孔武有力，扎着膀子站着，一看就是个不好惹的主儿。

刘江弼回禀道："大人，这位是骁骑营的参将阿蓝天。他说一旦确定了死因，他们就拉走耿营副的遗体，遗属在营里等着呐。"

查良怀撩开草席，"知道啦，我们就是来追究死因的。看吧，耿营副通身上下没大伤，只是左腋下方有个铜钱镚子儿大小的血窟窿。你们琢磨琢磨他是怎么被杀的。"

别看潘耀祖动不动就犯粗把人放倒，却见不得血，背过身去。

丁三甲把脸别开，"我平时杀鸡杀鸭杀鹅都怕，见不得血忽啦的。刘班头，麻烦你看看那个血窟窿里有什么。"

刘班头不愧是捕快老手，什么都见过，什么都不怵。他的一根指头刚捅进那血窟窿，随即惊叫起来，"里面有东西！"

丁三甲背着身子，几乎要呕吐，喊道："刘班头，甭管用个什么，把那样东西掏出来，看看是个什么。"

阿蓝天是玩儿刀的，出入过疆场，见过血肉横飞的场面，什么都不在乎。他抽出腰间佩刀，顺着血窟窿使劲一剜，拉出一个大口子来，再把指头伸进去，使劲一拉，抽出一样东西。上面都被血糊满了，拿块干布擦拭一把，居然是一把没有刀柄的匕首。

查良怀问："这是怎么回事？匕首埋在身子里了。"

丁三甲回过身来，琢磨了一会儿，"女人纳鞋底子，先用锥子在鞋底子上扎个眼，再把线穿过去。有时候锥子不结实，往外拔的时候，只拔出锥子把，铁锥子还留在鞋底子上。"

刘江弼说:"看来是这样。这是把匕首,凶手捅得太深,往外抽刀时刀柄脱落,结果匕首留在了身子里。匕首拔不出来,干脆用重物往里砸,砸到外表看不出来,只留下一个血窟窿。"

阿蓝天一手拿着没有刀柄的匕首,另一只手拿着刚剜尸的匕首,两把匕首放在一起比较,居然是一样的。

丁三甲问:"阿参将,你的匕首是哪里来的?"

阿蓝天说:"骁骑营统一配发的,佐领以上,千总、参领、参将、副营总、营总一人一把,平日出门佩带,用以自卫。耿鹰身为营副,治军表率,也随身佩带着这样一把佩刃。"

查良怀看了看,尸体腰间系着个空刀鞘,"显然,杀死耿营副的这把刀就是他平日佩带的。那么,谁能拿到这把佩刃呢?"

丁三甲虽然害怕,到了这时职业精神出来了。他看着耿鹰遗体套着的裤子,偏着脑袋琢磨起来。他看了会儿,看看阿蓝天的衣着,"阿参将,耿营副的裤子跟你现在穿的裤子差不多,是吧?"

阿蓝天有些二糊,"怎么问起裤子来了?骁骑营无论官兵,穿的裤子都是朝廷统一配发的,裤子是一样的。"

丁三甲说:"你们的腰带是怎么系的?撩开给我看看。"

阿蓝天说:"你这家伙居然要看我的腰带?"他懵懵懂懂地撩起马褂,腰际整齐地缠绕着一条两寸来宽的蓝色布带。

丁三甲问:"骁骑营的人都是这么扎裤腰带的?"

阿蓝天说:"从营总到委前锋都是这么扎的。条令规定:蓝色布带围着腰转两圈,而后把多余的布掖在腰后。"

丁三甲一指,"看看耿营副的腰带是怎么扎的。"

众人一起看去,耿鹰遗体的腰际缠着一条蓝色布带,不平整,而是拧着麻花绕腰一周,在正面胡乱系了个结。

阿蓝天不解,"耿营副怎么会乱系腰带?"

丁三甲一指,"前面扎了个死扣。解开它,看看里面穿了什么。"

阿蓝天俯下身子,颇费力气地解开了死扣,拉起裤子上头往里看看,"里面什么都没穿,没有裤衩,光着下身。"

丁三甲问:"耿鹰是你们副营总,他平日会这么穿裤子吗?"

阿蓝天说："骁骑营的人，别管是最高的营总还是最低的委前锋，都不会这么穿裤子，也不会这样系腰带。"

丁三甲说："不要说骁骑营官兵，就是寻常百姓也不会这么做。里面什么都不穿，光着身子穿外裤，而后把腰带系了个死扣。"

阿蓝天说："是啊，怪了，耿营副怎么会这么穿裤子？"

丁三甲说："裤子不是耿营副自己穿的，是在他被杀后，凶犯匆忙套上的。凶犯很慌乱，忘了或顾不上给他穿内裤，抓起外裤就套上了。凶犯也不懂骁骑营的人怎么系腰带，抓起腰带，胡乱围着他的腰绕了一周，前面打了个死结，就外出抛尸了。"

郭香看着耿鹰的尸首："耿营副的上身没有衣服，被杀时，不仅没有穿外裤，连条裤衩都没有穿……"

丁三甲说："他是赤裸着身子被人杀死的。既然是赤裸着被人杀死的，那就很像是……不用我说了，你们说像什么？"

郭香沉吟了片刻，"情杀。这么说，凶手可能是个女人。"

查良怀说："轮廓出来了。耿鹰赤裸着身子寻欢作乐时，凶犯乘其不备一刀捅进他的左腋下方，那里是心脏，当时毙命。凶犯往外抽刀时刀柄脱落，干脆齐根砸进去，而后套上外裤外出抛尸。阿参将，你可以把遗体拉回骁骑营了，把死因如实告诉你们营总。"

丁三甲说："知县大人，我们可以走了吧。"

查良怀说："现在是可以放你走，但是往下的事情你和耀祖得接着干，就算县衙雇你们俩了，跟刘班头一起找凶手。"

潘耀祖指着自己的鼻子，"让我们找凶手？不是说了嘛，我们只代理民事官司。"丁三甲则说："也行吧。这事儿有挑战性，把抛尸处那个灯笼和那半截蜡烛给我，我拿回去琢磨琢磨。"

3、打着骁骑营巡夜的灯笼赶路

顺治初年，八旗兵留驻京师，没有外放的。顺治二年，派八旗兵驻扎外地，为驻防旗兵之始。后陆续在要地派兵，设将军、都统、副都统、城守卫、防守卫等官。江宁将军衙门辖兵员数千，分为十来个骁骑营，驻防各地，铁匠浜驻的骁骑营，官兵共七百多人。铁匠浜是一条丈把宽的小河，弯弯曲曲流经骁骑营营区。河南岸悄无一人，河北岸营区内一片欢势，在常山架子鼓的隆隆鼓声中，旗兵在练习掼跤，场子里一团团爆土狼烟。

阿蓝天叉着腰，注视着掼跤，不时喊几声助威。丁三甲和潘耀祖来到他身边，他眼一瞥，"哟，丁讼师、潘馆主，你们怎么来了？"

丁三甲说："耿鹰那天是怎么离开旗营的，你们打听了吗？"

阿蓝天说："查了。五天前，晚饭之后，耿营副提着巡夜灯笼，到旗营大门处，跟拨堆（哨位）要了根蜡烛，点上就走了。他没有说去哪儿，第二天没有回来，后来就在泥洼村稻田里发现抛尸了。"

丁三甲问："对这件事，你们骁骑营打算怎么办？"

阿蓝天说："没得说，查！骁骑营的副营总被老泥鳅杀了，乃满洲八旗的奇耻大辱，江宁将军衙门发话了，非得查个水落石出。我们请吴县县衙查，自己也在查，估计不久就能有些眉目。"

丁三甲问："你们有线索了吗？"

阿蓝天搓了搓手，"按说人都死了，就啥也别说了。可是不说心里又堵得慌，据遗孀说，耿营副生前有个相好，住的好像离骁骑营不远，只是不知道叫什么。唉，耿营副大小是个五品官儿，采野花也弄个俊点儿的，却搞上个村姑，而且那村姑长得像块豆腐。"

丁三甲问："长得像豆腐？人怎么能长得像豆腐？"

阿蓝天说："我也说不来，反正耿营副的遗孀说了，耿营副说梦话时念叨过'豆腐'。我以为，那女人的身子像豆腐那么白净。"

丁三甲问："你们在什么地方查找'豆腐'？"

阿蓝天说："附近几个村子里。"

丁三甲说："骁骑营附近有几个村子？"

阿蓝天说："好几个呢。远的间隔六七里，近的间隔三四里。根据耿营副遗属提的，我们正在一个村子一个村子的摸。"

丁三甲说："知道啦，有你这几句话就不虚此行。"

阿蓝天说："你们这就要走？"

丁三甲说："回去之前，你能不能给我些蜡烛。不是别的蜡烛，就是耿营副跟拨堆要的那种蜡烛。"

第十一章 豆腐西施

丁三甲和潘耀祖离开时,拿了一包旗营用的蜡烛。他也没有数总共有多少根,反正是一大包,估计是够用了。

回去之后,丁三甲开始琢磨蜡烛。扔在抛尸地点的那个灯笼,已被证实是骁骑营巡夜用的,里面有一根燃烧了一多半的蜡烛。

他取下了那根蜡烛,把它与骁骑营要来的十根蜡烛排在一起,而后按照那根蜡烛的高度,在每根蜡烛上用小刀刻了一道。

随后几天,他每天都到骁骑营大门处,举着那盏灯笼,里面是一根刚点燃的蜡烛,去附近村落。这天下午,他又举着灯笼转悠,潘耀祖无所事事地跟在后面。下午,他俩进入一个村子。这个村叫周浦村,离骁骑营约有四五里地。

这是一个大村子,村子中央有一个办社火用的戏台。丁三甲停下来,把蜡烛卟地一口吹灭。他取出蜡烛看了看,正好燃烧到刻着那一道的地方。他来到戏台旁边,顺着台阶上去,从戏台上望着这个静谧的村庄,隐约感到,这个村子就是他要找的地方。

不远处有一个磨盘,一个老人坐在上面巴嗒旱烟。他下了戏台走过去,在老人身边坐下,有二尺来远。他故意咳嗽了一声,以期引起老人注意,而老人斜过去一眼,依然故我。

丁三甲的两条袖子来回拍了拍,前后梗梗脖子,左右活动活动脑袋,"哎,老人家,我途经这里,跟您打听个人,女的。"

老人挪挪身子,稍微偏过去一点,给了对方半个脊背。用后世的话说,这叫"肢体语言",表示没心思搭理对方。

他斜眼看着老人,兀自笑了笑,像是在呢喃自语:"她嘛,不算年轻了,三十来岁?要不三十岁出头?论长相,当年没得说,现在也风韵犹存。她是怀不下孩子还是孩子没能活下来,反正她身边没有孩子。男人死了还是长年在外?说不来了,反正她身边没有丈夫。"

老人没有吭气,像是没有听见,但整个表情是在听。

他眯缝着眼睛,看着天边的落霞,像是在对着霞光叙述,"红颜薄命,自古如此。我要找的这位呀,小姐的面相丫鬟的命。老天爷给了她那么好的一副胚子,她活在世间却诸事不如意。这些年来,连饭碗都是胡对付的。但是,人总得过日子,再不济也得图个温饱。她有点手艺,除了在村子里干点事,也到附近的骁骑营讨讨生活。"

老人站起来，在磨盘上磕打磕打烟袋，蹒跚地走开。走出没多远，老人回过身来，用烟袋指了指，"你说的那位，是豆腐西施。她做豆腐在村子里卖，也不时地给骁骑营送点豆腐。"

他追上一步，"豆腐西施住在哪儿？"

老人背着手走开，撂下一句话："村子西边，豆腐作坊。"

丁三甲和潘耀祖来到村西。那儿有个临街的窗口，窗户用一根棍子支起来，窗户里面放着一板没有卖完的豆腐。

这是一排临着村街的房子，一排三间。挑着窗户卖豆腐的那间在西头，估计里面是个小作坊，连做豆腐代卖豆腐；中间是个门，门里大约是个灶间；东头这间大概是住人的。

暮色四合，这个时辰正是大大小小的作坊和店铺关张的时候。中间房子的门开了，一个女子低着头匆匆出来，随即拿下棍子，把遮挡窗户的木板放下，准备回去。

丁三甲猛地站起来，大步走过去。那女子被惊吓了，惶然止步。

怪不得村人叫她"豆腐西施"，一个做豆腐的，却天生丽质。她三十岁出头，却有个二十岁出头的身材。一张小瓜子脸，乌黑乌黑的眼睛，端正秀丽的鼻子，略显苍白的嘴唇。与他的想像最相吻的是神态，疲惫、忧郁，几分隐忍的凄苦，脱之不去。

他不说话，挂着一丝神秘的微笑看着她。不要说心里有鬼的，就是素不相识的人让生人用这种眼神盯着，心里也会发毛。

她惶惑了片刻，那种惶惶然然的样子，就像一只找不到归巢的小傻鸟，在林间扑腾着小翅膀啾啾着，令人又爱又怜。

她看看他，犹豫着。显然很想知道一个生人为什么这么看她，但又不敢接近答案，彷徨都写在脸上了。她没主意了，转身就要走。

这时，他说话了。这是他拿着灯笼行走时苦思冥想出的一句话，他要用七个字把她击倒。他说："我找你好几天了。"

七个字够厉害的。她没有倒下，但是身子晃了一下。晃荡的幅度表明，她的腿肚子刹那间软了，几乎要倒下。

他重复了一遍："我找你好几天了。"

她假装没听见，准备拉开门进去。

他放高音量："豆腐西施，回过头来，给你看一样东西。"

他从身后拿出了那个骁骑营巡夜的灯笼，举起晃了晃。

她愣住了，拳头一下子塞住了嘴巴。

他们不远不近地对视着，都要从眼睛这扇窗户里看清对方的打算。当四目交流时，直觉把一切都告诉他了：就是她。

她撑不住了，拉开门，身子一闪进了门。

潘耀祖从暗处闪了出来，"是她吗？是她就进去拿下！"

他搓揉着面孔，"别着急，别着急着进去……但是又不能不进去，必须马上进去，否则她有可能做出傻事。"

潘耀祖拔腿就要走。

他喝住："屋里可能还有别人，防着点。"

潘耀祖说："我在前面，你跟着我。"

4、将刀柄放在捕快眼皮底下

门没有关，手一推就开了。里面没点灯，很暗。潘耀祖进去，丁三甲跟进。他们尚未适应屋子里的幽暗光线，但见一道疾光闪来。潘耀祖早有防备，身子一偏，随即抬起胳膊肘向前狠狠地一撞，只听女人发出的一声惨叫，一样铁物件哐当掉到地上。

一根木棒嗖地迎头打来。潘耀祖身子一偏，抬起胳膊肘向前狠狠地一撞，只听咣噔一声，一个男人随即发出一声惨叫，木棒吭咚掉到地上。那男人努力挣扎着要爬起来，要拾起木棒，潘耀祖飞起一脚，那男人仰面翻到，就只剩下倒在地上哼哼了。

潘耀祖拍了拍手，把那男人一把揪起来，"嘿！嘿嘿嘿，要是想打架的话，大白天的，找块空地痛痛快快地打。趁对手立足未稳下黑手，洒家最讨厌的就是你这种打法。"说完把他掼在地上。

那个男人从地上挣扎起来，问："你们是谁？"

"你认为我们是谁？"丁三甲说完，点亮了巡夜灯笼。

潘耀祖指着灯笼，"你们对这个物件不生疏吧？"

地上是一男一女。女的是豆腐西施，男的约莫三十大几岁，长得有几分粗笨，眉宇间略显几分忠厚，像是个受气包。

受气包支起身子看着灯笼发了阵呆，接着重新趴在地上，看样子是不想再起来了。在他身边，是一把雪亮的菜刀和一根粗木棒。

豆腐西施从地上慢慢爬起来，理了理头发，冷漠地看了看灯笼，轻叹了一声，继而默不作声地向里间走去。

丁三甲和潘耀祖拽着受气包的胳膊拖到里间，往地上一扔。

豆腐西施点亮了里间的油灯，里间比灶间宽敞，收拾的挺干净。所谓干净，指的是窗明几净，仅此而已，而各种用品却摆放的凌乱。有那样一种女人，或者说有那样一种风韵犹存的漂亮女人，活得挺仔细挺用心挺在意挺斤斤计较，却又心灰意冷的无心过日子，所造成的就是这样一种凌乱，一种处处散发着女人暗香的凌乱。

豆腐西施打开柜子，挑选出几件叠得很整齐的换洗衣服，打开包袱皮，把衣服逐一放进去，系起包袱后，凄然坐在床上。她像是什么都想过了，也都想完了，准备随着来抓她的人上路了。

受气包当真不想起来了，就那么趴着。在这个时候，就是谁给他的脖子上来一刀，他也无心动弹一下。

豆腐西施淡然说："你们想做什么就做吧。"

丁三甲四处看看，拉过把椅子坐下，"我们并不想做什么。我们既不是县衙的捕快，也不是骁骑营的骁骑，就是两个讼师。懂吗？捕快可以抓人，骁骑可以抓人，而讼师不可以抓人。"

豆腐西施说："那你们干什么来了？"

丁三甲说："摸到你这里，不过是想听听你的故事。"

豆腐西施说："我的故事不好听。"

丁三甲说："血光四溅的故事，不可能好听。"

豆腐西施说："那你们为什么还要听？"

丁三甲说："你的小命儿挂在你的故事上呢。"

豆腐西施说："我的故事说给你们听有什么用？"

潘耀祖嚷嚷起来："讼师是干什么的？就是为人辩冤的！"

豆腐西施说："你们想听哪段？我为什么没有孩子？地上这位男人是哪儿来的？我是怎么穿衣服的？我是怎么吃饭？我是怎么做豆腐的？我是怎么如厕的？"

第十一章　豆腐西施

我是怎么跟人睡觉的？还是什么别的？"

丁三甲说："只想听一段，你是怎么杀人的。"

豆腐西施说："我就知道，你们是来打听这个的。"

丁三甲问："你为什么杀耿鹰？"

豆腐西施说："杀了他也难解心头之恨，他死有余辜！"

丁三甲说："就说说耿鹰为什么死有余辜吧。"

豆腐西施解开包袱，摸索了一阵，拿出一样东西。

丁三甲看得很清楚，那是佩刃的刀柄。

豆腐西施信手抛接着刀柄，目光凄迷，"我叫云游游，十九岁嫁到周浦村，二十三岁男人死了，从此守寡。不是寡妇，是人见人欺的小寡妇，此后的日子怎么难过怎么难熬怎么难堪，不说了。约莫两年前，我到骁骑营送豆腐，被耿鹰看见，从此每月来几次，纠缠不休。我为摆脱耿鹰，和老实巴交的账房先生韩应淮好上了，就是趴在地上这位。那天晚上耿鹰来了，正好老韩也在。耿鹰把老韩捆起来，当着老韩的面糟蹋了我，还说老韩看完这一出后，就不会再来了。当夜耿鹰睡熟后，我抽出他的佩刃捅死了他。我死去的男人是杀猪的，他告诉我，一刀捅到心上就没救了。"

丁三甲说："往后的事情就不用说了，你往外抽刀时刀柄脱落。你是用什么把露在外面的刀身砸进去的？"

韩应淮从地上起身，"是我砸进去的，用的是灶间的磨刀石。"

丁三甲说："然后你们就给耿鹰套上裤子。为什么？"

韩应淮说："也是我的主意，赤身裸体的容易让人想到是情杀。"

丁三甲说："然后你们就抛尸了。什么时候？"

韩应淮说："后半夜。我用麻袋扛着耿鹰的尸首，直到实在走不动了，扔到一片稻田里了，好像是在泥洼村一带。"

丁三甲说："把耿鹰的灯笼也一块扔了。"

豆腐西施说："耿鹰每次夜里来都举着这个灯笼，我嫌它晦气。"

丁三甲问："耿鹰的裤衩和上衣呢？"

豆腐西施说："烧了。"

丁三甲问："为什么不连刀柄一块烧？"

豆腐西施说："这把刀替我出气了，两年的羞辱，一刀子捅进去就全消除了。

刀身留在耿鹰的身子里，我得不到，而刀柄在我手里，我才舍不得烧了它呢，我还想供着它呢。"

丁三甲说："唉！女人就是女人，干什么都这么任性。"

豆腐西施说："我的故事说完了。"

丁三甲说："想听我的故事吗？"

豆腐西施说："你的故事？你有什么故事？"

丁三甲说："我的故事是，我是怎么找到你的。"

豆腐西施说："是啊，你是怎么找到我的？"

丁三甲从衣兜里拿出小半截蜡烛，"这是耿鹰灯笼里没烧尽的蜡烛，我量了，还剩一寸八分长。这种蜡烛是骁骑营配发的，那天晚上，耿鹰在旗营门口跟拨堆要了这根蜡烛，随后点燃，打着灯笼到了你这里。我也把这种蜡烛在骁骑营门口点燃，而后往附近各村走，看走到哪个村子，蜡烛还剩下一寸八分长，结果摸到了你们周浦村。"

豆腐西施问："摸到周浦村后是怎么找到我的？"

丁三甲说："耿鹰干那种事，女子如果有男人或者身边带着孩子，有诸多不便，所以不会找拉家带口的女人，也不会找待嫁女子，只能是一个年龄相当、容貌姣好的独身女人。想想看，除了你，周浦村还有其他这样的女人吗？一打听就摸到了。"

韩应淮问："你们已经把我们薅住了，打算怎么办？"

丁三甲说："应该是你们打算怎么办？"

豆腐西施说："我们？"

丁三甲说："是啊。你们不妨想一想，我们不过是讼师，拿着半截蜡烛就找到你了，你是多容易被找到。那些县衙的捕快呢？那些骁骑营的人呢？他们通过别的路子也会很快找到你。"

豆腐西施不由捂住胸口，"呀！"

丁三甲说："可能也就是这一两天，他们就能摸来。"

豆腐西施和韩应淮慌乱起来。

潘耀祖说："洒家是讼师，不会抓你；但县衙的捕快会抓你，把你带回大牢。收监是好的，如果是骁骑营的人来了，他们不会抓你，会立即剁了你。乖乖笼地咚！你们杀的是五品副营总啊。"

第十一章　豆腐西施

豆腐西施求助地看着韩应淮，"老韩，咱们怎么办？"

韩应淮说："卿卿，就说是我干的，我把事情全都兜下来。"

豆腐西施叫道："老韩，我不让你这么做！"

韩应淮说："卿卿，与你过了数月，此生足矣。"

豆腐西施和韩应淮抱头哭了起来。

丁三甲说："行啦行啦，都什么时候啦，别悲悲切切的啦。"

豆腐西施和韩应淮不为之所动，依旧抱头痛哭。

潘耀祖说："瞧你们俩，也太不把本馆主和丁举人放在眼里了。当着俩大讼师的面抱头大哭，你们也太小瞧大讼师的能耐啦。"

豆腐西施猛地甩起头来，"大讼师，你们打算怎么办？"

潘耀祖说："古诗说得好哇，'夜阑卧听风吹雨，铁马冰河入梦来'。洒家怎么办？洒家在大堂上纵横捭阖，一番厮杀。"

丁三甲说："别说厮杀不厮杀的，不管多大的讼师，也只能照着《大清律例》办事。如果你们在这里继续等着，一旦骁骑营找上门来，他们正在气头上，没有律例能约束他们，你们只能身首异处。"

豆腐西施说："二位讼师是让我们躲躲？"

丁三甲说："我刚才说了，我拿着个小蜡烛头就找到你们了，县衙捕快和骁骑营的人找到你们，也就是一两天了。"

豆腐西施说："老韩，现在县衙捕快和骁骑营的人都不知道你也掺乎进来了，你马上回昆山老家去。我到苏州城里躲躲。"

丁三甲说："在此期间，我们和县衙谈谈，找找这方面的律例。"

潘耀祖问："三甲，什么时候动身？"

丁三甲说："现在，云游游、韩应淮，你们马上收拾东西。"

豆腐西施指着包袱，说："东西我刚才就收拾好了。"

丁三甲说："把所有钱都带上，不过……这个刀柄不要带走。"

豆腐西施愣住了，"你是让我把刀柄放在这儿？它是我杀了耿鹰的证据啊。捕快要是拿到它，我就没命了。"

丁三甲把刀柄从她手中拿过来，随手扔到床上，"听我一句，如果县衙和骁骑营真想办了你，没有这个刀柄也一样办你。而扔在这里，让捕快发现，最后能救你一命的，可能就是这个刀柄。"

豆腐西施惶惑地看着丁三甲,"我听不懂你的话。"

丁三甲把她往外一推,"现在你没有必要听懂。"

临出门前,丁三甲和豆腐西施不约而同地回头看了看床。

那个陈旧的刀柄就在床单上,十分显眼。

次日清晨,马蹄声打破宁静。骁骑营参将阿蓝天和捕快班头刘江弼带着十数骑闯进周浦村,在豆腐坊前勒住马,把豆腐坊围住。

阿蓝天和刘江弼跳下马往屋子里闯。进屋,阿蓝天和刘江弼愣住了,所有迹象都表明,人走了,而且就是头天夜里离开的。

阿蓝天一眼看见床上的刀柄,拿起了一看:"刘班头,这是耿营副的佩刃刀柄,足以表明耿营副就是在这里遇害的。"

刘江弼接过刀柄,"不错,耿鹰是在这里被杀的。奇怪,这么重要的物证,云游游怎么没有带走呢?"

阿蓝天一边在屋子里翻箱倒柜的搜查着,一边说:"刘班头,我怎么觉得云游游得到信儿了,是有人通知她逃跑的。"

刘班头:"会是谁呢?"地上有个白色的东西,他过去捡了起来,是小半截蜡烛。他想起来了,这是耿鹰的灯笼里的那小半截蜡烛。他趴下往床底下看了看,从床底下抽出一个灯笼。灯笼上有个大大的"巡"字,没错,这就是耿鹰的灯笼。

他当然记得,这个灯笼连同里面的蜡烛,他都交给了丁三甲。他警觉地回头看看阿蓝天,阿蓝天因为扑空,在摔盆摔碗。

刘江弼自语:"丁举人,你搞得是什么名堂?"

5、世界上最最最卑鄙的人

同治年间,几个辽宁人在苏州开了家狗肉店。别看苏州是老城,却缺乏兼容气度,只认软兮兮的东南文化,西北人开的羊肉馆、蒙古人开的牛肉馆都不吃香,就更别说辽东狗肉馆了。狗肉馆经营不善,又开了家小旅店,贴补着过。这家旅店拢共八九间客房,丁三甲和潘耀祖把豆腐西施安置到一个小房间里。

豆腐西施坐在床沿,聆听两位恩人的指教。

丁三甲说:"云游游,不管你遭受了多大的欺辱,你也把耿鹰杀了,他是高官。这种事情怎么办？我也说不清，《大清律例》有《大清律例》的办法，强权有强权的办法，依从哪个办法，我得好好琢磨，还得问那些说了算的人，你得给我时间。懂吗？"

豆腐西施温顺地点了点头。

丁三甲伸出一个指头频频点着她，"另外，我和潘馆主不会看着你，你不要跑，你只要一跑就算畏罪潜逃，此后的一生浪迹天涯不说，你本来能说的清的事也说不清了。懂吗？"

豆腐西施温顺地点点头，"谢谢。不过，二位讼师的义举让我想起个小笑话，是个买豆腐的对我说的。两只蚂蚁爬上大象背，大象一晃一只蚂蚁被甩了下来，另一只蚂蚁则抱住大象脖子不放。被甩到地上的那只蚂蚁喊道：'掐死它掐死它。小样儿，它还反了。'"

丁三甲说："你是说，我和潘馆主就像两只自不量力的小蚂蚁。"

豆腐西施说："就是这意思，你们不可能撼动官府。"

丁三甲说："潘馆主，你对这事怎么看？"

潘耀祖缓缓来到窗户前，双手推开窗户，叉着腰，站在窗前，吟诵起来："昨夜西风凋敝树，独上西楼，望尽天涯路。"

豆腐西施坐在床边，等馆主说点什么。左等右等，馆主背了两句诗后就没动静了，不由问："背完古诗啦？我在等着你的话呢。"

潘耀祖遥望着夜幕，有板有眼地说："营救杀人凶犯可是个大事。洒家在阐述此事之前，先要对着夜幕沉思一番。"

丁三甲急了，"耀祖，你也不看看都到什么时候啦，还在假深沉，有话就说，没话咱就快点回去，人家豆腐西施还要休息呢。"

潘耀祖依旧面对着夜空，"洒家在沉思中悟出，还是古诗说得好哇，'天阶夜色凉如水，坐看牵牛织女星。'"

豆腐西施站起来，到窗前看着夜幕，"从小我就听过牛郎织女的故事。馆主，请你告诉我，哪个是牛郎星，哪个是织女星？"

潘耀祖的手指向夜幕时，豆腐西施柔柔顺顺地贴了过来，细声细语地问："哪个是牛郎星，哪个是织女星？你倒是说嘛。"

像是有条小虫子爬过心口，潘耀祖被小爪子挠得麻酥酥的。

丁三甲看他那个酸样，捂着嘴忍不住要笑。

豆腐西施凄然望着天际，"这辈子，即便不被他们抓住，我和韩应淮也会像牛郎织女一样，只能隔着天河相守相望了。馆主，趁着我还没有流落异乡，请告诉我，哪个是牛郎星，哪个是织女星？"

在牛郎星和织女星问题上，新婚之夜，潘耀祖在吴小霞那里是有过教训的。"云游游，你早点休息吧，哪个是牛郎星，哪个是织女星，洒家当然知道啦，不过现在不便说，暂时对你保密。"

豆腐西施说："星星是长在天幕上的，是你能保密的吗？"

潘耀祖向外走，"所以嘛……所以洒家才说'暂时对你保密'。以后再说，等到洒家给你讲述了星相之学之后再说。"

深夜，潘耀祖没精打采地回到家里，进入房间，有些恍惚。

吴小霞坐在床沿，目光一刻不离地追随着他。

媳妇儿最近心里不大痛快，有心事。他知道，因此有意躲闪着她的目光，陪着笑脸，"小姑奶奶，我还以为你睡了呢。"

吴小霞说："我没有睡，也不大想睡。我觉得，咱俩得谈谈了。"

他意识到她打算谈的是什么，却问："你打算谈什么？"

吴小霞说："我觉得你最近不大对头。最近几天，一天一天的在外头晃荡，晚上回到家里也是魂不守舍的。你到底是怎么啦？"

潘耀祖不大会说假话，也没怎么说过假话。但这会儿心里有些发虚，豆腐西施搅得他有点迷三倒四、恍恍惚惚的。可是，他真的对豆腐西施没有任何举动，因此也有可以理直气壮之处。

他啪啪拍拍胸脯，"我怎么啦？别看我这几天不大着家，可是从来没有做过对不起你的事，不信你就问丁三甲去。"

吴小霞说："我才不傻呢，问丁三甲潘耀祖干了什么坏事，整个与虎谋皮！谁不知道你俩自幼沆瀣一气，他干了坏事你替他瞒着，你干了坏事他替你兜着。你们这几天说话我也听了几耳朵，什么'西施'长'西施'短的。这位'西施'姑娘是谁呀？是丁三甲准备讨'西施'当媳妇儿还是你潘耀祖打算讨'西施'当小哇？"

潘耀祖说："媳妇儿，你这是说到哪儿去了？'西施'怎么啦？我们是在办案子呢，'西施'什么的都是办案子的暗语。"

吴小霞说："瞧给你牛的，你们又不是县衙，办什么案子？你一口一个办案

第十一章 豆腐西施

子,真有那月黑风高杀人越货的事,你们办得了吗?还不是案子出来了,你们到堂上给人家胡诌几句再捞几个赏钱。"

潘耀祖气得七窍生烟,叫道:"吴小霞,洒家即便不是如雷贯耳的大讼师,也是热爱讼业的讼师,禁止你羞辱洒家的神圣行当。"

吴小霞说:"耍嘴皮子行当有什么可'神圣'的。"

潘耀祖真的冒火了,"去去去,古人说得真他娘的好哇,'弃我去者昨日之心不可留,乱我心者今日之事多烦忧'!"

吴小霞说:"潘耀祖,我是你老婆,还不知道你的成色,你没多大学问,也就是胡乱背了几句古诗在肚子里,到处卖弄。"

潘耀祖说:"你呢?你吴小霞是什么成色?古诗说得是何等之好哇,三天不打,上房揭瓦。一天不哄,皮泡眼肿。"

吴小霞讥讽地一撇嘴:"就您这几句,可算不上古诗了。"

潘耀祖说:"吴小霞,洒家不仅胡乱背了几句古诗,还胡乱背了几句开明的话在肚子里。且听下面这句:女人做情人时让男人心疼,女人做了老婆就让男人头疼。"

吴小霞站起来解开发髻,"得了,潘耀祖,你自打当了讼师,拳脚功夫没见长进,嘴皮子倒是练油滑了。我得告诉你,我今天不是没事找事诚心吵架玩儿,所说的每句话都有根据。明说吧,县衙的刘班头今天来了,告诉我,他怀疑你和丁三甲把什么'西施'藏起来了,最近这些天,你俩和那个'西施'天天泡在一起。"

潘耀祖愣住了,"今天刘班头来了?"

吴小霞说:"还有,刘班头明天请你吃饭,要求你在饭桌上向他吐实情。捎带告诉你,我也要去,我要在饭桌上听听实情。"

潘耀祖找到了洗清自己的机会,"好!我去,我去。明天上了饭桌,老刘要是敢说我和什么'西施'往来,糟蹋我的清白名声,瞧我怎么抽他的大嘴巴子。明天饭桌上见分晓!"

次日,叫化鸡酒楼。大厅中间的方桌上,菜上齐了,码了一桌子,捕快班头刘江弼、潘耀祖、吴小霞和赛媚媚各坐一边。

近来,吴小霞和赛媚媚成了无话不谈的铁姐们儿,联系她俩的纽带是都对自己的男人不放心。赛媚媚婚后狂喜了一阵子,白展昭的大小事都不往心里去,后来越看自己的男人越感到英姿勃勃，就开始对前武生不放心了。吴小霞本来就对潘耀祖婚前的花花草草有所耳闻，刚结婚时，潘耀祖尽职尽责，百般呵护、百般顺从，她一百个放心，最近潘耀祖不大着家，进进出出鬼鬼祟祟的，于是新仇旧恨涌上心头，也开始对潘耀祖不大放心了。

酒过三巡，一个小酒坛子喝空了，喝出一点味儿了。按照酒桌上的规矩，爷们儿间这时就得掏出点实在的了。

刘江弼打了个酒嗝，稍微有点迷糊，"潘馆主，酒喝到这个份儿上，咱哥儿俩得说点实实在在的了。"

潘耀祖扬头竖脑的看看吴小霞："刘班头，你就说吧。"

刘江弼单刀直入："你们和豆腐西施是怎么回事？"

潘耀祖说："什么西施东施的，是哪儿的？洒家不认识。"

刘江弼说："潘大个子，我是看你厚道才找你的，丁三甲那小子油头滑脑的，我都不去问他。你说，你和豆腐西施是怎么回事？"

潘耀祖说："什么豆腐？是南豆腐还是北豆腐？"

刘江弼说："潘大个子，别他妈装傻充愣，我手里攥着凭据呢。"

潘耀祖说："什么凭据？是洒家吃豆腐宴的凭据？"

刘江弼说："实话说吧，你们头天晚上去了周浦村，我带着骁骑营的人第二天早上就到了。在云游游的房间里，发现了你们留下的半截蜡烛和那个灯笼，足以证明你们俩钻进了云游游的房间。"

潘耀祖说："刘班头，你就接着忽悠吧。"

刘江弼说："不仅如此，周浦村有村人看见你俩了，你们把云游游带走了。你们把她安置到哪儿了，我不清楚，但是可以肯定，你们把她安置在苏州城某个小旅店里。"

吴小霞看着潘耀祖，眼睛里燃烧着火苗子。

潘耀祖不安地瞟了瞟吴小霞，"刘班头，你胡扯些什么呀。"

刘江弼说："身为捕快班的头，我不会跟当事人胡扯，说话从来作数。我昨天询问了你的发妻，吴小霞说了，近日没人委托你们行讼，而你又天天不着家，你到哪儿去了？能回答吗？"

潘耀祖不安地东张西望，突然伸出食指一点，放高音量："古诗说得好哇，'夜来城外三尺雪，晓架炭车碾冰辙'。"

吴小霞啪地一拍桌子站起来，吼道："潘耀祖！到这种时候你还在糟蹋古诗，居然用古人名句打岔，你真是世界上最卑鄙的人！"

吴小霞的嗓门之高，把客人的目光吸引过来。

潘耀祖的脸挂不住了，扫视着周围，都是疑惑的目光。

他忽而大声说："媳妇儿，你骂得好，太好了，太好了！那家伙的确是这个世界上最卑鄙的人。"

吴小霞说："哪个家伙？什么那个家伙，我是在骂你呢！"

潘耀祖说："对对对，你是在骂他呢。你为什么这么骂他？除了骂他是这个世界上最卑鄙的人，你还骂他什么了？"

赛媚媚忍不住了，"潘耀祖，你别装傻，霞姐是在骂你呢。"

潘耀祖说："噢，赛媚媚，你也恨那个家伙。说与洒家听听，为什么你也给你霞姐帮腔？据洒家了解，那个家伙并没有得罪你呀。"

赛媚媚趴在他的耳边喊道："霞姐是在骂你呢！"

潘耀祖说："洒家当然知道吴小霞是在骂我呢，你霞姐骂我没有好好管教那个全世界最最最最卑鄙无耻的人。"

赛媚媚趴在他的耳边喊道："潘耀祖！霞姐所说的全世界最最最最卑鄙无耻的人就是你。你不要再不认帐啦！"

潘耀祖说："怎么？霞姐让我跟全世界最最最最卑鄙无耻的人算帐？行，洒家这就去。"他腾地站了起来，大步走出酒楼。

眼看着潘耀祖借故离去，刘江弼无法阻止，坐在那里发呆。

吴小霞哭了，哭哭啼啼地说："人学好不易，学坏可真快呀。我俩刚结婚时，他傻着呢，新婚之夜就牛郎星织女星的瞎白糊，胡乱玩儿深沉。这才几天呀，他居然就变得这么世故，这么油滑。"

赛媚媚也掉泪儿了，补充道："而且这么老练、这么老辣。"

6、好一个愁煞煞的病美人儿

吴县县衙，查良怀的书房，丁三甲端坐在太师椅上。

查良怀说："丁举人，谢谢你和潘馆主协助本官弄清了耿鹰的死因，请你们再帮本官一个忙，把凶手云游游找到。"

郭香说:"本县衙并不想让你受大累,只是上面对这个案子催得紧,两江总督府和苏州知府一再催办,限时将凶手捉拿归案。"

丁三甲说:"查知县、郭师爷,谢谢二位大人的信任。要说让云游游归案,我未必办不到。大概,我可以说服她投案自首。但是你们也得给我交个底,你们打算拿她怎么办?"

查良怀说:"当然是按照《大清律例》办。"

郭香说:"一直有风声说朝廷要废除《大清律例》,用法律馆新编制的刑律取代,但目前新刑律只是试行并没有正式颁行,《大清律例》还管用。办云游游一案,只能依照《大清律例》。"

丁三甲说:"相信二位会依照《大清律例》办案,但苏州知府答应吗?两江总督府答应吗?朝廷答应吗?这些你们都想过吗?"

查良怀和郭香相互看了看,没有吭气。

丁三甲说:"你们说对耿鹰被杀一案,两江总督府限时将凶手捉拿归案。试问,如果将凶手归案后,两江总督府会依照《大清律例》行事吗?毕竟,云游游杀死的是满洲大员,比你们更大的官如果无以忍受这种事,那时就会把《大清律例》抛诸一边,整死她。"

查良怀的鼻腔喷出两股长气,"确有这种可能。"

丁三甲说:"所以,请与两江总督府充分沟通,从大清江山社稷出发,晓以利害,只要上面表示本案依法办,我能让凶手归案。"

"报!"门口一声高喊,刘江弼大步进来,一眼看到丁三甲。

查良怀说:"刘班头,丁大讼师不是外人,你就说吧。"

刘江弼说:"二位大人,缉拿凶手有点影了。从周浦村回来后,捕快班的兄弟不舍昼夜,把苏州的客栈旅舍明察暗访了一遍,经过几道筛选,辽宁狗肉旅店有个女子很像是云游游,方方面面都相符。"

郭香说:"你们采取什么措施了?"

刘江弼说:"捕快班的谁都没有见过云游游,因此没有贸然抓,只是派了两个得力捕快严密监视起来。"

"不行。"郭香的右臂向前一砍,"即刻出动,把辽宁狗肉旅店的那个女人抓来,连夜请周浦村的村人来认。如果此人是云游游,立即收监;如果不是云游游,给几个压惊钱,放了。"

第十一章 豆腐西施

刘江弼说:"得令!"说完跑了出去。

丁三甲安之若素,继续着刚才的话题,"刚才说到对两江总督府行文,现在是不是就草拟,我不妨给你们打个下手。"

查良怀说:"我看可以,这就开始草拟吧。"

丁三甲和查知县、郭师爷草拟公文时,云游游正在辽宁狗肉旅店附近百无聊赖地散步。这几天,她好生烦闷,几次想一走了之,流浪到北方接着做豆腐。她早就听说北方人爱吃南豆腐,可是不大会做,她的手艺正好派上用场。但丁大讼师和潘馆主所说的,又有令她心动之处,如果能在苏州把事情解决,又何必远走高飞、流落异乡呢?两个讼师实在活动不出结果,再走也不迟。

她没有想到身后有两个尾巴,那是刘班头手下的两个老捕快。老吕和老张穿着寻常百姓衣服,像在街上遛弯儿的两个手艺人。

与此同时,一辆马车正向辽宁狗肉旅店来。潘耀祖顾不上马车颠簸,极力剖白:"小霞媳妇儿,洒家把你带到旅店见云游游,够诚心了吧。你亲眼见到云游游,就全明白了。所说的'西施',不过是位豆腐西施,一个做豆腐的村姑。年龄她比我大好几岁,而且人家有男人,和一位姓韩的账房先生如胶似漆。我再没身价,能和这种人好吗?我再没德行,会横着插韩账房一杠子吗?"

吴小霞问:"那你为什么一天到晚往她那里跑?"

潘耀祖连着咽了几口唾液,"是案子上的事,真的是案子上的事。我现在不便说,迟早会告诉你的。"

吴小霞说:"你一天到晚往豆腐西施那里跑,就算是说案子。除了说案子之外,你和她做过什么没有?老实说!"

赛媚媚说:"既然是豆腐西施,你吃过豆腐没有?老实说!"

"老实说……老实说……"潘耀祖挠头想着,一抬头,"有一天晚上,当时丁举人也在场,豆腐西施让我指给她看,夜幕中哪颗星星是牛郎星,哪颗星星是织女星。天地良心,就这么一点事。"

吴小霞说:"你指给她看了没有?"

潘耀祖说:"没有。"

吴小霞说:"为什么?"

潘耀祖倍感冤枉地吼起来:"因为我压根不认识那俩星星!"

吴小霞扑哧笑了,推了他一把,"你起誓,说你从来没有和'西施'好过,今后也不会和她好。如果违背誓言，天打五雷轰。"

潘耀祖说："怎么起誓？我不会。"

吴小霞比划着，"我们新式学堂的礼仪课上教过。举起右手，伸出食指和中指。对，就这样。"

潘耀祖顺从地举起来右手，"好好好，我起誓我起誓，我潘耀祖从来没有和豆腐西施……"他的话突然停住了。

前面不远处，豆腐西施正百无聊赖地走着。

潘耀祖再搜索附近，眼睛刹那间瞪圆了。

在豆腐西施的后面，不远不近地跟着两个人。别看他们穿着寻常百姓衣服，而潘耀祖见过他们，他们是捕快班的。

吴小霞不解，"让你发誓，你怎么话说了一半就不说啦？"

潘耀祖紧张地咬着手指头，突然变了脸，"我不能发誓，就算是良心发现吧。我不能接着骗你了，我当真和豆腐西施有一腿儿。如果发誓了，怕是真要遭天打五雷轰了。"

吴小霞愣了一会儿，极力压制着，"你居然认帐啦？你和她有一腿儿！她不是有个账房先生男人吗？"

潘耀祖说："她看不上那个账房先生，想嫁给我。"

吴小霞快要憋炸了，"她想嫁给你，那是她，你是怎么想的？"

潘耀祖说："别看她的年龄比你大一块，我想讨她当个偏房。"

吴小霞几乎不敢相信，"你要娶小老婆？当真？"

潘耀祖点头，"当真。你小，你当大老婆；她大，她当小老婆。"

吴小霞说："好样的，你俩背着我都谈婚论嫁了。"

赛媚媚火了："潘耀祖！你和她有过那种事吗？"

潘耀祖的头耷拉了下来，"赛媚媚，你想想，我和她都谈婚论嫁了，会不会发生那种事，随你们怎么想好喽。"

"我先不收拾你，回家后我扒了你的皮，先收拾她。"吴小霞喊了起来，"到了辽宁狗肉旅店，我要杀了她！"

潘耀祖往车下示意，"用不着到辽宁狗肉旅店，她人就在那儿呢。"

"在哪儿呢？"吴小霞急速搜寻着车外的街道。

潘耀祖一指车外的街道，"就是她。"

第十一章 豆腐西施

豆腐西施依旧百无聊赖地走着,她眉头微蹙,似有无尽的忧愁,微风吹过,衣角飞扬,有一种凄楚的美,别有一番风韵。

吴小霞眼中喷火,"我说呢。好一个愁煞煞的病美人儿,停车!"

车夫"吁"地一声停住车。

吴小霞发一声喊:"赛媚媚,跟我下车。打!"说完跳下马车。

赛媚媚一捋袖子,随之下了马车。

潘耀祖四下看看,偷偷下了马车,一溜烟跑了。

豆腐西施正愁眉不展地走着,迎面冲过来两个少妇。

跟着豆腐西施的两个老捕快看着事情不对,急忙过来。

吴小霞上去就抢拳头,豆腐西施懵懂着挨了几拳头。吴小霞抡圆了打着喊着:"打你个贱货,打你个贱货。骚货,抢我的男人,看我不打死你!打死你!"豆腐西施只有招架之功没有还手之力。

赛媚媚抡着拳头冲了上来。身大力不亏,她上来就给豆腐西施来了个背摔,撂翻在地。她拳脚交加,边打边喊:"偷汉子还有你这么偷的,背着自己的男人躲到小旅店里,白天把人家的男人勾搭来,还闹着要嫁给人家的男人当偏房。看我不打死你!打死你!"

潘耀祖躲在暗处,不敢出声,手舞足蹈地给她们加油助威。

豆腐西施被打得头破血流,几乎要昏厥过去。吴小霞咬牙切齿地说:"把她抬上马车,拉回去审审,是哪儿的就送回哪儿去,让她的男人好好收拾她。"赛媚媚弯腰抄起豆腐西施,往肩膀上一搭,往车篷里一扔。马车疾驰而去,留下一路黄尘。

两个老捕快相互看看,彼此做了个鬼脸。捕快老吕说:"瞎子点灯白费蜡。咱哥儿俩盯了这么久,原来是个背着男人离家出走的小娘们儿。真他妈瞎耽误功夫!"捕快老张说:"小娘们儿为啥离家出走?原来外面养野汉子呢。"

刘江弼拍马赶到,跳下马,"老张、老吕,你们盯着的人呢?"

捕快老吕说:"得得得,刘班头回去吧,就是个招野汉子的小娘们儿。野汉子的媳妇儿不干了,带着人把那娘们儿带走了。"

刘江弼大为扫兴,"她既然不是云游游,你们俩就别在这儿瞎泡啦,回去交差吧。"他们仨溜溜跶跶地走了。

7、《大清律例》的律和例

几天了，潘耀祖有家不能回，在讼馆住。丁三甲不落忍，也搬到讼馆来住。两个人都不是过日子的，夜里打地铺，四仰八叉地乱睡。天光大亮了，他俩还没有起身，被子裹得乱七八糟的。

门推开，查良怀进来了，手里拿着个大信封。

丁三甲和潘耀祖被惊醒了，坐起一看来人，光着膀子跳了起来。

潘耀祖慌慌乱乱地披起被子，作了个长揖，"知县大人光临寒舍，鄙馆主有失远迎，有失远迎，不胜惭愧，不胜愧疚。"

查良怀说："哈，潘馆主，用你的话说，古诗说得好哇，'被翻红浪，起来人未梳头'。"看得出来，他今天的情绪不错。

丁三甲穿着裤衩站起来，吃惊地问："知县大人，你怎么到这儿来了？"说完，冻得一阵打战，急忙拉过被子披起来。

查良怀把手里的信封递过去，"两江总督府总算给小小吴县县衙来函了。你要是愿意看的话，就看看。"

丁三甲从信封里抽出张纸，看了看，出了长长的一口气，"知县大人，既然您履约了，我也履约，把凶犯云游游交给你。"

云游游从潘宅带来了，陪着她的是吴小霞和赛媚媚。

当着众人的面，刘江弼给云游游砸上了木枷。

吴小霞和赛媚媚泪涟涟的，看样子，她们早就冰释了前嫌。

云游游戴着木枷走向囚车，回头看了看丁三甲和潘耀祖。

潘耀祖上前，举起右手，伸出食指和中指，有些动情，"云游游，有洒家在，莫怕！洒家保证，你在大牢里呆不了多久。过些日子的一个夜晚，洒家会站在窗前告诉你，在那辽阔宽广的夜幕上，在那成万上亿颗星星中，哪一颗是牛郎星，哪一颗是织女星。"

云游游噙着泪花，紧抿着嘴唇，向他使劲点了点头。

查良怀啪地一拍丁三甲的肩膀，"两天之后过堂。"

丁三甲说："既然如此，我当她的讼师。"

潘耀祖一拍胸膛，"还有洒家。"

两天后，沉闷的锣声中，县衙大堂的江海屏风像是翻起了恶浪。

第十一章 豆腐西施

青砖铺就的空地,执刑的皂隶手执法棍站立在两旁。

大堂东北角落的书案,郭师爷正襟危坐。

大堂正中的书案后面,查良怀满脸肃杀。

大堂一边站着阿蓝天和刘江弼,另一边站着丁三甲和潘耀祖。

皂隶们齐声呼喊:"带凶犯。"豆腐西施戴着沉重的木枷被狱卒押解上大堂,她被狱卒扔到空地上,驯顺地跪着。

在苏州城里,这个案子惊动很大,大堂的前面,密密匝匝地站满了人,在深秋的寒风中,等待着审讯结果。

查良怀坐到案子后面看案卷,好大一会儿不说话。他啪地一拍惊堂木,"刘捕厅,把你们捕快班侦知的说说吧。"

刘江弼拿着刀柄到大堂中央,"本年十月十七日,泥洼村村人在稻田中发现男尸一具。经查,死者系驻铁匠浜骁骑营副营总耿鹰。耿鹰于十月十六日晚从骁骑营前往周浦村,当夜在凶犯云游游家中留宿。深夜时分,凶犯趁耿鹰熟睡之机,抽出耿鹰佩刃,从左腋下刺入,耿鹰当场毙命。由于刺入太深,凶犯抽刀时刀柄脱落,遂用重物将刀身全部砸入尸身,而后抛尸于距周浦村六里之外的泥洼村稻田间。捕快在凶犯家中发现了耿鹰佩刃的刀柄,这是证实耿鹰系云游游所杀的证据。本捕厅陈述完毕。"

查良怀说:"云游游,对捕厅陈述的犯罪经过,你有要说的吗?"

豆腐西施摇摇头说,"没什么要说的,耿鹰是我杀死的。"

查良怀说:"凶犯对凶杀事实供认不讳!记录在案。"

查良怀说:"阿参将,你作为骁骑营总揽此事者,有要说的吗?"

阿蓝天说:"有!骁骑营七百五十三名官兵委托我到大堂上说几句话。耿鹰是我骁骑营副营总,朝廷五品命官。他生在骁骑营,从养育兵起步,委前锋、前锋校、把总、参将、千总一路干上来,平日治军严格,爱兵如子。庚子年,八国联军入侵大清京师,朝廷急调我营增援京津,耿鹰率领所部披星戴月驰援,在京东通州与英军遭遇,他身先士卒,振臂一呼,率先冲入敌阵,手刃英军中尉一名。为表彰他奋勇作战,回师后任命为副营总。这样一员骁勇战将,没有死在洋鬼子的洋枪洋炮之下,却被一个做豆腐的女人残杀了。对此一凶犯,不千刀万剐不足以泄我满洲八旗官兵之愤!"

查良怀说:"丁举人,你作为云游游的讼师,有什么要说的?"

丁三甲说："耿鹰没有死在洋枪洋炮之下，却被一个做豆腐的女人杀死了。由此本讼师要问，耿鹰为什么会被做豆腐的女人杀死？耿鹰是进入做豆腐女人的房间，奸淫了做豆腐女人之后被做豆腐女人杀死的。不错，耿鹰是一员骁勇战将，但耿鹰平日治军严格、爱兵如子，奋勇作战，并不意味着他就可以入室奸淫民女。而官府更不能因为他曾经手刃英军中尉一名，就不去执行《大清律例》的律。对此，《大清律例》中有律，入室奸淫者被受害人杀死，杀人者杖责一百后予以释放。耿鹰遇害一案，也应按照此律判处。"

大堂外面的听者大声叫好。

查良怀说："本官接到两江总督府令，本案死者尽管是高官，亦要依法行事。本官以为丁讼师所说在理，《大清律例》确有律，入室奸淫者被受害人杀死，杀人者杖责一百后予以释放。阿参将，请你转告骁骑营官兵，本官只能依照《大清律例》的律文行事。"

阿蓝天说："查知县，不独你知道《大清律例》的律文，本参将也知道《大清律例》的这条律文，而且事先猜到会出现这种判决结果。县衙判杖一百，折责不过四十杖，不是要对凶犯豆腐西施杖责四十后释放吗？好，我就不信这块嫩豆腐能禁住四十大板！"

查良怀问："阿参将，你想怎么样？"

阿蓝天说："按照大清州县衙门判案的常例，州县主官只根据《大清律例》判决笞杖的数目，而如何行杖，是杖丁班的事。同样是行杖一百折责四十，打得轻重由杖丁班自行掌握。"

查良怀没有说话，看着他将如何动作。

阿蓝天转身吆喝："拿酒拿肉拿银子来！"

骁骑营的七八个前锋校拨拉开捕快，吵吵嚷嚷地闯进大堂。他们提着两个坛子，其中的一位，双手托着几个银锭子。

郭香嚷起来："阿参将，你要做什么？"

阿蓝天说："县衙的皂隶们平日够辛苦的啦，骁骑营的来犒劳犒劳他们，有什么不妥吗？杖丁班的弟兄们！"

手执笞杖的皂隶们齐声答道："有！"

阿蓝天挥指着，"这是酒，这是肉，你们尽管敞开肚子，大碗喝酒大块吃肉，吃饱了喝足了好抡板子。本参将知道，杖丁一个月只一两银子。这是骁骑营

第十一章　豆腐西施

七百五十三名官兵自掏腰包凑的五十两赏银。等等行笞杖时,哥儿几个卖卖力气,按照《大清律例》律文,一百杖,折责不过是四十杖。哥儿几个,'着实打'四十杖,让这个做豆腐的娘们儿死于杖下。赏银,哥儿几个拿去分了!"

豆腐西施闭着眼睛跪着,一副听天由命的样子。

大堂外面的听者骚动起来。

查良怀耐着性子说:"阿参将,你不要太过分了。"

阿蓝天说:"本参将怎么过分了?这娘们儿残杀大清骁勇战将,罪不容诛,而你按照《大清律例》律文仅判处行杖一百折责四十。对此本参将没有提出异议,够给面子了。鉴于凶犯杀死的是骁骑营的头头,行杖之前,骁骑营犒劳犒劳杖丁,有什么过分?"

"嗯?"查良怀反倒没有话说了。

丁三甲走过去,从刘江弼手里拿过那个刀柄,举到阿蓝天眼前,"阿参将,你认识这个东西不?这是什么?"

阿蓝天说:"是杀死耿营副那把佩刃的刀柄。"

丁三甲问:"是谁的?"

阿蓝天说:"是耿营副的。"

丁三甲说:"那好,本讼师可以托底了。当初,这个刀柄是我让云游游扔在自家床铺上的。我之所以让她这么做,就是为了证明骁骑营副营总耿鹰死于云游游家中,并且是被自带的佩刃杀死的。既然你口口声声按《大清律例》办事,本讼师再跟你说说《大清律例》的例文。知道什么叫例文吗?例文是大清皇上对案例的批注,形同律文,而且在判决中比律文还要管事。"

阿蓝天说:"本参将怎能不知道例文。你要说哪段例文?"

丁三甲:"就入室奸淫案而言,由于入室者往往用刀子胁迫女子就范,因此,先皇康熙爷、雍正爷、咸丰爷在批这类案子时共同强调过一条,入室奸淫者被杀,如果被奸淫者使用的是入室奸淫者自带的刀具,则连杖责一百也予以免除。这些载入《大清律例》,成为例文。在本案中,身心受到巨大摧残的云游游被迫使用耿鹰的佩刃杀死了耿鹰,连行杖一百折责四十也应免除,当堂放人!"

阿兰江和骁骑营的相互看看,"怎么?按照《大清律例》的例文,这个做豆腐女人杀死了耿营副,受不到任何惩罚?"

郭香说:"老实说,这样做或许不合适。本师爷相信,日后颁布的新刑律对这条会有所修改,甚至废弃不用,但是在仍然执行《大清律例》时,这条还管用,县衙只能据此下判。所以,阿参将,叫你的手下把酒肉银子拿走,自己喝自己吃自己用去。再转告骁骑营的七百五十三名官兵,如果真的以社稷江山为重,就收敛一些吧。"

查良怀说:"阿参将,本官刚才说了,两江总督府指令对本案依法行事,也不知道你听懂了没有?两江总督府难道不知道耿鹰是庚子年舍身效命的骁勇战将?朝廷也一样知道。但是,大清都走到如今这般田地了,说开了,为了邀买人心,只能这么下判了。"

阿蓝天说:"知县大人,对此本参将也心知肚明。"

查良怀说:"阿参将,你心知肚明就好。其实,为政者的心境跟居家过日子一样,钱多时可以大手大脚,腰包瘪了就得一个大子儿掰两半花了。大清鼎盛时,为政者那个横呀,为官者有官官相护的本钱,有滥施司法欺压子民的底气。今非昔比啦,大清的人心快要丢完了,不能也不应该按照当朝者的心愿下判了。看看堂外,黎民百姓伫立在秋风中眼巴巴地看着我们,他们倒是要看看衙门能不能依法保护一个做豆腐的女人。说句扒心窝子的话吧,他们的心早就寒啦,在这种案子上,为政者再不能伤害他们了,也伤害不起啦!"

阿蓝天当堂一拜,"阿参将听明白您的意思了,也明白您和您上头的良苦用心了。"他沮丧地一挥手,带着他的人走了。

查良怀一拍惊堂木,"当堂释放云游游!退堂!"

豆腐西施震惊了,依旧跪着,不敢相信地左右看着。

潘耀祖腻腻歪歪地上前,"云游游,没想到吧,你被释放了,没事啦!"说着就要搀扶她,却被一只有力的手一把推开。

赛媚媚沉着脸,"潘馆主,有我们姐儿俩呢,你别想吃豆腐。"

吴小霞和赛媚媚把惶惶然然的豆腐西施搀起来,向外走去。

潘耀祖摊开双手,傻呆呆的站在大堂中间。

当晚,在辽宁狗肉旅店里,潘耀祖叉着腰站在窗前,望着星空。

豆腐西施来到窗前,说:"潘馆主,在我被砸上木枷的那一刻,你曾经说,在不久后的一个夜晚,你会指着辽阔宽广的夜幕告诉我,在那成万上亿颗星星中,哪一颗是牛郎星,哪一颗是织女星。"

潘耀祖有些发毛,顺手抄起桌子上的一杆毛笔,指向夜幕,"云游游,且听

第十一章 豆腐西施

洒家慢慢说与你听。要说牛郎星和织女星嘛，啊，它俩和洒家是老相识了……这样吧，洒家给你作一首即兴诗。听！即兴诗来了，小小毛笔尖又尖，放在手里掂一掂，嗖的一下扔出去，只看见弯弯的月儿蓝蓝的天。"他当真把毛笔扔了出去。

云游游说："小诗憨直可爱，可是牛郎星与织女星呢？"

潘耀祖毛了，"至于牛郎星和织女星嘛，事情是这样的……"

丁三甲推门进来，"耀祖，你就别胡扯乱道了。牛郎和织女相会了，你得靠边儿站了。"说完往边上一让，韩应淮出现在门口。

豆腐西施回头一看，"老韩！"说完忘情地扑了上去。

他们悲喜交加地拥抱着，吥儿啪乱响地亲着对方的脸蛋儿。

潘耀祖站在一旁不吱声，瞪着俩眼看着，心里酸溜溜的。

丁三甲不客气地拽了拽他，"人家才是两口子呢。你我之辈还不快出去，在这儿瞎凑什么热闹。你不是动不动就搬弄名言名句吗，我也给你一句，人家的爱情走得有多远，你就给我滚多远。"

他俩来到门外，潘耀祖显得失魂落魄的。

丁三甲看透了他的心思，拍了拍他的肩膀，"耀祖，豆腐西施的确是个可人儿，你救了豆腐西施一把，最后也没吃上一口豆腐，是不是有点失落？心肝儿即便没有粉粉碎，也咧了个小口吧。"

潘耀祖含含糊糊地"嗯"了一下，"是有那么点儿。唉，人家豆腐西施是有男人的，咱不能想多，也不该多想。但是，掉过头来想想，还是古人说得好哇，名花虽有主，我来松松土……"

"潘耀祖！你在说什么呢？"身后传来吴小霞严厉的声音。

登时，潘耀祖吓傻了。

第十二章

老码头

1、一位诡秘的船老大找上了门

自从隋朝以洛阳为中心开凿大运河后,这条人工水路成为中国南北运交通大动脉。这种状况维持了所谓"四个半朝代",即唐宋元明和清中期之前。唐朝繁盛,一定程度上取决于对大运河的充分利用。北宋定都开封,每年从东南运至汴梁的粮食达六七百万担,金银、布帛、香药、茶叶及其他土特产品不计其数,汴梁成为当时世界上最大的城市,与商业繁荣密切相关。元朝以北京为大都,对大运河做了大手术,撇开河南境内河段,将大运河拉直为京杭大运河。它北起大都通州,南至杭州,经河北、山东、江苏、浙江四省,沟通海河、黄河、淮河、长江、钱塘江五大水系。明朝迁都北京后,继续将大运河作为南北交通主通道,大运河船只往来如梭,漕运船最多时达一万两千多艘,直至入清。清后期的太平天国战争中,京杭大运河运输中断,清廷不得不改由海上运输粮食。太平天国覆灭后,清廷有重开大运河的打算,无奈大运河淤塞,无法大规模漕运了。光绪年间,京芦铁路完工,天津始发,循北运河西岸,绕南苑抵达卢沟桥。南方的粮食在海港上船,用火轮运输到天津,再通过京芦铁路运到北京。有了海运和铁路运输,大运河的漕运功能彻底没救了。

枫桥镇是大运河和枫江交汇处,自古就是水陆交通要道。枫桥在苏州阊门外,宋元之际,枫桥市肆闻名遐迩。清初,枫桥镇成为粮食集散地,粮船达数千艘,舟楫往来,商旅云集,有"枫桥塘上听米价"之说,即通过枫桥镇的米价就

第十二章 老码头

可以看出全国米价行情。除粮食行，尚有布业、丝绸业、银楼钱庄业、典当业、洋广货业等，是个热闹的所在。太平天国起事后占领苏州，在战祸中，十里枫桥塘几乎成为废墟，老枫桥被毁，后在原地重建单孔石桥。岁月稀里糊涂流淌过去，大运河的繁盛与伴生的枫桥镇的繁盛，早就成了过眼烟云。这时只是街市有所恢复，仍与旧貌相去甚远。

赛赫德担任江南省巡抚时，洁身自好，却也为自家办了件事，就是让儿子赛横任枫桥镇货运码头总管。大运河兴盛时，码头总管不受地方节制，大运河衰落后，码头总管成了微末小官儿。赛横赶的时候不好，甚至不知道自己是从六品还是正七品？管他呢，反正他也不指着那微薄的俸禄吃饭。

吃运河这碗饭的人，属于"江湖"地界，这个地界与儒家风范不着边，几句话不和就要吵闹，吵闹几句就得动手，或和船工打，或和黑道打、或和混不讲理的客商打。要想把牢码头，少不了打群架，赛横养了一伙打群架的人。少爷羔子干什么事都玩儿票，他只是隔三岔五去枫桥镇货运码头转转，呆一个时辰就走人。平日，码头由白展昭、孙驴子、那擦黑三大心腹盯摊儿。

这天，赛横又来了，有一搭没一搭的看了看，转身就要走，晚上城里的一帮哥们儿有个饭局，他要去赶那个饭局。这时，那擦黑的下巴颏往一个方向仰了仰，"看看那位，那个人来了几天了，也不说干什么来了，只是说要会会你。"

码头上泊着几艘船，有气无力地随着水波起伏。一个人蹲在岸堤上和船工聊天，往这边看看，站起来。他四十岁左右，黑长脸，主动过来，抱拳作揖，"您是赛老大赛总管吧，孙德艺这厢有礼了。"

赛横自小呵护在温柔乡里，长大后也不大善于应酬。他勉强咧嘴笑了笑，"噢，你姓什么？噢，对了，你姓孙。找我有事吗？"

孙德艺说："有件事想找你谈谈。"

赛横不耐烦地掉开眼睛，"说吧。"

孙德艺看了看赛横周围的人，欲言又止。

赛横大大乎乎地说："甭看，他们都是我的心腹，不碍事的。"

孙德艺说："还是改日吧。"

孙驴子凑上前，"改日跟你谈？你是干什么的呀？"

白展昭也凑过来说："我们老大是老码头总管，不是你想谈就能谈的，我们还得看看你有没有跟我们老大谈话的资格。"

孙德艺说:"要是嫌我不够资格,我后头的根儿会找你。"

白展昭说:"你甭一口一个'根儿'。你拿后头的'根儿'吓唬谁,有种就把你后面的'根儿'叫出来谈。"

孙德艺谦和地笑了,"赛公子,你的手下误解了。我不是那意思,只是说我是个小不拉子,人微言轻,攀不上和赛公子交谈资格,所以告诉你们,我后面还有够份量的人物。"

赛横仰仰手,"行吧,你再约我吧。"

孙德艺抱拳作揖:"我今天就是来打个招呼的,告辞了。"

孙德艺走了,赛横撩了一眼他的背影。他根本就没有把这个姓孙的和姓孙的打招呼的事放在心上。

沧浪亭在苏州城南,园林里有一座堆砌起来的假山,沧浪亭翼然山顶。后来孙德艺又约,赛横答应在沧浪亭见面。

在沧浪亭,双方坐下,赛横带答不理地撩过去一眼,"我也不知道怎么称呼你,你姓什么?噢,对了,你姓孙,是叫你孙大圣孙二娘孙大官儿孙掌柜孙财主孙秀才孙举人孙进士,还是孙狗腿子孙喽啰孙碎催,我也不知道。你有屁就放吧。"

孙德艺依旧挺谦和,慢声细语地说:"论年纪,我比赛公子年长几岁,是往来于苏州和京师的官船'辛十九'号的船老大。京杭大运河上跑船的都认识我,叫我孙老大,你就叫我老孙好了。"

赛横说:"老孙,说说你的事儿。快说,我等等还有个应酬。"

孙德艺说:"赛公子快人快语,那我也脆快说吧。赛公子,您不是把着枫桥镇老码头吗,是老码头总管,区区七品破芝麻官儿。有人托我问问你,你把着老码头,一年进项多少?"

赛横说:"三四百两银子吧。"

孙德艺说:"人家按着年头翻番给你,一年八百两银子。"

赛横说:"八百两银子倒是不少,想从我这儿拿走什么?"

孙德艺说:"你把码头让给人家把着。"

赛横一摆手,"我琢磨着,你七拐八绕找我,就是要谈这事儿。这些年,大小是个会喘气儿的,就觉得我占着码头又不会玩儿,糟蹋了好营生,想让我让出老码头来。他们开的条件都差不离儿,什么按着年头翻番给我银子。我的耳朵都听出茧子了。"

孙德艺问："您答应过什么人吗？"

赛横说："从来没有答应过任何人。"

孙德艺说："为什么呢？"

赛横说："废话。我即便是个不被待见的破七品芝麻官儿，那芝麻粒儿也是是朝廷给的，不是几间房子一头驴，说让就能让的。说句损点儿的话，连老婆都能让人，而官职是不能让的。"

孙德艺说："您听两岔了，不是让您让出官职。官职是不能让，您接着当您的七品码头总管，就是老码头的事儿让另一拨人管。"

赛横说："让另一拨人管，我还不放心呢。"

孙德艺说："给您银子不就完了吗。"

赛横说："给我多少银子？我每年的进项翻番。这叫什么数？八百两银子，亏你说得出口。我脑袋值多少银子？噢，我睁一只眼闭一只眼，拿了八百两银子把老码头让给你们，让你们这些坏杂碎在我的地面上肆意胡来，出了事儿我兜着。这哪儿成啊！"

孙德艺说："赛公子放心放心，我们是不会胡来的。"

赛横说："屁话！码头上想胡来太容易了，稍微刁钻些，就能巧立名目，从船家、客家手里卡，你以为我不懂，这里的道我比你明白多了。只是这么多年，我手底下的人够吃够喝就行了，也就没往歪道上动过脑子。交给你们管？你们这群白眼狼还不得把船家和客家榨干了。你们搂足了走人了，最后在这儿遭骂的是我。"

孙德艺说："这么说，你是不让出老码头？"

赛横说："对了。你打听打听去，我赛横是有些横行霸道，还有些犯混，但是已经过世的赛巡抚没有教会我坏，赛老爷子的在天之灵不仅不允许我学坏，而且不会答应我给别人干坏事留个窝。"

孙德艺说："好吧，你的话说白了。咱们买卖不成仁义在，这个算兄弟的一点小意思。"他从兜里掏出个翠绿的翡翠扳指递过去。

赛横没有接，斜眼一瞅，"你这翡翠扳指不错，值不少钱呢。你是想送我？是不是想行贿？告诉你，赛横我不吃这套。"

孙德艺说："不是行贿，我是卖给你的。"

赛横说："卖给我？你打算多少钱一个呀？"

孙德艺说："五分银子。怎么样？够便宜的吧。"

赛横说："是啊，太便宜了，跟白给一样，那我要俩。"

孙德艺笑了，"赛公子，我估计到你会这么说，得，俩，凑一两银子。"说完他从兜里又掏出一个翡翠扳指递过去。

赛横向外喊道："弟兄们，过来一下。"

白展昭带着几个喽罗跑进来，"老大，有何吩咐？"

赛横说："这位老孙手里有上好的翡翠扳指，拿到外面卖，怎么也得几十两银子一个，他说五分银子卖给我一个。我想这等好事不能拉下弟兄们，来来来，大家每人一个，每个五分银子啊！"

孙德艺的脸色白了，"赛公子，这么多个我可伺候不起。"

赛横装作没有听见，"五分银子一个翡翠扳指，船老大老孙破财大行贿，大伙快来买，过了这村儿可就没有这店儿了。"

孙德艺的脸阴沉下来，"赛总管，你是在耍我呢。"

赛横顿时拉下脸来，"姓孙的，是谁在耍谁？是你先耍我的。你们答应给我几个臭钱，就想让我把老码头交给你们打理，让你们在这儿为非歹，撒欢儿的欺负船家和客家，没门儿！"

孙德艺说："好好好，我走我走。"

赛横说："你不是后头有'根儿'吗？你那'根儿'在哪儿呢？把他叫出来，看我不捶扁了你们这群王八蛋！"

孙德艺阴兮兮地笑着，俯在他耳畔轻声说："哥们儿，你欺负我可以，我后面的'根儿'会收拾你。"

赛横说："你给我等着，瞧我把你的'根儿'一把薅出来！"

2、通达钱庄：一、二、三、四、五

苏州学堂有美国天主教教会背景，由于受到美国文化浸染，学堂开辟了篮球场，每天下午都有一帮男生打篮球。丁三甲来找闫亮亮谈事，来到苏州学堂，路经篮球场。他只是看了几眼，就被吸引住了。这是他第一次看到篮球，第一次看到篮球比赛。

不远处，一群人说说笑笑地走出来。他们大多数着洋装，打头的是一位穿长衫的白发长者。他来到篮球场边上，招招手，"停下来停下来。"学生们的篮球比赛随即停止。

白发长者提高嗓音："同学们，我们这所学堂是学习先进科学文化的，今天有个非常好的机会。江宁绿营营总裴莴笋先生刚随新军代表团赴欧洲考察，回国后，从上海回江宁途经苏州，到我们学堂来看看。让我们欢迎裴营总讲讲欧洲考察见闻，好不好？"

师生们齐声回答："好！欢迎裴营总讲话。"

丁三甲愣住了。裴莴笋？他万万没想到会在这里见到老裴。

白发长者说："让我们用热烈的掌声欢迎裴营总讲话。"

师生们热情鼓掌，裴莴笋也鼓着掌出来。他变化不大，好像稍微胖了点，崭新的洋装，崭新的皮鞋，扎着条大花领带。他理了理黑得发亮的八字胡，骤然高声说："今天！兄弟我偶尔途经你们这个卵学堂，顺便召集诸位训训话。若有说得不对的地方，请你们大加赞许，兄弟我就多多包涵啦。"

这几句话，足以让白发长者和诸位教师面面相觑。

裴莴笋颇满意开场白，"今日在场听兄弟训话的，都是学堂里的。教师多留洋生，学生都被科学科过，化学化过，格物格过，地理理过，数学数过，懂得七八国英文，兄弟我是大老粗，连中国的英文都不懂，更不懂个鸟'英格利斯'。春江水暖鸭先知，因此，兄弟给你们训话，就像对牛弹琴，好大喜功，含笑九泉，鹤立鸡群。"

学生们听着，目瞪口呆的相互看看。

裴莴笋接着说："兄弟我今天不多讲，就讲从欧洲考察归国后的三个看法。第一，有人提出，欧洲诸国行人靠马路右边行走，国人上马路也当如此。说这话的人堪称天下头号糊涂虫，如果行人都靠右边走，那么左边马路留给谁？第二，京师有个东交民巷，许多国家在那里建公使馆。兄弟去看过，数来数去就是没有中国的。堂堂大清为什么不在东交民巷建个公使馆？简直七（岂）有此里，八有此外，九有萝卜小白菜！第三，兄弟刚才看到众学生在抢球。穿着裤衩抛头露面，何等不雅，那么多人抢一个球，买长裤和买球的钱呢？肯定是被贪污了。我批个条，你们到苏州绿营支一笔钱，多买几个篮球红球绿球紫球，一人发一个，省得你抢我夺的。还要查查学堂总务长的账，如果查出他贪污了买球和长裤的钱，立即拉出去，砍了奶奶个熊的！因此，兄弟我，讲完了。"师生们瞠目结舌的，顾不上鼓掌。裴莴笋兀自给自己鼓着掌，摇摇摆摆地走了。

不知从何时起，清代官场出现"媚粗"风习。早先是王爷带头，骂骂咧咧摆威严气度，满嘴脏话无时无刻地提醒着属下，骂你是稀罕你；一旦对下属客气了，下属倒有疏远之感。这种风习从王府浸染开来，斡旋于外交场合的李鸿章绝非糙人，但李中堂的口头禅是"贼娘的好好干去"，这句话相当于"慰勉有加"。"媚粗"风习浸染到官场，不仅统兵大员，即便部分文官，在文雅和粗俗中选择，宁可选择后者。这样做的好处是摆脱"小肚鸡肠"的嫌疑，在道德上胜人一筹，而且一旦出了事可以往有学问的"细人"身上推。因此，那些自诩"粗人"者，在"糙老爷们儿"这件外衣下各怀鬼胎，有非常明确的利益诉求。裴莴笋就是"媚粗"的一个小典型。

几天后，通达钱庄的门被哐当一脚踹开，裴莴笋神气活现地进来了。后面跟着孙德艺和公孙茂，他们提着一个沉甸甸的柳条筐。

陈介休猛抬头，急忙亲自迎上去："客官来啦，您是……"

裴莴笋说："我找你们这里的头儿。"

陈介休说："陈老板有事出去了，我是通达钱庄的头柜。"

裴莴笋说："进你的房间单独说。"

陈介休不敢怠慢，慌忙前面引路，把来人带入陈老板的房间。

进了屋子，公孙茂和孙德艺放下柳条筐，把门关上，站在门口。

陈介休看着这副架势不对，陪着笑脸："请问您是……"

裴莴笋说："我是江宁绿营营总裴莴笋。"

陈介休说："大官儿亲自到本钱庄来了，有失远迎，有失远迎。"

裴莴笋说："是啊，老子的官儿的确不小咧。"

陈介休说："裴营总亲自上门，有何公干？"

裴莴笋说："我，嗨！就是我。我亲自来你们这个卵蛋钱庄，是要看看储户花名册。绿营官兵每月发不了几两银子，如果在钱庄里有大笔银子肯定是贪污的。据调查，绿营的几名参将和把总把钱存放到了你的钱庄里，你个卵头柜马上把他们的名字告诉我。"

陈介休不卑不亢地说："裴营总有所不知，钱业公会是有行规的，不能泄露顾客的资料。我们通达钱庄更是严格遵守行规。"

裴莴笋说："我，嗨，就是本营总，不管球你们的什么狗卵蛋行规，我只管球军规。我手下的几名参将贪赃枉法，我从你这里查出他们的名字后，回去实行军法。你马上去把存钱者的名册拿来。"

陈介休说："我不能这么做，的确不能这么做。"

裴萬笋从腰间拔出手枪，顶到陈介休脑门上："二掌柜的，我数到五，如果不拿出存钱者的名册，本营总就毙了你。"

陈介休说："大人万万不要枪毙我，我只是不能坏了行规。"

裴萬笋说："一。"

陈介休说："对不起，营总大人，我对客人有保密的义务。"

裴萬笋说："二。"

陈介休说："请你放过我，我膝下尚有三个孩子。"

裴萬笋说："三。"

陈介休说："我上有白发苍苍的老母。"

裴萬笋说："四。"

陈介休说："请你给我时间写一份遗书。"

裴萬笋说："五。"

陈介休闭上了眼睛，枪却没有响。

裴萬笋说："奶奶个熊，你倒挺倔。"

咕咚一声，陈介休口吐白沫，咕咚瘫倒在地上。

裴萬笋踢了踢他，"起来，起来吧，好你个二掌柜、卵头柜，骨头还挺硬。既然你有这种气节，行啦，本营总可以给你托底啦。"

陈介休战战兢兢的爬起来，"只要不坏行规，请您吩咐。"

裴萬笋凑近陈介休的耳朵，指着地上摆着的柳条筐，悄悄说："我有一笔银子，白花花的一大堆，要存放在你这里。"

陈介休懵懵懂懂地听明白了，有气无力地点了点头。

裴萬笋说："以后万一来个比我更大的官儿，把枪顶在你的脑门上，跟你数一、二、三、四、五，你也不能吐出我来。听到啦？"

3、木箱上有个大大的"赛"字

码头上停泊着一艘大船，桅杆、布帆、岸边的树木都泛着铅色的光，又湿又凉的风把扯起的帆刮的仆哒仆哒响。这是一艘官船,编号是"辛十九"号,船老大是孙德艺。

赛横提着衣襟在码头左近河堤上巡视。远处传来齐刷刷的脚步声,他不由回头看去,一队绿营兵勇过来了。

一名八旗将校撇着罗圈腿过来,抱双拳作揖,"这位是赛总管吗,我是绿营参将公孙茂,奉命前往枫桥镇老码头。"

赛横回礼,"我是赛横,公孙参将前往老码头有何公干?"

公孙茂说:"赛总管应当知道,朝廷禁鸦片已有数年,而近日鸦片走私猖獗,我奉命搜查往来船舶中是否有夹带鸦片的。"

赛横随意一撩手,"公孙参将,你就带着人查吧。"

公孙茂带着绿营兵上了官船。赛横对这种事屡见不鲜,无所事事地溜跶开了。不大会儿,他身后传来公孙茂的喊声:"拿下!"他刚回头,几个绿营兵就如狼似虎地扑上来。

赛横被几个绿营兵扭住,顿时傻了,嚷嚷着:"你们吃错药啦?想干什么?我是老码头的总管赛横!我是这儿的头儿!"

公孙茂从跳板上疾步过来,拍拍他的肩膀,说道:"从官船上搜查出来的一口木箱,船老大孙德艺说是你往京师捎带的。"

几个绿营兵勇把一口木箱抬过来,箱盖上写着个大大的"赛"字。公孙茂说:"这口木箱你应当认识吧,是你们赛府的。"

赛横看了看地上的木箱,有些茫然,"这是我们赛府上的箱子,可是我最近没有托船老大往京师捎带物品。"

公孙茂说:"你没托船家捎带东西?这口箱子是怎么来的?"

赛横说:"过去我们赛府经常用这种木箱往京城捎带东西。别的官船用过了,可能就不要了,然后让外人捡走了;要不就是我们赛府上觉得过于破旧了,扔出门了,反正什么情况都有。"

孙德艺走了出来,"赛公子,你就不要抵赖了。这是你让我捎往京师的箱子,你说里面装的是苏州产的丝绸。"

赛横懵了,"孙德艺,我什么时候让你往京师捎过苏州丝绸?"

孙德艺掀开箱子盖,里面满满登登放着黑色的球状物。

公孙茂指着里面的一个个黑球状物,"你的确没有让船老大孙德艺往京城捎

第十二章　老码头

带苏州丝绸。刚才我带着绿营兵上'辛十九'号官船查禁走私,我打开这口箱子,发现里面都是鸦片。"

赛横喊了起来:"你们是在设局,不知道从哪里找了一口赛府扔掉的破木箱,就装上鸦片来栽赃陷害我!"

公孙茂说:"人赃俱获,你借着占码头为走私鸦片行方便。"

十九世纪,英国通过东印度公司大量进口鸦片,对国人体质造成了极大危害。两次鸦片战争均以大清国战败告终,直至宣统元年,清廷才与英国、法国、美国签署《禁止鸦片贸易协定》。国与国的鸦片贸易终止了,但鸦片走私屡禁不止。走私路线最便当得就是从长江口进来,在长江沿岸卸货。不用说,从长江流域向北方运送走私鸦片,最便当的是通过京杭大运河。因此,大运河各个码头是查禁鸦片走私的重点。在苏州地区,枫桥镇老码头首当其冲。

绿营兵把赛横扭住,白展昭带喽罗匆匆赶来,问:"你是何人?"

公孙茂说:"我是绿营参将公孙茂。"

白展昭说:"苏州绿营的人我差不多都认识,怎么不认识你?"

公孙茂说:"我是江宁绿营的。"

白展昭说:"你既然是江宁绿营的,怎么跑到苏州抓人来了。"

公孙茂说:"大的管小的,苏州绿营是受江宁绿营节制的。在江宁和苏州,绿营都是一回事,都可以查禁鸦片走私。"

白展昭并起剑指直指公孙茂鼻子,"呔!且看这涟漪淡淡的大运河,白云千载,水鸟翱翔,青山碧水间,尔等胆敢欺辱我家主人赛总管。赛总管不可能走私鸦片,定是有人栽赃陷害!"

公孙茂轻蔑地瞥了一眼,"唱戏的,别找不自在。本参将正在查禁走私鸦片,没心思理会你。"他转向赛横,"赛横,跟我们走!"当着白展昭和手下众喽罗的面,绿营兵给赛横带上了枷锁。

如丝的雨拂在面颊上,赛横阖上眼,想起数日前孙德艺撂下的话是"我后面的根儿会收拾你"。这话回味起来,恍如昨日。他的眼睛猛地张开,大声制止:"白武师,别跟他们动粗,他们手里拿着家伙,动粗要吃亏,会伤着兄弟。我知道他们想干什么。"

白展昭一干人万般无奈,眼睁睁地瞅着。

云层压得很低,有气无力的天空灰朦朦、怯生生地悬在大运河的上方。赛横满身泥水,跌跌撞撞、踉踉跄跄地被带走了。

赛横被绿营以走私鸦片的名义押解到县衙羁押后,查良怀即刻就得到信儿,吓了一大跳。但是,人家绿营兵是带着赃物来的,而且公孙茂把前后过程说得有鼻子有眼儿,查良怀不得不将赛横收监。

丁三甲被请到了县衙,查良怀对他说:"赛巡抚是我的恩师。过去我经常到赛府走动,是看着赛横长大的。这小子从小就娇生惯养,长大后还有时犯混,但是这么多年来,他把个老码头管得井井有条,按说不至于干走私鸦片这种事。"

郭香说:"你别替赛横乱打保票。老话说,常在河边走,怎能不湿鞋。赛横是管老码头的,而在苏州左近,老码头是最容易走私鸦片的地方。你知道走私鸦片的利有多大吗?从长江口进来一两银子的鸦片,到了京师能卖几十两银子。利既然这么大,管码头的官员就很容易受到诱惑。赛横不是什么好鸟,备不住就趟了浑水。"

查良怀说:"赛横又不接触鸦片,怎么能趟浑水?"

郭香说:"那还不容易。走私贩的把货运到老码头,和北方下来的官船接上头,双方一手交钱一手交货。他们只要给赛横些银子,赛横睁只眼闭只眼,鸦片就从老码头北上了。"

查良怀长叹一声,"也不看看什么年头了,还敢这么玩儿。可是,我要是真办了赛横,跟赛巡抚的在天之灵怎么交代呀。"

丁三甲说:"你们先别想到绝处。所谓赛横走私的鸦片,是从官船'辛十九'号上搜查出来的。这艘船的船老大孙德艺不久前找过赛横,让赛横让出老码头。赛横没答应,孙德艺放风说要让后头的'根儿'收拾赛横。果然,过了没有多久,绿营兵就从孙德艺的官船上搜查出了赛横所谓走私鸦片的赃物。"

查良怀说:"丁举人的意思是,赛横是被人栽赃的。"

郭香问:"那个'根儿'是个什么人呢?"

丁三甲说:"想想看,抓赛横的是绿营的人。"

郭香说:"这个我知道,是绿营的人把赛横押解来的。"

丁三甲问:"绿营的谁把赛横押解来的?"

郭香说:"一个叫公孙茂的参将,是江宁绿营的。"

丁三甲说:"公孙茂我认识。我当年在江宁遭到诬陷,被怀疑是飞天大盗,入室盗窃了绿营营总裴萮笋的北魏鎏金佛像,就是这个公孙茂抓的我。公孙茂是

第十二章 老码头

江宁的,怎么跑到苏州抓人来了?"

郭香说:"公孙茂的说法是,苏州绿营受江宁绿营节制。"

丁三甲说:"苏州绿营受江宁绿营节制,但这并不意味着江宁绿营参将要跑到苏州来查禁鸦片走私。江宁绿营查禁鸦片走私,完全可以委托苏州绿营做,没有必要亲自出马。因此,既然是江宁绿营的人帮助孙德艺,孙德艺的'根儿'大概是江宁绿营。"

查良怀问:"你怎么说得这么肯定?"

丁三甲说:"前不久,我在苏州学堂遇到了江宁绿营的营总裴蒿笋。他刚从欧洲考察回来,到苏州学堂讲讲旅欧见闻。"

查良怀说:"这件事传开了。头些日子我在苏州知府衙门与同僚聊天,听他们说了,裴蒿笋这家伙满嘴喷粪,在苏州学堂对一大群师生讲了个乱七八糟,至今在苏州学堂传为笑谈。"

丁三甲说:"当时我恰巧在场。裴蒿笋在那次讲话中说,他刚从欧洲回来,在上海下船,回江宁的途中路经苏州,只作短暂停留。而据我所知,裴蒿笋在苏州呆到现在,一直没有离开。"

郭香问:"你是怎么知道的?"

丁三甲说:"前几天裴蒿笋到通达钱庄存了几百两银子。裴蒿笋刚从欧洲回来,哪会有什么进项?而且据通达钱庄的头柜和伙计说,陪着裴蒿笋去存银子的两个人,一个是江宁绿营的参将公孙茂,另一个人很像是'辛十九'号官船船老大孙德艺。"

查良怀有些吃惊,"噢?"

丁三甲说:"把各方面事串起来,可以勾勒出一个轮廓,江宁绿营从长江口到江宁江面收缴了一批走私鸦片,没有销毁,和京杭大运河的官船船老大勾结,打算运往京师和北方销赃。他们选中的地点就是苏州枫桥镇老码头,于是由'辛十九'号官船船老大孙德艺游说老码头总管赛横,企图以银子为诱饵,从赛横手里接过老码头的经营,赛横没有答应,他们就设了个套做掉了赛横。"

查良怀问:"裴蒿笋在这出戏里是什么角色?"

丁三甲说:"后台老板。裴蒿笋从欧洲考察回来后,没有回到江宁,而是滞留苏州,坐镇操控这出戏。他是苏州绿营和孙德艺一伙的'根儿',苏州绿营和那些走私鸦片的官船船老大为了笼络住裴蒿笋,给了他几百两银子,他存到了通达钱庄。"

郭香问:"你认为裴莴笋下一步会做什么?"

丁三甲说:"如果真是跟我所说的一样,裴莴笋或是什么别人有可能会去县衙大牢里找赛横面谈,逼迫他交出老码头。"

4、"上诉"是一个新鲜词儿

全世界都差不多,只要不是军政府把持的国家,军队就没有羁押犯人的权力。大清国不是军国主义国家,公孙茂带着苏州绿营的兵勇抓住赛横之后,不可能押解回苏州绿营,而是从枫桥镇老码头直接把赛横送到了吴县县衙,由吴县县衙监狱羁押。

查良怀不忘师门之谊,牢记着当年赛巡抚的恩典,特意叮嘱,把赛横羁押到单人牢房,伙食与别的犯人大不一样,每顿饭都有一碟小炒。查良怀还特意叮嘱狱卒,赛公子属于未决犯,得好生伺候着,他一旦发起脾气,只要不闹得天翻地覆,就得忍着。

赛横自幼养尊处优,霸道惯了,不是好伺候的鸟儿,动不动就臭骂狱卒撒气。这天,隔着木栅,赛横在和狱卒商量一件事。

狱卒低声下气地说:"赛老大,小的够对得住您了吧,吃的喝的用的,小的们样样照顾您。知县大人特意嘱托我们,不能让您受一星半点委屈,要让您在这儿呆着,时时处处跟在家里差不离儿。"

赛横说:"不说跟家里差多远,有一件事你们能办到吗?"

狱卒陪着笑脸,"赛公子尽管盼咐,上天摘星星够月亮那种事情办不到,但凡小的办得到的,一定效犬马之力。"

赛横戏虐地说:"你用不着上天摘星星够月亮的,星星月亮不当吃不当喝的,给我也没用,你们给我找个应急的物件来。"

狱卒说:"但请赛公子盼咐,什么应急的物件?"

赛横说:"小娘们儿,给我找个小娘们儿来。"

狱卒说:"哟!您可出大格了,在号子里嫖娼是不行的。"

赛横说:"查知县是怎么向你们交代的,要我在这儿呆着,时时处处跟在家里差不离儿。我在家里能泡妞,到这儿怎么就不行了?"

第十二章 老码头

狱卒说:"赛公子,大牢里真的不能嫖娼。这事儿行不通。"

附近传来一个声音:"谁说行不通?我说行得通。"

裴莴笋来了,惹眼的是,后面跟着个年轻女子,一看就是个野鸡。

裴莴笋对狱卒说:"打开门,打开打开。这位是苏州名妓梁浪浪,我把这个小玩意儿送进去,让赛公子乐呵乐呵。"

狱卒迟疑地打开牢门,把年轻女子推了进去。赛横看都不看就一把推出去,冷冷地看着来人,"你是谁?通报个姓名。"

裴莴笋说:"我,是该自我介绍一下。我是谁?这么说吧,谁抓的你?绿营。我是谁?我是绿营的爹,江宁绿营营总裴莴笋。"

赛横问:"裴莴笋,你找我什么事儿?"

裴莴笋说:"本营总要跟你谈的事回头再说,先说说本营总这趟欧洲之行。去欧洲诸国考察之前,同文馆的人教我们几句英语,是到外头应急用的。别的我都没有记住,只记住一句:好嘛吃。"

赛横说:"跟我说这些干什么?"

裴莴笋说:"就这一句'好嘛吃',我也一时忘了。在英国伦敦,有一次我和几个新军军官下饭馆,怎么也想不起来了,记成天津人下馆子所说的话了,'吃嘛好'、'嘛好吃'。这些跟人家英国的店小二说了又说的,'吃嘛好','嘛好吃'英国的店小二哪里听的懂哟。"

赛横说:"裴莴笋,你来大牢里不是跟我扯淡的吧?"

裴莴笋说:"本营总当然不是扯淡来的。知道英文'好嘛吃'是什么意思吗?就是什么价钱。你在英国上街买东西,总要问'好嘛吃'这件东西多少钱?本营总再问你一遍,好嘛吃?"

赛横问:"什么东西'好嘛吃'?"

裴莴笋说:"老码头。"

赛横说:"没价!本总管虽然只是个小破芝麻官儿,却也是朝廷命官。好嘛吃?你就是搬出一座金山也别想拿到老码头!"

裴莴笋说:"赛老大,你这家伙倒是挺痛快。"

赛横说:"那是,俺赛老大什么时候也宁折不弯。"

裴莴笋说:"行,本营总让你宁折不弯地死在大牢里,一辈子碰不着老码头的边儿,你信不信?不信咱们就走着瞧,大堂上见!"

赛横说:"大堂见就大堂见!你就是孙德艺后面的那个'根儿'吧,啊?好嘛吃?我操你妈!不管走到哪儿我也不怵你个老混蛋。"

几天后,吴县县衙大堂,执刑的皂隶手执法棍站立在两旁。

皂隶齐声呼喊:"犯人上堂。"赛横被狱卒带出,跪在大堂中央。

查良怀说:"本案原告是江宁绿营参将公孙茂。公孙茂自称在枫桥镇老码头查禁鸦片走私,发现老码头总管赛横将两箱鸦片托'辛十九'号官船运往京师。公孙参将,你就说说吧。"

公孙茂来到大堂中央,朗朗说道:"鸦片进口严重荼毒我大清子民身心。为此,大清国与泰西诸国进行过两场鸦片战争。宣统元年,大清国与泰西诸国签订了《禁止鸦片贸易协定》。但是,鸦片走私却甚嚣尘上,屡禁不止。洋人欺负我大清海防松弛,鸦片走私船从长江口进来,在长江沿岸卸货。通过长江流域向北方运送走私鸦片,最便当的就是通过京杭大运河。因此,大运河各码头是查禁鸦片走私的重点。在苏州地区,枫桥镇老码头首当其冲。十月二十七日,本参将奉命检查枫桥镇老码头的南来北往的船舶,在'辛十九'号官船上发现一箱走私鸦片。据船老大孙德艺称,这箱鸦片系枫桥镇货运码头总管赛横交予他的,因此我将赛横在老码头当场拿获。"

查良怀说:"'辛十九'号船老大孙德艺,你有什么要说的?"

孙德艺说:"小的长年跑京杭大运河,运输江南土特产,如果舱位有空闲也捎带些私人物品。十月二十七日,枫桥镇老码头总管赛横亲自交给我一口箱子,让我捎往京师,说里面是苏州产的丝绸。赛横是朝廷命官,小的认为他不可能夹带,那口箱子都没有打开看,结果绿营兵上船查禁走私,我打开箱子才发现,里面都是鸦片。"

查良怀问:"赛横,你有什么要说的?"

赛横说:"他俩所说统统是放屁!我管了十来年老码头,认识一大把长年跑大运河的官船船老大,也经常托他们往京城捎带江南土特产品,却从来不认识这个孙德艺。我如果真的想走私鸦片,我也会委托熟悉的船老大干,绝不可能让素不相识的孙德艺干这种事!"

查良怀说:"赛总管所说有道理。鸦片走私很悬乎,须委托心腹之人所为,赛横如果真的想走私鸦片,也只会托熟悉的船老大干,不可能让没有过从的'辛十九'号船老大孙德艺干这种事。"

第十二章 老码头

赛横说:"我也不是头一次见这个孙德艺。前不久,他约我在沧浪亭会面,拿出俩破扳指诱惑我,企图让我把老码头交给他后头的'根儿'来打理。他见我不为之所动,就栽赃陷害。"

公孙茂说:"赛横,人赃俱获,你就别嘴硬了。本参将在江宁缉拿盗匪,办过很多案子,是不会栽赃陷害你的。"说完一招手。

几个绿营兵把一口木箱抬上大堂,当众打开,里面满满登登地放着黑色球状的鸦片。把箱子盖合上,上面写着个大大的"赛"字。

公孙茂说:"查知县,你当年曾与赛横的父亲研习过书法。你看看木箱是上面的这个'赛'字,据与江南省巡抚府留存的赛巡抚文档相对照,这个'赛'字是赛巡抚的笔迹,可见是赛府的旧物。从赛巡抚之子赛横管理的老码头官船上搜查出来的赛府旧物,里面放着赛横让人捎往京师的鸦片,证据不能说不实了。"

查良怀从书案后面走出来,凑到木箱前看了看,遗憾地摇了摇头,"不错,这个'赛'字是赛老爷子亲笔所书。"

赛横脸色灰白,"即便是我家老爷子的笔迹,也只能证明这口箱子是赛府的,而不能证明我用这口箱子走私了鸦片。"

郭香说:"丁举人,作为赛横的讼师,你有什么要说的吗?"

丁三甲出列,"这个'赛'字即便是赛巡抚的亲笔,这口木箱即便是赛府旧物,也说明不了什么。据本讼师了解,赛府有几十口这种木箱,赛横经常使用这种木箱委托船老大往京师捎运苏州土特产,通常是用完就扔了,有人要是捡走也就捡走了。孙德艺不知通过什么途径搞到这样一口旧箱子,装上鸦片就诬陷是赛横让他捎带的。"

郭香说:"这也不失为一种说法。"

公孙茂高声说:"郭师爷,那算什么狗屁说法,完全是狡辩。本参将有必要提示知县和师爷,当年在江宁,这位丁讼师就和一个妓女勾结,盗窃了江宁绿营营总家里的名贵古董,而后巧舌如簧,滑脱罪责。现在他又为走私鸦片的罪人当讼师,故伎重演。"

丁三甲说:"公孙茂,对江宁旧事我本来不愿意提,既然你说了出来,我也只好旧事重提了。当年在江宁,就是你罗织罪名,貌似证据严谨,实则不堪一击,最后闹笑话的也是你!现在你又来这套,赛府的木箱、赛横管理的码头、赛横委托的船老大,你又在组织一个所谓天衣无缝的栽赃。我告诉你再委托你告诉你后头的那个'根儿',也就是那位江宁绿营营总裴莴笋,你们同样不可能得逞!"

公孙茂跳了起来,"小兔崽子,瞧我不缝住你的嘴!"

潘耀祖一指公孙茂,"老兔崽子,瞧我不撅断了你的胳膊!"

查良怀啪地一拍惊堂木,"不得在大堂喧哗!"

皂隶们齐声呼喊:"肃静。"

查良怀说:"本官以为,尽管当事人赛横和讼师丁三甲认为,在枫桥镇老码头发现走私鸦片系有人对赛横栽赃陷害,但就绿营参将公孙茂提供的证据而言,算得上清楚。走私鸦片发现于赛横管理的老码头上,装在赛府的木箱中,船老大孙德艺一口咬死是赛横将木箱交予他的,而赛横没有证据说明他没有将此箱交予孙德艺。"

赛横的脑袋耷拉了下来,却竖着耳朵听下面的话。

查良怀说:"现在判决罪人赛横笞杖二十,徒一年。本官准许赛横家眷用二百两纹银折抵笞杖二十,徒一年不得折抵。"

赛横一下子直起身子,惊呆了。

查良怀仿佛没有看见他,干涩地说:"另外,本官准予赛横的家眷在一个月内凑足二百两纹银。如果届时凑不够所需的纹银,当堂实杖二十,并且随后在本县县衙监狱服刑,刑期从进牢之日起算。"

赛横扬起脖子叫嚷起来:"查良怀,我操你祖姥姥的太奶奶!我爹当年真是瞎了眼,苦心栽培出你这么个昏官。老子没走私过一钱鸦片,绿营那群王八蛋给了你什么好,你昧着良心这么下判。"

查良怀一拍惊堂木,"掌嘴!"

赛横几乎不相信自己的耳朵,"老查,你敢给我掌嘴?"

查良怀喝道:"五下!"

皂隶们冲上去,扭住赛横,抡圆了抽了赛横几个嘴巴。

丁三甲喊道:"赛公子,不要再硬抗了!"

赛横吐出一口血沫,擦了擦嘴角,脖子一拧,不再说话。

查良怀说:"原告、被告双方,你们有什么可说的?"

公孙茂说:"才判赛横徒一年,是不是太轻了?嗨!都知道你是赛巡抚栽培起来的,赛横这小子在大堂上如此放肆,这么辱骂你,也不过掌嘴五下。谁让赛

第十二章 老码头

横是赛巡抚的后裔呢,就这样吧。"

查良怀说:"被告的讼师呢?丁举人,你们有什么说的?"

丁三甲说:"本讼师不服判决。知县大人和师爷始终没有在堂上询问原告,众所周知,凡是走私物品,最重要的是在交货地点一交一接。'辛十九'号官船船老大孙德艺称,赛横将一口木箱交予他捎往京师,请问孙德艺,系何人在京师大运河码头接这口木箱?"

查良怀说:"是啊,丁讼师说得不错。凡是走私,走私方和接货方得交接。孙德艺,你必须回答,你将这口木箱运到大运河通州码头之后,是什么人来领取?赛横是对你怎么交代的?"

孙德艺支支吾吾地说:"赛横……赛横,他交给我这口木箱的时候,他他他没有说什么,只说……到时候有人会来取。"

查良怀啪地一拍惊堂木,"胡扯八道!鸦片走私为当朝严禁,走私者一交一接有严密的组织,甚至要有接头暗语,这口木箱中所放的鸦片价值千两纹银,赛横怎么能不交代清楚什么人来取呢?"

郭香说:"孙德艺,你这种含糊说法断然说不通。试想,你如果托船家往京城捎一千两银子,能连谁来取都不告诉船家吗?"

孙德艺慌乱了,"反正……反正赛横就是这么跟我说的。"

查良怀说:"郭香师爷,请记录在案,'辛十九'号官船船老大孙德艺对谁来取这口木箱中的鸦片一事,无以对答。"

丁三甲说:"孙德艺连这个最简单的事情都回答不上来,就足以表明所谓赛横交给他一木箱的走私鸦片,是信口雌黄。"

查良怀说:"丁举人,本官已经下判了。不会因孙德艺对一件事无以作答而改变判决。你如果不服判决,可以在上诉中提出来。"

郭香说:"丁举人,你身为讼师,没有听说过'上诉'这个词吗?"

丁三甲说:"最近我也听说这个词了,但是语焉不详。"

郭香说:"上诉是大清办案的一件新鲜事,是从西洋法律制度中学来的。过去州县衙门怎么判怎么是,现在不行了,州县衙门判了,可以再到上面的大衙门说说,由州县衙门以上的大衙门看看是不是那么回事。哎,老查,上面那个大衙门叫什么名来着?"

查良怀说:"高等审判厅,是前不久刚成立的。"

郭香说:"对了,高等审判厅。你不是不服本县衙的判决吗,那你就和赛横商量商量,写一纸上诉状,本县衙给你们转上去。"

丁三甲说:"那我再想想,然后与赛横商量。"

公孙茂说:"查知县,本参将还有一事。赛横是枫桥镇老码头的总管,在赛横被关押之后,老码头总得有人管一管。"

查良怀说:"赛横如果上诉高等审判厅,就会拖一些时日。在赛横的事情没有最终结果时,苏州知府不可能任命新的枫桥镇老码头总管。也就是说,老码头将会有一段日子没有一个正经管事的。依本官之见,这些日子,老码头的事情,请绿营多操操心。"

公孙茂面露喜色,"都是大清的事情,绿营当不辞劳苦。"

5、"归隐"的渔翁

老码头,白展昭和那擦黑、孙驴子垂头丧气地坐在岸边。

白展昭焦虑地说:"赛老大被冤枉了,被查良怀那老东西投入了大狱,咱们哥儿几个成了没头苍蝇,这可怎么办呀?"

孙驴子说:"咱们在老码头呆不久了。在大堂上,查良怀那老昏官真是昏到家了,不仅判老大人大狱,而且请绿营管理老码头。"

那擦黑说:"绿营的人来了,肯定得把咱们轰走。"

白展昭说:"让绿营管理老码头,可真是屎克郎进茅坑了。他们还不是想怎么干就怎么干,什么禁运的东西他们都能运到京城去。"

孙驴子说:"依我看呀,事到如今,事情越来越清楚了,绿营和孙德艺相互勾结,做掉老大,就是为了占码头,走私鸦片。"

他们的身后传来一片喧哗。

白展昭回头看了一眼,"孙驴子,你这张乌鸦嘴可真他妈晦气。你说到绿营,绿营的人就来了,怕是来接管老码头的。"

公孙茂拍马驰来,后面跟着一队绿营兵跑步进入老码头。

公孙茂跳下马,挥手一指,那队绿营兵吵七八火的驱赶闲杂人等。白展昭手底下那帮喽罗被撵得鸡飞狗跳的。

白展昭倒也不怵,并起剑指,直指公孙茂的鼻子,"呔!且看这涟漪淡淡的

第十二章 老码头

大运河,白云千载,水鸟翱翔,青山碧水间,好一派繁花似锦。尔等乃何人也,胆敢欺辱俺的众门徒。"

公孙茂轻蔑地"哼"了一声,"唱戏的,上次我带人在这里捉拿赛横,你就跟我逗气儿,那时本参将没心思理会你。现在,本参将接管老码头,跟你没什么客气好讲了。给我打!"说完一招手。

绿营兵一拥而上,白展昭搬弄着花拳绣腿,还想抵挡一阵。

殊不知武林中有话,蛮拳打死老师傅。绿营兵勇不会个什么武林套路,平日所习都是战斗中最实用的腿脚功夫,加上个个有一身蛮力气,胡打海抡,拳脚交加,把白展昭打得抱头鼠窜。

论起身手,那擦黑和孙驴子不过是白展昭的徒弟,而白师父不过是京剧武生的底子,他们从师父那里一点真本事也没有学到,只学会些经过师父批发的舞台亮相复加花拳绣腿的二手货。两个人勇气可佳,奋勇冲进绿营兵勇之中,想救救师父。其结果可想而知,绿营兵勇收拾够了白武师,发一声喊,又拥过来,拳脚交加收拾那擦黑和孙驴子,他俩很快就被打翻在地,惨状自不待言。

白展昭被打得满脸是血,朝着河面连声大喊:"师父救我!"

那擦黑和孙驴子朝着河面连声大喊:"师父救我!"

公孙茂扭脸看看河面,眉头皱了起来。

一叶扁舟在河面上飘荡,一位年轻船娘在摇橹。她二十多岁,眉眼俊俏,脸蛋红扑扑的,身体健壮,一边摇橹一边向岸上看去。

附近的老码头上,绿营兵勇把白展昭一伙打得屁滚尿流,众喽罗四下乱窜,一阵阵呼喊求救的声音传来。

潘耀祖头戴斗笠,身披蓑衣,坐在船头垂钓。

他努力装得悠哉悠哉的,可是装不像。看到自己人被殴打,他憋了一肚子火,恨不得窜上岸去大打出手,放倒几个绿营兵,但事前丁三甲对他百般交代,遇到绿营兵在老码头寻衅,无论如何要沉住气,不能乱了方寸,尤其不能动粗。因此,他在表面上还要不动声色。

他忍无可忍,站了起来,由于动作猛,身子一晃悠,扁舟差点翻了。他右手搭着凉棚四处张望,远看像是悠闲自在,近看则咬牙切齿。无奈之下,他吟诵起来:"寒雨连江夜入吴,平明送客楚山孤。洛阳亲友如相问,一片冰心在玉壶。"他沮丧地一屁股坐下,"唉!洒家虽然不能帮助你们,但是'一片冰心在玉壶'呀。"

　　船娘急急切切地说："相公，你在念叨什么呢？就别扯那么远了。岸上的那些挨打的人像是在叫你呢。"

　　潘耀祖的食指伸到唇边，"哟——，洒家在韬光养晦。"

　　船娘问："你说什么？你要'掏'什么'养'什么？听见没有？岸上的那些人哭爹喊娘的，让你去救他们一把，他们管你叫'师父'。"

　　潘耀祖一屁股坐下来，继续垂钓，像是没有听见。

　　而白展昭、孙驴子、那擦黑的喊声却越来越急切。

　　船娘说："他们真的是在叫你呢，你是不是他们的师父？"

　　潘耀祖把眼睛掉开，"洒家是不是他们的师父，暂且不谈。古诗说得好哇，'卷却诗书上钓船，身披蓑笠执鱼竿'。"

　　船娘摇着橹，"你这人可真逗。老码头那帮人被绿营打得鬼哭狼嚎、哭爹喊娘的。你如果是他们的师父，就去帮一把，起码劝阻劝阻绿营兵不要闹事。你怎么反倒没事一样，背诵起古诗了。"

　　潘耀祖说："船娘，你可知道洒家背诵的这两句说的是什么吗？说得是闲云野鹤的隐士生活。一肚子学问都抛诸一边了，凡尘的事情也都抛诸脑后，只是在一叶扁舟中垂钓，自得其乐。"

　　船娘说："隐士？闹了半天，你居然是一位隐士。"

　　潘耀祖说："洒家眼下过的是一种归隐生活。"

　　船娘说："你过得是归隐生活？那你怎么收了那么多的徒弟？"

　　潘耀祖说："船娘，洒家是饱学之士，有很多人要拜洒家为师。洒家早就隐居于山水之间，游戏江湖，本来不想再招收徒弟了。可是盛情难却，人家真心诚意地向我学本事，难以推托呀。"

　　船娘说："可是岸上那些挨打的人并不像是做学问的。再说啦，不管你是不是隐士，你的徒弟正在挨打呢。"

　　潘耀祖说："挨打就挨打吧。洒家既然是他们的师父，就要处乱不惊，安之若素。这叫什么？这就叫城府呀。"

　　船娘说："我们摇船的可不在乎您的什么城府。您这两天每天都坐我的船，假装成钓鱼的，在老码头附近晃悠……"

　　潘耀祖说："船娘，有的话你是不可能懂得呀。大隐隐于市，个中道理深奥，

第十二章 老码头

洒家坐你的船可不是晃悠，是在垂钓。"

船娘说："几天了，你一条鱼也没有钓上来，不是晃悠是什么？"

潘耀祖说："洒家是在卧薪尝胆、忍辱负重，懂吗？洒家在对老码头细密观察，干这行得有相当的心计，这是细作的行当。"

船娘把船靠泊到了老码头上，"我是个摇橹的，不懂什么细作不细作的，你坐了几天船，到现在连船钱还没有付过呢。"

潘耀祖下了船，警觉地看看四周，白展昭那一干人已被打跑，老码头上晃荡的全是绿营兵。他用巴掌护着嘴小声说："船娘，洒家扮成渔人模样是为了行动隐秘。试想，哪有渔人雇船垂钓的？洒家要是现在就付你船钱，暴露了身份，就不能韬光养晦了。你住在附近，洒家趁绿营兵不在时悄悄来老码头找你，给你船钱就是了。"

船娘说："到时候你要是不来怎么办？"

潘耀祖假装没听见，扬长而去。

船娘追上去，"到时候你要是不送来怎么办？"

一只手拉住了船娘。船娘一回头，是一员绿营参将。

公孙茂说："船娘，他跑不了。他叫潘耀祖，是个二百五，我在县衙大堂见过他。他每天租你的船在老码头附近游荡，观察我们绿营在老码头做什么。他留心我，我也在留心他。他的家在文衙弄，他要是不送来钱，我告诉你一个收拾他的办法。"

次日，潘宅天井中，吴小霞和赛媚媚神情紧张地听着。

白展昭、孙驴子和那擦黑头上裹着绷带，在一旁听着。

潘耀祖并起剑指朝空中一点，"古语说得好哇，当一天和尚你就得撞一天钟，当一天厨子你就得剥一天葱。"

白展昭带头拍巴掌，"师父说得好，说得好！"

那擦黑问："请问师父，这段古代名言出于古代哪位高人之口？"

潘耀祖说："对此，师父尚未详细考据。师父的意思是，我既然是你们的师父，当一天师父就得有一天师父的样子。"

白展昭再次拍巴掌，"精辟！精辟！"

潘耀祖吐沫星子横飞，神采奕奕地说："就拿昨日来说，师父扮成渔人，坐在船上，对岸上发生的事洞若观火。不是没有看见你们挨打，可是，丁举人有交代，不管老码头出现什么麻烦，我都要安之若素。所以，你们叫唤，我安之若素；你们被打翻，我安之若素；你们屁滚尿流，我仍然身披蓑衣，头戴斗笠，稳坐钓鱼船。"

白展昭说："师父能做到这一步，得有何等深厚的内家功。"

潘耀祖说："是啊，你们被打出血了，师父的心里也在流血。师父却深藏不露，忍辱负重的洞察大局，这是很阴险很老辣的。"

白展昭再次拍巴掌，"师父堪称阴险，堪称老辣！"

吴小霞扑哧笑了，一戳潘耀祖的脑瓜，"就你这样的，能有什么深厚的内家功。你还阴险老辣呢，整个的活二百五。"

男仆来报："潘公子，有个女子来找你。"

说话间，一个打扮得花枝招展的女人进来了。

细看，原来是那个船娘。除了潘耀祖，这儿的人都没有见过她。

潘耀祖差点不认识她了，"请问，你是……"

船娘一改过去的腔调，嗲兮兮地说："哎哟，好一个闲云野鹤的'隐士'，眼睛都长到脑门上去了，居然转脸就不认识奴家了。"

潘耀祖的眼睛一亮，"我认出你了，知道你是谁了。"

船娘笑吟吟的，"知道我是谁啦，咱们在哪儿见过？"

潘耀祖笑了，"咱们曾经在河中邂逅来着。"

吴小霞自语："邂逅？"

她和赛媚媚警觉地对视了一眼。

船娘说："你这个讨厌鬼。再不知道我是谁，我就饶不了你了。"

潘耀祖问："洒家怎么成讨厌鬼了？"

船娘说："你怎么不讨厌，你好讨厌好讨厌的哟。"

潘耀祖问："洒家怎么好讨厌好讨厌了呢？"

船娘说："你骗了奴家，还不够好讨厌好讨厌的吗？"

白展昭、孙驴子和那擦黑面面相觑。

潘耀祖一愣，不解地问："洒家骗你什么了？"

船娘说："你说了，你要趁着老码头没有人时，悄悄来找奴家，害得奴家等了你一下午，你也没有来，还不够好讨厌好讨厌的吗？"

潘耀祖隐约想起来答应过的事情，"趁着老码头没有人时，我悄悄去找

第十二章 老码头

你……洒家什么时候说过这话？"

船娘说："天地良心，你说过这话没有？"

潘耀祖说："天地良心，我……我好像说过这话。"

船娘说："说过的话不兑现，你是不是好讨厌好讨厌的？"

潘耀祖抽了自己一个小嘴巴，"我是好讨厌好讨厌的。"

赛媚媚不满地一撇嘴，"潘耀祖，瞧你那酸样。"

吴小霞忍无可忍了，忽地冲了出来，"潘耀祖！这个女人是谁？她是从哪儿来的？你们是怎么邂逅的？你必须给我说清楚！"

潘耀祖说："嗨！这有什么说不清楚的。她就是一个摇橹的船娘，我们昨天是呆在一起来着。我答应了，这一两天再去悄悄找她。"

赛媚媚问："悄悄找她？你悄悄去找她干什么？"

船娘说："耀祖要和我了结一笔旧帐。"

吴小霞："耀祖？潘耀祖，你和这个女人有什么旧帐？"

潘耀祖："不是什么旧帐，而是一笔新账。"

吴小霞问："新账是什么？"

潘耀祖说："涉及到细作的勾当，一时不便说。"

吴小霞："有什么不便说的，你们干什么见不得人的事了？"

赛媚媚："别管新账旧帐，潘耀祖，我看你的老毛病又犯了。"

潘耀祖说："赛媚媚，你这是说到哪儿去了，我哪有什么老毛病？"

吴小霞说："你还嘴硬，你悄悄去找一个船娘，你想干什么？"

潘耀祖说："我不过是要给她付一笔钱。"

吴小霞说："好哇，你个潘耀祖，你承认得倒是挺痛快的。你要给她付钱，你干了什么坏事了，就要给她付钱？"

潘耀祖捶胸顿足，"哎呀！我在她的船上呆了几天……"

吴小霞说："好大的狗胆，你还在她的船上呆了几天！"

赛媚媚："潘耀祖，你从实招来，你们这几天在船上干什么啦！"

潘耀祖说："我们什么都没有干，我就是钓鱼来着。"

吴小霞说："你钓的鱼在哪儿呢？拿出来我看看。"

潘耀祖说："其实钓鱼是假的，那不过是个掩护。"

赛媚媚说："看看，钓鱼是假的，你总算承认了。"

潘耀祖说:"钓鱼是假的,但我是在卧薪尝胆、韬光养晦。"

吴小霞说:"你别拿大话压人,就像你这样的活二百五,'卧'什么'薪''尝'什么'胆','韬'什么'光''养'什么'晦'?"

潘耀祖说:"我,我我我我……我反正我没有干那种事。"

吴小霞说:"没有干那种事,你为什么要付她钱?"

潘耀祖说:"我是付她船钱。"

吴小霞大为火光,"付船钱为什么不下船就付,还要趁没有人的时候悄悄跑到老码头去付钱,你解释得清楚吗?"

"呃……"潘耀祖被噎得说不出话了。

白展昭站起来一拍胸脯,"我师父解释不清楚又能怎么样。堂堂男子汉,见了这么漂亮的船娘,动点子邪念也是人之常情嘛。"

赛媚媚说:"白展昭,你这叫什么话?什么狗屁人之常情。他潘耀祖是有妻室的人,见了别的女人就是不准动邪念!"

潘耀祖跳着脚喊道:"白展昭,你胡呲个什么,我忍辱负重地隐蔽在这位小船娘那里静观大局,谁他妈对她动邪念了!"

赛媚媚说:"连你徒弟都说你对她动邪念了,你还赖得掉!"

吴小霞嘶叫一声:"潘耀祖,我和你拼啦!"

潘耀祖一边招架一边骂道:"白展昭,你这个狗东西,你是帮忙呢还是拆台呢,瞧我消停下来怎么揍你!"

白展昭说:"师父别冤枉我呀,我万分了解你的苦衷,每天守着个胖乎乎的老婆,是有些忍辱负重,徒弟不过是替你打打圆场呀。"

赛媚媚说:"白展昭,你总算吐出心里话了。守着胖乎乎的老婆怎么就成忍辱负重啦?你们男人没一个好东西,我也和你拼啦!"

天井里闹成了一锅粥。

船娘笑吟吟地说:"好啦好啦,别吵了别闹了。是这样的,这位潘馆主装扮成打渔的,租用我的船,在老码头附近观察绿营兵的动静。他认为在老码头附近付船钱会暴露出身份,所以和我约定在绿营兵走了之后悄悄到老码头付船钱。他一直没有来,所以我找上门了。"

吴小霞和赛媚媚一听这话,立即不闹腾了。

潘耀祖揩揩额头,甩出一巴掌汗水,"小姑奶奶,你总算说出实话了。你怎么到这时候才说呀。我欠你多少钱？"

船娘说："二两银子。"

潘耀祖觉得不对，"二两银子？事先不是说好了两串铜钱吗……"

船娘的眼睛妩媚起来，说："潘哥，到底是两串铜钱还是二两银子，你恐怕得好好琢磨琢磨。"

潘耀祖害怕了，赶紧说："二两就二两吧。"

船娘说："这还差不多。"

潘耀祖吩咐男仆，"马上到账上给她支二两银子，叫她走。"

男仆带着船娘走了，天井里出现了片刻的安静。

白展昭讨好地说："师父，你刚才说到哪儿了？"

孙驴子说："师父说到他有深厚的内家功。"

那擦黑说："师父还说自己深藏不露、忍辱负重、阴险老辣。"

吴小霞又好气又好笑，"你就别忍辱负重啦，接着吹你的牛吧。"

潘耀祖沮丧地坐了下来，完全失去了吹牛的兴趣。他并起剑指，朝空中一点，"苏东坡先生的一首诗说得好哇，'龙丘居士亦可怜，谈空说有夜不眠。忽闻河东狮子吼，柱杖落手心茫然。'"

6、射出一个燃烧着的箭簇

月亮隐到云层后面，老码头上空空荡荡的，只有两艘倒扣的木船。四周很安静，只有河水扑嗒扑嗒拍打堤岸的声音。

一艘官船悄无声息地靠泊上老码头。一彪人提着柳条筐下船，在码头上站定。他们手里都拿着家伙，有的是大刀片，有的是鸟铳。

另一彪人随即从黑暗中走出来，在他们的对面站定。他们手里也都拿着家伙，清一色的是鸟铳。

孙德艺出列，"银子我们带来了，八百两纹银。你们的货呢？"

公孙茂一招手，一个绿营兵往天上射出一个燃烧着的箭簇。不大会儿，一辆马车驰过。马车停下，绿营兵将一口大木箱抬出来。

孙德艺说："公孙参将，这些日子，别的地方出现了用烟膏冒充鸦片的事情。我们要看看货是真是假，真的才会付钱。"

公孙茂说："打开箱子，让他们查验。"绿营兵打开箱子。

两个从官船上下来的人来到箱子前，就着火把的亮，仔细看黑色的鸦片球，还掰下来一小块，用舌头舔舔，"没错。是真货。"

孙德艺一挥手，两个人提着柳条筐上前放下，提着木箱回来。

公孙茂一挥手，两个绿营兵提着柳条筐回来。一个兵挑开柳条筐，掏出一锭银子掂掂份量，回身对公孙茂耳语："真金白银，没错。"

孙德艺说："下一批鸦片什么时候到货？"

公孙茂说："七天之后，还是这个地点，还是这个时辰，一手交钱一手交货。"说完一甩头，他的人提着柳条筐就走了。

老码头上恢复了原有的寂静。从倒扣的木船下爬出来两个人，站起拍打着浑身的泥土。就着月光可以看出，一个是丁三甲，另一个是吴县县衙捕快班头刘江弼。

刘江弼说："丁举人，果然不出你之所料，绿营中的不法之徒和官船的不法船老大相互勾结，占老码头，就是为了走私鸦片。"

丁三甲说："本是预料之中的，不提了。刘班头，别忘了。七天之后，还是这个地点，还是这个时辰。他们一手交钱一手交货。"

刘江弼说："下一次就不会这么放过他们了。"

丁三甲说："你怎么能不放过他们？鸦片走私者个个都把脑袋别在裤腰带上，是一群亡命之徒。他们人多势众，又都带着火枪，你们捕快班那几个人不是他们的对手，制服不了他们。"

刘江弼说："也是。就我手下这几条鸟捕快，几把破刀，怎么能对付得了绿营，更别说那些走私鸦片的水手了。这可怎么办？"

丁三甲说："得另外想办法，硬拼不行，得想四两拨千斤的点子。"

刘江弼说："你有什么好主意？"

丁三甲说："公孙茂不是个莽夫，向来办事从来谨慎。为了避人耳目，他带来的盛放鸦片的木箱并没有拿到老码头来，而是藏在附近某处，见到对方的银子后，才向天上射出燃烧的箭簇。守候在附近的同伙见到信号，用马车将鸦片运来。那个藏鸦片箱的地方，当离这里不远，我们看看他们可能藏在哪儿了。"

刘江弼说："从公孙茂发出信号到马车到达，不到一袋烟的功夫。"

丁三甲说："马蹄声急。马车急跑一小会儿，也就一里多地。"

第十二章 老码头

刘江弼说:"老码头南边有什么?老码头南面一里多地处,有个梁记酒肆,那辆马车备不住就停在梁记酒肆。"

七天之后,"梁记酒肆"的商幌在风中摇摆。

一辆马车过来,几个绿营兵提着口木箱跳下车。他们进入酒肆,把木箱放在桌子底下,而后一阵大呼小叫的,"吃饭吃饭,老子饿得前心贴后背了。""店家店家,好酒好肉的尽管端上来。"

一个堂倌拿着一张菜单,快步赶过来,"这是本店的菜单,几位兵大爷吃点什么?"这个堂倌是刘江弼装扮的。

一个旗兵烦躁地把递到眼前的菜单推开,"老子不识字,不看这个,把你们店里最贵的几个菜,一样来一个,最好的酒来一坛子。"

不大会儿,酒菜码了一桌子,几个绿营兵狼吞虎咽起来。又过了不大会儿,几个绿营兵趴在桌子上睡着了。

《水浒传》中多次提到"蒙汗药",人喝了它会昏睡。蒙汗药是用什么做成的?一说主要成分是草乌末,古书把毒酒称为"鸩",所说的"鸩"就是指草乌末。明朝朱律《晋济方》亦载,以草乌末为原料,用作麻醉;一说蒙汗药的主要成分是押不庐。南宋周密《癸辛杂识续集》:"回回国之数千里,地产一物极毒,全类人形,若人参之状,其酋名之曰'押不庐'。取出晒干,别用他药治之。每以少许磨酒饮人,则通身麻痹而死,虽加刀斧不知也。"李时珍《本草纲目》也载押不庐;一说蒙汗药的主要成分是曼陀罗花。曼陀罗是有毒的一年生草本植物,开白花,结的果实像茄子那么大,表面覆盖小刺。人服用后会昏睡,但是不会伤人性命,用于服后昏睡以阻止针灸的疼痛。宋人窦材《扁鹊心书》中有"睡圣散",主要成分即是曼陀罗花。南宋周去非在《岭外代答》中载,广西的窃贼常常把曼陀罗晒干后磨成粉状,偷偷放入食物中,诱人吃下去,再偷取财物。

刘江弼看到绿营兵昏睡了过去,连忙钻到桌子底下,把木箱打开,拿出几个预先准备好的球状的鸦片,放进去几个黑色的泥巴球,而后合上箱子盖,迅速地钻出桌子。

当晚,老码头上空空荡荡的,只有两艘倒扣的木船。大运河上很安静,河水扑嗒扑嗒拍打着堤岸。

一艘官船悄无声息地靠泊上老码头。一彪人提着柳条筐下了船,在码头上站定。他们手里都拿着家伙,有的是大刀片,有的是鸟铳。

另一彪人随即从黑暗中走出来，在他们的对面站定。他们手里也都拿着家伙，清一色的是鸟铳。

孙德艺出列，"银子我们带来了，八百两纹银。你们的货呢？"

公孙茂一招手，一个绿营兵往天上射出一个燃烧着的箭簇。

一辆马车疾驰过来。马车停下后，绿营兵将一口木箱抬出来。

孙德艺说："公孙参将，这些日子，别的地方出现了用烟膏冒充鸦片的事情，我们要看看货是真的假的，真的才会付钱。"

公孙茂不做声，打开箱子。两个从官船上下来的人来到箱子前，仔细看了看黑色的鸦片球，还掰下来一小块，用舌头舔了舔。

他们立即呸呸地往地上吐，喊起来："是假的，是泥巴冒充的！"

公孙茂脸色骤变，"不可能！这批货都是在长江上洋人走私船上搜查出来的，我逐一检查过，都是真货。"

孙德艺阴沉着脸走过来，掰了一小块，用舌尖碰了碰，不阴不阳地说："公孙参将，你们用泥巴冒充鸦片，做得可太不够意思啦。"

公孙茂火冒三丈，"他妈的，想讹诈，打！"

绿营兵抄起火枪就射击。孙德艺的人也早有防范，也端着火枪开火。寂静的老码头骤然枪声大作，如爆豆一般。孙德艺的人不是对手，边打边往船上撤退。孙德艺提着柳条筐走不快，被一枪放倒。公孙茂冲过来抢柳条筐，被一枪击中腿。

枪声渐渐平息下来，老码头上倒下了六七口子。没有倒下的，官船上的人上了船，绿营兵跳上船接着厮打。

刘江弼从倒扣的木船下爬出来，对着空中施放着火的箭簇。片刻，潘耀祖和白展昭、孙驴子、那擦黑以及他们的虾兵蟹将拥出来。

公孙茂吃力地提着柳条筐，撇着一条伤腿，一蹦一跳地企图逃跑，却一头撞到一个人身上。他抬头一看，叫了声"白戏子！"

那白展昭并起剑指，直指公孙茂的鼻子，"呔！张飞喝断当阳桥，关羽千里走单骑。且看这涟漪淡淡运河，白云千载，波光潋滟，水鸟翱翔，青山碧水间，好一派繁花似锦。尔等乃何人也，胆敢于月黑风高之下走私鸦片。"

潘耀祖说："公孙茂，你上次带人在这里毒打洒家门徒，洒家扮成渔翁在一叶扁舟上垂钓，看得一清二楚。那时洒家看着众门徒受辱，按捺不住地想跳上岸暴打你一顿，但是仰仗着深厚的城府，引而不发，深藏不露。这次你落到洒家手上了，洒家不再含蓄，不再深沉，不再老成持重，也不再卧薪尝胆、韬光养晦了。徒儿们，给我打！"

白展昭、孙驴子、那擦黑搬弄着花拳绣腿，一拥而上。

他们的虾兵蟹将涌上船去，把正在厮打的人全部擒获。

7、一个小遗憾和一个大遗憾

青砖铺就的空地，执刑的皂隶手执法棍站立在两旁。

皂隶齐喊："带赛横上堂。"赛横被带出，跪在大堂中央。

查良怀说："大清与泰西诸国签订了《禁止鸦片贸易协定》，鸦片走私却屡禁不止，洋人鸦片走私船屡屡从长江口进来，通过大运河码头走私鸦片。在苏州，枫桥镇老码头首当其冲。十月二十七日，绿营检查枫桥镇老码头的南来北往的船舶，在'辛十九'号官船上发现一箱走私鸦片。据船老大孙德艺称，鸦片系老码头总管赛横交予他的。本县衙判决赛横笞杖二十，徒一年。经赛横上诉，江苏省高等审判厅认为本案证据不足，特别是孙德艺连将走私鸦片交予何人都说不出来，有栽赃陷害之嫌。鉴于孙德艺已在鸦片走私者的内讧中身亡，死无对证，无法深究。本官宣判，将赛横当堂释放。"

赛横忽地站起来，并起剑指高声说："查良怀，你别以为放了我就是有恩于我，老子不买你个老丫挺的账。明眼人一看俱知，裴莴笋是这次老码头走私鸦片的主谋，狗东西还亲自到大牢里游说我。公孙茂被抓了，孙德艺完蛋了，主犯裴莴笋怎么办？你以为稀里糊涂放了我就完啦，对裴莴笋你得有个说法，否则断不轻完！"

查良怀尴尬地咧了咧嘴，"裴莴笋是江宁绿营营总，朝廷五品命官，小小县衙论不上查处他，那得看两江总督府的了。退堂。"

皂隶们齐声呼喊："退堂。"

当晚，赛横在家里请诸位小酌。丁三甲、潘耀祖、阿蓝天、陈牧斋、陈介休、阿蓝天、白展昭以至孙驴子、那擦黑济济一堂。

赛横啪地一拍桌子，"妈的，这次大牢坐得实在冤，我赛横何曾走私过一钱鸦片。现在我顶恨的就是查良怀这老小子，我爹当年是那么栽培他，他居然在昧着良心判我笞杖二十、徒一年。"

丁三甲说:"赛横,你实在是冤枉查知县了。有的话早先不便告诉你,现在你出狱了,我也就可以向你托底了。"

赛横皱起了眉头,"这里还有我不知道的事儿?"

丁三甲说:"我在江宁就知道,公孙茂善于罗织罪名。他这次占码头经过认真谋划,走私鸦片发现于你的码头上,装在你家的木箱中,孙德艺一口咬死你将木箱交予他,而查知县没有抓住他们栽赃陷害你的证据,只有暂时下判,再通过上诉推翻。至于请绿营参与码头管理,查知县是和我商量过的,我们就是要给公孙茂、孙德艺他们闪出空档,让他们露出尾巴。他们果然利用老码头走私,结果落入了我们设的圈套,内部火并起来,两败俱伤。昨日查知县对我说,他对本案处置的一个小遗憾是,你在大堂上叫嚷起来,他不得不给你掌嘴。"

赛横摸摸面颊,"五下……这么说,我错怪了查知县。"

丁三甲说:"除此而外,查知县对本案还有一个大遗憾,那就是没能捎带手收拾了裴蒻笋。这件持续多日的老码头鸦片走私案,是裴蒻笋一手操控的,他坐镇苏州,由公孙茂指挥苏州绿营操办。事发后,公孙茂把所有罪名都顶了下来,看样子裴蒻笋是给公孙茂许愿了,拿出银子把公孙茂的家小全部抚养起来,裴蒻笋不仅毫发无损,反倒发了一笔横财。就本案而言,真的是捡了芝麻丢了西瓜。"

白展昭一伙嚷嚷起来:"不能这么饶了裴蒻笋!"

丁三甲说:"一时半会儿的,难。裴蒻笋在两江总督府有人,他在苏州大捞,是和背后的人分账的,他们是一条线上的蚂蚱,小小的吴县县衙根本就揪不住他。要想收拾他,我们得去一趟南京。"

潘耀祖说:"好哇!什么时候动身?洒家闲云野鹤之际,早已卧薪尝胆、韬光养晦多日,早就想去江宁收拾那个老混帐了。"

丁三甲说:"去江宁收拾裴蒻笋,事关重大。我得再好好谋划谋划,阿参将、赛公子,你们跟我们一起跑一趟南京。"

第十三章

小油菜客栈

1、猪八戒、沙和尚、傻唐僧

宣统三年（1911年）春的一天，梅德妁坐在梳妆台前写东西。

与丁三甲分手几年了，她的变化不太大，属于女人随着年龄增长而发生的正常变化，眼睛还是那么富有生气，鲜明的容颜柔和了，曲线变得圆润了。妩媚的嘴唇全然没有变，依旧润泽得诱人。

丁三甲轻轻推门进来，看到她面向窗户的背影，蹑手蹑脚过去，

他一下从后面蒙住了她的眼睛，叫道："猜猜我是谁。猜三次，猜不出来，就让我抱一下。"

她的身子一抖，扳住了他的手。没有欣喜，也没有忧愁，深深地喘息了几口，才说："好吧好吧，我猜。"

他重复说："只准猜三次，猜不出来，就让我抱一下。"

她并不激动，均匀地呼吸着，"我猜着了！你是猪八戒……不对不对，你不配当猪八戒。猪八戒质朴、自信、豁达，敢爱敢恨，去西天取经的路上，虽然经不起诱惑，屡次对女妖精动邪念，但始终如一的信念是他在高老庄有个媳妇儿，取经回来一定去高老庄当姑爷。此情此意天地可鉴！而你远远不如猪八戒。看来，我是猜错了。"

他拖着长音说："一次了，再猜。"

她又假装在想，"嗯……我猜着了，你是沙和尚！"

他加重语气说："梅先生，你可猜两次了。"

她背过手去摸索着他的面颊，"是不是又猜错了？沙和尚有一团大胡子，而你没有留胡子。沙和尚性格内向，情感不外露，但是有责任心，识大局顾大体，而你远远不如沙和尚。我又猜错了。"

他咧嘴笑着，"还有最后一次机会，你再猜。"

她叫唤起来："猜着了猜着了，我猜着了！"

他偏过头问道："是谁？"

她高声说："你是唐僧！"

他笑了，"梅先生今天是怎么啦？唐僧、猪八戒、沙和尚都是《西游记》里的人，现世不存在。你怎么尽猜这些小说人物呀？"

她扳开他的手，却依然面对着窗口，"好啦好啦，别玩儿了。我没有猜错，你就是唐僧，自幼入佛门，常年食素，身体虚弱，不食人间烟火，不知人情冷暖，终身未娶，孤老一生。你不是唐僧吗？"

他完全听懂了，松开了手，犹犹豫豫地站着。

她却猛地转过身，一把抱住了他。

他又有些犯晕，在她耳边小声说："想我吗？"

她的热气喷到他的脸上，"想！想了几年。"

他心里热乎乎的，"为什么会想一个傻唐僧？"

她流泪了，"不知道，真的不知道。你这傻唐僧，也不知打哪儿来的神魅，几年了，我满心满肺满腹想的就是你。"

他吞咽着唾液，"几年了，我也无时不刻地想着你。"

她小声说："我不信，偏不信。想我为什么不来南京找我？"

他垂下头，"我没混出人样之前，来南京找你干什么？没有给你赎身的银子和物件，我来找你，只能是折磨你也折磨我自己。"

她沉默了片刻，"你这次来，有给我赎身的银子啦？"

他有些窘迫，"没有。不过，为了你，我、我、我……"

她的头俯在他的胸口上，轻轻地摩挲着，"为了我？用不着。真的，用不着。你即便不能给我赎身，我也不在乎。我喜欢的是你这个人，即便我们不能结百年之好，我心里也装着你。"

第十三章 小油菜客栈

他留意到桌子上的一张纸,上面是娟秀的行楷小字。

她在他身边坐下来,轻轻地叹息了一声,"这是我写的一首《柳枝词》,在举人面前算是班门弄斧了。"

他看着娟秀的小楷,读出了声:"风楼高映绿茵茵,凝碧多含雨露深。莫谓一支柔软力,几曾牵破别离心。"

梅德妁走到窗前,向外凝望着,像是在呢喃自语:"春来阶砌,春雨如丝细。春地满飘红杏蒂,春燕舞随风势。春播细缕春缯,春闺一点春灯。自是春心缭乱,非干春梦无凭。"

"每句都带出个'春'字,如泣如诉地倾吐幽怨。"

"不过闲来无事,胡诌几句罢了。"

"几年过去了,我们都走到这个年龄了,有些拖不下去了。趁这个机会说些剖心置腹的话,你打算怎么办?"

"我打算脱籍从良。"

"我倾全力帮助你跳出青楼业界。"

"要是真能那样,我爱你一万年。"

他笑了,"人连一百年都活不到。按照讼界的说法,爱一万年这种说法属于无法履行的条款,在法律上无效。"

她又好气又好笑地一搡他,"真是个讼棍,动不动就卖弄行讼那点子学问。好吧好吧,既然爱你一万年是无效条款,就换个说法:我今生今世只爱你一个人,别人谁也不爱。这总行了吧?"

"你不能只爱我一个人,你的父母亲呢?你就不爱他们啦?只爱自己男人违背社会的伦理道德,同样属于无效条款。"

"那怎么办?我跟你海誓山盟,爱你一辈子,天地为证。"

"天怎么能为证,地又怎么能为证呢?人家泰西诸国的司法制度,有公证机关。只有经过公证,誓盟才生效。大清国时下没有这种衙门,起码得在大堂上盟誓,师爷记录在案才行。"

"好啦好啦,如果海誓山盟也无效,我答应你,脱籍从良之后嫁给你,我会给你最大的幸福。"

他一挥手,"又说两岔了。你给我最大的幸福,固然是好。但是,你所说的'幸福'约定不明。按照泰西诸国成熟的司法制度,不同的主体对'幸福'内涵的理解不同。"

"既然'幸福'含糊，我只好这样说了，如果我脱籍从良了，一辈子服伺你，给你当牛做马。这总行了吧？"

"不行，这显然是不公平条款。你为什么要给我当牛做马？当事双方应当遵循公平原则，确定各方的权利和义务。"

"你怎么总是有词儿呀。这么说吧，青楼实在是个火坑，我如果不能脱籍从良嫁于你，我宁可死了去。"

"你可别死。以威胁手段订立的条款，同样无效。"

"怎么说都不行了。这么说吧，我如果做出背叛你的事情，愿意接受任何惩罚，千刀万剐，天打五雷轰。"

"千刀万剐和天打五雷轰，分别是不同的承担违约责任的形式，而这两种形式都是违反法律规定的。千刀万剐在《大清律例》中为凌迟，而《大清律例》业已废除了这条。至于所说的'天打五雷轰'，是不可能实行的惩处方式，因此只能是无效条款。"

她站起来，撒娇地捶打他，"你坏死了，你坏死了。当了几年的讼师，把你当成个油嘴滑舌的大坏蛋了。"

他俯在她耳畔说："还是那句话，我倾全力帮助你跳出青楼。"

她问："你打算怎么帮助我？"

他糊撸着脑袋，"嗨，我心里也若明若暗的。"

她一撇嘴，"闹了半天，你心里也是若明若暗的，含混不清的条款是不是也算无效条款？"说完她就乐了。

他难得被感动，这时却有些感动了，问道："我这次来南京，是想收拾收拾裴莴笋的。裴莴笋还来你们这儿吗？你有他的消息吗？"

她的头仍然俯在他的胸上，"裴莴笋仍然是老样子。最近好像从外头搞到一笔钱，要来我们这里梳拢一个歌伎。"

他的身体一震，"什么时候？"

她想了想，"也就是这几天，大概是后天晚上。"

他进一步问道："那个歌伎叫什么？"

她的眼睛霎了霎，"本名纳兰绿荫，艺名叫什么'韭菜花'。我们这儿的人笑谈，莴笋梳拢韭菜，倒也是门当户对。"

他愈发认真,"韭菜花?我听京师的人说过,韭菜花是京师吃涮羊肉必不可少的一种佐料。这位歌伎莫不是从京师下来的?"

她回忆着,"好像是吧。听说还是哪位破落贝勒家的格格。"

他骤然放高了音量,"是个格格?"

她愈发肯定,"对,听说是个格格。这个消息有用吗?"

他直直地盯着她,"太有用啦!"

她松了口气,"能给你提供点有用的消息,我心里也好受点。"

一股胆量冲天而起,他不再迟疑,脸猛地俯下去,瞄准了她的双唇,一口叼过去。俩人的嘴唇交合在一起,来了个深深的长吻。

2、"三牛喂了马吃"及其他

"欢喜冤家书寓"牌匾,两侧挂着刺眼的红灯笼。

欢喜冤家书寓楼下各雅间的隔扇拆除了,成为一个大厅。红灯高悬,正中贴着大红喜字,两旁是红烛。

袁老板穿一身蓝布长衫,戴着一顶缎面瓜皮帽,不管见了谁都笑吟吟的。作为老鸨,他这次依然是以"老丈人"的名目到场的。

梅德妁和几个姐妹一边嗑着瓜子,一边说着女人间的悄悄话。

一名参将带着两名绿营兵分开众人走来。那参将的长相和公孙茂有几分相似,也是个罗圈腿儿。他是公孙茂的胞弟公孙盛,自从哥哥进了大牢,他来顶哥哥的缺。他们一行三人在大红喜字下面站定。

来宾纷纷议论,"今儿的主角怎么还不亮相?""该到了,他的兵都来了,他也该到了。""他人在哪儿呢?怎么不露面呀?"

人群中突然炸响一个声音:"三牛喂了马吃!"

在场的人东张西望起来。裴茵笋摘掉墨镜,趾高气扬、挺胸收腹地站着,大厅里刹那间静如一潭秋水。

裴茵笋气势张扬地说:"嗨嗨嗨,丘八讲得是人不知鬼不觉,兄弟我突然出现在你们面前,高喊一声'三牛喂了马吃',吓了你们一大跳。想必诸位不知为何意!春江水暖鸭先知,兄弟告诉你们这些井底之蛙吧,三牛喂了马吃,是英格利西话,意思是谢谢呀!"

人群中响起献媚的干笑声。

裴芮笋走到大红喜字下，啪地一磕靴子跟，"诸列各位，兄弟我数次来此给小娘子梳拢。过去满嘴直隶话，而这次鸟枪换炮啦！兄弟我出访欧洲，也是满嘴英格利西。打招呼说'好哇油'，不予理会就说'不好哇油'；同意说'噎死'，不同意就说'不噎死'；买东西问价说'好嘛吃'；谢谢人家，'三牛喂了马吃'；回头见，'姑的伯'，姑的伯是谁呀？小辈的叫姑老爷。听听，好哇油不好哇油噎死不噎死好嘛吃三牛喂了马吃姑姑的二大爷。英伦三岛，平趟！"

一个歌伎盖着红盖头，被两个厅趸搀扶进来。

裴芮笋上前，淫笑着，大模大样地揪住红盖头的一角，一把了拽下来，露出一张女孩子张皇失措的脸。惊慌的女孩儿最好看，她的惶惑写在脸上，表现在形体上，那么真诚，那么惹人怜爱。

裴芮笋眯缝着小眼看看，大舌头顺着嘴边有劲地旋了一大圈儿，"好个'欢喜冤家'，又送来个小冤家。诸列各位，这位'韭菜花'可非平常人等，乃是京师破落贝勒家的小女儿。汉官多昝够得上玩儿宗室的金枝玉叶？这回抄上了一把。兄弟我都等不及了，心里还真有点'小鹿乱撞'。上楼上楼，英格利西回头见怎么说来着？对了，诸列各位，姑姑的二大爷！"他随便朝后挥挥手，就往楼上走。

公孙盛从厅趸手中接过"韭菜花"，架着就走。大厅里顿时安静下来，只听到陈旧的楼梯吱呀吱呀的叫唤，就像一声声叹息。

待大厅恢复正常后，大门被砰地撞开，进来一干人。

赛横带着白展昭、那擦黑、孙驴子等拨拉开人过来，走在中间的是阿蓝天。他这时带着几分骄横，目光前视，像是位要人。

大厅里响起哆兮兮的吴语喊声："先生来哉！先生来哉！先生来哉！"几个女子一起喊，声音悠长婉转。

顾厅趸问："哎哟喂，几位客官来啦。来点什么？"

白展昭说："先说你这儿都有点什么？"

顾厅趸上前，"打听打听去，在秦淮河畔，欢喜冤家书寓是头号的，全活儿。您要什么吧？吃的喝的吹的弹的拉的，添词作画的，对诗唱和的，捏拿后脊梁搓揉脚丫儿的，要什么有什么。"

白展昭说："这些都不要。就要一样——小妹妹。"

第十三章　小油菜客栈

袁老板凑过来,"这里大把的全是小妹妹。"

白展昭单刀直入:"不是吹的弹的拉的唱的写的画的小妹妹,更不是捏拿脊梁搓脚不丫儿的小妹妹,是干那个事的小妹妹。"

袁老板尴尬地咧咧嘴,"听口音,你们是北面下来的。是不是从京师来的?你们初来乍到的,不知道江宁的规矩。干上床事体的,是娼妓。而我们这里是南词书寓,小妹妹都是艺妓而不是娼妓。"

赛横一听,拽拽白展昭的袖子就要走。白展昭把他的手拿开,用巴掌护着嘴说:"王爷,您哪儿都甭去,这儿的妞最棒!"

"王爷"俩字飘到了袁老板的耳朵里,他心里一激灵。

白展昭回转身,拉下脸:"别跟我扯官面上的话,京师书寓比你们上档次吧。在京师,我们是高等书寓的老泡,知道你们那点埋汰事儿。什么卖艺不卖身,客人要是舍得掏银子,你们什么都卖。"

顾厅趸凑过来,沉下脸来:"那得看你们打算掏多少银子。"

白展昭出手一让,"您往这边瞅瞅。"

孙驴子将一个沉重的铁箱示意性地提了提。顾厅趸弯下腰看了看铁箱子,待一直身子,已是满面的彩霞,眉开眼笑地向后招呼:"先生们,接客啦!"一群花枝招展的艺妓大呼小叫地跑了出来。

阿蓝天不耐烦地挥挥手,赛横涨红了脸喊道:"滚!都给我滚!"

艺妓们愣住了,不知道该怎么办了。

阿蓝天坐下来,耷拉着头,右手中指下意识地敲打着桌面,"不许扎扎乎乎,不许吵吵嚷嚷,不许大呼小叫的,我嫌闹得慌。就你招呼来的这些个,都是人家挑剩下的,是刷锅水,一个不要。"

顾厅趸问:"那客官要什么样的?"

阿蓝天说:"看到啦?我有四个贴身保镖,你们去挑四个最好的词史先生,也就是你们在外面招牌上所说的那几个,什么海棠红、牡丹绿、桂花青、菊花黄的,别的不要,就要她们。"

厅趸努力挤出一个笑脸:"客官,我们这儿的词史先生个个都是最好的,随便哪一位都能把您哄到天宫里去。但是,您这个时辰才来,外面招牌上所说的那几位,也就是海棠红、牡丹绿、桂花青、菊花黄那些顶尖儿的,早就陪别的客官去了。"

阿蓝天慢条斯理地说："好办，把那些客人都给我赶走。"

顾厅尨夸张地把耳朵凑过去，"哟，客官，您说什么？您是让我把别的客人都赶走？我有点耳背，您再说一遍。"

赛横说："你给我听好喽，爷说了，你的招牌词史先生既然让别人占着啦。你，去把那些把占着招牌词史先生的都轰走。"

顾厅尨说："把那些顶尖儿的给您腾出来。是吧？"

阿蓝天说："多了不要，四个就够了。"

顾厅尨扭着屁股一叉腰："您是谁呀？您怎么这么横啊？包着那四朵花的不但有老主顾，还有些有权有钱有势的主儿。人家，哼，有权、有钱、有势，我们根本就惹不起，哪儿敢轰走哇。"

赛横忽地把顾厅尨拽到一旁，恶狠狠地低声："你给我听着，有仨字儿再别从你的嘴里蹦出来。听好喽，这仨字儿是权、钱、势。我要是再听到你胡呲'有权有钱有势'，就大嘴巴伺候。"

顾厅尨惊愕的直眨巴眼，"行行行，我听明白了，别看你们一个个粗布聊衣、蓬头垢面的，真正有来头的是你们。"

赛横歪着脖子，向后挑着大拇哥，"算你丫有眼力架。你用什么法子我不管，干你们老鸨这行的，就是卖嘴皮子，好话赖话由着你说，好好赖赖把着顶尖儿词史的人给我请走。你要是不动，行，我动，但话得说在头里，我动可不是动嘴。动什么？我就不描了。"

袁老板干咽了一口吐沫，无奈地说："我这就请他们走，把海棠红、牡丹绿、桂花青、菊花黄给您的四位保镖腾出来。大官人，您的四位保镖有四位姑娘伺候了，您呢？"

阿蓝天压低了声音："本公子不是来玩儿的，是担着事儿来的。去，把那个'韭菜花'找来，我是冲着'韭菜花'来的。"

顾厅尨的脸色变了，"老板，他们是来找'韭菜花'的？"

袁老板发傻了，"你们是来找'韭菜花'的？"

赛横说："是啊。知道吗？'韭菜花'不是一般人。"

阿蓝天喝斥："别跟他们说那么多！"

赛横诺诺道："小的知道啦。"

阿蓝天说："'韭菜花'在哪儿？给我找来。"

第十三章　小油菜客栈

袁老板掏出手绢点点额头，战战兢兢地说："今天不同于往日，客人多，顶尖的早让先来的包了。那位'韭菜花'小姐……"

赛横的嗓门一下子高了："'韭菜花'怎么啦？"

顾厅趸慌乱地说："'韭菜花'没什么，好好的。"

赛横啪地一拍腰间，"好好的就把她叫来！"

顾厅趸慌慌张张地跟袁老板商量，"老板老板，这事儿他妈掖不住也藏不住，咱就跟京师来的客官托底吧。"

袁老板胆战心惊地说："没法子了，说吧说吧。"

顾厅趸壮了壮胆，"'韭菜花'……她让一位官人梳拢啦。"

阿蓝天一拍椅子把跳了起来，"什么？！"

赛横一把揪住袁老板的领子，往里一拽，"'韭菜花'让梳拢啦？！你们吃了熊心豹子胆啦！你知道她是什么人吗？"

袁老板颤颤巍巍的，"小的知道'韭菜花'有来头，可是那位官人太横，我们不敢得罪他，他非要梳拢'韭菜花'，只有随他了。"

阿蓝天长啸一声，"纳兰绿荫，我的亲侄女啊！"

袁老板大惊失色，"纳兰绿荫是您的亲侄女？"

阿蓝天问："纳兰绿荫是什么时候被梳的？"

袁老板说："赶巧了，就是今天晚上。"

赛横插上来："她人在哪儿呢？"

袁老板指指楼上，"就在上面呢。"

赛横问："什么人梳拢的纳兰绿荫？"

袁老板："我不敢说出名字。那官人太横，我们怕他。"

赛横说："他有多横？能横过我们吗？带我们去找纳兰绿荫。"

袁老板指指楼上，"小的不敢。搅了他的好事，他饶不了我们。"

赛横说："让你带着我们去找纳兰绿荫小姐，是给你一个将功折罪的机会。你不是敬酒不吃吃罚酒吗，行，我成全你。到了日子，那位狗屁官人因为玩儿宗室格格开刀问斩，你他妈得陪绑！"

袁老板上下牙打战，慌乱地说："我带你们去，我这就带你们去。"

深夜，楼上并不安静，有的房间传出放浪的叫声和笑声。

袁老板秉烛摸上楼去。他刚出楼梯口，暗地里传出压得很低的声音："别动。"他吓了一大跳，凑着烛光，顺着声音看过去，一个绿营兵蹲在一个房间的门口。他不知所措了，身后又传来压得很低的声音："别动。"他猛地一回头，身后站着另一个绿营兵。

公孙盛从黑暗里走出来，"袁老板，你上来干什么？"

袁老板哆哆嗦嗦的，"没什么，只是上来看看。"

公孙盛说："裴营总正在梳拢'韭菜花'呢，你要识趣，就别探头探脑的，顺原路下去，不识趣的话就等着我拧断你的脖子。"

袁老板回转身，"我这就走我这就走。"

公孙盛说："还有。袁老板，你给我记住，你要是胆敢把裴营总的名字传出去，不管你躲到哪儿，我也能拧断你的脖子。"

袁老板紧着点头，准备顺原路下楼。他的身后忽地窜出两个蒙面人来，公孙盛一惊，没反应过来就被三拳两脚打翻在地。公孙盛哪能善罢甘休，他跳起来，那两个人不等他还手，再次把他打翻，照着面部狠砸了几拳。

两个绿营兵忽地匍匐在地上，一个劲地发抖。

赛横和白展昭扒在房门口听了听，里面传来粗声粗气的浪笑。

房间里，裴崀笋正把"韭菜花"往床上按。纳兰绿荫哭喊着挣扎，他淫荡地笑着，起劲地撕扯她的衣服。

赛横和白展昭整了整面巾，发一声喊，一起踹开门冲了进去。

裴崀笋吓了一大跳，忽地跳起来。他到底是个营总，经历过一些阵仗，慌乱了片刻，稳住了神，喊道："你们是什么人……来人！"

赛横说："你手下的参将和兵勇早让我们撂趴下了。"

一听这话，裴崀笋瘫软地咕咚坐了下来。

纳兰绿荫跑到墙角蹲下，嘤嘤哭泣起来。赛横过去，把她搀扶起来。她抬起头来，泪盈盈的看着赛横，"谢谢壮士救下了我。"

在这个瞬间，赛横的心头涌动出"英雄救美"之慨，冲上去揪住裴崀笋，左右开弓抽嘴巴子："裴崀笋，你担任绿营营总后就满世界玩儿歌伎。你以为朝廷不知道你的丑事，做梦！你的一举一动都有人密奏到宫里，这回你玩儿大发了，开苞开到金枝玉叶头上了！"

白展昭说："不用搭理这种渣滓。咱们把这位格格带回客栈去，过几天回京师，把格格带到贝勒府就算交差了。"

第十三章　小油菜客栈

裴莴笋六神无主地看着他们,忽地翻到地上,如捣蒜一般磕头。

白展昭说:"裴莴笋!金枝玉叶差一点就让你玷污了,你磕一万个头也没用。回去琢磨琢磨,好自为之吧。"

裴莴笋磕头之际突然喊起来,"嘛好吃嘛好吃……错了,吃嘛好吃嘛好。又错了,那词儿怎么说来着?好嘛吃,好嘛吃!英国话。你们开个价!只要能饶我一命,尽管开牙,说个价儿。二位老爷哟,好嘛吃。"白展昭熟练地把匕首飞转两周,操起刀柄,朝着裴莴笋的天灵盖狠狠一砸,裴莴笋登时翻着白眼倒下了。

赛横把纳兰绿荫带出门外,纳兰绿荫依偎着他一并下楼。

公孙盛注意着他们的背影,那两个被打倒的绿营兵勇抬起身来,相互看了看,一并起身。公孙盛一挥手,两个兵勇跟了下去。

3、朝廷要员是否到江宁微服私访

"韭菜花"原名纳兰绿荫,十七岁,京师人氏。其实她并非贝勒府格格,只是和一位贝勒沾着拐弯儿沾亲。其父嗜赌,一次和一位大皮条贩豪赌,输了个底儿掉,把女儿抵债。大皮条贩把纳兰绿荫带到南京,为卖出好身价,拿她的家世做文章,称她是贝勒府格格。为了突出京师特征,给她起了个京味儿十足的艺名,京师人氏嗜好吃涮羊肉,而韭菜花是涮羊肉必不可少的调料,是谓"韭菜花"。

这个皮条贩子在江宁豪赌,也输了个底儿掉,把京师带来的尤物卖给了袁老板。她在京师受过琴棋书画方面的训练,天生嗓子不错,袁老板调教了几天,就上场了,拢共没有接触过几个客人,名声就传了出去。裴莴笋打听到此人后,满心满腹地要尝尝"贝勒府格格"的鲜儿,付了一笔银子就决定梳拢她。结果,当夜,裴莴笋没有得手,她稀里糊涂地被一伙人带到一个小客栈里,安排在一个小房间中。

直至这时,纳兰绿荫也不知怎么回事,却看出这帮人对她并无恶意,而且京师口音让她有几分亲近感,于是不哭不闹,到了点儿该吃吃,该睡睡,没事儿了就呆呆坐在床上发傻,安静的像只小傻猫。这姑娘的个头好,身段好,一双乌黑的大眼睛,像是会说话。

丁三甲和潘耀祖进来了,看了看她,直嘬牙花子。

赛横随即进来，这小子英姿勃勃的，走到哪儿都带着一股风。纳兰绿荫不由抬头看了他一眼，赛横看了看她，正和她投过来的一瞥相撞，那双会说话的眼睛像猫爪子一样在他心里挠了一道。

赛横说话向来是直来直去的，"二位大讼师说话吧，怎么办怎么办怎么办？咱们为了收拾裴苪笋而把纳兰绿荫带来了，现在怎么安置她？她是'欢喜冤家'的歌伎，咱们怎么跟袁老板交代？"

丁三甲轻轻地捻着眉心，"让我好好想想。"

赛横说："潘馆主，你看怎么办？帮着拿个主意。"

潘耀祖说："这的确是个麻烦事，让洒家好好想想。"

白展昭探进来一个脑袋，"注意，绿营那个参将跟过来了。"

丁三甲和潘耀祖从窗户望出去，皱起了眉头。

公孙盛带着俩绿营兵勇鬼头鬼脑地在院子里转悠。白展昭的声音传进来："哒！干嘛呢干嘛呢干嘛呢。"公孙盛的声音传进来："哎，一听您这声就有几分耳熟，您就是在'欢喜冤家'揍我的那位好汉吧？"白展昭的声音响起："哒！我也认出你了，你就是陪着裴苪笋梳拢的绿营参将，怎么？挨揍还没有挨够，又找上门来讨打？"公孙盛说："哪能呢，我们是来找'韭菜花'的。"白展昭喝道："哒！你找'韭菜花'干嘛？知道不知道？这金枝玉叶逃过了裴苪笋的一劫，你们胆敢把她找回去？"公孙盛的声音又起："哎，您和您的一位弟兄从裴营总的床头把'韭菜花'劫走了。裴营总打掉了牙往肚子里咽，自认倒霉就是了。但是，'韭菜花'不是裴营总的人，'韭菜花'哪儿来哪儿去的，我们当差的是不是得跟书寓的袁老板有个交代？"

潘耀祖皱着眉头听着门外的对话，比划了几下身架，扭着身子就往外走，刚出门就憋出个细嗓门儿，叫道："白侍卫！"

白展昭说."哎，是在叫我吗？"

潘耀祖依旧憋着细嗓门儿，像女人那样，扭着身子一甩手，"这是谁呀？你们在院子里嚷嚷什么呐。大中午的，我直犯惝，想打个盹儿，你们吵七八火的，让我连个安生觉都睡不成。"

白展昭不傻不蔫的，立即明白师父的用意，"公公，这几位是江宁绿营的，他们来找纳兰绿荫。公公，我这就把他们轰走。"

"公公？"听到这俩字，公孙盛的脸色骤然间变了，"清宫里管太监叫公公，

第十三章　小油菜客栈

这位既然是太监，那就是打宫里来的。"。

潘耀祖的身子前后一晃，"不用把他们轰走，就让他们在这儿呆着吧。古人说得好哇，'是非只为多开口，烦恼皆因强出头'。他们要是愿意呆着，就呆着好啦。他们不是要找纳兰格格吗？赶明儿一块儿跟到京师去，就让纳兰贝勒把格格交还给他们好啦。"

公孙盛的声音发颤："公公，小的不敢出头啦，小的不敢啦。"说完一招手，带着俩绿营兵勇跑了。

次日，陶成章正在书房看书，传来一阵杂乱的脚步声。裴蒍笋衣冠不整地闯了进来，陶成章猛抬头，"裴营总，你怎么来了？"

裴蒍笋顾不上寒暄了，"陶知县，闲言少叙，你是江宁县的县太爷，江宁地面上的事情最清楚，你帮我打听一件事。"

陶成章说："什么事情？说吧。"

裴蒍笋说："朝廷是不是有要人到南京来了？"

陶成章说："本官没有接到两江总督府的通报。"

裴蒍笋说："朝廷要人要是微服私访呢？"

陶成章仰首看着天棚说："朝中要人即便是微服私访，不在官府露脸儿，我作为地方官也会得到点信儿。"

裴蒍笋说："可是，我近日在一家书寓看到几个人，像是从京师来的，谱忒大不说，我手下的公孙参将跟了他们一路，一直跟到他们的驻地。公孙参将当时没敢跟进去，昨天壮着胆子进了那家客栈，发现里面居然有一位胖乎乎的大个子……好像是个太监。"

陶成章从书案上抄起一张纸，"太监？你所说的书寓，是不是秦淮河畔的'欢喜冤家'？本县衙在江宁各处安插有细作。这是线人禀报的，我一时没有太在意，现在听你这么一说，觉得有嚼头了。"

裴蒍笋问："线人是怎么禀报的？"

陶成章说："前两天的晚上，有五个操京师口音的人闯进欢喜冤家书寓，五个人是一个公子哥儿外带四个保镖。那公子哥儿财大气粗得很呐，打算给四个保镖包四个大红大紫的词史先生，于是把一干当地有头有脸的嫖客全给撵跑了。自打吴中娼业兴盛以来，还没有人敢在南京这么玩儿，京师这干棒槌闹的忒狠了。"

裴蒍笋紧张地大倒气，"后来呢？"

陶成章说:"后来他们虽然没有把嫖客全部撵走,但是闹得更加邪乎。深更半夜的,那位公子哥儿的两个保镖蒙面冲上二楼,把一个正在梳拢歌伎的大官人打昏过去,捎带手还把那个歌伎带走了。这件事闹大了,在秦淮河畔贡院街一带街谈巷议的。"

裴莴笋说:"陶知县,你为官才思敏捷,聪明无比,你在江宁人望很高,你既然让人暗访了,你是怎么判断的?说白了,是不是认为他们有大来头?他们会不会是京师某王爷家里的人?"

陶成章抖着那张纸:"据线报,他们操的是京师话,却不是京师的市井口音,而且把包了当红歌伎的嫖客赶跑,干事的派头倒像是从王爷府里出来的,皇亲贵戚嘛,出手就透着与众不同。"

裴莴笋紧张的够呛,"你认为他们的来头很大?"

陶成章:"差不多吧,有件事挺耐琢磨的。据线报,那位小主子把'欢喜冤家'的四个当红歌伎包给了四个保镖,连银子都付过了,而四个保镖却没有过夜,当夜吓唬了一番之后就走了。当保镖的进了窑子却不玩儿当红歌伎,这种事情实不多见。"

裴莴笋摇着头,"不对头。当年我在京师王爷府干保镖那会儿,哥儿几个狗仗人势,狐假虎威,主子怎么折腾我们就怎么折腾,有时候比主子折腾的还欢势。到了艺妓馆这种地方,王爷的保镖从来不会闲着。而王爷为了拢住近侍,也乐得让我们这群王八蛋纵情声色。而这四位,却是四个荤腥不沾的傻蛋。怪!"

陶成章说:"线人报告了这件事,我越想越觉得这四个保镖不像是从京师王爷府里出来的。如此恪守名节,而且有一身真功夫的侍卫,倒很像是从上三旗包衣中选拔出来。"

裴莴笋大惊道:"包衣上三旗侍卫?"

陶成章愈发肯定:"对,我猜测四个保镖是随皇室中人出行的侍卫。下官听说了,上三旗包衣是皇室世袭家奴,在整个京师的近侍中,只有这种人对主子是毫无私念、忠心不二的。"

裴莴笋说:"照你这么说,那四个保镖像宫廷侍卫。"他急匆匆地踱了两圈,"陶知县,你得知这一消息后怎么办啦?"

陶成章说:"本官哪里敢声张,不敢动作,怕一查一问撞到王爷门上惹下罪过来,于是报到两江总督府,让上头拿个主张。"

第十三章　小油菜客栈

裴蒌笋急忙问:"你报到两江总督府啦?"

陶成章说:"这么大的事情,不能不报。"

裴蒌笋思忖着:"你认为他们干什么来了?"

陶成章说:"说不来。江宁近来没有发生惊动朝廷的大事,朝廷犯不上派出要员到江宁微服私访。而据线人禀报,这几个人在欢喜冤家书寓带走的那个歌伎,是个破落贝勒的女儿。"

裴蒌笋拍打额头说:"完蛋个屁了,我他妈栽了。我这次梳拢的'韭菜花',本名纳兰绿荫,原本是破落贝勒家的,流落到了江宁,入了娼门。我想尝个金枝玉叶的鲜儿,破费银子打算梳拢她。没承想,京师来的人破门而入,把小妮子掳去,还把兄弟我打昏过去。"

陶成章绽出讥讽的笑纹,"你总算承认了。线人报,那个大官人是带着绿营兵去梳拢的。什么人敢带着绿营兵去给歌伎开苞?非得是绿营的大脑袋。你就是不说,我也猜出是你,你得有所防备啦。"

裴蒌笋说:"我担心的就是这事。陶知县,请你帮助打听打听,京师这帮人到江宁是来查什么事。只要打听出来,兄弟必有重谢。"

陶成章说:"这种事儿可不大容易打听。"

裴蒌笋紧着作揖,"身家性命啊,兄弟我的身家性命啊!"

陶成章说:"他们住在哪儿?你手下的打听出来了吗?"

裴蒌笋说:"打听出来了,我带去的绿营兵勇摸到了,他们住在南横街小油菜客栈。京师来的人把整个小油菜客栈包了。"

次日,小油菜客栈。大门被唰的踹开,一伙捕快闯了进来。

钱顺堂吓了一哆嗦,急忙迎上去,"官人官人,什么事儿什么事儿?有话慢慢说,鄙人钱顺堂是这儿的掌柜。"

捕快头目对他喊道:"我们是江宁县衙的。是谁呀?到欢喜冤家书寓一通瞎胡闹,还把书寓的名妓'韭菜花'拐带走了。"

捕快头目说:"据说带走'韭菜花'那帮人就住在这里。"

钱顺堂慌慌张张地四下看看,"是吗?小的对此一无所知。"

捕快头目说:"那我们就搜啦。"

赛横出来,"用不着搜,这事儿是我们干的。"

捕快头目说:"噢,你认帐倒是痛快。你们这把玩儿大了,欢喜冤家书寓的袁老板告官了，跟我们走一趟，到衙门里说说清楚。"

捕快头目上来就要拿人，孙驴子冲上一步，一把叼住捕快头目的手腕，一发力，那捕快头目疼的屈膝跪了下去。

桂世镛进来，"慢来慢来，别动手别动手。"

赛横斜睨着他，"狗衙役，你以为我怕跟你们走。怕到了衙门里，我们亮出牌子来，你们的县太爷得吓得尿裤子！"

陶成章进来，"本官见过些场面，不至于被你们吓得尿裤子。"

孙驴子歪着脖子看了看他，"想必你就是县太爷喽。"

陶成章说："本官是江宁知县陶成章。你是干什么的？"

孙驴子放开捕快头目，抱拳作揖，"知县大人，在下孙驴子原先在直隶河间府贩驴肉，因为有把子力气，让主家看上了，给主家看家护院。头些日子，主家的少爷下江南玩儿，我跟着出来当保镖。"

桂世镛对陶成章耳语："一听就是瞎话。"

陶成章对桂世镛耳语："瞎话就对了，下面该逗他说真话了。"

桂世镛说："你家少爷叫什么？"

白展昭说："我家少爷叫于老八。"

桂世镛对陶成章耳语："对上茬儿了。我隐约听说，在京师的黄圈圈里，由于'于'谐'御'的音，皇上是御前的老大。如果有太子的话，太子是御前的老二，俗称于老二。这'于老八'，恐怕也是和黄圈圈沾边的人物，于老八不过是黄圈圈里的化名。"

陶成章紧着点头："接着问，逗出他的实话。"

桂世镛问："你们为什么从书寓里把'韭菜花'带走？"

白展昭说："别'韭菜花'、'韭菜花'的瞎叫，那是妓院里糟蹋人的脏名。她的真名是纳兰绿荫，是根红苗正的大家闺秀，也是我家少爷的亲侄女。她误入了娼门，我们不过是来解救她。"

桂世镛正色："听好喽，回答我，你是谁的佐领下人？"

白展昭怔了片刻，欲言又止。

桂世镛断喝："据实回答！"

白展昭身子一抖，"图额，内务府镶黄旗。"

桂世镛向白展昭挤了挤眼："据实说来，混了个几等？"

第十三章　小油菜客栈

白展昭犹豫了一会儿，方说："三等。"

陶成章不解地问："你问的是什么？我怎么越听越糊涂。"

桂世镛拉住陶成章，背过身去，"旗人都由佐领管理衣食俸禄，我问他是谁的佐领下人，他说出图额这个名字，而且说是内务府镶黄旗的。这个旗属于内务府上三旗，而皇室的侍卫都是从内务府上三旗中挑选的。由于宫廷侍卫是分着等级的，我问他混了个几等？他回答说'三等'，等于间接承认了他是三等御前侍卫。"

陶成章回转身来，"你家的少爷呢？"

白展昭说："于老八出门了。"

陶成章向前一甩巴掌，"看看于老八的房间去。"

白展昭把他们带到一个房间里。这是小油菜客栈最宽敞的客房，床铺上凌乱不堪。陶成章板着脸搜检床铺，他从床上拽出一件黄色的坎肩，仔细辨认着。他的手突然间一抖，"黄马褂！"

桂世镛说："拿京师的话说，齐活！这位少爷从京师带着人来解救破落贝勒家的格格，少爷本人被称为'于老八'，这件黄马褂是宗室子弟才准穿的，而他的保镖又是宫廷侍卫，都对上茬了。"

陶成章点点脑门上的冷汗说："我这就回去，向两江总督府禀报。你留在这里，好生款待他们。记住，万万不可以问他们的来路。"

4、关乎身家性命的消息

钟山别业里，陶成章背着手站在博古架前，欣赏北魏鎏金佛像。旁边站着裴芮笋，此时他的两条眉毛就像两条蠕动的毛毛虫。

裴芮笋说："哎呀！陶知县，人家心急如焚，你还在欣赏古董。说说看，那伙京师的人是哪里的？到南京干什么来了？"

陶成章说："前天，我和桂师爷亲自带人去了小油菜客栈。名义是搜寻京师那伙人从欢喜冤家书寓带走的'韭菜花'，通过盘查了解到，劫走'韭菜花'的人，来头深不可测。他们的头儿称于老八，你是从京师王爷府出来的，当知道'于老八'意味着什么。"

裴芮笋说："'于老八'？这个称呼像是跟皇室沾边。"

陶成章不慌不忙地掏出一样东西，"你说对了。这是于老八的黄马褂，它可不是什么人都能穿的。另外，他的保镖中有三等御前侍卫。"

裴崴笋拿过黄马褂看了看，不由大惊，"穿黄马褂，带御前侍卫，哟喝，这两条是硬砍实凿的。那位少爷八成是从清宫里出来的。"

陶成章说："你要梳拢的'韭菜花'是于老八的亲侄女。"

裴崴笋抚摸着头，"好险呐。我梳拢'韭菜花'时，小丫头又哭又闹的，不甘就范。直到两位御前侍卫闯进来，我还没有得手。不信你们就查查去，'韭菜花'是个原封货。"

陶成章说："要不然，你就是长了仨脑袋也留不住一个。"

裴崴笋说："他们到江宁干什么来了？来解救'韭菜花'的？"

陶成章说："你想得过于简单了。他们来办的事，比解救纳兰绿荫重大得多。于老八解救纳兰绿荫不过是搂草打兔子，既然到了南京，捎带手从青楼里把亲侄女捞出来。他此行的主要目的不在这里，本官估计是明察暗访两江总督府的要员参与鸦片走私之事。"

裴崴笋一愣，"什么？两江总督府要员参与走私鸦片？"

陶成章说："最近一个时期，京师几个王府里发现了鸦片，都是第一流货色。据查，它们是从江南走私到京师的。你们绿营负责查禁鸦片，据说这批走私鸦片是从苏州枫桥镇老码头上船的，通过京杭大运河运到京师，而且绿营也参与了走私。"

裴崴笋愈发慌乱，"我知道这回事。知道知道，万分知道。是我手下参将公孙茂干的，公孙茂已经发配到宁塔古充军了。"

陶成章说："而刑部认定，一名小小参将组织不了大规模鸦片走私，怀疑两江总督府也有要员参与了。于老八到南京来，主要是来查这件事的。裴崴笋，你没能糟践了纳兰绿荫，算走了狗屎运。而鸦片走私，我不信你这个吃里扒外的家伙会干净。"

裴崴笋不置可否，"本营总干净不干净单说，但是京师那伙人查的是两江总督府要员，并没有查到我的头上来。"

陶成章说："是有人给你顶雷了。你手下的那个参将公孙茂挺仗义，在大牢里把所有的事儿都揽到自己身上，把你保了下来。"

裴崴笋干笑着，"嘿嘿，不瞒你说，其实还就是这么回事。凭着公孙参将这

第十三章　小油菜客栈

么讲义气，我就得一辈子照顾他的眷属。"

陶成章说："你就不怕有人找后帐？"

裴崴笋阴笑了一声，"我办过案子我知道，苏州枫桥镇老码头鸦片走私案已经结了，已结案的案子是不能重来的。嗨嗨，为了这事儿，鄙丘八叫手下查了查，在泰西诸国的司法中，这是有说头的。"

陶成章说："不错，泰西诸国的一项诉讼原则是'一事不再理'，或者叫'禁止双重追诉'。直白地说，同一个案子不能办两回。"

裴崴笋说："春江水暖鸭先知，本营总知道自己是块什么料，平心而论，我就是个吃里扒外的坏种，只不过这次又能滑脱了。"

陶成章说："依本官之见，你差不多能够躲过去。"

裴崴笋笑逐颜开，"陶知县，我深知从朝廷要员嘴里打听出真话不容易。你打探来了如此重要的消息，本营总得好好酬谢一番。"

陶成章说："都是江宁地面上的同僚，不必谢了。"

裴崴笋东张西望，看看屋子里有什么东西，说："谢是一定要谢的。老话说得好，涌泉之恩当滴水以报。我得找个好东西谢谢你。"

陶成章说："不必了不必了，大可不必。"

裴崴笋一眼瞄上了博古架上的北魏鎏金佛像，"你是不是觉得这个北魏鎏金佛像可真是个好东西。行啦，这件好东西归你了。"

陶成章说："怎么？你要把北魏鎏金佛像送给我？"

裴崴笋说："谢谢你打探出重要消息，关乎我的身家性命。"

陶成章说："啧啧，这个礼可实在是太重了。"

裴崴笋说："要说重，我的脑袋可比这个铜疙瘩重得多。这个铜疙瘩几年前就是你帮助我找回来的，那次的情还没有还呢。拿去！"他不由分说，从博古架上拿起北魏鎏金佛像，递过去。

陶成章把北魏鎏金佛像拿过来，若有所思，"本官既然受了一份大礼，那就多说两句吧，也好对得起这份大礼。"

裴崴笋说："你说你说，快点说。"

陶成章说："本官不知道你与这次鸦片走私案件有多深的干系，但是你肯定是主谋。你得留神了。朝廷既然派员对两江总督府明察暗访，那些从鸦片走私中分赃的要员就会杀人灭口。杀谁？谁给了他们脏银就杀谁。不管你跟这件事有多大关系，最近都得防着点。"

裴崀笋后脖颈那里凉嗖嗖的，"两江总督府的人会做掉我？"

陶成章说："这种事不是你死就是我活。出门留点心，防备两江总督府某些要员派出的杀手。一旦有人加害于你，我会全力营救的。"

裴崀笋说："陶知县，本营总要的就是你这句话呀。"

陶成章一边端详着手里的北魏鎏金佛像，一边走出去。

陶成章走了，裴崀笋心里空落落的，回到家就做安排。

他的三妻四妾穿得整整齐齐的，排成一溜，像是要聆听大事。她们的表情也是整齐的，都有些恍惚，有些不安。

裴崀笋挥手叫道："诸位妻列位妾，本官要向你们通报一个糟心的事情，你们的爷们儿让人瞄上啦！"

他的妻妾们惊慌失措地躁动起来。

裴崀笋的眉毛成了倒八字，"诸位妻妾在家吃香的喝辣的穿绿的戴红的，哪一文钱不是我弄来的。弄银子就要干悬得溜的事，干悬得溜的事就要有人罩着，而那些人不是白罩着，银子要分他们一块。近日朝廷派员在江宁明察暗访走私鸦片，那些得过好处的人就要灭口。灭谁？灭你们的爷们儿我呀！我把白花花的银子顺到了他们口袋里，灭了我，就死无对证了。"说到这儿，他擦眼抹泪的。

他的妻妾们吓得哭泣起来。

裴崀笋晃晃手中那罗纸，"天还没塌下来，哭什么！你们的爷们儿不会坐以待毙。我早有招了，什么招？大馒头堵嘴！这罗庄票值小九千两银子，这两天就给那察访走私鸦片一事的朝廷要员送去。他们只要收了钱，就被摆平了，就不会查到我，还会罩着我。"

妻妾们像是看到了希望，多少有些松弛下来。

裴崀笋说："嚯嚯嚯，谁也不准松心大喘气儿！叫你们来，是要告诉你们，白花花的八九千两银子送出去了，你们在家就要准备过苦日子，吃香的喝辣的穿绿的戴红的，没门儿！往后吃咸的喝淡的穿灰的戴蓝的，知道啦？"

妻妾反应冷淡，大老婆淡撒撒地说："吃什么喝什么穿什么戴什么，我们都不会太在意。我们在意的只是你这个人，我们这伙女眷的爷们儿，我们担心那些得了好处的大员会向你下手。"

裴崀笋说："两江总督府里有两个要员得了我的好处，他俩肯定会杀人灭口，要是搁我，我也会这么干。但是我早就有对应的招数，绿营常常缺粮饷，却从来不缺人。兵勇大把大把的，来人！"

公孙盛带着一队绿营兵跑进来。裴芮笋说："从即日起，这帮弟兄就住在府邸里，昼夜巡逻，看那些两江总督府要员派出的杀手如何近得了我的身。"愁眉苦脸的妻妾们顿时拍起巴掌来。

5、绑票者摘掉了面巾

天空瓦蓝瓦蓝的，风和日丽。阿蓝天剔着牙，出了门。白展昭和孙驴子在后面跟着，就像俩保镖。

裴芮笋从斜刺里走过去，叫道："于公子。"

阿蓝天停住，白展昭和孙驴子疑惑地看着来人。

裴芮笋生挤出一个笑脸，"于公子，不认识我啦？"

阿蓝天说："你是谁呀？我不认识你。"

裴芮笋说："嘿嘿，下官是江宁绿营营总裴芮笋。"

阿蓝天说："这个名字嘛，我倒是听说过，耳熟能详。"

白展昭提示道："于公子，我认出他了。他就是在欢喜冤家书寓打算梳拢纳兰绿荫而后来让我们收拾了的那个家伙。"

裴芮笋说："对对对，下官着实佩服您的记性。那日，你们扬汤止沸，抡圆了左右开弓抽下官的大嘴巴子以及用刀柄把下官打得昏了过去，您都铭记在心，历历在目，恍如昨日，下官着实敬仰。"

阿蓝天说："闹了半天，你就是裴芮笋。裴芮笋，也不撒泡尿照照自己的臭德行，就你这歪瓜裂枣的样子，还惦着给歌伎开苞。"

裴芮笋说："近来，下官每次撒尿后都对着尿洼子照自己的混蛋德行。嘿嘿，嘿嘿，嘿嘿，嘿嘿，下官实在是惭愧呀。"

阿蓝天厉声："说声惭愧就完啦？你差点糟蹋了我的侄女！"

裴芮笋说："不是差点吗，侥幸就侥幸在差那么一点。因此，下官就算是没有干成。因此所以，下官仅仅是在不知情的情况之下，根据妓院的行规，在刑律允许的范围内，亲自调戏了您的亲侄女。"

白展昭说："裴芮笋，你什么时候学会瞎拽了？"

裴芮笋说："下官因为是来给您赔罪的，所以经过深思熟虑和瞻前顾后，措词十分严谨，甚至于达到了滴水不漏的程度。"

孙驴子说："都拽到阴沟里了，还他妈滴水不漏呢。"

阿蓝天说："裴芮笋！你别罗七八嗦的，你既然一大早在客栈门外堵住我，就当有所求。少废话，就说你想干什么吧。"

裴芮笋说："嘿嘿，终于让您猜着了。"

阿蓝天问："你想干什么？"

裴芮笋说："下官不幸亲自调戏了您的侄女，对您当然要有所补偿。您说个数，要多少合适？"

阿蓝天说："你给我听好喽，这种事情没价儿！"

裴芮笋从怀里掏出一叠庄票，抽出其中的几张递过去，"下官干的混帐事当然不是用银子就可以摆平的。即便如此，下官还是要孝敬您三千两银子，就算是对纳兰绿荫小姐的赔罪。"

阿蓝天接过来，"你倒是舍得出血，但我并不领情。你以为你干的一大堆坏事用三千两银子就能摆平，差他妈远啦！"

白展昭说："你所干的坏事，还包括在枫桥镇老码头走私鸦片！"

裴芮笋把剩下的几张庄票递过去，"下官自知，就我干下的那些事情，实在够得上八个字：罪该万死，罪不容诛。这是五千二百两银子的庄票，买我其余的罪过，比如在枫桥镇老码头走私鸦片。"

阿蓝天接过来，"不如说用八千多两银子买自己的一条命。"

裴芮笋说："嘿嘿，小人命贱，当是买下一条贱命吧。"

阿蓝天："既然是这样，我们可以给你托点底了。"

裴芮笋侧过脸去，"您说您说，金玉良言往这个耳朵眼里灌。"

阿蓝天说："街道上怎么说话？今晚要个饭局吧，我做东。"

当晚，叫化鸡酒楼，满桌子丰富的菜肴。

裴芮笋端起一碗酒站起来，激动的满脸通红，语无伦次地说："自从下官从娘肚子里掉出来，从来没有遭遇过这样的垂爱。今日下官十分之荣幸千分之荣耀以及万分之荣光，功德无量地出席了京师朝廷要人举办的晚宴，而感到非常的自豪。"言毕，他一饮而尽。

裴芮笋酒量不大，不大会儿就醉了。他站起来，端着酒杯来到阿蓝天的跟前,问道:"哎,我的小名是什么来着?"

阿蓝天好笑地说:"我怎么会知道你的小名是什么。"

裴蒚笋说:"看样子你和我一样,也他妈喝醉了。"

阿蓝天说:"裴蒚笋,你是喝醉了,我可没有喝醉。"

裴蒚笋说:"别看我喝醉了一点点,但是心里却像明镜一样。下官在欧洲考察的时候,记住了一句名言:尽管我干下大量不法勾当,但是仍然打算接着干,朋友们把这叫做笑傲江湖。"

阿蓝天说:"你还拽出点道道来。你这话是什么意思?"

裴蒚笋说:"下官的意思是,尽管你们是来明察暗访我们这些坏蛋的,但是你们吃了我的银子,就不会拿我怎么着了。"

阿蓝天说:"我们是不会怎么着你了,但是你别忘了,两江总督府的那些吃了你银子的人,为了防止你咬他们,还是要干掉你。"

裴蒚笋的醉意被吓跑了一多半,端着酒杯发愣。

门帘忽地撩开,几个蒙面人冲了进来。阿蓝天厉声问:"你们是什么人?"一个大个蒙面人不说话,一拳把阿蓝天打倒。

裴蒚笋紧着眨巴眼。蒙面人冲上来,没等他喊出声来,就忽地堵住他的嘴,几把捆住,随即罩上一个大麻袋,扛起来就往外跑。

蒙面人的动作之快,令阿蓝天瞠目结舌。蒙面人出门后,阿蓝天费劲巴拉地从地上爬起来,高喊:"绿营兵!绿营兵!来人呐!杀手把裴营总绑架走啦!"

左近却毫无声息,他感到不对劲,冲出去,拉开隔壁雅间的门,只见几个兵勇烂醉如泥,有的趴在地上,有的俯在桌子上酣睡。

叫化鸡酒楼外面停着一辆马车,蒙面人跳上马车,把麻袋扔上马车,后面的人像条泥鳅般钻进车篷,马车疾驰而去。

蒙面人打开麻袋,裴蒚笋的头露了出来。他渐渐地缓了过来,能够吐出声音了:"你们是谁?本营总不认识你们。"

一个蒙面人说:"裴蒚笋,你不认识我们,我们可认识你,掌握你的一举一动。今天上午你给了京师要人一把庄票,晚上你又在酒楼和京师要人晤面,肯定是要摘脱自己,把你身后的人咬出来。你要染红别人的顶戴花翎保住自身,逼的我们没办法了,只有除掉你。"

裴蒚笋问:"你们是两江总督府的?"

那个蒙面人说:"我们不是两江总督府的,但是收了两江总督府要员的银子。受人钱财,与人消灾,江湖上的老规矩啦。"

裴萬笋慌的浑身乱颤,乱嚷起来:"饶命饶命!"

赶车的蒙面人喊起来:"有人追上来了!"

几匹坐骑疾驰而来,坐骑上的人高喊:"停车!停车!我们是江宁县衙的捕快,马上停下来!马上停下来!"

那个蒙面人掏出刀子,在裴萬笋眼前一晃,"你别以为有人救你,你就能活命了。在捕快撵上来之前,我先捅死你!"

眼看着刀子迎面而来,裴萬笋急中生智,使足了吃奶的力气往车外一滚,扑通掉到了地上,急剧地翻滚了几下,停了下来。

拍马赶到的捕快见状,使劲勒住了缰绳,停下来。

众捕快跳下马来,拥到裴萬笋的跟前。他被摔得七零八落,昏头昏脑的,却还在喘气。众捕快给他解开绳子,扶着他站了起来。

裴萬笋气急败坏的指着前方,喊道:"追!追上去,他们是两江总督府要员派出的杀手,是来杀人灭口的。"

捕快头目往前面看了看,"追不上啦,你能保住一条命就不错。"

马车仍然在飞奔,赶车的蒙面人拼命地挥舞马鞭。

马车上,蒙面人摘掉面巾,呼哧大喘。这伙"蒙面杀手"原来是潘耀祖和白展昭、孙驴子、那擦黑,他们相视大笑起来。

马车停了下来,赶车人摘掉面巾,原来是赛横。

潘耀祖说:"行啦。咱们演完这出戏,裴萬笋会认定两江总督府的要员要杀人灭口,而他惟一能保住小命的地方就是江宁县衙。丁举人说了,到了这步,裴萬笋为了保住小命儿,会把一切都说出来。"

6、原来是一只糊涂鸭子

正如所料,裴萬笋本来就没把名节当回事。从蒙面人的刀尖下捡了条命,思前想后,保住小命儿最当紧,于是当时就让江宁县衙的捕快把他带回县衙。不要求别的,就是要让救命恩人陶成章把他关进大牢,严加看守。没过一天,稍稍安顿,就一股脑的吐了个干净。

第十三章 小油菜客栈

这日，陶成章和桂世镛在书房里商议如何将裴芮笋投案一事移交到两江总督府，未经通报就进来了两个人。

陶成章上下打量着他们，"二位看着眼熟，你们是……"

丁三甲说："陶知县，真是贵人忘事多呀。忘啦？我是'盗窃'裴芮笋的北魏鎏金佛像的那个'飞贼'呀。"

陶成章猛地想起来了，"你是丁举人、丁三甲！"

丁三甲说："正是，我现在是苏州光宗耀祖讼馆的讼师。"

桂世镛一指潘耀祖，"我一眼就认出你了，你是替丁举人在大堂行讼的潘耀祖。你的那个陈诉状给我留下的印象太深了。"

潘耀祖说："此一时彼一时也，洒家时下是光宗耀祖讼馆馆主。"

陶成章说："真看不出来，潘耀祖现在成为讼馆馆主了。"

桂世镛说："潘馆主，既然是讼馆馆主，当是会写陈诉状喽。"

潘耀祖："那是那是，洋洋洒洒，洋洋洒洒。古人说得好哇，别看我傻，我心里没伤疤；别看我黑，我心里不自卑。"

陶成章看着这尊塔，慈爱地笑了，"别看咱们的潘耀祖长成潘馆主了，抬手举足，却还是当年那个慈慈的样子。"

桂世镛说："潘馆主，本师爷有一道题目想考考你。"

潘耀祖拽了拽袖口，"师爷，说吧说吧，尽管给洒家出题。"

桂世镛说："这是一道选择题。如果一位讼师和一位县太爷同时掉进了水里，你可以做如下两种选择……"

潘耀祖匆忙回答："我当然先救讼师，谁会把县太爷当回事。"

桂世镛说："不是这种选择，我要问的是，如果一位讼师和一位县太爷同时掉进了水里，你是选择去喝茶还是去看戏？"

潘耀祖说："讼师掉到水里了，却置若罔闻，选择去喝茶还是去看戏？哎呀，好你个桂师爷，在你心里，讼师也太不值钱了。"

陶成章说："县太爷也一样不值钱嘛。"

他们相向大笑起来。

陶成章的笑容渐渐地收敛了，"哎？你们两个怎么到南京来了？来找我们江宁县衙有事吗？"

丁三甲笑眯眯地反问："你说呢？我们当然有事。"

半个月后，江宁县衙大堂，执刑的皂隶手执法棍站立在两旁。

皂隶们齐声呼喊："带裴茑笋上堂。"

裴茑笋被狱卒带出，跪在大堂中央青砖铺就的空地上。

陶成章一拍惊堂木，亮开嗓子："近年来，洋人鸦片走私船屡屡从长江进入江南地区，负责沿江收缴走私鸦片的是江宁绿营。去年秋季，前江宁绿营营总裴茑笋买通两江总督府要员那远山、良钢等，谎称已将绿营兵沿江收缴的走私鸦片销毁，而后与京师官船不法船老大孙德艺勾结，诬陷枫桥镇老码头总管赛横，随即霸占老码头，公然将绿营兵沿江收缴的走私鸦片运往京师。近日，裴茑笋深感罪孽深重，主动到本县衙投案自首。据供认，他们走私贩运鸦片四十七箱共一千九百九十七斤，获利一万七千多两银子。其中裴茑笋获利一万两千六百三十九两银子，其中的五千五百多两银子交予与两江总督府要员荣远山、良钢等。在朝廷下诏查办此事时，荣远山、良钢等人欺瞒两江总督，将案子扣下不予查办。裴茑笋！是不是这样的？"

裴茑笋缓缓抬起头，鼻涕一把泪一把的，"噎死噎死！县太爷所说噎死，十分噎死。本人罪孽深重，别无所求，由于两江总督府分到赃款的要员急欲杀人灭口，但求把本人关进县衙大牢，一定是单人牢房。大牢加强戒备，每拨岗哨七人，其中一人带岗，六人在大牢前后左右巡视，一昼夜分为四拨，每拨三个时辰。如果江宁县衙能够满足罪人的这点小小请求，罪人将万分之三牛喂了马吃！"

陶成章说："裴茑笋，既然你供认不讳，本县衙将充分考虑你的请求，在牢房中对你严加看押，不许任何无关人等近身。"

裴茑笋连连磕头，"罪人感激不尽。"

桂世镛说："另外，裴茑笋，考虑到你伏罪彻底，你是否需要讼师为你辩白几句？如果他们说得在理，可以适当减轻对你的刑罚。"

裴茑笋眨巴着眼睛想了想，"减轻刑罚？好哇！居然会有这等好事。我需要讼师，因此所以需要特需要！"

桂世镛说："你可以指定讼师，或者由本县衙代你聘请讼师。"

裴茑笋说："我哪认得什么讼师呀，请你们代为聘请吧。"

陶成章看着案卷，"好吧，既然你是在苏州犯事的，我们已经为你延聘了两位苏州讼师。现在请苏州的二位大讼师上堂吧。"

第十三章 小油菜客栈

皂隶走到堂口，大声喊道："传讼师上堂。"裴莴笋忐忑不安地回身看着堂口，皂隶再次高喊："传讼师上堂。"

堂口外面传来高喉咙大嗓门："来也来也。洒家来也！"

"洒家？怎么来了个'洒家'？"裴莴笋皱着眉头念叨。

丁三甲和潘耀祖大步流星走上大堂，两个人都穿着崭新的苏格兰大方格呢洋装，打着花领带，只是脚上不般配，是双梁布鞋。

裴莴笋疑惑地看着他们，觉得眼熟，"你们是……"

潘耀祖站了个丁字步，朗朗说道："洒家乃是苏州光宗耀祖讼馆馆主潘耀祖先生，这位是旗下讼师丁举人三甲先生也。"

裴莴笋皱着眉头看着丁三甲，"我想起来了，你是丁举人。"

丁三甲迎着他的目光，"不错，前江宁绿营营总裴莴笋，咱们是老相识了，我就是当年被你诬陷的那个丁举人。"

裴莴笋愣了半晌，突然间嚷道："完了完了，完了完了，这下算栽到冤家手里了。你们给我挑了这么个讼师，我还不得罪加一等。"

陶成章一拍惊堂木，"肃静！"皂隶们齐喊："肃静。"

陶成章说："丁举人，你可以说了。"

丁三甲说："据了解，裴莴笋在担任江宁绿营营总期间，肆无忌惮地收敛了大量不义之财，而且色胆包天，屡屡奸淫良家女子。但是，这次鸦片走私之后，他还是有所忌惮的。据他供认，他在这次鸦片走私中获利一万两千多两银子，其中的五千多两银子交予与两江总督府要员荣远山、良钢等人，他实得七千多两银子。数日前，他将价值八千二百两银子的庄票交予我的几个朋友。本讼师认为，到江宁县衙投案自首之前，他已经全部缴纳了鸦片走私所得赃款，这可以算作悔罪的表示。请知县大人在量刑时充分考虑到这一情节。"

裴莴笋猛抬头，面带喜色，叫喊起来："噎死噎死！春江水暖鸭先知，丁举人，我早就知道你不会趁火打劫，落井下石。请您允许本人鞠躬尽瘁，杯弓蛇影，向您致以万分诚挚的三牛喂了马吃！"

陶成章说："丁举人，裴莴笋如果在投案自首之前就已缴足赃款，的确是一个重要情节。这是怎么回事？请你向本县衙做出说明。"

丁三甲说："数日前，本讼师的朋友阿蓝天清晨外出散步，裴莴笋堵住了他，对在书寓梳拢歌伎纳兰绿荫一事，以及对于鸦片走私一事表示了追悔之意，并且交给阿蓝天八千二百两银子的庄票。"

　　陶成章问:"裴莴笋为什么要交给阿蓝天一大笔银子?"

　　丁三甲说:"裴莴笋看来是搞错了,错得一塌糊涂。他以为阿蓝天是京师来的'于老板',是朝廷派到南京明察暗访鸦片走私的。其实,阿蓝天是苏州铁匠浜骁骑营的一员参将,与皇亲贵戚和什么朝廷要员毫不沾边,更不是裴莴笋所理解的什么'于老八'。"

　　裴莴笋大惊失色,"啊!原来于老八不是宫廷要人?!"

　　丁三甲说:"阿蓝天哪里是什么'于老八',他不过是在苏州骁骑营的参将中,年纪和资历都排行老八,仅此而已。"

　　裴莴笋说:"那他的黄马褂是怎么回事?"

　　丁三甲说:"皇室的黄马褂是由苏州织造府承制的,阿参将不过借了一件带着,从来没有穿到身上过,所以也没有僭越之嫌。"

　　裴莴笋说:"那么于老八的四名御前侍卫呢?"

　　丁三甲说:"他们哪里是什么御前侍卫,你要想知道他们的真实身份的话,可以告诉你,这四个人都是苏州枫桥镇老码头的人。他们对你在老码头的所作所为实在气不过,才到南京来的。"

　　裴莴笋说:"据说,于老八还带着一名太监……"

　　潘耀祖笑了,扭了扭身子,吊着嗓门说:"洒家不过吊着嗓门说了几句话,你派出的细作就把洒家误认为太监了。"

　　裴莴笋一屁股坐到地上,"我……我,被你们玩儿了!"

　　丁三甲俯在他的耳畔轻声说:"作为讼师,我不得不提醒你,你可千万不要说被玩儿了。这么说等于供认,你误认为阿参将是朝廷派来的人,你的八千二百两银子原准备向朝廷要员行贿的。"

　　裴莴笋恍然大悟,"对对对,讼师的提醒太对了。"

　　陶成章说:"裴莴笋,经过讼师点拨之后,你现在你可以说了。那天早晨,你为什么要把八千二百两银子交给阿蓝天?"

　　裴莴笋说:"自鸦片走私之后,我夜夜不得安眠,深感罪孽深重万丈。我在书寓遇到阿参将之后,认为他们气度非凡,像是朝廷派来的调查鸦片走私案件的要员,于是清早堵在阿参将驻地的门口,就将走私鸦片的脏银全部交给了他们,请他们转交大清国银库!"

第十三章　小油菜客栈

堂下传出一阵喧哗声，阿蓝天、赛横和白展昭、孙驴子、那擦黑纷纷说："对！裴莴笋就是这么做的，我们都可以作证。"

陶成章一拍惊堂木，"本官认为丁讼师所说的有理，量刑时会充分考虑到裴莴笋的自首情节，以及在自首之前主动缴纳全部脏银的情节。至于怎么惩处这个人嘛，择日宣判。退堂！"

皂隶们齐声喊道："退堂。"

两个狱卒架起了裴莴笋，他不挪窝，仍然在呆呆地思索。他急吼吼地问道："那两江总督府要员的杀人灭口是怎么回事？"

丁三甲说："实话说吧，据我所知，好像没有这回事。"

裴莴笋愣住了，"没有这回事？我是实实在在被一伙强人绑走了……那绑我的人是哪儿来的？"

陶成章抚须笑了，"不妨跟你托个实底，本官也不知道他们是哪儿来的，反正不是两江总督府要员派出来的。"

裴莴笋呆呆地想了想，他突然间大喊大叫起来："亏了亏了，这下子亏大发了。既然朝廷没有派人来南京明察暗访，我干嘛要交出八千多两银子呀；既然没有人要杀我，我干嘛要自首呀。"

丁三甲说："裴莴笋，你成天念叨什么'春江水暖鸭先知'的。没承想，到了根节上，你居然是一只糊涂鸭子。"

裴莴笋伤心地大叫了一声，一头栽倒在地，狱卒不由分说，拽着裴莴笋的两条胳膊，把昏昏沉沉的他拖走了。

丁三甲刚要离开，身后传来陶成章的声音："丁举人，慢走。"

陶成章招呼说："丁举人，请到我的书房来一下。"

7、共同呢喃出一个字眼

北魏鎏金佛像摆在陶成章的书房中，散发着幽暗的光泽。他在书案旁边，背着手，弯腰欣赏着这个物件。

丁三甲进来了，一眼看到了北魏鎏金佛像，身子一震，不由感慨万分。但是他不便流露，也不便问，只是呆呆地看着它。

陶成章直起腰来，回过身，"丁举人，这个物件你不会感到陌生吧。想当年，麻五为了从青楼赎出梅宛，到裴崿笋的别业盗窃了这个北魏鎏金佛像，你却因此受到了牵连，莫名其妙地进了大牢。"

丁三甲尽力淡淡地说："这东西怎么到你这儿来了？"

陶成章说："由于我向裴崿笋递了两江总督府要员要杀人灭口的话，裴崿笋一时发作要感谢我，随手拿起这个物件送给了我。"

丁三甲说："这个物件不错，是个好东西。"

陶成章问："知道我为什么会收下吗？"

丁三甲说："不知道，也没有必要知道。"

陶成章说："当时我就有个想法，你比我更需要它。由于我打算转送给你，于是就从裴崿笋的手里接过来了。现在，你拿走吧。"

丁三甲说："你要把北魏鎏金佛像送给我？"

陶成章拿起北魏鎏金佛像说："丁三甲举人，你的所作所为，是个好样的讼师，帮助朝廷除了南京一霸，且算是本县对你的一点酬谢吧，这是其一；其二……其二，据我所知，你还没有成婚，梅德妫也在苦苦地等着你……你知道该怎么办，拿走！"他一把递了过去。

丁三甲深深地吸了一口气，接过来，深深地鞠了一个躬。

次日，前往梅花弄的路上。丁三甲头前走，潘耀祖跟在后面，胳膊下面夹着个布包。雨淅淅沥沥地下着，雨丝拂面，好不惬意。

一条典型的江南弄堂，一幢幢房舍俱是青砖青瓦，绿荫遮掩，修竹伸出墙头，在蒙蒙细雨中显得清清爽爽的。

一个院落，院门关闭着。丁三甲说："敲门吧，使劲敲！"潘耀祖嘭嘭嘭嘭的拍打着门扇，恨不得把门砸开。

门开了一条缝，一个精壮后生探出头来，"你们找谁？"

丁三甲和气地问："袁老板住在这儿吗？"

那后生不再说话，把门忽啦大开，他们进去了。

院子里很安静，只有屋檐下的一个鸟笼，一只画眉叫了几声。

潘耀祖大步抢上前，大呼小叫的："袁远渊先生，袁老板！洒家带着唐朝以前的玩意儿找你来了！这回是真的，是真家伙呀！"

袁老板从正堂大步迎出来，"二位讼师，来啦来啦，欢迎欢迎。"

丁三甲不说话，只是把布包打开，把北魏鎏金佛像递过去。

第十三章　小油菜客栈

潘耀祖兴奋地说："请你看看这玩意儿怎么样，这回是真的。"

丁三甲急切地说："它不是'苏造'，我是用它来赎梅德妁。"

袁老板把北魏鎏金佛像接了过来，看都不看，说道："这件东西我先收了，你去书寓把梅德妁领走吧，现在就可以领走。不过，你们回苏州之前，老夫还打算办一件事。你们哪天回苏州？"

丁三甲说："定了，明天早晨离开。"

袁老板说："到时候我去送你们。"

第二天早上，小油菜客栈，钱顺堂笑容满面地把一伙人送出门。

阿蓝天、赛横、白展昭、孙驴子和那擦黑准备上路。由于马上要踏上回家的路了，他们振奋地说着笑着。

两乘蓝布小轿过来了，停在客栈门口。袁老板下了轿子，不多说什么，问道："请问哪位是于老八？"

阿蓝天上前，"袁老板，你是知道的，我的真名是阿蓝天。于老八不过是用来蒙裴莴笋的一个化名。"

袁老板说："老夫不管这个，不管你们认不认账，我把你的亲侄女带来了，退还给你们，你们可以把她带走了。"

另一乘小轿的轿帘掀开，纳兰绿荫面带羞色地下了轿子。

阿蓝天说："袁老板，你真是的，怎么弄假成真了。我说纳兰绿荫是我的亲侄女，只是出于蒙裴莴笋的一时之需……"他突然不说了。

赛横和纳兰绿荫手拉手面对面站着，久久地对视着。

阿蓝天一拍脑袋，"哟喝！我怎么这么没有眼力架呀！"

潘耀祖站在门边，吆喝了一声："新人出来啦！"

在众人的瞩目下，丁三甲和梅德妁缓步走出客栈大门。丁三甲身着长衫，像私塾先生。而梅德妁一改往日风骨，不施粉黛，素面朝天，一身蓝地白花衣服，就像个农村的小媳妇儿。

袁老板走上前，"丁举人、梅先生，回到苏州之后，就要办喜事了吧。届时，老夫恐怕难以前往贺喜了，请你们预先收下我的一份礼品。不成敬意，请笑纳。"言毕，他递给丁三甲一个小包袱。

丁三甲接了过来，和梅德妁打开一看，是北魏鎏金佛像。

丁三甲说："恭敬不如从命，我们就收下了。"

袁老板不再说什么，心满意足地上了小轿。

丁三甲和梅德妁望着小轿离去，不约而同地鼻子一阵发酸。

喧闹骤然退去，四下里很安静，只有微风在耳边絮语，好像万物都在谛听着什么。当他的目光和她的目光暖融融地交融时，过去和今后同时充溢着他们的全身，他们的脸上都泛出了只有心知的微笑，而后共同呢喃出那个热乎乎的字眼儿："一生。"